MONDBERGE

EIN AFRIKA-THRILLER

Andreas Klotz
Stephan Martin Meyer

IMPRESSUM

Mondberge – Ein Afrika-Thriller
1. Auflage 2012
ISBN 978-3-9812944-7-7
www.mondberge.de

Verlag: TiPP 4 GmbH, Marie-Curie-Str. 15, 53359 Rheinbach,
Tel. 02226 911799, www.tipp4.de
Herausgeber: Andreas Klotz, Rheinbach
Layout und Karte: Michael Hildebrand, Rheinbach
Lektorat: Thirza Albert, Frankfurt a. M.
Korrektorat: Reinhard Fey, Bonn
Autorencoaching (für S. M. Meyer): Jochen Scheel, Köln
Druck: druckpartner Druck- und Medienhaus GmbH, Essen; www.druck-partner.de
Papier: 90 g Amber Volume von Arctic Paper
Printed in Germany 2012

Gedruckt mit bluegreenprint® – ein Markenzeichen für nachhaltig ökologisches und soziales Drucken. bluegreenprint® beinhaltet alle geltenden Standards der Druck- und Medienbranche, ist klimaneutraler Druck und fördert weltweit wichtige ökologisch-soziale Projekte.

*»Wenn eine Gegend sich in Nebel hüllt,
erscheint sie größer, erhabener und erhöht die Einbildungskraft
und spannt die Erwartung gleich einem verschleierten Mädchen …
denn wer im Nebel nichts als Grau sieht, dessen Phantasie ist arm.«*

Caspar David Friedrich

Prolog

Im dichten Nebel, kurz hinter dem Scott-Eliott-Pass, verlor Tom den Kontakt zur Gruppe.

Senezien und Lobelien, die urwüchsigen Pflanzen dieser afrikanischen Region in über 4.000 Metern Höhe, ragten wie Palmen an beiden Seiten des Weges hoch über ihn in den ugandischen Himmel. Eine dünne Schneeschicht bedeckte den rutschigen Schotter. Leise fielen Schneeflocken auf ihn herab. Angespannt blickte Tom auf den Pfad vor seinen Füßen, konzentrierte sich auf jeden Schritt. Schnee. In Uganda. Für einen Moment fühlte er sich unendlich einsam in diesen Bergen an der Grenze zum Kongo.

Plötzlich waren sie da. Rechts und links des Weges standen Männer in Uniformen, grinsten, sagten jedoch nichts. Schwarze Gesichter, weiße Augen, bleiche Zähne. Gewehre lässig über die Schultern gehängt. An den ersten ging Tom vorbei, ohne sie richtig zu registrieren; seine Wahrnehmung war betäubt von den Strapazen der letzten Tage. Die anstrengende Passüberquerung und der kalte Regen, immerwährender Nebel und der geringe Sauerstoffgehalt in der Luft hatten ihn abstumpfen lassen.

Das war kein freundlicher Empfang von Einheimischen. Dies war ein paramilitärischer Übergriff. Erinnerungen an die geisterhaften Erscheinungen der letzten Tage überschwemmten sein Gehirn. Wie viel von dem, was er gerade sah, war real? War er überhaupt noch bei Verstand?

Vor ihm mussten seine Mitstreiter sein. Irgendwo im undurchdringlichen Nebel. Tom ermahnte sich, schneller zu gehen. Seine Füße rutschten immer wieder weg, aber er wollte nicht länger allein zwischen diesen unheimlichen Gestalten sein. Er zwang sich, die Situation zu erfassen. Hatten sie sich verlaufen? Waren sie unbemerkt in den Kongo geraten? Nein, die Grenze war noch mindestens zwei Kilometer entfernt. Und der über 4.800 Meter hohe Bergrücken des Mount Stanley lag dazwischen. Vorausgesetzt, seine Karte war richtig.

Die Bewaffneten verharrten weiterhin regungslos am Wegrand. Wenn Tom noch auf ugandischem Gebiet war, dann mussten diese Soldaten aus dem Kongo herübergekommen sein. Dabei sahen sie nicht einmal wie richtige Soldaten aus. Eher wie schwer bewaffnete Guerilla-Kämpfer.

Er hätte sich dieser Reisegruppe nicht anschließen dürfen.

Als die anderen sich vor ihm im Nebel abzeichneten, atmete er auf. Andrea stand kerzengerade und schaute ihn aus müden Augen an. Peter kam ihm ein paar Schritte entgegen.

»Sie sagen, wir sind entführt«, raunte der Guide.

Dann fielen die ersten Schüsse.

Teil 1

1

Hamburg-Fuhlsbüttel, 4. März

Bedächtig betrat Bernard Kayibanda den Flur zu den Besucherräumen der Justizvollzugsanstalt Hamburg-Fuhlsbüttel. Mit wachen Augen verschaffte sich der große Mann einen schnellen Überblick über die verglasten Räume, an deren Tischen die anderen Gefangenen und ihre Besucher saßen. Wie immer hatte er um den abgelegenen Raum am Ende des Flurs gebeten.

Durch seine dunkle, beinahe schwarze Hautfarbe hob er sich von den restlichen Insassen deutlich ab. Im Gegensatz zu ihm wechselten sie für die Besuchszeiten meist noch nicht einmal den Trainingsanzug. Sie saßen unrasiert und in den typischen blauen Plastiklatschen ihrem meist weiblichen Besuch gegenüber, ließen sich beschimpfen oder mit dem neuesten Klatsch aus der Familie versorgen.

Bernards Äußeres war wie jeden Tag tadellos und wirkte sorgfältig ausgewählt: Er trug einen dunkelblauen Anzug, durch den seine schlanke Gestalt besonders zur Geltung kam, darunter das gestärkte weiße Hemd, die Falten der Hose akkurat und scharf geschnitten. Nur eine Krawatte durfte er zu seinem Bedauern nicht tragen, da die Gefängnisleitung befürchtete, er könnte sich das Leben nehmen. Diese Idioten. Seine schwarzen Schuhe glänzten von der Schuhcreme, die er noch vor zehn Minuten mit geübtem Schwung auf das feine Leder aufgetragen hatte.

Bernard war anders als seine Mitgefangenen. Vollkommen anders. Das lag natürlich an seinen afrikanischen Wurzeln. In der Kindheit und Jugend hatte er sich durch den militärischen Drill ruandischer Privatschulen prügeln lassen. Die hatten nichts von dem verweichlichten Gehabe europäischer Prestige-Internate. Kein lockerer Knopf, keine Falte im Hemd war seinen Lehrern entgangen. Schläge hatten ihn hart werden lassen. Wenn er nun im deutschen Gefängnis an seine frühen Jahre in Ruanda zurückdachte, spürte er noch immer den beißenden Schmerz der Züchtigungen auf seinen feingliedrigen Handrücken.

Er war verabredet. Seine Verlobte saß mit einer großen Sonnenbrille am Tisch des bis auf den Boden verglasten Raumes und sah ihm erwartungsvoll entgegen. Er jedoch vermied jede Eile und folgte mit seinen Blicken den Fugen der Bodenfliesen, während er an den beiden Wachleuten vorbeiging, die die Besucher und Gefangenen genau beobachteten.

Die junge Frau hob sachte ihre Hand, als befürchte sie, er habe sie noch nicht entdeckt. Dabei sollte sie mittlerweile wissen, dass ihm niemals etwas entging, dachte Bernard. Er tat, als freue er sich, als habe er sie gerade erst zwischen all den anderen Besuchern und Häftlingen ausgemacht. Diese Deutschen hatte er bisher noch alle um den Finger gewickelt. Mit geschmeidigen Schritten bewegte er sich auf den Raum zu, zog die Glastür hinter sich zu, schob den leeren Stuhl mit einem leisen Quietschen nach hinten und nahm Platz. Sofort ergriff er ihre Hände. Sie trug eine blonde Langhaarperücke und ein mehrfach um den Hals geschlungenes buntes Tuch. Sie übertrieb es wieder einmal mit der Vorsicht.

»Die Reise ist gebucht. Jetzt gibt es kein Zurück mehr.«

Sie sprach mit gedämpfter Stimme, selbst Bernard konnte sie kaum verstehen. Die Nachbarn in den angrenzenden Räumen dürften nicht mitbekommen haben, dass sie überhaupt etwas gesagt hatte.

»Hast du gehört? Die Reise steht. Am 9. Juni fliege ich nach Uganda.«

Ja, jetzt konnte das Unternehmen beginnen. Aber anders, als du es erwartest, dachte er. Noch war es zu früh, das auszusprechen.

»Sehr gut«, antwortete er laut und drückte zur Bestätigung ihre weißen Hände. Ihre Finger stachen leuchtend zwischen seinen schwarzen Händen hervor. Das würde er vermissen, wenn er erst wieder zurück in seiner Heimat war. Bald! Doch auch dort warteten Hände auf ihn, die ihn endlich wieder so verwöhnen konnten, wie er es sich wünschte. Dort war er der Präsident. Hier war er ein Gefangener, angeklagt wegen Verbrechen gegen die Menschlichkeit. Wie absurd. Er schnaubte unwillkürlich. Die Deutschen hatten ja keine Ahnung, was in Afrika los war. Sie schufen Gesetze und versuchten, über ihn zu richten. Dabei hatten die deutschen Gerichte weder das Recht, über seine Arbeit zu urteilen, noch konnten sie klare Beweise gegen ihn vorbringen. Die ersten Zeugen hatten ihre Aussagen schon zurückgezogen. Sobald er die Namen der anderen erfuhr – dabei konnte es sich nur noch um Tage handeln –, würden seine Milizen schon dafür sorgen, dass sie sich dem Beispiel der anderen anschlossen. Bernard zog die Fäden des Geschehens. Er herrschte weiter über seine Armee, ohne dass irgendjemand in Deutschland etwas davon ahnte.

»Wie soll es jetzt weitergehen?«, wollte seine Verlobte wissen.

»Ganz wie geplant«, gab Bernard zurück. »Es gibt keinen Grund, von unserem Vorhaben abzuweichen.«

Sie nickte. »Wann kommst du nach?«

»Sobald ich hier raus bin, fliege ich nach Uganda. Das ist am sichersten.«

Noch einmal drückte er ihre Hände, beugte sich zu einem Kuss nach vorn, berührte sanft ihre Lippen und erhob sich.

»Musst du schon gehen?« Nur zögernd löste sie sich ebenfalls von ihrem Stuhl.

»Wir sehen uns kommende Woche, dann erfährst du letzte Einzelheiten.«

Er nickte ihr zu, ließ den Blick durch den Flur schweifen, doch niemand schenkte ihnen auch nur eine Sekunde Aufmerksamkeit. Bernard war zufrieden mit sich, sehr zufrieden. Mit zügigen Schritten ging er durch die Tür und eilte dann den langen Gang hinunter, bog um zwei Ecken, stieg die Metalltreppe hoch, ging an den offenen Türen entlang bis zu seiner Zelle. Diese Deutschen waren einfach zu naiv. Sie glaubten tatsächlich, sie könnten sich mit Bernard Kayibanda anlegen. Doch da hatten sie sich getäuscht. Eine gespielte Unterwürfigkeit hatte er sich schon vor Jahren angeeignet, und sie half ihm ausgezeichnet dabei, seine Ziele durchzusetzen.

Das Mobiltelefon lieh er sich auf dem Rückweg in seine Zelle bei einem Mitgefangenen für die üblichen zehn Euro. Bernard hatte sich von seinem Anwalt eine Hardcover-Ausgabe des deutschen Strafgesetzbuches bringen lassen und in den Einband eine kleine Vertiefung eingearbeitet. Das Versteck für seine SIM-Karte. Dreimal hatten die Beamten seine Zelle schon gefilzt, ohne sie zu finden. Er legte die Karte mit geübtem Griff in das Handy und gab seine PIN ein.

Die Telefonnummer kannte er auswendig. Natürlich löschte er den Speicher nach jedem Gespräch. Wieder einmal dauerte der Verbindungsaufbau viel zu lange. Das Freizeichen drang in nicht enden wollenden Wiederholungen an sein Ohr, und schon wollte er fluchend auflegen, als sich sein erster General im Kongo endlich meldete.

»Wieso dauert das so lange?«, blaffte Bernard ihn an, wartete die Antwort jedoch gar nicht erst ab. Er würde sich um diesen Emporkömmling kümmern, wenn er wieder in der Heimat war. »Alles läuft nach Plan. Die Operation kann pünktlich beginnen.«

Er warf das Handy auf seine Pritsche, ließ sich grinsend daneben fallen und schaltete den Fernseher ein. Nun konnte nichts mehr schief gehen. Die Fische waren im Netz; sie wussten es nur noch nicht.

2

Entebbe, am Nachmittag des 9. Juni

Mit elegantem Schwung warf Tom seinen schweren Fotorucksack auf das Bett der noblen Lodge in Entebbe; die wasserdichte gelbe Trekkingtasche folgte umgehend. Morgen ging es los! Dreihundert Kilometer mit dem Jeep quer durch Uganda. Von der staubigen Vorstadt am Viktoria-See bis in *sein* Gebirge. *Seinen Ruwenzori.* Er konnte es kaum noch erwarten.

Er riss sich die Kleider vom Leib – nur seinen Talisman, die durchbohrte Linse aus dem Fotoapparat seines Bruders, behielt er um den Hals – und betrat beschwingt das schmale Badezimmer, das sich hinter der Wand am Kopfende des Bettes verbarg.

Sein Blick verharrte kurz auf den Armaturen der Dusche, bevor er sie bis zum Anschlag auf *kalt* drehte. Das eisige Wasser jagte ihm einen kurzen Schauer durch den Körper, beflügelte ihn dann jedoch noch mehr. Der Gedanke an den *World Press Photo Award* durchströmte ihn, während er unter dem reinigenden Wasserfall ganz bei sich war. Bei sich und seinen Träumen. Natürlich hatte er schon diverse fulminante Erfolge vorzuweisen, darunter einige Foto-Reportagen im *National Geographic Magazin*. Nicht nur die breite Öffentlichkeit hatte ihn dadurch wahrgenommen, auch seine meist ziemlich eitlen Kollegen hatten ihm Respekt gezollt.

Sein großes Ziel, *die* Anerkennung schlechthin, war ihm allerdings bisher versagt geblieben: der wichtigste Preis seiner Zunft. Der *World Press Photo Award.* Mal hatte ihm das Wetter nach langer Vorbereitung einen Strich durch die Rechnung gemacht, mal ruinierte ein Militärputsch seine Pläne, dann wieder wollte sich lange Zeit kein passendes Thema finden.

Jetzt hatte er die perfekte Idee: eine Fotoreportage über den Ruwenzori, die sagenumwobenen Mondberge an der Grenze zwischen Uganda und der Demokratischen Republik Kongo. Er war einer Legende auf der Spur, der zufolge irgendwo in diesem Gebirge ein vergessenes Volk in einem geheimnisvollen Tal lebte. In seinem Kopf war die Story im

Grunde schon fertig. Er musste das Ganze nur noch in Bilder umsetzen. Dafür war er hier – in Uganda. Im Land Idi Amins, der Berggorillas und der Homophobie.

Tom drehte das Wasser ab und verließ erfrischt die Dusche. Als er vor den großen Spiegel am Waschbecken trat, hielt er inne. Er hatte sich für seine 38 Jahre verdammt gut gehalten: Sein Körper war gestählt, der Bauch flach. Die Disziplin, mit der er niemals eine Fitness-Einheit ausließ, wo immer er auch war – ob im teuren Hotel-Gym oder zwischen Wellblechhütten –, zahlte sich aus. Der Dreitagebart gab seinem schmalen Gesicht etwas Verwegenes. Die halblangen dunkelblonden Haare waren von den vielen Reisen in sonnige Gefilde an den Spitzen ausgeblichen und verliehen ihm die Ausstrahlung eines jugendlichen Abenteurers. Um seine strahlend blauen Augen machten sich die ersten Falten bemerkbar.

Immer noch nass und mit einem Handtuch um die Hüften ging er in das Zimmer zurück und sah durch die bodenlange Gardine in den kleinen Innenhof hinaus, um den sich die übrigen Gästezimmer der Lodge gruppierten. Der afrikanische Himmel verdunkelte sich bereits. Die Nacht fiel wie ein dunkles Tuch über die Stadt und bedeckte sie, nur um sie in einigen Stunden wieder der unerbittlichen Sonne des nächsten Tages zu übergeben. Er war in Afrika angekommen.

3

Ostkongo, am späten Nachmittag des 9. Juni

»Verursacht eine humanitäre Katastrophe. Löscht das Dorf aus.«

Die aus Deutschland geschickte SMS war eindeutig. General Paul Niyigena stand im Zentrum einer Lichtung mitten im kongolesischen Dschungel, schaute von seinem Satellitentelefon auf und nickte stumm. Dem Befehl des Präsidenten würde er Folge leisten. Noch. Er lächelte säuerlich. Die nächsten Stunden versprachen, anstrengend zu werden, denn die Leute in den Dörfern begannen sich zu wehren. Genau dem würde er nun ein Ende bereiten.

Der General führte nun schon seit ein paar Jahren das Oberkommando der ALR im Kongo, das er persönlich lieber Zaire nannte, und seine Vormachtstellung machte ihm niemand streitig. Schließlich war die *Armée de Libération Rwandaise* die stärkste Befreiungsarmee des besetzten Ruanda. Paul war groß gewachsen und von bulliger Statur; eine Narbe zog sich durch sein herbes Gesicht von der linken Augenbraue über die Wange bis zum Kinn. Er war jetzt 42 Jahre alt und noch lange nicht am Ende seiner Karriere bei den ruandischen Rebellen angelangt. Vor sich sah er große Ziele, die er um jeden Preis erreichen wollte: Irgendwann würde er diese Armee befehligen.

Er ließ den Blick durch die amerikanische Pilotenbrille über seine Soldaten schweifen. Dann rief er ihnen laut seinen Befehl zu:

»Wir brechen auf. Sofort!«

Die Soldaten liefen über den schlammigen Platz, griffen nach ihren Macheten und Kalaschnikows und kamen in mehr oder weniger geraden Reihen zum Stehen. Etwa siebzig Männer und mehr als dreißig Jungen betrachteten ihn. Paul spürte Wut in sich aufsteigen. Eine Armee aus Kindern. So würden sie nie Erfolg haben.

Ein Junge war abseits auf einem Holzstamm sitzen geblieben. Er zitterte. Paul trat mit bedrohlich zusammengekniffenen Augen vor den Halbwüchsigen. Seit drei, vier Jahren durfte er bei der Miliz dienen, doch er hatte offenbar noch immer nicht verstanden, welch eine Ehre es bedeutete, für Bernard Kayibanda, ihren Präsidenten, zu arbeiten.

Und er hatte auch noch nicht verstanden, was ihm drohte, wenn er *seinen* Befehlen, den Befehlen des Generals, nicht folgte.

»Was ist?«, fragte Paul scharf.

Der Junge schaute kurz zu seinem Befehlshaber auf, dann senkte er den Kopf.

»Hast du etwa Angst?«, bohrte Paul nach.

Er bekam nur ein stummes Kopfschütteln zur Antwort. Doch Paul bemerkte die nasse Hose. Er roch die Pisse, er bemerkte, wie der Junge sich immer mehr zusammenkauerte.

»Doch, und was für eine Angst du hast.«

Er griff den Jungen an den Haaren und zog ihn zu sich hoch. Er war fast so groß wie der General, wirkte jedoch wie ein kleines, verängstigtes Kind. »Du weißt, was wir mit weibischen Soldaten machen, die keinen Mumm haben!« Er stieß ihn vor sich her, auf die Gruppe Soldaten zu, die ihm mit eisernen Mienen entgegenblickten. »Stell dich hin, du schwuler Pisser!«

Der Junge stolperte über eine Wurzel und fiel in den Matsch. Paul hasste diesen Schlamm. Zuhause in Ruanda war es viel trockener. Hier im Osten des Kongo bedeckte der sumpfige Boden große Teile der Landschaft. Wieder spürte Paul Wut. Wegen der verdammten Tutsi musste er in diesem elenden Dschungel leben. Die hohen Herren in Europa regten sich über den angeblichen Genozid in Ruanda auf, aber dass auch er durch die Scheiße gegangen war, das interessierte niemanden. Er würde sich seine Heimat zurückholen.

Paul baute sich vor dem Jungen auf, der sich gerade wieder aufrappelte. Bei der letzten Bestrafungsaktion war er ihm bereits aufgefallen. Er hatte sich nicht wie die anderen beteiligt, sondern hatte mit offenem Mund dabeigestanden, so als wäre er völlig blöde. Schon häufiger hatte Paul solche Jungen erlebt, und gerade in dieser Gruppe waren einige, die sich noch nicht in ihre Situation gefügt hatten. Es war Zeit, ein Exempel zu statuieren.

Er riss den Jungen erneut an den Haaren nach oben, diesmal so heftig, dass sich ganze Büschel lösten und Blut aus den Wunden quoll. Angewidert wischte Paul es sich von den Fingern. Der Junge stand schwankend vor ihm, fixierte seinen General mit rot unterlaufenen Augen. Paul packte ihn am Kragen, drehte ihn mit dem Gesicht zu den Soldaten, die dem Geschehen mit angespannten Mienen folgten. Dann zog Paul langsam sein Messer aus der Scheide. Er liebte dieses Messer, denn es verschaffte ihm Macht, unglaubliche Macht. Die Bestrafung mit dem Messer, die Nähe zu seinem Opfer, machte diese Form des Exempels so unvergleichlich. Keine Kalaschnikow und keine Machete brachten ihn dem Leben und dem Tod so nahe. Er genoss es insgeheim, wenn sich Körper unter seiner Hand aufbäumten, er erfreute sich am Zucken der Muskeln und dem sich anschließenden Erschlaffen aller Gliedmaßen.

Paul zog den Jungen zu sich heran, blickte an ihm vorbei seine Soldaten an, fixierte dabei einen nach dem anderen. Da hinten links, der Junge in der letzten Reihe, guckte der nicht auch ängstlich? Wie hieß er noch gleich? Paul würde ein Auge auf ihn haben müssen. Wenn er in dieser Nacht nicht wie ein Mann standhielt, dann würde er der Nächste sein. Das galt genauso für seinen Freund mit dem Trikot einer deutschen Fußballmannschaft, der nicht von seiner Seite wich.

Er setzte das Messer mit der rechten Hand langsam an den Hals des Jungen. Er spürte ihn in seinem Griff zittern. Er entdeckte den Schweiß, der über seine Wange lief. Und er roch die Ausdünstungen, die Pisse, die Scheiße. Der kleine Schwächling hatte sich doch tatsächlich in die Hose geschissen. Paul ließ den Blick weiter über seine Soldaten wandern, bevor er mit einer schnellen Bewegung das Messer von links nach rechts zog. Die Haut bot keinen Widerstand. Die Luftröhre war sofort durchtrennt. Paul hatte das Messer am Morgen geschliffen. Er übernahm das immer selber, denn es verschaffte ihm die größte Vorfreude. Der Junge bäumte sich auf, ein Röcheln drang aus dem offenen Hals, seine Muskeln zogen sich krampfartig zusammen. Paul ließ den Jungen los, der mit schiefem Kopf zu Boden sank. Die ganze Zeit über ließ der General seine Soldaten nicht aus den Augen. Der Junge links war reif. Er hatte Tränen in den Augen, und auch auf seiner Hose zeichneten sich deutliche Spuren der Angst ab. Die anderen starrten weiterhin möglichst ungerührt nach vorn, auf ihn, den Einzigen, dem sie jederzeit zu gehorchen hatten. Der Körper auf dem Boden vor ihm zuckte – es war, als wollte der Junge in seinen letzten Atemzügen noch fliehen, doch das Blut, das sich im fahlen Licht des Waldes schnell über die schlammige Erde ergoss und sich mit dem Wasser der Pfützen vermischte, machte allen deutlich, dass er starb. Paul ging einen Schritt zur Seite, blickte den vor ihm liegenden Jungen an, trat mit dem Fuß nach ihm und spuckte aus. Der Speichel traf das verzerrte Gesicht und mischte sich sofort mit dem Blut.

»Ist hier noch jemand, der meinen Befehlen nicht folgen will?«

Der General fischte ein schmutziges Taschentuch aus der Hosentasche, wischte sein Messer damit ab, bevor er es entschlossen wieder zurück in die Scheide steckte und das blutige Tuch auf den Boden fallen ließ. »Gibt es einen unter euch, der freiwillig das Lager bewachen will?«

Mit ein paar Schritten war er bei dem ängstlichen Jungen. Jetzt fiel ihm wieder ein, wie er hieß: Mugiraneza. Er packte ihn am Kragen, schrie ihm ins Gesicht: »Willst du lieber das Lager bewachen oder wie ein richtiger Soldat für die Freiheit Ruandas kämpfen?«

Wieder dieser Geruch nach Urin. Paul verabscheute diese Kinder, die sich bei jeder Gelegenheit in die Hose pissten.

»Ich ... ich will kämpfen«, stammelte Mugiraneza, wobei er seinen Körper straffte. »Für die Freiheit Ruandas!«

Zufrieden ließ Paul ihn los. Er würde dennoch ein Augenmerk auf ihn haben. Heute sollte er die Gelegenheit bekommen, sich zu bewähren.

Er trat ein paar Schritte zurück, damit ihn alle sehen konnten.

»Badyoro liegt vier Stunden von hier entfernt im Norden. Wir werden die Befehle unseres Präsidenten Bernard exakt ausführen. Nur wenige Überlebende. Zwanzig sollten reichen.« Mit einer langsamen Drehung des Körpers musterte er die Runde. Sein Gesicht verzog sich zu einem höhnischen Lächeln. »Ein paar von den Kakerlaken sollen doch erzählen können, wie es einem Dorf ergeht, das nicht für seinen Schutz bezahlen will.«

Er lachte, schulterte sein Gewehr, stellte fünf Soldaten, denen er vertraute, zur Bewachung des Lagers ab, griff nach seiner Machete und marschierte los.

4

Entebbe, früher Abend des 9. Juni

Der Ruwenzori. Das gewaltigste Gebirge Afrikas. Überbordend grün, regendurchtränkt, geheimnisumwoben. Auf einer Länge von 120 Kilometern und einer Breite von 50 Kilometern hat sich der Ruwenzori aus den Tiefen der Erde gehoben. Hier, mitten in Ostafrika, vermutet man die Wiege der Menschheit. Der höchste Gipfel, exakt auf der Grenze zwischen der Demokratischen Republik Kongo – dem ehemaligen Zaire – und der Republik Uganda, befindet sich die Margherita-Spitze mit 5.109 Metern Höhe. Nur die beiden Vulkane Mount Kenya und der Kilimandscharo in Tansania ragen höher aus der afrikanischen Landschaft auf.

1888 wurde der Ruwenzori von dem amerikanischen Journalisten und Abenteurer Henry Morton Stanley zufällig für die westliche Welt entdeckt, nachdem in der zweiten Hälfte des neunzehnten Jahrhunderts der Missionar David Livingstone, der Großwildjäger Samuel White Baker und der Offizier John Hanning Speke auf der Suche nach den Nilquellen am Ruwenzori vorbeigeirrt waren. Was zunächst gegen die Zurechnungsfähigkeit westlicher Pioniere spricht, ist tatsächlich den regionalen Wetterbedingungen zuzuschreiben.

Da sich das Gebirge beinahe ständig unter Wolken und Nebel versteckt, ist es selbst aus wenigen Kilometern Entfernung oft nicht zu sehen. Stanley hatte schon vom Ruwenzori gehört, ihn aber während seiner ersten großen Reise – auf der Suche nach dem vermissten Livingstone – nicht zu Gesicht bekommen. Als Stanley zum zweiten Mal Ostafrika bereiste, machte ihn ein einheimischer Junge auf die große Schneefläche eines hohen Berges aufmerksam. So entdeckte Stanley durch Zufall den Ruwenzori, der den Afrikanern selbstverständlich bekannt war.

1906 wurde das Gebirge von dem italienischen Herzog der Abruzzen, Ludwig Amadeus von Savoyen, zum ersten Mal genauer erforscht; er erstürmte die vielen Gipfel des Gebirges, in dem es an etwa dreihundertzwanzig Tagen im Jahr regnet oder schneit. Daher wundert es nicht, dass »Ruwenzori« in der Sprache der Bayira, der Bewohner des Gebirges, »Regenmacher« und »Wolkenkönig« bedeutet. Das Klima der Berge zeichnet sich darüber hinaus durch eine weitere Besonderheit aus, die für jeden Wanderer zu einer Herausforderung wird: Tagsüber herrschen sommerliche Temperaturen, nachts wird es winterlich kalt.

Die Spitzen – nur wenige Kilometer vom Äquator entfernt – sind das ganze Jahr über von Schnee bedeckt. Mehr als zwanzig Gipfel erreichen über 4.500 Meter Höhe, und zahlreiche Gletscher bilden zusammen die größte Gletscherfläche Afrikas. Wie alle anderen Gletscher der Erde weichen auch diese im Zeichen der Klimaerwärmung kontinuierlich zurück und machen der Stechmücke Anopheles Platz, die potenziell die »malaria tropica« in sich trägt.

Der Ruwenzori gilt als das mit Abstand wildeste, ursprünglichste und am schwierigsten zu erreichende Bergmassiv Afrikas – aber auch als das schönste. 1994 versah die UNESCO den Ruwenzori mit dem Ritterschlag des Weltnaturerbes der Vereinten Nationen. Das hielt das ugandische Militär jedoch nicht davon ab, Ende der 1990er Jahre großflächig Brandbomben auf die in den Bergen verschanzten ruandischen Rebellen abzuwerfen. Die Rebellen haben sie damit vorerst vertrieben, genauso wie fast alles andere Leben, das dort existierte. Die Geister der Mondberge haben diese Entwicklung sicherlich mit Unmut zur Kenntnis genommen.

Andrea ließ die handschriftlichen Notizen ihres Vaters sinken. Sie saß am Ende des Tisches auf der geräumigen Veranda, wo den Teilnehmern der deutschen Reisegruppe in Kürze das Abendessen serviert werden sollte. Die meisten anderen unterhielten sich halblaut in kleinen Grüppchen. Die Veranda schmiegte sich an die Hauswand der Lodge und stellte die Abgrenzung zu einem kleinen Innenhof dar, in dessen Mitte das klare Wasser eines blau gefliesten Pools zum Baden einlud. Üppige Palmen spendeten tagsüber Schatten, der Rasen wurde englischen Ansprüchen gerecht. Der große Holztisch unter der Bedachung war mit einer gestärkten Tischdecke geschmückt, und ein schwarzer Kellner brachte der Gruppe die Getränke. Auf dem Tisch standen Ketchup-Flaschen bereit, traditionelle Holzmasken zierten die Wände im Wechsel mit handgewebten Teppichen. Ein Ficus Benjamini verkümmerte in der Ecke.

Andrea wandte sich ihren beiden Tischnachbarn zu. Die blonden Haare fielen offen über ihre Schultern, und eine enge Bluse betonte ihren schlanken, geschmeidigen Körper. Sie erzählte ihnen vom Erfolg ihres Berliner Studios, das sie als Personal- und Fitnesstrainerin betrieb.

Mit 29 hatte sie sich selbstständig gemacht, und der Laden lief jetzt, sechs Jahre später, fantastisch. Sie verschwieg ihren Gesprächspartnern jedoch, dass der Erfolg vor allem auf dem Geld und den Kontakten ihres Vaters basierte und dass sie nicht zum Spaß in Uganda war. Die dunklen Schatten ihrer Familie waren über sie hereingebrochen, und sie wollte endlich Klarheit schaffen. Sie wippte unaufhörlich mit dem rechten Bein, nippte an ihrem Orangensaft und strich sich die blonden Strähnen aus dem Gesicht.

Die beiden Männer neben ihr, zwei Münchner Freunde in Andreas Alter, hörten ihr aufmerksam zu. Die Sorglosigkeit, die sie versprühten, tat Andrea gut, und ihre verspannten Schultern lockerten sich allmählich. Michael hatte seine Eventagentur in der Maxvorstadt und seine Familie zu Hause gelassen, um sich mit seinem Jugendfreund Martin, einem erfolgreichen Rechtsanwalt, einen lang gehegten Wunsch zu erfüllen: Afrika pur erleben. In diesem Moment war er jedoch ganz auf Andrea konzentriert, besonders auf das Grübchen ihrer linken Wange, das ihn in den Bann zog.

Andreas Freundin Birgit saß neben der Dreiergruppe. Sie war im Gegensatz zu Andrea dunkelhaarig, kleiner und deutlich fülliger. Mit ihren 32 Jahren war sie etwas jünger als ihre Freundin und ihre schmalen, fest aufeinander gepressten Lippen ließen eine zarte Verbitterung erahnen. Sie war Ärztin in einer Hamburger Klinik, in der sie sich schon lange nicht mehr wohlfühlte. Während ein älterer Herr neben ihr Anekdoten aus seinem Leben erzählte, die sie nur begrenzt amüsant fand, sprach Birgit selbst wenig. Mit einem Steakmesser zog sie gedankenverloren Linien über die Tischdecke, was bei genauerem Hinsehen an die Obduktion eines Leichnams erinnerte.

Birgits Gesprächspartner Hans war Mitte 60, hatte kurze graue Haare und schaute die jüngere Frau freundlich an, ohne recht zur Kenntnis zu nehmen, dass sie ihm nicht die gleiche Zuneigung entgegenbrachte, wie er ihr. Der Unternehmensberater aus Potsdam hatte die Tage zuvor bei seinem Bruder im Bwindi-Nationalpark im Süden Ugandas verbracht. Hans erzählte Birgit von den Berggorillas, denen er dort begegnet war und die ihn sehr fasziniert hatten. Aus dem Augenwinkel blickte er allerdings unentwegt auf Andrea. Auch ihm fiel das kleine Grübchen auf ihrer linken Wange auf.

Drei weitere Personen komplettierten die Runde. Auf einem durchgesessenen Sofa am Rande der Veranda saß ein Paar – Kathrin und Kai aus Erfurt, die die Köpfe zusammengesteckt hatten und sich leise stritten. Am anderen Ende der Veranda saß scheinbar unbeteiligt ein Afrikaner an einem kleinen Tisch, war in eine Zeitung vertieft und nippte in kleinen Schlucken an seinem Tee. Er war der Erste, der Tom auffiel, als er die Veranda betrat und zur Gruppe stieß. Der Mann wirkte eigenartig deplatziert auf ihn. Tom schüttelte leicht den Kopf, um das unangenehme Gefühl loszuwerden, das ihn für einen Moment überkam. Die Diskrepanz zwischen den reiselustigen Deutschen auf der einen Seite der Veranda und dem einsamen Afrikaner auf der anderen wirkte auf ihn beinahe grotesk.

Dann stach ihm Andrea ins Auge, die sich gerade lachend umdrehte. Ihre Aufmerksamkeit war kurz auf Tom gerichtet. Kaum wahrnehmbar zog sie die rechte Augenbraue hoch. Sie nickte unbestimmt und wandte sich wieder Martin und Michael zu.

»Du bist Tom, richtig?«, sagte Hans, der ihn nun ebenfalls entdeckte. »Manfred hat mir erzählt, dass du uns ein paar Tage begleiten wirst.« Er stand auf und streckte Tom die Hand entgegen. Der Händedruck war weich und zaghaft, wie Tom es von Männern kannte, die nicht wussten, was sie in dieser Welt verloren hatten. Er hasste diese Weichheit, wenn er ehrlich war.

Tom begrüßte die Reisenden am Tisch und setzte sich mit einem Lächeln dazu. Er genoss gerade das erste ugandische Bier – natürlich ein *Nile* –, als ihr Reiseleiter Manfred aus dem Haus trat und Kathrin und Kai vom Sofa an den Tisch bat.

Duftender Reis wurde aufgetragen, das scharfe Hühnchencurry brannte angenehm auf der Zunge. Die große indische Gemeinde hatte nachhaltig Spuren in Uganda hinterlassen, auch nachdem sie unter dramatischen Bedingungen von Idi Amin in den 1970er Jahren des Landes verwiesen worden war. Andrea fragte verwundert in die Runde, was das für undefinierbare Fleischstücke seien, die in dem Curry schwammen, und Manfred klärte sie lachend darüber auf, dass das in Uganda so üblich sei:

»Meistens sind auch noch die Knochen dabei, denn die Köche hier zerhacken das Geflügel einfach mit einer Machete in viele Stücke und schmeißen es dann in den Topf.«

Andreas leicht angeekelte Miene gab deutlich zu verstehen, dass sie sich daran erst noch gewöhnen musste. Sie trank einen Schluck Orangensaft, als müsste sie die Vorstellung herunterspülen. Toms

Gesichtszüge hingegen spiegelten eine Kaskade unterschiedlichster Empfindungen wider, über die schließlich ein Lächeln dominierte. Er mochte diese Frau sofort.

Er erzählte ihr, dass er schon einmal im Ruwenzori gewesen war, und berichtete von seiner letzten Wanderung durch das entlegene Hochgebirge, von den vielen Grün-Schattierungen, die es dort oben zu sehen gab. Seine Worte versprachen Abenteuer und Herausforderungen. Andreas Züge entspannten sich bei seiner Erzählung, ihr rechtes Bein hörte auf zu wippen und sie lauschte seinen Worten so aufmerksam, dass sie für einen Moment den eigentlichen Grund ihrer Reise vergaß.

Als die leeren Teller gerade abgeräumt waren, betraten drei Männer die Veranda und gingen zielstrebig auf den lesenden Afrikaner zu, der noch immer allein auf dem Sofa in der Ecke saß. Einer der Männer steckte in einem viel zu großen dunklen Anzug, dessen Ärmel beinahe die Fingerknöchel erreichten. Er nickte den deutschen Besuchern kurz und mit ernster Miene zu. Seine beiden Begleiter versanken in grünen Uniformen des ugandischen Militärs, hielten Maschinenpistolen in den Händen und widmeten den Touristen nicht die geringste Aufmerksamkeit. Der Lesende schaute auf, sah den dreien entgegen, blieb zunächst ruhig, doch in seinen Augen lag ein gehetzter Blick. Die Gespräche am Tisch der Deutschen verstummten, während die vier Afrikaner sich leise unterhielten. Plötzlich sprang der Mann auf, drängte einen der Soldaten brachial zur Seite, um an ihm vorbeizuhechten, doch die Bewaffneten stellten sich ihm in den Weg. Was sie ausstießen, klang wie eine Warnung. Andrea fuhr erschrocken von ihrem Stuhl hoch, doch Tom zog sie vehement wieder zurück.

»Bleib sitzen«, sagte er leise. »Das geht uns nichts an!«

Der Mann lieferte sich eine kurze Rangelei mit den beiden Soldaten. Er schlug einem von ihnen die Waffe aus der Hand und griff sofort danach. Die Soldaten und der Anzugträger wichen erschrocken an die Wand zurück. Im Nu hatte der Mann die Maschinenpistole auf die Männer gerichtet, rief etwas in einer afrikanischen Sprache, sprang dann über die niedrige Mauer, die die Veranda vom Garten trennte, und rannte über den Rasen. Nach wenigen Metern strauchelte er, kämpfte kurz darum, sein Gleichgewicht zu halten, um dann in den angrenzenden Pool zu stürzen.

Nun hielt es Tom nicht mehr auf seinem Stuhl. Er stand kreidebleich am Tisch, die Hände verkrampft und starrte auf die Szene am Pool. In seinem Hirn explodierten die Synapsen. Intuitiv wollte er dem Mann im Wasser zu Hilfe eilen, aber der zog sich schon wieder aus dem Becken heraus, um seine Flucht fortzusetzen. Die Waffe ließ er auf dem Grund des Pools zurück. Die Soldaten hechteten hinter ihm her, verfolgten ihn durch die Büsche und verschwanden in der Dunkelheit.

Der übergroße Anzug stand die ganze Zeit schreckensstarr neben dem Sofa an der Wand. Nun besann er sich, kam zu ihnen an den Tisch, stellte sich knapp als der Hotelmanager vor und entschuldigte sich für den Vorfall. Dann drehte er sich mit einem kurzen Nicken um und verschwand im Restaurant, wo er den Kellnern ein paar laute Befehle gab. Danach kehrte wieder Ruhe ein. Tom ließ sich auf seinen Stuhl sinken.

»Was um alles in der Welt war das denn jetzt?«, fragte er Manfred entsetzt.

Der Reiseleiter wand sich einen Moment, dann setzte er zu einer komplizierten Erklärung an. Offenbar war der Mann ein Mitglied der ruandischen Rebellengruppe *Armée de Libération Rwandaise*. Was ein Angehöriger der ALR hier in Entebbe, Zeitung lesend in ihrer Lodge zu schaffen hatte, das konnte sich Manfred allerdings selbst nicht erklären.

»Sind die Rebellen immer noch in Uganda aktiv?«, fragte Tom erstaunt.

»Die sind eigentlich längst tiefer in den Kongo gezogen«, sagte Manfred betont beiläufig. Seine Absicht, die Gruppe zu beruhigen, konnte ihm jeder anmerken.

»Es ist noch gar nicht so lange her, dass sie auch Touristen angegriffen haben«, warf Hans ein. »Dabei sind sie nicht besonders zimperlich mit denen umgegangen. In der Regel haben sie die Männer erschossen und die Frauen vergewaltigt.« Er sah zu Andrea hinüber, fixierte sie einen Moment lang.

Stille breitete sich aus, während vor allem die Frauen verängstigt zu Manfred hinüberstarrten.

»Das Militär hat längst wieder die Kontrolle über das gesamte Grenzgebiet«, beschwichtigte Manfred.

Hans lachte bitter. »An einer Grenze, die sich zum größten Teil durch vollkommen unwegsame Regenwälder, Steppen und Gebirge windet, ist das für das modern ausgerüstete ugandische Militär die leichteste Übung.« Er verdrehte belustigt die Augen.

»Die letzten Übergriffe liegen Jahre zurück. Ganz im Norden des Landes kann es schon mal brenzlig werden, aber nicht in der Gegend, in die wir fahren.«

»Dann hoffen wir mal, dass sich die Rebellen an diese Regeln halten. Aber wir wollen ja nicht gleich den Teufel an die Wand werfen «, fügte Hans noch hinzu und trank einen großen Schluck Bier.

»Malen«, murmelte Tom, der als Einziger Hans' verdrehte Redewendung registrierte.

Als Tom Andrea eine halbe Stunde später zu ihrem Zimmer begleitete, trafen sie auf den Hotelmanager, der mit einem Europäer auf der kleinen Terrasse vor dem gemeinsamen Zimmer von Andrea und Birgit saß. Die beiden Männer erhoben sich erwartungsvoll und traten auf Andrea zu, die unwillkürlich ein Stück zurückwich. Der Herr wolle mit ihr sprechen, teilte ihr der Manager mit, bevor er sich leise zurückzog.

Tom verabschiedete sich, verschwand durch die Tür seines Zimmers, schloss diese jedoch nicht ganz, um zu hören, worum es in dem Gespräch ging.

»Gerald Stich. Ich komme von der deutschen Botschaft in Kampala«, sagte der Weiße zu Andrea. »Ich muss Sie kurz sprechen.«

»Was kann ich für Sie tun?«, fragte Andrea besorgt. »Ist irgendetwas mit meiner Familie?«

»Ihrer Familie geht es gut«, beruhigte sie Stich. »Doch um *Sie* machen wir uns Sorgen.«

Die beiden zogen sich in den Schatten der Terrasse zurück, sodass Tom sie kaum mehr verstehen konnte. Hin und wieder drangen einzelne Gesprächsfetzen zu ihm herüber, die er jedoch nicht zu einem sinnvollen Ganzen zusammenbrachte.

»Ich weiß, worauf ich mich einlasse«, hörte er Andrea schließlich in bestimmtem Ton sagen. Kurz darauf erschienen Stich und Andrea wieder im Licht.

»Das ist Ihre Entscheidung, und Sie müssen die Konsequenzen allein tragen«, sagte der Botschaftsangehörige und reichte ihr zum Abschied die Hand. »Ich wünsche Ihnen eine schöne Reise. Und passen Sie bitte auf sich auf.«

Er wandte sich um und ging über den Hof. Andrea schaute ihm nach und betrat das Zimmer.

Tom stand hinter der Gardine, die ihn gegen Blicke von außen schützte, beobachtete, wie Andrea die Tür hinter sich ins Schloss zog, und versuchte, das Gehörte einzuordnen. Erst der Sturz des Ruanders in den Pool und jetzt ein Abgesandter des deutschen Botschafters, der Andrea vor irgendetwas warnte – sein Journalisten-Instinkt signalisierte ihm, hier stimmte etwas nicht.

Er wollte den Vorhang gerade zuziehen, als er hörte, dass draußen telefoniert wurde. Der Deutsche sprach in sein Mobiltelefon, während er sich entfernte.

»Ja, hallo? Stich hier. Nein, ich habe sie nicht abhalten können ... Nein, wir können im Moment leider nichts tun.« Die Stimme verlor sich in der Dunkelheit.

5

Ostkongo, früher Abend des 9. Juni

Coltan, das Erz, aus dem das Metall Tantal gewonnen wird. Unersetzlich bei der Herstellung von Mikroelektronik-Bauteilen, besonders für Mobiltelefone. Die ganze industrialisierte Welt lechzt nach diesem Erz. Überall in Afrika werden die Rohstoffe dem Boden entrissen, damit Amerikaner, Chinesen und Europäer ihren Konsum decken können.

Afrika blutete aus. Und Paul verdiente daran nicht schlecht. Für den Freiheitskampf seines Volkes. Solange die ALR die Minen kontrollierte, konnten sie auch die Coltan-Preise bestimmen. Immerhin war hier im Osten des ehemaligen Zaire das Hauptabbaugebiet des Erzes. Die Erde war aufgerissen. Vom ursprünglichen Bewuchs war nicht mehr viel übrig.

Junge Arbeiter hievten in der schwülen Luft Eimer für Eimer Erde aus tiefen Löchern ans Tageslicht. Paul blieb stehen, um sich ein Bild von der Lage zu machen. Er hatte diese Mine übernommen, hatte sie rentabel gemacht und jetzt war er für saubere Abläufe verantwortlich. Das war keine leichte Aufgabe. Das Erz musste geschürft und gewaschen, dann über die grüne Grenze nach Uganda transportiert werden. Dort wurde es an die Großhändler verkauft. Das alles musste er überwachen, sonst floss kein Geld in die Kassen der ALR.

Außerdem versuchten immer wieder einige Arbeiter, das abgebaute Erz zu stehlen und den Gewinn aus dem Verkauf in die eigene Tasche zu stecken, anstatt ihn in die Befreiung Ruandas zu investieren. Gebieterisch trat Paul auf einen kleinen Hügel, beobachtete die Arbeiter skeptisch und rief schließlich den wachhabenden Offizier zu sich, der schon auf seine Anweisungen wartete.

Während Pauls Männer in einer langen Kette vorbeimarschierten, erstattete ihm der Offizier Bericht. Der Abbau ging gut voran, die meisten Arbeiter hielten sich an die vorgeschriebenen vierzehn Stunden Arbeit, sodass diejenigen, die sich weigerten, vertrieben werden konnten. Paul war zufrieden. Sollten sich diese renitenten Idioten doch einen Job als Köhler suchen und Holzkohle in Säcken quer durch den Ruwenzori über die Grenze nach Uganda schleppen. Der Lohn dafür war deutlich geringer als in der Mine. Seine Gewinne hingegen stiegen mit jeder Stunde, die die Arbeiter länger gruben. Alles für die Befreiung Ruandas.

Da seine Soldaten nur langsam vorankamen, konnte Paul sich Zeit für einen kleinen Rundgang lassen. Weit aufgerissene Augenpaare starrten ihn aus den dunklen Gruben an. Unter den Arbeitern waren viele Kinder. Sie machten am wenigsten Ärger und gehorchten den Aufsehern, ohne mit der Wimper zu zucken. Außerdem tat er ihnen im Grunde einen Gefallen, wenn er sie beschäftigte, denn wenn die Frauen hier so viele Kinder zur Welt brachten, mussten sie sie auch irgendwie ernähren. Und er war nun mal der einzige Arbeitgeber in der Region. So war die Lage.

Plötzlich ertönten am Rand der Mine Schreie. Ein paar Kinder flohen laut rufend aus ihren Löchern und ließen dabei das wertvolle Erz fallen. Ein lautes, durchdringendes Klopfen zog Pauls Aufmerksamkeit auf sich. Dann sah er ihn: einen dieser männlichen Berggorillas, dessen Rückenbehaarung sich mit den Jahren grau verfärbt hatte und der als stärkstes Tier das Oberhaupt einer Gorillagruppe war. Der riesige Silberrücken hatte sich direkt am Waldrand auf die Hinterbeine gestellt. Hinter ihm, halb von den Büschen verdeckt, erkannte Paul zudem zwei deutlich kleinere Weibchen. Der Silberrücken schlug mit den Handflächen auf seine muskulöse Brust, ließ sich dann wieder auf alle Viere nieder und bewegte sich bedrohlich langsam am Rand der Mine entlang.

Schon lange hatten sie Probleme mit diesen Berggorillas, die immer wieder in den Dörfern auftauchten und nahe an die Minen herankamen. Paul hatte sich zunächst darüber gewundert, da die Tiere von Natur aus sehr scheu waren, doch dann hatte er erfahren, dass diese Gorillas vermutlich aus Uganda in den Kongo herübergekommen waren. In ihrer alten Heimat waren sie von Rangern an Menschen gewöhnt worden, um als lebende Attraktion und Fotomotiv den Tourismus zu fördern und der ugandischen Regierung Devisen in die leeren Kassen zu spülen. Von Zeit zu Zeit überquerten sie auf ihren Wanderungen die Grenze und durchquerten die Berge im Kongo. Hier störten sie jedoch den normalen Ablauf in den Minen, denn die Menschen aus der Region waren von einer irrationalen Angst vor den riesigen Tieren beherrscht. Wie dumm von ihnen.

Die Arbeiter und die vorbeimarschierenden Soldaten blickten zum Waldrand, wo sich der beeindruckende Silberrücken mittlerweile niedergelassen hatte und auf Blättern kaute. Wenn nicht bald etwas geschah, würde seine Anwesenheit die Arbeit für Stunden lahm legen. Paul nahm seine Kalaschnikow von der Schulter, stieß zwei vor ihm stehende Arbeiter zur Seite und bewegte sich langsam auf den Berggorilla zu. Er wusste, wie er sich zu verhalten hatte. Keine hastigen Bewegungen, nicht wegrennen, auf keinen Fall in die Augen des Tieres schauen. Die Arbeiter um ihn herum waren einen Moment lang erstaunt, doch nach und nach schienen sie zu verstehen, was er vorhatte.

Als er auf zehn Meter an den Silberrücken herangekommen war, hob er sein Gewehr und richtete die Mündung auf das Tier. Er durfte jetzt nicht zittern. Die AK-47 lag schwer in seinen Händen, ein Schweißtropfen rann ihm die Stirn herunter. Der Berggorilla hob den Kopf und sah Paul direkt in die Augen. Im nächsten Moment konnte das riesige Tier aufspringen und ihn angreifen. Einen solchen Angriff würde er nicht überleben. Schüsse hallten in schneller Folge über das Gelände. Für einen Moment schien es, als wolle der Silberrücken erneut auf die Hinterbeine steigen, doch dann kippte er mit einem dumpfen Schlag auf die Seite, zuckte noch ein Mal, blieb gespenstisch ruhig liegen. Im Unterholz raschelte es, als die anderen Tiere die Flucht ergriffen.

Zufrieden setzte Paul die Waffe ab. In seinen Ohren hallten die Schüsse noch eine Weile nach. Niemand rührte sich, bis die ersten Arbeiter klatschend aus ihren Löchern stiegen und bald auch die anderen jubelnd einfielen. Befriedigt stapfte Paul durch das hohe Gras, bis er vor dem erschlafften Körper stand. Die Arme des Gorillas bewegten sich ein wenig. Er war noch nicht tot. Mit leeren Augen blickte das Tier zu seinem Mörder hinauf. Der lächelte. Dieser verdammte Affe würde niemanden mehr erschrecken. Paul zog seine Machete aus dem Gürtel, überlegte kurz, wo er beginnen sollte, und entschied sich für die Hände.

Ein schriller Schrei ließ ihn jäh zusammenschrecken. Eines der beiden Weibchen stürmte durch das Unterholz auf ihn zu. Mit weit aufgerissenem Maul und entblößten Zähnen griff sie Paul an. Der riss die Machete hoch und schlug sofort zu. Er erwischte das Tier am Arm, doch sein Schlag wurde von dem massigen Gorillakörper gestoppt, und Paul stürzte zu Boden. Im nächsten Moment machte das Weibchen kehrt und verschwand zwischen den Büschen. Paul atmete tief durch. Sein Herz schlug ihm bis zum Hals. Der Angriff war vorbei.

Als er die rechte Hand des Silberrückens zurechtlegte, spürte er durch das weiche Fell die Körperwärme. Vorsichtig strich er über den behaarten Arm. Ein Zittern durchlief den am Boden liegenden, ehemals mächtigen Berggorilla. Schon lange hatte Paul kein Gorillafell mehr angefasst. Kindheitserinnerungen stiegen in ihm auf. Doch jetzt war keine Zeit für Sentimentalitäten. Mit einem gezielten Schlag trennte er die Hand vom Arm. Ein dumpfes Grollen ertönte aus der Brust des Gorillas. Die zweite Hand amputierte Paul ebenso schnell. Reiche Amerikaner zahlten gut dafür. Er hatte gehört, dass sie sie als Aschenbecher benutzten. Für den Kopf rief er zwei seiner Leute zu sich heran. Die Jungen Mugiraneza und Hitimana waren ihm gerade am nächsten und trabten auf ihn zu. Zu dritt legten sie das schwere Tier so in Position, dass es gerade auf dem Rücken lag. Aus den Einschusslöchern in der Brust quoll Blut auf Pauls Hände. Er wischte es an Hitimanas Fußball-T-Shirt ab. Dann hob er seine Machete und hackte den Kopf ab. Mit einem Schlag. Das sollte ihm erst mal einer nachmachen. Die meisten brauchten mindestens zwei bis vier Schläge, bis das zähe Fleisch, die Nackenwirbel und die Haut komplett durchtrennt waren.

Er griff sich den Kopf des Berggorillas und drückte ihn zusammen mit den Händen dem wartenden Offizier in die Arme. Auf dem Rückweg würde er sie hier abholen. Dann scheuchte er die Arbeiter wieder in ihre Erdlöcher. Sie hatten schon genug Zeit verloren. Die Kette seiner Soldaten war ins Stocken geraten, doch als er mit ernster Miene auf sie zuschritt, gingen sie eilig weiter. Immer tiefer in den Dschungel hinein.

6

Ugandisches Tiefland, 10. Juni

Tom schreckte aus dem Schlaf auf. Er war schweißgebadet und sank wieder in die Laken, den Blick leer an die Decke gerichtet. Dann schloss er die Augen noch einmal und ließ die Bilder des Traumes an sich vorbeiziehen. Seit Jahren wurde er von demselben Albtraum heimgesucht: Eine eiskalte Winterlandschaft, in der sein Bruder in das Eis eines Flusses einbrach. Jens' um Hilfe flehende Augen. Die eigene Handlungsunfähigkeit. Im Laufe der Zeit waren die Träume seltener geworden, daher war Tom irritiert, ausgerechnet jetzt damit konfrontiert zu sein.

Er erinnerte sich an die Deutungsversuche einer Freundin, wehrte sich aber sofort gegen diese dahergeredete Küchenpsychologie. Frühkindliche Traumata, eine überpräsente Mutter oder ein gestörtes Sexualleben – um mehr ging es dabei doch meist nicht. Seine Kindheit aber war behütet gewesen, ohne große Auffälligkeiten – wenn man mal von der Sache mit seinem Bruder absah –, so wie es sich damals am Rande einer Kleinstadt im Münsterland eben gehörte. Seine Mutter hatte sich meist ein bisschen zu viele Sorgen gemacht, aber das war alles im normalen Rahmen gewesen. Mütter machen sich nun mal Sorgen. Und nicht zuletzt führte Tom ein erfülltes Sexualleben. Er war zwar zurzeit nicht in einer Beziehung, aber Gelegenheiten für einen guten One Night Stand oder eine Kurzbeziehung mit einem attraktiven weiblichen Wesen, das ihm zudem sympathisch war, ergaben sich mit einer Regelmäßigkeit, über die er sich wirklich nicht beklagen konnte. Er schüttelte den Kopf, streckte sich, hob das Moskitonetz hoch und stieg aus dem Bett. Ein verspäteter Gecko huschte an der Wand entlang und ließ Tom noch einmal zusammenschrecken.

Der extralange Toyota Land Cruiser stand bereits auf dem staubigen Parkplatz vor der Lodge, einer weitläufigen Hotelanlage mit kleinen Bungalows, in der sie die Nacht verbracht hatten. Eine lange Fahrt durch das ugandische Tiefland lag vor ihnen. Eine Tour, die genug Zeit lassen würde, um sich innerhalb der Reisegruppe anzufreunden oder auch festzustellen, wem man lieber aus dem Weg ging. Er musste sich zwei

Tage mit den anderen Reisenden arrangieren, danach würde er allein mit einem Guide und ein paar Trägern im Ruwenzori unterwegs sein.

Das Gepäck wurde von den Angestellten der Lodge verladen. Schon jetzt am Morgen brannte die Sonne unerbittlich auf das Dach des Wagens, sodass Tom sofort beim Einsteigen das Fenster an seinem Platz in der letzten Reihe aufzog. Eine Klimaanlage hatte das Fahrzeug offenbar nicht. Andrea setzte sich an das andere Fenster in die letzte Reihe. Sie war noch ein wenig verschlafen und wirkte mürrisch. Zwischen Tom und ihr stand jetzt nur noch ein Koffer auf dem Boden. Birgit nahm direkt vor Andrea Platz – obwohl sie sich beim Frühstück zunächst kurz angegiftet und die restliche Mahlzeit über angeschwiegen hatten.

Die beiden Münchner, Michael und Martin, stiegen zum Fahrer in die vordere Sitzreihe, die als einzige drei Personen nebeneinander Platz bot und von wo sie den besten Blick auf die Straße hatten. Kai und Kathrin setzten sich in die erste Reihe hinter den Fahrer und für Hans blieb nur der Sitz vor Tom übrig. Ihr Reiseleiter Manfred nahm den Platz am Steuer ein und die Türen schlugen mit einem scheppernden Knall zu.

Der Wagen setzte sich mit aufheulendem Motor ruckartig in Bewegung. Im näheren Umkreis ihres Hotels reihte sich ein großes Anwesen an das andere. Diplomaten residierten hier, Industrielle und Menschen, die sich in mehr oder weniger legalen Berufszweigen ein stattliches Vermögen erworben hatten. Die Straße war in diesem Teil Entebbes, des edlen Vororts der Hauptstadt Kampala, akzeptabel, doch das sollte sich schnell ändern. Reifenpannen gehörten im Landesinneren zur Tagesordnung.

Schon nach einer Viertelstunde waren die Häuser deutlich kleiner, die Straßen löchriger. Der Land Cruiser wirbelte feinen rotbraunen Staub auf, der an Bäumen, Palmen und Sträuchern hängen blieb. Als Tom einen Blick nach hinten aus dem Fenster warf, sah er, dass sie mit ihrem Fahrzeug die Szenerie in eine große Wolke tauchten.

»Entebbe ist die Stadt der Reichen.« Hans erklärte den Mitreisenden die Umgebung, während Andrea, der er sich dabei immer wieder kurz zuwandte, konsequent aus dem Fenster sah. »Sie ist auf mehreren Hügeln erbaut und liegt teilweise auf einer Halbinsel im Viktoria-See. Die offizielle Quelle des Nils, nach der die großen Erforscher Afrikas jahrhundertelang gesucht haben, ist der Ausfluss aus dem See. Sie befindet sich hier ganz in der Nähe. In Jinja. Der See selber, der drittgrößte Binnensee der Welt, ist durch die angrenzende Industrie im Grunde vollkommen vergiftet und schon vor vielen Jahren umgekippt. Aber da ist schon lange der Schwamm drüber gewachsen.«

Tom hob erstaunt den Blick. »Schwamm drüber gewachsen ...«, murmelte er.

»Außerdem lebt in ihm der weltberühmte Viktoria-Barsch«, fuhr Hans fort, der Tom nicht gehört hatte.

»Der erst in den 60er Jahren hier ausgesetzt wurde und seitdem die meisten anderen Fischarten verdrängt hat«, fügte Tom aus dem Fenster blickend hinzu.

»Die Hauptstadt Kampala«, erklärte Hans weiter, »liegt fünfunddreißig Kilometer von Entebbe entfernt.«

»Zum Glück müssen wir nicht durch die Stadt fahren«, rief Manfred von vorne gegen den Motorenlärm. »Der Verkehr dort ist eine Katastrophe, daher fahren wir auf einer Landstraße daran vorbei.«

»Kampala ist ein Moloch«, sagte Hans. »Geschätzte eineinhalb Millionen Menschen leben dort. In den vielen Elendsvierteln um die Stadt herum hausen noch viel mehr. Bestimmt eine weitere Million, würde ich sagen.«

Hans erzählte so angeregt, als sei er schon zigmal in Kampala gewesen, doch wie sich schnell herausstellte, hatte er Deutschland noch nicht oft verlassen. Er wusste nahezu alles über Afrika, über Uganda, die Länder rundherum, über die Tiere und die Natur, die politischen und gesellschaftlichen Probleme, über die Auseinandersetzung mit Ruanda während des Genozids 1994 und über die ruandischen Rebellen, die danach in den Kongo abwanderten – der damals für eine kurze Zeit Zaire hieß – und immer wieder die Grenze nach Uganda übertraten. Letztlich waren diese Informationen jedoch keine Neuigkeiten. Was er referierte, stand in jedem Reiseführer. Und doch schien Hans das unbändige Bedürfnis zu haben, seinen Mitreisenden die Welt zu erklären.

Andrea unterbrach seine Ausführungen: »Bist du nun schon einmal hier in Uganda gewesen oder nicht?«

»Das ist lange her«, antwortete er, offensichtlich erfreut, dass sie ihn ansprach. Er blickte ihr direkt in die Augen. »1970/71. Ich war damals mit Freunden eine Weile hier. Einige der Leute von damals bekleiden heute hohe Positionen in Deutschland ... « Andreas Stirn wurde von einer tiefen Falte geteilt. Sie öffnete den Mund, schien etwas fragen zu wollen, schloss den Mund dann jedoch wieder.

»Aber ich habe heute keinen Kontakt mehr zu diesen Menschen ...«, fügte Hans verschwörerisch hinzu.

Andrea guckte Hans erstaunt an. Dann griff sie nach Birgits Schulter, um das Gespräch mit Hans demonstrativ zu beenden. Birgit deutete eine Kopfdrehung nach hinten nur an und lächelte knapp. Schließlich beugte Andrea sich vor, schob ihren Kopf zwischen Birgits Wange und die Autoscheibe, um leise mit ihr reden zu können.

»Was ist mit dir los?«, fragte sie wispernd.

»Wieso?«, gab Birgit nüchtern zurück. »Mir geht's gut.« Sie wich von Andreas Kopf zurück.

»Du hast dich in den letzten Monaten verändert ...«

Birgit schnaubte ein paar unverständliche Worte und richtete den Blick nun starr durch die Frontscheibe auf die Straße.

»Wir haben nie darüber gesprochen ..., aber ich habe mich sehr gefreut, dass du dich vor ein paar Monaten gemeldet hast. Nach der langen Zeit, in der wir keinen Kontakt hatten. Nach all dem, was geschehen ist ...« Sie sah Birgit neugierig an. »Und ich bin froh, dass du mich ermutigt hast, diese Reise zu machen. Allein hätte ich mich wohl nicht dazu durchgerungen.«

Nun wandte sich Birgit doch zu Andrea um. »Du bist doch sonst nicht so zimperlich.«

»Früher nicht, nein. Aber ich war erschüttert, als mein Vater mir die Wahrheit erzählt hat. Eine Zeit lang hatte ich für nichts Kraft. Andererseits ...«, sie ließ den Blick aus dem Fenster schweifen, »sind diese ewigen Geheimnistuereien nun endlich passé.«

Birgit schwieg, blickte weiterhin nach vorne, wo die staubige Landschaft mit den für europäische Augen ungewohnt üppigen Pflanzen und kleinen Hütten vorbeizog.

»Jedenfalls war ich dadurch emotional völlig am Boden. Und dann warst du plötzlich wieder da und hast mir deine Schulter geboten. An dir konnte ich mich wieder aufrichten. Und du selbst bist in dieser Zeit aufgeblüht. So habe ich dich noch nie erlebt.«

»Auch ich verändere mich nun mal – das hättest du wohl nicht gedacht ...«, brachte Birgit hervor. Dass sie dabei Tränen in den Augen hatte, konnte Andrea aus ihrer Position nicht sehen.

»Du bist immer in deiner Arbeit in der Klinik aufgegangen, hast dich mit ganzer Kraft für andere eingesetzt. Für deine Patienten. Allerdings hast du dich dabei selber oft vergessen. Damals, als wir den Kontakt verloren haben, warst du im Grunde eine ...« Sie machte eine kurze Pause. »Naja, du warst zwar ausgebildete Ärztin, aber eher unscheinbar, jemand, der auf Partys am Rand bleibt. Wenn ich dich jetzt vor mir sehe, dann bist du ein vollkommen anderer Mensch. Was ist passiert?«

Birgit warf Andrea einen vernichtenden Blick zu. »Vielleicht kommt dein Eindruck eher daher, dass du so lange nur auf dich selber geachtet hast«, sagte sie mit unterkühlter Stimme und drehte sich wieder nach vorne. »Du hast dich nie für andere Menschen interessiert.«

Andrea setzte zum Protest an, aber Birgit ließ sich nicht bremsen.

»Guck dir die Welt hier draußen an: Diese Menschen auf der Straße können nur existieren, weil sie sich auf andere verlassen, weil sie eine Familie haben, die ihnen am Herzen liegt. In Deutschland hat all das keinen Wert mehr. Da werden die Ellenbogen ausgefahren, und jeder kämpft für sich allein. Das ist ein zum Scheitern verurteiltes System.«

Sie hatten die Häuser Entebbes hinter sich gelassen und fuhren nun auf einer teilweise asphaltierten Landstraße durch kleinere Dörfer. Immer wieder musste Manfred die Geschwindigkeit an quer verlaufenden Bodenwellen drastisch drosseln. »Sleeping Policemen« nannte er sie. Die Gegend war flach, kleine Ortschaften tauchten auf, Motorräder, Fahrräder, voll besetzte Kleinbusse und Fußgänger bevölkerten die Straßen. Sie fuhren an einem Markt vorbei, auf dem Hühner und Bananen, Stoffe und Kohle, Mais und tausend andere Dinge angeboten wurden. Die afrikanischen Frauen trugen leuchtend bunte Wickelkleider, Kinder liefen zwischen den Autos hindurch, Männer diskutierten im Schatten der Bäume.

Manfred hielt den Wagen an, um frische Lebensmittel für die Tour zu besorgen. Nach und nach stiegen auch die Mitfahrer aus.

Die Straße war staubig. Überall waren Menschen unterwegs. Die meisten von ihnen trugen keine Schuhe, sondern liefen barfuß über den festgestampften Boden. Einige starrten die Europäer mit so unverhohlener Neugier und Offenheit an, als hätten sie noch nie Weiße gesehen. Motorräder rasten in halsbrecherischem Tempo an ihnen vorbei. Unzählige Fahrräder mit gepolsterten Gepäckträgern, auf denen Menschen und oftmals viel zu große Lasten transportiert wurden, verstopften die schmalen Straßen. Andrea sog das pulsierende Afrika in sich auf.

»Boda Bodas«, sagte Tom. Erschrocken drehte sie sich um. Er stand neben ihr und lächelte. »Das sind hier die Taxis. Die Motorräder und Fahrräder. Man nennt sie Boda Bodas. Und wie du siehst, haben ohne

Probleme fünf Einheimische auf einem Boda Boda Platz«, fuhr er mit Blick auf eines der Gefährte fort. »Sie transportieren damit alles.« Er wies auf ein Motorrad, das gerade langsam an ihnen vorbeiknatterte. Hinter dem Fahrer saß ein Mann, der vor sich, quer auf dem Sitz, ein weiteres, offenbar defektes Motorrad balancierte.

»Und? Solltest du die nicht fotografieren?«, fragte Andrea spöttisch.

»Die Boda Bodas? Nein. Typisches Touristenfutter, nichts für Profis.«

»Wie oft bist du schon in Uganda gewesen?«

»Ich war schon zweimal hier. Und du?«

Sie standen nebeneinander an den Land Cruiser gelehnt, beobachteten das Geschehen um sich herum. Ununterbrochen fuhren Autos, Fahrräder und Motorräder an ihnen vorbei. Zwei Frauen traten auf sie zu, boten gerösteten Mais, gegrillte Fleischspieße, Obst und frisches Brot an. Gerüche von gebratenem Hähnchenfleisch und verbranntem Plastik lagen in der Luft. Der allgegenwärtige Staub trocknete ihnen die Kehlen aus.

»Ich bin zum ersten Mal in Afrika. Irgendwie hat es mich bislang nicht hierhin gezogen.«

Tom musterte sie einen Moment, bevor er weiterfragte: »Und was hat dich umgestimmt?« Ihre Blicke trafen sich, doch Andrea senkte ihren schnell. Er zückte seine Kamera und fotografierte sie.

»Das ist eine lange Geschichte ...«, sagte sie zögerlich.

»Ich mag lange Geschichten ...«, erwiderte Tom.

In diesem Moment entdeckte er Kathrin, die mit ihrem kurzen Jeansrock und rosa Pumps auf der anderen Straßenseite vor dem Stand eines Schlachters stand und auf die in der Sonne liegenden rohen Fleischbrocken blickte. Die ugandischen Männer drehten sich nach ihr um, gafften auf ihre schneeweißen Beine und die hochhackigen Schuhe und zerrissen sich ganz offensichtlich die Mäuler über sie. Die Frauen widmeten ihr höchstens einen abfälligen Blick.

»Ist es nicht viel interessanter zu erfahren, warum *die da* nach Uganda gekommen ist?«, wollte Andrea wissen, die Toms Blick gefolgt war, während er ein Bild von dem Aufeinandertreffen der gegensätzlichen Kulturen schoss.

»Nein«, sagte Tom über die Schulter, »keineswegs.« Er drückte ein letztes Mal auf den Auslöser und wandte sich ihr wieder zu. »Dein Geheimnis ist viel spannender. Oder hast du etwa keins?«, fragte er mit gespielter Enttäuschung.

»Na, nicht direkt ...«

»Sondern?« Tom ließ nicht locker.

»Es ist eine komplizierte Familiengeschichte.«

»Oha, jetzt wird es spannend«, meinte Tom ironisch. »Also, wann wirst du mir die Geschichte erzählen?«

»Du bist ziemlich ungeduldig!«

»Ich wollte eigentlich einen anderen Weg im Ruwenzori nehmen als ihr. Ihr seid sozusagen nur mein Taxi nach Nyakalengija; von dort aus gehe ich mit einem Guide und ein paar Trägern allein weiter. Aber vielleicht entscheide ich mich ja noch anders. Natürlich nur wegen deiner Geschichte ...« Er grinste verschmitzt und zwinkerte ihr zu. Andrea zog erstaunt die Stirn kraus.

»In der Zwischenzeit kannst du mir ja sagen, was dich erneut in dieses Land getrieben hat.« Jetzt war sie es, die ihn herausfordernd ansah.

»Es ist die Landschaft, die mich fasziniert. Und die Menschen.«

»Die Landschaft. Die Menschen«, wiederholte sie seine Worte leise und fixierte ihn prüfend.

Tom blickte auf die andere Straßenseite, zückte seine Kamera und richtete sie auf eine Gruppe junger Männer, die mit ihren Boda Bodas an der Straßenecke standen und laut lachten. Andrea beobachtete Tom scharf aus den Augenwinkeln.

»Was ist? Stehe ich jetzt unter Beobachtung, nur weil ich doch noch Boda Bodas fotografiere?« Er lachte und ließ dann den Blick über die Menschen auf der Straße schweifen.

Kathrin war mittlerweile weitergegangen, verhandelte jetzt mit einer steinalten Frau, die selbst gebastelte Ketten aus Papier verkaufte. Birgit stand vor einem Supermarkt und sprach aufgeregt in ihr Mobiltelefon. Ihr Reiseleiter Manfred kam die staubige rote Straße entlang auf Tom und Andrea zu, balancierte einen Stapel Kartons in den Händen und versuchte gleichzeitig, eine penetrante Maisverkäuferin abzuwimmeln. Etwas weiter die Straße hinunter beugten sich Michael und Martin über Obstkisten. An einen Baum gelehnt, gar nicht weit vom Auto entfernt, stand Hans und sah unverwandt zu Andrea herüber. Tom fragte sich, wie lange er da schon stand.

»Unter Beobachtung? Nein nein, ich habe nur gerade ...«, murmelte Andrea abwesend. Auch sie hatte Hans bemerkt. »Nichts weiter ...«

»Doch, sag schon, was du denkst!« Er sah sie neugierig an.

Andrea blickte weiter in die Ferne.

»Also gut«, sagte sie schließlich. »Ich glaube dir das nicht. Du hast noch einen anderen Grund, nach Uganda zurückzukehren. Aber es ist schon in Ordnung, wenn du mir nichts Näheres sagen willst.«

Tom lachte laut auf.

»Wir kennen uns erst seit gestern Abend, und schon durchleuchtest du mich. Na, wenn das nicht der Beginn einer wunderbaren Freundschaft ist, dann weiß ich es auch nicht.«

Andrea blickte hoch und Tom hielt ihren Blick mit seinen Augen fest. Dann fügte er in ernstem Ton hinzu: »Und wenn sich hier jemand bedeckt hält, dann doch wohl du.«

»Wieso? Was meinst du damit?« Andrea wandte den Kopf und fixierte die Boda Bodas.

»Da ist zum Beispiel dieser Mann von der Botschaft gestern Abend vor deinem Zimmer. Wovor hat er dich gewarnt?«

»Belauschst du mich etwa?«

»Der Tonfall hat mich aufhorchen lassen. Euer Gespräch klang nicht gerade freundlich.«

»Lass das mal meine Sorge sein!«, gab Andrea zurück.

»Und was ist das für eine Geschichte mit diesem Hans? Der beobachtet dich ununterbrochen. Was will der von dir?«

Andrea zuckte teilnahmslos mit den Schultern. Um Toms Befragung zu entgehen, blickte sie Birgit erwartungsvoll entgegen, die ihr Telefonat beendet hatte und mit finsterer Miene zum Auto zurückkehrte.

»Was war denn los?«, fragte Andrea. »Mit wem hast du telefoniert?«

»Das geht dich nichts an«, blaffte Birgit zurück, schob sich an Tom und Andrea vorbei, um in den Wagen zu steigen. Aber Andrea hielt sie auf.

»He, ist irgendwas passiert?«

»Es ist alles in Ordnung.«

»Wer soll das denn glauben? Was ist los?«

»Hör mal«, zischte Birgit. »Ich habe keine Lust, dir etwas zu erzählen. Verstanden?« Sie sah Andrea giftig an.

»Wie bitte stellst du dir den Rest der Reise vor, wenn du immer diese Scheißlaune vor dir herträgst und mich anblaffst?«, fragte Andrea gereizt.

Birgit sah sie nur kurz an, machte eine abwehrende Handbewegung, kletterte dann in den Wagen und setzte sich auf einen Sitz weiter vorne im Wagen, auf dem zuvor Kai gesessen hatte.

In diesem Moment machte sich Manfred bemerkbar und rief zum Aufbruch. Kathrin kam mit Kai im Schlepptau aufgeregt auf die kleine Gruppe zugerannt. Tom fiel auf, dass Kais Kleidung pragmatisch auf die bevorstehende Trekkingtour abgestimmt war, während seine Freundin sich erkennbar um ihre lackierten Fingernägel und das sorgfältig aufgetragene Make-up sorgte.

Kathrin nahm Andrea sofort in Beschlag: »Erinnerst du dich an die Anfangsszene, als Dian auf dem Markt steht und Vorräte kaufen soll?«

Mit strahlenden Augen blickte sie Andrea an. Doch die schüttelte verständnislos den Kopf. Kathrin verdrehte die Augen.

»Mein Gott, du hast ihn nicht gesehen …«

»Wovon sprichst du?«, fragte Andrea, wobei sie den Blick auf Birgit gerichtet hielt, die sich jedoch abwandte.

»Hallo?! Jemand zu Hause?«, fragte Kathrin ironisch. »Ich spreche von dem Film, den man gesehen haben muss, wenn man nach Uganda fährt …«

»Und welcher ist das deiner Meinung nach?«

Manfred und Tom verstauten die Tüten im Auto. Kai quetschte sich bereits genervt durch die Wagentür und auch Hans stieg ein.

»*Gorillas im Nebel* meine ich natürlich. Was dachtest du denn?«

Andrea sah ihre stöckelnde Mitreisende fassungslos an.

»Du weißt schon, dass die Story im Kongo und in Ruanda spielt, oder?«, sagte sie knapp und stieg ebenfalls in das Auto ein.

Kathrin fühlte sich durch Andreas Worte offenbar nicht zurechtgewiesen, sondern geradezu aufgefordert, denn sie okkupierte sofort den Platz vor ihr. Martin und Michael kamen mit schnellen Schritten auf das Auto zugeeilt.

»Haste schon gemerkt?« Kathrin zwinkerte Andrea zu und deutete gleichzeitig mit dem Kopf auf Martin, der wieder vorne Platz nahm. »Der eine Bayer ist ein warmer Bruder.« Sie kicherte wie eine Vierzehnjährige vor ihrem ersten Date.

»Oh mein Gott.« Andrea ließ sich stöhnend in ihrem Sitz zurückfallen. »Ja, das habe ich mir auch gedacht«, brachte Kathrin unter weiterem Kichern hervor. Andrea beugte sich langsam vor, bis ihre Nase beinahe die von Kathrin berührte.

»Pass mal auf, meine Liebe«, flüsterte sie. »Punkt eins: Ob Martin schwul ist oder nicht, das ist mir schnuppe. Punkt zwei: Ich bin nicht deine beste Freundin, mit der du deine Erfahrungen im wilden Afrika mit der Realität eines Spielfilms abgleichen kannst. Und Punkt drei: Wenn ihr beide euch jetzt zwei Wochen lang streitet, dann werde ich euch in einer dunklen Nacht irgendwo da oben im Gebirge erwürgen. Das würde übrigens niemand merken, und es würde auch keinen interessieren.« Mit kühlem Blick sah sie Kathrin in die Augen. »Haben wir uns verstanden?«

Kathrin nickte leicht. Sie war blass.

Andrea lehnte sich in ihrem Sitz zurück. Ihr Blick wanderte aus dem Fenster. Tom beobachtete sie mit einem Lächeln. Kathrin erhob sich langsam, beugte sich zu Kai nach vorne, flüsterte ihm etwas zu, während sie nach hinten wies. Kai wandte sich zu Andrea um, nickte ihr zu, als er sah, dass sie ihn bemerkt hatte. Kathrin setzte sich hinter ihn und redete leise auf ihren Freund ein.

In den nächsten Stunden veränderte sich die Landschaft, durch die die Reisegruppe fuhr, zusehends. Die flachen Steppen und riesigen Sümpfe mit Papyruspflanzen wurden allmählich von sanften Hügeln abgelöst. Sie durchquerten Fort Portal am Fuße des Ruwenzori und verließen etwa eine Stunde später bei Ibanda endgültig die befestigten Straßen. Hier kam das Fahrzeug nur noch langsam voran. Schlaglöcher zwangen Manfred immer wieder zum Schritttempo. Außerdem waren viele Fußgänger auf den Straßen unterwegs, und er konnte nicht immer davon ausgehen, dass sie sich mit einem schnellen Sprung in den Graben in Sicherheit bringen würden.

Als Tom wieder nach vorne sah, ragte unvermittelt vor ihnen das Gebirge empor. Der Ruwenzori. *Seine* Berge. Gewaltige Wolken schienen wie aus Gips gegossen auf den Spitzen zu liegen. Ein kühler Windhauch zog durch das Autofenster herein. Schon im nächsten Moment hatte der Himmel sich zugezogen und ein paar schwere Regentropfen fielen auf das Dach. Das Wetter schlug um. Der Ruwenzori präsentierte sich keineswegs einladend. Aber Tom würde sich nicht abschrecken lassen. Dort oben sollte er die nächsten sieben Tage verbringen – vielleicht sogar noch länger, je nachdem, wie sich seine Pläne entwickelten. Vielleicht war es eine gute Idee, tatsächlich ein paar Tage mit dieser Reisegruppe mitzulaufen, um diese Frau genauer kennenzulernen. Tom fühlte sich wie einer der großen Eroberer des 19. Jahrhunderts.

7

Ostseite des Ruwenzori, 10. Juni

Uganda. Ein ostafrikanisches Land mit einer unheilvollen Geschichte. Britisches Protektorat von 1894 bis zur Unabhängigkeit 1962. Einparteiendemokratie und afrikanischer Sozialismus beherrschten lange die Politik. 1971 griff Idi Amin nach der Macht in der Hauptstadt Kampala und verjagte den damaligen Präsidenten Obote. Seine Regierungszeit wurde zur Hölle für alle, die nicht seiner Meinung waren.

300.000 Oppositionelle kamen unter Idi Amin ums Leben. Er räumte in der Armee ethnisch auf, ließ jeden töten, der nicht seine Linie vertrat. Innerhalb Afrikas wurde nur vom Präsidenten Tansanias laut Kritik geäußert. Amin erklärte dem Nachbarland kurzerhand den Krieg, der jedoch mit seiner eigenen Vertreibung nach Saudi-Arabien endete. Die arabische Halbinsel ist ein beliebtes Ziel bei gefallenen Tyrannen.

Der ehemalige Präsident Milton Obote kehrte nach Kampala zurück, und auch er verlieh seinem Unverständnis über abweichende Meinungen mit harter Hand Ausdruck: Etwa 500.000 Menschen verloren dabei ihr Leben.

Yoweri Kaguta Museveni marschierte Mitte der 1980er Jahre mit seinen Rebellen in die Hauptstadt ein und ließ sich zum Präsidenten wählen. Er sitzt bis heute auf seinem Thron und kann sich zugute halten, das Einparteiensystem erfolgreich verteidigt und zahlreiche Kinder zu Soldaten versklavt zu haben, den Menschenrechten eher ambivalent gegenüberzustehen und Schwulen und Lesben das Lebensrecht zu verweigern.

2012 erkor der Reiseführer »Lonely Planet« Uganda wegen seiner schönen Graslandschaften, seiner vielen wild lebenden Tiere, der traumhaften Safaris und romantischen Wasserfälle zum Reiseland Nummer eins weltweit.

Tom wurde aus der Lektüre eines Artikels über Uganda gerissen, als Manfred den großen Toyota mit Schwung auf das hügelige Gelände des Ruwenzori Mountaineering Service in Nyakalengija steuerte. Ein freundlich aussehender Ugander kam ihnen entgegen.

»Da ist Peter, unser Guide!«, rief der Reiseleiter.

Der Wagen kam mit einem Ruck zum Stehen.

Die Hüttenreihe des Gästehauses, das ihnen für die kommende Nacht Unterkunft bieten sollte, lag im warmen Licht des späten Nachmittags. Manfred stellte den Motor ab und sprang stöhnend von seinem Sitz.

Andrea betrachtete Peter aufmerksam, der die Gäste überschwänglich empfing. Dann gab sie sich einen Ruck und stieg betont entspannt aus dem Fond, um den schlanken Mann, der auch ihr freundlich lächelnd entgegentrat, zu begrüßen.

Seine Haut war nicht so dunkel wie die der anderen Ugander, seine Lippen waren schmaler und er war deutlich größer. Er lächelte, als Andrea unter der Kraft seiner Hand leicht zusammenzuckte. Dieses Lächeln fiel ihr sofort auf. Die Ähnlichkeit war unübersehbar. Ein leichter Schauer lief ihr über den Rücken.

»Herzlich willkommen!« Seine Stimme war warm und tief. »Du bist bestimmt Andrea.«

Sie nickte knapp. Der Mann sah sie mit den gleichen klaren Augen an, die sie schon seit Ewigkeiten kannte. Damit hatte sie nicht gerechnet.

»Ich werde euch durch die grüne Hölle des Ruwenzori führen«, fuhr Peter in bestem Englisch fort. Auf Andreas Stirn entstand eine steile Falte. »Aber das ist alles halb so schlimm, wie es sich anhört. Ich passe schon auf euch auf.«

Andrea konnte den Blick nicht abwenden. Sie musste es ihm sagen. Sofort. In diesem Moment wandte Peter sich den anderen Reisenden zu. Zwei Männer nahmen die Rucksäcke aus dem Kofferraum und trugen sie auf die Terrasse des kleinen Restaurants, das zu der spartanischen Anlage gehörte. Sie unterhielten sich in einer fremden Sprache.

»Das ist Lhoukonzo, die Sprache der Eingeborenen hier in dieser Region.« Andrea erschrak. Hans stand dicht neben ihr, und sie spürte den Luftzug seiner Stimme an ihrem Ohr. »In Uganda werden über dreißig verschiedene Sprachen gesprochen.« Die feinen Haare in ihrem Nacken stellten sich auf, und ihr lief ein kalter Schauer über den Rücken. Demonstrativ trat sie einen Schritt zur Seite, obwohl Hans schon auf die Terrasse zuging, um sich dort mit großer Geste ein Bier zu bestellen. Andrea wurde das Gefühl nicht los, dass er sie beobachtete. Was wollte dieser Mann von ihr? Auf einen Verehrer dieser Sorte konnte sie gut verzichten.

Die Bilder der letzten Stunden geisterten durch ihren Kopf. Die kleinen Orte, deren Straßen mit Menschen geradezu überschwemmt waren. Die vielfältigen Waren, die überall angeboten wurden. Vor allem die vielen Bananensorten, die Holzkohle, die aus den illegalen Köhlereien der Berge kam und ohne die Ugandas Infrastruktur nicht funktionierte, goldgelber Mais, lange Zuckerrohrstangen, aber auch lebende Hühner in winzigen Käfigen, Sofas in schreienden Farben und Särge in jeder Größe – die meisten waren für Kinder gemacht. Andrea hatte die schillernden Kleider der ugandischen Frauen noch vor Augen und die fremden Gerüche in der Nase. Dennoch brach jetzt der Gedanke an ihre Mission über sie herein, eine Aufgabe, die sie in das pulsierende Herz Afrikas geführt hatte.

Mit in die Ferne gerichteter Wahrnehmung dachte Andrea nach: War es richtig, was sie hier tat? Sollte sie nicht lieber auf der Stelle umkehren, nach Entebbe zurückfahren, das nächste Flugzeug besteigen und es sich wieder in ihrer schicken Berliner Wohnung gemütlich machen?

Nach und nach ließ sich die kleine Reisegruppe auf der Terrasse nieder. Sie bestellten Bier, Wasser oder Cola und unterhielten sich angeregt über die bevorstehende Trekkingtour. Sieben Tage mit diesen Menschen.

Andrea ging auf Tom zu, und eine verlegen kichernde Kellnerin stellte Bier und Cola vor sie hin.

»Auf eine erfolgreiche Besteigung des Ruwenzori!«, rief Hans laut. »Und auf eine gesunde Rückkehr!« Er musterte Andrea, die sich von ihm abwandte, um in ihrer Tasche nach der Kamera zu suchen.

Als sie wieder aufschaute, stockte sie für einen kurzen Moment. Tom sah ihr in die Augen, sekundenlang, ohne zu zwinkern, ohne die Miene zu verziehen. Röte stieg in Andreas Gesicht. Sie griff nach ihrer Colaflasche, nahm einen hastigen Schluck und vermied jeden weiteren Blick in die Runde.

Stattdessen fixierte sie das Geschehen unterhalb der Terrasse. Der Platz der kleinen Anlage war sonnenbeschienen und mit saftigem Gras bedeckt. Zwei Häuserreihen erstreckten sich nach links und rechts, dahinter hatte sich ein Fluss ins Tal gegraben. Unterhalb des Gästehauses lag der kleine Ort Nyakalengija. Eine kleine Kaffeeplantage, nicht größer als ein Hektar, zog sich einen Hang hinauf. Rechts bot die kleine Terrasse mit fünf Tischen Schutz vor der Sonne und dem für diese Region typischen Regen. Dahinter befand sich als Begrenzung zur schmalen Straße, die sich weiter den Berg hochwand, ein dichter Hain aus Bananenstauden, in dem zwei Ziegen nach Futter suchten.

Allmählich tauchte Andrea wieder aus ihren Gedanken auf. Hans und Tom unterhielten sich angeregt. Birgit und die anderen saßen auf den Barhockern und Sofas, tranken Bier und hörten dem Gespräch zu. Andrea nutzte die Gelegenheit, um Peter unbemerkt zu beobachten.

»Die knallen alles ab, was sich bewegt«, sagte Hans gerade. »Dabei sind sie angeblich so eng mit der Natur verbunden, glauben an abstruse Geister auf den Gipfeln der Berge und rennen holzgeschnitzten Götzen nach. Aber wenn es darum geht, ihren eigenen Lebensraum zu erhalten, dann verhalten die sich wie Vollidioten. Deshalb war es richtig, sie aus den Bergen umzusiedeln.«

»Den Menschen blieb ja keine andere Wahl«, warf Tom ein. »Die Regierung hat ihre Gebiete immer weiter beschnitten, und sie mussten von irgendetwas leben. Und umsiedeln ist eine nette Beschreibung dafür, dass die Menschen aus dem Ruwenzori vertrieben wurden.« Er sprach ruhig und überlegt, ohne sich zu ereifern – im Gegensatz zu Hans, dem schon die Röte ins Gesicht schoss. Andrea lächelte in sich hinein. An Toms Stelle wäre sie Hans vermutlich längst an die Gurgel gegangen.

»So ein Unsinn«, meinte Hans. »Diese weltweit einzigartige Natur muss um jeden Preis erhalten bleiben. Da ist es nur richtig, die Menschen, die ja doch nur Bäume fällen und Tiere töten, in die Orte hier unten zu bringen. Hier gibt es außerdem Schulen, die Kinder lernen Englisch und werden medizinisch versorgt. Ich sage nur: Schuster bleib bei deinen Rappen.«

Andrea verdrehte die Augen. Tom lachte leise. Dann setzte er wieder eine ernste Miene auf.

»Die Menschen leben in diesem Gebirge seit Tausenden von Jahren«, erwiderte Tom. »Das bisschen Fleisch, was sie gejagt haben, fällt nicht ins Gewicht. Wilderer von außerhalb haben Felle und andere Trophäen für Touristen gejagt – die waren das Problem. Dabei haben sie die Elefanten, Schimpansen und Leoparden hier so gut wie ausgerottet. Diesen Leuten hätte man viel früher entgegentreten müssen. Aber das war in der Zeit Idi Amins kein Thema, und unter Obote hatten die Menschen andere Probleme. Doch seit Museveni im Amt ist, hätte man anders damit umgehen können.«

»Bist du schon mal da oben gewesen?«, mischte sich nun Kathrin ein, die sich bislang mit keinem Wort an dem Gespräch beteiligt, sondern ihre Fingernägel studiert hatte.

»Ja, und ich freue mich auf das zweite Mal«, antwortete Tom geheimnisvoll.

In diesem Moment trat ein Einheimischer an den Tisch.

»Das ist Nzanzu«, stellte Peter ihn vor und sah Tom an, als er fortfuhr: »Er ist der perfekte Guide für deine Tour, Tom.«

Nzanzu war kleiner als alle anderen am Tisch. Außerdem wirkte er alt, obwohl er einen trainierten Eindruck machte. Tom begrüßte ihn und wandte sich dann an Peter.

»Ich habe meine Pläne ein wenig modifiziert.« Dabei warf er einen flüchtigen Blick auf Andrea. »Wenn es euch nicht stört, dann werde ich den ersten Teil der Wanderung mit euch zusammen machen.«

Andrea nickte leicht mit dem Kopf und lächelte.

»Für mich ist das in Ordnung«, sagte Peter.

»Welchen Weg wolltest du denn ursprünglich nehmen?«, mischte sich Hans ein.

»Ich wollte den Central Circuit in umgekehrter Richtung laufen, das heißt, wir wären uns dann auf halbem Weg erst wieder begegnet.«

Tom sah Nzanzu an.

»Können wir bis zu den Kitandara-Seen mit den anderen zusammen gehen?«

»Den Geistern wird das gleich sein«, sagte der Guide und nickte.

Andrea blickte zwischen Nzanzu und Tom hin und her.

»Dann glaubst du also an die Geister der Mondberge?«, wollte sie von dem Einheimischen wissen.

Der sah sie mit seinen klaren Augen an. »Sie sind da. Dort oben in den Bergen genauso wie hier unten in den Dörfern. Sie gehören zu den Bayira, meinem Stamm, wie die Berge und der Wald. Seit Ewigkeiten besiedeln unsere Vorfahren sowohl die östlichen als auch die westlichen Hänge der Berge. Und auch wenn wir heute durch eine Grenze getrennt sind, sind doch dieselben Geister für uns da.«

»Und was tun die Geister?«, bohrte Andrea unruhig nach.

»Unsere Geisterwelt«, antwortete Nzanzu geduldig, »unterteilen wir in gute und böse Geister. Die guten, die Abalimu, beschützten die Menschen. Sie sind die Seelen verstorbener Familienmitglieder. Ihre Aufgabe ist es, uns vor den Gefahren des Lebens zu bewahren. Aber es gibt auch die Totengeister, die Ebirimu, die zu den Menschen zurückkehren, wenn ein Toter nicht richtig begraben wurde oder wenn jemand unschuldig gestorben ist.«

Andrea hörte ihm gespannt zu, während sie aus den Augenwinkeln Tom beobachtete, der bei Nzanzus Worten skeptisch die Nase rümpfte.

»Einmal bin ich einem Ebirimu begegnet.«

»Und was ist geschehen?«, wollte Andrea wissen.

Nzanzu betrachtete sie eine Weile schweigend, dann fuhr er mit leiser Stimme fort: »Mitten in der Nacht bin ich von einem lauten Weinen und Schreien erwacht. Als ich aus meiner Hütte blickte, habe ich den Geist gesehen. Er war von einem Funkenregen umgeben, hat wild um sich geschlagen, geschrien und das gesamte Dorf geweckt.« Nzanzus Blick glitt für einen Moment in die Ferne. »In derselben Nacht ist meine Mutter gestorben.«

Andrea war blass geworden. Sie hatte mit Faszination von diesen Geistern der Mondberge gelesen, doch jetzt schauderte es sie. Dabei waren sie erst am Fuß der Berge, der Heimat dieser Geister. Tom lachte glucksend, als er ihren ängstlichen Gesichtsausdruck sah. Andrea senkte ärgerlich den Kopf.

»Besonders diejenigen, die den Glauben an die Geister weit von sich weisen, werden gerne von ihnen heimgesucht«, sagte Nzanzu mit ruhiger Stimme. Die Haare auf Andreas Unterarmen stellten sich auf.

Als die Runde sich eine halbe Stunde später auflöste, bezog jeder einen eigenen Raum in der Hüttenzeile. Andrea ergatterte das Zimmer, das den Toiletten am nächsten lag. Der Strom wurde nach zweiundzwanzig Uhr abgestellt. Daher wollte sie sich ihren Weg so kurz wie möglich gestalten, falls sie nachts mit der Stirnlampe noch mal raus müsste.

Das Zimmer war einfach eingerichtet. Ein Bett, ein Sessel und eine wackelige Kommode. Dies war der letzte Luxus, den sie für eine Weile erleben würde. Ab dem nächsten Morgen würde sie nur noch ihren Schlafsack für sich allein haben, den sie auf eine durchgelegene Matratze oder ein hartes Etagenbett in einer zugigen Hütte legen würde.

Nach dem Abendessen setzte Andrea sich etwas abseits auf das altersschwache Rattansofa am Rand der Terrasse. Die anderen unterhielten sich an den hohen Tischen über den nächsten Tag. Andrea beobachtete Peter aufmerksam. Der bemerkte sie nach einer Weile, blickte zu ihr herüber. Er zwinkerte ihr zu, zog die Stirn nachdenklich kraus, schien über etwas nachzudenken, schüttelte dann kurz den Kopf, und unterhielt sich weiter mit Tom. Andrea registrierte Peters Lächeln. Und wieder seine Augen.

Sie ging früh am Abend in ihr Zimmer, kroch unter dem Moskitonetz hindurch, setzte sich die Stirnlampe auf den Kopf und griff nach dem Reiseführer. Aber sie konnte sich nicht auf das Lesen konzentrieren. Sie legte das Buch zur Seite, sank in die Matratze und hörte, wie die anderen nach und nach ebenfalls schlafen gingen. Kurz darauf verlosch auch draußen das Licht. Andrea begann, sich ihrer Müdigkeit hinzugeben. Aus den Augenwinkeln bemerkte sie für einen winzigen Moment einen Schatten vor dem Fenster. Als ob jemand versuchte, durch die Gardinen in ihr Zimmer zu spähen. Andrea war schlagartig hellwach und hielt den Atem an. Sie hob langsam den Kopf vom Kissen und lauschte. Da war ein unterdrücktes Atmen. Sie spürte ihren Herzschlag bis in den Hals. Die Türklinke senkte sich langsam mit einem leisen Quietschen. Panik stieg in ihr auf. Die Klinke hob sich wieder. Andrea hatte abgeschlossen. Aber wie sicher war die Tür? Halblaut rief sie »Hallo?« Sie bekam keine Antwort. Stattdessen hörte sie schnelle Schritte davonhuschen. Sie sprang aus dem Bett, stürzte zur Tür, drehte den Schlüssel im Schloss und riss die Tür auf. Sie spähte nach rechts und links. Es war stockdunkel und menschenleer.

Eben wollte sie die Tür wieder schließen, als sie im Schein der Stirnlampe einen Gegenstand auf der Betonplatte entdeckte. Sie bückte sich und hob ihn auf. Eine kleine Gorillafigur aus Holz, vielleicht fünf Zentimeter groß. Irgendwo hatte sie genau so eine Figur schon einmal gesehen. Sie steckte sie in eine Seitentasche ihres Rucksacks, schloss die Tür zweimal ab und legte sich wieder ins Bett.

8

Westseite des Ruwenzori, am späten Abend des 10. Juni

Seit fast vier Stunden trieb Paul seine Leute gnadenlos durch die Schwüle des kongolesischen Regenwaldes. Nun ließ er den Treck der etwa hundert Rebellen zu einer Rast anhalten, denn sie mussten ihre Kräfte für die Nacht aufsparen. Zu viele Soldaten durfte er bei dieser kurzfristigen Aktion nicht verlieren, denn die wirklich wichtigen Kämpfe sollten erst noch kommen. Die Nacht brach schnell herein.

Badyoro, nahe der ugandischen Grenze, lag still auf zwei niedrigen Hügeln mitten im Nichts. Im Osten, nicht allzu weit entfernt, ruhte der Ruwenzori in der Dunkelheit. Dichter Dschungel voller Schimpansen, Vögel, Waldelefanten und mystischer Geschichten umgab das scheinbar beschauliche Dorf. Die Geister wussten längst, was hier in Kürze geschehen sollte.

Badyoro befand sich mitten im Herrschaftsbereich der ALR. In diesem Landstrich, im Osten der Demokratischen Republik Kongo, hatten sich die Hutu nach der Flucht aus ihrer Heimat Ruanda vor dreizehn Jahren niedergelassen. Jetzt beherrschten sie das Land und die Menschen, den Wald, die Minen und die Märkte. Mit den Erträgen aus der Region finanzierten sie ihren Krieg gegen das verhasste System zu Hause in Ruanda. Die Regierung in Kinshasa und ihre Militärs trauten sich schon seit langem nicht mehr hierher.

Das Dorf streckte sich über die Hügel, eingebettet in üppige Bananenplantagen; rechts und links des Hauptweges reihten sich runde Holzhütten mit Strohdächern aneinander. Niemand ahnte etwas von der Bedrohung, die sich wie eine Schlinge um Badyoro zusammenzog. Erst zwei Tage zuvor hatten sich die Ältesten mit den Dorfvorstehern der umliegenden Orte getroffen. Sie waren sich darin einig, die Vormachtstellung der ALR nicht länger hinzunehmen. Sogar ein Vertreter der UN war bei dem Gespräch dabei gewesen und hatte ihnen seine Unterstützung zugesagt.

Hitimana versuchte, in der Dunkelheit die Umgebung zu erfassen. Er und die anderen Rebellen waren jetzt nur noch etwa zwei Kilometer von dem Dorf entfernt und ruhten sich aus. Die meisten von ihnen hatten Erfahrung mit Vergeltungsaktionen wie der vor ihnen liegenden. Hitimana gehörte mit seinen gerade mal dreizehn Jahren zu ihnen. Aber sein Freund Mugiraneza war noch nie dabei gewesen. Die Angst vor dem, was sie erwartete, stand ihm ins Gesicht geschrieben. Die Dunkelheit legte ihren Schleier über seine Augen.

Pauls größtes Ärgernis mit den Kongolesen war, dass sie seine Ziele nicht verstanden. Er hatte gar nicht vor, ihnen Schlimmes anzutun. Sie mussten einfach nur akzeptieren, dass die ALR nun die Macht im Land hatte. Zumindest hier in Nord-Kivu, diesem Landstrich an der Grenze zu Uganda.

Seit Paul die riesigen Flüchtlingslager entlang der Grenze zu seiner Heimat Ruanda gesehen hatte, wusste er, wofür er kämpfte. Über zwei Millionen Menschen lebten unter katastrophalen Bedingungen zusammengepfercht in diesen Lagern, ohne die geringste Unterstützung durch die internationale Gemeinschaft. Die Welt verschloss die Augen vor dem Leid dieser Menschen. Die vertriebenen Ruander sollten wieder in ihre Heimat zurückkehren – das war Pauls Lebensziel geworden. Dazu war ihm jedes Mittel recht.

Um das Ziel zu erreichen, brauchte die ALR effektive Waffen. Und die waren teuer. In Pauls Augen war es also nur gerecht, dass die Bevölkerung des Landes, das seine Landsleute so elend in den Lagern verrecken ließ, einen Beitrag dazu leistete. Deshalb sorgte er dafür, dass die Gebühren für die Märkte eingetrieben wurden und die Erlöse aus den Coltan-Minen stetig flossen. Doch manche weigerten sich, ihren Tribut zu zahlen. Gerade der Ortsvorsteher von Badyoro hatte schon mehrfach die Zahlung der Marktgebühren verweigert. Sie hatten viel Geduld mit ihm gehabt. Doch da sich nun in den umliegenden Dörfern ebenfalls Widerstand regte, konnten Bernard und er dieses Verhalten nicht länger durchgehen lassen.

Nach einer zweistündigen Rast brachen die Soldaten gegen Mitternacht wieder auf. Paul gab seinen Leuten den Befehl, sich rund um das Dorf im Wald zu verteilen. Einhundert Mann traten gegen etwa sechshundert Menschen in dem Dorf an. Noch hatten sich die Dorfbewohner keine Waffen zugelegt. Der Widerstand würde gering sein.

Paul gab das Zeichen. Die Soldaten entzündeten Fackeln. Rund um Badyoro leuchtete innerhalb weniger Minuten ein Feuerkreis auf, der sich kontinuierlich auf das Dorf zubewegte. Aus allen Richtungen kamen die Soldaten näher. Die ersten Tiere wurden unruhig, Ziegen scharrten mit den Hufen, Hühner liefen gackernd über die dunklen Wege, die nach und nach vom Schein der Fackeln erleuchtet wurden. Der erste Schrei ertönte. Es war der Schrei eines Kindes, das aus dem Schlaf gerissen wurde und dessen Kopf sofort von einer glänzenden Machete in einen blutigen Brei aus Fleisch, Knochen, Hautfetzen und Hirnmasse verwandelt wurde.

Die düstere Gewalt eines bestialischen Massakers senkte sich über Badyoro.

Paul erreichte die Hütten. Er hielt seine Fackel an das Dach der ihm am nächsten stehenden Hütte, und sofort fing sich das Feuer knisternd in den getrockneten Blättern. Die Bewohner Badyoros erwachten aus dem Schlaf. Doch für eine Flucht war es längst zu spät. Im gesamten Dorf loderten bereits die Flammen, die den Tod verkündeten.

Die Menschen liefen verstört und noch wie betäubt aus ihren Hütten, ihre Kinder fest umklammert. Sie wurden von den Soldaten empfangen. Aus der mittlerweile lichterloh brennenden Hütte neben Paul rannte ein Mann mit zwei kleinen Kindern an der Hand heraus und rief ihm etwas zu. Doch Paul konnte ihn durch den mittlerweile unsäglichen Lärm nicht verstehen. Die Panik war dem Vater ins Gesicht geschrieben.

Als der Mann Paul erreichte, hob der seine Machete und schlug kräftig zu. Die scharfe Klinge durchtrennte den Arm des Vaters sofort. Die Hand umklammerte die des Kindes auch noch weiter, als der Unterarm zu Boden fiel. Blut spritzte aus dem offenen Ellenbogengelenk des Mannes, doch der rannte einfach weiter, an Paul vorbei. Der holte zu einem weiteren Hieb aus, der den Mann im Rücken traf und auf die staubige Erde warf.

Das Kind, ein Junge offenbar, etwa sechs Jahre alt, hielt noch immer die Hand des Vaters fest, obwohl der Arm längst im Staub lag. Das andere Kind – ein höchstens vierjähriges Mädchen, nackt und vollkommen ungeschützt – stand weinend neben dem zuckenden Körper seines Vaters, aus dem die Geister der Mondberge die Seele befreiten.

In der Hüttentür erschien eine Frau mit einem Säugling auf dem Arm, die Augen vor Entsetzen geweitet. Paul trat resolut auf sie zu und stieß sie sofort in das vom lodernden Dach erleuchtete Innere der Hütte zurück. Das Baby rutschte der Frau aus den Händen und schlug mit dem Kopf voran auf die Erde auf. Paul hob das schreiende Kind brutal auf, blickte in die weit aufgerissenen Augen und warf es kurz entschlossen in die brennende Hütte zurück. Dann zog er die Tür mit einem Ruck zu und verkeilte sie mit einem Stock. Gellende Schreie drangen aus der Hütte. Von innen wurde an der Tür gerüttelt, aber Paul war schon weitergegangen.

Er schaute sich zufrieden um. Seine Soldaten leisteten gründliche Arbeit.

Innerhalb von zwei Stunden töteten sie fast alle erwachsenen Dorfbewohner. Die Leichen lagen mit verdrehten Körpern auf den staubigen Wegen. Der Gestank von verbranntem Fleisch mischte sich in den Geruch der brennenden Hütten. Allmählich verstummten auch die letzten Schreie. Die Männer begannen, sich für die anstrengende Arbeit zu belohnen. Dafür hatten sie die Mädchen und jungen Frauen bisher verschont. Danach würden sie ein paar von ihnen mit ins Lager nehmen, sofern sie dann noch lebten. In der Woche zuvor waren ihnen drei Mädchen weggestorben. Sie brauchten Nachschub.

Auf dem zentralen Platz des Ortes wurden gegen vier Uhr die überlebenden Jungen zusammengetrieben. Die Acht- bis Zwölfjährigen saßen verängstigt auf dem Boden. Einige weinten. Paul begutachtete sie. Es waren starke Burschen darunter. Sie würden gute Soldaten abgeben. Ein paar andere würden wohl bald an Heimweh sterben. Nur wenige Soldaten bewachten die vollkommen verstörten Jungen. Es bestand keine besondere Gefahr, dass sie fliehen würden. Wohin auch? Die Soldaten waren überall.

Etwas abseits kauerten die überlebenden Mädchen des Dorfes. Das jüngste war gerade erst acht, das älteste schon in der Pubertät. Ihre Blicke waren durchweg gebrochen.

Paul rief seine Soldaten zusammen, die sich langsam im Schein der immer noch brennenden Hütten auf dem Platz einfanden. Sie sahen müde aus. Aber darauf konnte er keine Rücksicht nehmen. Sie würden in den frühen Morgenstunden den Rückweg antreten. Er gab den Befehl, alles mitzunehmen, was die Soldaten brauchen konnten. Alles andere, was noch nicht den Flammen zum Opfer gefallen war, wurde ebenfalls angezündet und verbrannt. An diesem Ort sollte niemals wieder ein Mensch leben. So hatte Bernard es gefordert.

Die ersten Ohrengeier kreisten im Sonnenaufgang über den Hügeln Badyoros. Wenn die benachbarten Dörfer nicht schon durch vereinzelte Flüchtlinge alarmiert worden waren, wussten sie spätestens jetzt

Bescheid. Die Geier wurden von dem Geruch angezogen, der sich langsam ausbreitete. Der Tod war allgegenwärtig.

Eine Stunde später machte sich der um einige Gefangene angewachsene Treck auf den Weg zurück zum Lager. Bei der ersten Pause schaltete Paul sein Satellitentelefon ein, um Bernard eine Nachricht zu schicken: »Auftrag erfolgreich ausgeführt.« Der Präsident antwortete umgehend. Telefonisch. Das kam selten vor. Meistens kommunizierte Paul mit ihm über Textnachrichten. So war es schwieriger nachzuverfolgen, wo er sich gerade aufhielt. Die Häscher der UN waren der ALR immer dicht auf den Fersen.

Bernard bedankte sich bei seinem General für die gelungene Aktion. Als Paul die Stimme des Präsidenten hörte, verkrampfte sich augenblicklich sein Gesicht. Der alte Ärger stieg wieder in ihm hoch. Bernard saß in Deutschland, während Paul in Zaire die Drecksarbeit machte. Der Präsident bekam zwar regelmäßig seine Berichte, doch nun war er schon seit mehreren Jahren nicht mehr vor Ort gewesen. Auch vorher war er schon lange nicht mehr persönlich in Kämpfe verwickelt gewesen, hatte nicht mitbekommen, wie viel Energie es kostete, die Soldaten – vor allem die jüngeren – immer wieder anzutreiben. Nach Nächten wie der vergangenen musste Paul die Männer jedes Mal daran erinnern, wofür sie kämpften.

Bernard teilte ihm mit, dass die Deutschen in Uganda angekommen waren. Der Kurier hatte sie in der Lodge in Entebbe gesehen. Bernard wies noch einmal eindringlich darauf hin, dass die Frau am wichtigsten sei. Die anderen waren egal, mussten aber dabei bleiben, um Verwirrung zu stiften. Sie wollten einen letzten Trumpf in der Hand haben, wenn die Verhandlungen begannen. Dann legte der Präsident auf.

Müde und wütend betrachtete Paul das Satellitentelefon in seiner Hand. Er seufzte, hob den Kopf und bemerkte die Jungen Mugiraneza und Hitimana wenige Meter vor sich erschöpft auf einem Baumstamm sitzend. Mugiranezas Augen waren blutunterlaufen. Als Paul ihn anschaute, senkte der Junge sofort seinen Kopf. Hitimana hielt Pauls Blick weiterhin trotzig stand. Kurz spannte Paul den Körper an, als wolle er aufspringen, ließ dann jedoch wieder locker und nickte dem Jungen zu. Er brauchte gute Soldaten, vor allem, seit die Vereinten Nationen seine Leute mit der Aussicht auf gute Jobs aus der Armee herauslockten.

Paul dachte an die Aufgaben, die vor ihm lagen. An der Struktur der ALR musste sich dringend etwas ändern. Ein Präsident musste einfach vor Ort sein. Nicht in Deutschland. Paul musste sich also mit ein paar außerordentlichen Aktionen in Szene setzen, dann hatte er gute Chancen, den unterschwellig bereits schwelenden Machtkampf für sich zu entscheiden. Alles würde sich allerdings anders darstellen, wenn er Bernards Pläne durchkreuzte. Sollte Bernard in Deutschland verurteilt werden, dann wäre er für viele Jahre weg vom Fenster. Dann würde Pauls Stern aufgehen.

Im Kopf hatte der General schon längst den Trupp zusammengestellt, der in den nächsten Tagen den Weg über die Berge antreten sollte, um den Touristen entgegenzuziehen. Sie mussten schnell sein und durften um keinen Preis auffallen. Eine große Truppe wie die, mit der er gerade unterwegs war, eignete sich dazu nicht. Bisweilen breiteten Informationen sich wie ein Lauffeuer über den Ruwenzori aus. Die Reisegruppe könnte gewarnt werden.

Paul setzte eine letzte Nachricht an seinen Kontakt in der Touristengruppe ab und bekam schon wenige Minuten später eine Antwort: Am nächsten Vormittag sollte die Wanderung der ahnungslosen Touristen beginnen. Alles lief nach Plan.

9

Nyakalengija, am Morgen des 11. Juni

Der griechische Mathematiker und Geograf Claudius Ptolemäus hat soeben sorgfältig eine Karte Afrikas gezeichnet. Er überlegt kurz, nimmt dann den Stift noch einmal zur Hand, setzt ein Gebirge, die Quelle des Nils und einen Namen dazu – »Montes Lunae« – und lehnt sich zufrieden zurück. Er ahnt nicht, was er damit anrichtet.

Man schreibt das Jahr 150 nach Beginn der christlichen Zeitrechnung. Auf den Schriften des Neuen Testaments trocknet die Tinte. Pius I. ist der zehnte Bischof in Rom. Die Steintürme des Limes grenzen das Römische Reich von den Barbaren im Norden ab. Die Geschicke der Germanen an Nord- und Ostsee werden von den Göttern Odin, Freya und Thor geleitet.

Ptolemäus bezieht sich in seinen Aufzeichnungen auf den Bericht eines gewissen Herodot, der sechshundert Jahre zuvor eine unerschöpfliche Quelle zwischen den Bergen Crophi und Mophi erwähnte, die bis heute niemand identifiziert hat. Er kennt aber auch die Niederschriften des Diogenes, der angeblich bis zu den Quellen des Nils vorgedrungen ist und feststellte, dass der Nil von geschmolzenem Schnee gespeist wird, der sich in zwei Seen sammelt.

Seit der alte Grieche seine unbedarften Linien auf ein Pergament zeichnete, beschäftigte die Menschen die Suche nach dem Ort, den der Mann gemeint haben könnte. Die großen Herrscher über die Welt versuchten den Berichten auf den Grund zu gehen. Doch keiner von ihnen fand auch nur den kleinsten Hinweis auf die von Ptolemäus erwähnte Quelle des Nils. Ganz zu schweigen von den Bergen, die eine wie auch immer geartete Verbindung zum Mond haben sollten.

Der Weiße Nil wird unter anderem durch das Wasser des Viktoria-Sees gespeist. In diesen mündet der Fluss Kagera, der aus Ruanda und Tansania weit im Süden nach Norden strömt. Für die Ruander ist damit klar: Der Nil entspringt inmitten der Berge ihres Landes. Die Ugander sehen das ganz anders. Für sie befindet sich die Quelle des Nils in dem Ort Jinja, an dem das Wasser aus dem Viktoria-See in den Viktoria-Nil fließt. Aus Burundi hingegen kommt der Ruvuvu, der ebenfalls zum Oberlauf des Nils gezählt wird. Damit ist geklärt, wo der Nil für die Burundier seinen Ursprung hat.

Noch heute streitet die Wissenschaft darüber, wo der Ursprung des Stroms zu finden ist, der vor fünftausend Jahren die einzigartige ägyptische Hochkultur beförderte.

Dabei wird auch immer wieder die Frage gestellt, ob nicht die größte Menge Nilwasser aus dem Ruwenzori kommt und somit dieses Gebirge die wichtigste Nilquelle ist. Denn das Wasser westlich des Ruwenzori fließt über den Semliki, der in den Albert-See mündet, ebenfalls in den Nil. Östlich des Gebirges sammelt sich das Wasser in vielen kleinen Flüssen, die entweder in den Georg-See, den Albert-See oder den Viktoria-See fließen. Alles Wasser aus dem Ruwenzori endet also letztlich in den Fluten des Weißen Nils.

Da die von Ptolemäus erwähnten Mondberge bis heute nie eindeutig identifiziert wurden, sponnen sich um sie im Laufe der Jahrhunderte Legenden. Einige Expeditionen kamen den Bergen zwar offenbar sehr nahe, aber wegen des immerwährenden Nebels und der scheinbar unverrückbaren Wolken auf den Gipfeln liefen die berühmten Forscher lange an ihnen vorbei.

Weshalb Ptolemäus diese Berge jedoch als »Montes Lunae« bezeichnete, blieb ein unerschöpflicher Quell für immer neue Mythen, die noch auf ihre Auflösung warten.

Tom stand bereits seit einer Weile vor seinem Zimmer, als die Sonne aufging. Er ließ sich vom faszinierenden Anblick der ihn umgebenden Landschaft in den Bann ziehen und dachte an die Mythen und Anekdoten über den Ruwenzori. Leichte Nebelschwaden zogen vom nahe vorbeirauschenden Gebirgsfluss Mubuku über das Gelände der Hostel-Anlage. Tom blickte auf die Hügel, die sich vor seinen Augen erhoben. Grün. Tausende Schattierungen von Grün. Rechts und links an den nahegelegenen Hängen stiegen dünne Rauchsäulen aus den Hütten auf; die Menschen arbeiteten bereits auf den steil abfallenden Feldern. Der Himmel war strahlend blau, nur ganz in der Ferne, über den Höhen des Ruwenzori, hielt sich eine dunkle Wolke an den Bergspitzen fest, als sei sie betoniert.

Die Kamera hatte er griffbereit, seine Trekkingschuhe an den Füßen, der Tagesrucksack war gepackt. Es konnte losgehen. Tom brannte darauf, in die Höhe zu steigen, in die Geheimnisse dieses Gebirges einzutauchen, das für ihn eine große Chance bereithielt.

Er betrat gleichzeitig mit Peter die Terrasse. Tom bestellte sich einen Kaffee. Wenn man das Instantgetränk überhaupt so nennen konnte, das er gleich bekommen sollte. Auf einen normalen Bohnenkaffee musste er in dieser Region verzichten. Eine Spur, die die westliche Welt nach Jahren der Invasion und Ausbeutung hinterließ, war, dass Kaffee hier zwar angebaut, aber weder geröstet noch getrunken wurde. Immerhin war das Wasser für die Zubereitung hier unten noch klar; weiter oben, in den Camps, würden sie auf die Flüsse und Bäche zurückgreifen müssen, die voller Schwebeteilchen waren.

Er sah sich ruhig um – noch war er allein mit Peter. Das war wohl seine letzte Chance, mit ihm unter vier Augen zu sprechen. Also kam er sofort auf den Punkt.

»Kann ich dich etwas fragen?«, sprach er ihn an.

»Natürlich. Alles was du willst«, antwortete der.

»Ich möchte die Wanderung etwas anders durchführen als geplant.«

»Was meinst du damit?« Verwundert sah Peter ihn an.

Tom fischte aus seiner Tasche eine handgezeichnete Karte, die er vor Peter auf den Tisch legte.

»Nachdem wir die Kitandara-Seen erreicht haben, möchte ich nicht dem regulären Weg weiter folgen, sondern nach Südwesten abbiegen.« Er zeichnete den Weg mit dem Finger auf seiner Karte nach.

»Über den Kilembe-Trail ...?«

»Nur bis zu den Kachope-Seen.« Tom beobachtete den Guide genau, bevor er weitersprach. »Dann möchte ich den offiziellen Weg verlassen.«

»Was willst du denn da? Das ist gefährlich nah an der kongolesischen Grenze.« Peters Miene verfinsterte sich ein wenig.

»Dort soll die Landschaft noch völlig unberührt sein.« Tom setzte einen unschuldigen Gesichtsausdruck auf. »Über die Grenze will ich natürlich nicht gehen. Das wäre ziemlich dumm.«

»Ich weiß nicht, ob es da überhaupt Wege gibt. Zum Teil liegen da wohl auch noch Landminen.«

»Laut meiner Karte gibt es einen Weg zwischen den Kachope-Seen und dem Bamwanjara-Pass. Ab da müssten wir uns westlich in die Berge begeben.« Er schaute Peter einen Moment lang an, der das Gesicht nachdenklich verzogen hatte. »Ich weiß, dass es nicht erlaubt ist, die Wege zu verlassen. Aber das muss ja keiner erfahren«, ergänzte Tom.

»Was genau suchst du denn da?«, fragte Peter.

»Mir wurde bei meinem letzten Aufenthalt in Uganda erzählt, die Gegend soll voller Geheimnisse sein. Ich will das mit eigenen Augen sehen. Wenn wir einfach behaupten, den Kilembe-Trail zurückgehen und ein paar Tage dort bleiben zu wollen, dann dürfte es auch keine Schwierigkeiten mit den Rangern geben. Ich brauche allerdings einen Guide, der mich begleitet.«

»Weshalb fragst du mich und nicht Nzanzu? Er ist doch dein Guide.«

»Glaubst du, dass er sich auf eine solche Tour einlassen wird?«

»Er fürchtet die Geister. Also wird er niemals einen Fremden tiefer in die Berge führen.«

»Das habe ich mir gedacht.«

Peter betrachtete Tom zweifelnd, bevor er nickte. »Was sind das für Geheimnisse, die deine Neugier geweckt haben? Unsere Legenden sind voller Geschehnisse, die Europäer als mysteriös bezeichnen würden«, sagte er schließlich. »Also, was genau planst du?«

»Ich habe von einem abgelegenen Tal gehört, das alles an Schönheit hier übertreffen soll. Ich will es finden und ich will Fotos davon machen.« Tom machte eine kurze Pause. Als Peter lediglich eine Augenbraue hochzog, fuhr er fort: »Für mich hängt eine Menge davon ab, dieses Tal zu finden. Ich glaube, dass mir beruflich ein wirklich großer Durchbruch gelingt, wenn ich darüber berichte.« Noch immer sah Peter skeptisch aus. Also packte Tom seinen letzten Trumpf aus: »Ich würde dir das Doppelte von dem bezahlen, was du für eine normale Tour bekommst.«

Für einen Sekundenbruchteil hellte sich Peters Miene auf, dann fragte er: »Weiß Manfred davon?«

»Bisher nicht. Ich will ihn auch erst einweihen, wenn wir die Kitandara-Seen hinter uns gelassen haben. Er stellt sonst zu viele Fragen ...«

»Fünfzig Dollar pro Tag. Und wir brauchen mindestens drei weitere Träger, denn wir müssen zusätzliche Verpflegung mitnehmen.«

»Das ist mehr als das Dreifache des regulären Tagessatzes ...«, warf Tom vorsichtig ein, doch als er die steile Falte auf Peters Stirn entdeckte, gab er den Widerstand sofort auf. »Einverstanden.«

»Für eine Woche bezahlst du mich im Voraus.«

»Das ist nicht üblich ...«

»Es ist auch nicht üblich, dass ein Guide sich von der Gruppe absetzt, für die er die Verantwortung übernommen hat. Besondere Situationen erfordern besondere Maßnahmen.«

»Du verstehst dich darauf, hart zu verhandeln. Für die Gruppe ist doch gesorgt. Zwei weitere Guides werden sie begleiten. Wenn das anders wäre, dann würde ich dir diesen Vorschlag nicht machen.«

»Ich habe eine Familie zu ernähren. Und ich will, dass mein Sohn eines Tages nicht mehr auf Touristen aus Deutschland angewiesen ist.«

Tom räusperte sich leicht betroffen. »Verstehe.«

»Das bezweifele ich ...«, antwortete Peter leise. Lauter sagte er: »Wir sollten den anderen wirklich nichts von deinem Plan erzählen. Je weniger davon wissen, desto besser.«

Sie gaben sich zum Einverständnis die Hand.

»Ich gehe in den Ort und organisiere die Extra-Verpflegung«, verkündete Tom, nahm seine Nikon vom Tisch und verließ die Veranda über den Weg in Richtung Dorfplatz. Peter sah ihm nachdenklich hinterher.

10

Westseite des Ruwenzori, in der Nacht zum 11. Juni

Paul lag auf der Pritsche in seinem Zelt, öffnete die Augen und lauschte angespannt in die Dunkelheit der Nacht hinaus. Sie waren spät in ihr Lager in der Nähe von Mutwanga zurückgekehrt. Er hatte eine Stimme gehört, im Halbschlaf. Er rechnete ständig mit einem Angriff des kongolesischen Militärs, daher musste er mitbekommen, ob die Stimme zurückkam. Am Eingang des Zeltes raschelte es. Paul tastete nach seiner Pistole, ohne die er niemals zu Bett ging, setzte sich schnell auf und richtete die Waffe auf die Zeltöffnung.

Innocent erschien im schummrigen Licht des Zelteingang. Pauls engster Vertrauter und Untergebener, sein Leutnant und härtester Verfechter der Ziele der ALR – und ein bedingungslos den Wünschen ihres Präsidenten Bernard folgender Soldat. Gelassen betrachtete er Paul.

Eine Gruppe von etwa zehn Soldaten ihrer Miliz sei aus dem Lager geflohen, berichtete Innocent. Wütend sprang Paul aus seinem provisorischen Bett, zog seine Uniform über, griff wieder nach der Pistole, steckte sie ins Halfter und stapfte aus dem Zelt. Über ihm schien hell der zunehmende Mond. Der Platz war nach dem abendlichen Regen völlig durchweicht. Er rief seine Männer zusammen. Sie kamen verschlafen aus ihren Zelten gekrochen. Schnell standen sie in Reih und Glied vor ihm, warteten auf seine Befehle. Paul musterte sie kritisch, dann wählte er die 25 treuesten von ihnen aus, die den Geflohenen in den Wald folgen sollten. Der Schlamm schmatzte unter ihren eiligen Schritten, als sie im Wald verschwanden. Vier weitere Soldaten stellte Paul als zusätzliche Wachen ab, die übrigen schickte er wieder schlafen. Er selbst setzte sich mit Innocent zur Lagebesprechung im großen Zelt zusammen.

»Das ist jetzt schon das dritte Mal innerhalb eines Monats!«, fluchte er laut.

»Je länger Bernard in Haft ist, desto mehr sinkt die Moral«, sprang ihm Innocent zur Seite.

»Deshalb muss etwas geschehen. Wir müssen ein Exempel statuieren. So geht das nicht weiter.« Paul überlegte. Dann fuhr er fort: »Wer ist der Rädelsführer? Ngoga, stimmt's?«

»Sieht so aus.«

»Dann wünsche ich ihm, dass er sich gut versteckt. Wann sind sie desertiert?«

»Vor etwa einer halben Stunde. Einer von ihnen hatte die Hosen voll und ist umgekehrt.«

»Wer?«

»Hitimana.«

»Der Junge?«

»Er ist erst dreizehn. Er kam zu mir ins Zelt und hat alles erzählt.«

»Ein braver Junge. Bring ihn her!« Innocent verließ das Zelt und kehrte nach drei Minuten mit Hitimana zurück, der verängstigt aussah und die Augen niederschlug, als Paul ihn fixierte. Der General füllte ein Glas mit Schnaps, das er Hitimana in die Hand drückte.

»Trink. Das hast du dir verdient.«

Vorsichtig setzte Hitimana das Glas an die Lippen und nippte an dem scharfen Getränk.

»Wer hat die Flucht organisiert? War es Ngoga?«

Hitimana nickte.

»Seit wann hat er die Flucht geplant?«

Der Junge begann zögernd zu erzählen, wie Ngoga seit einer Woche Leute um sich geschart hatte, denen er vertraute. Er hatte auch Hitimana angesprochen, doch der war von Anfang an unsicher gewesen. Sie hatten sich für diese Nacht verabredet, um durch den Dschungel zu fliehen.

»Wohin wollen sie?«, wollte Paul wissen.

»Zu den Goldminen. Von dort aus zur Hauptstraße und dann in Richtung Ruanda.«

»Was wolltest du denn da? Du kommst doch gar nicht aus Ruanda.« Pauls Stimme war schneidend.

Der Junge zuckte ängstlich mit den Schultern.

»Wo lebt deine Familie?«

Hitimana traten Tränen in die Augen, die er sofort wegwischte. Paul schlug mit der flachen Hand so stark auf den Tisch, dass dieser beinahe zusammenbrach. »Du willst ein Soldat sein? Du heulst wie ein Mädchen!«

Hitimana zuckte zusammen, dann straffte er seinen Körper. »Ich will ein guter Soldat sein«, stammelte er.

»Das ist schon besser. Ich werde dich genau im Auge behalten. Wenn du dir noch einmal eine Verfehlung zuschulden kommen lässt, dann weißt du, was dir blüht!«, zischte Paul ihm zu. »Und jetzt geh schlafen. Morgen haben wir einen langen Marsch vor uns.«

Hitimana salutierte und stolperte nach draußen.

Paul stöhnte auf. »Wie soll ich mit Kindern einen vernünftigen Krieg führen?«, fragte er Innocent. »Die haben keinen Mumm in den Knochen. Seit Bernard in Deutschland im Gefängnis sitzt, drehen hier alle durch. Wenn so viel am Präsidenten hängt, dann muss sich die Situation ändern.« Er musterte seinen Leutnant. »Was meinst du?«

»Bernard ist nun mal der gewählte Präsident. Er entscheidet über unseren Weg. Sein Wort ist entscheidend.«

»Dir ist doch auch aufgefallen, dass sich die Stimmung unter den Soldaten geändert hat?«, fragte Paul mit zusammengekniffenen Augen.

»Ja, natürlich. Sie sind lahm geworden. Sie wissen nicht mehr, wofür sie kämpfen sollen.«

»Dann müssen wir ihnen wieder einen Grund geben. Dann werden sie motivierter sein. So wie es jetzt ist, kann es nicht weitergehen.«

»Du hast längst einen Plan, habe ich Recht?« Innocent war auf der Hut.

Paul fixierte seinen Leutnant durchdringend. Vorsichtig wiegte er den Kopf hin und her, bis er wieder zu sprechen begann. »Wenn ich einen Plan hätte, auf wessen Seite würdest du dann stehen?«

»Paul! Was ist das für eine Frage?« Innocent erhob sich von der Bank, wandte sich von seinem General ab. »Wir kämpfen seit Jahren zusammen.« Er versuchte den Blick seines Chefs einzufangen, als er sich wieder umdrehte. »Natürlich stehe ich auf deiner Seite. Du erinnerst dich doch an '94: In Kigali haben wir Seite an Seite gegen die Tutsi-Kakerlaken gekämpft. Wir haben zusammen unsere Heimat verlassen, als die Tutsi die Macht übernahmen. Seitdem haben wir fast jeden Tag zusammen verbracht. Das wird auch weiterhin so sein.« Er machte eine Pause. Dann setzte er sich wieder. »Also, was ist dein Plan?«

»Wir haben beide oft genug erlebt, dass man sich nicht einmal auf seine besten Freunde verlassen kann, wenn es um die großen Dinge geht. Was kannst du mir anbieten, damit ich sicher sein kann, dir vertrauen zu können?«

Innocents Augen wurden schmal. Seine Hand wanderte fast unmerklich an den Hosenbund. Die Waffe war geladen und entsichert. Paul folgte der Bewegung aus den Augenwinkeln. Er sagte nichts, seine Hände ruhten auf dem Tisch. Nur ein leichtes Zucken durchlief seine Finger. Er konnte schnell sein, sehr schnell. Innocent registrierte die winzige Bewegung sehr genau. Dennoch begann er zu sprechen.

»Ich gehe davon aus, dass es darum geht, Bernard vom Thron zu stoßen und einen neuen Präsidenten zu wählen. Solltest du zu irgendeiner Zeit Pläne in dieser Richtung haben, dann stehe ich hinter dir und werde bis zu deinem Tod an deiner Seite stehen.« Wieder folgte ein Moment angespannter Stille. Die beiden Männer sahen sich unbeirrt in die Augen. »Bernard ist in seiner jetzigen Situation handlungsunfähig«, sagte Innocent in ruhigem Ton. »Jemand muss seine Arbeit übernehmen. Und ich finde, dass diese Aufgabe dir zufallen sollte.«

In Pauls Augen blitzte es auf.

»Dir ist klar, was du da sagst?«, fragte er lauernd. »Ich könnte dich auf der Stelle für deine Worte hinrichten lassen. Auf Meuterei steht der Tod.«

»Ich bin mir sicher, dass du die Situation genauso siehst wie ich. Also lass uns etwas tun, damit wir die Macht in die Hand bekommen!«

»Wir?« Pauls Stimme klang zynisch.

»Du als Präsident, ich als dein Stellvertreter.«

»Darüber kann man nachdenken.«

Als Paul verstummt war, bemerkte er Unruhe im Lager und trat hinaus. Die Morgendämmerung schob sich schnell über die Wipfel der Bäume. Die Häscher kamen zurück und trieben einen Teil der Flüchtlinge vor sich her. Sieben waren es, alle an den Händen gefesselt. Sie waren völlig erschöpft, einige hatten tiefe Schnittwunden, die von Macheten herrührten, andere hatten offenbar Schussverletzungen. Paul trat vor das Zelt, um die Schar in Empfang zu nehmen. Zornig starrte er ihnen entgegen, als sie von ihren ehemaligen Kameraden in den Schlamm des Platzes gestoßen wurden. Die meisten blieben dort liegen, ergaben sich bereits ihrem Schicksal. Nur einer rappelte sich sofort wieder auf, obwohl seine Hände auf dem Rücken fixiert waren und er an der Schulter stark blutete. Herausfordernd blickte er Paul in die Augen.

»Ngoga ...«, sagte dieser nach einer Weile. »Wie schön, dich zu sehen. Wie geht es dir?« Paul lächelte. Als Antwort spuckte Ngoga vor ihm auf den Boden. Lange sahen sich die beiden Männer an. Um sie herum hatten sich die Soldaten der gesamten Miliz versammelt. Sie beobachteten den wortlosen Kampf zwischen den beiden starken Männern. Dann begann Paul, Ngoga mit bedrohlich langsamen Schritten zu umrunden.

Nach und nach wurden die Männer nervös, denn es war nicht abzusehen, wer das stumme Duell gewinnen würde. Schließlich beendete Paul die Situation und richtete sich vor den Gefangenen auf: »Führt sie ab!« Dann wandte er sich um und ging auf sein Zelt zu. In diesem Moment begann Ngoga zu lachen. Paul blieb wie angewurzelt stehen. Er zog seine Waffe aus dem Holster, drehte sich ganz langsam um und schritt auf Ngoga zu. Als dieser Pauls Waffe auf sich zukommen sah, verstummte er kurz, doch dann begann er zu sprechen:

»Ja, das kannst du. Mit Gewalt unterdrückst du deine Leute. Aber sei dir darüber im Klaren: Du hast sie längst nicht mehr unter Kontrolle. Du hast *dich* nicht mehr unter Kontrolle. Mit Gewalt macht man sich keine Freunde. Du wirst untergehen – so wie wir alle, wenn wir nicht ...«

Ein Schuss peitschte durch den Wald. Ngoga verstummte, als ihn Pauls Kugel in den Kopf traf und nach hinten schleuderte. Er sackte verrenkt in den Dreck, um seinen Kopf bildete sich sofort eine dunkelrote Blutlache. Die anderen Gefangenen zuckten entsetzt zurück. Paul trat auf sie zu.

»Möchte noch jemand das Maul aufreißen?« Jedem Einzelnen blickte er ins Gesicht, die Waffe in der Hand, den Zeigefinger angespannt auf dem Abzug. »Also, wer will mir etwas mitteilen? Ich höre gerne zu.«

Keiner sprach ein Wort. Paul war wütend. Er musste sich Autorität verschaffen, um seine Leute wieder in den Griff zu kriegen. Natürlich hatte Ngoga Recht. Doch niemand durfte das aussprechen, schon gar nicht öffentlich.

»Bringt die anderen auf die kleine Lichtung hinter den Felsen.« Er sprach jetzt wieder so leise, dass ihn seine Soldaten kaum verstanden. Nur die, die in seiner Nähe waren, hörten jedes Wort genau. »Sie sollen Gruben ausheben, tief genug, damit sie später nicht mehr ausgebuddelt werden können.« Zwei Kindersoldaten unter den Gefangenen begannen zu weinen. »Wenn sie fertig sind, dann ruft mich.« Mit diesen Worten wandte er sich erneut um und verschwand in seinem Zelt.

Eine Stunde später gingen Innocent und Paul durch den dämmrigen Wald zu der Lichtung, auf der sich die Soldaten versammelt hatten. Sie waren immer noch nicht genug, um die großen Ziele zu verfolgen. Die Truppenstärke reichte gerade, um die Märkte und Minen der Umgebung zu kontrollieren. Doch für den Holzkohlehandel brauchten sie weitere fünfzig Soldaten. Das war ein einträgliches Geschäft. Im Moment floss dieses Geld unkontrolliert an der ALR vorbei, und das ärgerte Paul. Sie konnten sich keine weiteren Verluste erlauben. Die Aufmerksamkeit der anderen Generäle und des Präsidenten war auf Paul gerichtet.

Sechs Gräber hatten sie ausgehoben. Sechs Soldaten knieten davor, mit dem Rücken zu den Löchern. Zwei waren erst etwa zwölf Jahre alt. Sie knieten ganz links. Ihre Hosen waren schmutzig und nass. Die Augen aller sechs waren verbunden. Paul baute sich vor den Gefangenen auf, stemmte die Hände in die Hüften. Dann ließ er den Blick über seine Soldaten wandern, die rund um die Gräber standen und auf den Bäumen saßen. Sie warteten.

»Nehmt ihnen die Augenbinden ab. Ich will das Weiße in ihren Augen sehen, wenn sie sterben.«

Vier Soldaten sprangen auf und zogen den zum Tode Verdammten die Stofffetzen vom Kopf.

»Hitimana, Mugiraneza, kommt zu mir.«

Die beiden Jungen schälten sich vorsichtig aus dem Schatten. Sie mussten aufschauen, als sie vor ihrem General standen. Er musterte die beiden ausgiebig, bis ihnen die Angst ins Gesicht geschrieben war.

»Wollt ihr wahre Soldaten der ALR sein?« Die beiden nickten.

»Seid ihr bereit, alles für die ALR zu tun?« Wieder nickten die beiden.

»Seid ihr bereit, für die ALR zu töten?« Erneut erntete er ein Nicken.

Die Soldaten rundherum applaudierten. Dann begannen sie, die Parolen der ALR zu skandieren. Rhythmisch klangen ihre Rufe durch den ansonsten unheimlich stillen Dschungel. Zufrieden blickte Paul seine Leute an. So hielt er sie zusammen. Er rief zwei Soldaten zu sich heran, die ihre Gewehre über den Schultern trugen. Er nahm ihnen die Waffen ab und drückte sie den beiden Jungen in die Hand.

»Erschießt sie!«, befahl er ihnen.

Die Menge verstummte. Kein Laut war zu hören, als die beiden Jungen vor die Gefangenen traten.

»Fangt rechts an!«

Der Mann, der rechts in der Reihe kniete, begann zu weinen, zu betteln und zu flehen. Hitimana und Mugiraneza traten auf ihn zu, hoben die Waffen, schauten sich einmal kurz an, dann drückten sie gleichzeitig ab. Der Verräter wurde von Kugeln getroffen und stürzte in sein selbst ausgehobenes Grab. Die Soldaten applaudierten frenetisch und begannen wieder mit ihren rhythmischen Rufen.

Hitimana hob die Kalaschnikow über seinen Kopf, wobei er in die Rufe einstimmte. Mugiraneza stand wie versteinert vor dem Mann, den er gerade erschossen hatte. Paul trat zu ihm und schlug ihm anerkennend auf die Schulter. Dann schob er ihn weiter zum nächsten Verurteilten. Jetzt sollte er es allein machen. Wieder hob Mugiraneza die Waffe. Sie zitterte in seiner Hand. Langsam legte er den Zeigefinger auf den Abzug. Sein Opfer vor ihm sah ihn ängstlich an. Paul wusste, dass das Töten so am schwersten war. Einen Mann von hinten zu erschießen war einfach, aber wenn man in die Augen des Delinquenten sah, dann war es, als ob man eine Waffe auf sich selber richtete. Man war mit der Angst konfrontiert, die aus den Augen sprach.

Zögernd zog Mugiraneza den Abzug durch. Der Schuss hallte einsam über die Lichtung. Die Kugel hatte den Mann in die Schulter getroffen, sodass er zwar nach hinten in sein Grab stürzte, aber keinesfalls tot war. Er schrie vor Schmerzen. Die Soldaten lachten. Paul schob Mugiraneza nach vorne, ganz dicht an den Verletzten heran. Er senkte den Lauf des Gewehrs, richtete die Mündung auf den Kopf des am Boden Liegenden und drückte ab. Ein Schuss beendete das unerträgliche Schreien.

Nun waren noch vier Soldaten übrig. Zwei davon waren erfahrene Männer. Paul blickte sie an, dann grinste er bestialisch. Er sprach die beiden ebenfalls zum Tode verurteilten Jungen an: »Wenn ihr die Männer neben euch tötet, dann dürft ihr weiterleben.«

Er spielte solche Spiele gerne. Ein Soldat sprang auf sein Zeichen auf die Jungen zu, band ihre Fesseln auf.

»Wie heißt du?«, fragte Paul den einen Jungen.

»Ndabarinzi«, antwortete der.

»Und wie alt bist du?«

»Zwölf.«

»Und du da? Wie heißt du?«, sprach Paul den anderen Jungen an.

»Ich heiße Mugabo. Ich bin elf …«

»Gut, Ndabarinzi – wirst du den Mann da neben dir töten? Oder willst du sterben?«

Der Junge begann zu zittern, er senkte den Kopf, Tränen flossen seine Wangen herab. Er und sein bester Freund Mugabo waren gerade erst von den Rebellen mitgenommen worden, als diese Badyoro, das Dorf ihrer Eltern, überfallen hatten.

Ndabarinzi hatte seinen Vater unter den Machetenhieben der Soldaten sterben sehen. Er hatte gesehen, wie seine Mutter, seine Schwestern und seine Oma unzählige Male vergewaltigt und danach zerhackt worden waren. Er hatte diese Hölle überlebt. Aber das, was die Soldaten seitdem mit ihm machten, kam ihm noch schlimmer vor: Sie zeigten ihm immer wieder seine älteste Schwester, die mit jedem Tag, den sie im Lager der Rebellen wie ein Tier gehalten wurde, schlechter aussah. Sie hatten sie vor seinen Augen vergewaltigt und von ihm verlangt, ihr dabei ins Gesicht zu spucken. Bis sie an ihren Verletzungen gestorben war.

Da war ihm der Vorschlag, zu fliehen, als die beste Lösung vorgekommen. Sein Freund Mugabo, der mit ihm entführt worden war und auch mit ihm zu fliehen versucht hatte, war sein einziger Halt. Und jetzt sollte jeder von beiden einen Menschen kaltblütig töten.

Paul zog seine Pistole aus dem Halfter, entsicherte sie und reichte sie Ndabarinzi. Der blickte auf das schwarze Metall, griff langsam danach. Doch dann ließ er sie fallen. »Ich will lieber sterben«, sagte er mit gesenktem Kopf.

Paul war kurz erstaunt, dann begann er laut zu lachen. Er bemerkte nicht, wie über das Gesicht Hitimanas ein Schatten huschte, denn der Junge stand in seinem Rücken. Hitimanas Hände verkrampften sich zu Fäusten.

»Gut, mein Junge, dann sollst du sterben.« Paul grinste, als er Mugabo die Pistole in die Hand drückte und sagte: »So, Mugabo. Wie ist es mit dir? Willst du lieber sterben oder deinen Kumpel hier mit einer Kugel ins Jenseits befördern?«

Mugabo betrachtete erst Paul, dann seinen Freund. Einen Moment lang sahen sie sich an, dann griff Mugabo nach der Hand Ndabarinzis und fixierte den General wieder.

»Entweder sterben wir beide oder keiner von uns.« Er hatte die Augen fest auf Paul gerichtet und streckte die Hand mit der Waffe zu ihm aus. »Ich werde meinen besten Freund nicht erschießen. Niemals.«

Pauls Gesicht zeigte zum ersten Mal eine leichte Verunsicherung. Doch dann verhärteten sich seine Züge wieder.

»Ihr bekommt eine letzte Chance.« Er zeigte auf die beiden anderen Todeskandidaten, die noch immer auf der matschigen Erde knieten. »Wenn du, Ndabarinzi, einen von den beiden Verrätern erschießt, dann darf dein Freund leben. Und wenn du, Mugabo, den anderen erschießt, dann kann Ndabarinzi weiterleben.«

Entschlossen griff Ndabarinzi nach der Waffe, drehte sich ein wenig zur Seite, richtete sie auf den Mann neben sich und drückte ab. Er traf ihn mitten ins Herz. Als Ndabarinzi seinem Freund die Waffe hinhielt, verhinderte Paul den Verlust eines weiteren Soldaten und griff nach der Pistole.

»Das soll reichen. Du wirst schon noch eine Chance bekommen, deinen Mut zu beweisen, Mugabo.« Er steckte die Pistole weg. Zu dem übriggebliebenen Soldaten sagte er: »Ich stelle dich unter strenge Bewachung. Wenn du dir irgendetwas zu Schulden kommen lässt, dann bist du tot.« Mugabo nickte panisch.

»Buddelt die Verräter ein. Danach melden sich zwanzig Freiwillige für eine Sonderaktion, die unser Präsident Bernard angeordnet hat.« Er blickte noch einmal in die Runde, dann drehte er sich um und verschwand zum Lager. Innocent und die meisten anderen folgten ihm. Mugabo und Ndabarinzi waren zu Boden gesunken und knieten stocksteif vor ihren eigenen, leeren Gräbern.

Hitimana schaute die beiden Jungen an. Zum ersten Mal in seinem Leben empfand er tiefen Respekt. Diese beiden Kinder, die jünger waren als er selbst, hatten Mut bewiesen. Er spürte tief in seinem Inneren, dass der Weg, für den sich Mugabo und Ndabarinzi entschieden hatten, der richtige war.

Paul wählte aus den zahlreichen Freiwilligen zwanzig Soldaten aus, die mit ihm losziehen sollten. Darunter auch sechs Kindersoldaten. Mugabo und Ndabarinzi gehörten ebenso dazu wie Hitimana und Mugiraneza. Er wollte die Jungen persönlich anlernen. Innocent kam mit und einige weitere, sehr zuverlässige Leute. Er musste sich auf die kleine Truppe verlassen können. Sie stiegen auf zwei Lastwagen mit Kurs auf den nächsten Ort, der unter ihrer Kontrolle stand, um sich dort mit dem nötigen Proviant für die kommenden Tage zu versorgen. In zwei Wochen würden sie zurück sein.

11

Nyakalengija, am Vormittag des 11. Juni

Peter saß verkrochen in sein Mobiltelefon an einem Tisch und wandte Andrea den Rücken zu, als sie die Veranda betrat. Sie räusperte sich, und er zuckte zusammen, bevor er sich zu ihr umdrehte.

»Guten Morgen«, begrüßte er sie zögernd. »Hast du gut geschlafen?«

»Ja ... nein ... nicht so richtig ...«

»Bist du nervös wegen der Tour?« Er setzte ein ernstes Gesicht auf. »Keine Sorge, ich bringe dich gut nach oben. Und auch wieder runter.« Dann lachte er: »Ich habe schon so viele Menschen in den Ruwenzori begleitet, ich werde auch euch sicher zurückbringen.«

Für einen Moment wandte Peter den Blick ab. Andrea stockte. Sie betrachtete ihn skeptisch, während ihre Gedanken rasten: Wollte sie wirklich in diese Berge steigen? Das war unter normalen Umständen schon verrückt. Und dann auch noch mit Peter? Sie war nicht bei Trost. Sie betrachtete die üppig bewachsenen Hänge des Ruwenzori. Aber jetzt einen Rückzieher machen? Nachdem sie so lange gebraucht hatte, um sich zu der Reise durchzuringen? Die Tour war die beste Art, verlässlich herauszufinden, was Peter für ein Mensch war. Einen Rückzieher würde sie sich niemals verzeihen.

Entschlossen setzte sie sich zu ihm an den Tisch. Peters fröhliche Gesichtszüge wirkten verspannt. Andrea bestellte Tee. Dann begann sie ein Gespräch mit ihm. Über das Leben in Ostafrika, über seine Arbeit mit den Touristen, über sein Leben fern der Arbeit. Peter taute langsam auf und zog schließlich Fotos von seiner Familie aus der Tasche. Eines der Bilder zeigte ihn mit seiner Frau. Der zweijährige Sohn saß auf dem Schoß einer älteren Frau. Als Andrea das Bild sah, wanderte ein Leuchten durch ihre Augen. »Mein Bruder hat auch Kinder, und meine Eltern leben nur noch für ihre Enkel«, sagte sie. »Alles dreht sich um die Kleinen. Deine Mutter ist sicherlich auch sehr glücklich über deinen Sohn, oder?«

Über Peters Gesicht zog ein Schatten, und für einen Moment meinte Andrea grenzenlose Trauer in seinen Augen zu bemerken. Doch dann zwang Peter sich wieder zu einem Lächeln.

»Die Frau auf dem Bild ist meine Tante. Bei ihr bin ich aufgewachsen. Meine Mutter ist gestorben, als mein Vater ...« Er unterbrach sich, als hätte er eine Grenze überschritten. Andrea hielt den Atem an.

»Da kommt Tom.« Peter wies in den Garten, durch den Tom auf sie zuspazierte. Er schlenderte mit seiner Kamera in der Hand den Hügel zur Terrasse herauf. Andrea wandte den Kopf, um Tom entgegenzusehen – und um die Enttäuschung zu verbergen, die sich wegen der Unterbrechung in ihr breit machte.

»Ich habe ein paar Bilder von den Kindern hier gemacht«, erzählte Tom, als er sich zu den beiden setzte. »Einer der Jungs hat sofort alle seine Geschwister dazugeholt.« Er lachte. »Und er hat die Situation auch gleich zum Anlass genommen, mich um Geld anzubetteln.«

In der Luft lag eine Anspannung, die sich Tom nicht erklären konnte. Er blickte erst Andrea an, dann Peter. Keiner von beiden sagte ein Wort.

Hans trat auf die Terrasse und eroberte sie augenblicklich mit seiner allgegenwärtigen Präsenz. Er breitete eine brandneue Karte des Ruwenzori vor sich aus, die beinahe den gesamten Tisch einnahm. Er löcherte Peter sofort mit Fragen über den Weg, wobei er die Strecke des Central Circuit auf der Karte genau nachzeichnete. Kurz darauf saß die gesamte Wandergruppe auf der Terrasse. Manfred beobachtete den selbst ernannten Reiseleiter Hans aus der Entfernung. Nach dem ersten Schluck Kaffee verschwand er im Büro des Ruwenzori Mountaineering Service. An der Tür prangte ein selbst gemaltes Schild mit den unterschiedlich großen Buchstaben RMS Office. Als er nach einer Weile von dort zurückkam, hatte sich seine Miene sichtlich verfinstert.

»Was ist los?«, fragte ihn Tom.

»Ach, diese Afrikaner! Die malen immer gleich den Teufel an die Wand. Die wollten mir gerade weismachen, dass der Weg nicht sicher ist. Aber wenn ihr mich fragt, ist das nur eine Masche, um uns noch mehr Träger mitzuschicken, für die wir natürlich zusätzlich bezahlen sollen. Aber nicht mit mir!« Er setzte sich, stürzte seinen kalten Kaffee runter und lehnte sich in seinem Stuhl zurück.

»Was haben sie denn gesagt?« Tom blickte ihn fragend an.

»Auf der kongolesischen Seite hat es angeblich Rebellenbewegungen gegeben«, sagte Manfred. »Aber die gibt es dort seit Jahren. Und es ist schon ewig nichts mehr passiert.«

»Rebellen? Aber doch nicht auch auf unserer Seite?«, fragte Andrea. »Du hast selber gesagt, die Rebellen seien tiefer in den Kongo gezogen.

Ich habe gedacht, die kämen nicht über die Grenze. Selbst das Auswärtige Amt warnt schon lange nicht mehr.«

Tom wandte ihr neugierig den Kopf zu und kniff die Augen zu schmalen Schlitzen zusammen, als er sie ins Visier nahm.

Manfred und Peter warfen sich einen schnellen Blick zu, dann räusperte sich Peter: »Naja, bis Ende der 90er Jahre war es ziemlich gefährlich, in den Ruwenzori zu gehen.«

»Also hat es Überfälle gegeben, richtig?« Andrea ließ nicht locker.

»Ruandische Milizen hatten sich in der Grenzregion niedergelassen ...« Peters Stimme klang leicht belegt, als er sprach. »Doch sie sind nach einer Intervention des ugandischen Militärs vertrieben worden «

»Ruandische Milizen?«, mischte sich jetzt Michael ein. »Bis Ruanda sind es doch über hundertfünfzig Kilometer von hier ...«

Manfred schaute in die Runde, holte einmal tief Luft, und dann setzte er zu einer Erklärung an.

»Seit Generationen leben in Ruanda, diesem kleinen Land, eingeklemmt zwischen Uganda, Tansania, Burundi und der Demokratischen Republik Kongo, zwei Volksgruppen zusammen, die sich nicht grün sind. Die meisten gehörten der Gruppe der Hutu an. Nur etwa neun Prozent der gut zehn Millionen Einwohner Ruandas waren Tutsi.

Um 1900 war Ruanda deutsch. Zumindest auf dem Papier. Auf der Kongo-Konferenz wurde das Territorium 1885 Teil der neuen Kolonie Deutsch-Ostafrika. Die Zeit der deutschen Herrschaft endete allerdings 1916 mit dem Einmarsch belgischer Truppen in die Hauptstadt Kigali. Die Belgier wollten damals wissen, wer da in ihrem Land lebte, und so haben sie in den 1930er Jahren eine Volkszählung durchgeführt, bei der die Menschen anhand der Zahl ihrer Rinder einer Volksgruppe zugeordnet wurden. Wer mehr als zehn Rinder besaß, wurde kurzerhand *Tutsi* genannt, wer nur bis zu zehn Rinder vorweisen konnte, wurde zum *Hutu*. Menschen ohne Rinder hießen ab sofort *Twa*. So einfach war die belgische Welt.

Dieses rassistische Denken hat die Geschichte Ruandas geprägt, auch weit über die Unabhängigkeit 1962 hinaus. Quotenregelungen haben das gesellschaftliche Leben bestimmt. Und immer wieder kam es zu sehr hässlichen Übergriffen auf die Tutsi.

1973 setzte der Verteidigungsminister Juvénal Habyarimana seinen diktatorisch regierenden Vetter ab und ließ ihn zusammen mit seiner Frau an einem bis heute nicht bekannten Ort verhungern, nur um selbst mit ebenso harter Hand weiterzuregieren. Die Konflikte zwischen den beiden Volksgruppen haben in dieser Zeit beständig zugenommen und wurden von den Machthabern bereitwillig unterstützt.

Als Habyarimana im April 1994 zusammen mit seinem burundischen Amtskollegen auf dem Flughafen von Kigali landen wollte, erlosch mit einem Mal die Beleuchtung der Landebahn. Zwei Raketen sind in das Flugzeug eingeschlagen und haben es vom Himmel geholt.

In Kigali kursierten damals an jeder Straßenecke Gerüchte. Die Tutsi wurden für diesen Anschlag verantwortlich gemacht. Und die radikalen Hutu des Landes haben die Gelegenheit genutzt, um Rache zu nehmen. Sie haben innerhalb von hundert Tagen etwa eine Million Menschen umgebracht. Sie erschossen sie in ihren Wohnungen oder massakrierten sie auf offener Straße mit Macheten. Die Vereinten Nationen und die von ihnen ausgesandten Blauhelme haben dem Treiben tatenlos zugesehen. Erst der Einmarsch ugandischer Truppen aus dem Norden hat das Morden beendet.

Zwei Millionen Menschen sind in der folgenden Zeit aus Angst vor Vergeltungsmaßnahmen über die Grenze in den Kongo geflohen; die meisten von ihnen waren Hutu. Das Elend in den Flüchtlingslagern muss entsetzlich gewesen sein.

Im Schutz der Flüchtlinge sind aber auch die Hutu-Milizen der *Interahamwe* in den Kongo entkommen und haben sich dort neu formiert. Von Nord-Kivu im Kongo aus sind sie danach an der Grenze immer weiter nach Norden gewandert. Damals hielten sie sich auch für eine Weile im Ruwenzori auf. Aber heute agiert die ALR viel weiter nördlich.«

»Was wollten die denn jetzt hier?«, fragte Andrea. Ihre Augen flackerten leicht.

»Die Hutu-Milizen haben die Bevölkerung tyrannisiert, haben Nahrungsmittel gestohlen, danach sind sie aber meistens wieder verschwunden.« Manfred sprach in ruhigem Ton.

»Ja, *meistens* …«, sagte nun Hans. Er blickte Andrea durchdringend an.

»Was meinst du damit?«, wollte Andrea mit belegter Stimme wissen.

»Na, dass sie manchmal auch mehr als Essen mitgenommen haben.«

»Jetzt sag doch einfach, was du meinst!«

»Frauen. Junge Mädchen eher.«

Ein bedrückendes Schweigen legte sich über die Gruppe. Gerade, als Manfred den Mund öffnete, um etwas zu sagen, sprach Hans weiter:

»Einmal haben sie auch Touristen entführt.«

Andrea erschauerte unter seinem Blick, der unentwegt auf sie gerichtet war.

»Das ist lange her«, unterbrach ihn Manfred barsch. »1999. Und außerdem fand die Entführung nicht hier statt, sondern im Bwindi-Nationalpark, viel weiter im Süden. Hier wie dort ist es heute ruhig und sicher.«

»Aber wenn der RMS doch sagt, dass es Rebellenbewegungen gegeben hat ...«, meinte Michael besorgt.

»Das ist völliger Unsinn«, mischte sich Peter ein. »Die wollen nur mehr Geld haben, wie Manfred schon vermutet hat. Sie werden aber nichts anderes tun, als uns einen weiteren Träger mitzuschicken, der ein verrostetes Gewehr dabei hat und damit noch nicht einmal einen Elefanten treffen würde. Ganz zu schweigen davon, dass er eine Gruppe Touristen vor einer Rebellen-Miliz schützen könnte. Die es hier aber nicht gibt. Glaub mir: Du hast keinen Grund zur Beunruhigung.«

In diesem Moment kam eine Gruppe junger Männer den Hügel hinauf. Sie trugen zerschlissene Klamotten, die meisten hatten Gummistiefel an den Füßen, einige aber auch fast auseinanderfallende Wanderschuhe. Die Männer kamen nicht bis zur Terrasse hinauf, sondern ließen sich mitten auf dem Platz in der Sonne nieder und blickten erwartungsvoll zu den Touristen hinüber.

»Die Träger«, sagte Manfred und erhob sich, um zu den Männern zu gehen. Peter folgte ihm. Kurz darauf entspann sich ein lauter Streit zwischen Manfred und Peter auf der einen und den Trägern auf der anderen Seite. Sie diskutierten lautstark, bis schließlich einige der Männer mit langen Gesichtern wieder abzogen, während etwa zwanzig auf dem Gelände blieben und sogleich in Aktionismus verfielen. Peter schickte sie hin und her. Nzanzu, der alte Guide, kam dazu und rief mit seiner leisen Stimme Befehle. Dann stellte sich Steve bei den Touristen vor, ein junger Guide, der sie begleiten würde.

Martin blickte neugierig auf Steve. Als dieser ihn bemerkte und ihm zulächelte, deutete Martin ebenfalls ein Lächeln an.

Tom suchte sich mit Peters Hilfe einen zusätzlichen persönlichen Träger aus, der seine umfangreiche Fotoausrüstung schleppen sollte. Er hieß Gharib und wirkte noch sehr jung, schien allerdings viel über die Landschaft und die Berge, die Fauna und Flora zu wissen.

Hans suchte sich kurzerhand einen jungen Mann namens Imarika als persönlichen Träger aus, da er großen Wert auf seine Ausrüstung legte. Sagte er.

»Brauchen wir wirklich so viele Leute?« Andrea beobachtete das Geschehen, währende Tom neben ihr ununterbrochen Fotos schoss. Der wandte ihr kurz den Kopf zu und nickte.

»Da oben gibt es absolut nichts.« Er hielt sich seine Kamera wieder ans Auge. »Wir müssen das Essen für die gesamte Tour mitnehmen. Darüber hinaus Holzkohle zum Kochen, die Töpfe und schließlich auch noch Ersatz-Zelte, falls eines der Lager weggeschwemmt worden ist.« Er setzte die Kamera wieder ab und sah sie an. Andrea starrte ihn blass an. Tom grinste. »Keine Sorge, so schlimm ist es nicht. Ich werde dich gegen die bösen Geister beschützen.« Dann fotografierte er weiter.

»Apropos böse Geister ...«, sagte sie.

Tom wandte sich ihr wieder zu. »Ja?«

»Da war diese Nacht jemand an meiner Tür ...« Sie erforschte sein Gesicht genau.

»Hast du einen heimlichen Verehrer?«, fragte er belustigt.

»Ach, lass doch die Sprüche, Tom.«

»Das war vermutlich nur der Nachtwächter. Die haben hier einen, allerdings schläft der eigentlich die ganze Zeit. Hin und wieder sieht man ihn aber über das Gelände streifen wie ein Gespenst.«

»Wer auch immer das war, er hat dies hier verloren.« Andrea fischte die kleine Gorillafigur aus der Hosentasche. Tom blickte auf ihre Handfläche. Dann nahm er die Figur in die Hand, um sie genauer zu begutachten.

»Wo hast du das gefunden?«

»Vor meiner Tür. Ich habe nachgeschaut, weil ich jemanden weglaufen hörte.«

»Aber du hast niemanden gesehen?«

»Ich war nicht schnell genug.«

Tom gab ihr die Figur zurück. »Vermutlich ist das eine Figur, wie es sie hier zu Tausenden in den Souvenirshops gibt.«

Auf der Wiese flammte ein neuer Streit auf. Diesmal waren es zwei Träger, die laut aufeinander einredeten. Andrea und Tom konnten kein Wort verstehen. Die anderen Träger unterbrachen ihre Arbeit, um dem Schauspiel beizuwohnen. Der eine oder andere mischte sich ein, doch im Großen und Ganzen spielte sich der Zwist zwischen zwei Leuten ab.

»Kannst *du* etwas verstehen?«, wollte Andrea von Manfred wissen.

»Nicht viel. Es geht wieder um die Rebellen. Und um die Geister der Mondberge. Der eine von ihnen scheint etwas zu sagen, woran die anderen nicht glauben.«

»Ich weiß nicht recht, ob wir wirklich da raufgehen sollten ...«, sagte Andrea leise.

»Mach dir keine Sorgen. Die Leute hier wissen genau, was sie tun«, beruhigte Tom sie.

Andrea atmete tief durch. »Vielleicht sollte ich endlich lernen, den Menschen um mich herum zu vertrauen. Ständiges Misstrauen ist auf Dauer ziemlich anstrengend.« Sie straffte ihren Rücken und lächelte gequält.

Auf dem Platz mischte sich nun auch Peter in den Streit ein. Er sprach mit einem der aufgebrachten Träger, der ihn um irgendetwas zu bitten schien. Doch schließlich gab der Mann auf. Die Tasche, die er die ganze Zeit in der Hand gehalten hatte, warf er wütend zu Boden, rief den anderen noch einmal etwas zu, wofür er Gelächter erntete, und wandte sich dann ab. Dabei streifte sein Blick Andrea. Obwohl er weit weg war, sah sie Angst in seinen Augen. Er hatte Andrea ebenfalls wahrgenommen, stockte in der Bewegung, fixierte sie durchdringend. Er rief ihr etwas zu, doch Peter ging energisch dazwischen, stieß ihn kräftig in die Seite und schob ihn vom Grundstück.

»Was ist denn los?«, wollte Andrea wissen, als Peter zurückkam.

Doch der winkte nur ab. »Nichts, was dich beunruhigen sollte ... Die und ihre verdammten Geister der Mondberge«, murmelte er, bevor er sich wieder seiner Arbeit zuwandte.

»Mir sind diese ganzen Andeutungen unheimlich ...«, murmelte Andrea. Sie starrte die Berghänge an. Dann rieb sie sich mit den Händen über das Gesicht, schüttelte den Kopf und fragte Tom: »Was ist das eigentlich für eine Geschichte mit den Mondbergen? Warum heißt der Ruwenzori so?«

»Es gibt unterschiedliche Geschichten, die den Namen erklären. Angeblich sehen die weißen Gipfel manchmal aus wie der Mond. Andere sagen, dass die Berge vor langer Zeit als die Grenze des bis dahin bekannten Universums angesehen wurden. Heute lässt sich nicht mehr nachvollziehen, woher der Name genau stammt. Allerdings gibt es ganz im Norden einen kleinen See, der *Lac de la Lune* heißt.«

»Aber irgendwer muss doch diesen Begriff geprägt haben ...«

»Ptolemäus hat ihn ins Spiel gebracht. Hier ganz in der Nähe befindet sich eine Region, die von den Einheimischen *Wunyamwezi* genannt wird: *das Land des Mondes*. Vielleicht hat Ptolemäus diesen Begriff gekannt.«

»Das ist doch verrückt. Da bezeichnet alle Welt ein Gebirge mit dem Namen *Mondberge*, aber keiner weiß, warum.«

Birgit kam auf die beiden zu und unterbrach das Gespräch. Sie wirkte immer noch missmutig. »Ist dir aufgefallen, dass wir nur männliche Träger haben?«, meinte sie fast beiläufig zu ihrer Freundin.

»Ja, aber ist das nicht üblich? Das Gepäck sieht ziemlich schwer aus«, entgegnete Andrea.

»Die Frauen aus dieser Gegend sind bekannt dafür, dass sie viel Kraft haben«, sagte Birgit, während sie sich auf das kleine Rattansofa fallen ließ. »Der Grund ist ein ganz anderer. Die Einheimischen glauben, dass die Berggeister in Unruhe geraten, wenn eine Frau mitgeht.« Sie lachte.

»Ach, hör doch auf mit diesen Geistergeschichten«, warf Tom ein.

»Die Menschen hier glauben, dass die Toten als Geister weiterleben, und zwar genau da oben«, sagte Birgit.

»So ein Quatsch. Wenn ein Mensch stirbt, dann ist er tot. Bei uns genauso wie in Uganda.« Tom wischte den Gedanken mit einer unwirschen Handbewegung zur Seite.

»Jeder glaubt nun mal das, was ihm in die Wiege gelegt worden ist. Andrea zum Beispiel glaubt an die Macht des Geldes.« Birgit sah ihre Freundin herausfordernd an. »Ich hingegen glaube an die ausgleichende Gerechtigkeit, daran, dass Gutes und Böses sich die Waage halten.«

Tom blickte nachdenklich zwischen Birgit und der perplexen Andrea hin und her.

Die Vorbereitungen auf dem Hof waren inzwischen beendet. Einige der Träger nahmen Rucksäcke auf den Rücken, andere trugen Taschen in den Händen. Die meisten jedoch hatten die Gepäckstücke, die allesamt in weiße Plastiksäcke verpackt worden waren, traditionell mit einem Stoffstreifen umwickelt, den sie sich vor die Stirn spannten. Sie trugen das Gepäck auf dem Rücken, während die Zuglast nach vorne umgelenkt war. Nach und nach trotteten sie langsam auf das Tor zu, das das Gelände der Hostelanlage vom Rest des Dorfes Nyakalengija abschirmte. Peter rief zum Aufbruch. Also schulterten die Europäer ihre Tagesrucksäcke, in denen sich nur etwas Wasser, Regenjacken, wasserdichte Hosen und einige persönliche Gegenstände befanden, und setzen sich in Bewegung. Die Tour hatte begonnen.

12

Ruhija, Bwindi Impenetrable National Park, 11. Juni

In der Gorilla-Forschungsstation saßen die beiden Studenten Tim und Jenny auf einem Sofa und warteten darauf, dass die Leiter der Station ihr Gespräch mit einigen Rangern vor der Tür beendeten. Auf dem Tisch lag ein ausgedruckter Bogen Papier, offenbar das Manuskript für einen Artikel. Tim griff danach und versenkte sich in die Zeilen.

Gorilla berengei berengei. Etwa zweihundert Kilo bringen männliche Berggorillas auf die Waage. Bis zu zweihundertsiebzig Kilo sollen einzelne Individuen wiegen. Um das allerdings genau feststellen zu können, müsste ein Forscher das Tier zunächst einmal auf eine Waage bringen. Das gelingt ihm in der Regel nur, wenn der Affe tot ist.

Bei der Erhebung 2011 zählten die Wissenschaftler im Grenzgebiet der afrikanischen Staaten Kongo, Uganda und Ruanda knapp achthundert Tiere. Damit ist diese Spezies laut der Roten Liste gefährdeter Arten akut vom Aussterben bedroht. Und das nur gut hundert Jahre nach ihrer Entdeckung 1902. Damals schoss der deutsche Hauptmann Robert von Beringe zwei Tiere zu Dokumentationszwecken. Die Haut der Berggorillas wurde während des Transports von einer Hyäne aufgefressen. Professor Paul Matschie vom Zoologischen Museum in Berlin gelang es trotzdem, in ihnen eine neue Gorilla-Unterart zu erkennen.

Zwei Berggorilla-Populationen leben seit langer Zeit vollkommen getrennt voneinander – die eine im Gebiet der Virunga-Vulkane, die andere im Bwindi Impenetrable National Park. Daher ist es nicht auszuschließen, dass man die Tiere der beiden Regionen in zwei Unterarten einteilen kann. Vermutlich gibt es im Ruwenzori eine weitere, die jedoch wissenschaftlich bislang nicht nachgewiesen wurde.

Berggorillas leben in Höhen zwischen zwei- und viertausend Metern, ernähren sich ausschließlich von pflanzlicher Kost, legen jede Nacht ein neues Nest an, in das sie morgens koten und das sie nie wieder benutzen. Ihr Bewegungsradius umfasst in der Regel nicht mehr als einen Kilometer am Tag. Dabei machen sie keinen Hehl aus ihrer Anwesenheit, da sie außer Leoparden und Menschen keine Feinde haben. Sind die Ranger auf der Suche nach einer Gorillagruppe, dann folgen sie einfach den breiten Schneisen, die die Tiere in das Unterholz brechen, orientieren sich an den klopfenden Geräuschen des Brusttrommelns und beobachten die Baumwipfel. Berggorillas steigen zwar selten auf Bäume, doch wenn sie weit oben etwas entdecken, was ihnen schmecken könnte, fällen sie den Baum kurzerhand.

Touristen lieben die Babys der Berggorillas. Und da es nicht mehr in Mode ist, die Kleinen einfach mitzunehmen, dürfen sie die Tiere besuchen – für maximal eine Stunde am Tag. Bis die Berggorillas die Nähe von Menschen jedoch zulassen, vergeht eine lange Zeit. Etwa zwei Jahre lang gehen Forscher und Ranger jeden Tag in den Regenwald zu einer Gruppe, setzen sich in die Nähe, folgen ihr, wenn die von Natur aus scheuen Tiere fliehen, und lassen sich von den Scheinangriffen der Silberrücken nicht abschrecken. Irgendwann resignieren die Tiere. Dann dürfen die Touristen kommen. Sieben Meter Mindestabstand sind vorgeschrieben. Man darf einem Silberrücken dabei nicht lange in die Augen sehen, sonst greift er an. Die Berggorillas halten sich nicht immer an diese Vorgaben.

Dian Fossey machte die akute Bedrohung der Berggorillas in den 1970er Jahren öffentlich. Als der Kölner Zoo Ende der 1960er Jahre in Ruanda zwei Berggorillas bestellte, wurden auch zwei Tiere gefangen und trotz Fosseys Protest ausgeliefert. Die Familien der beiden Berggorillas Coco und Pucker Puss wurden erschlagen, als sie sich für ihre Kinder mit ihrem Leben einsetzten. Neun Jahre waren die beiden Berggorillas der Publikumsmagnet des Zoos, dann starben sie kurz nacheinander.

Berggorillas werden heute als Aschenbecher, Mülleimer und Touristenattraktionen benutzt. Nur für Letzteres benötigt man sie als lebende Exemplare.

Tim legte den Text irritiert zurück, als sich die Tür öffnete und Georg Meyer eintrat. Der deutsche Wissenschaftler leitete die Forschungsstation im Südwesten Ugandas und erforschte im Auftrag des Leipziger Max-Planck-Instituts das Leben der Berggorillas. Sein Mitarbeiter Harald Buttner folgte ihm. Die beiden gingen an den Studenten vorbei und schienen keine Notiz von ihnen zu nehmen.

»Die Idee ist absurd. Berggorillas leben nur im Bwindi Impenetrable Forest und in den Virunga-Bergen«, sagte Georg.

»Die Vegetation, das Klima und die Abgeschiedenheit, die die Tiere als Lebensraum brauchen, passen doch genau«, sagte Harald wütend. »Niemand hat dort jemals auch nur einen einzigen Berggorilla gesehen.

Es gibt sie nicht im Ruwenzori«, machte Georg seine Position deutlich. Er stand Harald in dem pragmatisch eingerichteten Aufenthaltsraum gegenüber, der zugleich Arbeitsraum für die Studenten und Dokumentationszentrum für die seltenen Besucher war.

Die Wände zierten Fotos der Berggorilla-Gruppe, die sie gerade beobachteten. Jedes Tier war mit einem gestochen scharfen Porträt vertreten, unter dem der Name, das Alter und die besonderen Merkmale notiert waren.

Tim und Jenny, die erst an diesem Tag angekommen waren, folgten erstaunt dem Gespräch der Wissenschaftler, konnten aber den Streitpunkt nicht erfassen. Harald blickte kurz zu ihnen hinüber und zuckte hilflos die Schultern.

»Entschuldigt bitte unseren Disput«, sagte er. »Das ist so etwas wie eine alte Fehde zwischen Georg und mir. Wir sollten euch damit nicht behelligen.«

Georg jedoch fuhr völlig unbeeindruckt fort: »Nicht einmal dein geschätzter Freund Stefan hat Beweise geliefert. Dabei hat er sich extra auf die Suche nach den Gorillas gemacht. Seit er damals einfach wortlos gegangen ist, haben wir nichts mehr von ihm gehört. Das ist nun schon fünf Jahre her! Wahrscheinlich ist er nicht einmal angekommen, sondern hat sich verlaufen und ist elend im Schlamm dieser undurchdringlichen Berge verreckt. Wie so viele weiße Forscher vor ihm.« Georg lachte auf. »Dieser verbohrte Spinner.«

»Und du hast mit Freude sein Forschungsprojekt übernommen ...« Harald schoss die Zornesröte ins Gesicht, als er seinen Vorgesetzten anfunkelte. Georg grunzte unwillig.

Harald setzte nach: »Wenn Stefan etwas herausgefunden hätte, hätte es dich ohnehin nicht interessiert. Vielleicht kam es dir ja sogar ganz gelegen, dass er verschwunden ist.«

»Was willst du damit sagen?« Georgs Stimme wurde lauter. Nun blickte er sich doch nach den beiden Studenten um, die in diesem Moment ganz offensichtlich wünschten, lieber nicht im Raum zu sein.

Als er sich Harald wieder zuwandte, fixierten sich die beiden Wissenschaftler genau. Harald bemerkte die Schweißtropfen auf Georgs Stirn. Er durfte nicht den Fehler machen, Georg zum Ausrasten zu bringen. Es lag Harald auf der Zunge, ihm die Verstrickung in Stefans Tod vorzuwerfen, so erregt war er über die ablehnende Gleichgültigkeit, mit der Georg über ihn sprach. Doch er hielt sich zurück.

»Du hast dich geirrt, Georg, und du wirst es noch merken. Das schwöre ich dir.«

Nun war es Georg, der vor Wut zitterte, aber auch er biss sich auf die Lippen.

Schließlich fragte Tim: »Wollt ihr uns nicht erklären, was hier los ist?«

Georg blickte ihn an, begann dann, in dem Aufenthaltsraum hin und her zu streifen.

»Ich will versuchen, euch die Zusammenhänge zu erklären: Theoretisch ist es denkbar, dass an den Hängen des Ruwenzori-Gebirges Berggorillas leben. Die Bedingungen wären ideal. Das Nahrungsangebot passt. Durch den Status als Weltnaturerbe ist die Landschaft weitgehend unberührt. Praktisch hat allerdings noch niemand nachgewiesen, dass dort überhaupt jemals Berggorillas gelebt haben.«

»Wir haben genügend Berichte von Einheimischen, die die Gorillas gesehen haben ...«, warf Harald ein.

Doch Georg unterbrach ihn sofort: »Wir sprechen von Augenzeugen, die weder lesen noch schreiben können, die noch nie zuvor einen Berggorilla gesehen haben und gar nicht wissen können, wie die Tiere aussehen. Mal ganz abgesehen davon, dass sie an allerlei Götter und Wesen im Wald glauben, die ihren Beschreibungen nach wie Gorillas aussehen.«

Harald machte eine abwehrende Handbewegung. »So ein Quatsch!«, sagte er laut. »Auch wenn diese Menschen keine Schulbildung in unserem Sinne genossen haben, sind sie noch lange nicht dumm.«

»Das habe ich auch gar nicht behauptet. Ich sage lediglich, dass sie alles Mögliche gesehen haben könnten, aber nichts spricht dafür, dass es sich um Berggorillas handelt. Das ist, als würdest du einen Marsmenschen beschreiben, wenn du vorher nie einen gesehen hast.«

»Der Vergleich ist doch idiotisch.«

»Kein Wissenschaftler hat je eines der Tiere zu Gesicht bekommen.«

Tim und Jenny saßen angespannt auf dem Sofa und blickten zwischen den beiden Männern hin und her. Die beiden Studenten versuchten, aus dem Wust an Informationen schlau zu werden.

»Mein Vorgänger«, fuhr Georg an die jungen Leute gerichtet fort, »Dr. Stefan Luhrmann, hat die These vertreten, dass es im Ruwenzori Berggorillas geben muss. Er hat sich eines Tages allein auf den Weg gemacht, um seine Theorie zu beweisen. Er war verrückt.«

»Wann war das?«, wollte Jenny wissen.

»Vor fünf Jahren. Seine Familie in Berlin hat ihn nach zwei Jahren ohne Nachricht für tot erklären lassen. Man geht davon aus, dass er sich irgendwo zwischen Kilembe, einem kleinen Ort am Fuß der Berge, und der kongolesischen Grenze verlaufen und verletzt hat. Mit Sicherheit kann das jedoch keiner sagen. Er ist weggegangen und nicht zurückgekommen. Das ist alles, was wir wissen.«

»Du bist natürlich nicht schuld daran, dass er ganz allein losgegangen ist«, warf Harald sarkastisch ein.

»Wieso sollte ich? Er war doch so auf seine Idee fixiert, dass ihn niemand hätte zurückhalten können.« Georg und Harald starrten sich von neuem an.

»Wie Kampfhähne«, murmelte Jenny leise, die sich an ihrem Platz mehr als unbehaglich fühlte.

»Du hast immerhin seinen Antrag auf finanzielle Unterstützung nicht weitergeleitet«, legte Harald nach.

»Das ist eine Lüge!« Georg funkelte seinen Kollegen mit beinahe schwarzen Augen an. Eine knisternde Stille trat ein.

Dann räusperte sich Jenny hörbar. Georg blickte kurz auf. In einem sachlichen Ton fuhr er fort: »Der Antrag ist auf dem Postweg verloren gegangen. Du weißt genau, wie oft Post auf dem Weg von Uganda nach Deutschland verschwindet. Er hatte keine Geduld, auf eine Antwort zu warten. Er wollte sofort los.«

»Stefan hatte einfach keine Zeit mehr zu warten. Sein Forschungsauftrag lief aus. Wenn er nicht schnell neue Erkenntnisse zu seinen Theorien präsentiert hätte, dann hätte er nach Deutschland zurückgehen müssen, ohne etwas Greifbares in der Hand zu haben. Das ist der gesellschaftliche Tod für jeden Wissenschaftler. Das weißt du genau.« Harald beobachtete seinen Kollegen konzentriert, als er fortfuhr: »Und letztlich geht es dir jetzt nicht anders als ihm: Die Mittel werden knapp. Keiner will mehr für ein paar Affen irgendwo im afrikanischen Dschungel bezahlen. Wenn du nicht bald etwas von Wert liefern kannst, ist Schluss. Ist es nicht so?«

Georg sah plötzlich sehr alt aus. Er ließ sich in einen der abgeschabten Sessel fallen und legte den Kopf zwischen die Hände.

»Ja, das ist richtig. Wir sind bald an einem Punkt angelangt, an dem die Ugander den Schutz der Tiere allein managen werden. Wir brauchen neue Erkenntnisse.«

»Aber wenn wir die Station schließen, geht alles den Bach runter, was wir erreicht haben. Sobald wir weg sind, werden wieder Wilderer in die Wälder ziehen, die Tiere brutal abschlachten und die Köpfe und Hände zu Höchstpreisen an amerikanische Sammler verkaufen. Nur damit irgendein Trophäensammler einen Gorillakopf als Mülleimer benutzen kann.«

Harald stand auf, trat ans Fenster und blickte in die Dunkelheit hinaus.

»Und was schlägst du vor?«, wollte sein Chef wissen. »Sollen wir uns einen Ruwenzori-Berggorilla aus den Rippen schneiden?«

Harald wandte sich um und sah Georg an. »Ich schlage vor, wir brechen auf und suchen im Ruwenzori nach Spuren von Stefan und den Berggorillas. Vielleicht hat er ja doch etwas entdeckt.«

»Du bist ja genauso verrückt wie er.«

»Ja, das bin ich vielleicht. Aber muss man nicht sowieso ein bisschen verrückt sein, um hier in der absoluten Abgeschiedenheit zu leben? Seit Jahren? Wer in Ruhija nicht verrückt wird, der ist es schon vorher!« Harald dachte kurz nach. Dann fuhr er fort: »Ich sage ja nicht, dass wir so unvorbereitet losgehen sollen wie Stefan. Wir können das besser organisieren.«

Georg richtete sich im Sessel auf. »Das ist Wahnsinn. Im Übrigen habe ich dieses leidige Thema satt. Es gibt im Ruwenzori keine Berggorillas. Und es hat dort auch nie welche gegeben.« Er blickte Harald durchdringend an und stand auf. »Ende der Diskussion!«

Die Tür flog mit einem Knall hinter ihm zu.

13

Nyakalengija, am späten Vormittag des 11. Juni

Alle Dorfbewohner, die laufen konnten, strömten auf die Straße. Sie riefen und schrien, sie lachten. Kinder kamen aus den schmalen Innenhöfen herausgerannt und winkten ihnen zu. Ein kleiner Junge wagte sich ganz nah an Andrea heran, berührte kurz ihre weiße Haut und lief sofort lachend davon.

Wie ein langer Expeditionstreck pilgerten sie über eine staubige Straße den steilen Hang hinauf, vor sich das imposante Gebirge, von dem sie wegen der Wolken nur die nahen Ausläufer sehen konnten. Holz- und Steinhütten, wie Reihenhäuser gebaut, nur niedriger, einstöckig, streckten sich wie die Beine eines Tausendfüßlers rechts und links der Straße aus. Wellblechdächer schützten vor dem gröbsten Regen. Zwischen den Reihen wuchsen Bananenstauden, hin und wieder ein paar Maispflanzen und Zuckerrohr.

Andrea schauderte, als sie die Armut der Menschen bemerkte. Sie selbst gab sich indes gerade dem Luxus hin, mit unzähligen Trägern eine waghalsige Wanderung in ein unwegsames Gebirge zu unternehmen.

»Wenn du diesen Leuten erzählen würdest, wie du in Europa lebst, dann hätten sie großes Mitleid mit dir.« Peter sprach mit warmer Stimme, als er Andrea aus ihren Gedanken holte. »Für die Menschen in Orten wie diesem hier sind die Familie und die Sippe das Wichtigste. Sie verstehen nicht, warum ihr freiwillig für eine Arbeit in eine Stadt zieht, die weit weg von eurer Familie ist. Sie wollen für ihre Kinder keine Karriere, wie Eltern das bei euch wollen. Sie wollen, dass ihre Kinder genauso leben wie sie selbst.«

Schweigend gingen sie den schmaler werdenden Weg entlang. Am Ende des Ortes blieben die Kinder zurück. Eine Weile hörten sie noch ihr Rufen und Lachen. Dann verstummten die Geräusche allmählich. Sie hatten Nyakalengija, den letzten Ort der Zivilisation, hinter sich gelassen.

»Willst du für deinen Sohn auch nur das, was du erreicht hast?«, fragte Andrea schließlich.

»Mein Sohn soll einmal mehr Möglichkeiten haben als ich. Ich konnte nicht lange genug zur Schule gehen, um zu studieren. Das Geld hat nie gereicht. Aber ich habe ja auch keine sieben Kinder wie die meisten Familien in Uganda.«

»Dein Sohn soll also studieren?«

»Wenn er das will, ja.«

»Woher nimmst du das Geld dafür? Studieren ist sehr teuer. Und als Guide verdienst du auch nicht gerade Unsummen, oder?«

»Das ist richtig. Aber ich werde das Geld schon zusammenbekommen. Glaub mir.« Bevor Andrea weiter fragen konnte, ließ Peter sich ein wenig zurückfallen, um mit seinem Kollegen Nzanzu zu sprechen. Andrea ging in Gedanken versunken weiter, bis sie nach einer Weile den älteren Guide neben sich bemerkte. Er lächelte ihr verschmitzt zu.

»Ich habe gehört, dass unter den Trägern keine Frauen sein dürfen, weil sonst die Geister zornig werden. Stimmt das?«, wollte sie wissen.

Nzanzu lachte. Ihm fehlten einige Zähne, seine Haut war vom Wetter gegerbt, seine Haare waren an vielen Stellen schon weiß. Dennoch konnte Andrea nicht einschätzen, wie alt er sein mochte. Mitte vierzig bestimmt. Vielleicht auch fünfzig.

»Wir leben hier mit vielen Geistern zusammen. Einige können schon mal unfreundlich werden, wenn wir uns nicht an ihre Gesetze halten.« Er blickte in die Berge hinauf, bevor er fortfuhr: »Wir glauben daran, dass die Seele weiterlebt, wenn der Körper stirbt. Vor allem die Sippenmitglieder, die wichtige Aufgaben meistern oder seherische Gaben haben, leben weiter. Sie begleiten und beschützen ihre Verwandten lebenslang.«

»Und du kannst diese Geister sehen?«, fragte Andrea neugierig.

Sie marschierten durch fünf Meter hohes Elefantengras. Der Boden war durch Laub und vertrocknete Grasstängel weich gepolstert. Sanft stieg der Weg bergauf, der betörende Duft vieler Blüten umfing sie. Das Rauschen des nahen Flusses bildete die Hintergrundkulisse zu den Rufen Hunderter Vögel. Die Sonne stand mittlerweile hoch über ihnen, wärmte die Haut. Bunte Schmetterlinge stoben wie eine große Wolke in die Luft, als die Wanderer ihnen zu nahe kamen, ließen sich dann hinter ihnen wieder auf dem feuchtwarmen Boden nieder.

Der Alte wiegte den Kopf. »Manchmal kann ich sie sehen. Aber es reicht, dass wir wissen, sie sind da. Das hilft uns.« Er wies mit beiden Händen um sich herum. »Sie sind hier, überall um uns herum. Die meisten von ihnen beschützen uns. Aber nicht alle dieser Geister sind gut. Unter ihnen befinden sich einige, die nicht eines natürlichen Todes gestorben sind. Vor denen müssen wir uns in acht nehmen. Meistens nehmen uns das die guten Geister ab, die Abalimu. Doch manchmal, in besonderen Lebenssituationen, bestimmen die Ebirimu unsere Geschicke. Dann kann das Leben schlimm werden.«

Die Sonne durchbrach immer wieder das allmählich dichter werdende Blätterdach. Insekten schwebten über ihre Köpfe hinweg. Auf einem Ast am Wegrand saß völlig reglos ein Chamäleon, das Andrea mit seinen unabhängig voneinander beweglichen Augen beobachtete.

»Und was tust du, wenn das geschieht?«

»Ich bitte die Abalimu, mich noch stärker zu beschützen. Ich kann ihnen Opfer bringen oder zu ihnen beten. In besonders schweren Fällen kann ich einen unserer Alten hinzuziehen, der sich mit den Ebirimu besser auskennt. Ihr nennt Männer wie ihn wohl Medizinmänner. Für uns sind sie Berater in allen schwierigen Lebenslagen.«

»Was geschieht denn, wenn einer von diesen Ebirimu auftaucht?«

»Meistens kommen sie in der Nacht. Selten auch am Tag. Sie verstecken sich oft im Nebel, den es oben in den Bergen immer gibt. Sie schreien und singen, so als wären sie lebendige Menschen. Und sie sprechen mit dem, den sie befallen, in der Stimmlage eines verstorbenen Verwandten. Manchmal wird man dann sehr schwer krank, und nur die Alten können noch helfen. Hin und wieder kündigen sie aber auch den Tod eines geliebten Verwandten an. Und vor allem sehen sie jedes Mal anders aus.«

»Du hast erzählt, dass du diesen Geistern selber schon begegnet bist ...«

Das Elefantengras wogte in einer sanften Windböe hin und her. Der schwere Duft des Waldbodens, der mit jedem Schritt feuchter wurde, lag in der Luft.

»Ähnlich wie beim Tod meiner Mutter war es, als mein Vater starb. Ich war an dem Tag nicht zuhause, weil ich eine Gruppe wie die eure begleitet habe. In der Nacht sind sie gekommen und um mein Zelt herumgeschlichen.«

»Was hast du dann gemacht? Es war doch vermutlich keiner von den Alten in der Nähe.«

»Ich wusste sofort, dass mein Vater starb, und bin noch in der Nacht aufgebrochen. In meinem Dorf habe ich meinen Vater begraben. Das hat die Ebirimu besänftigt. Am Abend des nächsten Tages war ich wieder bei der Gruppe, die mittlerweile mit den anderen Guides ein Camp weiter hinauf gestiegen war. Die Europäer haben das gar nicht gemerkt.« Er lachte. »Für euch sehen wir ja alle gleich aus.«

Verschmitzt blinzelte er ihr zu und eilte dann mit schnellen Schritten weiter nach vorne. Die Reisegruppe erreichte eine wackelige Brücke, die über einen wild gurgelnden Fluss zu ihrer Rechten führte. Andrea blickte dem Mann verwundert nach. Er war klein, ungefähr einen Meter sechzig groß. Auch die Träger waren alle in dieser Größe. Nur Peter und Steve stachen mit ihrem hohen Wuchs heraus.

Tom befand sich nur wenige Meter hinter Andrea und Nzanzu und hatte das Gespräch in Teilen verfolgt. Als Nzanzu nun auf die Brücke zuging, beschleunigte er seinen Schritt, um zu Andrea aufzuschließen, bemerkte dann aber Peter neben sich, der ihn skeptisch ansah.

»Du glaubst nicht an die Geister der Mondberge, habe ich Recht?«, fragte der.

»Nein. Es gibt hier keine Geister. Genauso wenig wie bei den Indianern in Amerika oder sonst irgendwo auf der Welt.«

»Aber was ist mit deinem Gott? Dem christlichen Gott? Ist denn der Unterschied zu ihm so groß?«

»Ich glaube daran, dass es für alle Vorgänge in dieser Welt eine rationale Erklärung gibt. Der Baum dort zum Beispiel«, er zeigte auf einen fast zwanzig Meter hohen Stamm, von dem wurstartige Früchte herabhingen, die ihm das Aussehen eines eigenwillig geschmückten Weihnachtsbaumes gaben, »er ist irgendwann aus einem kleinen Samen zu einem stattlichen Baum geworden. Eine nachvollziehbare Folge der Evolution.«

»Ein *Omumbiri*, der Leberwurstbaum – wie ihr ihn nennt.« Peter lachte. »Du hast natürlich recht, in den großen Früchten sind tatsächlich Samen, aus denen neue Bäume wachsen können. Aber weißt du, was die Menschen hier von dem Baum auch sagen?« Wieder lachte er. Tom schaute ihn fragend an. »Wenn du deinen Schwanz an der Frucht reibst, dann wirst du besonders gut bestückt sein. Das Gleiche gilt übrigens auch für die Brüste der Frauen.« Peter grinste breit. »Du siehst, es gibt noch eine versteckte Existenzbegründung für diesen Baum.«

Tom lächelte milde. »Nette Geschichte – aber glaubst du an sowas?«

»Die Welt ist voller unerklärlicher Dinge. Da ist es müßig, für alles eine Erklärung zu suchen. Manchmal ist es einfacher, wenn man sich dem Leben hingibt. Wenn man der Möglichkeit Raum gibt, dass es außerhalb unseres Denkens noch etwas anderes gibt. Jenseits unserer Wahrnehmung, die nur durch wenige Sinne genährt wird. Wenn du versuchst, dich auf die Welt, in die wir jetzt eintauchen, voll und ganz einzulassen, dann wirst du neue Erfahrungen machen. Du wirst hingegen nichts dergleichen erleben, wenn du mit der vorgefassten Überzeugung durch die Welt gehst, es gäbe nichts Übernatürliches.«

Skeptisch sah Tom seinen Gesprächspartner an. In ihm sperrte sich tatsächlich alles gegen das, was Peter ihm riet. Was das Übernatürliche betrifft, so hatte er schon vieles ausprobiert, früher. Er war in die Kirche gegangen, hatte den Worten eines Rabbis gelauscht und sich mit dem Buddhismus auseinandergesetzt. Doch als er eines Tages nach zweistündigem Schweigen auf einem Kissen sitzend in den Schlaf gesunken war und sich den Kopf an einer metallenen Klangschale gestoßen hatte, da hatte er für sich beschlossen: Es gab da draußen nichts Übersinnliches, was er erforschen wollte. Basta.

»Versuch es wenigstens«, ermunterte ihn Peter. »Du kannst dabei nichts verlieren.«

Schweigend stiegen sie weiter den Abhang hinauf. Tom spürte die Anstrengung deutlich, er sog die frische Luft in seinen Körper und schwitzte wie in der Sauna. Aber er fühlte sich wohl dabei. Die zugewucherte Landschaft ließ ihn an die Fantasy-Romane seiner Kindheit denken. In einer Gegend wie dieser müsste *Märchenmond* gedreht werden, wenn das Buch denn jemals verfilmt werden sollte. Dann wandte er sich noch einmal Peter zu: »Ich weiß, es ist nett gemeint, aber sei mir nicht böse: Das hat bei mir keinen Zweck. Ich glaube einfach nicht daran.«

Peter zuckte lächelnd mit den Achseln.

In diesem Augenblick spürte Tom, wie trotz seines Widerwillens in dieser Gegend etwas auf ihn einwirkte, das er sich nicht erklären konnte.

14

Ruhija, Bwindi Impenetrable National Park, 11. Juni

Harald starrte auf die Tür, hinter der Georg gerade verschwunden war, und schüttelte den Kopf.

»Das habe ich mir gedacht«, murmelte er. »Der Kerl hat einfach keinen Mumm in den Knochen.«

Er wandte sich an Jenny und Tim, die noch immer irritiert waren.

»So ist er nun mal: ewig launisch. Daran müsst ihr euch gewöhnen. Aber davon abgesehen ist er ganz umgänglich.« Harald lächelte. »Georg hat einfach Angst, dass seine Stelle gestrichen wird und er nach Deutschland zurück muss, ohne neue Erkenntnisse zu Tage gefördert zu haben. Aber wenn er nichts wagt, dann wird er es auch nie zu etwas bringen.«

»Er hat so einen guten Ruf. Bei uns an der Uni schwärmen alle von ihm ...« Jenny war sichtlich durcheinander.

»Hier gibt es für euch beide noch viel Neues zu entdecken. Unter anderem, was die Abgeschiedenheit mit einem macht. Hier kann man ziemlich schrullig werden, wenn man nicht regelmäßig unter Leute geht.«

»Und wie gehst du damit um?«, wollte Tim wissen.

»Ich? Naja, hin und wieder fahre ich nach Kampala, um eine Großstadt um mich zu haben. Und ich mache mir Gedanken, wie ich das, was ich hier erlebe, für mein späteres Leben nutzen kann. Bei Georg ist das anders. Der geht in der Einsamkeit vollkommen auf. Der braucht eigentlich keine anderen Menschen. Dem genügen seine Berggorillas völlig. Aber das scheint in der Familie zu liegen. Neulich war sein Bruder hier, und der ist noch abgedrehter. Der Typ hat sogar aus dem Anlass, warum er Georg besucht, ein riesiges Geheimnis gemacht.«

Harald verließ das Haus zusammen mit den beiden Studenten, um ihnen die anstehenden Arbeiten zu erklären. Wie so oft braute sich am Himmel über ihnen ein Gewitter zusammen, das die Böden der Umgebung in kurzer Zeit in eine schlammige Masse verwandeln konnte. Als die drei eine halbe Stunde später zurückkehrten, trafen sie auf Georg, der sich gerade einen Tee kochte. Er hatte sich offensichtlich beruhigt.

Mit dampfenden Tassen in den Händen ließen sich alle vier auf den Sofas nieder.

Harald forderte seinen Chef auf: »Erzähl uns doch mal, was das für eine Geschichte mit dir und Stefan war? Ihr beide, dein Bruder und ein vierter junger Mann müsst so gut befreundet gewesen sein, dass ihr zusammen die Welt verändern wolltet. Stefan hat mir das damals erzählt. Vier Jungs, ein perfektes Team, gehen nach Uganda, um hier etwas zu bewegen. Was ist denn aus euch geworden? Warum seid ihr nicht mehr zusammen?«

Georg lauschte auf den Donner des herannahenden Gewitters, bevor er zu einer Antwort ansetzte.

»Wir waren eine eingeschworene Gemeinschaft, das ist richtig. Aber dann hat Stefan sich verändert und ich konnte das einfach nicht nachvollziehen. Je länger er hier in der Einsamkeit war, desto seltsamer ist er geworden. Er hat sich immer mehr mit den Riten und dem Glauben der Einheimischen beschäftigt. Und er war geradezu besessen davon, dass im Ruwenzori Berggorillas leben müssen. Dabei hat er mehr und mehr seine eigentliche Aufgabe vergessen.«

»Und welche war das deines Erachtens?« fragte Harald unwirsch und richtete sich gereizt auf.

»Wissenschaft. Forschung. Wahrheit. Ich konnte Stefan einfach nicht mehr ernst nehmen. Am Ende war er ein esoterischer Spinner. Mehr nicht.«

»Wenn das so ist, macht es wohl nichts, dass er nicht mehr lebt.«

Georg sah seinen Kollegen mit kalten Augen an, erhob sich, ging mit energischen Schritten durch den Aufenthaltsraum auf die Tür zum Hof zu, öffnete diese und wies nach draußen: »Wenn dir die Arbeit hier nicht mehr passt, dann kannst du gehen, jederzeit. Aber denk daran: Mein Ruf ist noch gut genug, um zu verhindern, dass du in der Primatenforschung jemals wieder einen Fuß auf die Erde bekommst. Also überleg's dir.«

Düsteres Schweigen breitete sich im Raum aus. Die ersten Regentropfen schlugen auf dem Blechdach auf. Die beiden Männer fixierten sich lange. Schließlich senkte Harald den Blick. Georg schloss die Tür wieder.

»Gut, ich nehme das als deine Entscheidung«, sagte er.

»Wenn wir hier einigermaßen zivilisiert miteinander umgehen wollen, dann muss klar sein, dass du meine Autorität nicht weiter untergräbst.«

»Schon gut«, gab Harald zurück, konnte sich aber noch nicht ganz geschlagen geben. »Was ist mit deinem Bruder?«, fragte er. »Als er hier war, machte er auf mich den Eindruck, als sei er ziemlich durch den Wind ...«

»Hans hat es in den letzten Jahren schwer gehabt. Da ist einiges bei ihm schief gelaufen. Aber das müssen wir hier nicht weiter besprechen. Das geht euch nichts an.«

»Was will er denn im Ruwenzori?«

»Er hat mir auch nur gesagt, dass er sich einer Reisegruppe angeschlossen hat, die den Central Circuit durchwandern will.«

Mit angespannten Gesichtszügen blickte Georg in die tiefgrüne Landschaft hinaus, auf die der Wolkenbruch jetzt mit Macht niederging. Das Prasseln auf dem Dach war lauter als die Worte, die er gedankenverloren hinterherschob: »Irgendetwas an ihm war wirklich komisch.«

15

Ostseite des Ruwenzori, am Nachmittag des 11. Juni

Gewaltige Pflanzen besiedeln den Ruwenzori. Farne, mehr als drei Meter hoch aufragend. Erika-Bäume, mit den kleinen Pflanzen in der Lüneburger Heide verwandt und ihnen optisch ähnlich, wachsen sechs, acht, zwölf, manchmal bis zu fünfzehn Meter in die Höhe. Undurchdringlicher Regenwald, die harten Stämme des acht Meter hohen Bambus, dichte meterdicke Moospolster und mit Tausenden von Bartflechten behangene Urwaldriesen.

Lobelien, aus dem Gartencenter als kleine, zierliche Pflanzen bekannt, strecken sich hier mit ihren Blütenständen bis zu zehn Meter in den Himmel – in ihrem Inneren gefüllt mit einer Flüssigkeit, die als Frostschutz wirkt. Die Senezien stehen ihnen in nichts nach. Abgestorbene Blätter schützen den viele Meter hohen Stamm vor den niedrigen Temperaturen der Nacht, und nur an den Spitzen recken sich die frischen Blätter nach dem Licht.

Die immerwährende Feuchtigkeit und eine intensive UV-Strahlung begünstigen den Riesenwuchs in den großen Höhen. Da hier allerdings so gut wie keine Insekten mehr leben – der Luftdruck ist zu niedrig und lässt die Chitinpanzer explodieren – übernehmen Nektarvögel die Bestäubung der Blüten.

Nie endende Wassermassen führen den Pflanzen ununterbrochen flüssige Nahrung zu. Umso mehr erstaunt es, dass große Flächenbrände im Ruwenzori keine Seltenheit sind.

Tom kannte die Besonderheiten des Ruwenzori sehr gut.

Das hohe Elefantengras beherrschte noch immer das Bild, doch es begann nach und nach dem Bergregenwald Platz zu machen. Die Bäume wurden höher, Lianen rankten von den Wipfeln fast bis auf die Erde herab. Über den Köpfen der Wanderer schloss sich bereits hin und wieder das grüne Blätterdach. Der Weg wurde zunehmend sumpfig und auch die Luft war schwer vor Feuchtigkeit. Beinahe unmerklich ging es steiler bergauf, und das Gehen wurde anstrengender. Nicht nur Tom war verschwitzt, auch Andreas Kleidung triefte mittlerweile. Die feuchte Hitze und die ungewohnte Anstrengung forderten den Wanderern einiges ab.

»Hat Nzanzu dir eine Einführung in seine Kultur gegeben?« Tom ging neben Andrea, die in Gedanken versunken schien.

»Er hat mir über die Geister seines Volkes berichtet«, entgegnete Andrea. »Ich denke die ganze Zeit darüber nach. Das ist doch spannend, findest du nicht?«

»Ausgesprochen. Aber du solltest dich damit nicht zu viel beschäftigen. Sonst glaubst du am Ende selbst noch daran.« Tom blickte sie ernst an, dann begann er zu grinsen. Andrea boxte ihn in die Seite, und er tat, als sei er schwer getroffen.

»Heraus damit: Was treibt dich zum zweiten Mal in diese Wildnis?«, fragte Andrea stichelnd.

Tom stapfte eine Weile schweigend neben ihr her.

»Ich bin auf der Suche nach einem Tal, von dem mir eine alte Frau erzählt hat«, sagte er schließlich ernst.

»Ah, ein Tal! Wie aufregend«, meinte Andrea ironisch.

Tom fragte sich, ob er ihr erzählen sollte, was er gehört hatte. Vielleicht erklärte ihn Andrea dann für verrückt. Aber er wollte dem Bericht nachgehen. Schließlich war er Journalist und Fotograf, und der Chefredakteur des *National Geographic Magazins* hatte ihn zu der Reise ermutigt. Storys dieser Art gab es heute nicht mehr viele. Sie könnte sein Durchbruch werden. International.

»Ich weiß nicht, ob es das Tal wirklich gibt, aber wenn, dann will ich es sehen und darüber berichten.«

»Was ist denn so besonders an diesem Tal?«

»Es soll angeblich so ursprünglich sein wie kein anderes in dieser Gegend. Vollkommen unberührt, wunderschön und geheimnisvoll.« Er machte eine Pause. »Kein Europäer hat es je betreten.«

Milchige Schwaden zogen zwischen den mit Flechten überwucherten Bäumen hindurch. Die Formen und Farben verschwammen im dichten Nebel. Manchmal riss er plötzlich auf und gab die Sicht tief in den Wald hinein frei. Die Umgebung war gespenstisch.

An einer kleinen Erhebung konnten Tom und Andrea von einem Felsen aus weit ins Tal blicken, und unter ihnen eröffnete sich eine faszinierende Welt aus Hügeln, Tälern und Bergspitzen, aus unendlichem Wald und schroffen Felsen. Im nächsten Moment verschwand wieder alles unter einer dichten Wolke.

Toms Gedanken schweiften ab. Er dachte an die alte Frau, die er letztes Jahr in einem Dorf am Rande des Ruwenzori getroffen hatte. Er hatte sich lange durchfragen müssen, bis er sie gefunden hatte, doch schließlich stand er vor ihr. Die Einheimischen nannten sie die Weise, das wandelnde Geschichtsbuch der Bayira. Sie musste über neunzig Jahre alt sein. Zu ihr kamen die Menschen von weit her, um sich über ihre Kultur und ihre Ahnen auszutauschen, denn sie war voller Geschichten über den Ruwenzori. Anfangs hegte sie großes Misstrauen gegen den jungen Fremden. Lange saß Tom bei ihr, viel Geduld musste er aufbringen, bis sie begann, mit ihm zu sprechen.

Sie war – wie so viele ihres Volkes – aus den Bergen umgesiedelt worden, als der Nationalpark 1991 erweitert worden war. Ihre Großmutter hatte ihr von einem Tal berichtet, das von den Geistern ihres Volkes beschützt wurde, und sie gab dieses Wissen an ihre Kinder, Enkel und Urenkel weiter. Ein Tal, angefüllt mit dem Grün der Berge, immer von Wolken und Nebel verdeckt. In diesem Tal waren die Geister zu Hause. Hierhin zogen sie sich zurück. Die alte Frau hatte Tom das Tal so plastisch beschrieben, dass er es sich noch immer detailliert vorstellen konnte. Aber niemand wusste genau, wo es lag.

Eine Bewegung zwischen den Bäumen ließ Tom stocken. Er hatte einen Schatten gesehen. Aus den Augenwinkeln. Oder doch nicht? Er schüttelte den Kopf, konzentrierte sich wieder auf den Weg, der hier rutschig und von Wurzeln durchzogen war. Da war es wieder. Er blieb stehen. Jetzt sah er eine Silhouette, die im Dunst zwischen den Bäumen hindurchglitt. Tom schrak zusammen, als er eine Hand auf seiner Schulter spürte.

»Beachte ihn einfach nicht.« Neben ihm stand Nzanzu, schob ihn sanft weiter.

»Was ist das?« Tom spürte Unbehagen in sich aufsteigen.

»Das werden wir später erfahren.«

»Was meinst du damit? Was werden wir erfahren?«

»Ob es ein guter oder ein böser Geist ist.« Nzanzu griff ihn am Arm und zog ihn weiter. Tom schüttelte ihn energisch ab.

In diesem Moment wehte eine kühle Brise über sie hinweg und zerriss den Nebel. Die Sonne stand fast senkrecht über ihnen. Tom griff nach seiner Wasserflasche und nahm einen tiefen Schluck. Andrea wandte sich um und sah ihn an.

»Alles in Ordnung mit dir?«, fragte sie.

Tom nickte rasch. »Musste nur einen Schluck trinken.« Er stopfte die Flasche zurück in seinen Rucksack und marschierte an ihr vorbei.

»Das ist verdammt anstrengend.« Er lächelte bemüht.

Andrea musterte ihn kritisch, zuckte mit den Schultern und lief hinter ihm her. Tom spürte, wie sie ihn beobachtete, doch er beschloss, nichts von dem, was er gesehen hatte, zu erzählen. Sonst würde die hübsche Frau noch an seinem Verstand zweifeln. Und das wäre schade, sehr schade. Wäre er in Deutschland, dann würde er sie zu einem Drink einladen, um sie besser kennen zu lernen. Aber Deutschland schien unendlich weit weg von dieser Gegend hier.

Tom dachte an seinen Vater. Er war seit Jahren krank. Die Prostata. Obwohl er sich einer Behandlung nach der anderen unterzog, immer wieder neue Therapien ausprobierte und sich den neuesten Methoden, die aus den USA nach Europa kamen, aussetzte, ließ sich der Krebs nicht eindämmen. In den vergangenen sechs Monaten war Tom fast jedes Wochenende bei seinen Eltern gewesen, hatte viel mit seinem Vater gesprochen und dessen stetigen Verfall mit Erschrecken verfolgt. Tom hatte ihm natürlich von seinen Reiseplänen erzählt. Und sein Vater hatte darauf gedrängt, dass er die Reise in Angriff nahm.

In der Tiefe seines Magens machte sich ein Gefühl breit, das Tom nicht kannte. Es forderte Raum, entzog ihm Wärme und stieg langsam hinauf, bis es ihm beinahe den Hals zuschnürte. Tom spürte Tränen in seinen Augen. Unruhe durchzuckte ihn bis in jede Spitze des Körpers. Die Haut begann zu kribbeln, ihm wurde kalt. Übelkeit übermannte ihn; er blieb stehen. Was hatte er getan? Hätte er bei seinem Vater bleiben sollen? In diesem Moment wollte er bei ihm sein, an seinem Bett sitzen, ihn einfach nur ansehen. Das eingefallene Gesicht, die Haut, die sich wie Pergament über seinen Knochen spannte. Er wollte neben ihm liegen, zusehen, wie sein Vater hin und wieder wach wurde, ein paar Worte mit ihm wechseln, ihn wieder einschlafen sehen. Bei ihrer letzten Begegnung hatte Tom sich mit einem stummen Gruß von ihm verabschiedet.

Die Übelkeit verflüchtigte sich allmählich wieder und machte einem Gefühl Platz, das so tief war wie der Wald um ihn herum. Die Liebe zu seinem Vater durchflutete ihn. Sie füllte jede Pore seines Körpers aus, verlieh ihm Kraft, strahlte durch die Haut. Tom meinte zu glühen. Wie glücklich konnte er sich schätzen, einen Vater zu haben, der ihn in jeder Situation seines chaotischen Lebens begleitet hatte, der immer für ihn da gewesen war.

Als Tom wieder um sich schaute, verdunkelte sich der Himmel langsam, und fernes Grollen kündigte ein Gewitter an. Die Guides drängten vorsichtig zu schnellerem Tempo, und Tom setzte sich wieder in Bewegung.

Er kam an Kathrin und Kai vorbei, die auf einem Felsen saßen. Kathrin blaffte Kai an, dass er sie dazu getrieben habe, diese irrwitzige Wanderung zu machen. Sie trug geblümte Turnschuhe, die sich in einer Shopping-Mall sicher sehr gut gemacht hätten. Jetzt waren sie von Schlamm verschmiert. Kai sprach ebenso besänftigend wie erfolglos auf seine Freundin ein. Tom ließ die beiden hinter sich.

Da war die Bewegung wieder! Blitzschnell drehte Tom den Kopf zur Seite und blieb stehen. Für den Bruchteil einer Sekunde konnte er eine menschenähnliche Gestalt sehen, die aber sofort wieder verschwand, als er sie mit den Augen erfasste. Erregt starrte Tom in dem Wald neben sich umher.

Er konzentrierte sich auf die Nebelschwaden, doch er sah nichts mehr, was auch nur annähernd einem Menschen glich. Er war tief in Gedanken versunken, als Kathrin neben ihm erschien. Kai schleppte sich weiter hinten mit ihrem Rucksack ab.

»Na? Haste was gesehen?«, wollte sie von Tom wissen und blickte suchend um sich.

»Nein, ich habe mich getäuscht«, antwortete er, während er sich wieder umwandte, um weiterzugehen.

»Das hier sieht genauso aus wie bei Sembagares und Dians Suche nach den Gorillas«, flüsterte sie.

Sehnsüchtig blickte er nach vorne. Andrea erreichte gerade das erste Camp. Die Niabitaba-Hütte. Er erkannte die Stelle wieder, gleich nach einem großen Felsen im Wald. Sie hatten es geschafft. Die erste Tagesetappe war überstanden.

Erschöpft ließ sich Tom auf eine der Bänke sinken, die auf dem Platz zwischen den Hütten aufgestellt waren. Kathrin inspizierte die Unterkünfte, war bitter enttäuscht und beschwerte sich sofort bei Manfred, der sie jedoch unbeeindruckt daran erinnerte, dass dies eben Afrika sei. Die Träger begrüßten Tom freundlich lächelnd und machten den Eindruck, als seien sie mit einem Lift den Berg hinaufgekommen.

16

Westseite des Ruwenzori, am Nachmittag des 11. Juni

Hitimana marschierte nun schon seit Stunden mit den anderen Rebellen in der schwülen Hitze den Berg hinauf. Vor ihnen lag die kongolesische Seite des Ruwenzori. Die Berge waren gut zu erkennen und ließen erahnen, wie weit der Weg auf die andere Seite, nach Uganda, noch war. Mutwanga, der Ort, in dessen Nähe sie die Fahrzeuge zurückgelassen hatten, war weit hinter ihnen geblieben. Der Junge trug einen schweren Sack mit Lebensmitteln auf dem Rücken, die Kalaschnikow drückte in die Seite, das Tuch, mit dem er die Last trug, schmerzte an der Stirn. Mit jeder Stunde wurde der Weg schlammiger, doch an eine Pause war nicht zu denken. Erst mit Einbruch der Dunkelheit würden sie irgendwo unter einem Felsvorsprung rasten, nur um bei Sonnenaufgang wieder auf den Beinen zu sein.

Hitimana stolperte über eine Wurzel, die sich ihm plötzlich aus dem Boden entgegenstreckte. Im letzten Moment fing er sich, doch beinahe hätte er die Kalaschnikow fallen gelassen. Sofort war Innocent neben ihm und brüllte ihn an. Wie durch einen Schleier nahm er den älteren Soldaten wahr, seine Worte verstand er nicht. Aber es war eine Warnung. Innocent war noch launischer als Paul. Er war zwar nur der zweite Kopf in der Miliz, ein paar Jahre jünger als sein General, aber seine Strafen waren oft perfider. Hitimana biss die Zähne zusammen, ging weiter. Immer höher in die Berge. Paul hatte ihnen großzügige Geschenke versprochen, wenn sie erfolgreich wären.

Ein neuer Fluchtversuch kam nicht in Frage. Er war gezwungen, Pauls Befehlen Folge zu leisten, wenn er überleben wollte. Und er wollte leben. Seine Mutter hatte es nicht geschafft. Ebenso wenig seine Schwestern und sein Vater. Hitimana hatte sie alle sterben sehen. Sie hatten ihn gezwungen mit anzusehen, wie sich die Männer immer und immer wieder an seiner großen Schwester vergingen. Nur er und sein kleiner Bruder hatten das Massaker überlebt. Das war nun über ein Jahr her, doch seinen Bruder hatte er aus den Augen verloren, als sie aus ihrem Dorf fortgebracht wurden. Paul achtete darauf, dass Brüder nicht in derselben Kompanie lebten. Zu groß war das Risiko, durch Gefühle eine gemeinsame Flucht zu ermutigen.

Hitimanas Gefühle waren längst abgestumpft. Die Drogen, die er von den anderen Soldaten bekam, halfen ihm, die Erinnerungen zu vergessen. Er war schwere Arbeit gewohnt; das war in seinem Dorf auch schon so gewesen. Dort hatte er aber gewusst, wofür er sich plagte. Seine jüngeren Geschwister brauchten gutes Essen, und das kleine Feld hinter der Hütte gehörte der Familie und musste bestellt werden. Zwei Ziegen, etwas Mais und Manjok, drei Bananenstauden – mehr hatten sie nicht. Und doch war das Leben dort schön gewesen. An manchen Tagen war Hitimana in die Missionsschule im Nachbarort gegangen. Dort hatte er Englisch gelernt. Das Dorf gab es nun nicht mehr. Das Letzte, woran Hitimana sich erinnerte, waren die brennenden Hütten, der Geruch versengten Fleisches, die Schreie der Nachbarn und Freunde.

Obwohl seine Eltern tot waren, waren sie immer bei ihm. So wie seine Schwester, die die Demütigungen nicht überlebt hatte. Manchmal nahm er sie in seiner Nähe wahr. Heute war es sein Vater, der ihn begleitete. Er stützte ihn, gab ihm Kraft. Kraft, die Strapazen des Lagers und die Launen des Generals zu ertragen. Seine Mutter war für ihn da, wenn er Rat suchte. Er sprach dann manchmal stundenlang mit ihrem Geist.

Vor ihm gingen die beiden Neuen. Sie waren erst vor einer Woche in die Armee gezwungen worden, nachdem die ALR ihr Dorf überfallen hatte. Hitimana war dabei gewesen. Die Erinnerungen an den Überfall auf sein eigenes Dorf waren aufgestiegen; er hatte geglaubt, seine Freunde wiederzusehen, doch es waren andere Männer und Frauen, die vor ihm und den Soldaten weggelaufen waren.

Innocent war in dem Chaos auf ihn zugekommen, hatte breit gegrinst und gesagt, Hitimana solle jetzt beweisen, dass er ein Mann sei. Er hatte ihn hinter eine Hütte geführt, wo ein Mädchen nackt auf der Erde lag. Einer der anderen Soldaten verging sich gerade an ihr. Das Mädchen war vielleicht elf Jahre alt, sie schrie nicht, sondern sah nur mit weit aufgerissenen Augen stumpf in den Himmel. Als der Soldat mit einem Stöhnen fertig wurde und aufstand, stieß Innocent Hitimana auf das Mädchen. »Jetzt zeig mal, was du kannst!«, sagte er lachend. Er zog ihm die Hose runter. Hitimana stand verwirrt vor dem Mädchen. Deren Blicke klammerten sich starr an die Bäume, Tränen trockneten an ihren Schläfen. Hitimana musste sich auf sie legen. Die Soldaten um ihn herum lachten. Er ahmte die Bewegungen nach, die er bei dem Mann gesehen hatte. Einmal schaute ihn das Mädchen an. Hitmana schloss die Augen.

Einer der anderen Soldaten stieß ihn zur Seite und zog sich selber die Hose herunter. Hitmana saß auf dem blutigen Boden eines vernichteten Dorfes, mit heruntergelassener Hose, sah das Mädchen unter dem schwitzenden Soldaten und die Tränen flossen ihm aus den Augen. Als der Soldat fertig war, ließen sie das Mädchen einfach hinter der Hütte liegen. Ihr kleiner Körper war blutüberströmt. Einer der beiden Jungen, die nun als neue Soldaten vor ihm gingen, Ndabarinzi, hatte die ganze Zeit dabeigestanden. Hitimana wusste inzwischen, dass die Kleine seine Schwester gewesen war.

Als hätte er bemerkt, dass Hitimana an ihn dachte, drehte sich Ndabarinzi um. Er war vollkommen erschöpft. Er trug einen viel zu schweren Sack. Doch es wäre Hitmanas sicherer Tod gewesen, wenn er dem Jungen geholfen hätte. Innocent ging direkt hinter ihnen. Sie sollten gestählt werden für die anstehenden Aufgaben und Gefahren.

Nach nicht enden wollenden Stunden erreichten die Soldaten ein Hochplateau. Vor ihnen erhoben sich schroffe Berge in den Himmel. Hinter ihnen stand die Sonne tief am Horizont. Paul gab den Befehl, ein Lager aufzuschlagen. Erschöpft ließ sich Hitimana auf die schlammige Erde fallen. Einige Männer machten sich sofort daran, provisorische Hütten aus Baumstämmen und Planen zu errichten. Hitimana und sein Freund Mugiraneza wurden zum Kochen eingeteilt. Die Beine, die Schultern und die Arme schmerzten. Als Hitimana zu der einfachen Kochstelle ging, sah er das Tal hinter sich. Tief unter ihnen erstreckte es sich fast endlos, dicht bewaldet, unendlich grün. Am Rand der weiten Ebene zu seinen Füßen strahlte ihm die rote Scheibe der untergehenden Sonne entgegen.

Hitimana blieb stehen. Das da unten war sein Land. Hier war er zu Hause. Er spürte seinen Vater neben sich, der gemeinsam mit ihm diese atemberaubende Landschaft betrachtete. Er sehnte sich nach seinen Eltern, seinen Freunden. Und er dachte an seinen Bruder, der vielleicht genau in diesem Moment von einer anderen Stelle aus der untergehenden Sonne entgegenblickte.

Er durfte seine Aufgabe nicht vergessen, besann sich Hitimana. Schnell eilte er zur Kochstelle hinüber und begann mit der Arbeit. Es gab wie fast immer Kassava, einen Brei aus Maniokmehl. Zuhause hatte er die Kassava seiner Mutter geliebt, hier schmeckte sie jedoch fade, beinahe eklig. Nach dem Essen zogen sich die Jungen unter eine der Planen zurück. Rechts neben Hitimana lagen Ndabarinzi und Mugabo, die Unzertrennlichen; auf seiner linken Seite hatte sich Mugiraneza zusammengerollt. Hitimana hatte sich in der letzten Zeit mit ihm angefreundet, obwohl Mugiraneza fast drei Jahre jünger und eigentlich noch ein Kind war. Jede Nacht weinte er – still, damit es niemand bemerkte. Nur Hitimana hörte es. Auch heute. Vorsichtig legte er dem kleineren Jungen seinen Arm um die Schultern. Für einen Moment erstarb das Weinen. Dann spürte er wieder das leichte Zucken des von Trauer geschüttelten Körpers.

Er war gerade eingeschlafen, als ihn eine Hand an der Schulter berührte. Innocent stand neben ihm und forderte ihn leise auf, aufzustehen. Hitimana taumelte wackelig hinter ihm her an den anderen Schlafenden vorbei zu einem kleinen Zelt, das Innocent allein zur Verfügung stand. Dort ließ sich der Ältere schwerfällig auf eine Strohmatte fallen. Hitimana wusste nicht, was er von ihm wollte. Da griff Innocent nach seinem Arm und zog ihn zu sich nach unten. Er zwang Hitimanas Hand in seine Hose. Innocent stöhnte. Er befahl ihm, sich auszuziehen. Als Hitimana nackt war, ging ihm auf, dass sie keines der Mädchen mitgenommen hatten. Innocent rieb sich an seiner Haut, grunzte wie ein Schwein. Hitimana schloss die Augen und ließ alles mit sich geschehen.

Mit unsicheren Schritten stolperte Hitimana kurze Zeit später durch das dunkle Lager zu seinem Schlafplatz zurück. Er rollte sich neben seinen Freunden zusammen. Jetzt war er es, der lautlos weinte. Wie ein düsterer Traum sank die Dunkelheit auf seine Seele herab. Mugiraneza lag mit offenen Augen da, sah das verzweifelte Zucken seines Freundes. Ein schmaler Arm legte sich um Hitimanas Schultern.

17

Ostseite des Ruwenzori, am Morgen des 12. Juni

Es war wieder der gleiche Traum. Tom war mit Jens auf dem zugefrorenen Fluss, und sein Bruder verschwand unter dem Eis. Tom schrie verzweifelt nach ihm. Dann erwachte er schweißgebadet. Kälte waberte in die Hütte. Er hatte gehofft, die Zeiten dieses Traums seien vorbei. Aber in dieser unheimlichen Umgebung kam er zurück und war machtvoller als je zuvor.

Er lag mit offenen Augen auf seiner Pritsche. Die Tür war nur halb geschlossen. Draußen wurde es hell. Die anderen schliefen noch. Sie hatten nichts mitbekommen. In seinem Magen schien ein Klumpen aus Teer alles zu verkleben. Tom würgte. Er schälte sich aus seinem Schlafsack, riss sich die verschwitzten Klamotten vom Körper, rieb sich mit einem dreckigen T-Shirt trocken und zog sich zähneklappernd frische Sachen an.

Als Andrea aus der Hütte trat, schoben sich die Sonnenstrahlen majestätisch zwischen den Bäumen hindurch. Fasziniert betrachtete sie die Landschaft um sich herum. Dschungel, so weit das Auge reichte. Sie waren fast tausend Meter höher als am Morgen zuvor, die Luft war schon merklich dünner und kratzte in den Atemwegen. Die Strapazen des vorangegangenen Tages waren Andrea noch immer anzusehen, doch der weite Blick schien sie nun dafür entschädigen zu wollen. Sie ging zur nahe gelegenen Wasserstelle, um sich das Gesicht und die Hände zu waschen.

»Dort drüben sind die Portal Peaks.«

Andrea schrak zusammen. Hans war lautlos neben sie getreten.

»Sir Henry Peterson hat die Spitzen nach dem völlig unbedeutenden Bruder des damaligen englischen Generalkonsuls Gerald Portal benannt.« Andrea guckte den Mann neben sich entgeistert an, wandte sich dann von ihm ab, tauchte die Hände in das eiskalte Wasser. Die Kälte trieb die letzte Müdigkeit aus ihrem Hirn.

»Außerdem hat er diese Berge als das Portal zum Schnee angesehen. Da oben gibt es zwar keine Gletscher, aber je höher wir kommen, desto größer ist die Wahrscheinlichkeit, dass wir durch Schnee laufen werden.« Er stand lächelnd neben ihr, die Augen auf ihr Gesicht gerichtet.

»Was treibt dich eigentlich in diese Berge?«, fragte Andrea. »Du siehst nicht so aus, als würdest du oft bergsteigen.«

»Ich *liebe* es, auf Berge zu klettern. Aber so hoch, wie wir in diesen Tagen kommen werden, bin ich noch nie gewesen.«

»Wo wanderst du sonst, wenn nicht in Uganda?« Andrea trocknete sich das Gesicht und die Hände ab.

»Ich wandere meistens in den Alpen. Du hast dein Faible für die Berge vermutlich von deinen Eltern, oder?« Hans wandte sich Andrea zu. Andrea erschauerte. Bevor sie antworten konnte, trat er noch einen Schritt näher an sie heran. Seine Stimme war jetzt leiser. »Der Ruwenzori ist bekannt dafür, dass er süchtig macht. Viele Menschen sind ihm schon verfallen. Viele wollten die Gipfel stürmen, einige haben es nicht geschafft.« Er fixierte sie mit seinen kleinen Augen. »Es heißt, dass sie die Berge im Wahn bestiegen haben, dass sie der Höhenkrankheit verfallen sind und nicht mehr zurückkehrten.« Er ließ den Blick über die Hügel und Bergketten schweifen, die jetzt in warmes Sonnenlicht getaucht waren. »Sie sind irgendwo abgestürzt und an den scharfen Felsen zerschmettert. «

Plötzlich drehte Hans sich auf dem Absatz um und ging zur Hütte zurück. Andrea blieb mit offenem Mund zurück. Gänsehaut überzog ihren gesamten Körper. Als der Mann in einer der Hütten verschwand, fiel Andrea auf, dass er ihr keine Antwort auf ihre Frage gegeben hatte. Warum war er hier?

Kurze Zeit später empfahl Peter ihr und den anderen beim Frühstück, an diesem Tag Gummistiefel anzuziehen, da der Weg etwas matschiger werden würde. Wie sich später herausstellen sollte, war das maßlos untertrieben. Andrea betrachtete Peter dabei, wie er den Trägern die Anweisungen für den Tag gab. Als er zu ihr hinübersah, lächelte er. Andrea war von der Ähnlichkeit erneut überrascht. Seine Augen strahlten eine Klarheit aus, die sie nur zu gut kannte.

Andrea lief zu Beginn in der Mitte der Gruppe kurz hinter Martin und Steve, die wie schon am Tag zuvor in angeregte Gespräche vertieft waren. Sie beobachtete Peter, wann immer sich eine Gelegenheit dazu ergab.

»Hast du es ihm schon gesagt?«, wollte Birgit von ihr wissen, die direkt hinter Andrea den steilen Weg hinaufstieg. Der war mittlerweile auf die Breite eines Trampelpfades geschrumpft, und sie mussten hintereinander gehen.

»Ich will erst mehr über ihn erfahren, bevor ich ihm meine Version der Geschichte auftische.«

»Er weicht dir aus, ist dir das aufgefallen?« Birgits Stimme klang dünn. Die Höhenluft und die ungewohnte Anstrengung setzten ihr sichtbar zu.

»Seine Familiengeschichte scheint ein wunder Punkt für ihn zu sein. Und das ist ja auch kein Wunder.«

»Ihr seid euch in vielen Dingen so ähnlich.« Birgit lachte.

»Sind dir seine Augen aufgefallen?«, wollte Andrea wissen. »Ich war richtig erschrocken, als ich ihn zum ersten Mal gesehen habe.«

»Du musst es ihm sagen. Sonst fühlt er sich später verarscht.«

Andrea blieb kurz stehen, um ihre Freundin zu mustern. »Ich muss den richtigen Zeitpunkt abwarten. Schließlich kann es sein, dass ich sein gesamtes Weltbild zum Einsturz bringe.«

Sie wanderten über eine leichte Steigung durch den immer dichteren Urwald. Der Untergrund war tatsächlich schon nach kurzer Zeit so matschig, dass Andrea froh war, den Rat mit den Gummistiefeln befolgt zu haben. Dicke Moospolster umhüllten die Astgabeln der Bäume von allen Seiten. Die Sonne schien durch einen dünnen Nebelschleier auf sie herab und ließ das Moos in hundert Rot- und Gelbtönen erstrahlen. Die Luft war schwer, aber trotz des leicht diesigen Wetters hatte die Sonne so große Kraft, dass aus dem feuchten Erdreich feiner Dunst aufstieg, in dem sich die Sonnenstrahlen brachen. Von den riesigen Bäumen hingen gespenstische Flechten herab, sodass sie beinahe aussahen wie über und über mit dicken Spinnweben behängte Figuren aus einem Horrorfilm. In einiger Entfernung schrien Colobus-Affen. Manchmal konnte Andrea für einen kurzen Moment einen Blick auf sie erhaschen, doch sobald sie genauer hinsah, waren sie schon wieder im Blättermeer verschwunden.

Vor Martin und Steve bemerkte sie Tom, der an diesem Vormittag weniger fotografierte als noch am Tag zuvor. Toms Träger Gharib war ununterbrochen an seiner Seite, doch seine Aufgabe beschränkte sich darauf, den Fotorucksack und das Stativ zu tragen. Tom wechselte das Objektiv kein einziges Mal und benutzte, wenn er doch ein Foto schoss, immer dieselbe Kamera. Sein Blick streifte sie kurz, ein Lächeln huschte über sein Gesicht, dann wandte er sich wieder nach vorn.

Während einer Pause erhaschte Andrea ein paar Gesprächsfetzen der anderen. Hans fragte Nzanzu nach allen Schluchten und Felsspalten des Weges aus. Martin unterhielt sich gedämpft mit Steve. Ein Träger warf den beiden missbilligende Blicke zu.

Andreas Gedanken schweiften ab, als sie weitergingen. Sie fragte sich, ob ihr Vater sie vielleicht deshalb so gedrängt hatte, die Reise nach Uganda anzutreten, um ihr den Abschied von ihrer katastrophalen letzten Liebesbeziehung zu erleichtern. Sie spürte Wut in sich aufsteigen. Immer waren es andere, die auf so vielfältige Weise ihr Leben bestimmten. Sie wollte frei sein. Ja, sie hatte diesen Auftrag für ihren Vater übernommen. Aber wer sagte denn, dass sie ihn auch in seinem Sinne ausführen musste? Sie wollte selber entscheiden, was sie hier im Gebirge machte. Wütend stieß sie den Bambusstock, den sie als Wanderstab benutzte, in die weiche Erde. Wegen des dumpfen Geräuschs drehten sich Martin und Steve vor ihr abrupt um. Beinahe wäre Andrea in sie hineingelaufen.

»Alles in Ordnung mit dir?«, fragte Martin.

»Ja, keine Sorge. Ich war nur in Gedanken.«

»Na, dann will ich nicht derjenige sein, an den du gedacht hast«, lachte er und wandte sich wieder nach vorne, wobei er Steve zuzwinkerte, der kein Wort von dem Gespräch der beiden Deutschen verstanden hatte. Dennoch lächelte er.

Nach einem steilen Abstieg erreichten sie eine schmale, wenig vertrauenerweckende Konstruktion, die sich über einen schäumenden Fluss spannte und tatsächlich einen Namen trug: die Kurt-Schäfer-Brücke. Als Andrea bei der Überführung anlangte, wurde sie Zeugin einer halblauten Diskussion zwischen Kathrin, Manfred und Kai. Kathrin weigerte sich, die schiefen und wackelig wirkenden Brückenplanken zu betreten, doch Manfred betonte, dass es keinen anderen Weg über den Fluss gab. Andrea blieb kurz stehen, um sich die Auseinandersetzung anzuhören, ließ einige Träger an sich vorbeiziehen und ging dann schulterzuckend weiter.

Tom sah Andrea über die Brücke auf sich zu balancieren. Sie lächelte ihm zielstrebig entgegen. Hinter ihr diskutierten Kai und Kathrin noch immer. Er beobachtete Andreas tastende Schritte auf der Brücke. Die Sonne schien durch ihr blondes Haar, das sie zu einem lockeren Pferdeschwanz gebunden hatte, in dem sich das Licht in faszinierenden Reflexen brach. Es verlieh ihrer Silhouette etwas Göttliches. Er verspürte den Wunsch, sie zu berühren, schüttelte den Gedanken sofort wieder ab, blickte in die andere Richtung und konzentrierte sich auf die Umgebung. Der Pfad wurde hier, gleich hinter der Kurt-Schäfer-Brücke, deutlich steiler. Sie hatten an diesem Tag noch einen langen Weg vor sich. Er ließ Andrea an sich vorbeigehen, wobei er deutlich wahrnahm, wie entschlossen sie wirkte.

Der Boden war mittlerweile noch aufgeweichter und rutschiger. Tom glitt bei beinahe jedem Schritt aus und schaffte die Steigung kaum. Die Erinnerung an den Traum der letzten Nacht band seine Gedanken. Seine Eltern hatten nie wieder mit ihm über die Ereignisse gesprochen. Und nun lag sein Vater im Sterben. Als er zur Seite sah, floss wieder Nebel in dicken Schwaden aus dem Wald auf ihn zu. Innerhalb weniger Minuten war er vollkommen von einem Wolkenfetzen umgeben. Die Luft kühlte sich deutlich ab, wurde plötzlich eisig kalt, doch noch immer schwitzte Tom furchtbar. Er hasste dieses Gefühl. Sie hatten im letzten Camp nicht duschen können. Auch die kommenden Camps boten keine Möglichkeit dazu. Er hatte gewusst, dass ihn diese Entbehrungen erwarteten, und hatte sich darauf eingelassen, doch allmählich fühlte er sich ekelhaft. Er erreichte einen Bambuswald, durch den sich schlammüberzogen der schwarze Weg schob. Toms Beine schmerzten. Er konnte sich nicht erinnern, dass die Tour beim letzten Mal so anstrengend gewesen war. Vermutlich hatte er das verdrängt.

Andrea ging schneller als er, war vor ihm zwischen den dicht stehenden meterhohen Stängeln verschwunden. Auch hinter sich sah er keinen der anderen – vermutlich diskutierten Kai und Kathrin weiterhin die Brückenüberquerung mit einem der Guides. Toms Sichtfeld wurde unscharf. Er stutzte, versuchte seine Augen zu justieren, aber im Nebel verschwamm alles. Der Bambus schien sich wie in einer Windböe zu bewegen, doch die Luft regte sich nicht. Neben sich hörte er eine Stimme. Sie flüsterte leise, und Tom war sicher, dass sie mit ihm sprach. Sein Blick suchte das Dickicht in der Richtung ab, aus der die Stimme kam. Aber er konnte nichts entdecken. Dann bewegte sich etwa vier Meter neben ihm eine Gestalt durch den Dunst. Sie lief leichtfüßig neben ihm her den Hang hinauf. Im nächsten Moment war sie verschwunden. Nur Nebel, Bäume und der Weg. Da war die Gestalt wieder. Ein Junge, ganz schwach erkennbar. Auch er war stehen geblieben, betrachtete ihn. Tom rieb sich die Augen, schüttelte sich, doch der Junge war noch immer da. Allein. Etwa vierzehn Jahre alt. Er schien mit ihm zu sprechen. Und

Tom glaubte ihn zu kennen. Das ungewöhnlichste aber war seine Hautfarbe. Er war weiß. Ein europäischer Junge, allein, mitten in Afrika.

Tom drehte sich um – noch immer war niemand von den anderen zu sehen. Weder vor ihm, noch hinter ihm. Er hatte den Eindruck, in diesem geheimnisvollen Wald mit dem Jungen ganz allein zu sein. Er nahm seine Kamera zur Hand, wischte kurz über das Display, kontrollierte und änderte ein paar Einstellungen. Routiniert wie er war, dauerte das nur wenige Sekunden. Als Tom die Kamera hochnahm und wieder zur Seite blickte, war der Junge verschwunden. Woher kannte er ihn nur? Ein kalter Schauer durchlief seinen Körper. Er packte den Wanderstab fester mit der rechten Hand, um den Weg weiter hinauf zu gehen. Dann erahnte er den Jungen erneut neben sich – unscharf, beinahe durchscheinend. Er schaute Tom an, wandte sich gleich wieder ab und stieg mit weichen Bewegungen den Hang hinauf. Tom versuchte seine Gedanken zu sortieren.

Eine Hand legte sich schwer auf seine Schulter, und Tom schrie vor Schreck auf. Steve stand neben ihm. »Tom, was ist los?«, fragte er.

»Alles in Ordnung ... Ich war nur ...« Er wusste nicht, wie er es erklären sollte. Der Junge war verschwunden. Für einen Sekundenbruchteil erinnerte er sich an ein Foto, auf dem dasselbe Gesicht zu sehen war. Aber was hatte es mit dem Foto auf sich?

»Tom?« Steve sah ihn sehr besorgt an. »Was ist mit dir? «

Eine sanfte Brise zog durch den Wald, der Nebel lichtete sich und gab wieder den Blick auf den Weg vor ihnen frei.

»Es ist nichts – es geht mir gut.« Er atmete tief durch. »Gehen wir weiter?«

»Wenn du kannst ...«

Langsam, Schritt für Schritt stiegen sie den steilen Pfad weiter nach oben. Nach einer Weile kamen sie an einer kleinen Quelle vorbei, die Tom fast übersehen hätte, wäre da nicht das Plätschern gewesen Er trank einen tiefen Schluck Wasser und fühlte sich augenblicklich besser. Seine Lebensgeister kehrten zurück. Der Weg war nun nicht mehr so steil, und sie erreichten zügig ein großes Areal mit Gletscherschutt. Hier wartete Andrea bereits mit Martin. Auch die Träger rasteten an dieser Stelle. Tom setzte sich auf einen großen Stein, um sich auszuruhen. Nach und nach trafen alle anderen ein. Fast alle.

18

Im Tal, acht Tage vor der Feier

Das Tal der Bayira war lang gestreckt und rings herum von steilen Hängen hoher Berge eingefasst. An der tiefsten Stelle schlummerte ein See, dessen beinahe schwarzes Wasser unergründlich war. In der Mitte des Sees ruhte eine Insel. Sie war bewohnt. Das kleine Dorf bestand aus etwa zwei Dutzend Hütten, die sich im Kreis um einen Platz ringten. Zu jeder Familie gehörten ein paar Hütten, durch eine Umzäunung von den Nachbarn abgegrenzt. Rings um die Ansiedlung schloss sich eine dichte Hecke, die das Eindringen der Ziegen, die auf der anderen Seite der Insel lebten, verhinderte. Hinter dem Dorf lagen Felder, auch diese von einer Hecke umgeben.

An den Hängen der Berge waren steile Plantagen und ebenfalls einzelne Hütten zu sehen. Doch die größte Fläche des Tals war von undurchdringlichem Urwald bewachsen. Über allem lag eine Wolkendecke, die so gut wie nie verschwand. Nur hin und wieder, bei Vollmond, rissen die Wolken auf.

Kambere hatte in dieser Nacht von Kithasamba geträumt. Der Geist war ihm erschienen, begleitet von seinen Engeln. Er war wunderschön gewesen, hatte mit sanfter Stimme zu ihm gesprochen, aber an den Inhalt von Kithasambas Worten konnte sich Kambere nicht mehr genau erinnern. Dennoch wusste er jetzt Bescheid. Es war soweit. Kambere war vierzehn Jahre alt und hatte noch nie eine Beschneidungszeremonie erlebt.

Er erhob sich leise von seiner Matte. Sein Vater schlief noch, ebenso seine kleinen Geschwister. Vorsichtig streckte er den Kopf aus der Hütte und blickte nach draußen. Die Sonne war noch nicht aufgegangen, ein heller Schimmer deutete jedoch ihre Ankunft an. Das Dorf lag ruhig im Dunst des herannahenden Tages. Schmale Rauchsäulen stiegen aus den Hütten rund um den zentralen Platz auf, seine Mutter kam mit einem gefüllten Wasserkrug auf dem Kopf quer über den staubigen Platz näher und schwatzte mit einer Nachbarin. Als sie Kambere aus der Hütte treten sah, verabschiedete sie sich von der Frau und zwinkerte ihm zu.

»Mama, es ist soweit«, sagte Kambere.

»Ich weiß.«

Ihre Stimme klang warm, und in ihr lag die Trauer der Mütter, die wissen, dass ihre Kinder eines Tages fortgehen werden. »Ich habe Kithasamba heute Nacht gesehen.«

»Ich auch.« Kambere senkte den Kopf. »Was wird geschehen?« Jetzt guckte er seine Mutter wieder an. Ein leichter Anflug von Angst ließ seine Pupillen zittern.

Seine Mutter lachte leise. »Nichts Schlimmes – glaub mir, es passiert nichts Schlimmes. Du wirst mit den anderen zur Jagd gehen und ein paar Tage im Wald bleiben. Wenn du zurückkehrst, findet die Beschneidungsfeier statt.« Dann strich sie ihm über den kahl geschorenen Kopf und trat in die Hütte.

Kambere hörte einen Ruf von der Nordseite des Tals. Erst leise, dann immer lauter schallte die Stimme von einem der Männer, die dort neben den Feldern lebten, zu ihm herüber. Der Ruf galt ihm. Ihm und sieben anderen Jungen im Dorf. Er wusste, welche Kinder gemeint waren. Kithasamba hatte es ihm gesagt. Nach und nach kamen auch die anderen Dorfbewohner aus ihren Hütten, lauschten ebenfalls dem Ruf, der sich immer mehr zu einem melodischen Gesang veränderte. In einer kleinen Gruppe sammelten sich die Jungen in der Mitte des Dorfplatzes. Der kleinste, Kakule, war erst vier Jahre alt. Er weinte und schrie nach seiner Mutter. Kambere beugte sich zu ihm hinunter, nahm ihn sanft in den Arm und setzte ihn sich schließlich auf die Schultern, damit er sehen konnte, was um ihn herum geschah.

Kambere war einer der Ältesten. Nur Baluku war noch ein Jahr vor ihm geboren. Sie waren Freunde, seit er denken konnte. Sie hatten ihr ganzes Leben miteinander verbracht und vor allem hatten sie immer wieder von dem großen Tag gesprochen. Sie hatten ihn sich in den buntesten Farben ausgemalt und es kaum erwarten können, ihn zu erleben. Jetzt war es endlich soweit. Langsam erstarb die Stimme am Hang. Sie hatte alle Namen gerufen. Die Namen der Jungen, die beschnitten werden sollten. Die Stimme hatte Kithasamba um Beistand gebeten. Und sie hatte den Zeitpunkt der Beschneidung festgesetzt: Acht Tage noch, dann würde er, Kambere, endlich zu einem vollen Mitglied des Clans.

Dumpf erklang eine Trommel. In langen Abständen gab sie einen durchdringenden Ton nach dem anderen von sich. Eine kleinere Trommel mischte sich mit leichten, hohen Schlägen ein. Kambere blickte sich um, doch er konnte nicht erkennen, wo die Musiker saßen. Rund um ihn und die anderen Jungen herum standen seine Familie, die Nachbarn und Freunde. Sie lachten und scherzten. Die Ersten begannen sich im Takt der Trommeln zu wiegen. Eine schnellere Trommel setzte ein. Seine Mutter war die Erste, die ihre Stimme erhob. Ein klagender Laut drang aus ihrer Kehle, den sie lange hielt; sie hatte die Augen geschlossen. Dann modulierte sie ihre Stimme. Kambere liebte es, wenn seine Mutter sang. Doch diese Melodie hatte er noch nie gehört.

Die Mütter der anderen Jungen fielen nach und nach in den Gesang ein. Die Trommeln wirbelten immer schneller. Die Melodien rankten sich um den heftig pulsierenden Rhythmus der Schläge. Sanftem Wellengang gleich schwangen die Stimmen auf und ab, jede für sich. Dann fanden sie zueinander, stiegen gemeinsam an, sanken wieder ab, bis sie sich wieder voneinander entfernten und jede für sich ihre eigene Linie entwickelte, ohne die der anderen zu stören. Jetzt fielen die Männer einer nach dem anderen mit ein. Sie sangen eine weitere Melodie, die erst geschlossen, dann mehr und mehr in einzelne Stimmen zerstreut erklang. Noch mehr Trommeln lieferten den Melodien einen immer engmaschigeren Boden. Rasseln erklangen aus den hinteren Reihen. Eine, dann zwei, schließlich begannen immer mehr von den Mädchen und Frauen zu tanzen. Sie wiegten ihre Hüften, sanft zuerst, dann – dem Rhythmus der Trommeln folgend – immer schneller. Vom westlichen Rand des großen Platzes mischte sich ein Xylophon ein, das bald schon das Klangmeer dominierte.

Die Welt begann sich um Kambere herum zu drehen. Er musste sich auf den Boden setzen. Vorsichtig stellte er Kakule auf die eigenen Füße, der durch die Musik das Weinen vergessen hatte. Aus der Gruppe der singenden und tanzenden Menschen trat nun Kamberes Vater Tsongo auf die acht Jungen zu. In der Hand hielt er eine Schale mit Kassava, dem weißen Maniokbrei, den sie beinahe jeden Tag aßen. Vorsichtig tunkte Tsongo seine Finger in die Schale, schaute seinem Sohn ernst in die Augen und begann, ihm das Gesicht mit dem zähen Brei zu bestreichen.

Ein lauter Aufschrei ging durch die Singenden, die sich nun in einem weiten Zirkel um die Jungen im Takt bewegten, bis Tsongo das Ritual bei seinem Sohn beendet hatte. Dann gab er die Schale an Balukus Vater weiter, der das Gesicht seines Sohnes mit dem Brei bestrich. Wiederum ertönte ein melodischer Schrei, der Ekstase nahe.

Mit jedem Jungen, dessen Gesicht weiß bemalt wurde, wiederholte sich das Ritual. Die Trommeln wurden schneller, die Melodien der Frauen und Männer schlangen sich umeinander, das Xylophon wirbelte durch die Trommeln. Kambere bemerkte, dass er langsam in einen eigentümlichen Zustand glitt, als ob er eins würde mit den Rhythmen und Melodien. Er versuchte kurz, sich daraus zu befreien, doch er wurde immer tiefer in die Musik gezogen, die um ihn herum anschwoll und seinen gesamten Körper auszufüllen schien. Seine Beine begannen sich zu bewegen. Er erhob sich benommen. Langsam setzte er einen Fuß vor den anderen, dann schneller, seine Beine fanden in einen Tanz, als wäre er eine weitere musikalische Stimme. Gerade noch nahm er wahr, dass auch sein Freund Baluku zu tanzen begann. Irgendjemand nahm Kakule auf und trug ihn an den Rand der sandigen Fläche. Immer schneller stampften Kamberes Beine auf die Erde. Nach und nach verschwand alles um ihn herum im aufgewirbelten Staub und der Trance.

Irgendwann verebbte das Xylophon, bis es ganz verstummte. Ihm folgten die Trommeln eine nach der anderen. Schließlich waren auch sie still. Nur die Stimmen erfüllten noch den Platz, die mal laut, mal leise modulierten, sich zusammenfanden und wieder eigene Wege gingen. Doch auch sie wurden nach einer Weile ruhiger. Am Ende waren es wieder nur die Mütter, die ihren Söhnen mit auf- und absteigenden Melodien Glück wünschten. Dann verstummten auch sie. Kamberes Bewegungen liefen aus, er stampfte nur noch ein wenig mit den Füßen auf, dann blieb er stehen und versuchte, sich in der Stille zu orientieren. Als er hochschaute, stand Baluku vor ihm. Sein bester Freund. Sie blickten sich in die Augen. Kambere grinste. Baluku begann laut zu lachen. Um sie herum setzte fröhliches Gemurmel ein. Nach und nach verließen alle den Platz. Noch acht Tage bis zur Beschneidung.

Kamberes Dorf lag immer unter einer dichten Wolkendecke. Die Bergspitzen, die sich auf allen Seiten in den Himmel streckten, waren nicht zu sehen. Aber Kambere kannte sie alle. Die höchsten waren Kithasamba und den anderen Geistern vorbehalten. Die Berge zu erklimmen war eine Beleidigung der Geister, die Geister wieder zu besänftigen ein mühsamer und manchmal auch aussichtsloser Prozess.

Kambere stand am Ufer der kleinen Insel inmitten des dunklen Sees. Hinter ihm ragte die hohe Hecke auf. Sie bestand aus ineinander verflochtenen Gräsern und Bambusstecken. Nur ein schmaler Durchlass war frei gehalten. Nachts wurde auch dieser verschlossen.

Vor ihm erstreckte sich die spiegelglatte Fläche des großen Sees. Das Ufer auf der anderen Seite war nur hundert Meter entfernt. Ein kleiner Holzsteg ragte von der Insel ein paar Meter weit ins Wasser hinein; fünf Boote lagen mit Lianen vertäut am sanft abfallenden Ufer. Dunst waberte über das Wasser.

Aus der Umzäunung des Dorfes trat sein Vater auf ihn zu.

»Bist du bereit?«

Kambere nickte.

»Gut, dann können wir zur Jagd gehen. Hol das Netz, die anderen kommen auch gleich.«

Der Junge rannte an der langen Hecke entlang, auf der die Netze der Jäger aufgehängt waren. Als er an die Anlegestelle zurückkehrte, waren Baluku und sein Vater schon dabei, in eines der Boote zu steigen. Kambere sprang in das nächste Boot, sein Vater kam dazu und sie legten ab. Weitere Mitglieder des Stammes stiegen in ihre Boote und nach einer Weile waren vier davon auf dem Weg zum anderen Ufer.

Kambere liebte die langsame Überquerung des dunklen Wassers. Es war tief, sehr tief. Er hatte schon mehrfach versucht, bis auf den Grund zu tauchen, doch es war ihm nicht gelungen.

19

Ostseite des Ruwenzori, am frühen Nachmittag des 12. Juni

Tom fror. Ein eisiger Wind pfiff an dieser ungeschützten Stelle über sie hinweg, und seine Kleidung war schweißnass. Er wollte schon weitergehen, als er die Unruhe der Träger bemerkte. Sie stritten gedämpft und hektisch miteinander. Immer wieder ermahnten sie sich, leise zu sprechen und schauten sich besorgt um, bis schließlich einer von ihnen aus der Gruppe heraustrat. Imarika, den Hans zu seinem persönlichen Träger auserkoren hatte, eilte den Weg wieder zurück. Tom blickte die anderen fragend an, doch auch sie schienen nicht zu wissen, was der Grund war.

»Ist etwas passiert?«, wandte er sich an Peter, der dem Gespräch folgte.

Peter schüttelte den Kopf. »Nein, bestimmt nicht. Einer der Träger fehlt.« Er sah Tom beruhigend an. »Der ist vermutlich zum Pinkeln in die Büsche gegangen.«

Nach einer Weile hörten sie schnelle Schritte, die sich von unten näherten. Imarika kam mit einem der großen Lebensmittelsäcke auf dem Rücken den Weg hoch. Vor Peter blieb er stehen, warf den Sack auf die Erde und begann wild und wortreich zu gestikulieren. Die anderen Träger kamen mit unruhigen Mienen dazu und lauschten ihrem Kollegen.

»Was sagt er?«, fragte Andrea in die Runde ohne eine Antwort zu bekommen.

Peter hörte sich den Bericht Imarikas bis zum Ende an, dann schwieg er einen Moment.

Schließlich sagte er: »Es sieht ganz so aus, als hätte sich ein Träger entschieden, wieder zurückzugehen.«

»Ohne jemandem etwas zu sagen?«, fragte Andrea ungläubig.

»Er ist nicht zurückgegangen«, flüsterte Imarika auf Englisch. »Das waren die Ebirimu.«

Peter durchbohrte ihn mit Blicken, sagte in harschem Ton etwas zu ihm, woraufhin der Träger mit eingezogenem Kopf ein paar Schritte zur Seite ging. Sofort umringten ihn seine Kollegen, bombardierten ihn mit Fragen und eine noch hitzigere Diskussion begann.

»Was hat das zu bedeuten, Peter?« Andrea sah ängstlich aus.

Peter guckte sie mit belustigter Miene an.

»Naja, sie glauben, dass die bösen Geister den Mann mitgenommen haben.« Er betrachtete einen nach dem anderen, als er fortfuhr. »Aber das ist völliger Schwachsinn. Warum sollten sie das tun?« Er drängte sich an den Wanderern, die sich um ihn geschart hatten, vorbei, um mit den Trägern zu reden.

»Was hältst du davon?« Andrea wandte sich an Tom.

»Keine Ahnung. Böse Geister ...? Es gibt keine Geister!« War der Junge, den Tom gesehen hatte, tatsächlich dagewesen? Hatte er ihn sich eingebildet – oder nicht?

»Aber der Typ ist weg. Das ist Fakt.«

»Dann ist er halt abgehauen. Wir haben doch genug Träger. Einer mehr oder weniger – das ändert nichts.« Tom blickte unsicher in die Runde. »Lasst uns weitergehen.« Nun gab er seiner Stimme einen festen Klang. »Es bringt nichts, sich über Geister den Kopf zu zerbrechen. Wenn es sie tatsächlich geben sollte, dann haben wir nichts mit ihnen zu tun.« Er griff nach seinem Bambusstab und ging los. »Für uns ist ein anderer Gott zuständig – wenn überhaupt«, sagte er über die Schulter, als er an den beiden Guides vorbeiging, um die Überquerung einer Geröllhalde in Angriff zu nehmen.

»Aber du hast ihn doch gesehen«, murmelte Peter ihm zu.

Tom blieb abrupt stehen.

»Woher weißt du das?«, fragte er.

»Nzanzu hat es mir gesagt.« Dann schulterte er seinen Rucksack. Lauter sagte er: »Ja, lasst uns gehen. Wir haben genug Zeit verloren.«

Der Treck setzte sich wieder in Bewegung. Ugander und Deutsche mischten sich allmählich. Tom lief zwischen zwei älteren Männern, deren Namen er sich nicht gemerkt hatte. Er verfluchte sich dafür, aber er hatte nun mal ein schlechtes Namensgedächtnis. Die beiden Männer unterhielten sich beinahe flüsternd, Tom verstand kein Wort. Ihre Stimmen waren so gedämpft, dass Tom sich fragte, wie um alles in der Welt sie sich verstehen konnten, obwohl er zwischen ihnen lief. Nach und nach jedoch führte ihn das beruhigende Raunen ihrer Stimmen in einen tranceartigen Zustand, in dem er die Füße automatisch voreinander setzte.

Kurz darauf bemerkte er Peter, der in geringem Abstand hinter ihm ging. Der Guide redete leise flüsternd mit sich selber, und was er sagte, rauschte an Tom vorbei. Dann begann er einzelne Worte zu verstehen. Es dauerte eine Weile, bis Tom den Sinn dessen erfasste, was Peter sagte. Er sprach mit ihm! Peter stellte ihm immer wieder dieselbe Frage:

»Wer ist der Junge im Nebel gewesen? Versuch dich zu erinnern. Wer war das?«

Wie eine Gebetsmühle wiederholte er die Sätze. Tom marschierte langsam weiter, eingelullt von Peters Stimme. Seine Beine schienen von allein zu wissen, wo es rutschig war. Vor seinem geistigen Auge erschien der Junge erneut. Wer war der Junge auf dem Foto, an das er sich erinnerte hatte?

Dann fiel es ihm wie Schuppen von den Augen: Das Foto hing im Arbeitszimmer seines Vaters an der Wand. Darauf musste sein Vater als Junge zu sehen sein. War die Gestalt im Nebel also sein Vater gewesen? Tom blieb abrupt stehen. Sein Blick war wieder klar. Peter schaute ihn erstaunt an.

»Mein Vater«, sagte Tom zu ihm. »Aber das ist verrückt. Ich habe einfach nur zu wenig Wasser getrunken.«

Er holte die Wasserflasche aus seinem Rucksack, trank sie mit tiefen Schlucken leer, bevor er sie wieder zurücksteckte und weiterging.

»Erinnere mich bitte daran, dass ich genug trinke«, sagte er zu Peter, der ihn überholt hatte und jetzt in größerem Abstand vor ihm herging. Der Ugander blickte sich kurz um, zuckte dann mit den Schultern und setzte seinen Weg fort.

Einige Minuten später ließen sie das steinige Gelände hinter sich und gelangten in eine Gegend mit alten Bäumen und Strohblumen. Der Boden war sumpfig, und die Wanderer balancierten über quer zum Weg gelegte kurze Baumstämme, die sich wie krumme Leitersprossen mehrere hundert Meter weit durch die Landschaft schlängelten. Jeder Schritt auf dem glitschigen Holz war ein Balanceakt, ein Fehltritt hatte unweigerlich durchnässte Kleidung zur Folge. Immer wieder schien der Weg plötzlich und ohne Vorwarnung im dichten Urwald zu enden. Erst im letzten Moment war eine Biegung des Pfades zu erkennen, hinter der man den Weg doch noch fortsetzen konnte. Die Wanderer wurden durch eine beinahe außerirdisch anmutende Welt geführt. Genau solche Orte waren der Grund, warum Tom sich den Strapazen ein zweites

Mal aussetzte. Vor einem Jahr hatte er allerdings nicht diese bedrückende Unruhe gespürt, die er heute in sich trug.

An dem verfallenen Nyamuleju-Camp gingen sie zügig vorbei; die Guides wollten keine Pause einlegen, bis sie das Nachtlager erreicht hatten. Wieder veränderte sich die Landschaft. Über ihnen erhoben sich nun die knorrigen Stämme der Erika-Bäume, die mehr als fünfzehn Meter in den Himmel ragten. An den Spitzen waren sie grün, darunter nur ein majestätischer grauer Stamm, der wie abgestorben aussah. Hunderte, Tausende dieser Erika-Bäume säumten die Hänge. Zum ersten Mal seit Stunden zückte Tom seine Kamera. Dann nahm er die letzte Etappe für diesen Tag in Angriff, die durch die morastigen Erika-Wälder dorthin führte, wo sich die ersten Lobelien in den Himmel reckten.

Tom erreichte an diesem Nachmittag als Erster die John-Matte-Hütte auf fast 3.500 Metern Höhe. Am hinteren Rand des Lagers, durch eine Lücke in der dichten Vegetation hindurch, entdeckte er zwei Berggipfel, die – von Wolken umflossen – aus dem Gebirge herausragten. Sein Träger Gharib erklärte ihm, was das war: das Stanley-Massiv mit der Margherita- und der Alexandra-Spitze.

Die Erschöpfung zwang Tom an diesem Tag dazu, sich früh zurückzuziehen. Ein paar Mal blickte Peter ihn noch auffordernd an, damit er mit ihm redete. Aber Tom wandte den Kopf ab, verzichtete auf das Abendessen und ging auf die Hütte zu, die der Gruppe in dieser Nacht Schutz bieten sollte.

Als er den Eingang erreichte, sah er Hans und Imarika neben der Hütte sitzen. Hans redete ununterbrochen auf den Träger ein, der nickte hin und wieder mit dem Kopf, blieb aber selbst stumm. Tom beobachtete die beiden eine Weile, dann betrat er die Hütte, schlüpfte in seinen Schlafsack und versuchte, zur Ruhe zu kommen. Doch die Bilder des Tages, die Gestalt im Wald geisterten weiter durch seinen Kopf.

20

Im Tal, acht Tage vor der Feier

»Wann werden wir in die Geheimnisse eingeweiht?«, wollte Kambere von seinem Vater wissen, als sie von der Insel zum Festland übersetzten.

»Du wirst heute mit den Männern, die bei der letzten Feier beschnitten wurden, in den Wald gehen. Sie werden dir alles erzählen.«

Kambere nickte.

Er hatte gehofft, seinem Vater schon jetzt etwas mehr zu entlocken. Doch natürlich wusste er im Grunde, dass er erst mit der Beschneidung die Würde erlangte, in die geheimen Riten des Stammes eingeweiht zu werden. Kambere war voller Ungeduld. Er wollte endlich wissen, was jenseits der Berge lag. Viele Geschichten hatten sich die Kinder darüber erzählt, doch Kambere wusste nicht, was er davon glauben sollte. Je näher der Tag heranrückte, je greifbarer er wurde, desto länger schien alles zu dauern.

Am Ufer trafen sie auf die Männer, die hier am Hang lebten. Die Insel war vor einiger Zeit zu klein geworden, sodass die Dorfgemeinschaft die Entscheidung gefällt hatte, alle unverheirateten Männer in der Nähe der großen Plantagen anzusiedeln. Sie waren auf der Insel immer willkommen, doch wohnen konnten sie dort nicht mehr.

Mbusa und Kathya, die beiden jungen Männer, mit denen Kambere in den Wald gehen sollte, empfingen die Ankömmlinge mit besorgten Gesichtern. Kamberes Vater Tsongo wollte wissen, was geschehen war, doch die beiden zögerten. Schließlich baten sie alle, mit ihnen zu kommen. Eilig stiegen sie den Hang hinauf, an Bananenpflanzungen und Manioksträuchern vorbei, gingen über den Hof neben Kathyas Hütte und drangen dahinter in den dichten Dschungel ein. Nach einer Weile öffnete sich die grüne Pflanzenmasse zu einer kleinen Lichtung, in deren Mitte die Balindi saßen. Seit Ewigkeiten bewohnten sie schon das Tal.

Die Balindi waren anders als die Bayira. Und doch waren sie ihnen in vielen Dingen sehr ähnlich. Schwarze Haare bedeckten ihre Körper beinahe vollständig und mit ihren bernsteinfarbenen Augen nahmen sie jede noch so kleine Bewegung wahr. Sie lebten hier am Hang der Berge ausschließlich von den Blättern der Sträucher und Bäume und unterhielten sich auf eine Weise, die ohne Worte auskam. Sie stritten und freuten sich, sie liebten ihre Kinder und bekämpften ihre Feinde. Sie erinnerten sich sehr genau an diejenigen, die ihnen Schaden zufügten, und erzählten dies in ihrer eigenen Art von Generation zu Generation weiter. Sie gehörten hierher wie der See und der Urwald und die Berge. Ohne sie war das Tal nicht vorstellbar, ebenso wie es die Balindi ohne das Tal nicht geben konnte. Von Kamberes Stamm wurden sie wie Götter verehrt – vielleicht auch, weil sie schon lange vor den Bayira hier gewesen waren.

Die Balindi blickten den Ankömmlingen entgegen, in ihren Gesichtern spiegelte sich große Sorge. Als Tsongo auf die Gruppe zutrat, wichen einige von ihnen scheu zur Seite, um den Blick auf das frei zu geben, was sie in ihrer Mitte schützten. Tsongo blieb abrupt stehen und stieß einen Ruf des Erschreckens aus. Kambere eilte zu ihm. Im hohen Gras der Lichtung lagen zwei Balindi zusammengekauert auf der Erde. Kambere hatte sie noch nie gesehen, dabei war er sicher, alle Bewohner des Tals genau zu kennen. Die beiden waren sichtlich erschöpft und sahen verstört zu Tsongo hinauf, der neben ihnen stehen geblieben war. Eine der Balindi blutete an der Schulter und am Rücken. Als Tsongo sich zu ihr hinabbeugte, stieß sie ein drohendes Knurren aus und wich zurück. Doch sofort grunzte Ruhondeza, der Älteste der Gruppe, leise. Tsongo stieß die gleichen Laute aus. Die Balindi beruhigte sich, doch sie wandte sich ab, als Tsongo ihre Wunden genauer untersuchen wollte.

»Das sind Johari und Tariro«, sagte Kamberes Vater zu Mbusa und Kathya. »Lange haben wir die beiden nicht mehr gesehen. Es müssen viele Jahre sein, seit sie das Tal verlassen haben.« Er schaute die beiden jungen Männer eindringlich an. »Was ist passiert?«

»Wir wissen es nicht«, antwortete Kathya. »Sie sind mitten in der Nacht aufgetaucht. Mbusa hat sie gehört, als sie durch das Unterholz brachen. Er hat mich geweckt, und zusammen sind wir in den Wald gegangen, um zu sehen, was los ist. Wir haben die beiden hier gefunden, als die anderen gerade aus dem Wald kamen.«

Mbusa wandte sich an Kambere und Baluku, die nun auch zwischen den Balindi standen. »Es tut mir leid, dass wir euren besonderen Tag mit schlechten Nachrichten verderben.« Er sah unglücklich aus, als er das sagte.

»Woher kommen die beiden denn? Und warum haben sie das Tal überhaupt verlassen?« Kambere blickte seinen Vater fragend an. Der betrachtete seinen Sohn und dessen besten Freund, dann sah er wieder auf die ermatteten Balindi.

»Wir wissen nicht genau, wohin sie gegangen sind. Vermutlich ist es ihnen hier im Tal zu eng geworden, und sie sind deshalb weitergezogen.«

»Aber ist es nicht ungewöhnlich, dass Johari und Tariro allein unterwegs sind?«, fragte Kambere.

»Von Akintunde haben wir keine Spur gefunden«, sagte Kathya an Tsongo gewandt. »Er ist nicht im Tal.« Betretenes Schweigen folgte diesem Satz.

»Wer?«, fragte Kambere.

»Akintunde war immer bei Johari und Tariro. Er hat sie nie aus den Augen gelassen. Es war die Entscheidung der beiden, das Tal zu verlassen. Akintunde ist ihnen damals nur gefolgt.«

»Und was heißt das, wenn er nicht da ist?«, mischte sich nun auch Baluku ein.

»Siehst du Joharis Wunden? Die sind nicht bei einem Kampf zwischen den Balindi entstanden. Das sieht nach einer Verletzung durch eine Machete aus. Es muss etwas Schlimmes passiert sein.«

Kambere war entsetzt. Er war mit diesen sanften Geschöpfen im Tal aufgewachsen, sie waren wie Familienmitglieder für ihn. Es gab so gut wie keine Auseinandersetzungen mit ihnen, nur manchmal bedienten sie sich an Früchten, die den Menschen gehörten. Aber er hatte noch nie erlebt, dass jemand aus dem Dorf die Balindi bedroht oder gar angegriffen hätte. Dass ein Mensch sie verletzen oder gar töten konnte, war schlicht unvorstellbar.

»Du wirst viel erfahren in den nächsten Tagen. Es wird Zeit, dass du diese Dinge weißt«, sagte Tsongo zu seinem Sohn. Dann sah er Balukus Vater an. »Hol Blätter vom Korallenbaum!«

Der Mann drehte sich um und verschwand im Wald. Tsongo wandte sich wieder den verletzten Balindi zu und ging leicht in die Knie. Langsam näherte er sich der Gruppe mit grunzenden Geräuschen. Vorsichtig winkte er Kambere und Baluku zu sich heran, die ebenfalls in die Hocke gingen und ihm folgten. Diesmal wichen Johari und Tariro nicht zurück. Langsam streckte Tsongo den Arm nach Johari aus. Der alte Ruhondeza setzte sich hinter Johari und beruhigte sie mit einem tiefen Grunzen.

Ihre Wunden waren schlimm. Die Haut war aufgerissen und entzündet. Tsongo zückte seine Machete und zeigte sie Johari, die ihn weiterhin skeptisch ansah. In diesem Moment kehrte Kabusa mit den Blättern zurück. Nachdem Johari die Machete ausgiebig begutachtet hatte, griff Tsongo nach ihrem Arm. Tsongo wies die beiden Jungen an, den Arm ruhig zu halten. Sie griffen vorsichtig in das weiche Fell der großen Balindi. Ehrfürchtig schaute Kambere zu Johari auf, die ihn in einer Mischung aus Neugier und Furcht musterte. Dann setzte Tsongo die scharfe Machete an und rasierte vorsichtig die Haare rund um die Wunde ab. Johari zuckte einmal erschrocken zurück, dann ließ sie die Prozedur ruhig über sich ergehen. Kabusa reichte ihr eine Handvoll Bananen, die er von einem angrenzenden Feld mitgebracht hatte. Zögerlich nahm sie die Früchte an, schnüffelte an ihnen, um sie dann gierig zu verschlingen. Währenddessen legte Tsongo die Blätter des Korallenbaums auf die Wunden und verband sie mit kurzen Stücken einer Liane. Danach zogen sich alle ehrfürchtig zurück.

Obwohl Kambere mit den Balindi aufgewachsen war, hatte er großen Respekt vor ihnen. Und vor allem hatte er noch nie zuvor einen von ihnen angefasst. Jetzt, nach dieser Erfahrung, hatte er noch mehr Ehrfurcht vor ihnen, denn er hatte das Spiel ihrer Muskeln unter dem dichten Fell gespürt, hatte die Energie, die Johari trotz der Erschöpfung und ihrer Verletzungen ausstrahlte, bis in jede Faser seines eigenen Körpers gespürt.

Die Balindi-Gruppe schloss sich wieder um die beiden Neuankömmlinge und ignorierte Kambere und die anderen. Nachdenklich stand Tsongo am Rand der Lichtung und beobachtete die Balindi.

»Was glaubst du, ist mit ihr passiert?«, fragte Kambere seinen Vater.

»Es ist eine Verletzung durch eine Machete, da bin ich sicher. Irgendjemand muss sie angegriffen haben. Und sie müssen lange auf der Flucht gewesen sein. Stunden, wenn nicht Tage.«

Er wirkte besorgt.

»Ich hoffe, dass sie die Strapazen überlebt.«

»Können wir nicht mehr für sie tun?«

»Sie muss wieder zu Kräften kommen, und die Wunde muss heilen. Danach sehen wir weiter.«

Er ging zurück in den Wald, gefolgt von den anderen. Am Ufer des Sees lagen weitere Boote vertäut. Die Frauen waren von der Insel gekommen. Tsongo erzählte ihnen, was geschehen war. Eine Weile unterhielten sie sich noch darüber, dann entschieden sie, dass die Männer mit der Jagd beginnen sollten.

Gemeinsam liefen die Männer ein gutes Stück am sumpfigen Seeufer entlang, bis sie sich aufteilten und in den Wald ausschwärmten. Kambere und Baluku durften noch keine Tiere erlegen, sie halfen lediglich bei den Vorbereitungen oder schreckten die Tiere aus dem Unterholz auf und trieben sie den Jägern in die Arme. Dass sie das dafür umso besser konnten, hatten sie schon häufig bewiesen.

Kambere rollte mit Baluku die dicht gewebten Netze aus. Fast zwanzig Meter waren sie lang, aber nur einen Meter breit. Die Männer rieben sie mit frischen Blättern ein, um den menschlichen Geruch aus dem dünnen Lianengewebe zu vertreiben, und hängten sie danach an Bäumen und Büschen auf. Die Jungen verankerten die Netze mit Stöcken fest am Boden. Auf einer Länge von fast hundertfünfzig Metern sperrten die beiden das Terrain ab. Dann versteckten sie sich im Gebüsch und warteten.

Sie hörten die Rufe der Männer. Melodische Gesänge der Frauen untermalten die Stimmung. Kambere fühlte sich in der Gemeinschaft wohl. Und in acht Tagen würde er ein volles Mitglied sein. Danach durfte er selber jagen.

Nach einer halben Stunde raschelte es im Unterholz. Kambere spannte die Muskeln an. Dann war es wieder still. Gebannt starrte er in die Richtung, aus der das Geräusch gekommen war. Plötzlich wurde das Rascheln wieder lauter, und ein Blauducker raste an ihnen vorbei, rannte mit voller Wucht in das gespannte Netz und verfing sich in den Maschen. Die beiden Jungen sprangen auf, doch bevor sie etwas tun konnten, waren zwei Männer mit gezückten Speeren da und stießen sie in die kleine Antilope. Das Tier zuckte einmal, dann war es tot. Zufrieden blickten die Männer auf ihre Beute. Da raschelte es in einiger Entfernung erneut und das Netz vibrierte wieder. Etwa fünfzig Meter weiter sprang Kamberes Vater aus dem Gebüsch und stürzte sich auf einen zweiten Ducker. Sie hatten ein Paar erwischt. Das war eine gute Beute für diesen Tag.

Als sie mit den Netzen und dem Fang an das Seeufer zurückkehrten, hatten die Frauen bereits Kassava vorbereitet. Sie empfingen die Jäger und Treiber mit Gesängen über die erfolgreiche Jagd. Diese Melodien kannte Kambere gut, denn sie begleiteten ihn seit seiner Kindheit fast jeden Tag.

Vom Ufer aus konnte man sehen, dass die Vorbereitungen für die Feier auf der Insel in vollem Gang waren. Kambere war gespannt. Noch nie hatte er die Feierlichkeiten im Vorfeld einer Beschneidung erlebt, schließlich lag das letzte Fest dieser Art mehr als fünfzehn Jahre zurück. Kamberes Vater und die meisten anderen Dorfbewohner stiegen nach dem Essen wieder in die Boote und paddelten auf die Insel zu. Nur die Jungen, die zur Beschneidung ausgewählt waren, und ihre Lehrer Mbusa und Kathya blieben zurück.

Als es dunkel wurde, bemerkte Kambere den hellen Schein des zunehmenden Mondes hinter den Wolken. Er fragte sich, woher die Alten, die den Termin der Beschneidung festlegten, wussten, dass sich genau an diesem großen Tag die Wolken zurückziehen und den Vollmond freigeben würden. Auch das hatte er noch nie erlebt. Denn nur an einem Tag, der einer wolkenlosen, ganz besonderen Vollmondnacht vorausging, war die Beschneidung in der Tradition seines Volkes erlaubt.

21

Ostseite des Ruwenzori, 13. Juni

Mit einem lauten Knirschen und Krachen gab das Eis nach. Tom brach ein. Das eiskalte Wasser durchnässte seine Schuhe, die Hose, die Jacke, das Wasser schlug über seinem Kopf zusammen. Toms Herz schien auszusetzen. Die Zeit hielt den Atem an. So kalt. Er ruderte mit den Armen, fasste um sich und bekam ein Stück Stoff zwischen die Finger. Er packte zu. Jens' Jacke. Licht oben. Tom tauchte aus dem Wasser auf. Luft. Der eisige Luftstrom stach in seine Lungen. In der Hand noch immer die Jacke, an der ein schweres Gewicht hing. Er musste loslassen, um nach der Bruchkante zu greifen, konnte sich festhalten, hievte sich aus dem Wasser. Ein Blick zurück in das nasse Loch. Jens' Augen, weit geöffnet vor Angst. Flehend. Sein Mund öffnete sich, Wasser schwappte hinein, der Kopf verschwand. Er wurde von der Strömung mitgezogen – unter das Eis. »Jens!« Toms Stimme überschlug sich. »Jens!« Eine Hand schlug von unten gegen das Eis, die Finger suchten Halt, fanden ihn nicht. Jens!« Tom hämmerte mit aller Kraft auf die Eisfläche, der Schmerz durchfuhr seine steifgefrorene Faust. »JENS!« Stille. »J E N S !!!«

Tom erwachte schweißgebadet. Starr blickte er an die Decke der rohen Holzkonstruktion mit dem Wellblech darüber. Gegenüber erwachte auch Hans, setzte sich auf und gähnte. Tom schloss die Augen. Er wollte noch einen Moment für sich sein. Hans erhob sich, streifte eine Fleece-Jacke über, schlüpfte in seine Schuhe und verließ die Hütte.

Die Unterkünfte der John-Matte-Hüttenanlage, benannt nach dem Gründer der Ruwenzori-Touren für Wanderer, waren um einen kleinen Platz herum angeordnet. Die schönste von ihnen war die Hütte für die Touristen und bestand aus drei Räumen. Der erste war sowohl Schlafals auch Aufenthaltsraum. In ihm befanden sich sieben einfache Pritschen, ein Tisch und zwei roh gezimmerte Holzbänke. Hier hatten die Männer ihr Lager aufgeschlagen. Birgit, Andrea und Kathrin schliefen in einem der kleineren Räume, in dem fünf schlichte Schlafstellen zum Erholen von der Tour einluden. Kathrin wollte selbstverständlich ein

Zimmer mit Kai zusammen beziehen, war dann jedoch – wenn auch widerstrebend – mit in den Frauenraum gezogen. Eine Hütte für die Träger und Guides und eine Küchenhütte vervollständigten das Ensemble.

Birgit stand auf und schaute mit zynischem Gesichtsausdruck auf die blondierte Frau, die selbst schlafend noch aussah, als sei sie auf einem Schönheitswettbewerb. Sie musste bei dem Gedanken an das, was Kathrin bevorstand, lächeln. Für Birgit würde sich jedoch bald alles zum Guten wenden.

Sie durchquerte den Gemeinschaftsraum mit vorsichtigen Schritten, öffnete die quietschende Tür möglichst leise, trat auf die Terrasse und sog frische Morgenluft ein. Die Sonne ging gerade als orangeroter Ball über den östlichen Gipfeln der Berge auf. In dem kleinen Tal, das sich unterhalb des Camps erstreckte, lag ein weißer See aus Nebel, begrenzt von den umliegenden Bergen. Dünne Schwaden zogen an den riesigen, wie vertrocknetes Unterholz aussehenden Erika-Bäumen vorbei, der feuchte Boden dampfte unter der Kraft der ersten Sonnenstrahlen. In einiger Entfernung kreischten Schimpansen. Der Lagerplatz war noch leer. Doch aus der Hütte der Träger drang bereits Gemurmel. Rauch aus der Küchenhütte kündigte die Vorbereitung des Frühstücks an. Einer der Träger ging in seinen verschlissenen Klamotten über den Platz, und Birgit wurde sich erneut der Armut der Menschen in diesem Land bewusst.

Sie wollte hier helfen. Birgit hatte sich vorgenommen, über alle Unannehmlichkeiten hinwegzusehen, um dem Leben in Deutschland zu entfliehen, das sie schon so lange verabscheute. Die sozialen Verhältnisse in ihrer Heimat veränderten sich unaufhörlich zum Schlechten, doch die Menschen nahmen es tatenlos hin. Sie dachten einfach nicht daran, dass es an ihnen war, ihr Umfeld zu gestalten. Nächtelang hatte sie mit Freunden diskutiert, sie hatten sich die Köpfe heiß geredet, sich ereifert, doch letztendlich nahm keiner die Veränderung in Angriff. Die Menschen regten sich auf, schimpften auf die Politik und die Banken, aber sie verstanden nicht, dass sich nur dann etwas veränderte, wenn sie bei sich selbst anfingen, anstatt die Schuld immer auf unerreichbare Institutionen zu schieben. Birgit hatte den Kampf gegen die Windmühlen eines Tages aufgegeben.

In Afrika konnte sie etwas bewegen – das hoffte sie zumindest. Die Menschen waren sicherlich dankbar, wenn sie ihnen ihre Arbeitskraft als Ärztin anbot. Sie hatte noch kein ugandisches Krankenhaus von innen gesehen, doch sie war davon überzeugt, dass die Verhältnisse mit denen in Deutschland nicht zu vergleichen waren. Sie hatte beschlossen, sich dem zu stellen – sobald diese Trekkingtour beendet war. Wenn sie sich an das neue Leben gewöhnt hatte, wollte sie in das erstbeste Krankenhaus gehen.

Der erste Schritt nach dem Verlassen der kleinen Treppe holte Birgit wieder zurück in die Realität. Der gesamte Platz war vom Regen der Nacht schlammig, in großen Pfützen sammelte sich Wasser, das der Boden nicht mehr aufnehmen konnte. Als sie mit einem Fuß im Matsch stand, zweifelte Birgit plötzlich an ihrem Entschluss. War sie wirklich für diesen Kontinent geschaffen? Sie zog langsam den leichten Sportschuh, den sie für die Lager dabei hatte, aus dem Morast und wagte nicht, sich vorzustellen, unter welchen Bedingungen sie zukünftig leben sollte. Vielleicht war das alles eine Schnapsidee?

Vorsichtig ertastete sie mit einem Fuß eine trocken aussehende Stelle und stakste dann langsam um den Platz herum, auf den Rand des kleinen Plateaus zu, um sich von der Sonne begrüßen und wärmen zu lassen. Zu ihrer Enttäuschung stellte sie fest, dass dort bereits Hans saß. Er war in eine Karte des Gebirges vertieft, die ausgebreitet vor ihm lag. Birgit erkannte, dass sie fast ausschließlich aus Höhenlinien bestand, zu denen Hans sich Notizen machte. Gerade wollte sie sich wieder leise zurückziehen, da wandte er sich um und schaute sie erstaunt an.

»Du bist ja schon wach«, sagte er mit leicht belegter Stimme, räusperte sich dann, bevor er weitersprach. »Es ist erst kurz nach sechs. Ich habe gedacht, du würdest es genießen, länger zu schlafen.«

»Ich bin durch den Schichtdienst geschädigt«, murmelte sie, wobei sie schräg hinter ihm stehen blieb und auf die Karte sah. Hans folgte ihrem Blick und faltete die Karte in aller Ruhe zusammen.

»Du bist Ärztin in einem Krankenhaus, richtig?« Er steckte die Karte in die Seitentasche seiner Trekkinghose.

»Ja, so eine Art Krankenhaus ...«, sagte sie abweisend.

»Aha, und was heißt das konkret?«, fragte Hans neugierig. Sie waren nun schon ein paar Tage lang zusammen unterwegs, hatten sich aber noch nie eingehender miteinander unterhalten. Hans schoss der Gedanke durch den Kopf, dass sie unter Umständen für seine Ziele nützlich sein könnte.

»Ich bin im Staatsdienst angestellt«, gab sie übellaunig zurück.

»Was machst du denn hier schon so früh über einer Landkarte?«

Sie ahnte, wie die Gedanken hinter Hans' Stirn nur so vorbeijagten. Er blickte sie mit klaren Augen an, die gar nicht zu dem geschwätzigen, etwas ungelenken Mann passen wollten, als den sie ihn bisher erlebt hatte.

Wie lange hatte sie schon hinter ihm gestanden? Konnte sie irgendwelche Schlüsse aus seinen Aufzeichnungen ziehen?

»Ich liebe es, die Sonne hinter den Bergen aufgehen zu sehen.« Er wandte sich wieder dem Tal zu. »Auf der Karte habe ich mir die heutige Route noch einmal angesehen.« Er tastete unauffällig nach der Karte in seiner Tasche. »Nach dem Regen in der letzten Nacht werden wir für diese Etappe vermutlich länger brauchen als geplant.«

»Bislang hatten wir doch auch kaum Schwierigkeiten.« Sie setzte sich auf einen Stein neben ihm.

»Heute müssen wir zwei große Sümpfe durchqueren. Die Wanderschuhe kannst du getrost im Rucksack lassen, denn ohne Gummistiefel geht ab jetzt gar nichts mehr. Heute heißt es Grasbüschelhüpfen und Balancieren«, fuhr er lächelnd fort. »Vor allem die Grasbüschel haben es ganz schön in sich.«

»Woher weißt du das? Du kennst den Weg doch gar nicht.« Sie betrachtete die Wolken.

»Das ist richtig. Aber ich war letzte Woche bei meinem Bruder im Bwindi-Nationalpark.« Als sie nicht darauf reagierte, setzte er hinzu: »Bei den Berggorillas. Da sind die Verhältnisse ähnlich«

Jetzt drehte sie ihm neugierig den Kopf zu.

»Zu den Berggorillas fahren wir doch erst nach der Wanderung. Kommst du nicht mit?«

»Nein, ich fliege dann schon wieder nach Deutschland zurück.« Es war im Grunde völlig egal, was er sagte. Für ihn gab es die Zeit nach dieser Wanderung nicht. In ein paar Tagen würde das alles keine Rolle mehr spielen. »Mein Bruder arbeitet als Leiter einer Forschungsstation, die sich mit den Berggorillas beschäftigt. Er ist so etwas wie eine männliche Dian Fossey. Der ist eine richtige Konifere auf dem Gebiet.«

Birgit zog die Augenbrauen hoch.

Hans erhob sich langsam. »Ich lasse dich dann mal mit der Sonne allein und sehe dich beim Frühstück.«

Er klopfte ihr leicht auf die Schulter, bevor er sich dem Lagerplatz zuwandte, der langsam zum Leben erwachte. Birgit blickte ihm irritiert hinterher. Komischer Kauz.

Aber er sollte recht behalten mit seiner Vorwarnung. Die Wanderung dieses Tages führte tatsächlich durch ein weites Tal, das von den schroffen Felsen der umgebenden Berge eingerahmt war. An den Hängen wucherten riesige Erika-Bäume, jede Spalte des Gesteins schien von den Wurzeln des unendlichen Urwaldes okkupiert zu sein. Der Grund des Tals war von einem Sumpf bedeckt, durch den sich schnurgerade die schlammige Spur eines Weges zog. Mehrere Meter hohe Lobelien unterbrachen die Gleichförmigkeit der Ebene, wenige Büsche schoben sich aus dem morastigen Boden heraus. Abertausende von Tussok-Grasbüscheln überwucherten den Sumpf, dünne Gräser, brusthoch wachsend. Der Weg bestand lediglich aus den von Menschen heruntergetretenen Strünken der Gräser, die zugleich den einzigen Halt boten. Daneben schlummerte der Morast, nur darauf wartend, jedem unachtsamen Wanderer die Stiefel für immer von den Füßen zu ziehen. Die Temperatur stieg auf fünfzehn Grad an. Die Luft war drückend.

Kathrin und Birgit hatten große Probleme, springend von einem Grasbüschel zum anderen voranzukommen. Kathrin hatte sich überreden lassen, die kniehohen Gummistiefel zu tragen, doch sie schimpfte bei jedem Schritt laut vor sich hin, verfluchte ihren Freund Kai, den sie für diesen Wahnsinn verantwortlich machte, was dieser mit konsequenter Nichtbeachtung beantwortete. Einer der Guides musste ständig in Kathrins Nähe sein. Mehrmals bewahrte Peter sie mit einem schnellen Griff vor dem sicheren Sturz in das morastige Wasser. Jedes Mal bedankte sie sich mit einem gequälten Lächeln, dem eine gehörige Spur Verachtung beigemengt war, die allen galt, die an der Springerei auch nur annähernd Spaß haben konnten.

Birgit fiel weit zurück. Sie trieb niemals Sport, und das machte ihr nun zu schaffen. Bei jeder Bewegung schnaufte sie wie eine alte Dampflok und ihre kurzen Beine machten das Erreichen des nächsten Grasbüschels nicht leichter. Manfred motivierte sie immer wieder, weiterzugehen. Sie fluchte herzhaft, doch im Gegensatz zu Kathrin trieb ein eiserner Wille sie voran.

An einer Wegbiegung blieb Andrea stehen, schaute sich um, bemerkte, dass Birgit weit hinter ihr lief, und wartete. Birgit stockte kurz, ging dann jedoch japsend weiter.

»Geht's dir gut?«, wollte Andrea wissen, als Birgit sie erreichte. »Du siehst abgekämpft aus.«

»Ja, kein Problem«, antwortete diese.

»Ich merke nur, dass die Luft hier dünner wird. Aber ich werde das schon schaffen.«

»So hattest du dir das nicht vorgestellt, oder?«

»Nein, tatsächlich nicht ...«

Eine Weile stapften sie hintereinander durch den Morast. Neue Grasbüschel erhoben sich vor ihnen. Wieder mussten sie springen, mit den Wanderstöcken immer wieder testen, ob der Untergrund fest genug war. Als Andrea den Kopf hob, ragten Berge vor ihr majestätisch in den Himmel. Kleine Wolken schwebten vor der blauen Fläche wie Wattebäusche, die über einen Tisch geblasen wurden. Zwei Gipfel türmten sich auf, schroff, felsig, gespenstisch. Wolken stauten sich auf ihrer rechten Seite, waberten im Sonnenlicht auf und ab, bis sie von scharfen Winden erfasst und mit Macht zwischen den Gipfeln hindurchgeschoben wurden wie Wasser, das eine Enge in einem reißenden Fluss passieren muss.

»Ich war erstaunt, dass du diese Tour mit mir machst ...« Andrea wandte sich zwischen den Sprüngen nach hinten. »Aber ich bin sehr froh, dass du auf meine Idee eingegangen bist.«

»Wir haben so lange keine Reise mehr zusammen gemacht, da fand ich einfach, dass es an der Zeit war«, entgegnete Birgit atemlos. »Wir hätten uns vielleicht nur lieber für einen Badeurlaub auf Sansibar entscheiden sollen ...«

Andrea blieb kurz stehen. »Bereust du deine Entscheidung?«

»Nein. Seit wir uns aus den Augen verloren haben, wollte ich immer wieder Kontakt zu dir aufnehmen, aber es ist einfach ständig etwas dazwischen gekommen.«

»Was ist damals eigentlich los gewesen?« Andrea ging weiter; der Weg wurde schwieriger, der Abstand zwischen den Grasbüscheln größer. Einzelne Lobelien mischten sich zwischen die anderen Pflanzen.

»Ach, das ist Schnee von gestern.« Birgit biss sich auf die Unterlippe, bis sie Blut schmeckte.

»Du warst plötzlich weg vom Fenster. Und ich hatte immer das Gefühl, dass wir uns missverstanden haben.« Andrea sprang locker über den großen Abstand zwischen zwei Büscheln. »Lag es an meinem damaligen Freund? Mein Eindruck war, dass du ihn nicht mochtest.«

Die Erinnerungen trieben Birgit Tränen in die Augen.

»Damals, als du mit deinem praktischen Jahr im Krankenhaus fertig warst«, fügte Andrea hinzu.

Natürlich erinnerte sich Birgit. Sie wollte sich selbstständig machen. Hatte Andrea das vergessen?

»Oder lag es an der Praxis?«, erkundigte sich Andrea weiter, ohne sich erneut nach der Freundin umzusehen.

Die Gefühle wallten in Birgit hoch. Diese blöde Schnepfe. Reich bis unter die Haarspitzen, ihre angeblich beste Freundin! Immer hatte sie Andrea zugehört, wenn wieder einmal eine Männergeschichte schiefgegangen war. Sie hatte ihre Freundin getröstet, die Nächte mit ihr durchgesoffen, auch wenn sie am nächsten Tag in den Frühdienst musste. Doch als Birgit zum ersten Mal ihre Hilfe gebraucht hätte, hatte Andrea sie ihr verweigert. Keinen Cent hatte sie ihr leihen wollen. Stattdessen hatte Birgit weiter in dem beschissenen Krankenhaus Schichten schieben müssen, bis sie umfiel. Andrea eröffnete indessen mit Papas Hilfe ein Sportstudio, in dem sich die Prominenz der Republik die Klinke in die Hand gab. Birgit hatte das Bedürfnis, Andrea all das einfach vor die Füße zu kotzen, jetzt sofort. Doch sie hielt sich zurück. Nur keine schlafenden Hunde wecken.

»Nein, das ist schon alles in Ordnung ...« Sie biss die Zähne zusammen.

Andrea blieb wieder stehen, und beinahe wäre Birgit beim nächsten Sprung mit ihr zusammengestoßen. Sie versuchte abzustoppen, rutschte vom Grasbüschel ab und wäre in den Sumpf gefallen, wenn Peter, der hinter ihr ging, sie nicht im letzten Moment aufgefangen hätte. Birgit blickte ihrer Freundin angespannt ins Gesicht. Andrea sah den Zorn, der sie kalt durchbohrte. Sie hielt Birgit helfend eine Hand entgegen, doch die rappelte sich mit Peters Hilfe auf und nahm Anlauf zu einem Sprung, geradewegs an Andrea vorbei. Auf dem nächsten Grasbüschel blieb sie stehen.

»Dann lag es doch an dem Kerl damals, nicht wahr? Aber meine Beziehung mit ihm ist doch fast sofort wieder in die Brüche gegangen ...«, meinte Andrea versöhnlich.

Nun wirbelte Birgit herum und zischte Andrea zu: »Komm einfach mal von deinem hohen Ross runter. Es geht nicht immer nur um dich. Deine Männergeschichten gehen immer in die Brüche – das war damals so, ist jetzt so und wird auch immer so bleiben. Oder wie war das noch gleich mit dem Typen letzten Monat?« Dann sprang sie weiter.

Andrea blickte ihr fassungslos nach.

»Andrea?« Peter stand neben ihr. »Ist alles in Ordnung?«

Er legte seine Hand sanft auf ihre Schulter. »Was hat sie gesagt?«

»Es ist nicht wichtig«, antwortete Andrea.

Dann fasste sie ihren Wanderstab fester, tastete nach dem nächsten Grasbüschel und machte sich wieder auf den Weg durch den Sumpf. Die beiden Bergspitzen über ihr hoben sich schwarz vor dem hellen Himmel ab. Die Wolken wogten sichtbar zwischen ihnen hin und her, ein kalter Windstoß fuhr durch ihre Kleidung. Mit entschlossenen Schritten ging sie weiter.

Birgit hatte durch ihren Ausbruch offenbar wieder Kraft geschöpft und war ihr nun weit voraus. In der Entfernung konnte Andrea Tom sehen, der am Rand der Talsenke auf einem großen Stein saß. Andrea beschleunigte ihre Schritte, sprang von einem Büschel zum anderen, bis sie nach ein paar Minuten völlig außer Atem das Ende des Sumpfes erreichte. Sie stapfte auf Tom zu, der sie müde ansah, als sie vor ihm stehen blieb.

»Was ist los? Alles klar?«, wollte sie von ihm wissen.

»Ich habe letzte Nacht nicht besonders gut geschlafen, das ist alles.« Er schüttete die letzten Tropfen aus seiner Wasserflasche in den Mund, packte seinen Wanderstab und stand auf. »Mir geht's gut, mach dir keinen Kopf.« Dann stiefelte er entschlossen auf den schmalen Pfad zu, der sich am Fuß einer steilen Felswand durch ein Tal schlängelte.

Schon nach ein paar Schritten umgab ihn ein dichter Wald; der Boden war mit einem weißen Teppich aus weit geöffneten Strohblumen bedeckt, die sich in alle Richtungen unter den hohen Pflanzen ausbreiteten. Links und rechts vor den Wanderern posierten endlich die Berge Mount Baker und Mount Speke, als wollten sie miteinander wetteifern. Selbst der Mount Stanley direkt vor ihnen war frei von Wolken. Tom staunte über die imposante Größe dieser Berge. Noch waren sie mehr als tausend Meter unterhalb ihrer Gipfel.

Der Mount Stanley. Die höchste Erhebung des Ruwenzori. Die kongolesisch-ugandische Grenze verläuft genau über die höchste Spitze des Berges. Der Italiener Luigi Amedeo Giuseppe Maria Ferdinando Francesco di Savoia-Aosta, Herzog der Abruzzen, schaffte 1906 als Erster den Aufstieg auf die Margherita-Spitze, die 5.109 Meter hoch ist. Gleich daneben erhebt sich die Alexandra-Spitze, mit 5.081 Meter ist sie fast genauso hoch. Trotz der Nähe zum Äquator befindet sich zwischen den beiden kargen Felsen ein gewaltiger Gletscher, der jedoch zum großen Leidwesen heutiger Bergsteiger bereits auf ein Zehntel der Fläche geschrumpft ist.

Tom lächelte. Er hatte gut recherchiert, wusste alles über dieses Gebirge. Glaubte er zumindest.

Wieder floss der Nebel in dicken Schwaden um Tom herum. Der Weg war so rutschig, dass er sich auf jeden seiner Schritte konzentrieren musste. Neben ihm erhob sich nun eine Felswand dunkel und feucht in die Höhe. Andrea ging wieder vor ihm, kurz hinter ihm folgte Peter.

Im Nebel vor ihm zeichnete sich eine Gestalt ab. Tom tippte auf Andrea. Wartete sie auf ihn? Er lächelte unwillkürlich, denn er fühlte sich wohl bei diesem Gedanken. Als er näher kam, entdeckte er, dass es nicht Andrea war, sondern ein Mann, nein, ein Junge. Der Junge vom Vortag.

Tom blieb abrupt stehen. Der Junge sah ihn an, und doch konnte Tom das Gesicht nicht erkennen. Er beschloss, der Erscheinung sofort nachzugehen, stapfte mit eiligen Schritten auf die Gestalt zu, doch diese entfernte sich mit jedem Meter, den Tom zurücklegte, weiter von ihm. Schließlich war sie verschwunden.

Tom ging zügig weiter, bis er wieder auf Andrea stieß, die ihn erwartungsvoll beäugte. Tom konnte ihren Blick nicht erwidern. In seinem Kopf drehte sich alles. Er war zu schnell gegangen. Schwindel. Er schüttelte den Kopf, atmete tief durch. Nicht schlapp machen. Nicht jetzt.

Es dauerte noch weitere zwei Stunden, bis sie endlich die Bujuku-Hütte auf fast viertausend Metern Höhe erreichten. Tom sank auf eine Bank und konnte sich nicht daran erinnern, wie er das letzte Teilstück der Strecke zurückgelegt hatte, wie er hierhergekommen war. Die Hüttenanlage war erstaunlich gepflegt. Ein großes festes Holzhaus mit Veranda, das vor den empfindlich kalten Temperaturen in der Nacht, die oft unter den Gefrierpunkt sanken, schützte.

Als Nzanzu nach dem Abendessen vorschlug, einen Ruhetag zur Akklimatisierung an die Höhe einzulegen, hätte Tom nur zu gerne zugestimmt, doch als Hans aufbegehrte, wollte er keine Schwäche zeigen und machte sich ebenfalls für den Weitermarsch stark. Sie wollten weiter nach oben steigen, direkt am nächsten Morgen. Auch Martin und Michael, die sich den Tag über erstaunlich gut gehalten hatten, waren dafür. Kai blickte auf Kathrin und schwieg. Andrea schien hin und her gerissen zu sein. Lediglich Birgit äußerte vorsichtig das Bedürfnis, einen Tag zu rasten. Tom spürte, dass es ihm gut tun würde, seinem Körper Zeit zu geben, mit der enormen Höhe und dem geringen Sauerstoffgehalt der Luft fertig zu werden. Aber sich die Blöße geben? Niemals.

22

Ruwenzori, am Vormittag des 14. Juni

Die Luft in der Bujuku-Hütte am frühen Morgen war kalt und frisch. Tom roch den Wald und spürte die hohe Luftfeuchtigkeit, die durch alle Ritzen bis in seinen Daunenschlafsack drang. Er fröstelte, schälte sich aus dem klammen Schlafsack und zwängte sich umständlich in den kleinen Freiraum zwischen den Etagenbetten. Dabei streifte er Andreas Arm mit der Hand.

Sie öffnete ihre Augen zu schmalen Schlitzen, tastete nach seiner Hand, hielt sie einen Moment lang fest und glitt zurück in den Schlaf. Tom durchfuhr ein Gefühl der Nähe.

Die Aussicht, die sich ihm draußen bot, war gigantisch: Nebel zog wie zäher Brei vom Bujuku-See kommend durch das weite Tal, ohne die Sicht darauf völlig zu verhängen. In allen Richtungen konnte er Berge erahnen. Eisiger Wind fuhr ihm durch die Haare. Die Landschaft war trotz der Höhenlage unfassbar dicht bewachsen.

Beim Frühstück diskutierten die Wanderer gemeinsam darüber, ob sie den Abzweig zu den höchsten Gipfeln des Gebirges wagen sollten. Doch lediglich Kai konnte sich für diese Idee begeistern. Als Peter in aller Deutlichkeit auf die Gefahren dieses Trips und ein sich näherndes Unwetter hinwies, sprachen sich alle anderen dafür aus, die Gipfel rechter Hand liegen zu lassen und direkt den Weg über den Scott-Elliot-Pass zu den Kitandara-Seen in Angriff zu nehmen.

Selbst Peter hatte an diesem kalten Morgen seine dicke Jacke angezogen. Kathrin leuchtete in der ansonsten eher einheitlichen Umgebung wie ein schriller Vogel auf: Sie trug eine brandneue kanarienvogelgelbe Outdoor-Jacke. Michael und Martin wirkten wie eineiige Zwillinge, denn sie hatten dunkelbraune Trekking-Hosen und dazu passende Jacken der gleichen Marke an. Der einzige Unterschied lag in der Wahl der Farbe: Michaels Jacke war rot, Martins blau.

»Ich werde heute mit Peter sprechen«, sagte Andrea zu Birgit, als sie aufbrachen. Sie sah sich suchend um. »Ich will endlich wissen, ob er überhaupt eine Ahnung hat, wo seine Wurzeln sind.«

»Warum hast du das nicht längst getan?«, fragte ihre Freundin mürrisch.

Andrea beobachtete die Guides, die den Trägern Anweisungen für den Tag gaben. »Nach der Überquerung des Passes haben wir die Hälfte der Tour hinter uns, und es geht zurück zum Basiscamp. Die Strecke wird sicher leichter sein als die erste Hälfte.«

»Das glaubst auch nur du«, rief Birgit höhnisch aus. »Dieses Gebirge nervt mich nur noch. Ich will duschen, ich will mir die Haare waschen und trockene Klamotten anziehen.«

Starker Regen begleitete die Gruppe während der ersten Etappe dieser Tagestour. Der Weg wurde immer steiler, bis sie schließlich eine glitschige Leiter an einem beinahe senkrechten Felsen erklimmen mussten. Oben angekommen wurde der Regen von scharfem Wind vertrieben, und die Schönheit der Landschaft breitete sich vor ihnen aus. Sie konnten etwa vierhundert Meter tiefer den Bujuku-See sehen, an dessen Ufer sie tags zuvor entlanggegangen waren. Von oben wirkte er unheimlich und grundlos wie der Krater eines Vulkans.

Als sie den Weg fortsetzten, erstreckte sich vor ihnen ein riesiges Areal schwarzer Felsen ähnlich einer Mondlandschaft – auf den ersten Blick abweisend, gespenstisch, atemberaubend. Sie überquerten den 4.372 Meter hohen Scott-Elliot-Pass.

Tom hatte die Kapuze seiner Jacke fest um den Kopf geschlossen. Seine Kamera hatte er mit Plastikfolie umwickelt. Immer wieder blieb er kurz stehen, um Fotos von dieser irritierenden Ödnis zu machen. Es regnete nicht mehr, dicke Schneeflocken sanken auf die Wanderer herab. Der Boden des Weges, der nur wenige Kilometer nördlich des Äquators verlief, war weiß gesprenkelt.

Nach etwa einer halben Stunde ließen sie die durch den Schnee rutschig gewordenen schwarzen Felsen hinter sich. Es hatte aufgehört zu schneien. Ein schmaler, leicht abwärts führender Weg zeichnete sich vor ihnen ab.

Aus dem Tal vor ihnen schob sich eine Nebelbank herauf und umfloss – erst nur dicht am Boden – die Pflanzen und Felsen, die auf ihrem Weg lagen. Die Luft stand still. Über den Wanderern verdunkelten aufziehende Wolken die Sonne. Tom hörte keinen Laut außer dem schmatzenden Geräusch, das seine Stiefel verursachten, wenn er sie aus dem Matsch zog und das Wasser mit einem leichten Gluckern in das getretene Loch einströmte. Sein Atem ging flach. In den letzten Tagen war es ihm immer schwerer gefallen, Luft zu holen. Er spürte die Ermattung in allen Muskeln seines Körpers.

Tom blickte sich um. 30 Meter weit konnte man sehen, weiter nicht. Direkt hinter ihm gingen Peter und Andrea, die in ein Gespräch vertieft schienen. Tom wandte den Kopf nach vorne und blieb stehen. Andrea rannte fast in ihn hinein. Sie trug eine kurz geschnittene schwarze sportliche Daunenjacke.

»He, was machst du?«, schimpfte sie. Doch Tom reagierte nicht. Er starrte auf einen Punkt oberhalb am Hang. »Was ist?«

Er drehte sich langsam zu ihr herum.

»Hast du ihn nicht gesehen?«, flüsterte Tom.

»Wen?« Andrea lächelte etwas hilflos.

»Den Mann.« Er blickte sie an und schrak vor der Angst in ihren Augen zurück.

Peter trat zu den beiden. Als Tom ihm von seiner Beobachtung berichtete, sah sich Peter erschrocken um.

»Was ist?«, wollte Andrea wissen.

»Nichts«, antwortete Peter nervös. »Gleich wird der Weg besser. Lasst uns diese unheimliche Gegend hinter uns bringen.« Er schob sich an den beiden vorbei, denn hinter ihm trafen nun auch Kai und Kathrin auf die Gruppe, die den schmalen Weg versperrte.

»Peter, da war jemand!«, sagte Tom. Seine Stimme war nachdrücklich. Er wies mit dem rechten Arm den Hang hinauf. Die Sicht war auf zwanzig Meter gesunken.

»Sobald wir das obere Kitandara-Tal hinter uns gebracht haben, geht es wieder bergab. Auf der anderen Seite des Bergrückens ist das Wetter auch meistens besser.« Peter ging weiter.

»PETER!« Tom eilte hinter dem Guide her, hielt ihn am Ärmel der Jacke fest. »Da! War! Jemand!« Peter wandte sich zu Tom um, blickte ihn sorgenvoll an, bevor er vorsichtig dessen Finger von seinem Arm löste.

»Tom. Da war niemand. Glaub mir.« Er begutachtete Andrea und die anderen und wollte weitergehen, doch Tom hielt ihn erneut zurück.

»Ich weiß, dass ich in den letzten Tagen Dinge gesehen habe, die es nicht gibt. Doch diesmal war das anders!«

Peter reagierte nicht.

»Ein Mann«, sagte Tom leise zu sich selbst. »Mit einem Gewehr.« Als er realisierte, was er gerade sagte, lief es ihm eiskalt den Rücken herunter.

»Tom, lass uns weitergehen.« Andrea legte ihm sachte die Hand auf den Arm.

»Du glaubst mir auch nicht, oder?« Niedergeschlagenheit lag plötzlich in seiner Stimme. Er wandte sich nach vorne, doch Andrea hielt ihn zurück.

»Tom. Was auch immer du gesehen hast – wir ändern nichts daran, wenn wir hier stehen bleiben und darauf warten, dass etwas passiert. Wir müssen weiter. Raus aus diesem gottverdammten Nebel.«

Tom nickte.

Sie tasteten sich über den glitschigen Untergrund, halfen sich an Engstellen gegenseitig und hangelten sich an den hohen Stämmen der Senezien vorbei, die wie stumme Gespenster aus der Erde ragten. Schweigend liefen sie eine Weile hintereinander her. Die Gruppe zog sich durch das unterschiedliche Tempo weit auseinander. Tom vermutete, dass er sich irgendwo in der Mitte befand. Nach und nach verlor er die Orientierung, wusste nicht mehr, wer von den anderen vor ihm lief und wer zurückgefallen war. Da trat er auf einen mit Eis überzogenen Stein und glitt aus. Im letzten Moment gelang es ihm, seinen Bambusstock sicher aufzusetzen und sich abzufangen. Schwer atmend stand Tom am Rand des Weges. Links neben ihm ging die Böschung steil hinab. Wie tief konnte er nicht erkennen. Er ging langsam weiter, achtete nun mit aller Konzentration auf jeden Schritt.

Ein schriller Schrei ließ ihn aufschrecken. Tom blieb stehen und starrte in den Nebel. Der Schrei war von vorne gekommen. Er spürte seinen Puls bis in den Hals. Andrea stand direkt hinter ihm, blickte ebenfalls gegen die weiße Wand.

Der Schrei ertönte erneut. Alle Haare seines Körpers stellten sich auf. War das ein Mensch? Oder ein Tier? Hans hatte von den Ruwenzori-Leoparden erzählt, die seit Jahrzehnten niemand mehr gesehen hatte. Ein drittes Mal erscholl ein Schrei, diesmal viel weiter weg. Dann war es still. Totenstill. Toms Herz raste. Er stand dicht neben Andrea. Ängstlich ergriff sie seine Hand, die er unwillkürlich nach ihr ausgestreckt hatte. Sie war kalt.

»Etwas ist anders.« Tom machte einen Schritt zur Seite und sackte bis zum Knie in den Schlamm, der sofort von oben in den Stiefel eindrang. Andrea packte ihn am Arm. Kai kam ihnen zur Hilfe, ergriff Toms anderen Arm, bevor er auch noch mit dem zweiten Fuß versinken konnte. Gemeinsam zogen sie ihn aus dem Morast.

»Irgendetwas passiert hier«, flüsterte Tom atemlos, als er versuchte, den größten Schmutz aus dem Stiefel herauszubekommen. Ihm war schwindelig.

»Tom!« Andrea schaute ihm geradewegs in die Augen. »Wir gehen jetzt weiter.«

Tom straffte sich, sog die kühle Luft tief in seine Lungen. Als er sich umwandte, sah er Kathrin, die ihn angsterfüllt beobachtete. Sie war so weiß wie der sie umgebende Nebel, ihre Zähne klapperten. Es war das einzige Geräusch, bis hinter ihnen weitere Gestalten auftauchten. Nzanzu und Birgit. Kai gab Kathrin die Hand, zog sie wortlos zu sich heran und ging mit schnellen Schritten weiter.

Nzanzu betrachtete Tom, sagte aber nichts. Das allgegenwärtige Schweigen machte Tom fast noch mehr Angst als die Schreie, für die er keine Erklärung fand.

Gespenstische Schatten. Feuchtigkeit und Kälte drangen durch Hose und Jacke. Tom war schweißgebadet. Er bekam kaum Luft. Schweigend marschierten sie hintereinander den schlammigen Weg entlang. Tom spürte die Anspannung in jeder Pore seines Körpers. Immer wieder meinte er, Gestalten im Nebel zu erkennen. Für einen Moment flammte in ihm der Gedanke auf, wie dumm es gewesen war, genau jetzt diese Reise anzutreten, doch dann wurde ihm schlagartig klar, dass er seinem Ziel näher war als je zuvor. Jetzt musste er die Zähne zusammenbeißen. Dies war nicht der Ort, an dem er Schwäche zeigen durfte. Er hatte die anderen vor sich aus den Augen verloren, wurde immer langsamer.

Schotter knirschte unter seinen Füßen. Der Bewuchs ging zurück, die Kälte war schneidend. Der Weg führte nun gefährlich steil abwärts. Immer wieder musste Tom seine Hände zur Hilfe nehmen, um nicht abzurutschen. Bald waren um ihn herum nur noch Steine, Felsen und Schnee. Er keuchte. Obwohl er Handschuhe angezogen hatte, spürte er seine Fingerspitzen nicht mehr. Ständig rutschte er weg.

Schließlich hatte er das schlimmste Stück hinter sich gebracht. Die ersten höheren Senezien traten wieder in Toms Sichtfeld. Und wieder meinte er neben sich Gestalten zu sehen. Die Schemen verschwommen vor seinen Augen. Auch beim Aufstieg hatte er diese Pflanzen gesehen, erinnerte er sich. Das war also ein gutes Zeichen, bald würden sie aus dieser abweisenden Hölle rauskommen. Stumm standen die gespenstisch verhangenen Stämme an beiden Seiten des Weges. Sie bewegten sich nicht. Sie blickten ihn nur an. Mit weißen Augen im schwarzen Stamm und Ästen, die wie Arme an ihnen herabhingen.

Tom wischte sich den Schweiß von der Stirn. Andrea musste unmittelbar vor ihm sein. Stimmen wisperten in einer Sprache, die er nicht verstand. Er hatte den Eindruck, dass die Sicht sich allmählich verbesserte. In lockerem Abstand reihten sich nun Pflanzen rechts und links auf. Wenn er eine von ihnen passierte, trat bereits die nächste aus dem Nebel hervor. Er blieb stehen, um sie sich genauer anzusehen. Sie waren mit grün-braunen Tarnuniformen umhüllt. Was ging hier vor? Tom ging der Schreck bis ins Mark. Er sah in Augen, menschliche Augen. Eine weiße Zahnreihe entblößte sich. Vor ihm stand ein uniformierter Junge, die Kalaschnikow locker über die Schulter geworfen und grinste. Tom drehte sich um. Auf der anderen Seite des Weges das gleiche Bild. Freundliche, wenn auch etwas hämisch wirkende Augen und ein strahlend weißes Lächeln in einem schwarzen Gesicht. In einer wie betäubten Ruhe ging er weiter. Nach hundert Metern tauchten Menschen vor ihm aus dem Nebel auf, die auf einem kleinen Plateau warteten.

Alle waren da. Die Träger, die sich ängstlich an einen Felsen kauerten; Steve, der nervös auf seiner Unterlippe kaute; Hans, der irritiert von einem zum anderen sah; Michael, der erschöpft auf einem Stein saß; Martin, der immer wieder Steves Blick suchte, um zu verstehen, was geschah; Peter, etwas abseits, nervös mit seinem Trekkinghut spielend; Kai und Kathrin, die sich gegenseitig im Arm hielten; Manfred, der sich verzweifelt die Haare raufte. Und Soldaten. Fünfzehn oder zwanzig. Tom konnte sie nicht zählen, weil seine Gedanken durcheinander rasten. Er trat zu seiner Gruppe, sah einen nach dem anderen an, ging zu Andrea und griff nach Ihrer Hand. Nzanzu und Birgit tauchten noch nach ihm aus dem Nebel auf, stockten, als sie die anderen bemerkten, und traten dann ebenfalls auf das Plateau.

Peters Stimme klang entfernt: »Sie sagen, wir sind entführt.«

Stille.

23

Oberes Kitandara-Tal, am Nachmittag des 14. Juni

»Entführt?!« Tom erwachte vollends aus der Müdigkeit, die Nebel und Anstrengung in ihm ausgelöst hatten. »Wer sind diese Männer?« fragte er halblaut und blickte Steve an, der nur mit den Schultern zuckte. »Das kann doch nicht sein.« In Tom Stimme lag eine kindliche Ungläubigkeit. »Diese Seite des Gebirges ist sicher. Das haben alle gesagt. Was für einen Grund sollten die haben ...«

Wieder zuckte der Guide nur mit den Achseln.

Tom wandte sich an Peter. »Was wollen diese Männer von uns?«

Peter sah ihn leicht unterkühlt an und schwieg.

Irritiert zog Tom den Blick von ihm ab und betrachtete die Uniformierten genauer. Einige von ihnen waren jung, sehr jung. Im Grunde noch Kinder. Doch auch sie trugen wie selbstverständlich Gewehre über den Schultern. In den Händen dieser Kinder und Jugendlichen wirkten die Waffen noch grotesker als bei den älteren Soldaten. Tom wusste, dass es Kindersoldaten in Afrika gab, aber er hatte sie anderen Regionen zugeordnet. Solchen, in denen seit vielen Jahren Bürgerkrieg herrschte. Nicht hier. Nicht im Ruwenzori.

Ein Mann schälte sich aus der Gruppe der Soldaten und trat direkt auf ihn zu. Er salutierte ironisch, als er Tom ansprach.

»Herzlich willkommen in der Realität«, sagte er in perfektem Englisch. »Sie können mich Paul nennen. Ich denke, es ist das Beste, wenn wir erst einmal aus dieser beschissenen Kälte rauskommen. Wenn es Ihnen nichts ausmacht, dann gehen wir jetzt den Hang hinunter bis zu den Kitandara-Seen. Die sind wunderschön, aber das wissen Sie vermutlich schon.«

Der Mann machte Anstalten, sich wieder umzudrehen, als Andrea ihn blitzschnell am Arm packte und festhielt. Er stockte in seiner Bewegung, blickte an seinem Arm herab und wandte sich dann ganz langsam zu ihr um.

»Was hat das zu bedeuten?«, schrie Andrea ihn, an und ihre Stimme überschlug sich dabei. »Wer sind Sie?«

Als Tom dem Blick des Rebellenführers begegnete, schrak er zusammen. Noch nie hatte er so kalte Augen gesehen. Er trat neben Andrea, fasste sie an der Schulter: »Andrea, bleib ruhig.« Sie zog ihre Hand zurück, schüttelte aber auch Tom energisch ab.

»Ich werde Ihnen alles genauestens darlegen, sobald wir in etwas angenehmeren Gefilden sind«, sagte Paul. Mit diesen Worten ging er zu seinen Soldaten zurück, ohne weiter auf Andrea zu achten.

Doch die ließ sich das nicht gefallen. Sie schulterte ihren Rucksack, betrachtete ihre Freunde und sagte: »Ich werde nicht mit diesen Leuten gehen.«

Sie schob Tom zur Seite und trat den Rückweg an, wieder den Berg hinauf. Mit eiligen Schritten ging sie an den anderen Wanderern vorbei, passierte die Reihe der Soldaten und begann mit dem rutschigen Aufstieg. Tom eilte ihr nach, doch dann ertönte ein Schuss hinter ihm. Er blieb erschrocken stehen. Paul hielt eine Pistole in den Himmel gerichtet. Eine kleine Rauchfahne stieg aus der Mündung. Panik wallte in Tom auf.

Andrea beschleunigte ihre Flucht. Tom hörte schnelle Schritte hinter sich. Zwei Soldaten überholten ihn und stürzten sich auf Andrea. Ein weiterer Schuss ertönte. Jemand schrie. Andrea wurde grob am Bein gepackt und zu Boden gerissen. Die Soldaten hielten sie eisern fest. Während sie sich zu befreien versuchte, brach auf dem Plateau Tumult aus. Die Träger sprangen auf, warfen das Gepäck von sich, eilten den Hang hinab. Weitere Schüsse fielen.

Tom versuchte, zu Andrea zu gelangen, wurde jedoch von einem Soldaten festgehalten. Wieder knallten Schüsse. Ein Träger stürzte auf den harten Schotter, rutschte langsam den steilen Hang herab. Ein weiterer wurde von einer Kugel in die Brust getroffen und brach zusammen. Die anderen Deutschen standen mit panischem Gesichtsausdruck noch immer an derselben Stelle auf dem Hochplateau.

Michael stürzte vor, entriss einem der Kindersoldaten die Kalaschnikow, richtete sie auf die Soldaten und drückte ab. Das harte Knattern der Schüsse hallte durch den sich langsam lichtenden Nebel. Ein Soldat wurde von mehreren Schüssen getroffen durch die Luft geschleudert. Paul war mit einem Sprung bei Michael und schlug ihm die Waffe aus der Hand. Manfred blickte sich kurz um, dann rannte er los. Eine Kugel streckte ihn mit brutaler Wucht von hinten nieder. Er schlug hart auf die Steine auf, rutschte über den Schotter, bis er zuckend liegen blieb.

Fünf Soldaten eilten den geflohenen Trägern nach, tauchten im Nebel unter.

Tom schlug dem Soldaten hinter sich so fest er konnte auf den Arm, sodass dieser seinen Griff lockerte und Tom nach vorne springen und zur Flucht ansetzen konnte. Sofort nahmen zwei andere Soldaten die Verfolgung auf. Tom hastete den Hang seitlich hinab, auf einen kleinen See zu, der die Senke füllte. Kurz bevor er das Wasser erreichte, erwischte ihn einer der Männer an der Jacke, schleuderte ihn zu Boden. Tom stürzte seitwärts, schlug ungebremst mit dem Arm auf und glitt dann noch zwei Meter weiter über steinigen Grund, landete mit dem Oberkörper im morastigen Wasser. Eine Hand legte sich schwer auf Toms Hinterkopf und drückte ihn unnachgiebig unter die Wasseroberfläche.

Wie eine Explosion schoss der Schmerz durch sein Gehirn. Tom riss den Mund auf, schluckte bitter schmeckendes Wasser. Er strampelte mit den Beinen, versuchte die Hände des Soldaten zu greifen – ohne Erfolg. Wasser drang in seine Ohren und in die Nase, in den Mund und in seine Lungen. Funken stoben durch sein Gehirn. Kälte. Jens musste hier irgendwo sein. »JENS!« Er musste ihm helfen, Jens ertrank. »J E N S !« Tom konnte ihn nicht sehen.

Sein Kopf wurde brutal hochgerissen. Luft. Frische klare Luft. Ein keckerndes Lachen über ihm. Wieder kam das Wasser auf ihn zu. Wieder wurde er untergetaucht. Tom sah seinen Bruder – er trieb vor ihm. Er konnte ihn nicht erreichen. Dann wurde Tom aus dem Wasser gezerrt und auf den Rücken geworfen. Die beiden Soldaten hielten ihn unerbittlich fest.

Der Griff der Soldaten schmerzte. Tom konnte sich nicht bewegen, um den Schmerz zu vermindern. Paul rief den beiden etwas in einer fremden Sprache zu. Schüsse hallten. Die Soldaten zerrten Tom brutal auf die Füße.

Sie führten Tom und Andrea zu den anderen zurück, stießen sie in die Runde der Wanderer, die nun alle auf dem Boden saßen, die Hände hoch hielten und rundherum von einer Horde jugendlicher Soldaten mit Gewehren im Anschlag bewacht wurden. Bis auf Manfred, der blutüberströmt auf den kalten Steinen lag, auffällig hastig atmete und hin und wieder röchelnde Geräusche von sich gab.

Die Soldaten, die den Hang hinabgeeilt waren, kamen mit zwei Trägern zurück. Der eine war Imarika und der andere, so erinnerte sich

Tom, wurde Chaga genannt. Sie waren wohl nicht schnell genug gewesen. Oder schnell genug, um den Kugeln auszuweichen. Was mit den anderen Trägern geschehen war, wusste Tom nicht. Er wandte sich suchend um. Außer den beiden waren alle verschwunden. Ihr Gepäck lag auf dem ganzen Plateau verstreut. Einige der Säcke und Taschen waren aufgeplatzt, der Inhalt – Lebensmittel, Holzkohle, Kleidung – hatte sich über die Steine verteilt. Toms teure Fotoausrüstung lag am Rande des Plateaus auf der Erde.

Paul trat wütend auf Andrea und Tom zu.

»Hört mal zu, ihr beiden, versucht ein solches Spielchen nie wieder. Ihr habt gesehen, was wir mit denen machen, die zu fliehen versuchen.«

Andrea nickte stumm. Tom jagte die Frage durch den Kopf, warum Paul in die Luft und nicht auf Andrea und ihn geschossen hatte. Doch bevor er weiter darüber nachdenken konnte, gab der Anführer der Rebellen den Befehl zum Aufbruch. Einige der Soldaten wühlten in den herumliegenden Taschen. Sie holten alles, was ihnen brauchbar erschien, heraus. Zwei der Männer stritten sich aufgeregt um Toms Fototasche, sie zerrten die Kameras hervor, begutachteten sie, diskutierten und schrien. Alle anderen Teile der Ausrüstung warfen sie achtlos den Berg hinab.

Ein stechender Schmerz fuhr Tom durch die Brust. Sein Plan, seine Karriere, seine Ziele verschwanden in der Tiefe einer kargen Schlucht. Er hatte Tränen in den Augen. Rasende Kopfschmerzen griffen nach seinem Gehirn. Er schaute seinen Habseligkeiten ausdruckslos nach. Als er den Blick langsam wieder hob, bemerkte er am Rande des Plateaus die schemenhafte Gestalt.

Ein Rucksack nach dem anderen verschwand in der Tiefe. Hin und wieder hörte Tom das gedämpfte Geräusch des Aufschlagens tief unter ihm. Nach wenigen Minuten war von dem Überfall nichts mehr zu sehen außer dem zuckenden Körper von Manfred, die toten Träger und dem Leichnam des offenbar von Michael getöteten Soldaten. Paul rief einen scharfen Befehl. Mehrere der Männer traten an die Körper heran. Zuerst warfen sie ihren Kameraden über eine Klippe. Der Körper schlug außerhalb von Toms Sichtfeld hörbar auf. Die Leichen der getöteten Träger folgten ihm umgehen. Dann griffen die Männer nach Manfred, hoben ihn hoch, zerrten ihn zum Abgrund. Er öffnete den Mund, mit den wenigen gestammelten Lauten kam Blut. Die Rebellen stießen ihn über die Kante in den Abgrund. Kurz darauf hörte Tom einen dumpfen Schlag. Übrig blieben nur Blutflecken. Er blickte in entsetzte Gesichter. Danach begannen sie mit dem halsbrecherischen Abstieg ins untere Kitandara-Tal.

Peter, der beim ersten Auftauchen der Soldaten erstaunlich ruhig gewesen war, verwickelte Paul in eine hitzige Diskussion, die Tom nicht verstand, da die beiden auf Französisch miteinander sprachen. Schließlich ließ sich Peter wieder etwas zurückfallen. Er fragte Andrea, wie es ihr gehe.

»Mir tut alles weh, aber ich bin nicht verletzt ...«, antwortete sie.

»Okay, das beruhigt mich.« Peter wirkte nervös und angespannt.

»Du kannst ja nichts dafür«, sagte sie. Er antwortete nicht.

»Was wollen die von uns?«, fragte Tom angestrengt.

»Das weiß man nie so genau ...«, sagte Peter ausweichend.

»Haben sie denn nichts gesagt?«, bohrte Tom weiter.

»Du hast es ja gehört: Sie werden es uns sagen, wenn wir an den Kitandara-Seen sind.«

Wortlos ging Andrea neben Tom her. Vor ihnen verschwand auch die letzte Nebelbank und gab die Sicht auf das Kitandara-Tal frei. In der seidig glatten Fläche des oberen Kitandara-Sees spiegelten sich die umliegenden Bergspitzen, üppige Pflanzen türmten sich in allen Farben vor ihnen auf. Senezien beherrschten die Hänge und Lobelien stachen in den Himmel. Gelbe, braune, orangefarbene und grüne Moose bedeckten jeden Zentimeter der Landschaft. Die tiefschwarzen, feucht glänzenden Hänge des Mount Baker glitzerten in der Nachmittagssonne. Das Panorama war gewaltig und überlagerte jede andere Regung. Als Tom in Ergriffenheit seinen Schritt verlangsamte, bohrte sich der Lauf einer Kalaschnikow unmissverständlich in seine Seite. Er musste weitergehen.

24

Ruhija, Bwindi Impenetrable National Park, 14. Juni

Georg legte den Rucksack mit den Probenröhrchen für den Gorillakot neben sich, schob einige Äste zur Seite und entdeckte ihn, nur wenige Meter vor sich. Groß und massiv, den silbrig glänzenden Rücken dem Forscher zugewandt, saß ein Berggorilla mitten auf einer sonnendurchfluteten Lichtung, rupfte dann und wann ein paar Blätter von einem nahe stehenden Busch und stopfte sie sich in den Mund. Tausende kleiner Fliegen und Mücken umschwärmten ihn und tanzten in der Sonne. Trotz seiner jahrelangen Erfahrung war Georg immer noch fasziniert und ergriffen, wenn er diese stattlichen Tiere beobachtete. Harald stand neben ihm und lächelte zufrieden.

In diesem Moment stürzten zwei kleine Berggorillas aus dem Gebüsch, tobten wild kreischend über die mit Disteln und Farnen zugewachsene Wiese, rannten auf ihren Vater zu, der seine riesige Hand hob, um sie zu bändigen. Einer der kleinen Berggorillas richtete sich plötzlich auf und trommelte mit den Handflächen auf seine Brust – ganz nach dem Vorbild eines ausgewachsenen Berggorilla-Silberrückens. Das klopfende Geräusch hallte durch den Wald, der den Tieren Schutz bot.

Dichtes Gebüsch verdeckte das Spiel der Jungtiere immer wieder. Die Urwaldriesen spendeten Schutz vor der intensiven afrikanischen Sonne und zugleich vor den regelmäßigen Regenschauern. Ein Bündel Lichtstrahlen bahnte sich seinen Weg durch das grüne Blättermeer hindurch und brach sich in einem filigranen Spinnennetz. Menschen betraten diese Gegend so gut wie nie.

Die Gorillagruppe Oruzogo wurde gerade an Menschen gewöhnt. Ein Prozess, der dringend nötig war, um Touristen anzulocken und so Geld in die notorisch leeren Kassen des Nationalparks zu spülen. Georg sah die Tiere an diesem Tag zum ersten Mal, denn Harald war für die so genannte Habituierung der Gruppe zuständig. Bislang hatten die insgesamt vierzehn Berggorillas nur ihn und ein paar einheimische Ranger kennen und akzeptieren gelernt. Sie waren die ersten Menschen, deren Nähe die Berggorillas zuließen, nachdem ein Teil der Gruppe vor fünf Jahren brutal abgeschlachtet worden war. Die Bilder waren um die Welt gegangen, doch an der Gefahr, von Wilderern getötet zu werden, die wie ein Damoklesschwert über den Berggorillas schwebte, hatte sich nichts geändert.

Dichter Wald türmte sich über ihren Köpfen auf. Die Kronen der vierzig Meter hohen Bäume, überwuchert von Schlingpflanzen, bildeten das Dach. Baumfarne zogen einen meterhohen Kranz um die Lichtung und Laub aus riesigen, vermodernden Blättern bedeckte den Boden, auf dem sie standen. Nektarvögel schwirrten umher und erfüllten die Luft mit ihrem Gesang und dem Flirren ihrer Flügel. In dieser unzugänglichen Region nahe der kongolesischen Grenze waren die Berggorillas relativ sicher. Hier durfte kein Baum gefällt, kein Busch gerodet, kein Tier getötet, keine Blume gepflückt werden. Und doch kamen immer wieder Menschen in den Wald, um Holz zu schlagen oder sogar, um einige der selten gewordenen kleinen Antilopen zu jagen. Dadurch wurden die Berggorillas immer wieder vertrieben, manchmal gerieten sie sogar in Schlingfallen und wurden verletzt. Und permanent bestand die Gefahr, dass sie abwanderten. Das durfte nicht geschehen, denn außerhalb des Bwindi-Nationalparks hatten sie keine Überlebenschance.

Nach einigen Minuten zogen sich Georg und Harald wieder zurück, folgten den Spuren zum letzten Nachtlager der Gorillagruppe und entnahmen die nötigen Kotproben, die zur Analyse nach Deutschland geschickt werden sollten. Durch eine DNA-Analyse konnte die genaue Größe der Gorillapopulation nachgewiesen werden. Danach machten sie sich auf den Rückweg zur Forschungsstation in Ruhija.

Eine Weile gingen sie schweigend hintereinander her. Dann blieb Georg abrupt stehen und wandte sich zu Harald um.

»Ich habe einen Entschluss gefasst!«, sagte er. Harald betrachtete ihn erwartungsvoll. »Wir werden Beweise finden.«

»Was meinst du?«

»Berggorillas im Ruwenzori.«

Harald zog überrascht die Augenbrauen hoch.

Georg ignorierte die Reaktion und fuhr fort: »Ich werde eine kleine Expedition zusammenstellen. Ich werde in den Ruwenzori gehen. Und ich werde beweisen, dass es dort keine Berggorillas gibt.«

»*Du* willst das tun?«, gab Harald ungläubig zurück.

»Ich erinnere mich dunkel, dass es meine Idee war. Mal abgesehen davon, dass du mit einer solchen Expedition nur die Existenz, nicht aber die Nichtexistenz nachweisen kannst.«

Georg blickte stur nach vorne, als er sich wieder in Bewegung setzte. »Du wirst hierbleiben.« sagte er. »Die Station kann nicht unbeaufsichtigt sein, und niemand erledigt die Aufgaben vor Ort so sorgfältig wie du. Ich werde mit einem Ranger und einem Guide das Gebirge durchqueren und nach Spuren suchen.«

»Warum bleibst du nicht hier und tust die Arbeit, die ansteht? Ich bin es doch, der seit Jahren darauf dringt, den Nachweis der Tiere zu führen.«

Georg ging entschlossen weiter.

Harald folgte ihm hastig. »So nicht, mein Lieber! Kann es sein, dass du etwas weißt, das ich nicht weiß?«

Georg schlug mit der Machete auf die Büsche ein, die sich ihm in den Weg stellten. Um ihn zu stoppen, griff Harald nach Georgs Arm.

»Du willst den Erfolg für dich verbuchen, wenn meine Theorie stimmt, habe ich Recht?«

Georg blickte kühl auf Harald herab. »Ich will die Diskussion lediglich ein für alle Mal beenden. Dafür muss ich mit eigenen Augen sehen, wie es da oben aussieht.«

»Und woher willst du das Geld dafür bekommen?«

Wieder erntete Harald nur Schweigen. Dann schlug er sich an den Kopf: »Wie konnte ich nur so naiv sein – du hast den Antrag natürlich längst gestellt. Da diskutiere ich ewig mit dir herum, und du spielst mir die ganze Zeit was vor.«

Georg schwieg.

»Scheiße! Was bist du bloß für ein Arschloch!« Wütend schlug Harald an einen Baumstamm. Vögel stoben wild kreischend auf. »Ich hätte es wissen müssen. Mein Gott, wäre ich doch schon vor einem Jahr zurück nach Deutschland gegangen. Die Göttinger Uni hätte mich mit Handkuss genommen. Das wäre besser gewesen, als hier weiter mit dir im Urwald zu versauern.«

Wortlos stapften sie einen Abhang hinauf, überquerten einen kleinen Bach, scheuchten einen Blauducker auf, der sich unter den Büschen versteckt hatte, und gelangten auf die Schotterpiste, die zu ihrem Lager führte.

»Verdammt noch mal!«, schrie Harald.

»Gib wenigstens zu, dass ich recht habe ...«

In der Ferne war das charismatische Brusttrommeln der Gorillas zu hören. Riesige Schmetterlinge flatterten durch die Luft. Kein Wort fiel mehr, bis die beiden eine Stunde später an der Forschungsstation ankamen. Harald hatte sich beim Gehen allmählich wieder beruhigt. Als er vor einer der Hütten stand, straffte er den Rücken und wandte sich seinem Chef zu.

»Welchen Weg willst du einschlagen?«, fragte er in diplomatischem Tonfall.

»Ich werde den Kilembe-Trail nehmen. Den neuen Weg südlich des Central Circuit.« Nun sah Georg Harald gerade in die Augen. »Ich werde den Trail in umgekehrter Richtung laufen, dann kann ich unterwegs alle Guides und Träger, die mir entgegenkommen, nach Spuren ausfragen. An der alten Bigata-Hütte biege ich nach links in Richtung Bamwanjara-Pass ab. Es soll dort noch Wege geben, die kein Tourist geht. Von dort aus gehe ich zu den Kachope-Seen, den Kitandara-Seen, über den Scott-Elliot-Pass, den Bujuku runter bis zur Bigo-Hütte, den Bukurungu entlang, an den Portal Peaks vorbei nach Kakaka und dann nach Rwagimba. Von Kisomoro komme ich dann zurück. In vier Wochen müsste das zu schaffen sein.«

Harald blieb erschüttert stehen. »Du hast die gesamte Route schon im Kopf?« Seine Augen verengten sich zu schmalen Schlitzen. »Du hast das von langer Hand geplant?«

»Nein, da täuschst du dich. Die Idee ist mir erst vor ein paar Tagen gekommen. Letzte Woche.«

»Als dein Bruder hier war?«, erkundigte sich Harald. »Der ist doch jetzt im Ruwenzori ...«

»Welche Rolle spielt das?«

»Hat er etwas gesagt, was du vorher nicht wusstest?«

»Nein.«

»Ich glaube dir kein Wort.«

»Das ist dein Problem.«

Harald verschränkte die Arme vor der Brust. »Also ich fasse mal zusammen: Dein Bruder hat etwas gefunden, was darauf hindeutet, dass es dort Berggorillas gibt, und du hast ihn als Vorhut losgeschickt. Dann willst du selbst nachkommen und die Lorbeeren einkassieren.« Georg öffnete den Mund, doch Harald wischte seinen Einwand mit einer unwirschen Handbewegung fort. »Hat jemand die Tiere gesehen?«

»Was reimst du dir nur zusammen!« Georg öffnete die Tür der Station.

»Du hast am letzten Abend, als Hans hier war, mit ihm über Karten gesessen. Ich habe gedacht, es ginge um seine Wanderung.« Harald hielt den Älteren zurück. »In Wahrheit habt ihr die Route ausgeklügelt, nicht wahr?«

Georg drehte sich zu seinem Kollegen um, blickte auf dessen Hand, die seinen Unterarm festhielt und schob sie langsam von sich. »Ich habe zu diesem Zeitpunkt zum ersten Mal gedacht, dass es tatsächlich eine theoretische Chance gibt, dort Berggorillas zu finden. Danach ist die Idee gereift. Mit meinem Bruder hat das nichts zu tun.«

Harald zog die Stirn kraus. »Die Route ... Sie liegt zu weit oben.« Harald beobachtete Georgs Mimik, doch der wiegte nur sachte den Kopf hin und her. »Ab viertausend Metern aufwärts halten sich Berggorillas normalerweise nicht auf. Deine Route ist zu hoch. Du müsstest einen viel weiteren Bogen schlagen.«

»Dazu wird die Zeit nicht reichen. Dort gibt es keine Wege.«

»Doch, auf der anderen Seite ...«

»Ich werde nicht über die kongolesische Grenze gehen.«

»Die Tiere lassen sich von den Grenzen auch nicht aufhalten. Das hat übrigens schon Dian lernen müssen.«

»Und du musst lernen, dich von Dian Fosseys Ideen zu lösen. Sie ist seit über fünfundzwanzig Jahren tot. Es hat sich viel geändert.« Georg öffnete die Tür der Station vollends und trat ein. Harald folgte ihm.

»Warum wehrst du dich so sehr gegen den Gedanken, die Grenze zu überqueren?«

»Da drüben herrscht Bürgerkrieg.«

»Ich würde das Risiko eingehen.«

»Ich gehe allein. Ohne dich. Ende der Diskussion!«

»Du weißt mehr, als du sagst. Hans hat dir doch irgendwas gesteckt.« Harald hielt seinen Chef noch einmal fest. »Verdammt nochmal, was hast du herausbekommen?«

Georg versuchte, sich zu lösen, doch Harald ließ nicht locker.

»Ich habe dich mit Unterlagen gesehen ...« Er erntete einen erstaunten Blick. »Hans hat eine Mappe mit Dokumenten zurückgelassen. Was steht da drin?«

»Persönliche Dinge, nichts, was mit unserer Arbeit zu tun hat.«

Harald schaute seinen Vorgesetzten lange an. Dann schloss er kurz die Augen und atmete tief durch. »Damals, als Stefan verschwand ...«, setzte er an. »Er hat auch Unterlagen zurückgelassen.«

Georgs Augen verengten sich zu schmalen Schlitzen. Er hörte jetzt aufmerksam zu.

»Stefan hat mir erzählt, dass er auspacken wollte. So hat er es formuliert. Auspacken.«

»Was hätte er denn auspacken sollen?«, fragte Georg scharf.

»Der vierte in eurer Freundesgruppe. Er hatte wohl ziemlich viel Dreck am Stecken. Und heute spielt er eine sehr wichtige Rolle in Deutschland.«

»Was willst du sagen?«

»Stefan fühlte sich bedroht. Er hat mir am Abend vor seiner Abreise gesagt, dass er um sein Leben fürchtet. Er wollte nicht nur wegen der Berggorillas in den Ruwenzori, sondern auch, um für eine Weile unterzutauchen. Er hat mir einen Umschlag mit Unterlagen gegeben, den ich aufbewahren sollte, bis er zurückkommt.«

Georgs Augen flackerten leicht. »Was waren das für Unterlagen?«, fragte er.

»Belege dafür, was euer Freund Anfang der Siebziger in Uganda getan hat. Er schreibt, dass er befürchtet, von ihm aus dem Weg geräumt zu werden, wenn ans Licht kommt, dass er auspacken will.«

»Das sind doch Hirngespinste. Niemand wollte Stefan etwas antun.«

»Tatsächlich niemand?« Harald blickte Georg scharf an. »Ich bin ein neugieriger Mensch. Gleich nach Stefans Abreise habe ich in den Umschlag hineingesehen – er war ja nicht zugeklebt. Du wirst darin mit diesem ehemaligen Freund, von dem er befürchtete, aus dem Weg geräumt zu werden, in einem Atemzug genannt. Zwei Wochen später ist ein UN-Flugzeug im Ruwenzori abgestürzt. Niemand wusste, warum es an den Rwatamagufa Peaks zerschellt ist, und es ist nicht bekannt, wie viele Passagiere es genau an Bord hatte. Und die Unterlagen sind seitdem verschwunden.« Harald strich sich über die Haare, bevor er fortfuhr: »Du willst doch sicherlich nicht, dass ich mir weitere Gedanken darüber mache, oder?«

Mit kalten Augen sah Georg seinen Mitarbeiter an. Rote Flecken zeichneten sich auf seinen Wangen ab, und es wirkte einen Moment so, als wolle er ihm an die Gurgel gehen. Doch schließlich nickte er.

»An dem, was du dir da zusammenreimst, ist nicht ein Funken Wahrheit. Aber ich werde noch einmal darüber nachdenken, ob du bei der

Expedition vielleicht nützlich sein kannst.« Er wandte sich um. Über die Schulter murmelte er ein »Komm mit.« Mit zügigen Schritten durchmaß Georg den Aufenthaltsraum. Harald folgte ihm mit einer Mischung aus Unbehagen und Spannung.

Georgs Arbeitszimmer war chaotisch. Papierstapel, Bücher und Fotografien lagen bunt verstreut. Georg zog einen Umschlag aus einer Schublade, schob die Papiere auf dem Tisch zur Seite und breitete den Inhalt des Umschlags darauf aus. Harald entdeckte Karten, handschriftliche Notizen und Ausdrucke langer Texte. Die Unterlagen, die Hans zurückgelassen hatte. Georg suchte einen Moment lang, bis er gefunden hatte, was ihm am wichtigsten erschien.

Hans hatte über den Ruwenzori recherchiert. Er war offenbar an Informationen gekommen, die aus dem Gedächtnis des Volkes der Bayira stammten. Neben Erläuterungen zu ihrer Kultur, den Orten, an denen sie lebten, und dazu, wie sie mit dem Naturschutzgebiet an der Grenze zum Kongo umgingen, fanden sich auch lange Beschreibungen der Landschaft und der Natur. »Warum hat Hans die Unterlagen hier gelassen?«, wollte Harald wissen.

»Er sagte, er habe alles im Kopf und wolle so wenig Ballast wie möglich auf die Wanderung mitnehmen. Er hat noch mehr Sachen zurückgelassen.« Georg wies mit der Hand in die Ecke, wo eine Reisetasche stand.

Harald las in einem Dokument über die Berichte der Bayira. Plötzlich stutzte er. Hier war die Rede von behaarten Geistern, die in den Wäldern um die Rwatamagufa Peaks gesehen wurden. Sie waren nur am Rande beschrieben; derjenige, der das Gespräch aufgezeichnet hatte, nannte sie die Geister der Mondberge.

»Das ist doch ein Hinweis auf die Berggorillas, dem wir nachgehen könnten!«

Harald war aufgeregt, als er die Worte las.

Doch Georg winkte ab: »Solche Berichte haben noch nie dazu geführt, dass die Tiere nachgewiesen wurden. Aber ich sehe ein, dass wir das verfolgen sollten.«

Harald ärgerte sich über den Dämpfer, den Georg ihm verpasste. »Wenn du so skeptisch bist, warum willst du dann überhaupt aufbrechen?«

»Ich habe diese ewigen Diskussionen satt. Ich werde der Frage nachgehen, ob es in diesem Gebirge überhaupt Berggorillas geben kann.

Und ich werde etwas finden, was eindeutig gegen diese Berge als Lebensraum spricht.«

»Aus dir werde ich einfach nicht schlau. Was glaubst du denn zu finden?«

»Die Höhe. Die Kälte. Ein zu geringes Nahrungsangebot. Vielleicht auch die Nähe zur kongolesischen Grenze. Uganda mag ja sicher sein, aber auf der anderen Seite werden noch immer die Wälder gerodet, es wird Coltan abgebaut und Gorillas werden gejagt. Selbst wenn es dort einmal welche gegeben hat – heute haben sie dort keine Lebensgrundlage mehr.«

»Ich gehe mit«, sagte Harald entschieden.

»Ich bin der Leiter dieser Forschungsstation, und du bist mein Mitarbeiter. Also treffe ich die Entscheidungen«, sagte Georg mit scharfer Stimme.

Lange blickte er Harald an, dann nickte er und steckte die Unterlagen entschieden wieder in den Umschlag zurück.

»Aber wir gehen sofort los. Morgen früh brechen wir bei Sonnenaufgang auf. Dann sind wir mittags in Kilembe und schaffen bis zum Beginn der Dunkelheit die erste Etappe.«

»Hast du einen Guide?«

»Er steht bereit.«

»Und die Studenten?«

»Die bleiben hier. Kleines Gepäck. Nur das Nötigste. Ich will nicht mit zehn Trägern unterwegs sein, das erregt zu viel Aufsehen. Und kein Wort zu irgendjemandem.«

»Und was meinst du, hat dein Bruder vor? Du lebst schon seit acht Jahren hier unten. Noch nie war dein Bruder hier. Jetzt kommt er plötzlich nach Uganda und recherchiert im Vorfeld massiv. Kommt dir das nicht komisch vor?«

Georg wiegte den Kopf hin und her, bevor er zu einer Antwort ansetzte: »Wir werden in die Berge hochsteigen und nach Spuren suchen. Das ist jetzt wichtig. Auch deine Zukunft hängt davon ab, ob wir endlich neue Erkenntnisse zutage fördern.« Er dachte einen Moment lang nach. »Und ich habe keine Ahnung, was Hans da oben wirklich vor hat. Er hat sich eigenartig verhalten, war angespannt, da gebe ich dir Recht.«

25

Kitandara-Tal, 14. Juni

Eine Stunde lang scheuchten die Rebellen die Entführten auf dem vorgegebenen Weg voran, der sie dem oberen Kitandara-See immer näher brachte. Dann kam die harsche Anweisung, in einen schmalen Pfad nach rechts einzubiegen, der kaum als solcher zu erkennen war. Ein Senezienwald, durchdrungen von dicken Nebelfetzen, erhob sich rings um die Touristen und schloss sie gespenstisch in sich ein. Niemand hatte mehr Gepäck bei sich. Außer den nassen Sachen, die Tom am Körper trug, waren ihm nur die Fleece-Jacke, eine leichte Regenjacke, etwas Wasser und zwei Energieriegel geblieben. Die Gruppe war deutlich dezimiert, Manfred sicher längst tot. Die meisten Träger waren verschwunden – mit Ausnahme von Imarika und Chaga. Tom hoffte inständig, dass die anderen überlebt hatten. Vielleicht würde sogar einer von ihnen Hilfe holen. Wenn er den Mut dazu hatte. Leichter Regen setzte ein und drang sofort durch die klamme Kleidung auf die Haut. Tom fror, ihm war schwindlig und er hatte Kopfschmerzen.

Nach einem etwa zwei Stunden währenden, anstrengenden Marsch erreichten sie einen Felsüberhang. Dieser Ort sollte ihr Nachtlager werden. Tom versuchte sich zu orientieren. Sie waren nach rechts vom Hauptweg abgebogen und dann auf mehr oder weniger gleich bleibender Höhe an einem Berghang entlanggelaufen. Vermutlich am Mount Stanley. Die Sonne stand tief über den Bergen, bereit, dahinter unterzugehen. Sie waren nach Westen, in Richtung der kongolesischen Grenze gelaufen. Wie weit war diese noch entfernt?

Auch die Soldaten ließen sich nieder. Tom zog die Regenjacke über die nassen Kleider, um sich zumindest vor dem eisigen Wind zu schützen und kauerte sich dicht neben den anderen seiner Gruppe unter dem Felsen nieder. Intuitiv hatten sie die drei Frauen in ihre Mitte genommen, die direkt an der Felswand auf dem Boden saßen. Kathrins Lippen hatten sich blau verfärbt, ihre Gesichtshaut war weiß. Kai legte ihr seine Jacke um die Schultern, und Tom registrierte, dass Kathrin zum ersten Mal eine Geste ihres Freundes widerspruchslos zuließ. Auch Andrea sah erbärmlich aus. Sie hatte sich bei dem Sturz eine Prellung am Arm zugezogen, ihre Hose war zerrissen und sie wurde von einem Weinkrampf geschüttelt. Die drei Guides saßen nah bei der Gruppe, ohne zu reden. Hans wirkte verstört, hatte seinen Kopf zwischen den angewinkelten Beinen vergraben und strich sich in einer stereotypen Bewegung immer wieder mit den Fingern durch die nassen Haare. Neben ihm hockte Birgit, sprach leise mit sich selber, schien ihre Umwelt völlig vergessen zu haben. Nur hin und wieder schaute sie zu ihrer Freundin Andrea hinüber. Martin zitterte leicht, ob vor Kälte oder wegen des Schocks, war nicht zu erkennen. Michael saß mit fassungslosem Gesichtsausdruck daneben. Tom rückte näher an Andrea heran, legte behutsam seinen Arm um ihre Schultern.

Als einer der Soldaten Anstalten machte, ein Feuer zu entfachen, stieß Paul ihn zur Seite und trat sofort die kleine Flamme aus.

»Du Vollidiot!«, beschimpfte er den Mann, der seinen Anführer ängstlich ansah. »Willst du, dass wir entdeckt werden?« Paul zog sich wutschnaubend zurück.

»Glaubst du, die suchen schon nach uns?«, fragte Tom den neben ihm hockenden Peter.

»Bestimmt nicht aus der Luft. Für einen Hubschrauber sind wir zu hoch.«

»Wieso das denn?«

»Die Hubschrauber hier in Uganda sind alt und können nicht in diese Höhen fliegen. Das liegt zum einen daran, dass der Sauerstoff in der Luft nicht für die Verbrennung reicht, und zum anderen daran, dass der Druck unter den Rotorblättern wegen der geringen Luftdichte nicht aufgebaut werden kann.«

»Aber mit Flugzeugen könnte es gehen, oder?«

»Im Prinzip schon. Wenn die Regierung eines zur Verfügung stellt. Aber es muss sich erst mal einer der entkommenen Träger bis zum Basiscamp durchschlagen.«

»Könnt ihr bei einer normalen Tour keine Hilfe rufen?«

»Ich hatte ein Satellitentelefon dabei. Aber das haben sie mir abgenommen und solange sie es nicht anschalten, kann uns auch niemand orten.«

»Machen sich die Leute im Basiscamp keine Sorgen?«

»Die Guides rufen nur in Notfällen an und haben das Gerät normalerweise ausgeschaltet, um Energie zu sparen. Erst wenn wir nicht am vereinbarten Tag unten erscheinen, werden sie sich Gedanken machen. Das kann noch drei Tage dauern. Bis dahin sind wir vermutlich weit weg von den normalen Routen. Das Gebiet ist so groß – niemand wird wissen, wo man mit der Suche anfangen soll.«

Tom ließ den Kopf sinken und starrte in den Schlamm zu seinen Füßen. Er atmete tief durch. Dann wandte er sich Andrea zu.

»Ist alles in Ordnung mit dir?«

»Ich habe mir diese Tour irgendwie anders vorgestellt.« Sie lächelte gequält. »Und bei dir?«

»Kopfschmerzen. Sonst bin ich okay.«

Peter wurde hellhörig: »Seit wann hast du die Kopfschmerzen?«

»Das hat kurz vor dem Scott-Elliot-Pass angefangen.«

»Ist das alles?«, bohrte Peter nach. »Schwindel? Übelkeit? Wie ist der Appetit? Hast du letzte Nacht gut geschlafen?«

»Naja, ein bisschen schwindelig ist mir schon. Und Essen kriegen wir ja sowieso nicht.«

»Mist!« Peter schimpfte vor sich hin. »Das hätte ich merken müssen.«

»Was redest du, Peter?«, mischte sich Andrea ein.

»Fühl mal seinen Puls«, forderte er sie auf. Andrea nahm Toms Handgelenk und schrak zurück. Tom spürte, dass sein Puls raste. Andrea schaute ihm ängstlich ins Gesicht.

»Nimmst du Medikamente gegen Bluthochdruck?«, fragte sie ihn, wartete aber die Antwort nicht ab. »Sein Puls ist viel zu schnell, Peter. Ist das die Höhe?«

»Vermutlich«, sagte dieser besorgt.

»Was können wir tun?«

»Es gibt nur ein Mittel dagegen: Runtergehen.«

Toms Gedanken rasten. Der geringe Sauerstoffgehalt der Luft und die ungewöhnliche Anstrengung setzten ihm zu. Er wusste, dass die Höhenkrankheit im schlimmsten Fall tödlich enden konnte. Er musste ins Tal. Möglichst schnell.

Kai und Kathrin sprachen leise miteinander. Kathrin hatte zunächst erstaunlich gelassen auf den Überfall reagiert, doch als sie den Weg verlassen mussten, war sie in Panik ausgebrochen. Sie hatte geschrien und sich mit Händen und Füßen dagegen gewehrt, in den dichten Wald vorzudringen. Erst als ihre Kräfte erschöpft waren, hatte sie resigniert. Nun saß sie blass und leise weinend neben Kai, der ebenso ausdauernd versuchte, sie zu beruhigen. Michael und Martin hockten schweigend mit Steve zusammen. Tom wunderte sich fast, dass Michael für seinen Ausbruch nicht bestraft worden war, obwohl dabei einer der Rebellen getötet wurde. So viel also war ein Leben hier oben in den Bergen wert: nichts.

Birgit erhob sich und ging auf Paul zu. Der sah ihr mit einem hämischen Grinsen entgegen. Birgit redete leise, aber wild gestikulierend auf ihn ein. Paul brach in schallendes Gelächter aus und schickte sie mit einer abfälligen Geste zu ihrer Gruppe zurück. Birgit kochte vor Wut, als sie sich mit verschränkten Armen auf einem Stein niederließ. Als die anderen sie mit Fragen bestürmten, antwortete sie nicht, sondern blickte grimmig ins Tal. Hans hatte aufgehört, sich durch die Haare zu streichen, und lehnte nun mit geschlossenen Augen an der Felswand. Nzanzu versuchte, mit einem der Soldaten zu verhandeln, doch auch er hatte keine Chance. Zumindest hatte er erfahren, wen sie da vor sich hatten.

»Sie kommen aus Ruanda, leben aber im Kongo«, sagte der Ugander.

»Dann sind das also Hutu-Milizen, die an dem Völkermord 1994 beteiligt waren?«, fragte Andrea, während sie die Soldaten aus den Augenwinkeln beobachtete.

Peter übernahm das Wort: »Nach den Morden sind Hunderttausende Hutu aus Angst vor Racheaktionen in den Kongo geflohen. In ihrem Schatten sind ihnen militante Milizen gefolgt. Seit Jahren drangsalieren sie die kongolesische Bevölkerung. Sie pressen Kinder in ihre Armee und vergewaltigen Frauen, die auf diese Weise Hutu-Kinder zur Welt bringen, die dann später – mal erzwungen, mal den ärmlichen äußeren Umständen geschuldet – in die Armee aufgenommen werden.«

Andrea erschauerte.

»Diese Milizen verfolgen ein Ziel: Sie wollen eine Armee aufbauen, mit der sie eines Tages die ruandische Grenze überschreiten können, um ihr Land zu befreien, wie sie es nennen.«

Nzanzu fügte leise hinzu: »Warum die Soldaten aber die Grenze nach Uganda zum ersten Mal seit Jahren wieder überquert haben, das verstehe ich nicht.«

Die Soldaten lagerten in einem weiten Kreis um die Entführten herum. Sie packten mitgebrachtes Essen aus, unterhielten sich gedämpft und reinigten ihre Waffen. Sie wirkten grotesk mit ihren abgenutzten Tarnuniformen und den kurz geschorenen Haaren, erst recht, weil sie so jung waren. Eine Vierergruppe stach Tom ins Auge. Die Jungen waren zwischen zehn und vierzehn Jahren alt, wurden aber wie erwachsene Soldaten behandelt. Sie waren erschöpft, ihre Uniformen viel zu groß und die Waffen, die sie neben sich liegen hatten, wirkten überdimensioniert. Der Älteste von ihnen schien Tom zu spüren und sah herüber, doch als Tom ihm zulächelte, wandte er den Kopf ab und beschäftigte sich weiter mit seinem Essen.

Der Hunger begann an den Geiseln zu nagen. Ob sie mit Nahrung rechnen könnten, fragte Tom bei Nzanzu nach, doch der schüttelte nur den Kopf. Tom holte einen der Energieriegel aus der Hosentasche und teilte ihn mit Andrea, die sofort nach dem Verzehr in einen unruhigen Schlaf wegdämmerte. Es dauerte lange, bis Tom ebenfalls einnickte. Das rasende Herzklopfen und die Kopfschmerzen machten ihm immer mehr zu schaffen.

Plötzlich wurde er von einer leisen Stimme geweckt. Es war mitten in der Nacht. Kai hockte neben ihm. Er war völlig verstört.

»Kathrin ist weg!«, sagte er hektisch.

Tom musste sich kurz orientieren, dann erinnerte es sich, wo er war.

»Was meinst du mit weg?«, fragte er irritiert.

»Sie ist nicht mehr da. Ich bin eingeschlafen und als ich wach wurde, war sie weg.«

Kai nahm sich zusammen, um nicht in Tränen auszubrechen.

»Ich habe eine Weile gewartet, aber sie ist nicht gekommen«, sagte er ängstlich.

Tom richtete sich auf. »Hast du die anderen schon gefragt, ob sie etwas gesehen haben? Vielleicht ist sie ja nur pinkeln gegangen ...«

»Eine halbe Stunde lang?«

Kai richtete sich auf und auch Tom erhob sich mit steifen Gliedern. Ohne Schlafsack war es bitterkalt unter dem Felsvorsprung. Sehnsüchtig dachte Tom an die dicke Daunenjacke, die er in seiner Tasche gehabt hatte. Die lag nun irgendwo in einer Felsspalte. Flüsternd befragte er einen nach dem anderen aus der Gruppe, doch alle hatten mehr oder weniger fest geschlafen und nichts bemerkt.

Tom trat auf die wachhabenden Soldaten zu, die er schwach im fahlen Licht des Mondes erkannte. Sie saßen an einen Felsen gelehnt, rauchten irgendein Zeug, das bestialisch stank, und sprangen sofort auf, als Tom auf sie zukam. Sie schrien ihm etwas in gebrochenem Englisch zu, was Tom als Aufforderung verstand, sich sofort unter den Felsen zurückzuziehen. Auch die Drohung, sie würden schießen, schlossen sie in das Geschrei mit ein. Er hob die Arme und ging langsam weiter auf die drei Soldaten zu. Ihr wildes Herumfuchteln mit den Gewehren befremdete Tom mehr, als dass es ihm Angst machte. Konnten sie überhaupt mit den Waffen umgehen? Schließlich blieb er vor ihnen stehen. Mit immer noch erhobenen Händen fragte er nach Kathrin. Erst verstanden die Soldaten ihn nicht, doch nach einer Weile erfassten sie die Lage. Durch das Geschrei waren die anderen Soldaten rings herum erwacht und krochen unter den Regenfolien hervor.

»Was ist hier los?«, donnerte in diesem Moment Pauls Stimme über den Platz. Er zog den Gürtel um seinen Bauch stramm und trat vor Tom.

»Eine Freundin von uns ist weg«, sagte Tom. »Was habt ihr mit ihr gemacht?«

Paul hob eine Augenbraue. Dann wandte er sich seinem Stellvertreter zu, der sofort die niederen Chargen anbellte. Wie in einem Ameisenhaufen liefen die Soldaten durcheinander.

»Sie wird doch wohl nicht den Fehler gemacht haben, zu fliehen?«, sagte Paul nun wieder zu Tom. »Allein wird sie hier niemals rauskommen. Erst recht nicht mitten in der Nacht.«

»Ich glaube nicht, dass sie geflohen ist. Nicht allein.« Tom blickte den Anführer prüfend an. Der gab ein paar Befehle an fünf Soldaten weiter, die sofort ausschwärmten. Zwei andere durchsuchten die Zelte. Einer der Soldaten kam mit einem Tuch wieder, das er gefunden hatte. Kai trat neben Tom, griff nach dem Tuch und starrte Paul an.

»Was habt ihr mit ihr gemacht?«, murmelte er.

Paul verzog das Gesicht zu einem süffisanten Grinsen.

»Meine Soldaten tun nur das, was alle Männer tun.«

Kai sprang auf den General zu und prügelte mit den Fäusten auf ihn ein.

»Ich bringe dich um, wenn ihr irgendetwas passiert ist«, schrie er.

Tom versuchte, Kai von Paul wegzuzerren. Paul blaffte einen Befehl. Ein paar Soldaten lösten sich aus der Gruppe, rannten auf ihren Chef zu. In diesem Moment griff Andrea in das Geschehen ein und hielt einen der Soldaten zurück. Er schlug sie sofort zu Boden. Michael und Martin kamen ihr zur Hilfe, und auch die anderen Entführten mischten sich ein. Paul schrie seine Soldaten an, und einige weitere stürzten nach vorne.

In diesem Moment explodierte ein Schuss, der als Echo von den Bergwänden vielfach zurückgeworfen wurde. In der Dunkelheit, die nur vom immer wieder hinter den Wolken verschwindenden Mond minimal erleuchtet war, wurde Tom in diesem Moment klar: Sie hatten keine Chance. Die Rebellen waren bewaffnet und würden jeden Aufstand gnadenlos abstrafen. Er zog sich aus dem Tumult zurück und fand Andrea.

»Wir müssen das Gerangel beenden. Die bringen uns sonst alle um!«, rief er.

»Ich weiß«, antwortete Andrea angespannt. Dann streckte sie den Rücken durch. »Niemand beobachtet uns. Die sind beschäftigt. Lass uns abhauen!« Sie packte Tom am Arm und zog ihn schnell hinter sich her auf den dichten Senezienwald zu. Er stemmte sich für einen Sekundenbruchteil gegen ihren Entschluss, doch dann folgte er ihr. Weitere Schüsse hallten durch die Nacht. Erschrocken drehte sich Tom um, doch die Schüsse hatten nicht ihnen gegolten. Andrea lief ein Stück weit vor ihm. Er war viel zu langsam. Der Schwindel nahm zu. Er musste runter von diesem Berg.

Sie stolperten über Steine, rutschten aus und fluchten. Das Gelände war abschüssig, Geröll und Steine erschwerten den Weg. Schließlich hörte Tom hinter sich die Rufe der Soldaten. Schüsse kamen immer näher. Hinter einem Felsvorsprung war ein dunkler Fleck. Er stoppte und zog Andrea auf die Stelle zu. Eine Nische, halb verdeckt von umgestürzten Stämmen. Auf einen Versuch kam es an. Er schlüpfte unter den Felsen, Andrea folgte ihm. Sie drängten sich aneinander und hielten den Atem an. Die Soldaten kamen näher, sie schrien, immer wieder schossen sie. Doch sie entdeckten die beiden nicht.

In Toms Kopf wüteten Schmerzen. Die Übelkeit war schlimmer als zuvor. Die gesamte Welt schien sich zu drehen. Und auch Andrea war von der überstürzten Flucht durch die dünne Höhenluft völlig erschlagen. Beide dämmerten – allein wach gehalten von der Angst, entdeckt zu werden – in der Dunkelheit vor sich hin. Stundenlang.

»Wie fühlst du dich?«, fragte Andrea irgendwann, als es um sie ruhig geworden schien.

»Ein bisschen besser«, flüsterte Tom

»Wir sind ja auch bestimmt dreihundert Meter abgestiegen. Das ist genau das Richtige bei einer Höhenkrankheit.«

»Ich weiß nicht, ob das wirklich die Höhenkrankheit ist. Ich habe vermutlich nur etwas Falsches gegessen.«

Andrea begutachtete ihn skeptisch von der Seite.

»Ich habe solche Touren doch schon oft gemacht«, sagte Tom matt. »Noch nie hatte ich solche Probleme.«

»Nzanzu hat mir von diesen Berggeistern erzählt«, flüsterte Andrea. »Vielleicht haben die ja etwas damit zu tun ... In dieser Landschaft kann ich mir alles vorstellen.«

»Völliger Blödsinn«, murmelte Tom.

»Ich mag den Gedanken, dass die Natur um uns herum von den Ahnen bevölkert ist, wenn ich auch selber nichts davon merke.«

Wieder waren Stimmen von Soldaten zu hören. Sie hatten es also doch noch nicht aufgegeben. Schritte kamen näher. Ein Soldat trat so nah heran, dass Tom seine Hosenbeine vor sich im Mondlicht sehen konnte. Beide hielten den Atem an, erstarrten in ihrer Haltung, bis die Muskeln zu schmerzen begannen. Und sie atmeten erleichtert auf, als sich die Hosenbeine wieder entfernten.

Durch die Dunkelheit war kaum etwas zu erkennen. Toms Sinne verschwammen. Die Senezien schienen sich zu bewegen. Neben ihm sprach jemand. Ganz leise flüsterte eine Stimme ihm etwas zu. Tom versuchte, seine Augen zu fokussieren, konnte aber nichts erkennen. Plötzlich bewegte sich eine matt schimmernde Silhouette durch die Dunkelheit. Toms Herz raste. Der Junge blickte Tom an.

Tom richtete sich halb auf.

»Was ist los?«, fragte Andrea ihn.

»Er ist wieder da«, antwortete Tom tonlos.

»Wer?« Erschrocken wandte sich Andrea um.

»Der Junge«, sagte Tom. Er stand auf. Feiner Regen setzte ein. Am Horizont wurde es langsam hell. Dunst zog tief am Boden in dünnen Schwaden zwischen den Felsen und Pflanzen hindurch.

»Welcher Junge?« Andrea hielt Tom am Arm fest. »Bleib hier!«

Doch der schüttelte sie ab. Ohne zu antworten kroch er aus ihrem Versteck heraus.

Tom ging in die Landschaft hinein. Die Helligkeit kommt schnell in der Äquatorregion. Andrea sprang auf und rannte ihm nach. Doch es war zu spät. Hinter ihnen ertönte ein lauter Schrei. Tom erwachte wie aus einer Trance. Der Junge war fort. Andrea zog Tom hinter sich her den Abhang hinunter. Rutschige Steine bedeckten den Boden, Wurzeln erschwerten ihnen den Weg, er knallte gegen eine abgestorbene Senezie, die dem Aufprall nicht standhielt und umstürzte.

Tom packten sie zuerst. Drei auf einmal. Dann waren sie bei Andrea. Sie stürzten sich mit lautem Geschrei auf die beiden, schleuderten sie auf die Steine. Tom rutschte über den Boden, bis sich einer der Soldaten auf ihn warf. Ein Stiefel traf ihn schmerzhaft in die Seite, ein zweiter Soldat trat ihm mit voller Wucht gegen ein Knie. Zwei griffen Andrea brutal unter den Achseln und richteten sie auf. Sie waren nur wenig kleiner als Tom. In diesem Moment fiel ihm zum ersten Mal auf, dass diese Soldaten größer waren als die Menschen, die sie als Träger und Guides kennen gelernt hatten. Einer von ihnen zog ein Seil aus der Tasche, presste Toms Arme auf dem Rücken zusammen und schnürte seine Hände so fest zusammen, dass er vor Schmerz laut aufschrie. Ein letztes Mal versuchte er sich aus der Gewalt dieser Männer zu befreien, doch dann gab er es auf.

Andrea beschränkte sich darauf, die Soldaten mit wüsten Worten zu beschimpfen, während auch sie gefesselt wurde. Doch die Männer lachten nur, schubsten sie vor sich her. Tom blutete aus Mund und Nase, seine Jacke war am rechten Ärmel eingerissen und er humpelte, als sie das provisorische Lager erreichten.

Paul erwartete sie schon. Lässig lehnte er an der Felswand, rauchte eine Zigarette, lächelte den beiden entgegen, sagte kein Wort. Hinter ihm kauerten die anderen der Gruppe. Andrea und Tom wurden zu ihnen gestoßen, die Fesseln gelöst, aber nur, um sie mit den Händen auf dem Rücken an einen Stamm zu binden. Erschöpft und resigniert rutschte Tom an diesem herab und ließ den Kopf hängen. Als er sich beruhigt hatte, blickte er um sich und erschrak. Seine Mitstreiter waren allesamt aufs Übelste zugerichtet. Sie saßen, ebenfalls mit Seilen gefesselt, auf der nackten Erde, nass vom Tau des Morgens. Michael hatte ein tiefblau zugeschwollenes Auge, Kai offenbar eine Platzwunde am Kopf. Martin lag auf der Seite, in seinem Mund steckte etwas, das wohl ein Knebel sein sollte. Nur Birgit und Hans schienen einigermaßen unbeschadet zu sein. Auch Nzanzu, Steve, Chaga und Imarika waren zwar gefesselt, saßen jedoch als Einzige unter dem Felsvorsprung, der Schutz vor Regen bot.

»Was ist passiert?«, fragte Andrea. Die anderen stierten sie nur stumm an. Gerade wollte Tom sie um eine Antwort anschreien, als Nzanzu schräg hinter ihn wies. Er drehte den Kopf zur Seite und sah in das Gesicht des zweiten Anführers der Gruppe, der sich jetzt Andrea zuwandte.

»Da hat die Kleine geglaubt, sie könnte sich so einfach vom Acker machen, was?« Er beugte sich zu ihr herunter, griff mit der Hand nach ihrem Kinn. Sie wollte sich wehren, doch er war schneller. Die schmierigen Finger gruben sich tief in ihre Haut. Er grinste ihr ins Gesicht, lachte und spuckte dann neben ihr aus. Dann ließ er ihr Kinn wieder los und ging davon.

Michael, der Tom am nächsten saß, begann zu flüstern, ohne ihm den Kopf zuzuwenden.

»Bleibt ruhig. Nicht laut sprechen. Sobald sie merken, dass wir miteinander reden, schlägt er euch ins Gesicht.«

Tom nickte, er hatte verstanden.

»Was ist passiert?«, wollte er wissen.

»Kurz nachdem ihr verschwunden wart, haben die Soldaten uns überwältigt, gefesselt und jeden einzeln bewacht. Jede Stunde ist einer gekommen und hat die Männer geschlagen. Martin hat sich gewehrt, hat die Soldaten immer wieder angeschrien, bis sie ihm eine Socke in den Mund gestopft haben. Er ist daran fast erstickt, weil er aus der Nase geblutet hat, doch irgendwie hat er es dann geschafft, das Blut rauszublasen.«

»Hans und Birgit haben offenbar Glück gehabt«, murmelte Tom.

»Sie haben sich von Anfang an zurückgehalten, sich nicht gewehrt, keinen Ton gesagt. Hans scheint es hier noch am besten zu gehen.«

Eine Weile schwieg Michael. Dann erzählte er leise weiter.

»Kai hat immer wieder nach Kathrin gefragt, bis Pauls Stellvertreter, diesem Innocent, der Kragen geplatzt ist. Er hat ihn einfach bewusstlos geschlagen.«

»Kathrin ist also nicht wieder aufgetaucht?«, unterbrach Tom ihn, wobei er unbedacht so laut sprach, dass einer der Bewacher aufmerksam wurde. Er kam herbeigeeilt und drohte ihm mit Schlägen. Tom senkte demütig den Kopf und schwieg, bis der Soldat das Interesse an ihm verloren hatte. Dann fragte er mit gedämpfter Stimme erneut nach Kathrin.

»Nein, keiner hat sie gesehen. Aber ich habe den Eindruck, die Typen wissen wirklich nicht, wo sie ist. Es hat viel Aufregung deswegen gegeben. Die haben die ganze Nacht lang gesucht; dieser Paul war fuchsteufelswild, wobei ich nicht weiß, ob die Wut dir und Andrea oder Kathrin galt. Er hat seine Leute zusammengeschissen, so was habe ich in meinem ganzen Leben noch nicht erlebt. Nicht einmal beim Bund.«

»Du meinst, die haben gar nichts damit zu tun?«

»Ich kann mich täuschen, aber so aufgeregt wie die waren, kann ich mir nicht vorstellen, dass sie ihr etwas angetan haben ...«

»Was soll denn sonst mit ihr sein? Kathrin würde nie alleine weglaufen.«

Tom, der beim leisen Sprechen auf den Boden schaute, wartete auf eine Antwort, doch als er keine bekam, wandte er den Kopf in Michaels Richtung. Der starrte nach unten.

»Ich glaube das zwar nicht, aber ...«, hob er flüsternd an.

»Nun red' schon!«, fluchte Tom.

»Schschschscht!«

Doch keiner der Soldaten hatte sie gehört.

Michael fuhr fort: »Die Guides haben uns etwas Absurdes erzählt ...«

Ein ungutes Gefühl machte sich in Tom breit.

»Die Geister der Mondberge ... Sie nehmen manchmal einfach jemanden mit.«

Wieder wandte Tom Michael das Gesicht zu. »Das ist nicht dein Ernst, oder? Die Geister der Mondberge? Die gibt es nicht!«

»Und wenn doch?«, meinte Michael. »Kathrin ist weg. Und offenbar weiß keiner, wo sie ist.«

»Die Guides glauben das?« Vorsichtig blickte Tom zu ihnen rüber.

»Die halten das durchaus für möglich ... besonders Nzanzu.«

Fassungslos fixierte Tom Steve und Nzanzu. Jetzt erst fiel Tom auf, dass Peter nicht bei ihnen saß.

»Wo ist Peter?«

Wieder folgte Schweigen, doch bevor Tom laut werden konnte, räusperte sich Michael.

»Das ist das nächste Problem ... Er ist ebenfalls weg.«

»Scheiße!«

26

Im Tal, sechs Tage vor dem Fest

Kambere hatte sich von seiner Mutter verabschiedet, seine Geschwister zum Abschied geküsst, seinem Vater ehrfurchtsvoll die Hand gereicht. Sein bester Freund Baluku war bei ihm, genauso wie die anderen sechs Jungen, alle zwischen sieben und fünfzehn Jahren alt. Nur Kakule musste zurückbleiben – er war mit seinen vier Jahren einfach noch zu klein. Mbusa und Kathya führten die Gruppe als Lehrer an. Die Männer des letzten Beschneidungsritus waren verantwortlich für die Betreuung der neuen Generation – so schrieb es die Tradition vor.

Während sich das ganze Dorf auf die anstehende Beschneidungsfeier vorbereitete, verbrachten Kambere und die anderen Jungen die Tage im Wald. Sie legten ein kleines Lager an, in dem jeder Junge seine eigene Hütte hatte. Ihre Lehrer zeigten ihnen, wie sie sich allein durchschlugen, trainierten sie in Selbstverteidigung und bereiteten sie auf das Leben als volle Mitglieder des Clans vor. Nach diesen Tagen würden sie gemeinsam ins Dorf zurückkehren und die Beschneidung erfahren.

Als Kambere an diesem Morgen aus seiner Hütte trat, kam Mbusa auf ihn zu. Er trug ein traditionelles Tuch um die Hüften, das aus der Rinde des Mutuba-Feigenbaumes gefertigt war. Kraftvolle Muskeln zeichneten sich unter der fast schwarzen Haut seines nackten Oberkörpers ab. Ein breites Lachen zog sich über das gesamte Gesicht, als Mbusa die verschlafene Miene seines Schülers bemerkte.

»Komm mit, wir steigen noch etwas weiter den Berg hoch«, sagte er. »Dort können wir üben und uns unterhalten.«

Kamberes Augen begannen augenblicklich zu leuchten, und er packte sein Messer und etwas zu Essen in seinen kleinen Beutel. Die beiden wanderten hintereinander an den steilen Hängen des Tals entlang. Kambere wollte seinen Lehrer mit Fragen über die Beschneidung und die Zeremonie bombardieren, doch er hielt sich zurück. Er sollte alles erfahren, wenn der richtige Zeitpunkt dafür gekommen war.

Nach einer Stunde Fußmarsch wählte Mbusa eine passende Lichtung aus. Die Übungen zur Selbstverteidigung forderten Kamberes ganze

Konzentration und Kraft. Erschöpft, aber begeistert ließ sich der Junge schließlich auf einem Felsen nieder, von dem aus er einen guten Blick über das gesamte Tal hatte. Sein Lehrer gesellte sich zu ihm. In der Nacht hatte es wie so oft geregnet. Der See schimmerte im trüben Licht, rund um sie herum funkelten Wassertropfen auf dem in tausend Grüntönen strahlenden Blättermeer. Das Dorf war nur vage zu erkennen, denn die hohen Büsche und Bäume auf der Insel verdeckten es beinahe vollständig. Allein die schmalen Rauchsäulen kündeten von den geschäftigen Vorbereitungen auf das große Fest, in dessen Mittelpunkt Kambere und die anderen Jungen in sechs Tagen stehen sollten.

Mbusa nahm vorsichtig einen Bambusstab in die Hand, begutachtete ihn ausführlich, schnitt ihn dann zurecht und begann, daraus eine Flöte zu schnitzen. Kambere kannte diese Flöten sehr gut. Er hatte auch selbst schon mehrfach versucht, eine zu machen, was ihm nur leidlich gelungen war. Er hatte jeden seiner Versuche weggeworfen. Mbusa wusste genau, worauf er achten musste, damit der Klang der Flöte sich in den der anderen Instrumente des Dorfes genau einfügte. Er galt als der geschickteste Schnitzer der Gemeinschaft.

Irgendwann konnte sich Kambere nicht mehr zurückhalten und beschloss, die Frage zu stellen, die ihm am meisten auf der Seele brannte.

»Weißt du, was auf der anderen Seite der Berge ist?«

Mbusa blickte seinen Schüler nachdenklich an. »Ich bin niemals über den Pass gegangen«, antwortete er schließlich zögernd. »Und es gibt im Dorf auch nur wenige, die wissen, was dort ist.«

»Also hat schon mal jemand den Pass überquert?« Kambere schaute die Hänge hinauf, die oberhalb der dichten Wolkendecke mit Schnee bedeckt waren, den man nie sehen konnte und der niemals schmolz. Irgendwo dort oben war ein Pass, der das Dorf mit der Welt außerhalb des Tals verband.

»Wir haben manchmal Felle übrig. Die verkaufen wir auf der anderen Seite.« Mbusa erforschte Kamberes verblüfftes Gesicht.

»An wen denn?«, fragte der Junge unruhig.

»Jenseits des Passes leben andere Stämme. Von denen bekommen wir Salz und Werkzeuge. Mehr weiß ich auch nicht.«

»Warum schreibt unsere Tradition vor, dass man das Dorf nicht verlassen darf? Warum darf man nicht zurückkehren?« Kambere sah zu seinem Lehrer auf. »Habt ihr Angst vor dem, was auf der anderen Seite ist?«

»Wir haben keine Angst«, sagte Mbusa entschieden. »Wir haben beschlossen, hier allein zu leben und nicht mehr Kontakt als nötig mit anderen zu haben.« Mbusa unterbrach sich, blickte eine Weile schweigend in das Tal hinab, bevor er fortfuhr. »Die Menschen auf der anderen Seite des Passes sind verloren. Sie verachten und zerstören die Natur, sie respektieren die Geister nicht mehr. Uns wollten sie aus den Bergen vertreiben.«

Kambere ließ die Worte durch seinen Kopf wandern. Immer neue Fragen drängten sich dabei auf. Aber Mbusa sprach schon weiter.

»Ich habe das alles erfahren, als ich beschnitten wurde. Damals war ich etwa so alt und genauso neugierig wie du. Doch ich habe eingesehen, dass es manchmal gut ist, nicht alles zu wissen. Das wirst du auch noch verstehen.«

»Das glaube ich kaum«, meinte Kambere trotzig. Er wollte sich nicht so einfach abspeisen lassen. »Wenn du nicht selber gesehen hast, was auf der anderen Seite ist, dann kannst du doch nicht behaupten, dass es schlecht ist. Wer hat dir das denn erzählt?«

»Das war damals dein Vater. Er hat mich vor meiner Beschneidung unterrichtet, so wie ich jetzt dich unterrichte.« Mbusa lächelte verlegen.

»Aber mein Vater ist doch auch nie über den Pass gegangen, oder?«

»Auch er hat die Geschichten wiederum von jemandem gehört. Vermutlich von meinem Vater oder so ...« Nachdenklich betrachtete Mbusa die Berge, die eine langgestreckte Wand um das Tal bildeten. »Mein Vater kommt von der anderen Seite der Berge. Er war noch sehr klein, als die Familien ihr Dorf verließen, um hier zu leben. Er hat keine Erinnerung an die Zeit auf der anderen Seite. Meine Großeltern sind damals vertrieben worden. Soldaten kamen in das Dorf und haben alle getötet, die versucht haben zu fliehen. Nur meine Großeltern und ein paar andere Familien konnten in der Nacht entkommen.«

»Was ist mit den anderen passiert?«

»Das weiß keiner. Mein Großvater hat mir davon erzählt, dass sie noch stundenlang Schreie gehört haben. Damals haben sie beschlossen, nie wieder dorthin zurückzukehren, wo diese schrecklichen Dinge geschehen sind.«

Kambere hörte diese Geschichte zum ersten Mal. Er hatte sich zwar schon oft gefragt, warum er nicht über den Pass gehen durfte, aber wenn er das Thema angesprochen hatte, hatte es immer geheißen, er sei noch viel zu jung, um das zu verstehen.

»Ich möchte auf die andere Seite gehen, um zu sehen, was die Menschen dort tun. Wie es dort aussieht.«

Er äugte sehnsüchtig in Richtung des Passes. Doch Mbusas Stimme wurde schärfer.

»Wenn du dorthin gehst, kannst du niemals mehr zurückkehren. Willst du das?« Die Miene des Lehrers war plötzlich angespannt.

»Ich könnte doch einfach mal mitkommen, wenn wir Handel mit Menschen auf der anderen Seite treiben.«

»Die Männer werden von den Ältesten ausgewählt. Das kannst du nicht für dich bestimmen. Außerdem begegnen sie den anderen Menschen gar nicht. Es gibt einen Übergabeort, an dem unsere Leute die Felle ablegen und mitnehmen, was die anderen da gelassen haben.«

Mbusa war mit der Flöte fertig und reichte sie seinem Schüler. Der drehte sie vorsichtig in der Hand. In den nächsten Tagen würde er lernen, auf ihr zu spielen – auch ein Vorrecht der beschnittenen Jungen. Mbusa versprach ihm, noch heute mit ihm zu üben. Sie erhoben sich, um in das Lager zurückzukehren.

»Warum darf ich nicht zurückkommen, wenn ich auf die andere Seite gegangen bin?« Mbusa nickte. »Es gibt doch sicher viele, die interessieren würde, was ich von dort zu erzählen habe.«

»Wir wollen nicht, dass irgendjemand außerhalb unseres Tals von diesem Dorf weiß.«

»Aber die Leute, mit denen ihr handelt, die wissen es doch.«

»Nein, sie waren nie hier. Der Platz zum Tauschen ist eine Tagesreise weit entfernt. Niemals ist einem von uns jemand von außen gefolgt. Außerdem liegt immer eine Wolkendecke über unserem Tal, man kann es also von oben gar nicht sehen. Uns gibt es für die Menschen da draußen einfach nicht.«

»Hat denn noch nie jemand versucht, fortzugehen?« Schweigen breitete sich aus, während sie durch den beinahe stillen Wald marschierten. Leichter Regen setzte ein. Als Mbusa nach einer Weile immer noch nicht geantwortet hatte, wandte sich Kambere zu ihm um. Ein sehr nachdenkliches Gesicht stand vor ihm.

»Doch. Ein Mal.« Mbusas Stimme klang traurig.

»Hast du ihn gekannt?«

»Es war mein Bruder.« Er stockte einen Moment, als müsste er sich erst überlegen, ob er weitererzählen sollte. »Er war zwei Jahre älter als ich, und wir sind zur gleichen Zeit beschnitten worden. Doch dann hat er Fragen gestellt, viele Fragen. So wie du ...« Mbusa blieb stehen und sah Kambere sehr ernst an.

»Was ist mit ihm geschehen?«, fragte Kambere.

»Die Fragen waren der Anfang. Auch er wollte wissen, was auf der anderen Seite ist. Und er gab sich nicht damit zufrieden, keine Antworten zu bekommen. Nach der Beschneidung sind wir in die Berge gegangen. Du weißt ja, dass auch wir nach deiner Zeremonie in Richtung Sonnenuntergang gehen und dann so lange im Wald bleiben, bis deine Wunde verheilt ist. Erst dann kommen wir wieder zurück. Als wir fort waren, erzählte mir mein Bruder eines Nachts, dass er nicht mit ins Dorf zurückgehen würde. Er wollte wissen, wie die anderen Menschen lebten.« Wieder unterbrach sich Mbusa, während er Kambere bedeutete, ihm zu folgen. Sie stiegen einen schmalen Pfad hinauf, der oberhalb des Lagers vorbeiführte.

»Unser Lehrer hat uns belauscht. Am nächsten Tag hat er meinen Bruder zur Rede gestellt. Ich habe den Streit gehört. Unser Lehrer hat sehr deutlich gesagt, dass er gegen die Gesetze des Dorfes verstößt, wenn er weiter geht als erlaubt. Und dass er dann nicht zurückkehren darf. Mein Bruder hat nichts dazu gesagt. Aber mir war klar, dass sein Entschluss feststand.«

Sie erreichten ein kleines Plateau und setzten sich auf einen Baumstamm, der mit dichtem Moos bewachsen war.

»Ich habe deinen Bruder noch nie gesehen.«

»Seine Wunde von der Beschneidung hat sich entzündet. Er ist noch im Wald gestorben. Die Ältesten haben gesagt, die Geister seien über die Verletzung der Gesetze erbost gewesen. Daher hätten sie ihn sterben lassen.« Traurigkeit lag in Mbusas Stimme.

Kambere versteifte sich. »Aber das glaubst du nicht?«, fragte er mit gepresster Stimme.

»Nein, das glaube ich nicht.«

Er nahm die neue Flöte, setzte sie an seine Lippen und begann eine Melodie zu spielen, die Kambere von Beerdigungen kannte. Töne, die den Menschen in seinem Dorf Trost spendeten. Er lauschte nachdenklich. Mbusa saß in die Musik versunken neben ihm. Kambere wollte ihn nicht stören. Dann fiel ihm ein, dass sein eigener Vater Mbusas Lehrer gewesen war. Hatte der etwas mit dem Tod von Mbusas Bruder zu tun? Leichter Schwindel überkam ihn. Oder waren es tatsächlich die Geister gewesen, die ihn zu sich geholt hatten? Ganz gleich, wie die Antwort ausfiel: Er hatte Mbusas Warnung verstanden. Er musste aufhören, Fragen zu stellen.

Mbusa hielt beim Spielen inne und bemerkte die Unsicherheit in den Augen seines Schülers. »Du brauchst keine Angst zu haben. Solange du nicht weitergehst und nur Fragen stellst, geschieht dir nichts.«

Er überlegte einen Moment, dann reichte er Kambere die Flöte, erhob sich und forderte ihn auf, ihm zu folgen. Sie gingen eine Weile durch den dichten Wald. In diesem überbordenden Grün war Kambere aufgewachsen, hier kannte er jeden Felsen, jeden Baum. Sie kamen zu der Lichtung, auf der wie schon ein paar Tage zuvor die Balindi saßen. Doch heute hockten sie nicht alle an einer Stelle, sondern saßen in kleinen Grüppchen oder allein locker über die gesamte Fläche verteilt. Eine Weile betrachteten sich Balindi und Menschen gegenseitig. Kambere freute sich jedes Mal, wenn er ihnen begegnete. Seit er denken konnte, waren die Balindi Teil seines Lebens, beinahe wie Freunde.

»Da hinten ist Johari. Ihre Wunde heilt schnell, und sie kommt von sich aus zu mir, wenn ich mit einem neuen Verband auftauche.« Tatsächlich blickte Johari aufmerksam zu ihnen herüber, beschäftigte sich jedoch schnell wieder mit einem Busch, dessen Blätter sie vorsichtig abzupfte und sich dann genüsslich in den Mund steckte.

»Die Verletzungen, die du bei ihr gesehen hast«, fuhr Mbusa fort, »diese Wunden sind ihr von Menschen zugefügt worden.«

Kambere schwieg betreten.

»Die Menschen auf der anderen Seite haben offenbar Angst vor denen, die wir unsere Freunde nennen. Müssen wir da nicht sehr vorsichtig sein? Hier im Tal sind die Balindi sicher. Da draußen droht ihnen Gefahr. Wenn die anderen Menschen erfahren, dass wir hier mit unseren Freunden zusammenleben, dann werden sie sie vernichten.«

»Woher weißt du das?«, wollte Kambere wissen.

»Erinnerst du dich an den Fremden, den Weißen Mann, der eine Weile bei uns war? Er hat es mir erzählt.«

»Ja, natürlich erinnere ich mich. Er hat oft mit mir gespielt. Aber dann war er plötzlich verschwunden.« Fragend musterte Kambere seinen Lehrer. Der sah mit leerem Blick zu den Tieren hinüber.

»Er wollte das Dorf wieder verlassen, um über die Balindi zu berichten. Er ist eines Morgens aufgebrochen, wollte zum Pass. Ich sehe ihn noch vor mir, wie er uns freundlich zuwinkte. Dann verschwand er dort hinten am Ende der Lichtung. Seitdem habe ich ihn nicht mehr gesehen.«

»Dann hat er es doch sicher geschafft. Ist das nicht der Beweis dafür, dass es gar nicht so schlimm ist, wenn jemand über die Berge geht?«

»Ich habe gesagt, dass ich *ihn* nie wieder gesehen habe. Aber ich habe das hier gefunden ...« Er zog eine kleine Holzfigur aus dem Lederbeutel, den er um den Hals trug und in dem sich ein Feuerstein und ein Stück Metall befanden, um jederzeit ein Feuer entfachen zu können. Die Figur war zerbrochen, eine Hälfte fehlte.

»Was ist das?«, fragte Kambere, als er die Figur in die Hand nahm.

»Das trug er immer bei sich. Als ich ihn einmal danach fragte, sagte er mir, das sei eine Erinnerung an die größte Enttäuschung, die er jemals erlebt habe. Und er erzählte, er würde sie niemals aus der Hand geben, es sei denn, er schwebe in Lebensgefahr.«

»Kann er sie nicht einfach verloren haben, als er fortgegangen ist?«

»Er hat sich von mir einen Beutel anfertigen lassen, damit er sie nicht verlieren kann. Du weißt, wie stabil diese Beutel sind und wie gut ich mich darin verstehe, Halsbänder zu machen.« Kambere nickte zustimmend. »Die Geister waren sehr unruhig in diesen Tagen.«

Tausend Fragen rasten Kambere durch den Kopf. Bedeutete das, dass in den letzten Jahren zwei Menschen, die versucht hatten, das Tal zu verlassen, genau dies mit ihrem Leben hatten bezahlen müssen?

Ein lauter Ruf schallte durch das Tal. Kurz darauf begannen die Frauen des Dorfes zu singen. Die mehrstimmigen Melodien legten sich wie ein Gesangsteppich über die Bäume, das Wasser reflektierte den Schall, die Berge warfen ihn wieder zurück. Mbusa und Kambere gingen durch den Wald zurück zum Lager.

»Hat es mal jemand geschafft, das Tal für immer zu verlassen?«, fragte Kambere, kurz bevor sie die anderen erreichten.

»Nein«, antwortete Mbusa, »bisher nicht.«

Mbusa blieb stehen, betrachtete Kambere sehr ernst. »Aber wir haben eine Weissagung erhalten. Vor ein paar Tagen.« Er trat näher an Kambere heran. »Der Zeitpunkt einer Beschneidungsfeier ist kein Zufall. Das weißt du sicherlich. Jedes Mal, wenn die Jungen des Dorfes beschnitten werden, erneuert sich die Tradition unserer Gemeinschaft. Und immer gibt es einen engen Zusammenhang mit den Geschehnissen um uns herum. Wir sind ein Teil dieses Gebirges, wir leben hier und wir haben einen Auftrag. Jedes Mal, wenn die Erfüllung dieses Auftrags in

Gefahr gerät, jedes Mal, wenn unser Volk bedroht ist, dann wird eine neue Generation ausgerufen.«

Davon hatte Kambere noch nie etwas gehört. »Welchen Auftrag haben wir denn?«

Mbusa sah sich nach allen Seiten um. Niemand war zu sehen.

»Ich weiß nicht, was das alles bedeutet. Aber es geschehen ungewöhnliche Dinge um uns herum. Die Rückkehr unserer verletzten Freunde vor ein paar Tagen hat die Ältesten sehr beunruhigt. Sie haben Entscheidungen getroffen. Die Welt verändert sich. Aber wer die Berge nicht kennt, der wird hier umkommen. Es sei denn, er lernt im Laufe der Zeit zu verstehen, was um ihn herum geschieht. Dann verändert sich alles.«

Kambere versuchte Mbusas Worte zu verstehen. Doch es gelang ihm nicht. Wovon sprach er? Bevor er fragen konnte, fuhr Mbusa mit leiser Stimme fort: »Wir sind es, die die Geister der Mondberge beschützen. Sie kommen in die Berge hinauf, um sich von ihren Mühen zu erholen. Sie sind bei uns – jeden Morgen, jeden Tag, jede Nacht. Wir brauchen sie, um zu leben, sie brauchen uns, um Kraft zu schöpfen. Und sie sind mächtig. In den letzten Wochen haben sich jedoch die Anzeichen verdichtet, dass um uns herum in den Schluchten und Tälern, auf den Bergspitzen und in den Wäldern Unruhe entstanden ist. Unsere Aufgabe ist es, die Ordnung wieder herzustellen. Deswegen findet die Beschneidung statt. Unser Volk erneuert sich! Und du bist ein Teil dieser Erneuerung. Ich habe die Alten über dich sprechen hören. Sie erwarten große Dinge von dir.«

»Ich verstehe nicht, Mbusa«, rief Kambere unwirsch aus. »Was bedeutet das alles? Was habe gerade ich damit zu tun?«

»Aus irgendeinem Grund haben sie dich auserwählt. Du sollst unser Volk vor dem Untergang retten, damit die Geister und Ahnen sich weiterhin in unseren Schutz begeben können.«

»Wie stellen die sich das denn vor? Sind die Geister denn überhaupt in Gefahr?«

»Lange Zeit waren sie hier oben ungestört, weil die Menschen ihre Gesetze respektiert haben. Aber das hat sich geändert. Als unsere Großeltern aus ihren Dörfern vertrieben wurden, da haben die Berggeister ihnen den Weg hierher gezeigt. Tagelang sind sie durch unwegsames Gelände gelaufen, bis sie dieses Tal erreicht hatten. Sie wurden erwartet und willkommen geheißen. Seitdem beschützen wir die Geister, und die Geister beschützen uns.«

»Wer bedroht uns jetzt?«, fragte Kambere atemlos.

»Selbst die Alten rätseln darüber. Sie wissen lediglich, dass die Bedrohung näher kommt. Jeden Tag. Jede Stunde. Und dass es einer aus unserer Mitte ist, der für lange Zeit Sicherheit herbeiführen kann.«

»Meinst du also, dass ich ausgewählt wurde, das Dorf zu verlassen?«

»Das kann eigentlich nicht sein. Denn für jeden, der das Tal verlässt, muss jemand eintreten. Aber keine von unseren Frauen ist schwanger. Es gibt keinen Ersatz für dich.«

Kambere spürte eine Veränderung in der Luft, konnte jedoch nicht genau sagen, worin sie bestand. Jetzt erst bemerkte er, wie still es war. Kein Geräusch drang an sein Ohr. Nur das Blut pulsierte in seinen Ohren. Als er den Hang hinabsah, entdeckte er im Nebelschleier die Balindi. Sie saßen vollkommen ruhig nebeneinander in einer langen Reihe am Wasser und blickten zu ihm auf. Ein kalter Schauer lief Kambere den Rücken herunter. Was geschah hier? Nach und nach wandten sich die Balindi ab und verschwanden lautlos im Wald. Kambere stellte fest, dass Mbusa in die gleiche Richtung schaute.

»Das habe ich noch nie gesehen«, sagte der. »Sie wollten uns etwas mitteilen. Aber ich weiß nicht was.«

Kambere sah wieder zum anderen Ufer hinüber. Er hatte die Balindi verstanden. Er hatte eine Aufgabe und er musste herausbekommen, wie sie lautete. Kambere wusste, dass er mit niemandem darüber sprechen durfte. Noch nicht.

27

Ruwenzori, 15. Juni

Als Tom die Augen aufschlug, ging gerade die Sonne über den Bergen auf. In einem satten Orange bahnten sich ihre wärmenden Strahlen einen Weg zwischen den gewaltigen Erika-Bäumen hindurch, die hier schon wieder vereinzelt wuchsen. Dick schlang sich das von Feuchtigkeit schwere Moos um die Äste der Urwaldriesen. In der Ferne stürzten Wasserfälle in die Tiefe. Sie hatten die kargen Hochebenen hinter sich gelassen. Obwohl es in dieser Nacht nicht geregnet hatte, spürte Tom die Nässe bis in die Knochen. Noch nie hatte er sich so alt gefühlt wie an diesem Morgen.

Je länger er nachdachte, desto verworrener kam Tom die Geschichte vor, deren Teil er geworden war. Sie waren entführt worden, saßen irgendwo in diesem abgelegenen Gebirge mitten in Afrika fest, er fror, hatte Hunger und Durst. Und das Schlimmste: Er sah keine Möglichkeit, aus dieser Situation herauszukommen.

Andrea lag in ihre schwarze Daunenjacke eingehüllt neben ihm und blinzelte ihn an. Auch die anderen wachten nach und nach auf. Tom ging durch den Kopf, dass sie Manfred nie wiedersehen würden. Die meisten der Träger wohl auch nicht. Was mit Kathrin geschehen war, dafür hatte er überhaupt keine Erklärung. Die Rebellen hatten anscheinend nichts mit ihrem Verschwinden zu tun. Und Peter? Er war vermutlich einfach abgehauen. Er war Ugander und hatte bestimmt einen Preis aushandeln können, um sich freizukaufen. Auch bei ihnen würde es wohl auf eine Freilassung gegen ein Lösegeld hinauslaufen. Doch dafür musste dieser Paul erst einmal Bedingungen stellen.

Zwei der Kindersoldaten traten auf die Gruppe zu, bauten sich mit ihren Kalaschnikows vor den Deutschen auf und grinsten. Sie standen erkennbar unter dem Einfluss irgendwelcher Drogen, die sie nicht gerade zu zarten Lämmchen machten. Tom wandte den Kopf angewidert ab. Ein falsches Wort, eine Handbewegung, eine zu laut erhobene Stimme – und die Situation konnte eskalieren. Einer der Jungen trat auf Andrea zu, zückte ein langes Messer und richtete die Spitze drohend auf sie. Toms Augen flackerten, seine Muskeln spannten sich an, doch er blieb sitzen, abwartend. Im Gesicht des Jungen konnte er einen Moment lang die Verwirrung darüber ablesen, dass Andrea nicht zurückzuckte. Dann bückte er sich und schnitt mit einer schnellen Handbewegung das Seil von ihren Handgelenken.

Aufatmend rieb sich Andrea die Unterarme. Sie nickte dem Jungen zu und bedankte sich. Er lächelte mit den Augen zurück, ohne die Mundwinkel zu bewegen.

»Wie heißt du?«, fragte sie ihn, bevor er weggehen konnte.

Er stockte kurz, blickte sich um und flüsterte schnell: »Hitimana.«

»Hallo Hitimana«, flüsterte Andrea, fast nicht hörbar. »Ich bin Andrea. Schön, dich kennen zu lernen.«

Für einen Sekundenbruchteil huschte ein Lächeln über seine Lippen, dann wandte er sich ab, um auch Tom und den anderen die Stricke abzunehmen. Die Fasern hatten sich tief ins Fleisch gegraben, und das Blut begann erst allmählich wieder normal zu zirkulieren. Als Hitimana fertig war, stellte er sich zu dem anderen Jungen. Dieser war kleiner und jünger als sein Freund, nur seine Gesichtszüge waren deutlich härter. Trotzdem wagte Andrea einen weiteren Versuch:

»Hitimana!«, hauchte sie.

Er schaute sie fragend an.

»Wie heißt dein Freund?«

Hitimana sah neben sich, dann flüsterte er: »Mugiraneza.«

»Hallo Mugiraneza.«

Auch dieser Junge nickte kaum merklich mit dem Kopf.

In diesem Moment marschierte Paul über den Platz. Er wirkte ausgeruht und pfiff ein Lied, als er zu seinen Gefangenen trat. In der Hand hielt er eine dampfende Tasse Tee. Die lange Narbe in seinem Gesicht glänzte im Licht des Sonnenaufgangs.

»Haben die Damen und Herren gut genächtigt?«, rief er ihnen zu und lehnte seinen bulligen Körper an einen Baum, der unter dem Gewicht fast umstürzte. »Oder waren die Betten nicht weich genug?« In Hintergrund lachten ein paar der Soldaten.

»Es geht so. Der Zimmerservice ist nicht optimal«, ging Tom auf Pauls jovialen Ton ein. Und tatsächlich zog dieser amüsiert die Augenbrauen hoch.

»Wie wäre es mit einem heißen Kaffee und einem Croissant?«, fuhr Tom fort.

Jetzt brach Paul in schallendes Gelächter aus.

»Immerhin hast du Humor, das mag ich an dir. Es gibt leider nur Wasser«, sagte er und nippte an seinem Tee. »Alles andere werden wir erst heute Abend in unserem Basislager servieren können. Tut mir leid.« Er drehte sich gerade wieder um, als Andrea ihn ansprach.

»Was wollt ihr eigentlich von uns?« Sie stellte die Frage in einem ruhigen und sachlichen Ton.

Er guckte sich um, wandte sich ihr dann ganz zu.

»Ja, das wüsstest du wohl gerne, was?«

»Geht es um Geld?«, fragte Tom und erhob sich langsam. Andrea stand ebenfalls auf.

Paul winkte ab. »Davon haben wir genug.«

»Was ist es dann?« Andrea machte einen Schritt nach vorne und sofort sprang Mugiraneza auf sie zu, zückte seine AK-47. Paul drückte den Lauf der Waffe langsam nach unten.

»Die Jungs sind immer ein bisschen nervös, wenn es ihrem Gebieter an die Wäsche gehen soll. Ist das nicht süß?« Er lächelte süffisant.

»Wen wollt ihr erpressen? Was wollt ihr von uns?«, insistierte Andrea.

Entmutigt ließ Paul die Arme hängen und verdrehte die Augen. »Ach, immer die gleichen lästigen Fragen. Hast du deine Hausaufgaben nicht gemacht? Ich hatte gehofft, dass du intelligent genug bist, vor einer Reise ein wenig über das Land zu lesen, in das du fährst.«

»Das habe ich durchaus getan. Doch ich müsste erst mal wissen, wer ihr seid.« Ihre Stimme gewann an Festigkeit, als Andrea sprach. Die Muskeln ihres linkes Knies zitterten vor Anspannung.

»Okay, ich werde dir einen Tipp geben: Ich komme aus Kigali. Sagt dir das was?«

»Ja. Kigali. Hauptstadt Ruandas. Eine Million Einwohner. Zentrum des Völkermords im Jahre 1994, bei dem etwa eine Million Menschen ermordet wurden. Richtig so weit?«

»Nicht ganz«, antwortete Paul mit funkelnden Augen. »Diese Zahlen sind von der korrupten Regierung in Kigali viel zu hoch angesetzt. Außerdem sind damals keine Menschen ums Leben gekommen, sondern lediglich ein paar Tutsi-Kakerlaken, die unser schönes Land verseucht haben.«

Hinter Toms Stirn arbeiteten die Gedanken. Trotz der noch immer pochenden Kopfschmerzen und des latenten Schwindels wurde ihm klar, dass sie tatsächlich in die Hände ruandischer Rebellen gefallen waren,

»Und was macht ihr hier in Uganda? Warum geht ihr nicht nach Ruanda, wenn es dir da so gut gefällt?« Andrea blieb in der Artikulation klar. Sie spielte ein gefährliches Spiel. Noch lachte Paul.

»Ja, das ist eine gute Frage. Wir können im Moment nicht nach Ruanda zurück, weil da ein Tutsi auf dem Präsidentensessel sitzt, den er nach einer gefälschten Wahl eingenommen hat. Solange diese fiese Schlange noch ihr Gift versprühen kann, müssen wir im Ausland dafür sorgen, dass unsere Armee für ein freies Ruanda wächst und gedeiht. Deshalb sind wir hier.«

»Und was wollt ihr dann von uns?«, bohrte Andrea weiter.

»Wir brauchen euch, um ein bisschen internationalen Druck zu machen und um der ruandischen Regierung zu zeigen, dass es die ALR noch gibt.« Er richtete sich vor ihnen auf. Der schmale Baum neben ihm bog sich zurück in seine normale Position.

»Die ALR?«, fragte Tom.

»Die *Armée de Libération Rwandaise*«, sagte Andrea zu ihm. Dann wandte sie sich wieder an Paul: »Ich habe einiges über euch gelesen, das war allerdings nicht so ruhmreich ...«

»Ach, so ein Quatsch.« Paul machte eine wegwerfende Handbewegung. »Die Medien drucken ja nur das, was ihnen vorgesetzt wird. Keiner schreibt die Wahrheit.«

»Wie lautet denn die Wahrheit?«, wollte Andrea wissen.

Paul ließ ein dreckiges Lachen hören, unter dem sich Andrea intuitiv wegduckte.

»Die Wahrheit ist, dass in Ruanda eine winzige Gruppe Tutsi-Kakerlaken die Mehrheit des Volkes unterdrückt«, blaffte Paul sie dann an.

»Was habe ich damit zu tun?«, zischte Andrea ihm wütend zu.

»Du stolzierst als Europäerin einfach durch Afrika und willst mir erzählen, was richtig ist, oder wie?« Paul schnaubte. »Das habt ihr schon getan, als ihr uns beraubt und versklavt habt, und das habt ihr weiter getan, als ihr uns in Kolonien unterdrückt habt. Und das versucht ihr heute immer noch, indem ihr uns vorschreibt, wie wir leben sollen. Aber das ist unser Land. Unser Kontinent. Afrika wird eines Tages aus dem Schlaf erwachen und sich erheben. Gegen all die Kapitalisten und Kolonialisten, die uns jahrhundertelang bis aufs Blut ausgesaugt haben.«

Andrea atmete tief durch, dann straffte sie ihren Rücken und setzte trotz geflüsterter Warnungen von Tom zu einer Antwort an. »Ich bin 1975 geboren. Ich habe mich seit ich vierzehn war, politisch engagiert. Ich habe immer versucht, gegen die Ungerechtigkeit in der Welt zu kämpfen. Und ich tue das heute noch.« Sie machte eine kurze Pause, in der niemand etwas sagte. Dann fügte sie mit klarer Stimme hinzu: »Ihr habt die Falschen erwischt!«

Für einen Moment sah Paul aus, als wollte er auf sie zuspringen, um sie zu schlagen, doch dann verzog sich sein Gesicht zu einem breiten Grinsen und er brach in dröhnendes Gelächter aus. Tränen rannen ihm dabei aus den Augen, und der gesamte Körper geriet in Schwingungen. Seine Soldaten stimmten in das Lachen ein. Paul hielt sich den Bauch, dann wandte er sich einfach um.

Über die Schulter rief er noch: »Glaub mir, meine Verehrte, ihr seid genau die Richtigen. Euch wollten wir schnappen.« Dann verließ er den Platz und ordnete den Aufbruch an.

Tom bemerkte ein gefährliches Funkeln in Andreas Augen. Sie hatte die Hände zu Fäusten geballt und wirkte, als würde sie als nächstes Gift versprühen.

Eine halbe Stunde später waren sie wieder auf dem Weg, der sich als schmaler Schlammpfad entpuppte und sich in steilen Windungen den Hang hinab schlängelte. Als Tom den Kopf hob, wurde er jäh daran erinnert, dass sich das Leid seiner Gruppe vor einem atemberaubenden Hintergrund abspielte. Vor ihnen im Westen breitete sich eine weite Ebene aus. Die sanft abfallenden Hänge mit ihren schmalen Schluchten waren über und über bewachsen. Grüntöne in allen Schattierungen – von hellem jungem Grün bis zu dunkelgrünen Flecken – überschwemmten das Land, das unter ihnen lag. Der Dunst hatte sich im Laufe des Morgens gelichtet. Sonnenstrahlen schoben sich durch die Wolken, fielen bis auf den Grund der Ebene und wärmten die Hänge auf. Der Kongo lag vor ihnen. Bald würden sie die Grenze überschreiten, wenn das nicht schon längst geschehen war.

Sie marschierten Stunde um Stunde und bewegten sich dabei fast immer in südwestlicher Richtung. Am Nachmittag schlugen sie ein Lager im Schutz eines Felsüberhangs auf. Hier standen ein paar provisorische Hütten, in einer von ihnen warteten zwei junge Soldaten auf die Ankommenden; alles deutete aber darauf hin, dass der Platz schon lange nicht mehr benutzt worden war.

Tom ließ sich an einer Felswand nieder, wo bereits die meisten aus seiner Gruppe erschöpft auf dem Boden saßen. Schnell blickte er von einem zum anderen und war beruhigt: Alle waren da. Dass Peter sie jedoch ohne Nachricht verlassen hatte, enttäuschte Tom noch immer. Aber bevor er weiter darüber nachdenken konnte, setzte sich Andrea neben ihn. Sofort spürte Tom Wärme, die sich in seinem gesamten Körper wohlig ausbreitete.

Er legte ihr den Arm um die Schultern, und sie ließ sich an seine Seite sinken. Sie roch nach Schweiß, ihre Haare waren ungewaschen und der Dreck hatte sich tief in die Haut ihrer Hände gefressen. Tom störte das nicht. Es ging ihm etwas besser, denn sie waren viele hundert Meter abgestiegen. Andreas Körper zitterte zunächst noch, wurde dann aber zusehends ruhiger. Tom schloss für einen Moment die Augen und versuchte, sich auf eine sattgrüne Wiese irgendwo in Norddeutschland zu träumen. Er hörte schon die Möwen über sich schreien und schmeckte das Salz in der Luft, als ihn ein harscher Befehl aufschreckte.

»Das ist hier kein Erholungsurlaub!«

Innocent hatte sich vor ihnen aufgebaut.

Hinter ihm standen die beiden Jungen, mit denen Andrea am Morgen leise gesprochen hatte. Mugiraneza und Hitimana. In ihren zu großen Tarnuniformen und mit den Gewehren muteten sie martialisch an. Sie versuchten offenbar so auszusehen wie richtige Soldaten, und doch wirkten sie mehr wie Spielzeugsoldaten, die in die Realität gestoßen worden waren.

»Steh auf! Sofort!«, brüllte Innocent Andrea an, die sich daraufhin langsam erhob. »Der Chef will dich sprechen.«

Er sprach nur mit Andrea, die sich den Dreck von der Hose wischte und dann langsam hinter Innocent herging. Die zwei verschwanden in einer der Hütten.

Tom betrachtete die beiden Jungen, die vor ihm standen. Kinder. In Deutschland würden sie zur Schule gehen, vielleicht gerade etwas über den Regenwald und die politische Lage Afrikas lernen. Diese Jungen hier lebten in und mit dem Regenwald. Und sie waren die politische Lage Afrikas. Tom hatte viele Berichte über Kindersoldaten gesehen. Er wusste, unter welchen Umständen sie in die Armeen gepresst wurden, wie sie lebten, welche Ängste sie hatten und dass es beinahe unmöglich für sie war, dieser Situation zu entfliehen. Allerdings hatte Tom gehofft, niemals selbst mit ihnen konfrontiert zu sein. Es gab für ihn nichts Frustrierenderes, als ohnmächtig mit ansehen zu müssen, wie schwer diese Kinder misshandelt wurden.

»Woher kommt ihr?«, fragte er vorsichtig.

Erst schwiegen die beiden. Der Jüngere, Mugiraneza, blickte ihn ängstlich an. Tom versuchte zu lächeln. Er wollte Vertrauen zu ihnen aufbauen. Vielleicht konnte ihm das später von Nutzen sein. »Kommt ihr aus dem Kongo?«

»Wir kommen aus Kiniambabore.« Hitimanas Stimme war leise, seine Augen weiteten sich leicht. Die Pupillen seines Freundes wanderten unruhig hin und her. »Ein kleines Dorf im Kongo.« Er unterbrach sich, bevor er mit stockender Stimme fort fuhr. »Alles hat gebrannt.«

Mugiranezas Mimik wurde starr. Tom ahnte, dass diese Kinder Dinge gesehen haben mussten, die schrecklicher waren als alles, was er sich vorstellen konnte. Aber nun war das Eis gebrochen.

»Lebt von deiner Familie noch jemand?«, fragte er Hitimana. Der sah ihn beinahe ausdruckslos an.

»Mein Bruder. Vielleicht ...«, sagte er.

»Und bei ihm?«, bohrte Tom weiter. Mugiraneza traten für einen kurzen Moment die Tränen in die Augen, und Hitimana schüttelte den Kopf. In diesem Moment sah Tom, wie Andrea aus der Hütte kam, gefolgt von Innocent.

»Vorsicht, sie kommen zurück«, sagte er leise und senkte den Kopf. Aus den Augenwinkeln bemerkte er, wie sich die beiden kleinen Körper strafften.

Andrea schien wütend zu sein, stapfte quer über den Lagerplatz und setzte sich etwas abseits auf einen Stein. Die Wut auf ihrem Gesicht machte sie noch interessanter. Birgit gesellte sich zu ihrer Freundin und die beiden unterhielten sich leise. Tom hatte den Eindruck, dass Birgit auf sie einredete. Andrea ließ sich jedoch nicht beruhigen. Was war in der Hütte geschehen? Was wollte Paul von ihr? Tom stand auf und ging zu den beiden Frauen hinüber. Sie verstummten sofort, als er hinzutrat.

»Was ist denn los?«, wollte er wissen. »Hat er dir gedroht?«

»Es ist alles in Ordnung. Er hat nichts Besonderes gesagt«, antwortete Andrea leicht unterkühlt. Sie sah auf den Boden.

»Andrea, du spinnst!«, blaffte Birgit sie an und erntete einen vernichtenden Blick dafür. »Na, du musst es ja wissen«, schob sie nach, erhob sich und ging zu ihrem Platz zurück.

»Was ist passiert?«, beharrte Tom.

Andrea schwieg.

»Vertraust du mir nicht?«

Sie hob ganz langsam den Kopf und erforschte sein Gesicht scharf. »Kann ich dir denn vertrauen?«

Andreas Frage war wie ein Schlag ins Gesicht. »Ich dachte, das wüsstest du ... Natürlich ...«, stotterte Tom irritiert.

»Tom, ich bin ratlos. Wer sagt mir, dass ich dir vertrauen kann? Wir kennen uns erst seit ein paar Tagen. Ich weiß so gut wie nichts von dir. Glaubst du denn, dass du dich auf mich verlassen kannst?«

Tom spürte, dass Andrea etwas für sich behielt, konnte sie aber nicht durchschauen. Resigniert schüttelte er den Kopf.

»Du hast wohl recht. Das wissen wir beide nicht. Aber ich spüre sehr deutlich, dass ich dir vertrauen möchte.«

Tom drückte kurz Andreas Hand, wandte sich dann um und setzte sich an den Platz, an dem er zuvor gesessen hatte.

Seine Worte hatten Andrea offensichtlich getroffen. »Werde ich jemals wieder einem Menschen vertrauen können?«, murmelte sie leise. Sie schrak hoch, als Hans plötzlich neben ihr stand und sie ansprach.

»Auf den solltest du dich nicht einlassen, glaub mir.« Hans blickte auf sie herunter. »Was glaubst du, woher die Rebellen wussten, wann wir den Weg entlangkommen würden?« Er ließ sich neben ihr auf der Erde nieder.

»Was meinst du damit?«

»Du nimmst Tom doch nicht ab, dass er wirklich Berggeister gesehen hat? Das ist ein Glaube der Eingeborenen. Die wachsen damit auf und lernen die Rituale über viele Jahre. Es ist völlig unmöglich, als Tourist das Gleiche zu sehen. Tom verarscht uns.« Er sah Andrea mit seinen kleinen Augen durchdringend an.

»Glaubst du etwa, Tom hat uns in die Falle gelockt?«

»Vielleicht ...«, antwortete Hans.

»Tom war krank. Er hatte die Höhenkrankheit. Er war nicht zurechnungsfähig. Das ist alles. Die Geister sind einfach Halluzinationen, sie sind ein Teil der Höhenkrankheit.«

»Ist dir nicht aufgefallen, dass es ihm direkt nach der Entführung wieder besser ging? Und wer hat denn euer Versteck in den Bergen verraten, als ihr geflohen seid? Tom hat das geplant.«

Hans war blass. Die Anspannung machte auch ihm sichtlich zu schaffen.

»Paul hat mir auch so etwas gesagt,« murmelte Andrea zögernd

»Was denn?«

»Er behauptet, Tom hätte uns verraten.« Sie sah Hans an. »Aber sollen wir auf die Worte eines brutalen Entführers hören?«

Hans schwieg, wiegte den Kopf hin und her, fixierte sie kurz und ließ den Blick dann über die anderen schweifen.

»Wem kann ich denn noch glauben? Ich habe Tom vertraut und bin davon ausgegangen, dass er tatsächlich krank ist ...« Sie stierte zu ihm hinüber. Tom saß auf einem Stein, hatte die Augen geschlossen und sprach mit sich selbst.

Was für ein Spiel spielte er?

Als hätte er bemerkt, dass sie ihn fixierte, wandte Tom ihr den Kopf zu.

Ein paar Meter neben ihm hockte Birgit. Auch sie war unruhig und blickte sich immer wieder gehetzt um.

»Und ich mache mir große Sorgen um Birgit. Sie wirkt so fahrig und scheint mit der Situation gar nicht klar zu kommen.«

»Wer kommt damit schon klar?«, sagte Hans leise.

Nach einer Weile erhob sich der Ältere und ging zu Steve und Nzanzu. Die beiden Guides sprachen immer wieder leise mit dem einen oder anderen der Rebellen.

Andrea vergrub ihr Gesicht in den Händen. Sie konzentrierte sich auf ihren Atem. Sie horchte auf die Geräusche, die beim Einatmen entstanden, sie spürte die kalte Luft in ihre Lungen eindringen. Der Duft des feuchten Bodens und der Geschmack des trüben Wassers, das sie kurz vorher getrunken hatte, ließen sie meinen, für einen Moment ganz allein in dieser Natur zu sein. Allmählich öffnete sie die Augen. Sie hatte sich das alles anders vorgestellt, als sie vor Monaten zum ersten Mal mit ihrem Vater über die Reisepläne gesprochen hatte. Und jetzt war Peter auch noch weg. Sie hatte es ihm noch nicht gesagt. Ihr Plan war gescheitert.

Als sie aufschaute, sah sie in Birgits Augen, in denen Angst genauso zu erkennen war wie mitfühlendes Verständnis.

»Mensch Andrea, wo sind wir da bloß reingeraten?«, sagte Birgit leise. »Ich traue diesen Typen einfach alles zu. Wir müssen versuchen, hier rauszukommen.«

»Das geht nicht.«

»Wieso nicht? Wir müssen uns einen Fluchtplan zurechtlegen.«

Hinter den beiden sprach Hans angeregt mit Imarika. Der blickte kurz zu Birgit herüber, die sich ebenfalls umwandte. Sofort schlug Imarika die Augen nieder.

»Birgit, wir können nicht fliehen.«

»Warum sollten wir es nicht wenigstens versuchen? Was haben wir denn für eine Alternative?«

Andrea betrachtete ihre Freundin eine Weile schweigend. »Kann ich wenigstens dir noch vertrauen?«

»Natürlich!«, sagte Birgit vehement.

»Ach, was soll's – ich habe nichts mehr zu verlieren.«

»Was meinst du?«

»Paul hat mir gedroht. Wenn ich noch einmal zu fliehen versuche, dann wird er jeden Tag einen von den anderen töten.«

Entsetzen in Birgits Augen. »Und das glaubst du ihm?«, wollte sie wissen.

»Ja.« Schweigen. »Er weiß, wer ich bin.«

In Birgits Augen blitzte es kurz auf. »Scheiße.«

»Es geht nur um mich. Ihr seid ihm egal. Ich kann nicht fliehen. Aber wenn ich bleibe, dann wird das hier zur Hölle für mich.«

»Weshalb?«

»Weil alles an mir hängt. Er hat mir einen Deal angeboten ...«

Ängstlich sah Andrea in die Ferne.

»Was für einen Deal?«

»Bessere Bedingungen. Trockene Verschläge. Mehr Essen. Sauberes Wasser ...«

»Was musst du dafür tun?«

»Ich muss ... mit ihm schlafen.« Die Worte kamen ihr stockend über die Lippen. »Bei dem Gedanken daran, auch nur in die Nähe dieses stinkenden Fleischbergs zu kommen, wird mir schlecht.« Verzweiflung spiegelte sich in ihren Augen. »Was soll ich denn jetzt tun?«

»Dann verstehe ich nicht, warum er uns andere nicht längst getötet hat,«, kommentierte Birgit erstaunlich gefasst.

»Weil er mich damit unter Druck setzen kann. Er hat durchschaut, dass ich wieder versuchen werde abzuhauen, wenn er euch nicht mehr als Druckmittel gegen mich in der Hand hat.«

Birgit schien zu überlegen. Sie schaute die anderen nacheinander an, dann sagte sie: »Du musst ihnen erzählen, wer du bist. Sie werden dich verstehen. Da bin ich sicher.«

»Nein, das kann ich nicht. Sie werden mich hassen, wenn sie erfahren, dass ihnen das hier nur meinetwegen passiert.«

»Das lässt sich aber nicht mehr ändern.«

»Ich verstehe einfach nicht, was die von mir wollen. Wollen sie einfach nur ein hohes Lösegeld erpressen?«

Birgits Augen blitzten für einen Sekundenbruchteil auf, als sie Andrea ansah. Dann schüttelte sie langsam den Kopf. »Nein, das glaube ich nicht. Da steckt noch etwas anderes dahinter.«

»Aber was denn? An was denkst du?«

Birgit wandte sich ab. Verstohlen wischte sie sich eine Träne aus dem Augenwinkel. Die Sonne schien mittlerweile unbarmherzig auf sie herab, trotzdem war es immer noch kalt.

»Nichts, ich weiß doch auch nichts.« Birgit erhob sich, ging zu ihrem Platz zurück und starrte frustriert zu Boden.

»An was hast du eben gedacht? Verheimlichst du mir etwas?«, flüsterte Andrea, die ihrer Freundin ratlos nachsah.

Dann erhob sie sich, innerlich zu aufgebracht, um einfach sitzen zu bleiben. Warnende Blicke der Soldaten zielten sofort auf sie. Andrea deutete auf das kleine Areal abseits der Hütten, wo die Gefangenen ihre Notdurft verrichten konnten. Es gab keinen Sichtschutz, daher musste sich Andrea vor aller Augen auf den Boden hocken. Ihre Leidensgenossen schauten solidarisch in eine andere Richtung. Aber die Soldaten, vor allem die etwas älteren, sahen ihr offen zu, schienen sich sogar über sie zu unterhalten. Dann setzte sich einer in Bewegung. Andrea stand sofort auf, zog sich die Hose hoch, aber er war schneller. Er packte sie, drehte sie um und presste sich von hinten an sie. Sie versuchte sich zu wehren, doch er war deutlich stärker. Er griff mit einer Hand unter ihre Jacke, umfasste eine ihrer Brüste mit hartem Griff und keuchte ihr ins Ohr.

Dann ging alles sehr schnell. Plötzlich war Tom da, schlug dem Soldaten die Faust mitten ins Gesicht und brüllte wie ein wild gewordenes Tier. Der Soldat löste seinen Griff, taumelte zu Boden, während Andrea zu ihren Freunden floh. Zwei andere Rebellen eilten ihrem Kameraden zur Hilfe, warfen sich auf Tom und prügelten unbarmherzig auf ihn ein. Michael stürzte nun ebenfalls auf das Menschenknäuel zu, die Soldaten brüllten, Birgit kreischte hysterisch. Gerade als auch Martin sich in das Gemenge werfen wollte, zerriss ein Schuss das Chaos. Paul stand mitten auf dem Platz, seine Pistole in der Hand, die er nun auf die Kämpfenden richtete. Ein weiterer Schuss ertönte. Erde und Steine spritzten direkt vor den Männern auf, die erschrocken auseinanderstoben und die Sicht auf Tom freigaben. Er lag reglos auf dem Boden.

»Ich werde euch alle eigenhändig erschießen, wenn ihr hier den Aufstand probt«, brüllte Paul.

Die Soldaten waren wie angewurzelt stehen geblieben. Dann bewegte Tom sich stöhnend.

»Wenn es noch einmal eine von euch Missgeburten wagen sollte, diese Frau anzufassen, dann mache ich euch kalt!«, blaffte Paul seine Leute an.

Die Soldaten zogen die Köpfe ein. Paul schien übermenschliche Macht über sie zu haben. Er wandte sich ab und die Soldaten verzogen sich stumm zu ihren Kameraden.

Als Paul in seiner Hütte verschwunden war, eilte Andrea auf Tom zu, der sich vor Schmerzen wand. Birgit kam ihr sofort nach. Tom blutete aus Mund und Nase. Prellungen, Abschürfungen und vermutlich eine angebrochene Nase, aber offenbar nichts, was lebensbedrohlich war. Andrea half ihm aufzustehen. Sie brachten ihn zu einer Stelle, wo der Boden etwas weicher war, und legten ihn auf die Erde. Birgit tupfte das Blut mit einem einigermaßen sauberen Tuch ab, gab ihm einen Schluck zu trinken und sah sich seine Wunden an.

Er hatte ihr helfen wollen. Das sollte Andrea doch als Beweis reichen, dass sie ihm vertrauen konnte. Als sie sich über ihn beugte, bemerkte Tom die vielen Fragen in ihren Augen. Ja, er hatte ihr nicht alles gesagt. Aber sie war offenbar auch nicht ganz ehrlich gewesen.

28

Ruwenzori, am Abend des 15. Juni

Ein Schwarm Kammschnabelturakos schwebte lautlos über die steilen Hänge des Ruwenzori. Ihre blauen Rücken und die leuchtend roten Schwungfedern hoben sich deutlich von dem immergrünen Urwald ab. Mit einem durchdringenden Kreischen ließen sie sich in den Baumwipfeln nieder und verschwanden zwischen den Blättern.

Das Lager auf dem schlammigen Platz wurde an der Nordseite von einer feucht glänzenden Felswand begrenzt, die fünfzig Meter steil in die Höhe ragte.

Pauls Hütte lag am rechten Rand des Lagers. Von dort hatte der General den perfekten Überblick über das ganze Areal. Sie war aus groben Brettern zusammengesetzt und durch die Spalten dazwischen wehte der kalte Wind. Als Dach diente ein Stück Wellblech, das auf der Hütte lag. Die Behausung wirkte, als würde sie schon seit vielen Jahren dort stehen. Das Holz war vom Wetter gezeichnet und faulte von unten her langsam weg.

Daneben befanden sich offene Verschläge für die Soldaten. Die alten Planen darüber trotzten dem Regen nur notdürftig, der im Laufe des Tages immer wieder vom Himmel fiel. Die Männer lagerten in kleinen Gruppen zusammen, hatten sich in löchrige Decken eingewickelt und mit Plastikfolien abgedeckt, damit sie nicht völlig durchnässt wurden. Die Verschläge und Pauls Hütte bildeten einen Wall, der jeweils rechts und links fast bis an den hohen Felsen heranreichte.

Von ihnen eingeschlossen saßen die Entführten dicht an der überhängenden Felswand zusammengedrängt, die sie zwar einigermaßen vor Nässe schützte, aber der eisige Wind trug die Feuchtigkeit immer wieder zu ihnen heran. Es war nur noch eine Frage der Zeit, bis sie krank werden würden.

Das Blut in Toms Gesicht war getrocknet, rote Streifen und blaugrüne Flecken ließen ihn aussehen, als habe er einen abenteuerlichen Stunt versucht, sei dabei jedoch kläglich gescheitert. Ein Auge war halb zugeschwollen.

Birgit setzte sich neben ihn. Während ihr Körper ihr mit Anspannung zu gehorchen schien, zeigten ihre Gesichtszüge und die matten Augen eine tiefe Frustration. Nachdem sie eine Weile schweigend neben ihm ausgeharrt hatte, begann sie zu reden, ohne ihn dabei anzusehen.

»Paul hat Andrea bessere Unterkünfte angeboten.«

Tom hob überrascht den Kopf.

»Dafür muss Andrea mit ihm schlafen«, fuhr Birgit fort. Tom sah sie entsetzt an. »Wir würden auch besseres Essen bekommen ...«

Tom richtete sich auf.

»Findest du nicht, sie sollte das für uns tun? Schließlich sind wir nicht zufällig in diese Lage geraten ...«

»Was meinst du damit?«, brachte Tom stammelnd hervor.

»Das solltest du Andrea am besten selber fragen ...« Sie erhob sich.

»Was spielst du hier für ein Spiel?« Er sprang auf und versuchte Birgit zurückzuhalten.

Sie entwand sich seinem Griff und schaute ihn kalt an: »Tom, das ist kein Spiel.«

»Verdammt, das weiß ich. Aber was ist hier eigentlich los?«

Birgit wandte sich ab und ging auf Martin und Steve zu, die sich eine Decke teilten und ihr nun Platz darunter machten. Tom starrte ihr fassungslos nach.

Er blickte unruhig um sich und versuchte, Ordnung in seine Gedanken zu bringen. Sie befanden sich an einem Berghang mit vielen Büschen, der vor ihnen fast sanft ins Tal abfiel. Der Boden war von dichten Moosen bedeckt. Hinter ihm erhob sich die Felswand, in der Entfernung konnte er einige Bergspitzen ausmachen, deren Namen er vergessen hatte. Für einen Moment sah er Schnee auf den schroffen Felsen weit oben in der untergehenden Sonne glitzern. Rechts nahm er die weiten Ebenen des Kongo wahr, die jedoch immer wieder von Wolken und Dunst verdeckt wurden. Das Wetter wechselte ständig zwischen Sonnenschein, der seine kalten Knochen wärmte, und feinem Nieselregen, der sich in der Kleidung festsetzte und die Haare auf der Haut zu Berge stehen ließ.

Einer der Rebellen trat an die drei unter der Decke heran, blieb vor ihnen stehen, blickte auf Steve herab. Dann spuckte er vor ihm aus. »Bei uns hängt man schwule Arschficker wie euch am nächsten Baum auf«, zischte er ihm zu und ging weiter. Steve regte sich nicht.

Eine leer gekratzte Blechschüssel zeugte von dem Maisbrei, den man den Gefangenen gegeben hatte. Der Kanister, in dem sich das Wasser aus einem nahegelegenen Bach befunden hatte, war bis auf den Grund geleert. Nzanzu hatte sich vor Tom auf den Boden gelegt und schien zu schlafen. Kai saß etwas abseits. Er war seit Kathrins Verschwinden völlig verstört. Tom hatte versucht, mit ihm zu sprechen, doch er verweigerte jedes Gespräch. Andrea hockte auf einem Stein, allein, in Gedanken versunken, mit einem verzweifelten Gesichtsausdruck.

Tom trat auf sie zu, setzte sich wortlos neben sie. Ihre Nähe löste ein angenehmes Kribbeln in ihm aus, und er hatte das Bedürfnis, sie zu beschützen. Dass sie ihn belügen sollte, erschien ihm absurd.

»Birgit hat erzählt, dass Paul dir ein Angebot gemacht hat.«

»Hat sie das gesagt ...?«, gab Andrea tonlos zurück, während sie ihm den Kopf zuwandte.

»Sie hat auch gesagt, dass wir bessere Bedingungen erhalten könnten, wenn du auf sein Angebot eingehst.«

Während er sprach, löste er den Blick nicht von der Landschaft vor sich, aus der die Sonne gerade ihre letzten Strahlen abzog. Schützend legte er die Arme um seine Knie. Mit dem Gesicht zu Andrea legte er seinen Kopf darauf ab. »Ich kann verstehen, dass du dich nicht auf diesen Deal einlässt.«

Als Andrea zu ihm herüberschaute, hob Tom den Kopf. Er hätte sie am liebsten in den Arm genommen.

»Ich ...«, Andrea suchte nach den richtigen Worten. »Er will, dass ich zu ihm in die Hütte komme.« Er sah keine Regung in ihrem Gesicht.

»Ich weiß. Es ist offensichtlich, dass er dich attraktiv findet.« Seine Augen saugten sich in ihren fest, und er versuchte zu lächeln. »Und ich kann es ihm nicht verübeln.« Dann wurde seine Miene starr. »Dabei hat er ja andere Mädchen. Er hat sie offenbar extra hergebracht, um sie zu missbrauchen ...«

Andrea straffte ihren Körper ruckartig. »Welche Mädchen?«

»Hinter seiner Hütte ist ein kleiner Verschlag. Mit einem Vorhängeschloss gesichert. Da sind Mädchen drin.«

Hastig sprang Andrea auf. Die Sonne ging weit hinter der kongolesischen Ebene unter, es wurde schnell dunkel. Tom hielt sie instinktiv zurück.

»Lass mich los, ich will das sehen.« Sie schüttelte ihn entschieden ab.

»Er wird wütend werden, das weißt du genau.«

»Na und? Soll er doch.« Andrea feuerte einen Blick ab, der keine Kritik zuließ. Sie löste sich endgültig aus seinem Griff und stierte zu Pauls Hütte hinüber.

»Du kannst doch nichts tun«, murmelte Tom.

Zwei Soldaten waren auf sie aufmerksam geworden und erhoben sich nun erwartungsvoll.

»Lass uns lieber einen guten Plan entwickeln, wie wir hier rauskommen. Vorschnelle Reaktionen bringen uns nicht weiter.«

»Vermutlich hat du recht«, antwortete Andrea, setzte sich aber dennoch in Bewegung. »Ich will trotzdem mit eigenen Augen sehen, was hier passiert.«

In den Verschlägen glommen funzelige Petroleumlampen, die kaum reichten, um ein Areal von einem Quadratmeter auszuleuchten. Auch aus Pauls Hütte drang Licht, es war heller als die anderen. Tom folgte Andrea eilig, aber sie ließ sich nicht aufhalten. Auch nicht von den beiden Soldaten, die sich ihr in den Weg stellten. Sie schob sie resolut zur Seite und hämmerte an die Holztür. Noch bevor sich diese öffnete, umrundete sie die Hütte und stand vor dem kleinen Verschlag. Er war nicht höher als eineinhalb Meter. Zwischen den Brettern blickten ihr ängstliche Augen entgegen. Mehr war nicht zu erkennen. Deshalb also hatten zwei Soldaten in diesem Lager ausgeharrt, als Paul unterwegs war, um sie zu entführen.

Im nächsten Moment standen die zwei Soldaten neben ihr und versuchten, sie von dem Verschlag fortzuziehen. Aber Andrea wehrte sich, griff nach dem Schloss, das die kleine Tür verriegelte, und rüttelte heftig daran. Die Augen wichen in die Dunkelheit zurück. Eine Hand packte sie am Arm.

»Du willst da doch nicht einziehen, oder?« Paul stand neben ihr und lachte hämisch. »Aber wenn du unbedingt willst, dann kannst du natürlich rein ...«

Andrea wich zurück. Sie schaute ihn voller Ekel an.

»Mir wäre es fast lieber, wenn ich dort bei ihnen wäre, statt ständig von dir begafft zu werden.« Sie spuckte aus, aber das beeindruckte Paul wenig. Er zückte einen Schlüssel, den er vor ihren Augen tanzen ließ.

»Was kriege ich dafür?«

Andrea antwortete nicht. Es war sinnlos, mit Paul zu diskutieren. Er saß am längeren Hebel. Andrea stürmte an ihm vorbei ins Lager zurück, wo die anderen sie schon mit bangem Blick erwarteten.

Mitten auf dem Platz blieb Andrea stehen, wandte sich um und schrie Paul entgegen: »Das gefällt dir, nicht wahr? Menschen quälen und schikanieren. Was du mit uns machst, das kann ich ja noch irgendwie verstehen. Aber diese Mädchen wie Tiere in einem Stall zu halten, das ist das Perverseste, was ich je gesehen habe.«

Die Antwort war ein perfides Lachen. Paul trat in das Licht, das aus seiner Hütte auf den Platz schien.

»Was hast du mit uns vor, du Dreckschwein?«, brüllte Andrea ihn erneut an.

Der voller werdende Mond warf sein fahles Licht auf die Szene. Pauls Gesichtszüge verfinsterten sich mit den Wolken, die das Himmelslicht immer wieder verdeckten.

»Halt sofort dein Maul!«, zischte er sie an.

Unter Pauls Männern entstand Unruhe. Sie tuschelten miteinander, bis Innocent hinzutrat, sich vor Paul stellte und die Männer zusammenstauchte. Eingeschüchtert schwiegen sie.

»Willst du meine Stellung untergraben?«, fuhr Paul ihn an.

Innocent betrachtete ihn eine Weile. »Niemals werde ich an deiner Autorität zweifeln!«, sagte er schließlich ironisch. Nach einer Pause fuhr er fort: »Ich werde die Vorräte aus dem anderen Lager holen.«

Er rief ein paar Männer zu sich und ging mit ihnen in die Dunkelheit hinaus. Paul blieb mit wütendem Gesichtsausdruck zurück. Sein Blick fiel auf drei Kindersoldaten. Hitimana, Mugiraneza und Ndabarinzi, der noch einen Kopf kleiner war als die anderen beiden. Er befahl ihnen, genau auf die Gefangenen zu achten, ging in seine Hütte und schlug die Tür zu.

Die restlichen Soldaten verzogen sich in ihre Verschläge. Die drei Jungen blieben verunsichert auf dem Platz, hielten die Gewehre im Anschlag und beobachteten die Deutschen, die sich um Andrea versammelt hatten und sich beratschlagten. Andrea wehrte sich vehement gegen einen Fluchtplan. Sie mussten als Gruppe unbedingt zusammenbleiben. Ganz egal, was passierte. Nur gemeinsam konnten sie gegen die Rebellen etwas ausrichten.

Langsam verebbte die Diskussion. Die Gefangenen hockten in der Dunkelheit und schwiegen. Sie bewegten sich nicht einmal. Tom hatte sich dicht neben Andrea gesetzt, beide hielten den Blick starr auf den schlammigen Boden gerichtet. Die Kälte der Nacht kroch in ihre Kleidung. Nebel zog wie ein unendlich langer Schleier durch das gespenstisch stille Lager und wand sich um die Schweigenden, die beinahe friedlich wirkten. Tom dachte an die unheimlichen Begegnungen im Wald, an die Geschichten, die er über die Mondberge gehört hatte. Den Einheimischen waren sie heilig, die Spitzen gehörten den Geistern und Ahnen. Tom fühlte sich, als wäre sein Kopf mit Watte gefüllt, leicht, dumpf, benebelt.

Unvermittelt erhob sich Michael von seinem Platz, ganz langsam. Mit halb geschlossenen Augen drehte er sich um und ging wortlos auf den Rand des Lagers zu, allein, eigentümlich zielgerichtet. Dann verschwand er in der Dunkelheit. Keiner außer Tom hatte ihn gesehen.

Tom schüttelte seine Betäubung ab und stand ebenfalls auf. Er sah sich um. Nicht einmal die drei Kindersoldaten hatten etwas bemerkt. Alle schienen wie in eine Starre verfallen zu sein. Er lief Michael nach. Weiterhin keine Reaktion. Es war, als sähen die anderen durch ihn hindurch. Er tauchte in die Schatten der riesigen Pflanzen ein.

»Michael!«, rief er leise.

Tom bekam keine Antwort. Er tastete sich durch das Unterholz, blieb stehen, lauschte. Doch nur die unheimliche Stille antwortete ihm. Er bahnte sich den Weg zurück zum Lager.

»Wo kommst du denn her?«, wollte Andrea wissen.

Doch bevor Tom antworten konnte, forderte einer der Kindersoldaten ihn resolut auf, sich hinzusetzen und zu schweigen. Wieder begann das Warten. Tom dachte noch immer fieberhaft darüber nach, was mit Michael geschehen war, da zischte Andrea ihm leise zu:

»Die anderen Soldaten haben sich hingelegt und scheinen zu schlafen. Nur noch die drei Kleinen halten Wache.«

Sie erhob sich und ging vorsichtig auf die drei zu. Sofort richteten diese ihre Waffen auf sie. Andrea hob beschwichtigend die Hände und flüsterte:

»Wer ist eigentlich bei euch der Chef? Paul oder Innocent?«

»Bernard ist unser Präsident«, antwortete Ndabarinzi mit leicht brüchiger Stimme.

»Und wo ist dieser Bernard?« Andrea blickte sich mit gespielter Überraschung um. »Ich habe ihn hier noch nicht gesehen.«

»Er lebt in Deutschland.«

»Aha, in Deutschland. Weißt du überhaupt, wo Deutschland liegt?«

»Deutschland liegt in Europa«, meinte Ndabarinzi unsicher und schaute seine Kameraden Hilfe suchend an.

»Und willst du auch irgendwann einmal nach Europa?«, fragte Andrea weiter, während sie ihm immer näher kam. Ndabarinzi schwieg. »Ich glaube, dass ihr nie nach Europa kommen werdet. Vorher wird euch irgendein Befehlshaber erschießen, weil ihr einen Fehler gemacht habt.« Wieder folgte Schweigen. »Wollt ihr eure Familien nicht wiedersehen? Eure Eltern? Eure Geschwister? Eure Nachbarn? Eure Freunde? Vielleicht leben sie noch irgendwo. Ihr könnt sie suchen. Und ihr könnt dem hier ...«, sie wies mit der Hand auf das dreckige Lager, »... diesem Dreck und dem Tod entfliehen. Ihr müsst es nur wollen. Genau jetzt ist der Zeitpunkt gekommen, um abzuhauen. Die anderen sind auf dem Weg, um Vorräte zu holen, oder haben sich verkrochen und schlafen.«

Sie trat noch einen Schritt auf die drei zu, umrundete sie dabei langsam. Sie hatten weiter die Waffen auf sie gerichtet und bemerkten nicht, wie sich Hans, Tom und Martin von der Seite an sie heranpirschten.

»Die Geister der Mondberge beobachten euch. Sie sind hier, um uns herum, dort drüben.« Sie wies in die Dunkelheit. »Und da auch.« Sie zeigte auf eine Stelle des dichten Waldes. »Sie sehen alles. Sie erinnern sich an euch. Sie werden euch bestrafen, wenn ihr das Andenken dieser Berge stört. Diese Berge sind heilig. Sie haben ihre Augen längst auf euch gerichtet. Sie werden euch greifen und niemals wieder frei lassen.« Ängstlich starrten die drei in die Dunkelheit, aus der ununterbrochen Nebel auf sie zuströmte.

In diesem Moment sollten Tom, Hans und Martin zuschlagen. So war es verabredet. Doch als Hans sich auf einen der drei Kindersoldaten stürzen wollte, hielt Tom ihn zurück. Der Nebel war sehr schnell dichter geworden. Sie konnten die Verschläge der Rebellen kaum noch erkennen. Nun trat der Junge, den Tom schon so oft gesehen hatte, aus dem Dunst auf die drei Kindersoldaten zu. Deren Augen weiteten sich; sie standen wie gelähmt vor dem Jungen und starrten ihn an. Auch Toms Begleiter konnten ihn diesmal sehen und Tom spürte, wie Panik von ihnen Besitz ergriff. Diesen Jungen durfte es eigentlich nicht geben. Er war nicht real. Und doch war er wie aus dem Nichts erschienen. Seine blasse Haut begann zu glühen, erstrahlte mehr und mehr. Er ging langsam auf die drei Jungen zu, die in kleinen Schritten immer weiter zurückwichen. Sie waren geblendet, hatten die Augen nur auf ihn gerichtet.

Tom blickte zu den anderen hinüber, wollte sie aus ihrer Erstarrung holen. Langsam trat er auf Andrea zu. Auch sie schien wie gebannt. Er berührte sie leicht am Arm, sie schrak zusammen und guckte ihn überrascht an. Aber sie verstand sofort. Gemeinsam machten sie die anderen vorsichtig auf sich aufmerksam und zogen sich dann Schritt für Schritt leise in den Nebel zurück.

Kein Schuss löste sich, kein Laut war zu hören. Die Kindersoldaten reagierten nicht mehr auf das Geschehen. Sie waren völlig auf die Gestalt des Jungen fixiert. Tom rannte los. Direkt in die Dunkelheit hinein. Den Hang hinauf, in dem sich eine Schlucht öffnete. Die anderen folgten ihm. Innerhalb von wenigen Sekunden waren sie in den Wald eingetaucht und im Nebel zwischen dicht stehenden Stämmen verschwunden. Kurz darauf knallte der erste Schuss direkt an Toms rechtem Ohr vorbei, eine weitere Kugel fraß sich durch die Blätter links neben ihm. Er hoffte, dass die anderen es auch schafften. Hinter sich hörte er sie keuchen. Aber er konnte sich nicht umsehen. Immer wieder versperrten Äste und Wurzeln seinen Weg. Er sprang über Stämme, duckte sich unter tief hängenden Blättern hindurch, stolperte und rutschte über schlammige Stellen. Sein Puls raste. Er rannte immer weiter, immer tiefer in die Schlucht hinein. Weitere Schüsse peitschten durch das Unterholz. Er lief schneller. Sie mussten es schaffen. Ein paar Meter neben sich bemerkte er Andrea.

»Wir müssen weiter den Hang hinauf! Sonst laufen wir den Suchtrupps direkt in die Arme«, rief er ihr zu. Dann schwenkte er nach links weg und Andrea verschwand aus seinem Blickfeld. Die Schritte hinter ihm signalisierten, dass Andrea und die anderen ihm folgten. Nun hörte er auch Rufe aus dem Wald. Rebellen. Sie mussten ihnen entkommen. Die Bäume warfen dunkle Schatten, nur spärlich sickerte das Licht des Mondes durch die Blätter. Andrea war knapp hinter ihm. Er sah sich dann und wann um, bis er plötzlich an einen Abhang gelangte, der vor ihm steil in die Tiefe stürzte. Tom bremste ab, und es gelang ihm, die Wucht des Schwungs abzufangen. Doch mit drei Sprüngen war Andrea schon bei ihm und schwankte bedrohlich vor der plötzlichen Tiefe. Im letzten Moment hielt Tom sie von dem Sturz ab. Hinter ihnen näherten sich Schritte. Schreie hallten durch das lang gestreckte Tal. Ein weiterer Schuss dröhnte und wurde von den Felswänden als Echo zurückgeworfen. Tom kniete nieder und untersuchte den Steilhang.

»Wir müssen da runter!« Schon begann er, rückwärts über die Kante zu klettern. Er konnte so gut wie nichts sehen. Aber die Rufe der Rebellen kamen näher. Tom wandte sich Andrea zu.

»Komm schon! Wir haben nicht viel Zeit.«

Auch Andrea hockte sich hin, tastete mit den Füßen nach Halt. Sie war schnell tiefer als er geklettert. Felsvorsprünge und Äste schienen sich unter Toms Schuhe zu schieben. Auf dem Plateau erschienen Gestalten. Tom konnte nicht erkennen, wer es war, aber es waren offenbar keine Rebellen. Sie blieben in einigem Abstand stehen und blickten sich in alle Richtungen um. Kurz bevor Tom ganz hinter der Felskante verschwand, sahen sie ihn und kamen näher. Hans. Und hinter ihm noch einer. Imarika. Sie verschwanden aus seinem Sichtfeld, als er tiefer kletterte. Tom erreichte einen kleinen Vorsprung. Andrea wartete schon auf ihn. Er hielt sie fest, damit sie auf dem schmalen Grat nicht wegrutschte. Ein Stück neben dem Vorsprung bohrte sich ein dunkles Loch in den Felsen, dessen Tiefe er nicht erkennen konnte. Oben begannen Hans und Imarika, ihnen hinterherzuklettern. Tom zeigte auf das Loch.

»Eine Höhle.«

Und schon hangelte er sich an scharfen Felsen seitwärts bis zum Eingang. Andrea tat es ihm gleich. Oberhalb hörten sie die Rufe ihrer Verfolger. Wo waren die anderen? Hatten sie es geschafft? Sie konnten nicht mehr tun, als sich selbst zu retten. Imarika erreichte den schmalen Vorsprung, half Hans, der immer wieder strauchelte. Schließlich war Hans ebenfalls an der Höhle. Tom schlüpfte in das Loch hinein. Andrea folgte ihm. Er konnte die Hand nicht vor Augen sehen. Andrea tastete nach ihm. Die Höhle konnte drei Meter tief sein oder sich auch viel weiter in den Berg hinein erstrecken. Imarikas Schatten zeichnete sich vor der Öffnung ab. Hans folgte ihm. Dann waren sie in der Finsternis des Berges verschwunden. Tom spürte die anderen, hörte ihren Atem, Andreas Hand lag in der seinen, er zog sie noch etwas tiefer in die unheimliche Stille hinein. Dort löste sich Andrea von ihm.

»Wo sind die anderen?«, fragte sie Hans, der als Letzter oben gewesen war.

»Ich weiß es nicht«, antwortete dessen Stimme. »Ich glaube, sie haben es nicht geschafft.«

Ein eiskalter Kloß setzte sich in Andreas Magen fest.

»Wie müssen ihnen helfen!«, flüsterte sie.

»Das können wir nicht«, sagte Tom.

»Er wird sie alle töten.« Andrea klang verzweifelt.

»Nein, das wird er nicht tun. Dann hat er ja nichts mehr in der Hand.« Tom versuchte, sie zu beruhigen. Er spürte unter sich den felsigen Boden der Höhle, dann auch etwas Weiches. Blätter, Moos, Äste. Er schob alles zu einem kleinen Haufen zusammen und wies die anderen an, sich zu setzen. Zumindest war es hier trocken.

»Doch, das wird er tun. Er hat es mir gesagt.«

Von oben hörten sie die Stimmen der Rebellen. Sie waren ganz nah. Alle vier hielten den Atem an. Ihre Verfolger mussten direkt an der Abbruchkante über ihnen stehen. Plötzlich erhellte sich der Rand des Höhleneingangs. Der Strahl einer Taschenlampe glitt daran vorbei. Sie suchten nach ihnen. Tom hoffte inständig, dass der Eingang von oben nicht zu erkennen war. Und tatsächlich verschwand der Lichtschein wieder. Die Stimmen entfernten sich. Gespenstische Ruhe. Nur der Atem der anderen. Er roch ihren Schweiß, den Dreck.

»Was war das vorhin?«, fragte Andrea leise. »Diese Gestalt ...«

»Das war der Junge, den ich in den letzten Tagen mehrfach gesehen habe.«

Er spürte durch die Dunkelheit, wie Andreas Blick auf ihn gerichtet war. Dann legte sich eine Hand auf seinen Arm.

»Jetzt verstehe ich, dass du das nicht glauben wolltest.«

In der Stille konnte er ihren Atem hören. Ihre Hand war warm und angenehm. Er schloss für einen Moment die Augen.

»Was machen wir jetzt?«, fragte Hans.

»Wir warten, bis es hell wird. Dann schauen wir uns vorsichtig um«, beschloss Tom. Keiner widersprach. Andrea winkelte die Beine an, umschlang sie mit den Armen und legte den Kopf auf die Knie. Tom legte Andrea den Arm um die Schultern, und sie schmiegte sich an ihn.

29

Im Lager, in der Nacht des 15. Juni

Birgit und Kai waren Innocent und seinen Leuten direkt in die Arme gelaufen. Nur hundert Meter vom Lager entfernt. Die Männer waren plötzlich vor ihnen in der Dunkelheit aufgetaucht. Sie hatten die beiden Entflohenen zu Boden geworfen, sie gepackt und ins Lager zurückgeschleppt. Dort herrschte ein heilloses Durcheinander. Gerade wurden weitere Soldaten in Gruppen eingeteilt und den anderen Flüchtenden hinterhergeschickt.

Birgit war einfach nicht schnell genug gewesen, um den durchtrainierten jungen Soldaten zu entkommen. Außerdem hatte sie sich nicht orientieren können. Andrea und Tom waren sofort in der Dunkelheit verschwunden. Die anderen hatte sie ebenfalls aus den Augen verloren. Nur Kai war in ihrer Nähe geblieben.

Nun saßen die beiden mit gefesselten Armen in der Mitte des Lagers. Paul drehte nervös seine Runden über den Platz, schrie immer wieder herum, sprach mit sich selbst, trat mit Wucht gegen jeden Gegenstand, der ihm vor die Füße kam. Als einer der Kindersoldaten im Schlamm des Platzes ausrutschte, sprang Paul sofort zu ihm und schlug ihn so hart ins Gesicht, dass der Junge zwei Meter über den Boden rutschte. Birgit war bleich und zitterte. Mit weit geöffneten Augen beobachtete sie den Rebellengeneral, wie er im schwachen Schein der Petroleumlampen immer wieder die Fassung verlor.

Dann hörte sie Stimmen aus der Finsternis. Ein Trupp Soldaten kam auf den Platz marschiert. Sie hatten einige andere gefunden und brachten sie zurück. Es waren nicht alle. Birgit konnte Steve erkennen, der panisch zu Paul hinübersah. Martin war dabei, genauso wie Nzanzu. Und Chaga, der letzte der Träger, der ihnen noch geblieben war. Das waren alle. Andrea war nicht dabei. Tom nicht und Hans und Imarika auch nicht.

Die Neuankömmlinge wurden an den Händen gefesselt. Sie wurden in weitem Abstand zueinander gesetzt, jeder von einem Rebellen einzeln bewacht. Sie durften nicht sprechen, sich nicht bewegen, mussten zu Boden schauen. Jeder Kontakt untereinander war verboten. Zu Birgits Angst kam nun auch noch Wut. Wut über Andreas Naivität. Glaubte sie wirklich, sie könnte diesen Männern in der lebensfeindlichen Wildnis des Ruwenzori entkommen? Wut über sich selbst, weil sie nicht genug protestiert hatte. Wut, weil sie sich überhaupt auf diese Reise eingelassen hatte. Das alles war blanker Irrsinn.

Innocent trat mit wutverzerrtem Gesicht auf Paul zu und baute sich dicht vor ihm auf.

»Du hast die Bewachung den Kindern überlassen?«, blaffte er den General an. »Bist du vollkommen übergeschnappt?«

»Ich entscheide über die Verteilung der Aufgaben«, brüllte Paul zurück. Die lange Narbe in seinem Gesicht pulsierte. Er funkelte Innocent an. In seinen Augen stand der kalte Hass.

»Ich fasse es nicht. Du bist sogar unfähig, eine kleine Miliz zu führen«, ereiferte sich Innocent ebenso wütend, zuckte dann aber mit den Schultern und wandte sich erhobenen Hauptes ab.

»Was hast du gesagt?«, zischte Paul ihm hinterher. Er hatte Innocent mit zwei Schritten eingeholt und riss ihn herum. Die beiden standen nur wenige Zentimeter voneinander entfernt und maßen sich mit Blicken. »Ich lasse dich sofort erschießen, wenn du noch einmal meine Position untergräbst!«

Der zischende Atem des Rebellenführers war das einzige Geräusch, das in den nächsten Sekunden zu hören war. Dann breitete sich über Innocents Gesicht ein Grinsen aus. Er lachte seinem General offen ins Gesicht und wandte sich wieder ab.

Verblüfft schaute Paul ihm einen Moment lang nach. Dann bellte er zwei der älteren Soldaten einen Befehl zu. »Packt ihn. Macht kurzen Prozess mit ihm. Ich erwarte, dass ich ihn nie wieder sehen muss!«

Die beiden Männer blieben unschlüssig ein paar Meter entfernt stehen. Innocent sah sie herausfordernd an.

Dann wandte er sich an Paul: »Das wirst du nicht wagen. Du weißt genau, dass du mich brauchst. Und dass die Männer rebellieren werden, wenn du mich tötest.«

Die übrigen Soldaten kamen langsam auf die kleine Gruppe zu. Sie wirkten bedrohlich. Die eiskalte Luft schien von den Gedanken an Mord und Meuterei wie entflammt.

Birgit hatte während des Streits den Kopf gehoben und die Auseinandersetzung verfolgt. Tiefes Entsetzen stand in ihren Augen. Was würde mit ihr und den anderen Gefangenen geschehen, wenn sich die Machtverhältnisse änderten? Wusste Paul überhaupt, wer Birgit war? Drohte ihm nicht Gefahr, wenn er sie weiterhin so demütigend behandelte?

Birgit suchte den Blick der anderen, doch auch dort sah sie nur Angst. Ihr Leben war nichts mehr wert.

Paul brüllte einen Befehl in die eingetretene Stille, der die Männer zur eiligen Rückkehr in ihre Behausungen trieb, wandte sich ab und ging auf seine Hütte zu.

Mit der Ruhe, die einkehrte, brach die Kälte der Nacht wieder über die Gefangenen herein. Immerhin regnete es nicht. Birgit lag gefesselt auf der Seite und versuchte zu schlafen. Die anderen folgten ihrem Beispiel. Doch an Erholung war nicht zu denken.

Als der Morgen anbrach und die Sonne wieder ein wenig Wärme mit sich brachte, richtete Birgit sich mühsam auf. Ihr ganzer Körper war verspannt, die Beine bleiern und die Handgelenke schmerzten. Paul war schon wach und scheuchte seine Männer aus den Verschlägen. Er rief zum Aufbruch.

Die Soldaten packten beinahe alles ein, was ein deutlicher Hinweis darauf war, dass sie nicht an diesen Ort zurückzukehren planten. Um die Gefangenen scherte sich niemand. Sie wussten weder, wo die Soldaten hingehen wollten, noch, was mit ihnen geschehen sollte. Bei aller Geschäftigkeit um sie herum blieb es ihr Los, gefesselt auf dem Boden zu sitzen, ohne Essen, ohne Trinken, unfähig, irgendetwas zu tun.

Als sich der Tross langsam in Bewegung setzte, saßen sie noch immer dort. Lediglich vier Soldaten waren zu ihrer Bewachung abkommandiert und blieben im Lager zurück. Rukundo, etwa Mitte zwanzig, und drei Kindersoldaten. An einer Hand konnte Birgit nun abzählen, wie wichtig sie und die anderen Gefangenen für Paul noch waren. Diese Wachen waren nicht ernst zu nehmen. Dennoch hatte Paul ihnen eindringlich klargemacht, wie wichtig ihre Aufgabe sei. Und dass er sie eigenhändig umbringen werde, sollten sie auch nur einen der Gefangenen fliehen lassen.

Kurz bevor die Männer im Wald verschwanden, löste Hitimana sich aus seiner Reihe und schlich zu den Gefangenen zurück. Er blickte sich ständig prüfend um, ob die anderen sein Weggehen bemerkten. Er fixierte die gefesselten Geiseln, entschied sich dann für Birgit. Lautlos hockte er sich neben sie. Sie sah ihn forschend an.

»Die Mädchen ...«, sagte er vorsichtig. »Achte darauf, dass sie gut behandelt werden.«

Birgit betrachtete ihn spöttisch. »Ist dir aufgefallen, dass ich selbst gefesselt bin?«, fragte sie zynisch. Hitimana ignorierte ihre Worte.

»Sprich mit Rukundo. Er soll sie gehen lassen.«

Birgit lachte leise. »Und du glaubst wirklich, er hört auf mich, wenn Paul ihm dafür den Tod androht? Das ist doch lächerlich.«

Hitimana fixierte sie einen Moment nachdenklich. Dann sagte er: »Nein, vielleicht nicht. Aber versuch es trotzdem.«

In diesem Moment entdeckte Birgit die Hoffnung in seinen Augen. Sie bemerkte das Feuer, das in Hitimana brannte. Sie nickte stumm.

»Danke«, hauchte der Junge.

Eilig erhob er sich wieder und gesellte sich zu seinen Kameraden, ohne sich noch einmal umzusehen. Die schmutzigen Uniformen verschwanden in einer langen Reihe zwischen den Bäumen, eine Weile hörte Birgit sie noch durch das Unterholz brechen. Nach und nach wurden die Schritte und die Stimmen leiser. Dann kehrte Stille ein.

Teil 2

30

Berlin, 16. Juni

Das Telefon klingelte morgens um 04:05 Uhr. Obwohl Sven Wiese sich im Tiefschlaf befand, brauchte er keine zehn Sekunden, um das Gespräch anzunehmen. Als Leiter des Krisenreaktionszentrums beim Auswärtigen Amt war er routiniert darin, sich zu jeder Tageszeit auf Knopfdruck in einen professionellen Zustand zu versetzen.

Seine Mitarbeiterin Anja Paffrath meldete sich von ihrem Schreibtisch.

»Guten Morgen Herr Wiese. Das Mutterschiff erwartet Sie. Ein S8 in Uganda. Ihr geliebtes Afrika mal wieder. Soll ich den Krisenstab einberufen?«

»Um das zu entscheiden, brauche ich Details.« Wiese hatte sich aufgesetzt und vom Bett abgewandt, um seine Frau nicht zu stören, die neben ihm lag und unbeirrt weiterschlief.

»Ich weiß. Nicht per Telefon, sorry. Wegen der Geheimhaltungsstufe. Wie gesagt, ein S8.«

Wiese überlegte eine halbe Sekunde.

»Okay, dann beordern Sie die Jungs von BKA und BND eben auf Verdacht. Denken Sie auch an die anderen Ämter. Und senden Sie mir die Fakten bitte schriftlich und verschlüsselt auf mein Handy. Ob wir die GSG 9 auch brauchen, entscheide ich dann auf dem Weg. Bis gleich.«

Wiese beendete das Gespräch und öffnete die Schublade seines Nachttisches. Ohne Licht zu machen griff er zielsicher aus den Dingen, die er dort aufbewahrte, eine Armbanduhr, seinen Diplomatenausweis, eine Magnetkarte, ein Smartphone sowie den Akkurasierer. Als er das Smartphone einschaltete und den Ladezustand kontrollierte, waren im Display-Licht zwei Fotos zu erkennen, die auf dem Nachtisch standen. Das eine zeigte ihn im Gespräch mit Bill Clinton, dem er auf einer Afrika-Konferenz begegnet war. Das andere zeigte Sven Wiese inmitten einer Gruppe von Triathlon-Bikern, alle um die dreißig. Mit seinen fünfzig Jahren hob Wiese sich von der Gruppe deutlich ab. Dennoch wirkte er auf dem Bild mindestens so athletisch und durchtrainiert wie seine jüngeren Gefährten.

»Vielleicht wirst du eine Weile auf dein Rad verzichten müssen«, murmelte seine Frau im Halbschlaf. Wiese lächelte in ihre Richtung, griff nach seiner immer gepackten Sporttasche mit den Lauf- und Schwimmsachen, gab seiner Frau einen Kuss auf die Wange und verließ das Schlafzimmer.

Um 04:22 Uhr saß er am Steuer seines Dienstwagens. Während er sich in den trägen Nachtverkehr einreihte, bearbeitete er seine Gesichtshaut mit dem Akkurasierer und studierte die wenigen Details, die ihm Anja Paffrath, seine Referentin und die heutige Beamtin vom Dienst, übermittelt hatte. Auf dem Smartphone, das in einer Halterung am Armaturenbrett klemmte, konnten die wenigen Zahlen im Listenlayout bequem angezeigt werden. Im Grunde genommen besagten sie allerdings nur, dass eine Gruppe deutscher Wanderer im Ruwenzori-Gebirge entführt worden war oder genauer: dass die deutsche Botschaft in Kampala dem Auswärtigen Amt dies mitgeteilt hatte.

Um 04:41 Uhr stand Wiese vor der Sicherheitstür des Amts, wischte sich einen Fleck vom rechten Schuh und korrigierte mit einem Griff den Sitz seiner Krawatte. Dann zückte er die Magnetkarte und betrat das alte Gebäude. Drinnen wartete Anja Paffrath bereits auf ihn, die den Anruf aus Kampala entgegengenommen hatte.

»Was machen wir nun mit der GSG 9?« fragte sie unvermittelt.

»Die lassen wir schlafen. Was vermutlich für uns alle besser gewesen wäre. Bei der Faktenlage. Würde mich nicht wundern, wenn sich das wieder mal als typisch afrikanischer Fehlalarm entpuppt.«

»Bei einem S8 nicht reagieren?«, fragte die Referentin irritiert.

Wiese sah die knapp Dreißigjährige wohlwollend an. »Natürlich nicht.« In diesem Moment hätten die beiden gut als Vater und Tochter durchgehen können.

»Aber wer hat den Fall überhaupt als S8 eingestuft?«

»Das ist nicht ganz klar«, erwiderte die junge Frau.

»Vielleicht weiß der Botschafter in Kampala mehr. Er wartet auf Ihren Rückruf.«

»Wie spät ist es dort jetzt? Zehn vor sechs,« beantwortete er sich die Frage selbst. »Uganda ist uns eine Stunde voraus.« Das war schon fast der Beginn seines regulären Arbeitstages. »Okay, verbinden Sie mich bitte mit ihm.«

Gemeinsam eilten Anja Paffrath und Sven Wiese zu ihren Büros im Keller des Gebäudes, dessen Spitzname »das Mutterschiff« ein von oben lancierter Euphemismus war, um seine nicht immer ruhmreiche Geschichte zu übertünchen – zumindest lauteten so die Gerüchte, die hartnäckig kursierten. Dicke Stahltüren zeugten von der früheren Funktion dieser Räume, in denen ab 1938 Wertpapiere der Reichsbank aufbewahrt worden waren, bevor das DDR-Finanzministerium, dann das Zentralkomitee der SED und schließlich die Volkskammer das Gebäude bezogen hatten. Eine Geschichte, die auf heutige Beamte nicht eben anheimelnd wirkte.

Die Uhr zeigte 04:55, als Wiese seinen Schreibtisch in einem der ehemaligen Tresorräume erreichte, wo ihn seine Mitarbeiterin nach Kampala durchstellte. Vom Botschafter erfuhr er, dass die ugandischen Behörden noch nicht persönlich mit dem Touristenführer gesprochen hatten, der die Geiselnahme gemeldet hatte. Angeblich hielt sich der Mann hunderte Kilometer von der Hauptstadt entfernt mitten im unbewohnten Gebirge auf. Das ugandische Militär habe die Meldung etwa um 03:30 Uhr Ortszeit an die Behörden übermittelt. Wiese wollte das unergiebige Gespräch schon beenden, als ihm die unstimmige Formalie wieder einfiel.

»Darf ich fragen, was Sie bei dieser Faktenlage zu einem S8 veranlasst?«, frage er den Botschafter. Einen kurzen Moment war es still im Hörer.

»Diese Einschätzung kommt doch von Ihrer Seite«, rief der Botschafter verwundert. »Ich denke, dazu äußere ich mich lieber nicht.«

Zehn Minuten später saß Wiese im großen Konferenzsaal, wo der Krisenstab eingerichtet wurde. Anja Paffrath hatte dem Fall bereits einen Namen gegeben: Mondberge. Für gewöhnlich war Wiese die Bezeichnung der Fälle völlig egal, solange man sie nur eindeutig zuordnen konnte. Bei diesem Namen blickte er jedoch erstaunt auf und sah seine Mitarbeiterin fragend an.

»So wird der Ruwenzori genannt«, meinte sie.

»Ich weiß,« sagte Wiese. »Aber woher wissen Sie das?«

»Ich werde meine Hochzeitsreise nach Uganda machen«, sagte sie leise und lief dabei leicht rot an.

»Sie haben mir gar nicht gesagt, dass Sie heiraten werden«, sagte Wiese erstaunt. »Haben Sie sich das gut überlegt?« Bevor sie reagieren konnte, wandte er sich den letzten Teilnehmern des Krisenstabs zu, die gerade den Konferenzraum betraten. Bis auf die Vertreter des Kanzleramts waren alle anwesend. Und bis auf die eigenen Leute vom Auswärtigen Amt.

»Typisch«, lächelte er gequält in die Runde. »Die mit dem kürzesten Anreiseweg kommen mal wieder als Letzte.« Er schaute auf die Uhr. »Wir werden noch ein paar Minuten warten, bevor wir anfangen. Es ist wichtig, dass alle die gleichen Basisinformationen bekommen, damit nicht schon am Anfang alles im Chaos versinkt. Das passiert noch früh genug.«

Als sich die Tür öffnete und die restlichen Beteiligten eintraten, stutzte Wiese. Dem Kollegen vom Kanzleramt folgte auf dem Fuße Klaus Huber, einer der parlamentarischen Staatssekretäre des Auswärtigen Amts. Dass ein Staatssekretär aus seinem Ministerium teilnehmen würde, darüber hatte man ihn nicht informiert. Der forsch auftretende Mann setzte sich ihm gegenüber an den großen Tisch und betrachtete ihn unverwandt. Die Ministerien wurden zwar standardmäßig informiert, wenn eine Krisensituation eintrat, aber in der Regel entsandten sie zunächst einfache Beamte. Staatssekretäre waren selten in einer ersten Besprechung. Wiese straffte den Rücken und setzte zu einleitenden Sätzen an, als Huber ihm das Wort aus dem Mund nahm.

»Guten Morgen. Nehmen Sie bitte alle zur Kenntnis, dass mir ab jetzt die Leitung dieses Stabs obliegt. Wir werden nun sofort mit der Arbeit beginnen.«

Wiese stockte in seiner Bewegung. Erstaunt starrte er quer über den Tisch, schloss dann seinen Mund und lehnte sich mit verschränkten Armen zurück.

»Frau Paffrath«, fuhr Huber ungerührt fort, »teilen Sie uns doch bitte noch einmal kompakt mit, was geschehen ist.«

Auf einem riesigen Plasma-Bildschirm wurde eine Karte Ugandas angezeigt. Die Referentin erhob sich und zeigte mit einem Stift auf den kongolesisch-ugandischen Grenzbereich.

»Hier befinden sich die Mondberge ... der Ruwenzori, wo die Geiselnahme offenbar vor etwa 36 Stunden stattgefunden hat«, sagte sie. »Die Reisegruppe, um die es geht, besteht dem Vernehmen nach ausschließlich aus deutschen Staatsangehörigen. Einer von ihnen lebt seit mehr als zehn Jahren in der Nähe von Kampala und organisiert diese Reisen. Die anderen acht sind ausnahmslos Touristen. Namen und Alter bekommen wir so schnell wie möglich von den Kollegen in Uganda mitgeteilt. Über die Geiselnehmer gibt es bislang nur vage Informationen. Ein Träger ist dem Überfall offenbar entgangen und konnte fliehen. Er hat jedoch über 30 Stunden gebraucht, bis er auf eine andere Reisegruppe gestoßen ist, deren Chief-Guide per Satellitentelefon einen Hilferuf absetzen konnte. Die ugandische Seite des Gebirges ist sofort gesperrt worden. Acht Reisegruppen sind zurzeit im Ruwenzori auf zwei unterschiedlichen Rundwegen unterwegs. Diese anderen Gruppen – in zweien davon laufen nach ersten Informationen weitere Deutsche mit – werden zurzeit kontaktiert, damit sie so schnell wie möglich umkehren.«

Anja Paffrath setzte sich wieder.

»Hm, hm«, brummelte Huber. »Wiese, wie man hört, haben Sie an der Region einen Narren gefressen – waren Sie nicht selber Botschaftsmitarbeiter da unten?«

»In Sambia, in Kenia und im Kongo«, antworte Wiese vorsichtig. Wieso war dieser Mann als Spitzenvertreter des Auswärtigen Amts so gut über den diplomatischen Rahmen hinaus informiert?

»Sehr gut, dann berichten Sie uns am besten über die allgemeine Lage in Uganda« ordnete Huber an.

»Das würde ich gern tun, zuständigkeitshalber möchte ich aber an den Kollegen Brinkmann vom Länderreferat verweisen«, sagte er, wobei er den Genannten kurz auffordernd anschaute und dann seine Kollegin in einen Blickkontakt zog.

Paffrath erhob sich verstehend, erklärte »Ich erwarte noch ein, zwei, wichtige Anrufe« und steuerte auf Wiese zu, als habe sie eine wichtige Information für ihn. Als die beiden die Köpfe zusammensteckten, flüsterte Wiese:

»Was macht der Huber hier, und warum mischt der sich in meine Befugnisse ein?« Ohne eine Antwort abzuwarten fügte er hinzu: »Sorgen Sie für einen Vorwand, dass ich hier in fünf Minuten raus kann, um das zu klären.«

Seine Mitarbeiterin nickte und verließ im gleichen dienstbeflissenen Schritt, mit dem sie ihm zur Hilfe gekommen war, den Konferenzsaal.

Der Lagebericht brachte für Wiese wenig Neues. Im Norden Ugandas immer wieder Rebellenbewegungen; die ugandischen Streitkräfte versuchten sie zu entwaffnen, was ihnen kaum bis gar nicht gelang. Reisewarnungen für diese Region. Demonstrationen nach der Parlamentswahl in der Hauptstadt Kampala. Proteste und Verhaftungen.

Internationaler Widerstand gegen die Verabschiedung eines Gesetzes, demzufolge Homosexualität unter Todesstrafe gestellt werden sollte. In letzter Konsequenz brachte der seit 1986 auf seinem Sessel sitzende Präsident Yoweri Museveni das Gesetz nicht ins Parlament ein. Ansonsten wenige besondere Vorkommnisse in der letzten Zeit. Ein neuerliches Telefonat mit dem Botschafter brachte auch keine weiteren Erkenntnisse. Alles blieb weiterhin mysteriös.

Ein Mitarbeiter des BND, der schon die ganze Zeit unruhig auf seinem Sessel hin und her gerutscht war, rückte dann endlich mit den entscheidenden Informationen heraus. Auf kongolesischer Seite an der Grenze zu Uganda sei es in den letzten Monaten vermehrt zu grenzüberschreitenden Übergriffen gekommen. Überfälle auf Dörfer und verstärkte Aktivitäten der ALR. Hier wurde Wiese hellhörig.

»Ist die ALR nicht längst weiter nach Norden abgewandert?«

»Davon gehen wir im Moment aus«, antwortete der BND-Kollege. »Aber im Grunde ist es vorstellbar, dass sie versuchen, auch die Landstriche im Süden wieder in ihre Gewalt zu bringen, um die Brücke nach Ruanda nicht zu verlieren.«

»Mich wundert aber, dass sie über die Grenze nach Uganda kommen. Zumindest in der Region des Ruwenzori. Das ergibt doch keinen Sinn.«

Jetzt mischte sich auch Huber ein: »Was ist denn die ALR?«

Während der BND-Kollege Huber über die Zusammenhänge aufklärte, dachte Wiese angestrengt nach. Er erinnerte sich an einen Zeitungsartikel, den er vor wenigen Tagen gelesen hatte.

»Der angebliche Präsident der ALR befindet sich in Deutschland«, berichtete Wiese. »Ihm wird gerade der Prozess vor dem Oberlandesgericht in Hamburg gemacht, wo er in U-Haft sitzt. Die Bundesanwaltschaft klagt ihn wegen Verbrechen gegen die Menschlichkeit und Kriegsverbrechen an.«

Wieder öffnete sich die Tür des Konferenzraums, und diesmal konnte Wiese seine Überraschung nicht verbergen. Der Generalbundesanwalt der Bundesrepublik Deutschland persönlich trat ein. Johannes Nikolaus Freiherr von Schellenburg, eingesetzt in sein Amt, weil er in der richtigen Partei war, schob seinen gewichtigen Körper durch den Raum wie ein Kreuzfahrtschiff auf einer Binnenkanalpassage. Der Jurist war bleich wie die Wand, ging schnurstracks und mit erwartungsvoller Miene auf Wiese zu und begrüßte diesen mit einem Händedruck, der den durchtrainierten Sportler kurz zusammenzucken ließ. Mit einem

Nicken ließ er Wiese dann wieder frei. In Schellenburgs Schlepptau befand sich ein Mann, den Wiese schon einmal gesehen hatte, ein Schwarzafrikaner. Das musste der ugandische Botschafter sein. Okot Kiguli. Klein, drahtig, mit wachen Augen um sich blickend. Die beiden ungleichen Männer setzten sich.

Wiese beugte sich zu Anja Paffrath hinüber, die gerade wieder hereingekommen und an der Wand neben der Tür stehen geblieben war. »Was um alles in der Welt macht von Schellenburg hier?«, fragte er sie. »Normalerweise posiert der doch nur für die Boulevardblätter auf einem Pferd seines Gestüts oder nimmt mit seiner Frau an Charity-Veranstaltungen teil.«

Die Kollegin sagte nichts, sondern stand wie geistesabwesend da.

»Anja, alles in Ordnung mit Ihnen?«

»Sie wollten doch einen erdachten Anlass, um hier rauszukommen« flüsterte sie zurück. «Ich glaube, nun haben wir einen echten.« Sie hielt ihm das schnurlose Telefon entgegen, das sie aus ihrem Büro mitgebracht hatte. »Und ich fürchte, er ist echter, als uns lieb sein kann. Ein Anruf aus Hamburg. Aus dem Gefängnis in Fuhlsbüttel.«

Wiese sah um sich, griff nach dem Telefon und entfernte sich instinktiv von potenziellen Mithörern, während er sich mit Namen und Dienstgrad meldete. Zur Antwort hörte er die warme Stimme eines Afrikaners, die in fast perfektem Deutsch zu ihm sprach. Lediglich ein winziger Akzent verriet, dass er die Sprache nicht von klein auf gelernt hatte.

»Herr Wiese, es ist mir eine Freude und Ehre, Sie einmal persönlich am Telefon zu sprechen«, sagte die Stimme. »Mein Name ist Bernard Kayibanda. Bestimmt haben Sie schon einmal etwas von mir gehört.«

Sofort begannen die Gedanken in Wieses Kopf zu rasen. Kayibanda, auf den Namen war er doch schon gestoßen. Aber wo?

»Guten Morgen ... «, sagte Wiese automatisch. »Darf ich fragen, was der Anlass Ihres Anrufs ist?«

Jetzt fiel es ihm ein: In dem Zeitungsartikel über den Kriegsverbrecherprozess in Hamburg. Kayibanda war der Hauptangeklagte. Wiese gab seiner Kollegin zu verstehen, dass sie die Nummer zurückverfolgen sollte.

»Oh, Herr Wiese, ich wende mich mit ein paar Bitten in eigener Sache an Sie. Ich glaube, Sie sind genau der Richtige dafür. Waren Sie jemals in Ruanda?«

»Nein, aber ich vermute, das wissen Sie bereits.« Wiese hatte die unangenehme Ahnung, dass der Mann am anderen Ende der Leitung genau über ihn informiert war. Er blickte kurz auf das Display seines Telefons. Eine Handynummer. Saß der Mann nicht in Untersuchungshaft?

»Da haben Sie vollkommen recht. Sie sollten einmal dorthin fahren. Die Sonnenuntergänge in Ruanda sind etwas Besonderes. Ostafrika ist die Wiege der Menschheit. Von dort kommen wir alle. Sie, ich, Ihre Frau und Ihre Kinder, wir alle haben unseren Ursprung dort, von wo aus die Quellen des Nils noch heute für überbordende Fruchtbarkeit im gesamten Nordosten Afrikas sorgen. Sie müssten nur ein einziges Mal die wunderschönen Virunga-Vulkane erklimmen und schon würden Sie mir zustimmen. Wissen Sie, von dort oben, von der Spitze des Karisimbi können Sie die traumhaften Hügel Ruandas im Osten sehen und brauchen sich nur einmal umzudrehen, um auch die weiten Landschaften Zaires im Westen zu sehen. Als ich zuletzt am Rand des Kraters stand, wissen Sie, was ich damals gesagt habe?«

Wiese wechselte den Telefonhörer aus einer Hand in die andere. Er schwitzte leicht. »Nein, wie sollte ich das wissen? Aber hören Sie, wir ...« Er sah zu seinen Kollegen herüber, die ihn fragend anblickten. Er wandte sich ab.

»Es war ein wunderschöner Tag im Dezember vor ein paar Jahren. Ich hatte den Berg allein bestiegen, weil ich einfach mal wieder die Ruhe spüren und die reine Luft atmen wollte.«

»Herr ...« Wiese hörte hinter sich, wie die anderen das Gespräch wieder aufnahmen. »Ich ...«

»Ich stand bei Sonnenaufgang am Kraterrand und war vollkommen ergriffen von der Welt um mich herum. Die Weite, die Freiheit, die Schönheit. Ich wünschte, jeder Mensch hätte einmal die Gelegenheit, diesen Moment zu erleben. Wollen Sie mir versprechen, dass Sie eines Tages dort oben stehen und an meine Worte denken werden?«

»Herr Kayibanda, ich weiß nicht, wie ich Ihnen weiterhelfen kann. Wir haben hier ...« Er wurde allmählich ungeduldig. Er trat wieder an den großen Tisch zurück.

»Versprechen Sie es mir nur einfach. Sie werden es nicht bereuen, denn das Erlebnis wird Ihnen ewig in Erinnerung bleiben.«

»Ich habe zu tun ...« Wieder wechselte der Hörer die Hand. Woher hatte der Mann überhaupt seine Durchwahl?

»Herr Wiese, es ist doch ganz einfach: Versprechen Sie mir nur, dass Sie eines Tages auf den Karisimbi steigen werden. Mehr nicht.«

»Ja, ich verspreche es Ihnen.« Resigniert setzte sich Wiese auf den Stuhl. Er sah seine Kollegin an, die neben ihm stand, und verdrehte die Augen.

»Ich wusste doch, dass man mit Ihnen ein vernünftiges Gespräch führen kann.«

»Herr Kayibanda – was wollen Sie?« Wiese klopfte mit den Fingerknöcheln nervös auf die Tischplatte.

»Ich wollte nur dieses Versprechen von Ihnen hören. Und ich schließe aus Ihrer Reaktion, dass Sie noch nicht so weit gekommen sind, wie ich das von Ihnen gedacht hatte. Das ist sehr bedauerlich.«

»Was meinen Sie damit?« Ein Schweißtropfen suchte sich den Weg an Wieses Wirbelsäule entlang.

»Das werden Sie schon noch verstehen. Sprechen Sie mit Ihren Leuten und denken Sie dann später einfach mal an mich. Ich denke, ich kann Ihnen bei Ihren aktuellen Problemen weiterhelfen.«

»Was soll das heißen?«

»Ich werde Ihnen ein Angebot machen können. Aber das hat Zeit. Wissen Sie, hier in der Untersuchungshaft habe ich Zeit. Sehr viel Zeit.«

»Wissen Sie irgendetwas über die Geiselnahme?« Er schnappte sich einen Notizblock und einen Stift.

»Geiselnahme, so eine vorbelastete und wertende Formulierung ... Nein, so ein Wort würde ich niemals benutzen, um zu beschreiben, womit Sie sich beschäftigen. Ich würde es eher eine besondere Form der Gastfreundschaft und Aufmerksamkeit gegenüber Fremden nennen.«

»Was haben Sie damit zu tun?« Wieses Stimme wurde schärfer. Kayibanda konnte sich sicher sein, seine ganze Aufmerksamkeit gewonnen zu haben.

»Melden Sie sich bei mir, wenn Sie mehr wissen möchten.«

Es klickte in der Leitung. Das Gespräch war beendet.

Ratlos und wütend blickte Wiese vor sich auf den Tisch. Die Hand mit dem Kugelschreiber schwebte drohend über dem leeren Block. Jemand, der Insiderkenntnisse zur Geiselnahme hatte, hatte ihn angerufen, vielleicht war es sogar einer der Drahtzieher. Und er, Sven Wiese, Leiter des Krisenreaktionszentrums, hatte keinen blassen Schimmer.

»Haben Sie die Nummer notiert?«, fragte er seine Kollegin unwirsch. Sie nickte und verschwand in Richtung Faxgerät.

Wiese wandte sich den anderen zu und berichtete von dem Anruf. Huber starrte ihn entgeistert an. Der Generalbundesanwalt zog ein besticktes Taschentuch aus seiner Westentasche, um sich damit die Stirn trocken zu tupfen. Okot Kiguli ergriff das Wort. Der Botschafter versprach die größtmögliche Unterstützung seiner Regierung bei der Befreiung der Geiseln. Aber er machte auch darauf aufmerksam, dass die Strukturen in Afrika anders seien als in Europa. Die Macht der Rebellen in Zaire sei immer noch groß. Wiese wusste das alles und wollte ihn gerade unterbrechen, als Anja wieder neben ihm erschien. Er sah ihren besorgten Gesichtsausdruck.

»Was ist?« fragte er leise.

»Ich muss Ihnen etwas zeigen«, antwortete sie. Dann schob sie ihm ein Fax zu. »Die Teilnehmerliste der Reisegruppe ist gerade aus Kampala gekommen.«

»Und was ist damit?«

»Schauen Sie selbst«, antwortete sie und wies auf das Fax.

Er überflog die Liste, ohne zu verstehen, was sie meinte. Doch dann blieb er an einem Namen hängen. Verdammter Mist! Jetzt verstand er, warum hier so ein Aufgebot an hochrangigen Würdenträgern saß. Und er begann zu ahnen, warum Bernard Kayibanda so zufrieden geklungen hatte.

31

Ruwenzori, 16. Juni

Tom erwachte völlig durchgefroren. In der Höhle waren die vier Entflohenen zwar vor dem schneidend kalten Wind geschützt, doch die Temperatur lag höchstens um null Grad. Der Himmel war nach wie vor dunkel, nur ein schmaler Schein am Horizont kündigte den nahenden Tag an. Andrea, Hans und Imarika schliefen noch zusammengekauert an der Felswand. Vorsichtig erhob sich Tom. Seine Kopfschmerzen waren fast vollständig verschwunden, nur ein leichter Schwindel hielt sich hartnäckig. Ganz langsam tastete er sich bis an den Ausgang der Höhle vor. Unter ihm leuchtete das satte Grün bereits in der schnell heller werdenden Umgebung. Er überlegte, aus welcher Richtung sie in der Nacht gekommen waren. Dem Sonnenstand nach waren sie ziemlich genau nach Süden gelaufen. Im Westen lag der Kongo. Im Norden lauerten die Rebellen. Und im Osten erhob sich der unüberwindliche riesige Mount Baker, einer der höchsten Gipfel des Ruwenzori.

»Kannst du irgendetwas entdecken?«, fragte Andrea, als sie neben ihn kroch. Er wandte sich zu ihr um und legte den Zeigefinger auf die Lippen. Niemand wusste, ob die Rebellen nicht oberhalb von ihnen an der Kante des Abhangs kampierten.

»Nein, und es scheint alles ruhig zu sein«, flüsterte er. »Aber wir müssen sehr vorsichtig sein. Sie werden uns sicherlich weiter suchen.«

Hans schlich von hinten an sie heran.

»Und was machen wir nun?«, fragte Andrea.

»Wir gehen nach Süden«, schlug Tom vor.

»Der Weg liegt im Osten«, widersprach Hans. »Diese Richtung müssen wir einschlagen.«

»Genau dort werden sie uns erwarten. Darauf kannst du Gift nehmen.«

»Nach Süden zu gehen ist völliger Schwachsinn. Da werden wir uns verirren«, schimpfte Hans.

»Irgendwo dort muss sich der Kilembe-Trail befinden. Wir werden sicherlich schnell auf Hilfe stoßen.«

»Kennst du den Weg dorthin?«, fragte Hans wütend. »Wir haben keine Karte, niemand von uns kennt sich hier aus, wir können uns nur am Sonnenstand orientieren. Und du willst noch tiefer in dieses Gebirge rein?« Hans sah ihn mit zusammengekniffenen Augen an. »Ach, jetzt verstehe ich. Du hattest ja von Anfang vor, den Kilembe-Trail zu gehen. Du willst deinen Plan um jeden Preis umsetzen, auch jetzt noch? Du bist ja wahnsinnig.«

»Süden ist die einzige Richtung, die Sinn macht«, blaffte Tom zurück. »Außerdem habe ich eine Karte.«

Er fischte seine mittlerweile vollkommen zerfledderte Zeichnung aus den Tiefen einer seiner Hosentaschen.

»Du suchst da unten nach etwas, habe ich recht? Und jetzt sollen wir unser Leben aufs Spiel setzen und mitkommen?« wollte Hans wissen.

»Niemand wird dich zwingen. Du kannst gerne nach Osten gehen und die Scheißkerle von mir grüßen.« Tom wandte Andrea den Blick zu. »Was ist mit dir?«

Andrea schaute zu Imarika: »Du kennst dich doch hier am ehesten aus – was sagst du?«

Imarika schwieg zunächst, sah kurz auf Toms Karte und nickte ihm dann stumm mit dem Kopf zu.

»Also gut«, fasste Andrea zusammen, »wir drei werden nach Süden gehen. Und du solltest mit uns kommen, Hans. Allein hast du keine Chance.«

Hans raunte ein paar unverständliche Worte vor sich hin, doch als Tom sich anschickte, die Höhle zu verlassen, stand auch er auf.

Vorsichtig kletterte Tom als Erster hinaus, suchte das Blättermeer unter sich ab, ob es irgendeinen Hinweis auf die Rebellen gab, kam jedoch schnell zu dem Ergebnis, dass das aussichtslos war. Sie mussten das Risiko einfach eingehen, wenn sie nicht ewig in der Höhle sitzen bleiben wollten. Zentimeter für Zentimeter kletterte er den Abhang, der sie in der Nacht in Sicherheit geführt hatte, weiter hinab. Die anderen folgten ihm genauso langsam. Sie konzentrierten sich auf jeden Tritt. Immer wieder blickte Tom nach oben zurück in ständiger Angst, das Gesicht eines der Rebellen an der Kante über sich auftauchen zu sehen. Als sie den Fuß des Abhangs erreicht hatten, atmeten sie erleichtert auf.

Nun begann für die vier ein anstrengender Marsch durch eine mehr als menschenfeindliche Landschaft mit kargem Bewuchs, Kälte und ewigem Wind. Eine Stunde lang liefen sie im Gänsemarsch auf schlammigem Untergrund durch Senezienwälder einen abschüssigen Hang hinunter. Vor ihnen türmten sich Berge auf, die sie zur Orientierung fest im Blick behielten, um nicht im Kreis zu laufen. Tom führte die Gruppe an, erleichtert darüber, dass seine Höhenbeschwerden vollkommen verschwunden waren und das Wetter weitgehend klar blieb.

Plötzlich stockte Tom. Vor ihm war deutlich ein Weg zu erkennen. Hatten sie sich doch in der Richtung vertan? Wenn er sich nicht täuschte, waren sie geradewegs nach Süden gegangen, und den einzigen Weg erwartete er definitiv im Osten. Er rief Imarika zu sich, der ihn beruhigte: Es gab einen ost-westlich verlaufenden Pfad, der in den Kongo führte. Eine Schmuggelroute für Coltan, Gold und Holzkohle. Der Weg war erstaunlich gut erkennbar, und die vielen Fußspuren deuteten auf eine rege Benutzung hin. Tom blieb dabei, sich nicht zu früh auf einen bestehenden Weg zu wagen. Sie konnten entdeckt werden. Die kleine Gruppe folgte dem Weg also nur ein paar hundert Meter weit, da Imarika sich an einen Fluss erinnerte, den sie auf diese Weise trocken überqueren konnten. Als sie das Flusstal hinter sich gebracht hatten, verließen sie den Pfad wieder, der sich seinen Weg weiter nach Osten suchte, und nahmen einen erneuten Aufstieg durch die afroalpine Pflanzenwelt in Angriff.

»Meinst du nicht, du solltest das Geheimnis um deine Reise nach Uganda endlich lüften?«, fragte Tom Andrea, als sie auf halber Höhe auf einem Bergrücken eine Verschnaufpause einlegten. »Oder hast du immer noch kein Vertrauen zu mir?«

Andrea sah sich um. Hans und Imarika saßen außer Hörweite. Sie musterte Tom abschätzend. Und schwieg.

»Paul hat dir irgendetwas über mich gesagt, oder?«, fragte Tom. »Seit du mit ihm gesprochen hast, bist du verändert.«

»Er hat behauptet, du hättest uns in die Falle gelockt.«

»Ich? Und du glaubst ihm? Immerhin war er es, der uns mit seinen Leuten mitten in der Wildnis überfallen hat. Und mir glaubst du nicht?« Er schüttelte verständnislos den Kopf und erhob sich. »Na, vielen Dank.«

»Bitte bleib«, hielt Andrea Tom zurück, der nur zögerlich seinen Platz wieder einnahm. Doch bevor sie zu sprechen begann, blickte sie noch einmal lange vor sich auf den Boden.

»Das Ganze hat im letzten Winter angefangen. An Weihnachten.«

»Eine Weihnachtsgeschichte, wie nett ...«, spottete Tom. Andrea warf ihm einen strafenden Blick zu.

»Ich war bei meinen Eltern. Meine Mutter wollte, dass ich ein paar Fotos vom Dachboden hole. Ich hasse diese Weihnachtsfeste bei meinen Eltern. Meine Mutter dreht dann immer völlig durch. Alles muss perfekt sein. Im Grunde dreht sich alles nur um meinen Bruder und seine Kinder. Hauptsache, es gibt strahlende Kinderaugen unter dem Weihnachtsbaum. Harmonie gehört zum Pflichtprogramm.« Tom betrachtete sie neugierig. Der Anflug eines Lächelns umspielte seinen Mund.

»Wir sind also alle bei meinen Eltern auf dem Gutshof, die verschneite Landschaft rundherum passt perfekt zu Weihnachten, im Garten ein missglückter Schneemann, den meine Neffen und Nichten gebaut haben, kitschige Beleuchtung an jedem Fenster. Meine Mutter will unbedingt irgendwelche Kinderfotos von meinem Bruder und mir haben, damit sie ihren Enkeln die heile Welt vorgaukeln kann, in die sie sich selbst so gerne zurückträumt. Und ich finde die Gelegenheit günstig, um mich für eine Weile zurückzuziehen. Auf dem Dachboden steht ein alter Kleiderschrank von meinen Großeltern. Jede Menge Kisten mit alten Fotos sind dort drin. Ich muss eine Weile suchen, bis ich finde, was Mutter haben will. Gerade als ich den Schrank wieder zumache, sehe ich, dass das Papier, mit dem der Boden beklebt ist, aufgerissen ist. Darunter ist eine Klappe zu erkennen. Ein Geheimfach. Das zieht mich magisch an. Es ist nicht groß, aber um einen Stapel Briefe zu verstecken reicht es.«

»Und das waren Briefe für dich?«

»Nein, diese Briefe waren an meinen Vater adressiert. An die alte Adresse meiner Großeltern. Sie waren alle ungeöffnet! Ich wusste nicht, was ich tun sollte. Letztendlich habe ich sie mitgenommen und in meinem Zimmer versteckt. Dann bin ich mit den Fotos zu meiner Familie zurückgegangen. Am Abend habe ich Kopfschmerzen vorgetäuscht und mich früh zurückgezogen. Du kannst dir denken, was ich vorhatte. Die Briefe waren alle in Kampala abgestempelt. Ich hatte zu dem Zeitpunkt noch nie von dieser Stadt gehört.«

»Hast du die Briefe gelesen?«, fragte Tom. Andrea sah ihn kurz an, dann nickte sie.

»Abgeschickt wurden sie zwischen März 1971 und Sommer 1973. Also vor meiner Geburt. Ich habe lange überlegt, dann aber den ersten

Brief geöffnet. Die Schrift war schwer zu lesen. Und zuerst verstand ich nicht, worum es überhaupt ging. Erst als ich nach und nach auch die anderen Briefe geöffnet hatte, wurde mir einiges klar. Als ich meinen Vater ein paar Tage später darauf ansprach, fielen auch die restlichen Puzzleteile an ihren Platz. Das war ein Schock für ihn – und für mich.«

»Was hat er denn erzählt?«

»Mein Vater hat eine Zeit lang in Uganda gelebt. Bevor er meine Mutter kennen lernte. Er hat hier gearbeitet, auch noch, als Idi Amin sich 1971 an die Macht putschte.«

»Meine Güte! Hat er etwas mit den Gräueltaten hier zu tun gehabt?«

»Ich weiß darüber nichts Genaues. Vater musste schon nach kurzer Zeit das Land Hals über Kopf verlassen. Er hatte zu dem Zeitpunkt eine ugandische Freundin. Und ein Kind mit ihr!

Er sagt heute, er hätte die beiden mitnehmen wollen, aber er ist wohl eher geflohen als ausgereist. Er musste sie also zurücklassen, wollte sie aber später nach Deutschland zu sich holen. Uganda versank damals im Chaos, überall mussten die Menschen fliehen, niemand wusste, wo sich die eigenen Verwandten aufhielten. Auch mein Vater hatte keine Ahnung, wo seine Freundin und das Kind waren. Er konnte ihren Aufenthaltsort nicht herausbekommen. Und er hat auf Briefe gewartet. Aber die hat er nie bekommen. Ich vermute, dass meine Oma sie damals abgefangen hat.«

»Warum sollte sie das getan haben?«, wollte Tom wissen.

»Meine Großeltern waren alles andere als einverstanden mit Vaters Idee gewesen, in Uganda zu leben. Und eine Hochzeit mit einer ‚dahergelaufenen Negerin', war für sie erst recht nicht vorstellbar. Also hat meine Oma alles getan, um den Kontakt zu unterbinden.«

»Und das ist ihr offenbar auch gelungen ...«

»Meinen Vater hat sie irgendwann vor die Wahl gestellt, entweder mit der Vergangenheit abzuschließen und ein neues Leben in Deutschland zu beginnen oder von der Familie verstoßen zu werden. Er war jung und verzweifelt, es gab schließlich keine Nachrichten aus Uganda. Die Medien berichteten nur von den vielen Menschen, die in den Wirren dieser Jahre alles verloren. Von ganzen Familien, die ausgelöscht wurden, wenn sich nur ein Familienmitglied bei Idi Amin unbeliebt gemacht hatte. Er musste davon ausgehen, dass seine Freundin und das Kind verschollen waren.«

»Wie hat sich dein Vater entschieden?«

»Mein Vater hat tatsächlich einen Schlussstrich unter diese Geschichte gezogen. Er hat meine Mutter geheiratet, zwei Kinder gezeugt und eine Familie gegründet. Er hat mir gesagt, dass er die Frau, die er hier in Uganda geliebt hat, nie vergessen hat. Erst als ich ihm die Briefe gegeben habe, hat er den Betrug seiner Mutter erkannt. Er hat seine Beziehungen spielen lassen und herausbekommen, dass seine damalige Freundin tatsächlich gestorben war. Aber sein Sohn lebt. Mein Halbbruder.«

Tom hatte aufmerksam zugehört. Als Andrea nun nicht weitersprach, fragte er: »Und nun will er diesen Sohn wiederfinden. Aber warum bist du dann hier? Warum ist dein Vater nicht selbst gekommen? Ist er krank?«

Andrea zögerte eine Weile, bevor sie antwortete.

»Sagen wir es mal so: Mein Vater kann unmöglich nach Uganda reisen – aus Gründen, die ich dir jetzt nicht erklären will.«

»Dann bist du also auf der Suche nach deinem Halbbruder und seiner vermutlich verstorbenen Mutter?«

»Meinen Bruder habe ich schon gefunden.«

Erstaunt antwortete Tom. »Wo? Hier in den Bergen?«

Andrea nickte.

»Du willst mich verarschen, oder? Ist es einer der Träger?«

»Nein. Kein Träger. Es ist Peter. Unser Guide. Peter ist mein Bruder.«

Tom blickte Andrea lange an.

»Jetzt verstehe ich auch endlich, warum du dich so für ihn interessiert hast. Was hat er denn gesagt, als du ihm das alles erzählt hast?« Als Andrea nur langsam den Kopf schüttelte, dämmerte es ihm. »Du hast es ihm noch gar nicht gesagt?«

Andrea senkte den Kopf. »Ich wollte zuerst herauskriegen, was er für ein Mensch ist. Und dann war plötzlich die Situation völlig auf den Kopf gestellt. Die Entführung. Seitdem ist er verschwunden. Ich weiß nicht mal, ob er noch lebt. Ich habe ihn gefunden und gleich wieder verloren.« Andreas Finger spielten nervös umeinander. Ein leichtes Zittern durchlief ihren Körper.

Tom legte Andrea eine Hand auf die Schulter. Als wolle sie ihn abschütteln, erhob sie sich daraufhin und bedeutete den anderen beiden mit einem Winken, weiterzugehen. Hans und Imarika erhoben sich ebenfalls und stießen wieder zu Andrea und Tom, die schweigend hintereinander liefen. Innerhalb weniger Minuten erklommen sie auch das letzte Stück des Bergrückens und hatten einem erneuten Abstieg vor sich.

Auf dem Weg nach unten ließ nasser Matsch sie immer wieder ausrutschen. Gerade wollte Tom Andrea nach Peters Mutter fragen, als er aus den Augenwinkeln eine Bewegung wahrnahm, schräg neben ihnen. Er stoppte die anderen, und sofort duckten sie sich auf den Boden. In der Entfernung bemerkte Tom eine Silhouette, doch als er genauer hinsah, war sie wieder verschwunden. Hatte er sich das eingebildet? Sah er schon wieder Gestalten, die es nicht gab?

32

Kilembe, 16. Juni

Harald und Georg stiegen aus dem Taxi, das sie von der Forschungsstation im Süden des Landes bis auf das Gelände des RTS, des Ruwenzori Trekking Service in Kilembe gebracht hatte. Sofort drangen laute Stimmen zu ihnen herüber. Etwa zwanzig ugandische Männer und Frauen diskutierten wild gestikulierend auf dem kleinen Vorplatz vor dem Hostel, von dem aus normalerweise die Touren in den Ruwenzori starteten. Harald wuchtete das Gepäck aus dem Kofferraum, warf alle Taschen und Rucksäcke neben das Auto, während Georg den Fahrer bezahlte. Danach gingen sie langsam auf die Leute zu, die so vertieft waren, dass sie keine Notiz von den Ankommenden nahmen.

Die beiden Forscher versuchten herauszufinden, was der Grund für die helle Aufregung war. Im Schimpfen und Lamentieren der Männer und Frauen drangen allmählich einzelne Informationen zu Georg und Harald durch. Offenbar war in der Nacht von einem Camp am Central Circuit aus, der knapp dreißig Kilometer weiter im Norden verlief, ein Notruf über ein Satellitentelefon abgesetzt worden. Ein Träger hatte sich zu einer anderen Reisegruppe durchgeschlagen, die Guides geweckt und berichtet, dass sein eigenes Team weiter oben in den Bergen überfallen worden war.

Georg hörte gespannt zu. Seit Langem hatte es keinen solchen Vorfall mehr im Grenzgebiet gegeben. Es musste kurz nach der Überquerung des Scott-Elliot-Passes passiert sein. Einer der Reisenden war getötet worden, der Träger selbst hatte fliehen können. Er habe noch eine Weile Schüsse gehört, dann sei alles still geworden, hieß es.

Georg wurde es mulmig. Hans war dort oben. Er begann fieberhaft nachzurechnen, wie lange sein Bruder schon unterwegs war, bis wohin er wohl gekommen war und wie lange der Träger gebraucht hatte, um auf die nächste Gruppe zu stoßen. Niemand konnte ihm sagen, von welchem Camp der Notruf gekommen war, weil der Trekking Service sich mit Informationen bedeckt hielt. Also drängte Georg sich an den Dorfbewohnern vorbei, um in das Büro des RTS zu gelangen. Dort saß die übernächtigt aussehende Geschäftsführerin an ihrem Tisch und telefonierte. Hektisch und wortreich erklärte sie immer wieder die Situation, doch ihr Gesprächspartner – wohl jemand von einer Behörde – war offenbar nicht zufrieden zu stellen. Als sie Georg erblickte, fuchtelte sie wild mit der Hand, um ihn wieder hinauszukomplimentieren, doch er ließ sich nicht abwimmeln. Als sie das Gespräch beendet hatte, begann sie sogleich, eine weitere Nummer einzutippen, doch Georg legte die Hand auf die Gabel. Aufgebracht erhob sich die Geschäftsführerin und setzte zu einer Schimpftirade an, doch Georg schoss seinerseits sofort mit Fragen los. Erfolglos, wie sich schnell herausstellte. Die Geschäftsführerin sank auf ihren Stuhl zurück – auch sie wusste nichts Näheres. Als Georg sich mit einer kurzen Entschuldigung abwandte, griff die Frau sofort wieder zum Hörer.

Beim Verlassen des Büros fiel seine Aufmerksamkeit auf ein altes Faxgerät, das in diesem Moment ratternd eine Nachricht ausspuckte. Er blieb stehen und starrte auf das leicht gelbliche Thermopapier, das sich langsam aus dem Schlitz schob. Der Briefkopf wies als Absender die staatliche Parkverwaltung aus, die Uganda Wildlife Authority. Zeile für Zeile entzifferte Georg die Details. Sie hatten den Nationalpark geschlossen. Ab sofort fanden keine Touren in das Gebirge mehr statt. Niemand durfte mehr hinein. Am Ende folgte eine klein gedruckte Liste. Hastig riss Georg das Papier ab. Namen. Eilig überflog er sie. Eine Übersicht der Entführten. Zuerst fiel ihm der Name seines Bruders ins Auge, und er wollte das Papier schon zur Seite legen, als er noch einen anderen Namen entdeckte, der ihn zurückschrecken ließ. Jetzt endlich wusste er, warum sein Bruder nach so vielen Jahren nach Uganda zurückgekehrt war.

»Verdammt!«

Er warf der Frau am Schreibtisch das Fax zu, die ärgerlich von ihrem Telefonat aufblickte.

Georg verließ sofort das Büro und erzählte Harald in knappen Worten, was er erfahren hatte.

»Dann ist unsere Tour ja wohl erst mal gestorben«, sagte der.

»Ganz im Gegenteil«, antwortete Georg. »Ich gehe hoch und suche Hans.«

Unter Haralds erstauntem Blick trat Georg auf die Rucksäcke zu, holte seine Regenjacke und ein paar andere Kleidungsstücke heraus. Er begann, alles umzupacken.

»Du bist völlig verrückt, allein in ein Gebirge an der kongolesischen Grenze zu gehen, wo gerade Touristen entführt worden sind! Du tust genau das, was du Stefan vorgeworfen hast.«

Georg richtete sich auf. »Wer sagt denn, dass ich allein gehe?« Provokant sah er seinen Kollegen an. »Du hast doch darauf bestanden, mitzukommen. Wie war das noch? ,Ich hätte kein Problem damit, über die Grenze zu gehen', hast du getönt. Aber wenn du keine Eier in der Hose hast, dann kannst du ja zur Station nach Ruhija zurückfahren und unseren Studenten dabei helfen, die Berggorillas zu zählen. Ich werde dich nicht aufhalten.«

»Und wenn wir zu zweit gingen – du wirst keinen Guide finden, der uns begleitet. Und du weißt, wie gefährlich es da oben ohne professionelle Führung ist. Den Fehler hat Stefan schon gemacht.«

Georg schaute sich suchend um. Sein Blick blieb an einem Mann hängen, der gerade den Weg zum Backpackers hinaufging. Ein Lächeln huschte über Georgs Gesicht, als er sich in Bewegung setzte.

»*Einen* Guide haben wir, da bin ich sicher. Hallo Kibwana! Ich freue mich, dich zu sehen.«

»Georg, die Freude ist ganz meinerseits. Wenn auch der Zeitpunkt alles andere als ruhmreich für unser Land ist.« Sie gaben sich die Hand. Georg machte Kibwana mit Harald bekannt. Mit klaren Augen fixierte der Afrikaner den Europäer. Er schien zu prüfen, wie sich Harald in den Bergen machen würde.

Georg und Kibwana kannten sich seit der Zeit, als Georg zum ersten Mal einige Jahre in Ostafrika gelebt hatte. Der groß gewachsene Ugander war lange Zeit beim Militär gewesen, bis er sich mit seiner kleinen Firma selbstständig gemacht hatte, die Safaris und Touren für europäische Touristen organisierte. Georg hatte ihn damals finanziell unterstützt und damit die Grundlage der Firma geschaffen. Seither war Kibwana ihm in Dankbarkeit verbunden. Die beiden waren zu guten Freunden geworden, die wussten, dass sie sich jederzeit aufeinander verlassen konnten, auch wenn sie sich manchmal ein paar Jahre lang nicht sahen. Als Kibwana hörte, dass Georgs Bruder zu den Opfern des Überfalls gehörte, zögerte er keine Sekunde. Natürlich würde er Georg helfen.

Über eine offizielle Genehmigung brauchten sie erst gar nicht nachzudenken, die würde man ihnen ohnehin verweigern. Also mussten sie einen anderen Weg nehmen. Kibwana ging auf die Männer zu, die sich noch immer lautstark unterhielten, und sprach mehrere von ihnen an. Die Gruppe wurde sofort still. Nach ein paar Minuten kam Kibwana mit vier Männern zurück.

»Sie wollen 50.000 Schilling pro Tag«, sagte er. Etwa zwanzig Euro, überschlug Georg im Geiste. Das bekamen sonst höchstens die Chief-Guides, niemals die Träger.

»8.000 sind üblich, das weißt du genau«, entgegnete er.

»Seit heute Morgen ist hier leider nichts mehr normal. Du wirst niemanden finden, der für weniger mitkommt.«

Die Männer hinter Kibwana blickten die Europäer mit ernsten Gesichtern an. Andere Dorfbewohner im Hintergrund beobachteten das Geschehen aufmerksam.

»Gut, einverstanden. Aber dann gehen wir sofort los.« Georg schulterte seinen Tagesrucksack.

Kibwana nickte den Männern hinter sich zu. Die nahmen die Rucksäcke und Taschen, in denen sich in erster Linie Lebensmittel, ein paar Sammelbehälter für Proben sowie Töpfe und Holzkohle zum Kochen befanden, auf die Schultern und machten sich auf den Weg. Georg folgte Kibwana und den Trägern den kleinen Hang hinab.

Harald stand fassungslos auf dem Platz. Georg hatte sich nicht einmal von ihm verabschiedet.

»Georg, das ist Wahnsinn ...«, rief er ihm nach.

Am Schlagbaum zur Straße zögerte Georg einen kurzen Moment, wandte sich jedoch nicht um, sondern bog in die Straße ein.

Harald stand hinter seinem Rucksack und neben einem fragend drein blickenden Träger. Perplex starrte er Georg hinterher, stampfte wütend mit dem Fuß auf, griff nach seinem Rucksack, sah wieder seinem Kollegen nach, warf das Gepäck zu Boden, raufte sich die Haare, trat gegen die Mauer des Gebäudes und stöhnte laut. Der Träger setzte ein breites Grinsen auf, lud sich den Rucksack auf den Rücken und guckte Harald herausfordernd an. Der schüttelte resigniert den Kopf und eilte der kleinen Schar nach.

Georg schaute nur kurz zur Seite, als Harald ihn erreichte, nickte und stapfte weiter die Straße hinauf.

»Ich kann dich da nicht allein raufgehen lassen«, sagte Harald dünn. »Wer weiß, was dich da oben erwartet.«

Georg atmete hörbar aus. Die Straße führte sie langsam an zahlreichen Hütten auf der linken Seite vorbei. Sie war von Schlaglöchern übersät. Auf einem kleinen Wall am Straßenrand standen Kinder aller Altersgruppen und winkten ihnen fröhlich zu. Frauen unterbrachen ihre Arbeit; sie sahen dem Trupp ernst und sorgenvoll nach. Um sich zu verabschieden, verschwanden die Träger einer nach dem anderen in den Hütten. In jeder Wohneinheit, in nur einem Raum, lebte eine ganze Familie. Zwischen den Häusern wuchsen Zuckerrohr, Mais und Bananen. Am Ende der Reihen schob sich ein großer Hügel steil in die Höhe. Er war von Feldern bedeckt, zwischen denen immer wieder kleine Hütten hervorlugten. Die Menschen dort lebten vom Gemüseanbau. Das Leben in den Ausläufern des Ruwenzori war hart, wenn der Boden auch eine üppige Vegetation zuließ.

Georg ließ den Blick über die nahen Hügel hinweg schweifen.

Vor ihnen lag der Ruwenzori. Die Grenze des Nationalparks war von weitem erkennbar: Die Felder endeten abrupt und die immergrünen Wälder strebten an den Hängen dem Himmel entgegen. Während in Kilembe noch die Sonne schien, waren die Berge vor ihnen von Nebel und Wolken umgeben. Was außer der herrlichen Landschaft war dort noch verborgen? Konnten sie überhaupt darauf hoffen, mit ihrer Mission erfolgreich zu sein?

Die Männer, die Georg und Harald begleiteten, hatten sich von ihren Familien verabschiedet und schlossen sich nun wieder der kleinen Gruppe an. Ein immer größer werdender Pulk von Dorfbewohnern folgte ihnen in gebührendem Abstand, bis sie die erste Steigung erreichten. Als Georg sich umschaute, stellte er fest, dass ihnen über hundertfünfzig Menschen mehr oder weniger schweigend nachsahen. Er konnte Sorge in ihren Augen sehen, aber auch einen gewissen Respekt. Offenbar hatte sich in Windeseile herumgesprochen, dass er seinen Bruder suchte. Die Familie stand bei den Menschen dieser ländlichen Region über allem, und Georg wusste, dass sie gut verstehen konnten, warum sich jemand zur Rettung eines Verwandten in Gefahr begab.

Den offiziellen Eingang zum Nationalpark umgingen sie, indem sie versteckte Pfade einschlugen. Kurz hinter dem Rangerposten stießen sie auf den schattigen Waldweg des Kilembe-Trails, der sich in immer steileren Windungen durch die Höhen und Tiefen des Gebirges schlängelte. Als sie an eine Abzweigung kamen, rasteten sie einen Moment. Rechts ging es zum regulären Aufstieg, links kehrten die absteigenden Wanderer normalerweise zurück. Georg zog die Karte mit den Markierungen seines Bruders aus der Tasche. Er studierte sie eine Zeit lang und steckte sie dann entschlossen wieder weg.

»Wir nehmen den linken Weg. Vielleicht treffen wir beim Aufstieg auf Gruppen, die runterkommen und uns erzählen können, was da oben los ist«, entschied Georg und drängte Harald, Kibwana und die Träger, wieder aufzubrechen.

Bis zum Einbruch der Dunkelheit wollte er nicht nur eine Etappe, sondern gleich zwei hinter sich gebracht haben. Bis zum Mutinda-Camp knapp 3.800 Meter über dem Meeresspiegel mussten sie es heute noch schaffen.

Für Kibwana und die Träger war das kein größeres Problem. Nur Georgs und Haralds Kräfte waren schon deutlich geschwunden, als sie am späten Nachmittag das idyllisch gelegene Kalalama-Camp passierten – immer noch viele Stunden von ihrem Ziel entfernt. Der Himmel bezog sich mit schweren dunklen Wolken, die sich langsam auf die kleine Gruppe zubewegten.

33

Im Lager der Rebellen, 16. Juni

Dunst zog über den trostlosen Platz. Die Kabelbinder, mit denen Birgits Hände hinter ihrem Rücken zusammengebunden waren, schnitten tief in ihre Haut, und in der rechten Hand hatte sie schon lange kein Gefühl mehr. So hatte sie sich die Reise nach Afrika nicht vorgestellt. Und so hatte sie sich Afrika nicht vorgestellt. Das hier war ein elendes Schlammloch, aus dem eigentümliche riesige Pflanzen herauswuchsen, hier war es immer kalt und ständig feucht. Nichts erinnerte an die Freude und Gastfreundschaft, die sie mit dem afrikanischen Kontinent verband.

Die Nachmittagssonne stand schräg über ihnen, wärmte jedoch kaum noch. Birgit war an den Stamm einer Senezie gebunden; links neben ihr, etwa vier Meter entfernt, ächzte Kai in der gleichen erzwungenen Hockhaltung. Er hatte seit dem Verschwinden seiner Freundin Kathrin so gut wie kein Wort mehr gesprochen, aß nichts mehr und trank nur widerwillig von dem brackigen Wasser, das ihnen hin und wieder aus Plastikflaschen in den Mund geschüttet wurde. Rechts von ihr saß Martin, zusammengesunken, kraftlos und resigniert. Ganz am Ende der Reihe waren Nzanzu, Steve und Chaga zusammen an eine der Pflanzen gebunden. Sie wurden besser verpflegt als die Touristen.

Die vier Soldaten, die zu ihrer Bewachung zurückgeblieben waren, hatten sich unter der letzten verbliebenen Plane verkrochen, in alte Decken gehüllt und warteten. Birgit wusste nicht, worauf. Noch immer hatte sie Angst, Paul könnte seine Drohung in die Tat umsetzen lassen, nach Andreas Flucht jeden Tag einen von ihnen zu töten. Doch die jungen Soldaten machten keinerlei Anstalten, überhaupt aus ihrem Verschlag hervorzukommen.

Die Gefangenen durften nicht miteinander sprechen, und die Stimmung war trostlos. Birgit begrub jede Hoffnung auf ein Entkommen. Sie hatte Hunger und Durst. Ihre Kleidung, oder das, was davon in Fetzen noch an ihrem Leib hing, wurde auch in der Sonne nicht mehr richtig trocken, sodass die Kälte tief in ihre Knochen eindrang.

Wie hatte das alles nur dermaßen schiefgehen können? Paul hatte jedes Gespräch mit ihr abgelehnt, obwohl sie ihm gesagt hatte, wer sie war. Hatte Bernard ihn etwa nicht informiert? Nein, das konnte sie sich nicht vorstellen. Langsam keimte in ihr der Gedanke auf, dass sie zwischen die Fronten eines Machtkampfes geraten war. Doch wofür kämpfte Paul? Und welche Rolle spielte Innocent dabei? Die beiden waren mit dem Hauptteil der Rebellen abgezogen – auf der Suche nach Andrea, Tom und den anderen. Birgit musste die Dinge selber in die Hand nehmen. Nur wie?

Der älteste der Kindersoldaten erhob sich, nahm eine Flasche Wasser, mit der er zu Nzanzu, Steve und Chaga trottete, um ihnen zu trinken zu geben. Er sprach leise mit den gefesselten Guides, wobei er sich immer wieder nach seinen Kameraden umsah. Die hatten keinerlei Interesse an ihm, waren in stumpfe Trägheit verfallen. Birgit beobachtete das Gespräch aus den Augenwinkeln. Steve sprach mit gedämpfter Stimme intensiv auf den Jungen ein, versuchte offenbar, diesen zu etwas zu überreden. Aber sie waren zu weit weg. Birgit konnte nichts verstehen.

Die Sonne verschwand hinter den Bergspitzen. Birgits Lippen verfärbten sich blau. Undefinierbare Geräusche ertönten leise aus dem Tal unter ihnen. Eine Wolke schob sich auf das Lager zu, und als sie es erreichte, konnte Birgit ihre Bewacher unter der Plane nur noch schemenhaft erkennen. Ein schriller, lang gezogener Schrei schallte plötzlich zu ihnen herauf. Sofort waren alle hellwach. Was war das gewesen? Es hatte nicht nach einer menschlichen Stimme geklungen. Doch ein Tier, das ein solches Geräusch von sich gab, konnte und wollte Birgit sich nicht vorstellen.

Noch immer redete Steve mit dem Kindersoldaten, der sich ängstlich umschaute. Der einzige erwachsene Rebell rief den Jungen zu sich, der dem Befehl sofort nachkam. Sie sprachen kurz miteinander, dann rannte der Junge zu Chaga, löste ihm die Fesseln, richtete das Gewehr auf ihn und verschwand mit dem Träger im Nebel, um nachzusehen, was dort geschah. Gebannt starrte Birgit den beiden nach. Erneut ertönte der Schrei, diesmal näher, kurz unterhalb des Lagers. Die drei Rebellen hatten sich von ihren Plätzen erhoben, die beiden Kinder starrten voller Angst in den Nebel. Doch nichts geschah.

»Was ist das?«, rief Birgit ihnen zu.

»Ruhe!«, herrschte der Soldat sie an.

Wieder Stille. Die Dunkelheit brach schnell über sie herein.

Dann knatterte die Kalaschnikow irgendwo in der Nähe los. Die Kindersoldaten verkrochen sich sofort wieder unter die Plane und reagierten nun auch nicht mehr auf Befehle. Noch ein drittes Mal ertönte der unmenschliche Schrei und verklang wieder. Martin sah Birgit besorgt an und selbst Kai war aus seiner Resignation aufgewacht.

Plötzlich nahm Birgit eine Bewegung im Nebel wahr. Eine Gestalt tauchte zwischen den Senezien auf, verschwand wieder, wurde erneut sichtbar, irrte offenbar suchend umher, bis sie den Platz betrat. Chaga. Er war allein. Der Soldat stürzte sofort auf ihn los, schrie ihn auf Kisuaheli an.

»Wo ist er?«

Chaga schüttelte den Kopf. »Ich weiß es nicht. Er war hinter mir. Dann habe ich einen Schrei gehört, ganz nah. Aber ich konnte nichts sehen. Und dann war er weg.« Er sackte mitten auf dem Platz zusammen. Der Soldat stierte ihn entsetzt an.

»War da außer euch noch jemand?«, fragte er weiter.

»Kathelhuli ...«, antwortete Chaga angsterfüllt. Der Soldat wirbelte herum. Er blickte in die Dunkelheit hinaus, drehte sich im Kreis, sah panisch in alle Richtungen. Doch da war nichts. Nur der Nebel, ein paar schemenhafte Pflanzen und das Lager.

»Was sollen wir machen?«, schrie er. »Was soll ich denn jetzt tun?« Er wandte sich wieder dem am Boden hockenden Träger zu: »Sag mir: Was soll ich machen?«

Chaga schaute zu ihm auf, schüttelte erneut den Kopf, sagte dann: »Es ist zu spät.«

»Nein, ich muss irgendetwas tun können! Es ist nie zu spät.« Er rannte an den Rand des Platzes, suchte den undurchdringlichen Nebel ab, kehrte zurück, um erneut auf Chaga einzureden: »Sind es die Gefangenen? Ist Kathelhuli wegen ihnen hier?« Er stieß Chaga mit der Mündung seines Gewehres an. »Ist Kathelhuli wegen der Gefangenen wütend?«

Ein weiteres Mal gellte der Schrei durch die Landschaft. Er war noch näher gekommen. Die beiden Kindersoldaten hatten sich in der hintersten Ecke ihres Verschlags verkrochen. Ein leises Wimmern war aus ihrer Richtung zu hören. Gerade wollte Birgit fragen, was hier eigentlich gespielt würde, als der Ältere zu den beiden Kindersoldaten stürzte, sie aus der Ecke zerrte und ihnen befahl, die Fesseln der Gefangenen zu lösen. Sofort taumelten die beiden los. Im nächsten Moment stand Mugabo neben Birgit, ein Messer in der Hand, Panik in den Augen.

»Wer ist Kathelhuli?«, fragte Birgit leise.

Völlig entsetzt sah der Junge sie an. »Der Teufel«, stammelte er, schnitt den Kabelbinder hinter ihrem Rücken durch und rannte zu Kai, dessen Fesseln auch innerhalb von Sekunden am Boden lagen. Auch Steve, Nzanzu und Martin wurden befreit.

Birgit musste sich anstrengen, um die Arme nach vorne zu bewegen. Sie spürte jeden Muskel, jede Sehne, die zerschundene Haut. Als sie es geschafft hatte, blickte sie auf ihre Hände hinab. Sie waren blau und rot angelaufen. Adern traten hervor, breite dunkelrote Streifen zogen sich dort um die Gelenke, wo das Plastik seit vielen Stunden gescheuert hatte. Gerade wollte sie sich erheben, als der Soldat plötzlich vor ihr stand.

»Sitzen bleiben!« Sie blickte in die Mündung seiner Waffe. In seiner Stimme schwang Panik mit. Er wirbelte wieder herum, richtete die Waffe auch auf die anderen, die sich sofort wieder in den Schlamm sinken ließen.

Steve jedoch erhob sich. Nzanzu folgte ihm. Auch Chaga schien wieder zu Kräften gekommen zu sein. Steve wandte sich ihrem Bewacher zu, hob beschwörend die Arme.

»Lass uns gehen, dann wird sich Kathelhuli wieder beruhigen«, sagte er.

Mit ruhigen Schritten ging er auf den Soldaten zu, der angsterfüllt seine AK-47 auf den Träger richtete. Mugabo stand vor Angst schlotternd neben ihm.

»Dann wird Paul mich erschießen ...«, antwortete dieser.

»Wenn er dich nicht findet, kann er dich auch nicht erschießen ...«

»Paul findet jeden!« Die beiden standen jetzt nur noch etwa zwei Meter voneinander entfernt.

»Dann wird Kathelhuli dich holen ...«

»Nein!«, stammelte er. »Ich ...«

Ein markerschütternder Schrei unterbrach ihn, und der Soldat zuckte zusammen. Ein greller Blitz raste über ihre Köpfe hinweg, sofort gefolgt von einem lauten Schlag und einem Grollen, das den Boden erzittern ließ. Die Schüsse aus der Kalaschnikow gingen in der Geräuschkulisse beinahe unter. Steve duckte sich rechtzeitig weg. Der Soldat schoss wild um sich. Chaga brach sofort zusammen. Mugabo schrie auf, fiel ebenfalls zu Boden, wo er sich wimmernd krümmte. Sein Freund Ndabarinzi stürzte zu ihm, während der Soldat fassungslos auf die Szene vor sich blickte. Keiner rührte sich. Chaga lag stöhnend auf der schlammigen Erde; er hielt die Arme vor dem Bauch verschränkt, Blut durchtränkte seine schmutzige Kleidung. Hinter ihm erhob sich Mugabo mit Ndabarinzis Hilfe und humpelte auf den Verschlag zu, wo er sich jammernd auf eine Decke fallen ließ. Der Soldat richtete seine Waffe sofort wieder auf die Gefangenen.

»Was war das?«, fragte Birgit entsetzt.

»Kathelhuli«, röchelte Chaga.

»Ich bin Ärztin«, sagte Birgit zu dem Soldaten gewandt, als sie sich vom ersten Schock erholt hatte. »Darf ich zu ihm gehen und ihm helfen?«

Der Mann nickte wortlos. Birgit stand langsam auf, hielt die noch immer schmerzenden Arme im rechten Winkel hoch, ließ den Soldaten nicht aus den Augen, als sie Schritt für Schritt auf Chaga zuging. Der sah sie mit weit aufgerissenen Augen an.

»Chaga, kannst du mich hören?« Er öffnete den Mund, doch außer einem Röcheln brachte er nichts hervor. Birgit hockte sich neben ihn. »Okay, ich werde jetzt deine Arme von deinem Bauch wegschieben.«

Er nickte. Als sie seinen rechten Arm anhob, zuckte Chaga vor Schmerz zusammen. Eine Kugel hatte den Unterarm getroffen und war vermutlich auf der anderen Seite wieder ausgetreten. Das viele Blut verhinderte eine genauere Diagnose. Der linke Arm ließ sich leichter zur Seite schieben, und gab den Blick auf schlimme Verletzungen frei: Mehrere Schüsse hatten die Bauchdecke durchschlagen. Blut quoll durch das löchrige T-Shirt. Birgit hatte keinerlei Verbandsmaterial, nicht einmal ein sauberes Tuch, nichts, womit sie die Blutung stillen konnte.

Sie wandte sich an den älteren Rebellen: »Ich brauche ein Stück Stoff. Sofort.«

Er stand bewegungslos auf dem Platz, die Waffe im Anschlag, seine Miene immer noch starr vor Angst. Er war zu keiner rationalen Handlung in der Lage. Also wandte sie sich an Steve.

»Steve, such mir irgendwas, damit ich die Blutung stillen kann.«

Dieser warf einen Blick auf den Soldaten, der ihm nun mit einer winzigen Bewegung der Waffe bedeutete, dass er aufstehen konnte. Steve machte sich sofort auf die Suche. Nach einer Weile kam er mit einem völlig verschmierten Lumpen zurück.

»Das ist alles was ich gefunden habe«, sagte er. Birgit nahm ihm das Bündel ab, sah es kurz an und drückte es dann entschlossen auf die Wunde.

»Wird sich das nicht infizieren?«, wollte Steve wissen.

Birgit zuckte mit den Schultern und sagte leise: »Das spielt keine Rolle mehr.« Dann erhob sie sich. »Bleib bei ihm, drück den Stoff auf die Wunden und bete, wenn du an irgendeinen Gott glaubst.«

Sie drehte sich um, starrte dem Soldaten in die Augen. Wortlos. Danach blickte sie zu Ndabarinzi und Mugabo hinüber. Sie zeigte auf sie. Er nickte. Also ging Birgit zu den beiden Kindern, die ihr angsterfüllt entgegensahen. Sie hob die Hände und sprach beschwichtigend auf sie ein, bis Mugabo es zuließ, dass sie sein Bein untersuchte. Er hatte Glück gehabt. Der Schuss hatte sein Schienbein nur gestreift. Sie machte ihm klar, dass er die Wunde waschen musste. Birgit hoffte darauf, dass durch die Kälte kaum Keime im Wasser waren. Dann hatte Mugabo gute Chancen.

»Was ist das mit diesem Kathelhuli? Ist das einer eurer Geister?«, fragte Birgit, als Mugabo notdürftig versorgt war.

Ndabarinzi antwortete leise. »Wir haben viele Geister. Gute und schlechte. Kathelhuli ist der Schlimmste der Schlimmen. Ein Teufel.«

Der Soldat saß am Rande des Platzes auf einem Stein und war mit sich selbst beschäftigt. Als Birgit kurz darauf auf ihn zuging, richtete er seine Waffe auf sie.

»Was wirst du jetzt mit uns tun?«, wollte sie von ihm wissen.

»Wir warten«, gab er zurück.

»Warten? Worauf?«

»Auf Paul und die anderen ...«

»Warum sollten die zurückkommen?«

»Paul hat es versprochen.«

Birgit lachte, zum ersten Mal seit Tagen. *»Paul hat es versprochen?* Das ist ein guter Scherz.« Dann beugte sie sich zu ihm und zischte: »Weißt du, was ich glaube? Er kommt nicht zurück. Er lässt dich hier warten, bis das ugandische Militär zuschlägt. Du bist ihm egal. Ich bin ihm egal. Ihm ist nur Andrea wichtig. Die will er wiederhaben. Aber was mit dir geschieht, kümmert ihn nicht mehr.«

Fassungslos blickte er sie an. Sie sah in seinen Augen, dass er ihr glaubte. Dennoch schüttelte er den Kopf: »Er wird zurückkommen und uns holen.«

»Glaub doch, was du willst. Aber wenn du uns vorher alle umbringst, dann wird er sicher nicht erfreut sein.«

Birgit schaute über den Platz und ging dann zu Chaga und Steve zurück. Der Verletzte starrte noch immer in den Himmel, aber die Angst war aus seinem Blick gewichen. Die Blutung hatte nachgelassen. Doch seine inneren Verletzungen würden ihn umbringen, wenn er nicht sofort in ein Krankenhaus kam. Aber selbst wenn es möglich wäre, er würde den Transport ins Tal nicht überleben. Sie konnte ihm nicht helfen.

Sie erhob sich, ging auf Pauls Hütte zu, umrundete sie und trat dann mit einer schnellen Bewegung die Tür des Verschlags ein. Die Mädchen sahen sie ängstlich an und kauerten sich in eine Ecke. Erst einige Stunden später, im Schutz der Dunkelheit flohen sie in das unwegsame Gelände des Ruwenzori.

Es war Nacht geworden. Der Nebel verzog sich langsam und machte einem wunderschönen Sternenhimmel Platz. Birgit richtete die Augen nach oben. Der Mond war beinahe voll.

34

Ruwenzori, 16. Juni

»Da ist jemand«, flüsterte Tom und wies in die Richtung, in der er die Silhouette ausgemacht hatte. Imarika folgte ihm mit dem Blick und suchte die Umgebung ab.

»Du musst dich getäuscht haben«, sagte er schließlich.

Der Wind war schneidend kalt. Brauner Schlamm hatte sich an ihren Hosen bis weit über die Knie nach oben gearbeitet. Schweiß und der wieder einsetzende Regen durchnässten alles, was sie am Leib trugen. Sie lauschten angespannt, um jedes noch so kleine Geräusch aufzufangen. Doch es blieb gespenstisch still. Tom wollte schon das Zeichen zum Weitergehen geben, als er aus einer anderen Richtung Stimmen hörte. Sie waren hinter ihnen, ganz in der Nähe. Er blickte den Hang hinauf, den sie gerade hinunter gekommen waren. Sie hinterließen deutliche Spuren. Kein Wunder, dass sie verfolgt wurden.

»Legt euch hin«, hauchte er. »Da hinten ist jemand.«

Alle vier pressten sich an den Boden. Tom roch feuchte Erde, vermoderndes Holz und nasses Moos, das sich kühl an sein Gesicht drückte. Er wandte vorsichtig den Kopf. Andrea lag einen Meter von ihm entfernt und sah ihn ängstlich an. Hans und Imarika konnte er nur vage in etwa zehn Metern Entfernung ausmachen. Imarika kroch jetzt langsam über den Boden auf ihn zu, stoppte zwischendurch immer wieder, um zu horchen, ob ihnen jemand näher kam. Als er bei Tom ankam, spitzten beide die Ohren, warteten angespannt auf Geräusche, die ihnen verrieten, wer auf dem anderen Hügel unterwegs war und ob man ihnen tatsächlich so dicht auf den Fersen war. Es war totenstill. Tom hörte nur den Atem von Imarika und Andrea. Und seinen eigenen Herzschlag.

»Das sind die Rebellen!«, flüsterte Imarika. »Was sollen wir jetzt tun?«

»Wir laufen geduckt den restlichen Hang runter und hoffen, dass sie uns noch nicht entdeckt haben«, entgegnete Tom.

»Einverstanden, aber einer nach dem anderen. Das fällt weniger auf«, ergänzte Imarika.

Tom nickte. Beide blickten auf Andrea, die das kurze Gespräch mitbekommen hatte.

»Du zuerst«, flüsterte Tom ihr zu. »Aber nicht aufstehen – kriech flach über den Boden, so weit wie möglich hinunter.«

Andrea schluckte, wandte sich um und robbte über das Moos. Als sie an Hans vorbeikam, nickte der ihr zu und ließ sie an sich vorbeiziehen. Tom gab ihm schließlich ein Zeichen, Andrea zu folgen, doch Hans schüttelte den Kopf und wies auf Imarika. Tom betrachtete den Älteren und sah ein Glänzen in seinen Augen. Irgendetwas ging gerade in seinem Kopf vor, aber jetzt war nicht der richtige Zeitpunkt, um das auszudiskutieren. Imarika begann langsam abwärts zu kriechen. Tom folgte ihm. Nach etwa 15 Minuten waren sie weit genug vorgedrungen, um sich halb aufzurichten. Tom schaute sich um. Er war davon ausgegangen, dass ihm Hans direkt gefolgt war, doch der hockte noch immer an derselben Stelle wie zuvor.

Tom versuchte ihn auf sich aufmerksam zu machen, aber Hans reagierte nicht. Er sah in die andere Richtung, ebenfalls den Hang hinauf. Dann stand er auf. Tom wollte aufschreien, aber das hätte sie verraten. Hans ging jetzt in gebückter Haltung bergauf, den Verfolgern entgegen.

»Hans!«, rief Tom ihm nun halblaut zu. »Leg' dich hin! Du wirst entdeckt.« Doch Hans hörte ihn offenbar nicht, kletterte weiter und blickte über die Hügelkuppe nach Norden, in Richtung der Rebellen. »HANS!«, rief Tom nun noch einmal, lauter, verzweifelter. Sie waren so weit gekommen, sie durften den Vorsprung jetzt nicht verlieren. Warum machte er das?

Plötzlich tauchte wie aus dem Nichts ein Schatten neben Hans auf, sprang auf ihn zu und riss ihn zu Boden. Aus dem Unterholz hörte Tom die Geräusche eines Kampfes. Ansonsten war kein Laut zu hören. War das ein Mensch gewesen, der sich auf Hans gestürzt hatte? Waren ihnen die Rebellen schon so nah auf den Fersen? Würden in der nächsten Sekunde die anderen Rebellen über die Kuppe stürmen und sie alle wieder mitnehmen?

Tom sah sich um. Imarika und Andrea schauten ihn irritiert an. Toms Gedanken rasten, bissen sich dann an einer Entscheidung fest. Er hastete vorwärts, den Hang wieder hinauf, Hans hinterher. Was auch immer Hans getan hatte, er musste ihm helfen. Nach ein paar Metern wurde er jedoch mit Gewalt zu Boden gerissen. Er stürzte in das weiche

Moos, schlug mit dem Kopf an einen dicken Holzstamm und stöhnte vor Schmerz auf. Als er die Augen öffnete, blickte er in ein bekanntes Gesicht. Peter. Der legte den Finger auf die Lippen und bedeutete ihm so, still zu sein.

»Ihr seid so laut wie eine ganze Elefantenherde.« Peter lächelte. »Und die Spur, die ihr hinterlasst, sieht aus wie eine anständige deutsche Autobahn.« Er wälzte sich auf die Seite, kroch weiter den Hang hinauf. Und kam kurz darauf zurück.

»Ihr geht nach Westen. Jetzt sofort. Ich werde die Rebellen ablenken.«

»Peter! Wo bist du gewesen ...?«, fragte Tom.

»Nicht jetzt!«, herrschte Peter ihn an. »Ihr müsst sofort los. Auf der Stelle!«

»Aber ...«

»Tom! JETZT!« Er wies nach Westen.

»Aber wie weit ...?«

»Lauft einfach. Ich werde euch finden. Lauft!«

Tom richtete sich halb auf. Hans kroch auf ihn zu. Er blutete aus einer kleinen Wunde am Kopf. In gebeugter Haltung rannten sie den Hang wieder hinab, wo Andrea mit Imarika verunsichert auf sie wartete. Fast bei ihr angekommen, rief Tom, sie und Imarika sollten ihnen folgen, und bog sofort in Richtung Westen ab.

»Tom!«, rief Andrea hinter ihm her. »Was war da los?«

Tom ließ sich ein wenig zurückfallen, bis Andrea knapp hinter ihm war. Er musste Matschlöchern, stacheligen Büschen und vermodernden Holzstämmen ausweichen.

»Peter«, keuchte er. »Er war vermutlich die ganze Zeit kurz hinter uns.« Er sprach abgehackt, völlig außer Atem.

»Peter?« Andrea klang erstaunt. »Dann hat er uns doch nicht sitzen lassen?«

»Nein, er scheint eher nach dir als nach deinem Vater zu kommen«, entgegnete Tom und sofort tat ihm sein flapsiger Kommentar leid.

»Sehr witzig!«, rief Andrea.

Als auf den nächsten Metern keine größeren Hindernisse zu erkennen waren, wandte Tom sich während des Laufens halb um. Andrea war etwa zwei Meter hinter ihm, kurz darauf folgten auch Hans und Imarika. Sie liefen weiter über immer noch sumpfigen, aber fast schon festen Boden, der sich einem neuen Tal zuneigte, bis Tom schließlich das Gefühl hatte, einigermaßen in Sicherheit zu sein. Dann ließ er sich erschöpft neben einem großen Felsbrocken auf den Boden fallen. Die anderen taten es ihm gleich. Toms Puls raste, seine Kopfschmerzen waren mit einem stetigen Pochen zurückgekehrt. Als er wieder zu Atem gekommen war, wandte er sich wütend an Hans.

»Sag mal, spinnst du jetzt völlig? Warum bist du zurückgegangen?«.

»Ich wollte nur sicher sein, dass die Rebellen wirklich dort drüben waren«, antwortete Hans überheblich.

»Natürlich waren sie das!«, blaffte Tom ihn an. »Oder glaubst du, dass hier gerade zufällig jemand anderes durch die Gegend läuft und uns jagt?«

»Aber du weißt das alles so genau, was? Warum spielst du dich hier eigentlich permanent als Leithammel auf?« Hans trat einen Schritt auf Tom zu. Dann flüsterte er in betonter Ruhe: »Du bist doch krank. Und vollkommen durchgeknallt dazu.«

»Ich habe Recht gehabt, oder?«, spuckte Tom ihm entgegen. »Die Kerle sind uns auf den Fersen. Und du willst uns ans Messer liefern. Warum?«

Hans sah ihn durchdringend an. »Wer sagt mir denn, das du hier nicht der Verräter bist? Wer hat uns überhaupt an die Rebellen verraten? Woher weiß ich, dass du nichts damit zu tun hast?«

Wütend sprang Tom auf, um sich auf Hans zu stürzen. »Du abgefucktes Arschloch!« Andrea griff im letzten Moment ein und hielt ihn zurück. »Ich glaube, du bist es, der uns die ganze Zeit belügt!«, raunte er Hans noch energisch zu.

»Was willst du damit sagen?« Hans trat mit hochrotem Gesicht dicht an Tom heran, bis die beiden sich fast berührten. »Was hätte ich denn davon?«

»Vielleicht braucht dein kaputtes Ego ja so was.«

Energisch trat Andrea zwischen die beiden. »Ihr haltet jetzt die Klappe!«, brüllte sie. Dann fuhr sie leiser fort: »Wenn ihr zwei euch hier weiterhin wie überdrehte Primaten verhaltet, dann können wir auch gleich zurückgehen und uns einfangen lassen. Ihr seid bestimmt kilometerweit zu hören.«

Die Männer fixierten sich noch eine halbe Minute, bis Hans schließlich aufgab und sich wieder auf den Boden setzte. Kniehohe Sträucher bedeckten die Ebene, mehrere Meter hohe Lobelien stachen hier und da aus dem niedrigen Bewuchs heraus. Tom blickte sich vorsichtig um.

Aus der Richtung, aus der sie gekommen waren, konnte er keinen Hinweis auf ihre Verfolger entdecken. Und auch in den anderen Richtungen war alles ruhig. Zumindest in dem Bereich, den man einsehen konnte und der nicht hinter den sie umgebenden Wolken verborgen war. Sollten sie es geschafft haben, ihren Entführern zu entkommen?

Gerade wollte er sich wieder den anderen zuwenden, als die Wolken über ihnen aufrissen und der Sonne Platz machten. Das bis zu diesem Moment trostlos wirkende Gelände explodierte mit einem Mal förmlich in Grün- und Gelbtönen. Innerhalb weniger Minuten vertrieb ein leichter Wind den letzten Dunst vollständig und machte den Blick nach Osten frei auf ein faszinierendes Schauspiel: Die Spitzen des riesigen Mount Baker mit seinen schneebedeckten Gipfeln schienen zum Greifen nah; die Sonne brach sich in den gleißend weißen Flächen, während sich davor schwarze Felsen im Schatten abzeichneten. Tom war von dieser Aussicht fasziniert. Er dachte an seinen Plan, das unbekannte Tal zu finden. An seine Skizze, die er in stundenlanger Arbeit von Hand angefertigt hatte. Bis hierhin hatte er es schon geschafft; trotz der schrecklichen Verstrickungen war er dem Tal möglicherweise so nah wie nie zuvor. Und zugleich war er niemals weiter von seinem Ziel entfernt gewesen als in diesem Augenblick: Ohne seine Kamera hatte er nichts in der Hand.

Eine Bewegung am Rande seines Sichtfelds ließ ihn zusammenschrecken. Blitzschnell drehte er den Kopf zur Seite und suchte das nähere Umfeld ab. Irgendwo da hinten zwischen den Büschen war jemand gewesen. War Peter wieder da? Oder kamen die Rebellen wieder hinter ihnen her? Ein Windhauch blies ihm ins Gesicht. Als Andrea seine Unruhe bemerkte, wollte sie ihn ansprechen, doch er legte den Zeigefinger auf den Mund: Keinen Mucks!

Da war sie wieder, die Bewegung. Schwarz und dicht am Boden kam etwas auf sie zu geschlichen. Kein Mensch. Das musste ein Tier sein.

Mehrfach tauchte der schwarze Schatten zwischen den Büschen auf, um gleich darauf wieder zu verschwinden. Das Tier kam kontinuierlich näher. Es war groß. Und es gab nicht den geringsten Laut von sich. Auch die anderen wurden jetzt darauf aufmerksam. Angespannt blickten sie ihm entgegen, unsicher, was geschehen würde. Als es in etwa fünfzig Metern Entfernung stehen blieb und seine Schnauze witternd in die Luft streckte, wurde Tom klar, was sie vor sich hatten: einen der seltenen Ruwenzori-Leoparden. Seit vielen Jahren wusste niemand, ob es diese Tiere überhaupt noch gab. Doch da war er. Tiefschwarz wie die meisten Leoparden, die in großen Höhen lebten. Und – das wurde Tom schlagartig bewusst – lebensgefährlich für Menschen.

Der Leopard kam langsam näher. Normalerweise müsste er fliehen, sobald er Menschen witterte. Entweder nahm er ihre Anwesenheit gar nicht wahr, weil der Wind aus seiner Richtung kam – oder er war auf der Jagd. Tom erinnerte sich an grausame Geschichten von Menschen fressenden Leoparden, die in Indien und Sri Lanka kursierten.

»Nicht bewegen«, hauchte ihm eine Stimme ins Ohr. Tom schrak zusammen. Peter hockte plötzlich neben ihm. »Ich beobachte den Leoparden schon seit einiger Zeit. Er ist euch gefolgt.«

»Hat er keine Angst vor uns?«, flüsterte Tom.

»Er hat Hunger. Es gibt hier kaum noch Wild, also darf er nicht besonders wählerisch sein.«

Der Leopard blickte Tom geradewegs in die Augen. Ihm lief ein kalter Schauer den Rücken hinunter. Das elegante Tier schien ein paar Schritte auf ihn zuzugehen, dann stieß es ein tiefes Grollen aus, das Tom durch Mark und Bein ging. Alle Haare seines Körpers stellten sich auf, denn er erkannte jetzt die Gefahr, die von diesem Leoparden ausging. Er war etwa zwei Meter lang, ein riesiges, massives Tier, dessen langer Schwanz nervös hin und her zuckte. Tom machte einen Schritt rückwärts, doch Peter hielt ihn sofort zurück.

»Bleib stehen! Du darfst nicht zurückweichen, sonst nimmt er dich als Mittagessen wahr.«

Tom nickte. Er sah zu Andrea hinüber, die mit vor Schreck geweiteten Augen auf das riesige Raubtier starrte. Der Leopard wandte nun den Kopf und betrachtete seinerseits Andrea. Seine grünen Augen schimmerten im hellen Licht, er fletschte die riesigen Zähne und setzte unendlich langsam eine Pfote vor die andere. Er legte die Ohren an, während er auf sie zuschlich. Dabei hatte er Andrea ununterbrochen im Blick. An den Schultern des Tieres zeichneten sich kräftige Muskeln ab, die ihm jederzeit einen gewaltigen Sprung ermöglichten. Tom verspürte den Impuls, dazwischen zu gehen, doch Peter hielt ihn weiter fest. Der Leopard kam Andrea immer näher. Sie erhob sich, schien weglaufen zu wollen, aber Imarika war neben sie getreten, verhinderte jede weitere Bewegung. Wie paralysiert blickte Andrea dem gewaltigen Tier entgegen, auf dessen Fell nun in der Sonne ganz schwach die typischen Leopardenflecken zu erkennen waren. Schwarz auf schwarz.

Die Raubkatze kam bis auf etwa zwanzig Meter an Andrea heran, setzte zum Sprung an und schon befürchtete Tom, alles sei verloren, als Peter plötzlich vorpreschte, auf den Leoparden zurannte, seinen Mund aufriss und in einer Lautstärke zu schreien begann, die Tom ihm gar nicht zugetraut hatte. Der Leopard zuckte zusammen, wich zurück, änderte seine Strategie und fixierte Peter als Angriffsziel. Doch nun hielt sich auch Tom nicht länger zurück, rannte dem Guide hinterher und brüllte ebenfalls aus Leibeskräften. Wieder zog sich das Tier etwas zurück, noch immer hatte es die Ohren angelegt und fletschte bedrohlich die Zähne. Die zwei Männer stürmten auf den Leoparden zu, verringerten den Abstand immer weiter, bis dieser sich, durch das Geschrei und die doppelte Macht eingeschüchtert, zum Rückzug entschloss. Mit ein paar Sätzen sprang er zwischen den Büschen hindurch und verschwand spurlos aus ihrem Blickfeld.

Stille kehrte ein. Peter wandte sich zu Tom um, schaute ihm anerkennend in die Augen und nickte ihm zu.

»Danke«, sagte er knapp. Dann forderte er ihn und die anderen zum sofortigen Aufbruch auf. »Ich denke, wir sind den Leoparden vorerst los, aber vermutlich konnte man uns durch den halben Ruwenzori hören. Was übrigens keinen großen Unterschied mehr macht, nachdem die Herren vorgezogen haben, sich hier lautstark zu streiten. Ihr habt die Aufmerksamkeit aller Lebewesen mit Ohren im Umkreis von zehn Kilometern auf euch gezogen, verdammt. Wir gehen los.«

»Welche Richtung?«, stammelte Andrea, die noch völlig unter dem Eindruck des Leoparden stand.

»Wir gehen nach Süden. Eure Richtung war grundsätzlich richtig. Den Weg im Osten, den Central Circuit, können wir nicht nehmen, denn da werden sicherlich die Rebellen patrouillieren. Im Westen ist die Grenze zum Kongo, eine dünn besiedelte und unsichere Region – da können wir keine Hilfe erwarten. Wir können also nur versuchen, den Kilembe-Trail weiter im Südwesten zu erreichen, in der Hoffnung, dass uns dort ugandisches Militär entgegenkommt.«

»Wieso sollte dort Militär sein?«, fragte Tom.

»Ich denke, dass bereits Rescue-Teams unterwegs sind.«

»Und woher sollen die wissen, dass wir Hilfe brauchen?«

»Gharib, deinem Träger, ist bestimmt die Flucht gelungen. Er wird mittlerweile Alarm geschlagen haben. Er ist gewitzt, ich traue ihm zu, dass er den Rebellen entkommen konnte.«

»Und wenn er es nicht geschafft hat?«

»Dann müssen wir noch weiter in Richtung Süden laufen.«

»Oder nach Südwesten ...«

»Warum?«, wollte Peter erstaunt wissen. »Da ist doch nichts mehr ...«

»Den Karten zufolge nicht, aber ich habe von einem verborgenen Tal gehört ...«

Peter lachte. »Hat man dir dieses Märchen auch erzählt? Das geheimnisvolle Tal in den Erzählungen der Bayira. Niemand hat es je gesehen. Und wenn du mich fragst: Es gibt dieses Tal nicht.« Peter sah Tom durchdringend an. »Glaub' mir, die Suche danach ist zwecklos.«

»Was macht dich so sicher?«

»Du kennst dieses Gebirge nicht. Die Berge im Südwesten sind den Bayira heilig. Die Geister der Mondberge ziehen sich in tiefe Schluchten zwischen den Hügeln zurück. Man sagt, dort oben sei der Hort der Geister, der Ahnen. Sie zu stören, kann fatale Folgen haben.«

»Die Geister der Mondberge.« Tom betrachtete den Guide skeptisch. »Also glaubst auch du daran, dass die Welt hier von Geistern bewohnt ist ...«

»Tom, ich bin in diesem Land aufgewachsen. Durch meine Adern fließt afrikanisches Blut. Natürlich glaube ich daran. Ich respektiere den Glauben und die Kulte der Menschen dieser Gegend. Nur wer ihre Regeln kennt und achtet, wird am Ende gestärkt aus den Mondbergen zurückkehren. Und nicht tot sein.«

Peter schulterte einen kleinen Beutel, den er bei sich trug, nickte den anderen zu und begann, auf den nächsten Hügel zuzugehen. Tom blickte ihm einen Moment lang nach, dann folgte er ihm. Hans, Andrea und Imarika taten es ihm gleich.

35

Kilembe-Trail, 17. Juni

Oberhalb des Mutinda-Camps, wo die Gorilla-Forscher Georg und Harald mit Kibwana und den Trägern die Nacht verbracht hatten, trafen sie auf eine kleine Gruppe Wanderer, die ihnen entgegenkamen. Das französische Paar, seine drei Träger und der Guide waren am Tag zuvor von der Nachricht überrascht worden, sie hätten ihre Tour zur Besteigung des Weismann Peak sofort abzubrechen. Ihr Guide hatte eine Kurznachricht des RTS auf sein Satellitentelefon bekommen, als sie schon einen guten Teil des anstrengenden Aufstiegs hinter sich gebracht hatten. Aber ihnen war kein Grund genannt worden. Sie bestürmten Georg mit Fragen, woraufhin dieser kurz skizzierte, was vorgefallen war. Über ihnen braute sich ein Unwetter zusammen, das er skeptisch beobachtete.

»Was ist mit euch? Müsst ihr nicht auch runtergehen?«, fragte die Französin verwundert.

»Wir sind auf der Suche nach Freunden«, sagte Harald und erntete sofort den strafenden Blick Georgs. Wie konnte er nur so tölpelhaft sein?

»Ist euch irgendetwas Ungewöhnliches aufgefallen?«, fragte er schnell.

»Es war kalt und verschneit. Eisig und sehr rutschig. Aber sonst war alles in Ordnung«, sagte der Franzose.

»Wie weit wollt ihr heute noch gehen?«, mischte sich Kibwana ein.

»Wir wollen das Kalalama-Camp erreichen«, antwortete der Guide. »Das sollten wir vor Einbruch der Dunkelheit schaffen.« Er blickte Kibwana fragend an, doch der ließ sich kein weiteres Wort entlocken.

Der Guide zuckte mit den Schultern. »Können wir noch irgendwas für euch tun? Sollen wir unten Bescheid geben, dass ihr hier seid?« Die Neugierde dieses Mannes würde ihnen noch einen Strich durch die Rechnung machen, schoss es Georg durch den Kopf.

»Nein, nein, die wissen Bescheid«, sagte er und bemühte sich, locker zu klingen. »Wir sind auf eigene Gefahr hier und brauchen keine Hilfe.«

Dann drängte er zum Aufbruch. Die Franzosen verabschiedeten sich, stiegen weiter ins Tal hinab und waren binnen Kurzem aus ihrem Blickfeld verschwunden.

Georg mahnte die anderen: »Wir müssen vom Hauptweg runter. Je mehr Leute uns begegnen, desto größer ist die Gefahr, dass uns jemand aufhält oder zu viele Fragen stellt und dann dem Trekking Service Bescheid gibt.«

»Das ganze Dorf Kilembe hat gesehen, dass wir in die Berge gegangen sind.« Harald sah ihn verständnislos an. »Die Träger haben sich bei ihren Familien verabschiedet. Die wissen doch alle längst, was wir tun.«

Georg lachte. »Das glaubst aber auch nur du ... Die Einwohner wissen genau, wem sie welche Informationen geben. Und ich kann dir versichern: Wenn ich etwas Verbotenes tue, weil ich mich für die Rettung meines Bruders einsetze, dann können noch so viele Leute Bescheid wissen, der RTS wird nicht das kleinste Detail erfahren.«

»Wenn uns aber etwas passiert? Dann kann uns auch keiner zu Hilfe kommen.«

»Im Gegenteil. Du hast es ja vorhin selber gesagt: Ganz Kilembe weiß, dass wir hier sind. Und wenn die Menschen dort den Eindruck haben, dass wir Hilfe brauchen, dann sind sie schneller hier oben, als die Offiziellen überhaupt nur ein Rescue-Team zusammenstellen können.« Obwohl er schon lange in Uganda war, war Harald dieses Land noch immer fremd, wie es schien.

»Aber trotzdem: Je mehr Menschen wir begegnen, desto eher werden wir aufgehalten.«

»Es gibt einen alten Weg, der auch in die Höhe führt«, antwortete Kibwana. »Er beginnt auf der anderen Seite des Sees gegenüber der Bigata-Hütte. »Ich weiß nicht, in welchem Zustand er ist, ich bin ihn zuletzt vor zehn Jahren gelaufen, aber dort sind wir auf jeden Fall ungestört. Wenn kein dummer Zufall dazwischenkommt.«

»Irgendwelche gefährlichen Stellen auf dem Weg?«

»Einige. Aber keine lebensgefährlichen ...« Kibwana grinste.

»Dann lasst uns keine Zeit verlieren.«

Sie bogen also eine Weile später von dem ausgetretenen Weg des Kilembe-Trails ab und kämpften sich durch die sumpfige Landschaft an einem kleinen See vorbei. Der Himmel war dunkler geworden. Die Wolken erreichten sie, als sie den See gerade passiert hatten. Starker Regen stürzte unerbittlich auf sie herab und durchnässte selbst ihre

Regenkleidung innerhalb weniger Minuten vollständig. Sie waren mitten in der Wolke, der Boden verwandelte sich in einen Sumpf, in den sie immer wieder tief einsanken.

Wegen des schlechten Wetters war der Aufstieg sehr anstrengend. Schweigend marschierten sie hintereinander her. Kibwana lief voran, suchte nach Anzeichen für den alten Weg, den er schließlich auch fand. Sie erklommen eine Hügelkuppe, nur um danach wieder rutschend und fluchend ins nächste Tal hinabzusteigen.

Der Regen hatte sich in ein tosendes Unwetter verwandelt, das den Anschein erweckte, als wolle es die Eindringlinge aus dem Ruwenzori vertreiben. Als seien die Berggeister zusammengetreten und schleuderten alle verfügbaren Wasserreserven auf die Wanderer hinab. Starker Wind peitschte ihnen den Regen mit voller Wucht in die Gesichter.

An der tiefsten Stelle der Schlucht sammelten sich die Wassermassen in einem braun schäumenden Fluss, der zu einem beachtlichen Strom angewachsen war. Die Sicht wurde immer schlechter. Am Ufer des brodelnden Gewässers machten sie halt und suchten nach einer Möglichkeit zur Überquerung. Kibwana sah die baufällige Brücke zuerst. Sie spannte sich zwanzig Meter lang auf dünnen Stelzen über den Fluss und wirkte alles andere als vertrauenswürdig. Durch den immer tiefer werdenden Morast stapften sie bis zum Beginn des Übergangs. Kibwana prüfte die ersten Bretter, die unter seinen Füßen gefährlich nachgaben. Er schüttelte den Kopf.

»Das geht nicht. Die Bretter sind zu alt.« Er blickte über die im Dämmerlicht schwach glänzenden Bohlen, die etwa fünf Meter über dem Wasser schwebten. »Wir sollten zurückgehen. Ich habe am See einen Felsüberhang gesehen, der bietet uns ein wenig Schutz für die Nacht.«

»Nie im Leben«, raunzte Georg. Er griff entschieden nach dem alten Seil, das als Geländer fungierte. »Da drüben sind Höhlen. In denen können wir trocken übernachten. Ich laufe jetzt nicht nochmal zurück über diesen beschissenen Berg.«

Er betrat die erste Bohle. Sie wippte unter seinem Gewicht, aber sie hielt. Ohne sich weiter umzusehen, tastete er sich breitbeinig Schritt für Schritt voran. Die anderen beobachteten ihn besorgt. Als Georg die Mitte der Brücke erreicht hatte, wandte er sich um, winkte ihnen zu und rief, sie sollten endlich nachkommen.

Harald überwand sich als Nächster. Kibwana versuchte noch, ihn zurückzuhalten, aber Harald schüttelte seine Hand ab und ging los. Die Brücke schwankte bedenklich. Unten drückten die Wassermassen gegen die Holzstelzen, der Wind zerrte an der Konstruktion. Georg hatte das andere Ende der Brücke beinahe erreicht, als sie plötzlich immer stärker zu schwingen begann. Er wollte sich danach umsehen, was hinter ihm geschah, doch das Krachen und Ächzen ließ ihn erst einmal einen Satz nach vorne machen. Das Seil zwischen seinen Fingern erschlaffte plötzlich, die gesamte Brücke erzitterte, es krachte und er verlor den Halt unter den Füßen. In letzter Sekunde rettete er sich auf den Felsen, an dem das eine Seilende der Brücke befestigt war und stürzte zu Boden. Dann wandte er sich um.

Die Brücke verschwand in den Fluten des brodelnden Wassers. Kibwana und die beiden Träger starrten entsetzt in die Tiefe. Harald war nirgendwo zu sehen. Georg hechtete zum Rand des Abgrundes und sah zuerst nur Wasser und splitterndes Holz. Dann entdeckte er einen Arm. Dann den Kopf, aus dem entsetzte Augen blickten. Eine letzte Holzstelze knickte unter dem Druck des Flusses ein, klatschte auf das Wasser und begrub Harald unter sich. Sein Körper wurde mitgerissen.

Entsetzt schaute Georg hinter ihm her. Zitternd stützte er sich auf den letzten Pfeiler der Brücke, an dem ein Rest des Seils im Wind baumelte. Dann entdeckte er Harald wieder, der aus dem Wasser auftauchte. Er hielt sich an einem schwimmenden Holzbalken fest, wurde wild hin und her geschleudert. Der Fluss riss ihn unbarmherzig mit sich. Mehr als einmal tauchte er mit dem Kopf im Wasser unter, er schrie, klammerte sich an das Holz, bekam die braune Brühe in den Mund, verschluckte sich, verschwand wieder. Schließlich verkeilte sich der Balken zwischen zwei großen Felsen nahe des Ufers. Harald hielt sich noch immer an ihm fest.

Georg eilte an dem durchnässten Berghang entlang, kämpfte sich durch das Unterholz, bis er auf Haralds Höhe ankam. Doch Harald war nahe der anderen Flussseite und Georg konnte nichts für ihn tun. Kibwana und die Träger schlugen sich gegenüber durch die Büsche, sie riefen Harald zu, sich weiter festzuhalten und erreichten endlich die Stelle, unterhalb der Harald im Wasser um sein Leben kämpfte. Einer der Träger riss seine Tasche auf, zog ein Seil heraus, das er sich um den Bauch band. Mit Hilfe der anderen ließ er sich eilig den steilen Hang der Schlucht zu Harald herunter. Der Balken, an dem Harald sich festhielt, begann zu ächzen, bald würden ihn die Fluten aus seiner Verkeilung herausdrücken. Kurz bevor er sich löste, griff der Träger nach Haralds Hand und zog ihn aus dem Wasser. Sofort nahm er den vor Todesangst Schlotternden unter den Achseln und bedeutete den Männern oben, sie wieder hochzuziehen. Unendlich langsam hievten sie die beiden herauf. Weg von dem todbringenden Wasser.

Georg beobachtete die Rettung von der anderen Seite aus und atmete auf, als er seinen Kollegen in Sicherheit sah. Kibwana und er riefen sich durch den strömenden Regen und den eisigen Wind über den Fluss einige Satzfetzen zu. Harald hatte sich das Bein gebrochen. Außerdem hatte er überall Schürfwunden und vermutlich eine Gehirnerschütterung. Er musste so schnell wie möglich in ein Krankenhaus. Kibwana und die Träger würden sich einen Unterschlupf für die Nacht suchen und dann am nächsten Morgen mit Harald den Rückweg antreten. Georg musste sehen, wie er allein klarkam, denn ohne Brücke gab es für ihn keine Möglichkeit, auf die andere Seite des reißenden Flusses zurückzukehren.

Er entschied sich abzuwarten, die Nacht in einer der Höhlen, die er etwas oberhalb gesehen hatte, zu verbringen und erst dann zu überlegen, was er am nächsten Morgen tun würde. Er holte seine Stirnlampe aus dem Rucksack, wandte sich dem Hang zu und trat in eine Höhle. Hier war es dunkel und muffig. Georg tastete sich im Strahl der Lampe langsam vorwärts, bis seine Hand in etwas Weiches, Matschiges griff. Als er die Lampe auf seine Hand richtete, erstarrte er. An seiner Hand klebte eine stinkende Masse, die er aus den vielen Jahren seiner Arbeit nur zu gut kannte: Gorillakot.

36

Ruwenzori, 17. Juni

Tom fuhr aus dem Schlaf hoch. Der Schrei steckte noch immer in seiner Kehle. Drei Nächte lang hatte ihn dieser Traum in Ruhe gelassen, jetzt war er zurückgekehrt. Tom lehnte sich an die kalte Wand, winkelte die Beine an, stützte die Arme auf dem Boden ab. Sie hatten unter einem Überhang übernachtet, Wind und Wetter ausgesetzt, nur mäßig vor den Schauern, die immer wieder über dem Gebirge niedergingen, geschützt.

»Hast du geschlafen?« Tom zuckte zusammen. Andrea stand neben ihm. Ihre Lippen waren blau gefroren.

»Nicht viel«, antwortete Tom. »Es ist einfach zu kalt.«

Andrea setzte sich dicht neben ihn und legte ihren Arm um ihn.

»Ich auch nicht.«

Gemeinsam blickten sie in die Landschaft zu ihren Füßen, durch die, wie so oft in den letzten Tagen, leichte Nebelschwaden zogen. »Meinst du, wir haben sie abgehängt?«, fragte sie, ohne die Augen von der üppigen Vegetation abzuwenden.

»Ich hoffe es ...«, antwortete er matt.

Peter trat zu ihnen, sprang auf und ab und rieb die Hände aneinander, um sich aufzuwärmen. Hans hielt sich im Hintergrund, ging dann zu einem in der Nähe plätschernden Bach, trank ein wenig Wasser und kehrte zurück.

»Das Wasser hier oben ist eiskalt«, sagte er, als er sich die Hände an seiner Hose abtrocknete. »Aber das ist ja nichts Neues.« Er stellte sich vor Tom und Andrea, beobachtete sie einen Moment lang und fuhr dann fort: »Lasst uns gehen, sonst erfrieren wir hier noch.« Er drehte sich um und ging in Richtung Süden. Tom sah ihm nach.

»Was fällt diesem Typen eigentlich ein, hier den Ton angeben zu wollen?«

Andrea versuchte, ihn zu besänftigen, indem sie ihre Hand auf seinen Arm legte. Sie mussten zusammenhalten, nur dann hatten sie eine realistische Chance, diesem Gebirge und den Verfolgern zu entkommen.

Sie stapften im Gänsemarsch hintereinander her. Hans ging voran, Imarika folgte ihm in kurzem Abstand. Andrea ging direkt vor Tom, und hinter ihm kam Peter, der die Gegend ein wenig kannte und von seiner Position aus immer Ausschau nach den Rebellen hielt. Hunger machte sich in Toms Magen unangenehm bemerkbar. Sie hatten zuletzt vor zwei Tagen etwas gegessen, im Lager der Rebellen, und das war nicht viel gewesen. Die kräftezehrende Flucht erforderte eigentlich deutlich mehr Kohlenhydrate und Eiweiß, aber sie hatten in den letzten Tagen nichts entdeckt, was sie hätten essen können. Hin und wieder kamen sie an einem Brombeerstrauch vorbei, dessen Früchte sich gerade erst tiefschwarz färbten. Aber sie reichten niemals aus, um ihre Mägen auch nur ansatzweise zu füllen. Einmal hatte Tom einen Baumschliefer entdeckt, ein Säugetier in der Größe eines Kaninchens, der durch das Geäst eines kleinen Busches gehuscht war, doch er war so schnell wieder verschwunden, dass er ihn nicht hatte fangen können. Immerhin gab es in dieser Gegend genug Wasser.

Während sie am Tag zuvor mehr oder weniger auf gleichbleibender Höhe gewandert waren, ging es nun wieder aufwärts. Toms Beine schmerzten, immer wieder musste er stehenbleiben, um sich auszuruhen, und jedes Mal drängte Peter bald wieder zum Aufbruch. Der Guide blickte ständig in die Richtung, aus der sie kamen. Erneut zog dichter Nebel auf, der die Sicht schnell auf wenige Meter verringerte.

Tom konnte Andrea gerade noch vor sich erkennen, Hans, Imarika und Peter tauchten nur gelegentlich aus dem Dunst auf. Die Luft stand still. Außer seinem hechelnden Atem und den schmatzenden Geräuschen, die seine Stiefel bei jedem Schritt auf dem schlammigen Boden machten, konnte Tom nichts hören.

Kein Vogel schrie, kein Laub raschelte, kein Bach gluckerte. Die ständige Kälte hatte jedes Gefühl in seinen Fingerspitzen absterben lassen, seine Haare hingen ihm fettig und klebrig ins Gesicht. Die Gummistiefel hielten zwar dicht, doch mit jedem Schritt arbeitete sich über die verschlammte Hose kalter Dreck zu seinen Füßen vor, der Blasen verursachte. Die Socken waren feucht, schon seit Tagen. Zugleich rann ihm Schweiß den Rücken hinunter – das abstruse Wechselspiel von Schwitzen und Frieren schien kein Ende nehmen zu wollen. Manchmal dachte Tom daran, aufzugeben, doch jedes Mal raffte er sich wieder auf. Er wollte diese Hölle verlassen, gemeinsam mit Andrea. Irgendwie würden sie es schaffen. Zusammen musste ihnen das einfach gelingen. Der Hunger wandelte sich in eine fast schon wohltuende Leere in seinem Bauch.

Sonnenstrahlen kämpften sich ihren Weg durch den Nebel, erreichten den Boden jedoch nicht. Harte Gräser säumten ihren Weg, die ewig stummen Strünke der Senezien schoben sich wie Geister an ihm vorbei, sie wurden beinahe zu Freunden in der Fremde. An einigen Stellen war die Erde gefroren. Kleine Büsche bedeckten hier und da den Boden und unterbrachen das orangefarbene Moos. Wie in Trance setzte Tom einen Schritt vor den anderen. In seinem Kopf drehte es sich, die Kopfschmerzen kehrten zurück, erst nur leicht, aber mit jedem Meter, den er höher hinauf in diese Berge stieg, nahmen sie zu.

Er sah aus den Augenwinkeln einen Schatten links neben sich. Vielleicht suchte einer der anderen etwas abseits einen besser begehbaren Weg. Den es hier sicherlich nicht gab. Eine Stimme. Irgendwo in seinem Kopf. Weitergehen, nicht stehen bleiben. Tom blickte nach vorne. Er konnte niemanden sehen. Wo war Andrea? Er stockte, wandte sich um. Auch hinter ihm war niemand. Neben ihm die Gestalt. Der Junge stand dort, fixierte ihn, rief ihm etwas zu, was Tom nicht verstand. Rief ihn sein Vater gerade zu sich? Brauchte er Hilfe? Tom schüttelte den Kopf und stapfte weiter. Das musste der Hunger sein. Die Erschöpfung. Eine Halluzination. Mehr nicht. Er schaute zur Seite. Der Junge war weiterhin da, ging drei, vier Meter neben ihm im Nebel, sah ihn an, sprach mit ihm, doch Tom verstand ihn nicht. Tom sehnte sich nach seinem Vater. Er blieb stehen. Der Junge war durchscheinend, ungreifbar, unbegreiflich.

Schwindel verwirrte seine Gedanken. Sein Vater lag schwer krank im Bett in Deutschland. Er hätte ihn nicht allein lassen sollen. Nicht in dieser Situation. Seine Mutter kam ihm in den Sinn. Sie kümmerte sich allein um alles.

Peter stand neben ihm, sah ihm tief in die Augen.

»Tom«, sagte er leise. »Was ist mit dir?«

»Er ist da.« Tom gingen die Worte über die Lippen, ohne dass er sie bewusst aussprechen wollte.

»Ich weiß«, antwortete Peter. »Ich sehe ihn nicht, aber ich weiß es schon lange. Er war die ganze Zeit da. Dies ist eine unheimliche Gegend«, fuhr Peter fort. Er schaute sich unsicher um. »Geister leben hier. Noch nie bin ich so tief in den Ruwenzori vorgedrungen. Man erzählt sich geheimnisvolle Dinge von hier. Geschichten von Geistern, von den

Ahnen. Ganz tief in diesen Bergen sind sie zuhause. Sie zeigen sich nicht gerne.«

Ein Schauer lief Toms Rücken hinab. Konnte es diese Geister tatsächlich geben? Tom wehrte sich dagegen, von diesen Gedanken vereinnahmt zu werden und setzte sich wieder in Bewegung. Er wollte die Gestalt hinter sich lassen, stapfte also den Hang weiter hinauf, wich Wurzeln aus, stolperte über scharfkantige Steine, schob Pflanzen, die ihm die Sicht versperrten, zur Seite. Er war erschöpft, verschwitzt, dreckig und zerschrammt. Er spürte jeden Knochen in seinem Körper und hörte seine eigenen Gedanken rasen. Doch die Gestalt wurde er nicht los.

»Woran erkennt ihr, ob es gute oder böse Geister sind?«, fragte Tom mit belegter Stimme.

»Wir wissen es nie. Sie haben so viele Gestalten, so viele Stimmen. Wenn sie kommen, dann können wir ihnen nicht entgehen. Wir können uns ihnen nur stellen. Sonst ist der Rückweg verbaut.«

»Er spricht mit mir, aber ich kann ihn nicht verstehen.«

»Dann lass dich auf ihn ein, hör ihm zu, frage ihn.«

»Ich kenne ihn. Aber ich bin mir nicht sicher.«

»Was glaubst du?«

»Es ist mein Vater. Als er noch jung war. Er sieht ihm ähnlich.«

»Dein Vater? Ist er sehr krank?«

»Ja, er liegt im Sterben.«

»Vielleicht stirbt er gerade.«

Tom spürte eine unendliche Trauer aus der Tiefe seines Körpers aufsteigen. Tränen traten ihm in die Augen. Das durfte nicht sein. Nicht jetzt. Er wollte dabei sein. Sein Vater sollte wenigstens einen seiner Söhne an seiner Seite wissen, wenn er stirbt.

»Mach dir keine Sorgen, er wird bei dir bleiben. Für immer. Wer die Geister der Mondberge erst einmal in sein Herz gelassen hat, den lassen sie nie wieder los. Weder im Guten noch im Schlechten.«

Sein Vater hatte am Tag vor Toms Abreise nach Uganda mit einem Fotoalbum im Sessel gesessen. Bilder aus glücklicheren Tagen. Der Winter 1989. Die letzten Fotos von Jens. Seine Mutter hatte geweint. Nach so vielen Jahren hatte sie den Verlust des Sohnes immer noch nicht verwunden. Schuld. Tom spürte sie tief in sich bohren. Er war schuld. Und er hatte sich das niemals eingestanden. Er hatte mit keinem Menschen darüber gesprochen. Lud er jetzt eine neue Schuld auf seine

Schultern, indem er seine Eltern mit der Krankheit des Vaters allein ließ? Sich wegen seiner eigenen Ziele durch die unwegsame Landschaft des Ruwenzori schlug, anstatt am Bett seines Vaters zu sitzen, mit ihm zu sprechen, seine Hand zu halten, bei ihm zu sein?

Tom blickte auf den Jungen, der immer noch ein paar Meter entfernt stand, sich dann jedoch abwandte und im Nebel verschwand. Tom war nicht sicher, ob er darüber froh sein sollte. Er glaubte nicht an eine übersinnliche Macht, er hatte Religion immer als eine Beruhigung der Massen angesehen. Seit Jahren hatte er keinen Fuß mehr in eine Kirche gesetzt. Er war mit vielen Menschen zusammengetroffen, hatte viele Geschichten von Wunderheilungen und unterschiedlichsten Gottheiten vernommen, doch nie hatten ihn die Erzählungen berührt. Und jetzt trafen ihn die Erlebnisse und Peters Worte direkt ins Herz. Warum? Weshalb war ihm nicht schon bei seiner letzten Tour im Ruwenzori eine solche Gestalt begegnet? Er versuchte, die Gedanken daran abzuschütteln, doch er wurde das Bild nicht los. Hatte Peter Recht? Starb sein Vater? Musste er dann nicht sofort einen Weg aus den Bergen finden? Doch wie sollte das gehen?

Ein Schrei gellte durch den Nebel. Andrea. Was war da vorne los?

Die Sicht wurde wieder besser, erste Hügel waren erkennbar. Aber der Dunst verzog sich nicht ganz. Wie eine graue Schicht lag er weiterhin über der bergigen Landschaft und ließ der Sonne keine Chance, bis zu ihnen durchzudringen. Tom spürte, wie sich auch sein Kopf wieder ein wenig freier anfühlte. Der Schwindel und die Kopfschmerzen waren noch immer da, aber sie hatten an Heftigkeit nachgelassen.

Er hörte Andreas Stimme. Irgendetwas war mit ihr passiert. Sie rief weiter nach ihnen, als Peter sich beeilte, den Hügel zu erklimmen. Auch Tom nahm den Aufstieg wieder in Angriff, und nach einer Weile kamen sie auf ein kleines Plateau, von dem aus sie eine weite Sicht auf die unter ihnen im Dunst liegenden Täler hatten. Aber Andrea war nicht da. Hans und Imarika standen auf der anderen Seite des Plateaus, wandten sich um, als Tom zu ihnen trat.

»Was ist los? Wo ist Andrea?«, fragte Tom außer Atem.

»Sie ist einfach ... abgerutscht ...«, sagte Hans und hob die Hände.

Sofort stürzte Tom an die Kante des Plateaus und zuckte zurück: Es ging steil hinab. Sehr steil. Vorsichtig wagte er sich erneut vor und sah nach unten. Zuerst sah er nur Peter, der vor ihm das Plateau erreicht hatte und sich nun Meter für Meter nach unten arbeitete. Dann entdeckte er auch Andrea, die auf einem kleinen Vorsprung etwa fünfundzwanzig Meter unter ihnen stand. Sie presste sich an die Felswand, schien jedoch unverletzt zu sein.

»Sie hat großes Glück gehabt«, sagte Imarika. »Der Nebel war sehr dicht. Sie hat die Kante nicht gesehen.« Er wirkte unglücklich.

»Ich habe versucht sie festzuhalten, aber ich hatte nicht genug Kraft.« Hans stand neben Imarika und blickte Tom betroffen an. »Sie war kurz vor uns – wenn sie nicht runtergestürzt wäre, dann hätte es einen von uns erwischt.«

Tom ging in die Hocke, um genauer sehen zu können, was sich unterhalb von ihnen abspielte.

»Peter, soll ich dir helfen?«, rief er.

»Nein, bleib oben. Es ist zu gefährlich hier.«

»Was ist mit Andrea. Ist sie verletzt?«

»Ich glaube nicht.« Peter hielt nicht an, während er mit Tom sprach. Bedächtig setzte er einen Fuß unter den anderen, kletterte langsam Meter für Meter zu dem Vorsprung hinunter, auf dem Andrea stand. Nach einer Weile hatte er es endlich geschafft. Sie unterhielten sich, und Peter schien sie auf Verletzungen zu untersuchen. Dann begannen die beiden den schwierigen Aufstieg an der beinahe senkrecht abfallenden Felswand. Sie kamen nur langsam voran, und Tom war unruhig, weil er ihnen nicht helfen konnte. Er spürte den Impuls, ihnen entgegenzuklettern, doch er sah ein, dass das nichts ändern würde. Die einzige Hilfe wäre ein Seil gewesen, aber sie hatten keins. In dieser Region gab es noch nicht einmal Lianen, die sie zu Hilfe hätten nehmen können.

Peter kletterte hinter Andrea, um sie aufzufangen, falls sie abrutschen sollte. Ihr Job als Fitnesstrainerin kam ihr zugute, und sie schien auch schon einige Erfahrung beim Klettern gesammelt zu haben. Dennoch musste Peter ihr immer wieder die richtigen Stellen zeigen, an denen sie Trittfestigkeit hatte, wies sie mehrfach auf lockere Steine hin und musste sie hin und wieder vor dem Abrutschen bewahren. Nach zwanzig Minuten hatten sie es geschafft. Andrea wirkte sehr erschöpft, als sie oben ankam. Ihre Hände waren blutig, die Hose und ein Jackenärmel zerrissen und sie hatte mehrere kleine Wunden an den Knien, am Kopf und an einem Arm, aber sie strahlte große Willenskraft aus. Sie wollte aus dem Gebirge raus. Sie wollte überleben. Tom spürte, wie ein Funke ihrer Energie, ihrer Entschlossenheit, auf ihn übersprang.

»Was ist denn passiert?«, erkundigte er sich. »Hast du den Abhang nicht gesehen?«

»Ich weiß es nicht genau«, antwortete sie. »Als ich hier oben ankam, war überall dieser elende Nebel.«

»Und dann bist du einfach weitergegangen?«

»Nein, natürlich nicht.« Sie schaute in die Runde und blieb auffällig lange an Imarika hängen. »Du bist doch weitergegangen, auf den Rand zu«, sagte sie zu ihm, ohne die Augen abzuwenden. »Ich bin dir gefolgt.« Sie wandte sich Tom wieder zu.

»Plötzlich bin ich mit einem Fuß ins Leere getreten und abgerutscht.« Imarika senkte den Blick.

»Wie hast du es geschafft, dich auf den Vorsprung zu retten?« Tom sah noch einmal über die Kante und ihm wurde bei dem Gedanken schlecht, wie tief sie hätte stürzen können.

»Ich bin erst nur ein Stück abgerutscht. Dann konnte ich mich an einem hervorstehenden Felsen festhalten. Und ich bin sogar wieder ein Stück raufgeklettert. Hans hat mir die Hand entgegengestreckt.« Sie erzählte stockend, unterbrach sich, redete weiter. »Dann ging plötzlich alles ganz schnell, die Steine unter meinen Füßen waren wohl lose. Ich bin immer weiter gerutscht. Nicht schnell, aber zu schnell, um mich richtig festhalten zu können ... auf dem Vorsprung bin ich zum Stehen gekommen. Kurz darauf kam Peter runter ...«

Die Sonne hatte sich durch die Wolken gekämpft, und aus den Tälern stieg majestätisch sonnenbestrahlter Dunst auf, der wie der Rauch eines gewaltigen Feuers wirkte. Sie sprachen wenig, vor allem Andrea war sonderbar still. Trotz der extremen Strapazen konnten sie sich eine lange Pause auf dem Plateau allerdings nicht erlauben. Schon bald brachen sie wieder auf und stiegen den Berg weiter hinauf. Nur sehr selten konnte sich Tom auf die Schönheit der Natur konzentrieren, denn die in Intervallen wiederkehrenden Kopfschmerzen und der Schwindel erinnerten ihn unsanft daran, dass dies schon längst kein harmloser Ausflug mehr war.

»Tom.« Andrea ging kurz hinter ihm und sprach leise.

»Ja, was ist?«

»Ich muss dir etwas sagen ...«

Er blieb stehen. Die Blässe in ihrem Gesicht war geradezu hervorstechend.

»Was ist los? Geht's dir nicht gut?«

»Nein, also doch, geh bitte weiter«, sagte sie immer noch leise. »Die anderen sollen nichts mitkriegen.«

Er stapfte also den Berg weiter hoch, durch den Matsch, über niedrige Büsche hinweg, über Steine und vermodernde Wurzeln.

»Ich bin nicht abgestürzt.«

Er stutzte. Ihre Stimme war nur schwach zu hören, aber ihre Worte gruben sich tief in seinen Magen. Was sagte sie da?

»Ich bin gestoßen worden ...«

Jetzt blieb er wieder stehen und starrte sie an.

»Was meinst du damit?«

»Nicht anhalten!« Das war ein Befehl. »Irgendjemand hat mich in den Abgrund gestoßen.«

»Andrea. Das ist doch Quatsch. Wer sollte das denn tun?«

»Ich weiß es nicht. Es war neblig, ich stand an der Klippe und mir war klar, dass ich da nicht weitergehen konnte. Aber dann habe ich einen Stoß von hinten bekommen.«

»Vorhin hast du erzählt, Hans hätte dir helfen wollen.«

»Ja, er hat mir die Hand hingehalten, aber er hat mich dabei ganz komisch angesehen.«

Toms Kopfschmerzen wurden rasend. »Glaubst du etwa, er wollte dich abstürzen lassen?«

»Herrgott, ich weiß es doch nicht. Das war alles ganz seltsam.« Sie lief einen Moment schweigend hinter ihm her. »Hier gibt es doch diese Geister ...«

»Ach, hör mir auf mit den Geistern. Das sind Legenden, nichts anderes. Halluzinationen, du hast vermutlich zu wenig getrunken, lange nichts gegessen. Ich habe mir vor dem Plateau auch wieder so etwas eingebildet. Die Höhe ist vermutlich Schuld daran ...«

»Du hast ihn also wieder gesehen?«, wollte Andrea wissen.

Er blieb stehen, um sie anzusehen. »Sagen wir besser: Ich habe geglaubt, ihn zu sehen.«

In diesem Moment kam Peter gebückt auf sie zu, zischte ihnen ein »Auf den Boden!« zu und ließ sich selber in den Dreck fallen. Tom und Andrea taten es ihm gleich, wenn sie auch nicht wussten, warum.

»Was ist passiert?«, flüsterte Tom.

»Sie sind da. Nicht weit hinter uns!«, gab Peter zurück.

»Wer?«

»Die Rebellen. Ich habe sie gesehen. Sie haben sich aufgeteilt. Eine

Gruppe ist auf dem Plateau, das wir vor einer halben Stunde verlassen haben, die anderen kommen von der Seite auf uns zu.«

Er wies mit der Hand auf einen Hügel schräg vor ihnen.

»Haben sie uns gesehen?«, fragte Andrea.

»Ich weiß es nicht.«

Sie kauerten auf dem Boden, Tom hatte den Gestank des Schlamms direkt in der Nase und versuchte etwas in der Richtung zu erkennen, in die Peter gewiesen hatte. Und tatsächlich bewegte sich da etwas. Tom musste seine Augen zusammenkneifen, um Genaueres zu erkennen. Eine Gruppe Männer arbeitete sich den Berg hinauf, ziemlich genau auf sie zu. Sie mussten etwas tun. Dringend.

Doch bevor er weiter darüber nachdenken konnte, ergriff Peter das Wort: »Ich werde sie ablenken. Ihr bleibt hier. Bewegt euch nicht vom Fleck.«

Im nächsten Moment war er auch schon verschwunden. Tom wollte ihm nachgehen, aber Andrea hielt ihn zurück. »Bleib hier. Du hast doch gehört, was er gesagt hat.«

»Aber ...«

»Er wird schon wissen, was er tut.«

Also blieb Tom liegen. Wo waren Hans und Imarika? Hatte einer der beiden versucht, Andrea die Klippe herunterzustürzen? Wahrscheinlicher war, dass Andrea sich das eingebildet hatte. In dem Nebel war das sicher möglich. Die Zeit verstrich zäh, Tom verlor das Gefühl dafür, wie lange sie untätig im Morast lagen. Er hätte gerne die Augen geschlossen, um ein wenig zu schlafen.

Aus einem tranceähnlichen Zustand schrak Tom hoch, als er plötzlich lautes Geschrei von den Rebellen unterhalb hörte. Sie schienen etwas entdeckt zu haben, was sie zu großer Freude anspornte. Vorsichtig hob er den Kopf aus dem Versteck und blickte nach unten. Die Männer waren von ihrem Weg abgebogen und liefen in eine andere Richtung. Als Tom der Richtung mit den Augen weiter folgte, sah er, worüber sie sich so freuten: Eine dünne Rauchsäule stieg von einem der benachbarten Hügel auf. Peter. Er lenkte die Rebellen in eine andere Richtung ab. Und es funktionierte.

Sie warteten noch einmal lange, bis Peter endlich wieder zu ihnen stieß. Die Rebellen waren im nächsten Tal verschwunden. Sie konnten endlich weitergehen. Aber sie mussten sich möglichst unauffällig bewegen und durften nicht mehr laut sprechen.

Noch langsamer als zuvor arbeiteten sie sich den Berg hinauf. Es fühlte sich wie eine halbe Ewigkeit an, bis sie einen Kamm erreichten, den sie überquerten, um auf der anderen Seite wieder abzusteigen. Jetzt freier und schneller, da sie zunächst sicher sein konnten, nicht direkt im Visier der Rebellen zu sein. Toms Beschwerden nahmen dennoch weiter zu. Die Umgebung verschwamm immer wieder vor seinen Augen, und seine Kopfschmerzen wurden unerträglich. Der Boden schien sich unter seinen Füßen zu bewegen, ganz sachte, aber deutlich spürbar. Er trank das erfrischende Wasser eines kleinen Baches, das seine Gedanken ein wenig klärte.

Er ließ Andrea an sich vorbeigehen und wartete, bis Peter bei ihm ankam. Eine Frage war ihm in den Sinn gekommen, die ihn schon in den vergangenen Tagen hin und wieder beschäftigt hatte.

»Peter«, sprach er den Guide an. »Ich frage mich, wie die Rebellen überhaupt wissen konnten, wann wir den Scott-Elliot-Pass überqueren würden.«

»Sie haben vermutlich einfach gewartet«, antwortete der Guide knapp.

»Das glaube ich nicht. Das Lager war weit weg. Mehrere Stunden durch die Wildnis. Und am Pass schien es nicht so, als hätten sie lange gewartet.«

»Was vermutest du also?«

»Ich glaube, dass jemand aus unserer Gruppe den Rebellen gesagt hat, wann wir kommen.«

»Da oben gibt es kein Handynetz.«

»Mit einem Satellitentelefon würde es funktionieren.«

»Das einzige Satellitentelefon, das wir dabei hatten, befand sich in meinem Besitz.«

Peter blieb stehen, um Tom zu mustern. »Denkst du, dass ich etwas damit zu tun habe?«

»Jeder andere aus der Gruppe könnte heimlich ein Satellitentelefon mitgenommen haben. Das wäre niemandem aufgefallen.«

»Tom, ich mache diese Touren seit vielen Jahren, ich habe Hunderte von euch erlebt, ich kenne mich mit Menschen und mit den Gründen, warum sie in den Ruwenzori steigen, aus. Noch nie ist mir eine Gruppe mit so vielen Geheimnissen begegnet, wie die eure. Jeder von euch scheint etwas mit sich herumzutragen. Auch du hast etwas, was du nicht erzählst.«

Gedankenverloren ging Tom weiter hinter Peter her, der ebenfalls kein weiteres Wort mehr dazu verlor.

Stunden später erreichten sie ein kleines Tal, durch das sich ein Bach, fast schon ein Fluss, seinen Weg grub. Vermutlich seit Jahrtausenden. Peter fand eine kleine Höhle, in der sie vor Regen und Blicken geschützt waren. Es roch vermodert, als hätten hier bereits viele Generationen vor ihnen Schutz gesucht. Peter erzählte, dass diese Höhlen bis vor einigen Jahren von Wilderern genutzt worden waren. Hier hatten sie ihre Beute gehäutet, zerlegt und weiterverarbeitet. Zum Beweis holte er aus einer hinteren Ecke die Knochen kleiner Säugetiere, von denen Tom in den letzten Tagen gerne mehr gesehen hätte. Aber die Wilderer hatten ganze Arbeit geleistet. Inzwischen gab es im gesamten Ruwenzori kaum noch Antilopen oder Wildschweine, die ehemals aus der Fauna der Landschaft nicht wegzudenken gewesen waren.

Sie versuchten, es sich möglichst bequem zu machen, indem sie trockenes Laub und dünnes Geäst zusammentrugen und sich daraus Unterlagen bauten. Die Dunkelheit fiel in der Höhle noch schneller über sie herein als draußen. Sie konnten kein Feuer machen, da sie der Lichtschein und der Geruch des Rauchs verraten hätten. Daher drängten sie sich aneinander, damit sie wenigstens die Wärme der anderen spüren konnten.

37

Hamburg-Fuhlsbüttel, 17. Juni

Die Verhandlungen mit der ugandischen Regierung verliefen schleppend. Sven Wiese hatte mehrfach versucht, auf den Botschafter Okot Kiguli einzuwirken, doch offenbar war die Regierung in Kampala der Überzeugung, dass sich das Land besser nicht in die Geiselnahme einmischen sollte. Damit war ein Einschreiten des ugandischen Militärs so gut wie ausgeschlossen, und die Frage, ob deutsche Einheiten vor Ort eingreifen konnten, blieb ungeklärt. Darüber hinaus betonte der Botschafter, Uganda sei eigentlich gar nicht zuständig, da die Rebellen ja aus der Demokratischen Republik Kongo heraus agierten und vermutlich längst dorthin zurückgekehrt seien. Wiese vermutete, dass hinter diesem Verhalten ein Groll der ugandischen Regierung gegen die Bundesregierung steckte. Diese hatte sich vor Kurzem kritisch gegenüber den Menschenrechtsverletzungen des afrikanischen Staates geäußert.

Kostbare vierundzwanzig Stunden waren bereits vergangen, seit sie sich zum ersten Mal zusammengesetzt hatten. Wiese und seine Kollegen hatten in alle denkbaren Richtungen recherchiert und verhandelt, aber so gut wie nichts erreicht. Der Leiter des Krisenreaktionszentrums wurde das Gefühl nicht los, dass irgendjemand seine Bemühungen um eine schnelle und unkomplizierte Aufklärung blockierte. Er musste herausbekommen, wer da seine Finger im Spiel hatte.

Wiese saß im Zug nach Hamburg. Er wäre lieber mit dem Wagen gefahren und ungestört gewesen, aber er wollte nicht noch mehr Zeit verlieren, wenn er hinter dem Steuer nur mit halber Kraft arbeiten konnte. Sie hatten ausführlich beratschlagt, wie sie den Anruf Bernard Kayibandas einschätzen sollten. Der Mann wusste offensichtlich deutlich mehr als sie. Ob er wirklich etwas mit der Geiselnahme zu tun hatte, war weiterhin unklar. Als man sich über die Hintergründe der Entführten informiert hatte, waren allerdings Zusammenhänge aufgetaucht, die die Besorgnis im Auswärtigen Amt noch einmal deutlich verstärkten.

Die Tochter des Generalbundesanwalts, Andrea Katharina von Schellenburg, war mit einer alten Freundin, Birgit Brandt, nach Uganda gereist. Die beiden waren offenbar seit vielen Jahren miteinander befreundet und hatten sich zu einer Trekkingtour ins Ruwenzori-Gebirge und zu einem Besuch bei den Berggorillas im Südwesten Ugandas entschlossen.

Die deutsche Botschaft in Kampala hatte die Tochter des obersten deutschen Strafverfolgers gewarnt, hatte sie gebeten, diese Wanderung nicht zu unternehmen, aber sie hatte sich geweigert.

Bei ihrer Freundin Birgit Brandt trat zusätzlich eine ungewöhnliche Verbindung ans Licht: Sie arbeitete als Gefängnisärztin in Hamburg. Genau in der Justizvollzugsanstalt, in der Bernard Kayibanda seit sechs Monaten einsaß. Das konnte kein Zufall sein. Vielleicht hatte der Afrikaner sie ins Vertrauen gezogen. Denkbar wäre auch, dass er sie massiv unter Druck gesetzt hatte. Bei ihren Recherchen waren sie allerdings bisher auf nichts gestoßen, was als Druckmittel gegen Birgit Brandt dienen könnte. Also musste Wiese davon ausgehen, dass es eine persönliche oder politische Verbindung zwischen Brandt und Kayibanda gab. Daher hatte er entschieden, dass er mit dem Inhaftierten persönlich sprechen musste.

Er nahm sich noch einmal die Unterlagen vor. Acht Reisende waren entführt worden. Andrea von Schellenburg stand vermutlich im Zentrum der Geiselnahme. Aber was wollten die Rebellen erreichen? Wiese hatte versucht, über den ugandischen Botschafter mit den Geiselnehmern direkt in Kontakt zu treten, aber das schien unmöglich. Natürlich hatte er sofort ein Expertenteam nach Kampala geschickt, doch die Mitarbeiter mussten erst einmal von der ugandischen Hauptstadt quer durch das Land reisen, um überhaupt in die Nähe des Ruwenzori zu gelangen. Dabei verstrich ungenutzte Zeit. Zu viel Zeit. Wiese wusste aus jahrelanger Erfahrung, dass ein gewaltfreies Ende mit jeder Stunde, die verstrich, unwahrscheinlicher wurde. Dafür brauchte er die statistischen Erhebungen nicht, die seine Erfahrungen allesamt auf dramatische Weise bestätigten.

Birgit Brandt spielte irgendeine entscheidende Rolle bei der Geiselnahme. Wiese spürte das, hatte jedoch nicht einmal eine vage Ahnung, auf welche Art sie involviert war. War sie ausgehorcht worden? Hatte sie freiwillig Informationen geliefert? Oder hatte sie sogar aktiv an dem Geschehen mitgewirkt?

Wiese blätterte weiter durch die Unterlagen. Tom Hartmann, ein Fotojournalist, der schon mehrmals in Uganda gewesen war. Warum war er dieses Mal nach Uganda geflogen? Hatte er vor der Reise Kontakt zu Andrea von Schellenburg gehabt? Bislang hatten sie keine Verbindung zwischen den beiden herstellen können. Auch nicht zwischen dem Fotografen und der Ärztin. Bis jetzt sah es so aus, als wären sie sich niemals zuvor begegnet.

Hans Meyer. Ein Unternehmensberater aus Potsdam. Auch er war zuvor schon einmal in Uganda gewesen. Doch das war lange her. 1970 hatte er nach seinem Studium eine Weile dort gelebt. Er war kurz vor der Machtergreifung Idi Amins wieder nach Deutschland zurückgekehrt, hatte sich eine eigene Existenz aufgebaut. Er war offenbar allein zur Gruppe gestoßen, so wie Hartmann auch. Was musste das für ein Typ sein, der mit Mitte sechzig allein durch ein abgelegenes Gebirge in Ostafrika wandern wollte, fragte sich Wiese.

Manfred Barlage, der nächste auf der Liste. Ein Deutscher, aber kein Mitglied der Reisegruppe. Er lebte laut seinen Akten seit zehn Jahren in Uganda und organisierte Reisen für Deutsche durch das Land. In Jinja, einem Ort für wohlhabende Ugander, hatte er ein kleines Haus. Eine Tochter. Wie passte er in das Schema? Er hatte die Namensliste der Touristen sicherlich im Vorfeld bekommen. Hatte ihm der Name Andrea von Schellenburg etwas gesagt? Unwahrscheinlich, aber möglich war es schon.

Kai Hensel und Kathrin Koll. Ein Pärchen aus Erfurt. Beide Mitte vierzig, kinderlos. Er war Handwerker, sie Steuerfachangestellte. Sie lebten ein unauffälliges Leben in einer Reihenhaussiedlung. Der Stab hatte bisher keinerlei Verbindung zwischen ihnen und der Tochter des Generalbundesanwalts entdecken können.

Ähnlich sah es mit den beiden Männern aus München aus: zwei Freunde, die sich noch aus der Schulzeit kannten. Wenigstens das hatten sie inzwischen herausgefunden. Martin Pfeiffer, Mitte dreißig, selbstständiger Anwalt mit Spezialisierung auf Steuerrecht. Ein trockenes Metier. Hatte er durch seine Arbeit in irgendeiner Weise Kontakt nach Uganda, zu Andrea von Schellenburg oder zu Kayibanda gehabt? Nichts deutete darauf hin. Pfeiffers Mitarbeiterin, die in München den Kanzleibetrieb aufrechterhielt, hatte versprochen, sich auf die Suche zu machen, alte Fälle durchzugehen. Wiese hatte ihr jedoch keinen Hinweis geben können, wonach genau sie suchen sollte.

Pfeiffers Freund aus Kindertagen, Michael Schmitz, ebenfalls Mitte dreißig, Geschäftsführer einer Event-Agentur in München, hatte auch nicht zu einer Erhellung beigetragen.

Der ICE aus Berlin erreichte die Vororte Hamburgs. Wiese steckte die Unterlagen in seine schwarze Ledertasche zurück, betrachtete sich kurz in der Spiegelung der Scheibe und ließ den Hauptbahnhof auf sich zukommen.

Eine Viertelstunde Fahrt mit dem Taxi durch die Großstadt, immer an der Alster entlang, hinein in die Justizvollzugsanstalt in Fuhlsbüttel. In der Regel wurden hier keine Angeklagten in Untersuchungshaft genommen, doch in diesem Fall war die Fluchtgefahr enorm, und die Behörden vermuteten, dass Kayibanda ein enges Netzwerk an Verbündeten hatte, die ihm bei allem helfen würden, was in ihrer Macht stand. Und in ihrer Macht stand offenbar viel.

Santa Fu. Das Gefängnis, aus dem in den 1970er Jahren diverse Gefangene entkommen waren. Hier wurde nun einer der weltweit meistgesuchten Männer hinter Schloss und Riegel gehalten.

Die Anmeldung in der Besucherschleuse brachte Wiese schnell hinter sich. Sein Dienstausweis ersparte ihm das lange Warten in einer Schlange oder dem Warteraum der Besuchsabteilung. Zu Beginn seiner Laufbahn hatte er in solchen trostlos gefliesten Räumen auf im Boden verankerten Holzbänken sitzen müssen. Auch jetzt, als er den Raum mit einem Angestellten der Justizvollzugsanstalt eilig durchquerte, warteten einige Menschen darauf, zu ihren Mandanten oder Angehörigen vorgelassen zu werden. Der kleine verglaste Raum, den man ihm zuwies, war schlicht. Ein Holztisch, fest mit der Wand verschraubt, zwei einfache Stühle, ein Telefon an der Wand. Wiese setzte sich. Jetzt kam es darauf an, möglichst viel aus Kayibanda herauszubekommen. Der Justizvollzugsbeamte verließ den Raum.

Als der Ruander eintrat, war Wiese erstaunt. Obwohl der Mann zwei Jahre älter war als er selbst, sah er mindestens zehn Jahre jünger aus. Kayibanda wirkte in seinem dunkelblauen Anzug sehr elegant. Die schmale Brille verlieh ihm eine Intellektualität, von der sich Wiese für einen kurzen Moment eingeschüchtert fühlte, wie er verwundert zur Kenntnis nahm. Wenn das, was man diesem Mann vorwarf, stimmte, dann hatte er unzählige grausame Morde und die Zerstörung eines ganzen Landstrichs zu verantworten. In wenigen Wochen sollte der Prozess gegen ihn eröffnet werden. Er saß schon seit fast einem halben

Jahr in Untersuchungshaft. Viele Beweise waren vom Bundeskriminalamt zusammengetragen worden. Zeugen hatten davon überzeugt werden müssen, dass für sie und ihre Familien keine Lebensgefahr bestand, wenn sie gegen den angeblichen Präsidenten der ALR aussagten. Jetzt trat er lächelnd auf Wiese zu und streckte ihm, als der Wärter die Handschellen gelöst hatte, die Hand entgegen.

»Herr Wiese, ich wusste, dass wir uns einmal persönlich treffen.« Er setzte sich ihm gegenüber. »Ich habe schon so viel von Ihnen gehört. Über Ihre Zeit in Sambia, über die großen Dinge, die Sie hier in Deutschland immer noch für unseren gebeutelten Kontinent tun, besonders für Zaire.«

»Sie meinen sicherlich die Demokratische Republik Kongo? Die Zeiten in Afrika liegen weit hinter mir.«

»Ja, das ist wahr. Aber ist es nicht so, dass die Düfte Afrikas, die Wärme und das genügsame Leben dort für immer in Ihren Adern pulsieren, dass Erinnerungen an die wunderschönen afrikanischen Frauen das Herz höher schlagen lassen?« Eine Welle von Sympathie überrollte Wiese, als er die weiche Stimme Kayibandas hörte. Instinktiv wehrte er sich gegen diese Vereinnahmung.

»Herr Kayibanda, sie haben mich angerufen, weil sie mir bezüglich der Geiselnahme in Uganda etwas erzählen wollten. Habe ich Sie da richtig verstanden?«

Kayibandas Miene verfinsterte sich ein wenig. »Ach, ich werde die Deutschen nie ganz verstehen. Sie fallen immer gleich mit der Tür ins Haus. Wissen Sie, wir Ruander verstehen uns darauf, Geschichten zu erzählen. Und wenn wir das in Kinyarwanda tun, dann spüren wir, wie die Sonne uns auch in der Nacht mit ihren sanften Strahlen streichelt.«

»Ihre Sprache ist bekannt für ihre große Eignung als Kunstform, ich weiß. Und ich bedauere es sehr, Kinyarwanda niemals gelernt zu haben.«

»Welche Sprachen haben Sie denn seinerzeit gesprochen, als Sie in Sambia waren? Englisch? Ich hörte, dass Sie auch ein wenig Swahili verstehen.«

»In diplomatischen Kreisen haben wir uns in der Regel auf Französisch, Englisch oder – zumindest in der deutschen Botschaft – auf Deutsch ausgetauscht.« Wiese musterte sein Gegenüber mit gespannter Aufmerksamkeit. Seine eigene Redseligkeit behagte ihm gar nicht. »Wie ich höre, haben Sie sich bei uns hervorragend eingelebt.«

»Deutschland ist ein so wunderschönes Land. Und ich mag Ihre Sprache. Sie ist fast genauso reich an Wendungen wie Kinyarwanda. Die deutschen Dichter verstehen es, mit dieser Sprache zu jonglieren. In dieser Einrichtung habe ich viel Zeit, und daher finden Sie mich sehr häufig in der Bibliothek. Leider ist die Ausstattung mit Lyrik nicht so ergiebig, wie ich es gehofft hatte. Hilde Domin, wie gerne würde ich wieder einmal Gedichte von ihr lesen.«

»Ich kann Ihnen gerne einen Gedichtband von Hilde Domin zukommen lassen, wenn Sie mögen.«

»Sie würden mir eine sehr große Freude damit machen.«

»Warum haben Sie sich nicht längst von Ihrer Ärztin ... wie heißt sie doch gleich? Dr. Birgit Brandt ... Warum hat sie Sie nicht mit diesen Gedichten versorgt?«

Kayibanda lächelte, wobei er eine Reihe makelloser weißer Zähne zeigte, die in seinem dunklen Gesicht besonders hervorstachen. »Sie haben also Ihre Hausaufgaben gemacht. Meinen Glückwunsch. Dann wissen Sie sicherlich noch mehr, habe ich Recht?«

»Selbstverständlich wissen wir noch mehr. Was uns jedoch im Moment am meisten interessiert, das sind die Forderungen, die die Geiselnehmer in Uganda stellen.«

Wieder verfinsterte sich Kayibandas Miene. »Wie ich schon sagte: Die Deutschen fallen immer gleich mit der Tür ins Haus. Aber wenn Sie es wünschen, dann können wir gerne auch darüber sprechen.« Er machte eine Pause, in der er Wiese erneut freundlich ansah. »Der Prozess, der hier gegen mich geführt wird, ist absurd. Aber das wissen Sie vermutlich selbst.«

»Ich kann bislang nichts Absurdes daran erkennen. Sie sind angeklagt, Rädelsführer einer Vereinigung im Ausland zu sein, deren Zweck es ist, Verbrechen gegen die Menschlichkeit zu begehen. Auf den Verlauf des Prozesses habe ich keinerlei Einfluss.«

»Die deutschen Gesetze sind so eng, so beschränkt, sie lassen kaum Spielraum für Gedankenexperimente. Das ist sehr bedauerlich.«

»Diese Gesetze funktionieren hervorragend und haben sich seit vielen Jahrzehnten bewährt.«

»Dann kennen Sie auch die Strafprozessordnung, nicht wahr?«

Die Alarmglocken in Wieses Gehirn klingelten. Er durfte sich nicht in die Ecke drängen lassen. »Ich bin kein Jurist, aber ich kenne mich in weiten Teilen mit der StPO aus, ja.«

»Paragraf 121. Haben sie den im Kopf?«

»Wenn ich gewusst hätte, dass er für Sie eine so große Rolle spielt, dann hätte ich ihn vor unserem Treffen noch studiert. Soll ich uns eine Ausgabe der aktuellen StPO kommen lassen?«

»Das wird nicht nötig sein, ich kenne den Wortlaut auswendig.« Kayibanda lächelte verschwörerisch, bevor er begann, wie ein Schulmeister den Text zu zitieren, ohne sich auch nur ein einziges Mal zu verhaspeln: »Solange kein Urteil ergangen ist, das auf Freiheitsstrafe oder eine freiheitsentziehende Maßregel der Besserung und Sicherung erkennt, darf der Vollzug der Untersuchungshaft wegen derselben Tat über sechs Monate hinaus nur aufrechterhalten werden, wenn die besondere Schwierigkeit oder der besondere Umfang der Ermittlungen oder ein anderer wichtiger Grund das Urteil noch nicht zulassen und die Fortdauer der Haft rechtfertigen.« Während der Rede hatte er Wiese die ganze Zeit über freundlich angesehen. Als er fertig war, lächelte er noch immer.

Wiese blickte den Ruander an. Er beschloss, nichts zu erwidern. Was sollte er auch sagen? Der Gesetzestext war vermutlich wortgetreu wiedergegeben. Doch worauf wollte Kayibanda hinaus?

Eine Minute des Schweigens verstrich. Eine zweite folgte.

Ein stummer Machtkampf, dessen Ausgang Wiese bestimmen wollte. Kayibanda durchbrach das Schweigen schließlich. Ein Achtungserfolg für Wiese, zu dem er sich im Stillen gratulierte.

»Meine Untersuchungshaft läuft in vier Tagen ab. Für eine längere Haft muss das Oberlandesgericht Hamburg neu entscheiden.«

Schlagartig ging Wiese der perfide Plan des Mannes vor ihm auf: Selbst wenn das Gericht für eine Verlängerung der Untersuchungshaft votierte, am längeren Hebel saß noch immer der Generalbundesanwalt Johannes Nikolaus von Schellenburg. Er war weisungsbefugt. Er konnte erreichen, dass eine Anklage fallen gelassen wurde. Noch war der Prozess nicht eröffnet, noch arbeitete eine ganze Armada internationaler Ermittler an der Zusammenstellung der Akten. Die Verlängerung der Untersuchungshaft war in einem so brisanten Fall normalerweise eine reine Formalie, doch der Plan von Bernard Kayibanda war schlau.

»Was sollte das Oberlandesgericht davon abhalten, die Untersuchungshaft zu verlängern?« Er musste ein bisschen Zeit gewinnen, um eine Strategie zu entwickeln.

»Andrea Katharina von Schellenburg«, antwortete Kayibanda im gewohnt freundlichen Ton. »Meine Generäle haben das Täubchen unter ihre Fittiche genommen und sorgen dafür, dass sie unversehrt nach Europa zurückkehrt, sobald ich afrikanischen Boden betrete.«

»Sie fordern also Ihre Ausreise nach Afrika?«

»Ich wünsche mir nichts sehnlicher. Genauer gesagt: Ich möchte nach Uganda ausreisen. Linienmaschinen fliegen fast jeden Tag von Amsterdam und Brüssel. Ich fliege nach Kampala, und meine Leute werden Ihnen die junge Dame am Flughafen in bester Verfassung übergeben.«

»Was würde wohl geschehen, wenn wir Sie nicht ausreisen ließen?«

Kayibanda erhob sich von seinem Stuhl, ging ein paar Schritte in dem kleinen Raum auf und ab. Dann kehrte er an den Tisch zurück, beugte sich zu Wiese herab und sagte in ruhigem Ton: »Ich weiß es nicht genau. Aber ich bin sicher, dass sie ihre Urlaubsreise nicht mehr so sehr genießen wird wie bisher.«

Er setzte sich.

»Sie sind ein kluger Mensch, Herr Kayibanda. Sie werden wissen, dass wir Ihnen das nicht einfach so glauben können. Sie müssten uns zunächst einen Beweis erbringen, dass Frau von Schellenburg und die anderen Touristen wirklich noch am Leben und in den Händen Ihrer Leute sind.«

»Die Beweise können Sie gerne haben. Was stellen Sie sich genau vor?«

»Ein Telefonat mit allen Geiseln. Noch heute.«

»Ich fürchte, das wird nicht möglich sein.«

»Warum nicht?«

»Weil es dort oben in den Bergen keinen Telefonempfang gibt.«

»Jetzt erzählen Sie mir nicht, sie hätten Ihren Leuten noch nicht einmal Satellitentelefone mitgegeben ...«

»Wir sind eine arme Organisation, die ohne internationale Unterstützung für die Befreiung Ruandas kämpft. Wir können uns diese Dinge nicht leisten.«

»Ihre Organisation hat die meisten der ertragreichen Gold- und Coltanminen an der kongolesischen Ostgrenze unter ihrer Kontrolle. An Geld fehlt es Ihnen bestimmt nicht.«

»Sehen Sie, Herr Wiese, ich schätze Sie als Verhandlungspartner sehr. Ich werde das also für Sie möglich machen. Bis morgen bekommen

Sie den Beweis, dass sich die Touristen in der Gastfreundschaft meiner Leute befinden.«

»Bis heute Abend.«

»Morgen früh. Schneller ist mir das unter den hiesigen Einschränkungen meiner kommunikativen Beweglichkeit leider nicht möglich.« Dabei macht er eine ironische Geste, als befände er sich in seinen weitläufigen Privatgemächern und entschuldige sich bei Wiese für Unannehmlichkeiten wegen ein paar Handwerkern.

»Wie kommunizieren Sie überhaupt aus dem Gefängnis heraus?«

»Kreativität ist eine wunderbare Begabung.«

Sie blickten sich eine Weile schweigend an. Dann erhob sich Bernard Kayibanda, drückte auf den Knopf an der Wand, der mit dem Raum der Wärter verbunden war, und wartete. Als der Vollzugsbeamte ihm die Handschellen anlegte, wandte sich Kayibanda noch einmal um und nickte Wiese zu.

38

Auf dem Gletscher, 18. Juni

Der Himmel hatte sich bleigrau zugezogen, als Tom am nächsten Morgen den Kopf aus der Höhle streckte. Der Wind war schneidend kalt geworden und trieb Schneeflocken vor sich her, die sich zögerlich auf dem gefrorenen Boden niederließen. Dort, wo die Sonne sein sollte, war nur ein heller Schimmer hinter den Wolken. Tom holte die Karte hervor, die er nach den Erzählungen der alten Frau skizziert hatte. Doch er sah bald ein, dass sie keine Hilfe war. Ihre Angaben waren viel zu ungenau gewesen.

Durch ein Loch am Hosenbein zog Wind in Toms Kleidung. Seine Füße waren mit blutigen Blasen überzogen. Die Gummistiefel waren zwar robust, aber lange hielten sie diesen außergewöhnlichen Strapazen sicher nicht mehr stand.

Gerade wollte er sich wieder in die Höhle zurückziehen, als er etwas hörte. Er hielt den Atem an und lauschte angespannt. Stimmen. Menschliche Stimmen. Die Rebellen waren also wieder auf ihre Spuren gestoßen.

»Wir müssen los«, rief er mit gedämpfter Stimme nach hinten. Die anderen schraken aus dem Halbschlaf auf. »Sie sind uns wieder dichter auf den Fersen.« Peter war sofort bei ihm, spähte und lauschte in die Wildnis hinaus.

Ein paar Minuten später huschten sie möglichst leise zwischen größeren Felsen hindurch und zum ersten Mal waren sie froh, dass sich das Wetter verschlechterte. Der Nebel schluckte jedes Geräusch und verbarg sie vor den Blicken ihrer Verfolger. Tom spürte eine unendliche Erschöpfung durch die Anstrengungen der vergangenen Tage; die feuchte Kälte hatte sich an seinem gesamten Körper festgesetzt und seine Muskeln zitterten vor Schmerz. Seine Lungen schmerzten bereits nach wenigen Metern wie nach einem 100-Meter-Sprint und stießen dabei regelrechte Fontänen kondensierter Atemluft aus.

Unterhalb von ihnen waren die Rebellen, dorthin konnten sie nicht zurück. Vor ihnen lag die Ungewissheit. Keiner von ihnen war jemals in diesem Teil des Ruwenzori gewesen.

Der Schwindel nahm wieder zu. Tom glitt immer wieder auf dem gefrorenen Boden aus. Es schien, als wäre es nur eine Frage der Zeit, bis er stürzte und sich verletzte. Oder einer von den anderen. Er schob die Gedanken daran zur Seite. Peter würde sie hier schon rausbringen. Im Gänsemarsch stapften sie schweigend den Berg hinauf. Jeder seine eigene Atemwolke ausstoßend, eingehüllt in den dichten Nebel. Die Landschaft wurde karger mit jedem Meter, den sie höher stiegen. Immer seltener sahen sie Pflanzen. Bachläufe gluckerten unter ihnen. Dann und wann tauchten märchenhafte, von dichten Moosen und saftigen Gräsern umgebene Tümpel aus den Wolken auf, verschwanden jedoch genauso schnell wieder. Aus der dünnen Schneeschicht unter ihren Füßen entwickelte sich mehr und mehr eine durchgehende Schneedecke. Blendend weiß reflektierte sie das helle Licht, das trotz der Wolken und des Nebels diffus auf sie herabstrahlte. Tom hatte große Schwierigkeiten, sich zu konzentrieren. Jeder Schritt wurde für ihn zur Qual, jeder Felsen schien wie ein schier unüberwindliches Hindernis.

Er ahnte es, noch bevor er ihn erblickte. Der Junge war wieder da. Er ging neben ihm, so nah wie nie zuvor. Tom hätte ihn berühren können. Diesmal sprach der Junge nicht. Er lief einfach nur neben Tom her, blickte ihn mitfühlend an. Im Gegensatz zu ihm selbst umgab seinen Kopf keine Atemwolke. Aber Wärme ging von ihm aus, die sich auf Tom übertrug. Keine oberflächliche Wärme, sondern eine, die mitten in der Brust ansetzte und sich von dort auf Toms gesamten Körper ausdehnte.

Sie erreichten einen Gletscher. Das Eis war an den Kanten gräulich verfärbt. Darunter strömte unablässig Wasser hervor, und zum ersten Mal seit vielen Stunden verspürte Tom Durst und hatte den Wunsch zu trinken, ohne dass er sich aus Vernunft dazu zwingen musste. Sie machten an einer geschützten Stelle Rast, und Tom schöpfte das vom Felsabrieb trübe Wasser mit der hohlen Hand in seinen Mund. Trotz der Kälte nahm er es in sich auf wie ein Lebenselixier.

Peter schaute sich um, lauschte und ermahnte sie, so wenig wie möglich zu sprechen. Der Nebel schluckte nicht nur ihre Geräusche, sondern auch die Stimmen und Schritte ihrer Verfolger. Sie konnten nicht wissen, wie weit sie entfernt waren.

Als sie wieder aufbrachen, wandelte der Junge noch immer neben Tom, der sich allmählich an dessen Anwesenheit gewöhnte. Peter ließ

Andrea, Hans und Imarika an sich vorbeiziehen, um leise mit Tom zu sprechen.

»Er ist wieder da, habe ich Recht?«, fragte der Guide. Tom nickte. »Dann lass dir Zeit, dich mit ihm anzufreunden.«

»Kannst du ihn sehen?«, wollte Tom wissen.

»Manche Geister der Mondberge wollen nicht von allen gesehen werden. Sie erscheinen nur denen, für die sie wichtig sind.«

»Was will er von mir?«

»Sprich mit ihm.«

Tom lachte angestrengt. »Dann haltet ihr mich ja für völlig verrückt.« Er schüttelte zur Bestätigung seiner Aussage noch einmal energisch den Kopf. »Nein.«

»Du musst nicht laut mit ihm sprechen. Du kannst das in Gedanken tun.«

Sie liefen am Rand des Gletschers entlang, da die Eisfläche selbst zu viele Gefahren barg. Der Wind nahm nochmal zu und peitschte Wolken an ihnen vorbei. Tom keuchte bei jedem Schritt, doch er hatte keine Kraft mehr zum Fluchen. Der Junge wurde allmählich blasser, und Tom spürte, wie die hilfreiche Wärme schwand. Er wollte ihn zurückrufen, doch er traute sich nicht.

»Er geht fort ...«, keuchte Tom.

»Ich weiß. Du kannst ihn zurückhalten, wenn du es nur versuchst«, antwortete Peter.

Tom fühlte sich elend. Worauf ließ er sich da ein?

Die Kälte zog immer grimmiger unter seine Kleidung. Der Schneefall wurde dichter. Die Erschöpfung drückte ihn mit geballter Kraft nieder.

»Vater?«, sagte Tom in Gedanken. Aber es schien zu spät. Die Gestalt war verschwunden. Er kam sich vor wie ein Esel, einen Geist angesprochen zu haben. Dann erfasste Kälte sein Herz.

Wie lange waren sie nun schon hier oben unterwegs? Eine Stunde? Drei Stunden? Die Sicht verringerte sich auf wenige Meter, die harten Kristalle des Schnees stachen in Toms Gesichtshaut. Seine Hände waren steif. Trotz der großen körperlichen Anstrengung fror Tom furchtbar. Er wünschte sich nichts mehr, als in einem Bett zu liegen und all das, was ihn hier umgab, zu vergessen. Er bemerkte, dass sie nun auf der rutschigen Fläche des Gletschers liefen. Vor ihm tauchten Gestalten auf. Schon glaubte er, den Jungen wiederzusehen, doch dann erkannte er Andrea, Imarika und Hans, die auf ihn und Peter warteten. Schritt für Schritt kämpfte er sich voran, um bei ihnen erschöpft auf den Boden zu sinken.

»Ist alles in Ordnung mit dir?«, japste Andrea besorgt.

»Alles gut. Bring mir doch bitte einen Martini. Aber ohne Olive.« Tom versuchte zu lächeln.

»So schlecht scheint es dir ja nicht zu gehen!«, gab Andrea zurück.

»Ich habe mich schon besser gefühlt ...«

»Wir haben etwas gefunden«, sagte Andrea nun zu Peter, der als Letzter zu ihnen stieß. Sie zeigte auf ein eigenartiges Ding, das ein paar Meter von ihnen entfernt halb unter dem Schnee verborgen war. »Das sieht aus wie ein Flugzeugwrack.«

Tom richtete sich auf, spähte durch das Schneetreiben, erhob sich dann steif, um zusammen mit den anderen den Fund zu begutachten. Die Maschine war wohl ehemals weiß gewesen, und die Trümmer lagen über eine Fläche von mehreren hundert Quadratmetern verteilt.

»Jetzt weiß ich, wo wir sind«, sagte Peter. »Das ist ein Flugzeug der UN. Vor fünf Jahren ist es mit Hilfsgütern auf dem Weg in den Kongo an den Rwatamagufa Peaks zerschellt. Die Umstände sind nie geklärt worden, aber man geht davon aus, dass das Wetter schlecht war und der Pilot die Bergspitzen nicht gesehen hat.«

»Das scheint mir aber nicht so ...« Tom beugte sich über eines der Wrackteile. Peter trat zu ihm. Deutlich waren in dem Metall, das vermutlich eine der Tragflächen gewesen war, fingerdicke Löcher zu erkennen. »Für mich sieht das eher so aus, als wäre das Flugzeug abgeschossen worden.« Er strich vorsichtig mit der Hand über die ausgefransten Metallzacken. »Da hat wohl jemand nachgeholfen.«

Peter blickte sich suchend um, hob ein paar der Trümmer auf. Ihre über Jahre gespeicherte Kälte fuhr ihm sofort in die Haut und er ließ sie schnell wieder fallen. »Wer hat ein Interesse daran, dass Hilfsgüter nicht in den Kongo geflogen werden?«

»Vielleicht wollte jemand die Hilfsgüter stehlen und verkaufen?«, vermutete Andrea.

»Nein, als das Rescue-Team hier ankam, war alles noch da.«

»Vielleicht ist noch etwas anderes in dem Flieger gewesen, was nicht über die Grenze gelangen sollte.«

Tom sah den Guide an.

»Was sollte das sein?«

»Informationen. Schmuggelware. Menschen. Waffen. Es gibt viele Möglichkeiten.«

»Darüber sollten wir uns jetzt keine Gedanken machen. Wir müssen weiter. Lasst uns nachsehen, ob wir in den Trümmern noch irgendetwas finden, was uns hilft, und dann los. Im Schnee hinterlassen wir mehr als deutliche Spuren.«

Sie verteilten sich, um die Wrackteile zu untersuchen. Tom konnte sich kaum noch auf den Beinen halten und hatte auch nicht viel Hoffnung, dass sie in irgendeiner Form fündig werden könnten. Aber die Überraschung über den Flugzeugfund hatte seine schwindenden Kräfte noch einmal aufgeputscht. Nun traten dafür die mittlerweile vertrauten Symptome umso deutlicher zutage. Pochende Kopfschmerzen. Gallige Übelkeit. Schwindel und Atemnot. Sein Puls raste. Wie sollte er das hier überstehen? Peter hatte ihm geraten, seinen Vater anzusprechen. Das war absurd. Aber was konnte er schon verlieren? Also konzentrierte er sich auf das Bild seines jugendlichen Vaters, das er im Kopf hatte. In Gedanken rief er ihn leise beim Namen. Doch nichts geschah. Wütend trat Tom gegen eines der Trümmerteile, wofür sich sein großer Zeh mit einem tumben Schmerz bedankte. Das alles war absurd und lächerlich.

Unter dem Wrackteil, das er mit dem Fuß weggestoßen hatte, kam eine zerbrochene Holzfigur zum Vorschein. Ein kleiner geschnitzter Gorilla. Ächzend beugte er sich hinunter und hob sie auf. Er hatte diese Figur schon einmal gesehen. Aber wo? Als er sich aufrichtete, hämmerten die Kopfschmerzen urplötzlich mit doppelter Macht Er stöhnte auf. Andrea trat auf ihn zu.

»Hast du etwas gefunden?«

Auch die anderen kamen näher. Tom hielt Andrea gerade die halbe Figur entgegen, als Hans neben ihr erschien. Er zog mit einem deutlich vernehmbaren Zischen die Luft zwischen den Zähnen ein. Augenblicklich wurde er von einem keuchenden Husten geschüttelt.

»Was ist? Kennst du diese Figur?«, fragte Tom.

Doch Hans starrte nur wie gebannt auf Toms ausgestreckte Hand, während er seinen Atem allmählich wieder unter Kontrolle brachte. Dann nahm er die kaputte Figur und drehte sie hin und her.

»Das kann nicht wahr sein«, keuchte er.

Erstaunt wandte Tom sich ihm zu: »Weißt du, was das ist?«

»Das ist ein Talisman. Also eigentlich ist es ein billiges Touristen-Souvenir.« Tom beäugte ihn kritisch.

Hans schien ernsthaft verwirrt und überrascht zu sein.

»Woher weißt du das?«, wollte Tom wissen.

»Weil er selber eine solche Figur hatte«, mischte sich Andrea ein, nahm die Figur in die Hand, steckte ihre andere Hand in die Hosentasche und beförderte einen Gegenstand hervor, den sie neben die halbe Figur auf ihrer Handfläche legte. Die kleine Figur, die sie Tage zuvor in Kilembe vor ihrem Zimmer gefunden hatte. Die beiden Gorillas glichen sich wie eineiige Zwillinge. Abgesehen davon, dass die jetzt gefundene Figur in der Mitte zerbrochen war.

»Oh!«, entfuhr es Tom. »Ist das also deine?«, fragte er Hans sofort.

»Nein. Von diesen Gorillas gibt es Tausende. Das ist reiner Zufall.« Hans wandte sich um. Er setzte den Weg den Hang hinauf fort. Imarika folgte ihm.

»Stopp!«, rief Tom ihm nach, obwohl sich in diesem Moment erneut alles zu drehen begann. »Du musst uns das erklären!« Aber Hans ließ sich nicht aufhalten. Er reagierte nicht und ging weiter.

»Lass ihn. Er wird es schon noch erzählen«, sagte Andrea sanft.

Tom war wütend, ihm war schlecht und er war vollkommen entnervt. Beim nächsten Schritt trat er in eine Pfütze, glitt aus und stürzte vom Schnee gedämpft auf die harte Eisfläche. Als er versuchte, sich aufzurichten rutschte er wieder ab und schlitterte auf dem Eis des Gletschers den Hang hinab erst langsam, dann immer schneller. Er taumelte, drehte sich um sich selbst, schob den frischen Schnee vor sich her wie ein Schneepflug. Er prallte an der Eiskante auf Steine, die sich wie stumpfe Speere in seinen Körper bohrten. Verzweifelt versuchte er, irgendwo Halt zu finden, doch es war aussichtslos. In diesem Moment traf ihn die Erkenntnis wie ein Blitz: die Gestalt, der Junge.

Es war nicht sein Vater.

Das war sein Bruder.

»Jens!« Er schrie den Namen gellend, während er weiterhin mit den Händen nach einem Halt tastete. »Jens!« Er landete hart an einem großen Felsen, der seine Talfahrt abrupt stoppte. »Jens«, wimmerte er nun noch einmal, leiser. Liebevoller. Wie hatte er das übersehen können?

Alles tat ihm weh, jede Stelle seines Körpers fühlte sich geschunden an. Eine gährende Übelkeit und das Hämmern in seinem Kopf schienen sein Hirn zum Bersten zu bringen. Tom legte die Hände vor sein Gesicht. Noch nie in seinem Leben hatte er sich so verzweifelt gefühlt.

Doch. Ein einziges Mal. Damals, als er pitschnass am Ufer des schwedischen Flusses gesessen hatte, der kurz zuvor seinen Bruder mitgerissen hatte. Auch da hatte er sich gefühlt, als würde er sterben.

»Tom, ist alles in Ordnung?« Peter sprang mit großen Schritten auf ihn zu. »Hast du dich verletzt?«

Mühsam nahm Tom die Hände vom Gesicht und hob den Kopf, um Peter anzusehen. Was hatte Peter gefragt?

»Tom!« Peter hockte sich neben ihn. »Bist du verletzt?«

Nur ganz langsam sickerte die Frage in Toms Bewusstsein. War er verletzt? Er wusste keine Antwort auf diese Frage. Nicht nur, weil er seinen Körper kaum noch spürte, sondern auch, weil er einfach nicht wusste, welche Antworten in Frage kamen. Er versuchte Peter zu fixieren, doch immer wieder verschwamm dessen Gesicht vor seinen Augen. Die Welt um ihn herum schien zusammenzustürzen. In seinem rechten Arm begann es zu kribbeln. Langsam wanderte dieses Gefühl von seinen Fingern kommend über das Handgelenk in den Unterarm. Er wollte es stoppen, konnte jedoch kaum noch mit der linken Hand nach der rechten greifen. Erschöpft ließ er sich zurückfallen.

Durch den Schleier, der ihn umgab, nahm er vage das Gesicht von Andrea wahr, das mit ängstlichen Augen über ihm auftauchte. Peter sagte etwas, das Tom nicht verstand. Alles wurde dumpf, er verlor jedes Gefühl auf seiner Haut. Er hörte die anderen miteinander sprechen, konnte sich den Sinn ihrer Worte allerdings nicht mehr erschließen. Auch ihre Gesichter konnte er nicht mehr auseinanderhalten.

Er spürte, dass ihn jemand hochzog. Er strengte sich an, die Bewegung zu unterstützen. Übelkeit raste ihm aus dem Magen die Speiseröhre hinauf. Er erbrach sich. Für einen Moment nahm er seine Umwelt etwas klarer wahr.

»Was hast du vorhin gerufen?«, fragte Peter ihn jetzt. »Das klang wie ein Name.«

Obwohl Toms Mund völlig ausgetrocknet war, bemühte er sich, ein paar Worte zu formulieren:

»Der Junge«, stammelte er. »Ich habe die ganze Zeit meinen Bruder gesehen.«

»Du hast nach ihm gerufen?«

»Ja.«

»Dann wird er dir helfen. Wir müssen sofort weiter. Die Rebellen wissen jetzt sicher genau, wo wir sind.«

Gemeinsam halfen sie Tom auf die Füße. Peter war bei ihm. Und Andrea auch. Er lächelte. »Andrea.« Seine Stimme war matt.

»Ja?«, antwortete sie ihm. »Tom, was ist? Kann ich irgendetwas für dich tun?« Ihr Gesicht erschien vor seinen Augen. »Tom, hörst du mich?«

»Ja.«

»Was soll ich tun?«

»Da sein.« Er spürte, wie sich ein warmes Gefühl in seinem Bauch ausbreitete. Er lächelte. Und das Gesicht vor ihm lächelte auch für einen kurzen Moment.

Gestützt von Peter kletterte er an der Kante des Gletschers hinauf. Nach einigen unendlich erscheinenden Minuten erreichten sie Hans und Imarika, die wegen des schlechten Wetters nicht gesehen hatten, was geschehen war. Schritt für Schritt schleppten sie sich den Berg weiter hinauf. Peter trug Tom beinahe, schleifte ihn hinter sich her und trotzte des eisigen Windes. Ständig in der Furcht, hinter sich die Rebellen auftauchen zu hören. Der Boden wurde glatter und steiler.

Toms Muskeln gaben ihren letzten Widerstand auf. Er sackte in den tiefen Schnee. Wo war sein Bruder? Was wollte er? Wie hatte Tom ihn nur vergessen können? Tränen drangen aus seinen Augen, liefen in seinen Bart, erstarrten zu Eis.

Der Geist seines Bruders war nicht zurückgekehrt. Je länger die Begegnung hinter ihm lag, desto mehr zweifelte er daran, dass sie überhaupt geschehen war. Peter packte ihn fester und schleppte ihn den Berg hinauf. Peter war real. Auf ihn konnte Tom sich verlassen.

»Warum tust du das?«, murmelte Tom.

Peter hielt für einen Moment erschrocken inne. Tom rang nach Luft. »Du könntest jetzt bei deiner Familie sein. Von dir wollen die doch nichts.« Er versuchte, das Gesicht seines Guides zu sehen, er hatte große Schwierigkeiten, den Kopf zu heben. Peter ging wieder los, jeder Schritt tastend nach Halt.

»Das ist meine Aufgabe. Ihr habt mich angeheuert. Ich habe versprochen, euch sicher wieder nach unten zu bringen. Und das werde ich auch tun.« Auch er keuchte inzwischen.

»Das ehrt dich .... dass du dich an dein Versprechen hältst.« Die Welt verschwand wieder in einem Taumel aus Schnee und schummrigem Licht. Tom spürte die Kälte nicht mehr. Die Schmerzen in seinem Kopf wichen dem Gefühl, alles sei aus Watte.

Er musste eine Weile warten, bis Peter mit leiser Stimme zu sprechen begann. Der Wind trug viele seiner Worte mit sich fort, Worte, die Tom an der Realität der ihn umgebenden Welt zweifeln ließen.

»Ich bin bei meiner Tante aufgewachsen. Meine Tante hat alles dafür getan, dass ich eine gute Ausbildung erhalte, doch das Geld hat nie gereicht. Die Menschen sind hier sehr arm. Die meisten leben von der Hand in den Mund. Da bleibt nicht viel Geld übrig, um die Kinder auf eine gute Schule zu schicken.«

Er machte eine Pause. Tom gab ihm durch ein leises Murmeln zu verstehen, dass er ihn gehört hatte.

»Ich möchte meinem Sohn eine andere Perspektive geben. Er soll die beste Ausbildung bekommen, die bei uns möglich ist. Er soll studieren können. Er soll die Möglichkeit erhalten, die Welt kennen zu lernen. Er soll all das tun können, was mir verwehrt blieb.« Wieder hörte Tom eine Weile lang nur seinen keuchenden Atem, das Heulen des Windes und die matten Schritte unter sich. »Dafür brauche ich Geld, viel Geld. Ich konnte es nicht ablehnen, als mich ein Mann ansprach, ob ich mir bei einer besonderen Aufgabe etwas dazuverdienen wolle.«

Andrea erstarrte mit versteinertem Gesicht. »Du warst es? Du hast uns in die Falle gelockt?«

»Ich habe dafür gesorgt, dass wir zum richtigen Zeitpunkt am verabredeten Ort waren.«

Tom spürte Entsetzen in sich hoch steigen. Und Galle. Der Mann, dem sie am meisten vertrauten, dem sie schon mehrfach ihr Überleben verdankten und von dem es noch immer abhing, dieser Mann sollte an der Entführung beteiligt sein?

»Du hast unser Leben verkauft?«, wisperte er.

»Ich wollte in die Zukunft meines Sohnes investieren. Sie haben mir gesagt, es würde keine Verletzten geben. Auch mich haben sie betrogen. Ich habe kein Geld bekommen.«

Tom war fassungslos. Ein Schwall wässrigen Mageninhalts schoss aus seinem Mund. Er verlor für einen Moment das Bewusstsein, erbrach sich ein weiteres Mal, bevor er wieder zu sich fand und sich an der Jacke seines Retters und Verräters festkrallte.

»Du bist zurückgekommen ... Warum?«

»Die Geister der Mondberge haben mich zu euch geschickt.«

»Führst du uns jetzt in die nächste Falle?«, fragte Andrea zynisch.

»Nein, ich bringe euch hier raus. Versprochen.«

»Warum?«, fragte Tom.

»Die alte Frau. Sie hat dir von dem Tal erzählt.« Peter setzte Tom für eine kurze Pause im Schnee ab. Dann reichte er ihm eine kleine Wasserflasche. »Sie ist eine alte Bayira. Ich habe sie getroffen. Sie hat mir von dir erzählt.« Erstaunt sah Tom ihn an. Ihm wurde abwechselnd heiß und kalt. Mit großer Mühe konnte er die Flasche an seinen Mund führen, brachte aber nicht mehr als ein paar Tropfen den Hals hinunter. Er blickte schwerfällig zur Seite, sah schemenhaft Andrea. Auch sie schien einem Zusammenbruch nicht mehr fern. Er hätte ihr so gerne geholfen. Sie griff nach seiner Hand. Ihre Haut war kalt, sie zitterte.

»Sie hat von mir gesprochen?«, brachte Tom mühsam hervor.

»Sie kannte deinen Namen nicht, aber als ich dich das erste Mal gesehen habe, wusste ich sofort, dass sie nur dich meinen konnte. Du hast mir das ja kurz darauf auch bestätigt.«

»Was hat sie dir gesagt?«

»Sie hat tief in deine Seele geschaut. Und sie hat den Schmerz gesehen. Sie hat mir gesagt, dass dieser weiße Mann zurückkehren wird.«

Tom lachte säuerlich und erbrach sich beinahe wieder. »Das ist absurd. Kein Mensch kann einem anderen in die Seele schauen ...« Er machte eine Pause, um Luft zu schöpfen. »Jetzt bin ich irgendwo im größten Gebirge Afrikas«, japste er. »Zwischen Leben und Tod. Verraten. Fast erfroren. Zu Tode erschöpft. Und hier wollte ich um jeden Preis sein. Haben das die großen Entdecker auch so erlebt?« Er lachte bitter, verzweifelt, hoffnungslos. Er schaute Peter an. Die Welt wurde leer. Unendlich leer.

»Tom, die Geister der Mondberge lenken uns. Seit dem ersten Schritt, den wir in ihre Berge gesetzt haben. Wir alle werden geprüft, jeden Tag aufs Neue. Wir wissen nicht wofür. Aber ich vertraue den Geistern. Am Ende werden wir belohnt werden.«

Andrea übernahm nun für Tom das Sprechen: »Also bist du nur zurückgekehrt, weil du dir selbst etwas davon versprichst?«, fragte sie Peter wütend.

»Nein, ich bin zurückgekehrt, weil ich nicht wusste, dass es Tote geben würde. Ich bin zu euch zurückgekommen, weil ich euch nicht allein lassen wollte. Mir ist klar geworden, dass ich meinem Sohn nie wieder in die Augen schauen könnte, ohne daran zu denken, welchen Preis ihr für seine Ausbildung zahlen musstet. Darum bin ich umgekehrt.«

Die beiden Männer fixierten sich eine Weile, ohne ein Wort zu sprechen. Dann nickte Tom. Andrea blickte zwischen den beiden hin und her.

»Okay«, sagte sie schließlich hart. »Dann lasst uns jetzt diesen Gletscher hinter uns bringen, damit du deinem Sohn bald wieder mit gutem Gewissen gegenübertreten kannst.« Sie wandte sich um und setzte ihren Weg fort. Peter griff Tom unter die Arme, der sich nur ein paar Schritte bewegen konnte, bevor er wieder in den Schnee sank. Andrea war sofort bei ihm, zog ihn gemeinsam mit Peter hoch.

»Ihr müsst miteinander reden«, flehte Tom unter größten Mühen.

Andrea starrte ihn an.

Schweiß rann ihm jetzt die Schläfen herab. Er war weiß wie der ihn umgebende Schnee. Seine Hände zitterten. »Sprich mit deinem Bruder!« Er sackte erneut in die Knie.

Peter sah Andrea skeptisch an. »Was soll das heißen?«, fragte er.

Bevor Andrea etwas antworten konnte, wirbelte er plötzlich herum und lauschte. »Sie kommen«, rief er leise aus. »Wir müssen sofort weiter.«

Sie begannen, die rutschige Fläche hinaufzuhasten, so gut es noch ging. Peter schleppte Tom Meter für Meter hinter sich her. Schon nach zwanzig Schritten hatte Tom das Gefühl, seine Lunge würde zerplatzen. Aber er musste sich zwingen. Er durfte den anderen nicht noch mehr zur Last werden. Andrea griff nach seiner Hand.

»Tom! Schneller!«, rief sie ihm zu. Sie erreichten Hans und Imarika, die stehen geblieben waren und sie fragend ansahen.

»Lauft!«, rief Peter ihnen zu. »Wir nehmen den Weg quer über den Gletscher!« Mit dieser Anweisung wich er von der bisherigen Route, die steil bergauf führte, ab. »Vielleicht können wir uns da irgendwo verstecken. Das ist unsere einzige Chance!«

Die Stimmen hinter ihnen wurden lauter. Plötzlich hallte ein Schuss über den Berg. Eine Kugel zischte an Tom vorbei und bohrte sich ein paar Meter vor ihm in den Schnee, der zu allen Seiten wegspritzte. Peter packte Tom fester am Arm, zog ihn noch energischer hinter sich her. Der pulvrige Schnee wurde immer tiefer, bald war es nicht mehr möglich, zu laufen. Bis an die Waden reichte er, kurz darauf schon bis zu den Knien. Jeder Schritt wurde zu einer Qual. Tom stürzte, rutschte, röchelte. Er bekam keine Luft mehr. Seine Beine gaben immer wieder nach. Hinter ihm sackte auch Hans in den Schnee. Peter blieb stehen.

»Steh auf« wies er Tom an. »Du kannst hier nicht liegen bleiben.«

»Lasst mich hier«, japste Tom.

Andrea war ebenfalls stehen geblieben. Sie kam zurück.

»Wir müssen sie irgendwie aufhalten«, sagte sie zu Peter. Der wandte sich suchend um. Dann schien er eine Idee zu haben.

»Wir klettern die Schneewehe dort vorne hoch.« Er packte Tom und hievte ihn sich auf die Schultern.

»Der Schnee ist zu locker«, rief Andrea. »Wenn wir nicht aufpassen, treten wir eine Lawine los.«

»Genau das ist der Plan. Los jetzt!«

Auch Hans kam wieder auf die Beine, doch er schien große Probleme zu haben, das Gleichgewicht zu halten. Imarika stützte ihn. Peter, Tom und Andrea kletterten die steile Stelle mitten auf dem Gletscher hoch. Die anderen beiden folgten ihnen mit langsam wachsendem Abstand. Andrea erreichte den höchsten Punkt als Erste. Peter war mit Tom im Schlepptau etwas langsamer. Sie rutschten immer wieder weg, erklommen dann jedoch die Steigung und traten dabei auf ein locker sitzendes Schneebrett, das sofort ins Rutschen geriet. Erst war es nur eine kleine Stelle, dann ein paar Quadratmeter. Peter griff im letzten Moment nach einer Felskante zu Andreas Füßen. Der Gletscher schien sich zu bewegen. Tom spürte den Halt unter seinen Füßen schwinden. Aber Peter umklammerte seine Hand eisern. Er zog ihn zu sich heran, bis er ihn in Sicherheit gebracht hatte. Tom blickte den Schneemassen nach, die sich von ihm weg bewegten. Innerhalb von Sekunden waren Hans und Imarika aus seinem Blickfeld verschwunden. Die Lawine riss sie gnadenlos mit sich in den Abgrund. Ein dumpfes Grollen erfüllte die Luft, wurde von nahen Felsen zurückgeworfen und tauchte die Welt in eine schauerliche Geräuschkulisse. Weiter unten gellten Schreie. Die Lawine stürzte ins Tal, riss dabei alles mit sich, was nicht seit Ewigkeiten fest mit dem Berg verwurzelt war.

Die drei Zurückgebliebenen starrten entsetzt in den Schnee. Der Wind heulte und pfiff an ihnen vorbei. Keiner sprach ein Wort, bis das Grollen weit unter ihnen verstummte. Tom spürte nichts mehr. Die Welt um ihn herum verschwamm vollends.

»Jens«, murmelte er leise. Dann wurde alles schwarz, und er verlor das Bewusstsein.

Der gnadenlose Sturm erreichte seinen Höhepunkt.

39

Ruwenzori, 18. Juni

Ihre Suche dauerte nun schon zwei Tage, und doch schien es Hitimana, als hätte sie gerade erst begonnen. Paul war unfassbar wütend geworden, als er die Flucht der Europäer entdeckt hatte. Und er machte die Schuldigen sofort aus: Hitimana, Mugiraneza und Ndabarinzi. Er beorderte die drei Jungen zu sich, beschimpfte sie wüst. Er zog seine Pistole und lud sie durch. Hitimana schloss die Augen. Dann trat Innocent dazwischen und verhinderte in letzter Sekunde eine Strafaktion.

Die Erschießung war ausgesetzt, doch Paul konnte seine Drohungen jederzeit wahr machen. Ihm standen in seinen Stützpunkten genügend Kindersoldaten zur Verfügung; auf einen mehr oder weniger kam es nicht an. Mit den erwachsenen Soldaten ging Paul sorgsamer um, denn er brauchte erfahrene Männer, auf die er sich verlassen konnte. Die Kinder waren für ihn lediglich Mittel zum Zweck. Einzeln wertlos, nur in der Masse von Bedeutung.

Einmal hatten sie die Weißen beinahe erwischt. Sie kamen ihnen so nah, dass Hitimana ihren Angstschweiß riechen konnte. Aber dann verloren sich ihre Spuren plötzlich wieder, und Paul tobte vor Wut, schrie seine Leute an und gab ihnen die Schuld daran, dass sie einer List aufgesessen waren.

Wann immer Hitimana seine Augen schloss, sah er wieder die kalte Wut in Pauls Augen, hörte, wie er seine Waffe entsicherte und spürte einen eisigen Windhauch, der über seine Schultern zu wehen schien.

Bald schon konnten sie die Spur der Entflohenen wieder aufnehmen. Diese Ausländer hatten nicht den leisesten Schimmer, wie man sich lautlos und ohne Spuren zu hinterlassen, durch den Wald und das Gebirge bewegte. Nun gingen sie schon seit Stunden immer weiter bergauf.

Vor ihnen lag ein Berg, dessen Gipfel sie nicht erkennen konnten, da dichte Wolken die Sicht versperrten. Der Schnee unter ihren Füßen wurde immer fester, der anfängliche leichte Regen ging in ein Schneegestöber über, das Hitimana so noch nicht erlebt hatte. Er war sich sicher, dass die Berggeister begannen, Einfluss zu nehmen. Sie wollten ihren Aufstieg verhindern. Um jeden Preis.

Er war froh, dass sein Freund Mugiraneza ebenfalls in der Gruppe war, die nun die Weißen verfolgte. So fühlte er sich nicht ganz allein. Dennoch überkam ihn bei jeder Rast, die sie machten, Heimweh. Er wollte sein Dorf wiedersehen. Er wollte den Blick über die sanften Hügel streifen lassen, den Duft des frischen Kassava seiner Mutter aufnehmen und seinem kleinen Bruder über den Kopf streicheln, wenn er mal wieder etwas ausgefressen hatte und dafür ausgeschimpft worden war. Mugiraneza erinnerte ihn an seinen Bruder. Er war genauso ungeduldig und ungestüm.

Der Junge ging mit müden Schritten vor ihm. Er war völlig erschöpft. Gerne hätte Hitimana ihm etwas von dem Gepäck abgenommen, aber er trug selber schon fast mehr als er konnte. Plötzlich rutschte der Kleinere vor ihm weg, seine Beine versagten und er schlitterte ein paar Meter den Berg hinab, wobei er Hitimana beinahe mitgerissen hätte. Mit rot unterlaufenen Augen sah er Hitimana an, als dieser ihm aufhalf. Sofort war Innocent bei ihnen, riss Mugiraneza auf die Beine und brüllte ihn an.

»Willst du etwa schlappmachen, du Weichling?«

»Nein ...«, stotterte der Kleine.

»Dann lieg hier nicht in der Gegend herum. Wenn Paul das sieht, bist du der Erste, der hierbleibt. Und ich kann dir garantieren, dass er keine Überlebenden zurücklässt.«

Innocent stieß Mugiraneza von sich, der sofort weiterging. Dann verschwand Innocent wieder aus Hitimanas Blickfeld. Er eilte seinem Freund nach.

»Ist alles in Ordnung mit dir?«, fragte er ihn besorgt.

»Ja«, kam die Antwort sehr knapp.

»Wir schaffen das – du musst nur daran glauben.«

Mugiraneza schaute zur Seite auf den größeren Gefährten. Er nickte stumm.

»Wenn wir die Leute gefunden haben, dann gehen wir wieder runter von diesem Berg. Und dann finden wir einen Weg zu fliehen.«

Sie marschierten nebeneinander den steilen Hang hinauf. Hin und wieder berührten sich ihre Arme, manchmal sahen sie sich kurz an, doch lange sprach keiner der beiden ein Wort.

»Erinnerst du dich an den großen Platz in unserem Dorf?«, fragte

Hitmana nach einer Weile. »Du hast dort mit deiner Schwester und deiner Mutter getanzt ... erinnerst du dich?«

»Ja.«

»Du wirst diesen Platz eines Tages wiedersehen. Und du wirst mit deiner Schwester auf dem Platz tanzen. Die anderen werden Musik spielen. Du wirst den Geruch der gebratenen Ziegen riechen, die ihr am Abend gemeinsam am Feuer essen werdet.«

Mugiraneza guckte Hitimana erstaunt an.

»Glaubst du das wirklich?«

»Ja, Mugiraneza, das glaube ich. Die Geister beschützen uns. Sie sind immer bei uns.«

Mugiranezas Schritte wurden ein wenig fester. Seine Schultern hoben sich etwas, und er lächelte zwischen seinen Tränen hindurch. Doch dann zog ein dunkler Schatten über seine Augen.

»Meine Schwester ist tot. Ich habe selber gesehen, wie die Soldaten sie erschossen haben ...«, sagte er leise.

»Aber das bedeutet nicht, dass sie dich allein gelassen hat.« Hitimana sah seinen Freund an. Er legte ihm eine Hand auf den Arm. »Was haben dir deine Großeltern von den Ahnen erzählt?«

»Sie haben gesagt, dass sie immer bei uns sind, dass sie uns begleiten.«

»Dann sind sie hier. Dann ist deine Schwester auch hier. Ganz nah. Sie wird dich beschützen. Wenn du einmal das Gefühl hast, allein zu sein, dann schließ' die Augen und erinnere dich an ihr Gesicht. Du wirst sehen, sie ist immer bei dir.«

»Sie hatte so schönes Haar. Und ihre Stimme hat mich immer beruhigt, wenn ich nachts Angst bekam.«

»Sie singt für dich. Immer wenn du es willst.«

»Hast du auch eine Schwester, die für dich gesungen hat?«

»Sie hat mich immer vor meinem kleinen Bruder beschützt, wenn der mich geärgert hat.« Hitimana musste lächeln, als er an sie dachte. »Ich konnte gegen meinen Bruder nie gewinnen. Ich bin dann immer zu meiner Schwester gelaufen und habe ihr alles erzählt. Sie hat mich in den Arm genommen, ist mit mir zu ihm gegangen und wir haben uns wieder vertragen.« Er meinte plötzlich ihren Geruch in seiner Nase wahrzunehmen.

»Lebt deine Schwester noch?«

»Nein, sie haben sie getötet.«

»Und ist sie bei dir? Beschützt sie dich?«

Hitimana hatte lange nicht an seine Schwester denken wollen, weil dann auch die Bilder wieder kamen. Der Überfall, die Schreie, das Feuer. Und das Blut. Überall war Blut gewesen. Als er jetzt an sie dachte, erschien ihr Gesicht vor ihm. Sie sah ihn mit ihren beinahe schwarzen Augen an.

»Ja, sie ist hier.« Er musterte Mugiraneza.

Der Schneefall nahm zu, und doch spürte Hitimana die Kälte nicht. Er spürte die Liebe, die ihn mit seiner Schwester, die tot war, und mit seinem Bruder, den er lebend wiederzufinden hoffte, verband. Und dann war da die Stimme. Erst klang sie weit entfernt, doch mit jedem Augenzwinkern kam sie näher, wurde klarer. Die Stimme seiner Schwester. Sie sang. Für ihn und für Mugiraneza. Als er zu Seite schaute, bemerkte er den erstaunten Blick seines kleinen Freundes.

»Was ist das?«, fragte der. »Da singt ein Mädchen.«

»Das ist meine Schwester. Sie singt für uns. Sie ist hier. Hab ich doch gesagt.«

Die beiden Jungen stapften weiter durch den tiefer werdenden Schnee den Berg hinauf. Neben ihnen lag der Gletscher wie ein schlafender Riese. In einer langen Kette liefen sie daran entlang, ohne zu wissen, was sie erwarten würde. Plötzlich gellte von oben aus dem Schneegestöber ein Schrei. Hitimana und Mugiraneza blieben stehen. Innnocent trieb sie augenblicklich weiter an.

Etwas später kamen sie an einem Trümmerfeld vorbei. Hitimana konnte durch den Schnee nicht viel erkennen, aber es schien so, als sei hier ein Flugzeug abgestürzt. Bevor er sich genauer umsehen konnte, wurden sie schon unbarmherzig weiter den Berg hinauf getrieben. Paul erschien auf einmal aus dem Nichts, lächelte beinahe glücklich, weil sie die Flüchtenden fast erreicht hatten und verschwand dann wieder im Schneetreiben. Hitimana meinte einen blassen Schatten hinter ihm zu sehen.

»Sie werden ihn einholen«, sagte eine Stimme dicht neben Hitimanas Ohr. Er wandte sich um und erschrak. Ganza, einer der älteren Soldaten, stapfte neben ihm.

»Die Geister werden Paul holen.« Er sah den Jungen düster an. »Sie waren ganz dicht hinter ihm.«

Ganzas Atem ging stoßweise, auch ihn strengte der Aufstieg sehr an. »Du weißt nicht, wo wir sind, habe ich Recht?«

»Was meinst du damit?«, fragte Hitimana zurück.

»Haben dir deine Eltern nie von dem Ort erzählt, an dem die Geister der Mondberge leben?«

In diesem Moment riss der Schneevorhang für einen Moment auf und gab einen kurzen Blick nach oben frei. Zwei gigantische Berggipfel türmten sich über ihnen auf. Schroff und kahl ragten sie aus dem ewigen Eis in den stahlblauen Himmel hinein. Bevor Hitimana genauer hinsehen konnte, peitschte ihm schon wieder Schnee ins Gesicht. Aber er hatte sie erkannt. Ein Schauer lief ihm den Rücken hinab. Das waren die Berge, von denen seine Eltern und Großeltern so oft gesprochen hatten. Das *Herz des Ruwenzori*. Hier waren die Geister der Mondberge zu Hause. Die Bergspitzen waren heilig, kein Mensch durfte dieses Gebiet betreten. Und doch wusste Hitimana, dass ihm selbst keine Gefahr drohte. Die Geister mussten wissen, dass er hierher gezwungen worden war. Und die sanfte Stimme seiner Schwester, die sich durch das Schneegestöber wieder einen Weg in sein Ohr bahnte, bestätigte ihn darin. Er war frei von Schuld.

»Beeilt euch!«, ertönte Pauls wütende Stimme von oben. Hitimana, Mugiraneza und Ganza rannten jetzt so schnell es ging durch den tiefen Schnee immer weiter auf den verbotenen Gipfel zu. Nach ein paar Minuten hatten sie völlig außer Atem den Anschluss an ihre Gruppe geschafft. Und dann sah Hitimana sie: Am Hang über ihnen keuchten die Europäer durch den Schnee. Paul zog seine Pistole aus der Hosentasche und zielte auf die Weißen. Aber der Schatten war schneller. Er tauchte aus der von Nebel und Schnee geschwängerten Luft auf, erfasste Pauls Kopf und tauchte ihn in die weiße Dunkelheit. Im selben Moment jagte ein Schuss über den Gletscher und sein Knall wurde vielfach von den umliegenden Felsen zurückgeworfen.

Paul stürzte in den Schnee. Der Schatten war genauso schnell wieder verschwunden wie er gekommen war. Innocent hechtete mit erhobenem Gewehr auf seinen Anführer zu, und Hitimana glaubte für einen Moment, er wolle Paul den Gletscher hinabstoßen. Auch die anderen rannten eilig auf Paul zu. Mugiraneza schien ebenfalls magisch von der Situation angezogen zu werden. Da wurde die Stimme in Hitimanas Ohren immer lauter. Seine Schwester. Sie sang. Aber es war nicht mehr der beruhigende Gesang wie noch ein paar Minuten zuvor. Sie warnte ihn. Hitimana streckte den Arm aus und hielt Mugiraneza zurück.

»Bleib hier!«, flüsterte er ihm zu.

Der Kleinere wandte sich erstaunt um. Wie ein dichter Vorhang legte sich in diesem Moment eine Nebelwand zwischen die beiden Jungen und die Gruppe der Soldaten, die der Mitte des Gletschers immer näher kamen. Sie verschwanden aus Hitimanas Sichtfeld, in das nun die Gestalt seiner Schwester trat. Sie sah ihn freundlich an. Und wies ihn und seinen Freund wortlos an, in die andere Richtung zu gehen. Hitimana schaute zur Seite. Mugiraneza musste sie ebenfalls sehen, denn er wich ängstlich zurück. Hitimana griff die eiskalte Hand seines Freundes und zog ihn mit sich. Gefahr braute sich dort oben zusammen. Und sie kam näher. Er riss Mugiraneza hinter sich her, sie verloren ihr Gepäck.

Dann hörte er ein leises Zischen durch den Sturm. Es wurde mit jeder Sekunde lauter und raste auf sie zu. Von oben. Sie liefen schneller. Der Wind peitschte ihnen um die Ohren, das Zischen wurde zu einem leisen Grollen, schwoll an, bedrohte sie, kam immer schneller hinter ihnen her. Im nächsten Moment hatten sie einige Felsen am Rande des Gletschers erreicht. Hitimana stieß seinen Freund unter einen Vorsprung, hechtete hinterher und entkam der zu einem Brüllen angewachsenen Gefahr im letzten Moment. Schnee ergoss sich über die Felsen, verdunkelte die Welt um sie herum, verschwand dann von vielen Echos begleitet in der Tiefe.

Als Hitimana wagte, die Augen wieder zu öffnen, die er in der Panik geschlossen hatte, bot sich ihm ein atemberaubender Anblick: Als habe es nie ein Schneetreiben gegeben waren die Wolken gewichen, der Himmel über ihnen leuchtete in einem klaren Blau, der Schnee glitzerte ringsum und die weiß-grauen Spitzen der benachbarten Gipfel stachen in die klare Luft.

40

Im Tal, zwei Tage vor dem Fest

Die beiden Lehrer umschlossen die kleine Gruppe. Kathya marschierte voran, in einer Reihe folgten die Jungen, den Abschluss bildete Mbusa. Kambere sprang geschickt über Felsen und Wurzeln, wich kleinen Bachläufen aus und kroch unter dicht stehenden Pflanzen hindurch. Sie gingen eine Weile auf einer Anhöhe entlang. Vor ihnen türmten sich die steilen Hänge der Berge auf, deren Spitzen unter der immerwährenden Wolkendecke verschwanden. Dann bog Kathya nach unten in den dichten Wald ab. Die üppige Vegetation gründete auf einem sumpfigen Untergrund, die Luft war frisch. Der Nebel wurde allmählich dichter, drang in Schwaden zwischen den Pflanzen hindurch, bis Kambere nach einiger Zeit die anderen Jungen vor sich nur noch erahnen konnte. Eine kleine schwarze Schlange wand sich auf dem Weg, und Kambere musste einen Bogen schlagen, um nicht auf sie zu treten. Gerade wollte er etwas schneller gehen, als er Mbusa hinter sich wispern hörte.

»Bleib ruhig. Sie werden dir nichts tun.«

Kambere blieb stehen. Was meinte Mbusa? Er sah sich vorsichtig um, doch er entdeckte nichts Ungewöhnliches. Allerdings war nun auch Mbusa im Nebel verschwunden. Er hörte seine Stimme noch, war sich jedoch nicht sicher, aus welcher Richtung sie kam. Dann vernahm er weitere Stimmen, die sich aufgeregt miteinander unterhielten. Es raschelte um ihn herum, als sei er umgeben von Tieren oder anderen Menschen, die langsam auf ihn zukamen. Ruhig bleiben, hatte Mbusa gesagt. Und Kambere vertraute ihm. Er atmete tief durch.

»Geh weiter«, vernahm er seinen Lehrer wieder. »Bleib nicht stehen.«

Kambere ging langsam weiter. Im Dunst meinte er nun die Silhouetten der Balindi zu erkennen, die sich undeutlich vor dem grauen Hintergrund abzeichneten. Sie trabten im gleichen Tempo neben ihm her, verschwanden zwischen den Pflanzen, tauchten dann erneut auf, blickten ihn hin und wieder an. Und dann hörte er eine bekannte Stimme.

»Kambere«, rief ihn die Stimme seines verstorbenen Großvaters mehrfach.

Kambere durchlief ein Frösteln, obgleich er wusste, dass er keine Angst haben musste. Auf seinen Großvater konnte er sich verlassen, er kam seit seinem Tod regelmäßig zu ihm.

»Eine große Aufgabe wartet auf dich. Und ich möchte, dass du sie annimmst.«

Kambere wandte sich um, aber außer den Balindi entdeckte er niemanden.

»Unser Volk tritt eine Reise an und wird neu geboren«, fuhr die Stimme fort. »Schon einmal war unser Volk großer Gefahr ausgesetzt. Damals habe ich die Menschen um mich gesammelt und in diese Gegend geführt. Jetzt ist es deine Aufgabe, unser Volk in eine neue Richtung zu lenken.«

Kambere wusste nicht warum, aber er spürte, wie bei diesen Worten eine wohlige Wärme in ihm aufstieg und sich allmählich in ihm ausbreitete, bis sie seine Finger und Zehen erreichte.

»Deine Gruppe ist noch nicht vollständig« fuhr die Stimme fort. »Dir wird ein Fremder begegnen. Du sollst ihn aufnehmen wie einen Bruder.«

Wer sollte das sein? Kambere kannte doch alle hier im Tal. Und angeblich wussten die Menschen außerhalb des Tals gar nichts von ihnen.

»Eine große Gefahr bedroht unsere Traditionen. Die Geister der Mondberge ziehen sich zurück. Sie werden das Tal verlassen, und ein Teil unseres Volkes wird untergehen. Du hast die Kraft, den Gefahren entgegenzutreten. Wenn du dein Ziel vor Augen hast, dann wirst du die richtigen Entscheidungen treffen.«

Die Worte wirbelten durch Kamberes Kopf und er versuchte, sie zu sortieren. Weshalb sollte gerade er sich irgendwelchen Gefahren entgegenstellen? Er hatte bislang nicht den Eindruck, dass er besonders mutig war. Baluku traute sich viel mehr. Er sprang von den höchsten Felsen in den See hinab, an Stellen, die Kambere viel zu gefährlich schienen.

Die Stimme lachte rauh. »Keine Sorge. Für die Aufgaben, die dir bevorstehen, brauchst du eine andere Art Mut.« Eine beunruhigende Pause folgte. Dann setzte die Stimme wieder ein. »Die Last wird dir schwer vorkommen, denn die Zukunft deines Volkes hängt an dir. Aber es gibt nur einen, der begabt ist, sich dieser Probe zu stellen. Hab Vertrauen und sei achtsam, wessen Rat du annimmst. Nicht alle klug klingenden Ratschläge sind auch wirklich weise.«

Die Stimme war leiser geworden, und der Nebel wurde allmählich lichter. Kambere rief seinen Großvater. Doch er bekam keine Antwort mehr. Ich bin nicht mutig! Ich weiß doch gar nicht, was ich tun soll, wollte er ihm nachrufen. Die Balindi verschwanden einer nach dem anderen. Kambere spürte noch immer die Wärme. Er ging weiter den Hang hinauf, bis vor ihm seine Freunde sichtbar wurden. Als er sich umsah, war auch Mbusa wieder hinter ihm.

»Der Nebel ist heute besonders dicht, oder?«, sagte der.

»Ja«, gab Kambere zurück, während sich die Betäubung, die in seinem Kopf herrschte, langsam auflöste. Welche Aufgaben standen ihm bevor? Welche Bedrohung war das? Und vor allem: Welche Gaben hatte gerade er, um die Gefahr abzuwenden?

Über den Bergen im Norden braute sich ein Unwetter zusammen. Dunkle Wolken ballten sich zusammen, Schneewolken, die nur sehr selten ins Tal hinab kamen. Wer sich jetzt dort oben aufhielt, war vermutlich verloren. Die Temperaturen konnten schlagartig ins Bodenlose fallen, und der schneegespickte Wind riss alles mit sich, was sich ihm in den Weg stellte. So waren sie als Kinder davor gewarnt worden, auf die Berge zu steigen.

Sie erreichten den Lagerplatz. Hier würden sie nun noch zwei Tage bleiben. Als Kathya die Jungen zu sich rief, hielt Mbusa Kambere zurück.

»Du nicht. Wir beide gehen in den Wald.«

Kambere folgte seinem Lehrer verwundert in den dichten Wald, bis sie einen kleinen Sumpf erreichten. Sie setzten sich auf zwei Grasbüschel und blickten über die triefende Landschaft.

»Die Geister haben dich ausgewählt, um eine besondere Aufgabe zu übernehmen«, sagte Mbusa.

Kambere stöhnte auf. »Was wollt ihr denn alle von mir? Kann das nicht jemand anderes tun?«

»Ich verspreche dir, dass ich dich unterstützen werde, wenn du meine Hilfe brauchst«, beschwichtigte Mbusa ihn.

»Irgendeine Gefahr kommt auf uns zu ...«

»Die Anzeichen sind schon seit Langem da. Die Balindi sind seit vielen Wochen unruhig. Immer wieder sind Einzelne von ihnen verschwunden, waren tagelang fort, um dann völlig erschöpft wieder ins Tal zurückzukehren. Keiner weiß, wo sie in der Zwischenzeit waren. Die Geister sind kraftlos geworden.«

»Aber was soll ich tun? «

»Du bist kein normaler Junge. Nicht jeder kann so einfach mit seinen Ahnen kommunizieren. Alle deine Freunde da drüben lernen das erst in diesen Tagen. Aber du kannst sie schon seit Langem sehen. Und die Balindi waren vorhin um dich herum, hast du das vergessen? Sie waren um dich herum, weil sie dich beschützt haben. Keiner konnte wissen, welcher Geist auf dich zukommt. Es hätte auch Kathelhuli sein können, der Führer der bösen Geister.«

»Wie kommst du darauf?«

»Erinnerst du dich an die Schlange, die deinen Weg gekreuzt hat? Das war Ndyoka, der Geist des Wassers. Und die Stimmen, die sich im Nebel gestritten haben? Das waren Muthikura und Kihoni, zwei Geister, die dir unheilbare Wunden zufügen können. Sie sind von den Balindi vertrieben worden. Ich habe dir neulich schon gesagt: Wir brauchen sie, so wie sie uns brauchen. Wir leben hier in einer Symbiose zusammen, und wenn auch nur ein kleiner Teil wegbricht, kann sich alles verändern.«

Kambere war erschrocken. Er hatte nicht damit gerechnet, auf böse Geister zu treffen.

»Was wollen die von mir?«

»Sie versuchen deine Prüfung zu verhindern. Sie haben an Macht gewonnen, sie sind stärker geworden und manchmal übernehmen sie schon die Führung hier oben in den Bergen. All das Elend in der Welt um uns herum nährt sie. Sie wandern in die umliegenden Dörfer und zu den Menschen, sie wachsen durch die Trauer, das Leid und die Trostlosigkeit der Bewohner.«

»Woran leiden die Menschen?«

»Sie leiden an der Ungerechtigkeit ihrer Welt. Du musst wissen, dass es auf der anderen Seite anders ist als hier im Tal. Wir haben keinen Anführer, bei uns bestimmen die Frauen genauso wie die Männer. Wir gehen friedlich miteinander um. Doch das ist außerhalb unseres Dorfes nicht so. Deshalb sind unsere Großväter damals aufgebrochen. Sie wollten nicht länger in einer Welt der Gewalt und der Machtkämpfe leben. Sie sind aus der Region Kasese weg in die Berge gegangen, so wie das damals viele Menschen unseres Volkes getan haben. Aber die meisten sind in den folgenden Jahren wieder zurückgekehrt.«

»Wann war das?«

»Als mein Vater ein Kind war. In der Zeit davor wurde das Königreich Tooro begründet, das auch den Ruwenzori und die Bayira mit einschloss. Damals setzte sich ein neuer Präsident in Uganda auf den Thron und schränkte die Eigenständigkeit der Stämme drastisch ein.

Da war für unsere Väter und Großväter der Zeitpunkt gekommen, zu handeln.«

»Hat damals niemand protestiert?«

»Die Rwenzururu-Bewegung hat sich zur Wehr gesetzt. Aber die Gegner waren mächtiger und besser ausgerüstet. Viele haben sich danach den Rebellen angeschlossen, die in den Norden des Landes gezogen sind.«

»Woher weißt du das alles? Ich dachte, es gibt keine Verbindung nach draußen ...«

Mbusa lachte. »Offiziell gibt es keine Kontakte. Aber die Ältesten erkundigen sich immer ganz genau, was draußen los ist. Wie sie an diese Informationen kommen, das weiß ich nicht. Aber sie geben sie stets an uns weiter.«

»Haben sie nie darüber nachgedacht, zurückzukehren?«

»In den ersten Jahren haben sie das wohl hin und wieder getan, aber mittlerweile bestätigt sie alles, was sie von der Welt außerhalb erfahren, in ihrer Entscheidung.«

»Was ist denn dann meine Aufgabe?«

»Ich habe keine Ahnung. Aber ich bin sicher, dass du es erfahren wirst und dass du dann die richtige Entscheidung triffst.« Er legte Kambere beruhigend die Hand auf den Oberarm. »Vertrau darauf, dass die Ahnen dich lenken werden. Sie sind es, die die Entscheidungen treffen und an dich weitergeben.« Er erhob sich. »Lass uns zu den anderen zurückgehen. Und erzähl ihnen nicht zu viel von dem, was du weißt. Sie werden es vermutlich nicht verstehen.«

Über den Bergen hatte sich das Unwetter weiter verdichtet, und Kambere konnte sich nicht erinnern, jemals zuvor so dunkle, ja fast schwarze Wolken gesehen zu haben. Schweigend gingen sie zurück. Baluku sah den beiden neugierig entgegen, doch Kambere war zu vertieft in seine Gedanken, um seinen besten Freund zu beachten.

Am Nachmittag, als sie gerade bei den Übungen zur Selbstverteidigung waren, hallte ein dumpfes Grollen von den Bergen im Osten zu ihnen hinab. Kambere hob den Kopf und suchte die Berge nach der Quelle des Geräusches ab, konnte jedoch nichts erkennen.

»Das wird eine Lawine gewesen sein«, vermutete Kathya. Er wies mit der Hand in Richtung der Bergspitzen, die wie immer von dichten Wolken umgeben waren. »Dort oben. Die Lawine ist vermutlich auf der anderen Seite des Passes runtergegangen. Sonst müssten wir sie jetzt lauter hören oder sogar sehen. Und sie muss riesig gewesen sein, denn die Berge sind hoch und Geräusche schallen nur selten auf unsere Seite herüber.«

Eine Weile lauschten sie noch, doch es blieb still. Am Rande der Lichtung, auf der sie ihr Lager aufgeschlagen hatten, tauchten im Laufe des Nachmittags die Balindi auf, verhielten sich sehr ruhig, saßen auf dem Boden, fraßen und beobachteten die Jungen bei ihren Übungen und Arbeiten.

Gegen Abend traf Muthahwa, der Schamane des Dorfes, bei der Gruppe ein. Kambere wunderte sich, denn es war ungewöhnlich, dass er hier auftauchte. Die Weitergabe des Wissens und der Traditionen oblag den Männern des letzten Initiationszyklus. Mbusa zog sich mit Muthahwa an den Rand des Platzes zurück, wo die beiden Männer aufgeregt miteinander sprachen. Kambere konnte erst nicht viel verstehen, daher rückte er ein wenig näher an die beiden heran und tat so, als schnitzte er konzentriert an seiner Flöte, die er bis zum Abend fertig haben sollte. So konnte er ein paar Sätze aufschnappen.

»Ich erlaube das nicht«, sagte Muthahwa. »Du weißt, was geschehen wird, wenn er es versucht.«

»Du meinst, ihm wird das passieren, was meinem Bruder passiert ist?«, antwortete Mbusa aufgebracht.

»Dein Bruder ist an einer Infektion gestorben.«

»Mein Bruder wollte das Tal verlassen.«

»Niemand kann das Tal ohne die Erlaubnis der Alten verlassen.«

»Also habt ihr ihn getötet?«

»Er war eine Gefahr für uns alle. Wenn er es geschafft hätte, über den Pass zu gehen, dann hätte man ihn auf der anderen Seite gefragt, woher er kommt. Wir wären entdeckt worden.«

»Er hätte sicher nichts erzählt.«

»Woher willst du das wissen?«

»Ich habe ihm vertraut.«

Muthahwa lachte laut auf. Dann sagte er mit gesenkter Stimme: »Kambere spielt mit dem Feuer.«

»Niemand wird Kambere etwas antun. Wenn die Geister ihn mit einer Aufgabe betrauen, dann steht es uns nicht zu, darüber zu urteilen.«

In diesem Moment bemerkte Mbusa, dass Kambere ihnen langsam immer näher gekommen war. Er wandte sich von ihm ab und wisperte

Muthahwa noch schnell etwas zu. »Ich werde ihn nicht aufhalten können. Und ich hoffe für dich, dass du ihm nichts antun wirst, wenn er es wagt.« Dann ließ er Muthahwa stehen, um sich wieder der Betreuung der Jungen zu widmen. Muthahwa erhob sich und verschwand im Wald.

Kambere wagte nicht, Mbusa über das Gespräch zu befragen. Als es Abend wurde und das Lagerfeuer hell loderte, zog Kambere sich zurück und legte sich in seiner Hütte auf den Boden. Schlafen konnte er nicht. Die vielen Gedanken wirbelten in seinem Kopf durcheinander und ließen ihm keine Ruhe. Ein Geräusch riss ihn aus der Verwirrung. Erst dachte er, die Balindi säßen vor seiner Hütte, doch dann zeichnete sich der Umriss seines besten Freundes Baluku vor ihm ab. Der Junge kam in die Hütte und setzte sich neben Kambere.

»Was war heute mit dir los? Erst warst du mit Mbusa lange weg, und danach hast du fast nichts mehr gesagt.«

»Ich weiß selber nicht genau, was um mich herum geschieht. Was würdest du sagen, wenn ich für eine Weile fortgehe?«

»Was meinst du damit? Fortgehen ... aus dem Tal?«

Kambere nickte.

»Das geht nicht. Keiner hat das bisher getan.«

»Nur weil es bislang keiner getan hat, bedeutet das noch lange nicht, dass es unmöglich ist.«

»Die Alten müssen zustimmen.«

»Ich weiß. Aber es gibt ja auch noch die Geister. Wenn die entscheiden, dann können die Alten nichts tun.«

Baluku sah seinen Freund ratlos an. Dann fragte er: »Kann ich bei dir schlafen? Da drüben ist es so einsam.« Kambere nickte.

Sie hatten noch nicht lange auf dem Boden gelegen, als Kambere wieder einen Jungen am Eingang seiner Hütte bemerkte. Aber diesmal war es keiner aus der Gruppe, sondern ein Geist. Er war unfassbar weiß. Der beinahe durchscheinende Junge hockte auf dem Boden und sah Kambere wortlos an. Kambere erschrak. Es dauerte einen Moment, bist er wieder ruhiger wurde. Der Geist sprach nicht, sondern bat ihn schweigend um Hilfe. Ein Unglück war geschehen. Menschen waren in Not, und sie brauchten seine Hilfe. Kambere spürte Müdigkeit. Er versuchte, sich auf das zu konzentrieren, was der weiße Junge ihm mitteilte, aber sein Kopf sackte immer wieder zur Seite. Schließlich schlief er ein.

Der Geist erhob sich und verschwand in der Nacht.

41

Am Pass, 18. Juni

Tom öffnete die Augen. Er lag gekrümmt auf der Seite, die Beine bis zum Bauch angezogen.

»Jens«, flüsterte er.

Andrea saß neben ihm, griff nach seiner Hand und strich ihm liebevoll über das Gesicht. Peter stand etwas weiter von ihnen entfernt, bis zu den Knien im Schnee versunken, und blickte den Hang hinab, nach Nordwesten, in die Richtung, aus der sie gekommen waren.

Um sie herum wurde es heller. Die Sicht wurde schnell besser. Nach wenigen Minuten ebbte der Schneefall schließlich ganz ab, und die Wolkendecke brach auf. Gleißendes Sonnenlicht strahlte auf sie und die weiße Umgebung herab. Sie schienen in Sicherheit.

Mühsam hob Tom den Kopf und sah sich um. Sie befanden sich auf dem Scheitelpunkt des Gletschers, auf einem lang gezogenen Pass zwischen zwei sich grauweiß und majestätisch in den Himmel erhebenden, wild gezackten Bergspitzen. Tom musste die Augen zusammenkneifen, damit er bei der plötzlichen Helligkeit überhaupt etwas sehen konnte. Schnee, so weit das Auge reichte.

Er schaute den Berg hinunter, doch da war niemand mehr. Nur Schnee. Keine Menschenseele. Weder Hans und Imarika, noch einer von den Rebellen. Sie waren vom Schnee verschluckt worden, als wären sie lediglich ein Spielball der Naturgewalten. Tom stammelte leise vor sich hin. Um ihn zu verstehen, beugte Andrea den Kopf zu ihm herab.

»Der Berg, er ist riesig«, murmelte er. »Alles so weiß ...«

»Was meinst du damit?«, fragte Andrea ihn leise.

Er wandte ihr den Kopf zu, sah ihr mit flackerndem Blick in die Augen.

Andrea dachte daran, welch gewaltige Kräfte unter dem Schnee verborgen sein mussten, auf dem sie saß. Unter seiner Last wurden unaufhörlich Eiskristalle zusammengepresst und formten den riesigen Gletscher, den sie stundenlang hinaufgewandert waren. Sie, Tom und Peter hatten einen gigantischen Schneesturm überlebt, hatten ihre

Verfolger abgeschüttelt und dabei zwei ihrer Leute verloren. Sie waren ohne Essen und ohne Trinken. Und sie waren zu Tode erschöpft. Alle drei. Ihr Atem versorgte ihre Körper kaum noch mit ausreichend Sauerstoff. Dazu die Ungewissheit, was sie nun erwartete. Waren die Rebellen der Lawine vielleicht doch noch entkommen und befanden sich schon wieder auf dem Weg zu ihnen, oder hatten die Schneemassen sie für immer unter sich begraben? Was sie auf der anderen Seite des Berges erwartete, wussten sie ebensowenig. Ob sich dort die kongolesische Grenze entlang zog? Oder hatten sie diese längst übertreten? Sie waren völlig im Ungewissen. Und völlig auf sich allein gestellt.

Andrea stemmte sich schwerfällig aus dem Schnee hoch und trat auf Peter zu.

»Wir müssen von dem Berg runter. Tom geht's beschissen.«

»Ich weiß.« Er fixierte Andrea neben sich. »Es gibt viele Gründe, warum wir von diesem Berg absteigen müssen. Nur einer davon ist Toms Zustand.«

»Was meinst du damit?«

Er wandte ihr wieder den Kopf zu und betrachtete sie.

»Du hast keine Ahnung, wo wir hier sind.« Entmutigt wandte er sich ab und stapfte auf den immer noch im Schnee liegenden Tom zu. »Wir sollten nicht an diesem Ort sein.«

Andrea drehte sich im Kreis und blickte sich ratlos um.

Abrupt wandte Peter sich wieder zu ihr um, warf ihr einen vernichtenden Blick zu und herrschte sie an: »Du hast keine Ahnung, oder? Du glaubst, hier sei nichts. Aber das ist falsch. Hier ist alles. Wir sind im Zentrum. Im Herzen. Von hier geht alles aus und hierher kehrt alles zurück. Hier ist das Gestern, das Heute und das Morgen. Dies ist die Ewigkeit. Und dies ist der Ort, den kein Mensch ungestraft betritt und ungeschoren wieder verlässt. Du hast keine Ahnung, wozu die Geister der Mondberge in der Lage sind.«

Andrea sah ihn entsetzt an. Dann bemerkte sie, dass Tom leise sprach und hockte sich zu ihm. Sie legte ihm die Hand auf die Stirn und zuckte unmittelbar wieder zurück.

»Er ist ganz warm. Ich dachte, er müsste eiskalt sein.«

Peter sank auf die Knie, um Tom besser betrachten zu können.

»Natürlich ist er warm.«

»Peter! Tom liegt in eisiger Kälte mitten im Schnee und kann sich kaum bewegen. Er erfriert, wenn wir nicht sofort etwas unternehmen.«

Sie musterte Toms Gesicht. Seine Augen blickten ruhig durch sie hindurch, waren auf einen Punkt irgendwo hinter ihr gerichtet. Es war, als spräche er mit jemandem, der ein paar Meter entfernt stand, aber sie konnte seine Worte nicht verstehen. »Wieso um alles in der Welt ist er so warm?«

Peter stand auf. Der Wind war beinahe vollkommen zum Erliegen gekommen.

»Er hat seinen Bruder gefunden«, sagte er.

»Wie, gefunden?« Andrea sah Peter irritiert an.

»Du kannst ihn sehen, nicht wahr?«, fragte Peter den am Boden Liegenden. Tom nickte.

»Hinter euch«, brachte er hervor.

Erschrocken wirbelte Andrea herum. Niemand. Sie begann zu zittern.

»Er sieht genauso aus wie damals«, flüsterte Tom. »Warum habe ich ihn nicht gleich erkannt?« Seine Stimme war wieder fester geworden. Die vor wenigen Minuten noch blauen Lippen hatten ihre volle rötliche Farbe wieder gewonnen, seine Wangen glühten, und seine Augen leuchteten.

»Du hast nicht daran geglaubt, deshalb«, sagte Peter.

Hilflos starrte Andrea ihn an.

Dann murmelte Tom: »Er braucht meine Hilfe.«

»Wir müssen los«, sagte Peter und beugte sich zu Tom herab, um ihm aufzuhelfen. »Sofort!«

»Wenn wir diesen Weg weitergehen, droht uns große Gefahr«, flüsterte Tom, während nun auch Andrea ihm half, aufzustehen.

»Wir können nicht anders, Tom. Dort wo wir herkommen, sind die Rebellen. Und die werden keine Rücksicht auf deinen Zustand nehmen.« Peter brachte Tom dazu, die Arme über seine und Andreas Schultern zu legen. Mit Tom in ihrer Mitte begannen sie den Abstieg ins Ungewisse. Mit jedem Schritt wurde Toms Haut merklich kühler.

Die beiden schleppten den nun beinahe ohnmächtigen Mann zwischen sich mit. Sie bemerkten dabei nicht die beiden Gestalten, die ihnen vorsichtig und in großer Entfernung folgten.

42

Berlin, 18. Juni

Sven Wiese lief eilig den Gang entlang. Die Verhandlungen mit Kayibanda konnten zu einer endlosen Prozedur werden. Dabei wussten sie noch nicht einmal mit Bestimmtheit, ob und wie er in die Geiselnahme involviert war. Sie mussten versuchen, auf anderem Wege an die Geiselnehmer heranzukommen und mit den Rebellen vor Ort verhandeln, nicht mit Kayibanda. Der Ruander fühlte sich in seiner Position zu sicher. Bei aller Freundlichkeit, die er ausstrahlte, bestand für Wiese kein Zweifel daran, dass er aalglatt und äußerst zielstrebig war. Und daher vermutlich skrupellos. Sein Smartphone klingelte. Die Stimme des Bundesaußenministers bohrte sich quälend in sein Ohr. Beide schalteten ihre Geräte sofort auf kryptiert um, die gängige Methode, um ein Mithören der Gespräche zu vermeiden.

»Was haben Sie in Hamburg erreicht?«, wollte der Minister wissen.

»Nicht viel, leider«, gab Wiese zurück.

»Sie müssen diesem Menschen auf jeden Fall klipp und klar deutlich machen, dass sich die Bundesrepublik Deutschland nicht erpressen lässt. Wir werden kein Lösegeld zahlen. Ansonsten würden wir Geiselnehmern in aller Welt Tür und Tor öffnen.«

Wiese versuchte ein beschwichtigendes »Herr Minister ...«

»Das ist nun schon die dritte Entführung in diesem Jahr, wir können es uns nicht erlauben, dass es weitere Nachahmer gibt. Sobald die Presse davon Wind bekommt, wird sie sich auf die Geschichte stürzen wie ein Schwarm Geier.«

»Entschuldigen Sie, wenn ich ...«

»Und eine der ersten Fragen wird natürlich sein, ob wir Lösegeld bezahlen. Es darf nicht der Eindruck entstehen, die Bundesrepublik Deutschland sei erpressbar. Die Bundeskanzlerin ist international in wichtige Prozesse eingebunden. Sie wird es nicht gut heißen, wenn hier ein falsches Bild unseres Landes entsteht.«

»Er verlangt kein Geld.«

Einen Moment lang war es still am anderen Ende der Leitung.

»Äh ... was verlangt er denn?«

»Seine Freilassung.«

»Dann haben wir, wie soll ich sagen, das ist dann wohl eine neue Situation. Darauf können wir natürlich auch nicht eingehen, das ist ja klar. Machen Sie weiter. Ich verlasse mich voll und ganz auf Sie. Die Bundeskanzlerin und ich ... also kein Wort an die Medien. Verstehen Sie? Ich verlasse mich auf Sie.«

In der Leitung klickte es, das Gespräch war beendet. Wiese stöhnte. Auf einen hyperaktiven Außenminister konnte er jetzt ziemlich gut verzichten.

Etwas später saß er mit seiner Mitarbeiterin Anja Paffrath zusammen, um das weitere Vorgehen zu besprechen. Sie gingen noch einmal die entführten Personen durch, suchten nach einem Ansatzpunkt für Verhandlungen. Aber ihr größtes Problem war, dass sie bis zu diesem Zeitpunkt kein Lebenszeichen der Geiseln bekommen hatten. Die Kollegen, die nach Uganda unterwegs waren, konnten auch noch keine Informationen liefern, weil sie immer noch auf dem Weg waren.

Der Krisenstab traf sich am Mittag zur Lagebesprechung. Wieder waren alle hochkarätigen Köpfe dabei, einschließlich des stark mitgenommenen Generalbundesanwalts. Sein Anzug war zerknittert, und er hatte tiefe Ringe unter den Augen.

Die Kollegen sahen nicht weniger müde aus. Akten stapelten sich auf dem Tisch, Notizen lagen herum, leere Kaffeetassen zeugten von den Versuchen, aufmerksam zu bleiben. Ständig klingelte irgendwo ein Telefon, Computerbildschirme zeigten die aktuellen Nachrichten. Noch war die Presse ahnungslos.

Wiese trug seine spärlichen Erkenntnisse aus Hamburg vor und spielte eine Passage des Gesprächs mit Kayibanda, das er mit seinem Handy aufgenommen hatte, ab: »Meine Generäle haben das Täubchen unter ihre Fittiche genommen und sorgen dafür, dass sie unversehrt nach Europa zurückkehrt, sobald ich afrikanischen Boden betrete.« Klaus Huber vom Auswärtigen Amt sank tiefer in seinen Stuhl. Beim Generalbundesanwalt machte sich ein nervöses Zittern bemerkbar.

Dann ergriff Huber das Wort: »Da wir mit Kayibanda offenbar keine zielführenden Verhandlungen führen können und der Kontakt zu den Geiselnehmern in Uganda noch nicht hergestellt ist, schlage ich vor, unverzüglich mit der ugandischen Regierung über einen Einsatz der

GSG 9 zu ver ...« Mit einer schnellen Augenbewegung erfasste er die Anwesenheit des Botschafters Okot Kiguli, »... zu sprechen.«

»Der Einsatz der Bundespolizei untersteht dem Bundesministerium des Inneren ...«, wandte Wiese ein, ebenfalls mit einem Blick auf den ugandischen Botschafter.

»Mit den Kollegen habe ich bereits gesprochen. Die Spezialeinheit ist jederzeit für den Einsatz bereit«, unterbrach ihn Huber.

»Okay« Wiese wandte sich direkt an den Ugander: »Was bräuchte Ihre Regierung, um einer Kooperation zuzustimmen?«

»Für meine Regierung als souveräne Führung unseres Landes ist es grundsätzlich nicht diskutabel, dass ausländische Polizeieinheiten auf unserem Territorium agieren. Wir haben unsere eigenen Kräfte dafür und setzen selbstverständlich alles daran, diese auch in Ihrem Sinne einzusetzen.«

»Dann werden wir auch ohne die Erlaubnis Ihrer Regierung eingreifen«, sagte nun Johannes Freiherr von Schellenburg entschlossen, der das Wohl seiner Tochter im Sinn hatte. Er wandte sich an Huber: »Wenn wir davon ausgehen, dass die Geiselnehmer von der kongolesischen Seite nach Uganda eingedrungen sind, dann werden sie auch in dieser Richtung wieder verschwunden sein. Sprechen Sie mit der Regierung der Demokratischen Republik Kongo. Man kennt mich dort. Erwirken Sie ein sofortiges Eingreifen von dieser Seite. Bitte.«

»Auch die Regierung Zaires wird einen Einsatz deutscher Einheiten nicht ohne weiteres auf ihrem Territorium zulassen«, warf Kiguli ein, sichtlich mit der Fassung ringend, weil er herumgeschubst wurde wie ein Botenjunge. »Und ein Übertritt zairischer oder deutscher Truppenverbände auf ugandisches Territorium wird internationale Konsequenzen haben.«

»Wenn Sie das so sehen«, fauchte ihn von Schellenburg an, »dann sorgen Sie umgehend dafür, dass Ihre Regierung den Weg für den Einsatz der GSG 9 frei macht.«

Mit hochrotem Kopf erhob sich Kiguli.

»Ich verbitte mir diese Art der Kommunikation!«, hauchte er. »Wenn sie es vorziehen, die Verhandlungen so weiterzuführen, dann sehe ich für mich und mein Land keine Möglichkeit, daran weiterhin teilzunehmen.«

Kiguli nahm seinen Mantel von der Stuhllehne und wandte sich der Tür zu. Wiese war mit drei Schritten bei ihm.

»Herr Kiguli, Sie haben vollkommen Recht.« Er hielt ihn vorsichtig am Ellenbogen fest. »Ich schlage vor, dass wir in Ruhe darüber sprechen.«

Wiese geleitete ihn zu seinem Stuhl zurück, nahm ihm den Mantel ab, legte ihn sorgfältig über die Lehne.

»Wir sind im Moment alle ein wenig unausgeruht, und da fällt schon mal ein unbedachtes Wort. Bitte nehmen Sie das dem Herrn Generalbundesanwalt – und uns allen als Betroffene – nicht übel. Wir sollten das jetzt nicht überbewerten.«

Kiguli nahm mit verkniffenem Mund wieder Platz und verschränkte die Arme, sodass sein Veto zu der Art des Umgangs mit seinem Land deutlich sichtbar wurde.

Auch der Generalbundesanwalt zog sich wütend in seinen Stuhl zurück, während Huber zu schlichten versuchte: »Meine Herren, wir wollen doch alle das Gleiche erreichen: die Freiheit der Geiseln.«

»Da täuschen Sie sich«, zischte Kiguli zwischen den Zähnen hervor. »Ich strebe die Unversehrtheit der staatlichen Autonomie Ugandas an erster Stelle an. Was wir zur Befreiung der Geiseln tun können, das wird sich zeigen.«

»Selbstverständlich wird es keinen Zugriff ohne Ihr Einverständnis geben, Herr Kiguli«, mischte sich Wiese wieder ein. »Seien Sie dessen versichert. Lassen Sie uns dennoch überlegen, wie wir mit Ihrer Regierung in eine Phase der konstruktiven Zusammenarbeit eintreten können. Zum Wohle beider Staaten und der Menschen, deren Schicksal auf dem Spiel steht.«

»Ich werde mit dem Armeechef sprechen, welche Form eines Einsatzes er sich vorstellen kann,« ließ Kiguli heraus.

»Bis wann können wir mit einer Antwort rechnen?«, fragte Wiese.

»Ich denke, dass Sie übermorgen eine Stellungnahme unseres Militärs und der ugandischen Regierung vorliegen haben.« Er blickte in die Runde, bevor er fortfuhr: »Aber zuvor brauchen wir natürlich ein Lebenszeichen von Ihren entführten Landsleuten.«

Schweigen breitete sich im Raum aus. Übermorgen. Das war ein Witz. Es musste viel früher etwas geschehen. Sie konnten nicht einfach warten, bis die Beamten in Ostafrika eine Stellungnahme für ihre Regierung verfasst hatten.

»Wenn Sie mich dann jetzt entschuldigen würden«, sagte Kiguli. »Ich habe noch andere wichtige Aufgaben zu erledigen.«

Er verabschiedete sich und verließ den Raum. Kaum hatte er die Tür hinter sich geschlossen, begann von Schellenburg schon, Schimpftiraden gegen den Botschafter abzulassen. Als jedoch keiner der anderen auf seinen Ausbruch reagierte, verebbte seine Wut genauso schnell wieder.

»So oder so müssen wir an die Geiseln herankommen«, sagte Wiese. »Solange wir nicht wissen, wo sie sind, ob sie überhaupt noch gefangen sind und ob es ihnen gut geht, können wir keinen sinnvollen Plan entwickeln, wie wir weiter vorgehen.«

»Sind Sie sicher, dass wir mit Kayibanda nicht vielleicht doch noch zu einer akzeptablen Verhandlungsebene finden?«, wollte Huber wissen.

»Bernard Kayibanda scheint fest davon überzeugt zu sein, mit seinen Methoden zu dem Ziel zu gelangen, das er anstrebt: seine Ausreise aus Deutschland. Doch wie soll das gehen? Der zuständige Bundesanwalt wird wohl kaum die Anklage fallen lassen, weil ein paar deutsche Touristen entführt wurden.«

»Es sei denn«, sagte Huber vorsichtig, »der Generalbundesanwalt selber würde eingreifen.«

»Das ist vermutlich Kayibandas Plan«, ergänzte Wiese. »Aber wenn wir uns darauf einlassen, dann verschwinden nächste Woche wieder deutsche Touristen, darauf können Sie Gift nehmen.«

»Und wenn wir den Herrn in Hamburg einfach mal anständig in die Mangel nehmen?«, fragte von Schellenburg. »Irgendwie müssen wir ihn doch zu Verhandlungen bewegen können.«

»Wir können nichts Ungesetzliches tun, das wissen Sie genauso gut wie ich«, widersprach Wiese. »Wir können aber versuchen zu bluffen.« Er überlegte einen Moment. »Wenn wir ihm nun mitteilen, dass unsere Einheiten die Geiseln längst lokalisiert haben, was wird er dann wohl tun?«, fragte er in die Runde und antwortete sich dann gleich selbst: »Ich gehe davon aus, dass er mit seinen Leuten in Kontakt steht. Und diesen Kontakt dürfen wir nicht trennen, denn das ist zurzeit die einzige Verbindung zwischen uns und den Geiseln. Offenbar besitzt oder beschafft er sich regelmäßig ein Handy.«

»Dann sollten Sie das abhören«, keifte von Schellenburg. »Wozu haben wir denn all die Spezialisten bei Polizei und Geheimdiensten und die millionenschwere Technik für den Lauschangriff?«

»Um das Gerät abzuhören, müssten wir es zunächst einmal orten«, sagte ein Kollege vom BKA. »Einer unserer V-Leute in der JVA Fuhlsbüttel ist sofort aufgeflogen, als er sich Kayibanda genähert hat. Wir haben mit technischen Maßnahmen begonnen, unsere IMSI-Catcher können wir aber erst wieder einsetzen, wenn er auch telefoniert.«

Sven Wiese kratzte sich kurz hinter dem Ohr. Von Schellenburg verdrehte die Augen, und er konnte es ihm nicht verübeln: Die V-Leute agierten manchmal so unbedacht und ohne Umsicht, dass selbst der naivste Bürger in ihnen einen bezahlten Spitzel des Verfassungsschutzes erkennen konnte. Er erinnerte sich an eine Demonstration in München gegen den ersten Golfkrieg, bei der die Parole an alle Freunde herausgegeben wurde, sich auf ein bestimmtes Zeichen hin auf den Boden zu werfen. Alle hatten mitgemacht, nur die zwölf Spitzel des Verfassungsschutzes standen irritiert auf dem Platz und mussten sich den Spott der Protestierenden anhören. Einer der ersten Flashmobs – und der Geheimdienst unfreiwillig mittendrin.

Wiese beschloss, die Geiseln ein weiteres Mal eine nach der anderen zu überprüfen. Auf die allgemeine Zustimmung trat er nach vorne an eine Tafel und schrieb als Erstes die Namen der Geiseln auf. Als er bei Hans Meyer ankam, knallte hinter ihm eine flache Hand auf den Tisch. Von Schellenburg war aufgesprungen und sah ihn mit weit aufgerissenen Augen an.

»Gibt es ein Bild von Meyer?«, fragte er entgeistert.

»Ja sicher, haben Sie das noch nicht gesehen?«, erwiderte Huber.

Er reichte eine Fotografie an einen Kollegen weiter, der sie von Schellenburg gab. Der schaute nur kurz auf das Bild, murmelte dann »Verdammt«, packte seine Sachen und verschwand eilig aus dem Raum.

Die Zurückgebliebenen sahen sich ratlos an, dann nahm Wiese das Bild und betrachtete es genauer. Er konnte nichts Ungewöhnliches daran erkennen. Er hatte den Mann nie gesehen, sein Name war mehr als gewöhnlich, in seiner Vita war nichts Auffälliges zu finden. Er war nicht zum ersten Mal in Uganda, aber das musste nichts bedeuten. Doch nun schien es Wiese angemessen, genauer in dieses Leben hineinzublicken. Er setzte Anja Paffrath auf Meyers Spur an. Sie sollte ihrem kriminalistischen Gespür freien Lauf lassen.

Schon eine halbe Stunde später stand sie wieder neben ihm, hielt ein Foto in der Hand, das sie offenbar gerade ausgedruckt hatte. Wiese pfiff anerkennend durch die Zähne, als er die Personen auf dem Bild erkannte: Vier junge Männer in afrikanischer Umgebung prosteten mit Bierflaschen in die Kamera. Ganz rechts Hans Meyer, neben ihm, so erklärte es ihm die Kollegin, stand dessen Bruder Georg, dann kam ein Mann, dessen Namen sie noch nicht herausbekommen hatte, aber links stand er: Johannes Nikolaus Peter Freiherr von Schellenburg, heute der amtierende Generalbundesanwalt. Anja konnte sogar noch ein wenig zu dem Foto erzählen: Es wurde 1970 in der Nähe von Kampala aufgenommen, wo die vier Freunde nach dem Studium gelandet waren. Was aus den anderen beiden geworden war, wusste sie noch nicht. Ebenso wenig konnte sie etwas dazu sagen, ob Meyer und der Freiherr heute noch Kontakt hatten.

Wiese bat den Kollegen vom BKA, umgehend einen richterlichen Beschluss für eine Hausdurchsuchung in Hans Meyers Anwesen in Potsdam zu erwirken. Wenn er irgendetwas mit der Geiselnahme zu tun hatte, dann musste sich dazu etwas in seinem Haus finden.

Er löste die Konferenz auf und zog sich in sein Büro zurück. Die halb volle Wasserflasche auf seinem Schreibtisch leerte er in winzigen Schlucken und mit geschlossenen Augen. Dann fuhr er seinen Computer hoch, hatte aber noch kaum seine Mails durchgesehen, als schon das Telefon klingelte. Der leitende Ermittlungsbeamte rief an und bat ihn, nach Potsdam rauszukommen. Er müsse sich etwas ansehen.

Das Haus von Meyer lag auf einer Halbinsel im Templiner See, umgeben von einem parkähnlichen Gelände. Vor dem Haus stand außer den Fahrzeugen der Polizei auch ein schwarzer Jaguar, an den sich der Generalbundesanwalt eine Zigarette rauchend lehnte.

»Gute Arbeit, Wiese«, sagte er in erstaunlich ruhigem Ton. »Die Verbindung haben Sie schnell herausbekommen.«

»So richtig verstehe ich das allerdings noch nicht«, entgegnete Wiese. »Sie sind offenbar miteinander befreundet. Ist Ihre Tochter mit Hans Meyer zusammen nach Uganda gefahren?«

»Sie täuschen sich in einem Punkt: Ich bin mit Hans nicht befreundet. Nicht mehr. Wir waren ein perfektes Team, doch dann haben sich unsere Wege getrennt.«

»Wann war das?«

»Das ist lange her. Irgendwann in den Siebzigern ...« Er warf seine ausgerauchte Zigarette auf den Boden und trat sie mit dem blank polierten Schuh aus. »Und warum er nun in der gleichen Reisegruppe wie meine Tochter ist – das entzieht sich meiner Kenntnis.« Er lächelte gequält. »Gehen wir rein?« Er machte zwei Schritte auf die Tür zu, vor der ein uniformierter Polizist stand.

»Ich gehe da jetzt rein, das ist richtig.« Wiese betrachtete den Mann aufmerksam und beharrlich. »Aber ich kann Sie nicht mitnehmen.«

Der Freiherr sah Wiese kurz an, dann sagte er: »Ach, stellen Sie sich doch nicht so an. Ich habe gedacht, Sie gehören zu denjenigen, die auch mit ungewöhnlichen Methoden arbeiten, um das richtige Ziel zu erreichen.«

»Ja, ich arbeite vielleicht nicht immer mit den gängigen Methoden, doch eines weiß ich genau: Sie sind in diesem Fall befangen und täten gut daran, sich aus den Untersuchungen so weit wie möglich rauszuhalten.«

»Ist das ihr letztes Wort?«

Die beiden Männer fixierten sich, bis von Schellenburg nickte. »Ich gebe zu bedenken, dass Sie die Konsequenzen Ihrer Handlungen stets im Kopf haben sollten. Und ich glaube, dass Sie sich des schmalen Grats, über den Sie wandeln, nicht bewusst sind.«

»Ich bin mir sehr wohl bewusst, dass Sie in Ihrer Funktion Einfluss auf meinen beruflichen Werdegang nehmen können – so ... oder so. Sie entschuldigen mich?«

Wiese wandte sich von dem Generalbundesanwalt ab und schritt auf die Haustür zu. Hinter sich hörte er den Freiherrn »Verdammte Scheiße« murmeln, dann trat er in die großzügige Diele des Hauses ein.

Nicht nur das Äußere, auch das Innere des Hauses zeugte von dem Reichtum, den Hans Meyer angehäuft hatte. Er wohnte hier laut der Meldebehörde allein, und die Fläche, die ihm zur Verfügung stand, wirkte völlig überdimensioniert. Der leitende Kriminalbeamte des BKA, der sich als Werner Breuer vorstellte, begrüßte Wiese in der Diele, führte ihn dann direkt in den Keller des Hauses, der eine interessante Überraschung bot: In einem Raum war eine Art Archiv angelegt, dessen Wände allesamt mit Fotografien bedeckt waren.

»Was sind das für Bilder?«, fragte Wiese den Kommissar, während er auf eine Wand zutrat.

»Das ist die Familie von Schellenburg«, antwortete der. »Hans Meyer hat die Familie aus irgendeinem Grund intensiv ausgekundschaftet. Nach bester Privatdetektiv-Manier.«

Wiese studierte die Bilder an der einen Wand. »Warum?«

»Das weiß ich noch nicht. Hier liegen unendlich viele Unterlagen, Fotos, Dokumente und sogar Videos. Wir müssen uns erst einmal einen

Überblick darüber verschaffen. Die Sichtung des gesamten Materials kann Wochen dauern.«

»So viel Zeit haben wir nicht.« Wiese schritt langsam an den Fotos entlang. Tatsächlich waren auf den meisten der Generalbundesanwalt, seine Frau und ihre gemeinsame Tochter Andrea zu sehen. Anhand der Qualität der Bilder und der Kleidung, die von verschiedenen Modetrends zeugte, wurde ihm schnell klar, dass Meyer seit vielen Jahren an etwas arbeitete, an einem größeren durchgeplanten Projekt, für das sie den Grund finden mussten.

»Ziehen Sie mehr Leute dazu. Wir müssen so schnell wie möglich herausfinden, was Meyer hier getan und welches Ziel er verfolgt hat. Es würde mich eher wundern, wenn das hier *nicht* mit der Geiselnahme zu tun hätte. Schaffen Sie das bis heute Abend!«

Werner Breuer sah ihn skeptisch an, dann nickte er. »Okay, ich werde sehen, was ich machen kann.«

Wiese wollte sich gerade abwenden, als ihm ein Bild ins Auge fiel, das ganz unten an einer der vielen Pinnwände hing. Er musste in die Hocke gehen, um es genauer zu erkennen. Zwei Personen, die Arm in Arm in die Kamera lächelten. Sie hielten Cocktails in den Händen und schienen sich bestens zu verstehen. Wiese erkannte sie sofort: Der eine war von Schellenburg, der andere, bulliger, schwarz, brutal, war Idi Amin persönlich. Was hatte der Generalbundesanwalt mit Idi Amin zu tun? Das Foto, das seine Kollegin gefunden hatte, fiel ihm wieder ein. Von Schellenburg war also nicht einfach nur in Uganda gewesen. Er hatte offenbar auch eine herzliche Beziehung zu dem früheren Diktator des Landes gepflegt. Wiese rief seine Kollegin in Berlin an und erkundigte sich, ob sie irgendetwas von dieser Beziehung gehört hatte. Sie verneinte, wies jedoch darauf hin, dass es in von Schellenburgs Vita eine graue Zone gab. Zwischen 1970 und 1971 war er eine Weile nicht in Deutschland gewesen. Was hatte der Freiherr von Schellenburg mit dem ehemaligen Machthaber Ugandas zu schaffen gehabt? Nachdenklich verließ Wiese das Haus. Dort brauste eben der Jaguar des Generalbundesanwalts in schnellem Tempo davon. Er hätte ihn jetzt zu gerne persönlich gefragt, woher er den Diktator kannte.

Als er in seinen Wagen steigen wollte, kam ein von Rost gezeichneter roter Polo die Straße entlang, hielt vor dem Haus von Hans Meyer und spuckte einen Mann aus, den Wiese leidlich kannte. Ein Reporter der Boulevardmedien. Die Presse hatte also Wind von der Geschichte bekommen. Jetzt mussten sie aufpassen. Mit einer Kamera in der Hand schlenderte der Mann auf das Haus zu, doch bevor er den vor der Tür stehenden Polizisten ansprechen konnte, war Wiese schon von der Seite auf ihn zugeeilt.

»Kann ich etwas für Sie tun?«, fragte er mit fester Stimme.

Der Journalist wandte sich erstaunt zu Wiese um, erkannte ihn offenbar sofort und begann breit zu grinsen.

»Ja, das können Sie sicherlich. Ich komme vom Springer-Verlag und mich würde brennend interessieren, weshalb mir auf dem Weg hierher der Generalbundesanwalt entgegenkam und warum ich jetzt auch noch auf Sie treffe.« Er blickte sich neugierig um. »Wessen Haus durchsuchen Sie hier gerade und warum?«

»Wir werden heute Abend mit den Vertretern der Presse sprechen. Im Moment kann ich aus ermittlungstaktischen Gründen keine Angaben zu Ihren Fragen machen.« Wiese atmete innerlich durch. So schnell war ihm dieses Argument noch nie eingefallen. »Und nun muss ich Sie bitten, dieses Grundstück zu verlassen.«

»Aber auf der Straße darf ich schon noch stehen bleiben?«, erwiderte der Journalist ironisch. »Oder wollen Sie mir das auch verbieten?«

»Ich werde Sie nicht davon abhalten können, solange Sie dieses Grundstück nicht betreten«, gab Wiese zurück, nickte dem Polizisten an der Tür zu und ging dann zügig zu seinem Auto zurück. Wenn sie jetzt die Presse auf den Fersen hatten, dann mussten sie auch schnell Ergebnisse vorweisen. Er setzte sich in sein Auto und fuhr nach Berlin zurück.

43

In der Höhle, 18. Juni

Als Georg am frühen Morgen aus der Höhle spähte, wütete draußen ein Unwetter, wie er es noch nie in diesen Breiten erlebt hatte. Heftiger Wind riss an den Bäumen und Büschen, Regen prasselte ohne Unterbrechung auf die Erde, die Pflanzen und die Felsen herab.

Vor der Höhle brodelte der Fluss, dessen Wassermassen noch höher gestiegen waren. Ein letzter Rest der eingestürzten Brücke ragte aus den Fluten heraus. Das schäumende Wasser war für Georg endgültig zur natürlichen Grenze zur Zivilisation geworden. Der Forscher brauchte nicht einmal daran zu denken, den Fluss zu überqueren. Er konnte nur warten. Also zog er sich in die Höhle zurück, wo er sich in der Dunkelheit auf den Boden setzte. Jetzt erst erinnerte er sich an seine Entdeckung vom Abend zuvor. Sofort schaltete er die Stirnlampe ein und erkundete den Boden um sich herum. Er fand schnell, wonach er suchte. Der Gorillakot war frisch.

Er schloss die Augen, zählte bis zehn und sah dann erneut nach unten. Er hatte sich nicht getäuscht. Georg leuchtete den kleinen Raum ab, in dem er sich befand. Er kniete zwischen zwei Gorilla-Nestern. Sie waren hier gewesen. Nur wenige Tage zuvor. Sie hatten hier eine Nacht verbracht. Kurz vor ihm. Woher waren sie gekommen? Und wo waren sie jetzt?

Georg untersuchte den gesamten Boden und die Wände der Höhle. Der Raum war etwa drei mal vier Meter groß, die Decke wölbte sich in einer Höhe von rund zwei Metern, sodass er in der Mitte des Raumes gut stehen konnte. An der einen Seite befand sich der Eingang, durch den er hereingekommen war. Er tastete die Felswände ab und entdeckte auf der anderen Seite der Höhle einen Durchgang, der tiefer in den Berg hineinführte. Nicht groß, aber breit genug, dass er sich hindurchquetschen konnte – wenn er das denn wollte. Was dahinter lag, war nicht zu erkennen. Der Strahl der Lampe verlor sich in der Dunkelheit.

Georg trat noch einmal an den Eingang der Höhle und betrachtete den Weltuntergang draußen an. Das Wetter wurde nicht besser – im

Gegenteil, es wütete immer schlimmer. Er wäre innerhalb von wenigen Minuten vollkommen durchnässt, und das trotz der dichten Regenkleidung, die er dabei hatte. Wasser strömte von allen Seiten die Hänge hinab, und der Fluss riss mit sich, was er auf dem Weg vorfand. Draußen waren alle Spuren verschwunden. Wenn die Berggorillas dort gewesen waren, hatte der Regen alles in gleichförmigen Schlamm verwandelt. Georg konnte nur in der Höhle bleiben.

War es möglich, dass die Gorillas nicht nur hier drin übernachtet hatten, sondern auch tiefer in den Berg vorgedrungen waren? Georg wandte sich wieder dem schmalen Durchgang zu. Auf dem Boden war nichts zu erkennen, was darauf schließen ließ, dass die Tiere hier durchgekrochen waren. Georg schnallte sich die Lampe fester um die Stirn, bückte sich und zwängte sich durch das Loch. Der Durchgang war schmal, aber höchstens einen halben Meter lang. Er erweiterte sich sofort wieder zu einem Raum, in dem er sich aufrichtete. Dieser Raum war deutlich größer als der erste. Tunnelartig gestreckt lag eine Höhle vor ihm, etwa fünf Meter breit, mehr als vier Meter hoch und sicherlich zehn Meter lang. Von der Decke hingen Stalagtiten herab, die auf dem Boden kleine kerzenförmige Stalagmiten als Gegenstücke gebildet hatten. Kalkstein war im Ruwenzori selten, und daher hatte Georg in den Höhlen dieser Region bisher keine Tropfsteine gesehen. Das Gestein oberhalb dieser Höhle schien durchlässig zu sein.

Um ihn herum tropfte es ununterbrochen. Die Luft war von Feuchtigkeit geschwängert und ließ darauf schließen, dass es viele feine Risse im Felsen geben musste, durch die Wasser sickerte. Am rechten Rand wuchsen keine hohen Stalagmiten, obwohl darüber Stalagtiten von der Decke herabhingen und auch stetig Wasser absonderten. Dieser Teil musste also mehr oder weniger regelmäßig betreten werden. Vermutlich nicht von Menschen, sondern von Tieren, denn das Fett in deren Fell verhinderte die Bildung von Stalagmiten. Ein paar frisch abgebrochene Tropfsteine lagen auf dem Boden. Hier war jemand in großer Eile hindurchgelaufen. Und dann fand Georg noch etwas. Blut. Es war noch nicht ganz getrocknet, die Feuchtigkeit in dieser Höhle würde es wohl nie richtig abtrocknen lassen. Die braune Färbung ließ Georg allerdings darauf schließen, dass es nicht ganz frisch war. An den abgebrochenen Stalagmiten hafteten schwarze Haare, die er als die eines Berggorillas identifizierte. Wieso hatte er in dem Nest keine Blutspuren gefunden? Hatte sich *hier* ein Kampf abgespielt? Nach einem Kampf sah es eigentlich nicht aus. Es müssten mehr Tropfsteine abgebrochen sein. Hier war ein verletzter Berggorilla hindurchgekommen. Aber wohin war er gelaufen? Und warum?

Georg holte seinen Rucksack aus der ersten Höhle. Als er zurückkehrte, hörte er vor sich ein Geräusch. Ein leises Grummeln. Er spitzte die Ohren und meinte, am Ende der Höhle etwas zu sehen. Er schüttelte den Kopf.

»Jetzt sehe ich schon Gespenster«, murmelte er für sich.

Er kramte in seinem Rucksack, prüfte, ob die Ersatzbatterien griffbereit im vorderen Fach lagen und setzte den Rucksack auf den Rücken. Bevor er losging, hob er einen der abgebrochenen Stalagmiten auf und probierte, ob er damit ein Zeichen an die Felswand malen konnte. Es funktionierte. Die Höhlen konnten sich als Teil eines Systems erweisen und schnell zu einem Labyrinth werden. Also zeichnete er einen Pfeil an die Stelle, wo er aus der ersten Höhle herausgekrochen war. Dann machte er sich hoch konzentriert auf den Weg in den Berg.

Georg folgte dem ausgetretenen Pfad an der Wand entlang durch den dunklen Raum hindurch, von dessen Decke unablässig Wasser tropfte. Am Ende gab es einen weiteren Durchgang, einen Spalt im Fels, den er diesmal aufrecht stehend durchqueren konnte. Eine weitere Höhle öffnete sich vor ihm, diesmal wieder kleiner, sodass er mit eingezogenem Kopf weitergehen musste. Und auch hier fand er alle paar Meter Hinweise auf die Anwesenheit von Berggorillas. Mal waren es feine Abdrücke der Hände und Füße auf dem feuchten Boden, dann ein abgebrochener Tropfstein, hin und wieder weitere Blutstropfen oder Fellspuren.

Er durchwanderte eine Reihe von unterschiedlich großen Höhlen. An manchen Stellen teilten sich die Gänge, sodass sich Georg für einen entscheiden musste. Aber die Entscheidung fiel ihm meist leicht, denn die Spuren am Boden wiesen ihm den Weg. Dennoch markierte er weiterhin die Gänge, aus denen er in neue Räume trat, um den Rückweg zu finden. Zwei Mal meinte er, vor sich etwas zu sehen, beschloss dann aber, sich nicht verunsichern zu lassen. Er war hier unten sicherlich allein.

Doch dann hörte er ein leises Grollen, das aus der Tiefe des Gesteins kam. Aus der Richtung, in die er sich vortastete. Georg blieb wie angewurzelt stehen und lauschte. Nichts mehr. Beständig tropfte Wasser zu Boden – ansonsten war es still. Er hörte seinen Atem, er spürte einen leichten Luftzug. Die Luft in diesem Tunnelsystem bewegte sich. Sollte er zurückgehen? Sollte er nicht lieber nach Hans suchen, statt seinem Forscherdrang nachzugeben? Georg atmete tief ein und aus, dann wusste er, dass er nicht mehr zurück konnte. Er wollte wissen, ob hier wirklich Berggorillas lebten und wohin die Spuren führten.

Da war das Geräusch wieder. Es kam vom Ende der Höhle. Ein grünliches Licht schimmerte aus der Richtung. Georg rieb sich die Augen. Ganz langsam ging er auf die Stelle zu. Die Stirnlampe flackerte. Etwas strich an seinem Kopf vorbei. Georg zuckte zusammen. Gab es hier Fledermäuse? Nicht so tief im Gebirge. In welche Richtung war er gegangen? Lief er im Kreis? Er setzte den Rucksack ab und suchte seinen Kompass. Als er mit der Lampe auf die Rose leuchtete, wich er erstaunt zurück. Die Nadel zuckte unablässig. Er pochte gegen das kleine Gerät, schüttelte es, ließ es ruhig liegen. Er drehte es in alle Richtungen hin und her, aber das Ergebnis blieb gleich: kontinuierlich zuckte die Nadel. Georg blickte ratlos auf den Kompass. Er wusste, dass Berge hin und wieder magnetische Felder bildeten, aber erlebt hatte er das noch nie. Gerade hier drin hätte er eine Orientierung gut gebrauchen können. Er steckte den Kompass in die Hosentasche und ging auf das Ende der Höhle zu, von dem das geheimnisvolle Leuchten ausging.

Das Licht wurde mit jedem Schritt stärker, das Grollen nahm ebenfalls zu. Nach einer Weile erreichte er eine Öffnung, durch den das Leuchten drang und die breit genug war, um sich hindurchzuzwängen. Wieder ein schmaler Gang, an dessen Ende das Leuchten noch intensiver wurde. Aus dem Grollen wurde ein kontinuierliches Dröhnen. Das Geräusch kam direkt aus dem nächsten Höhlenraum. Schritt für Schritt näherte er sich dem Ende des Durchgangs. Was er dort sah, sprengte alle seine bisherigen Vorstellungen.

Ein riesiger Raum öffnete sich vor ihm. Wie hoch die Höhle war, konnte er nicht erkennen. Auch die gesamte Ausdehnung konnte er lediglich erahnen. Tausende Tropfsteine hingen von den Decken herab, einige hatten sich mit ihren Gegenstücken auf dem Boden zu gewaltigen Säulen verbunden. Ein Großteil des Bodens war von Wasser bedeckt, bildete einen See, aus dem ebenfalls zahllose Säulen aufragten. Doch das faszinierendste an diesem Raum war das grüne Leuchten. Die Oberfläche des Wassers erstrahlte unter ständigem Flackern, als wären auf dem Grund des Sees Lampen angebracht, die indirektes Licht aussandten. Das Wasser war in ständiger Bewegung, und nach kurzer Zeit bemerkte Georg den Zusammenhang zwischen dieser Bewegung und dem Strahlen: War die Oberfläche in Unruhe, dann begann sie zu leuchten, beruhigte sie sich, dann ließ das Leuchten nach.

Georg kannte dieses Phänomen, doch hatte er es bislang nur in Meerwasser gesehen. Darin lebende Einzeller, Dinoflagellaten, sorgten im Salzwasser hin und wieder für ein solches Erstrahlen des Wassers, wenn es in Bewegung geriet – das Meeresleuchten. Tief im Berg war die Existenz solcher Lebewesen schier unvorstellbar. Und doch waren sie offensichtlich da und stellten infrage, was er als gesicherte Erkenntnis ansah. Er war am Beginn einer Expedition ins Ungewisse. Er befand sich auf einer Art Empore, etwa acht Meter über dem Wasser. Vor ihm erstreckte sich der riesige Raum im schummrigen grünen Licht. Die Tropfsteine an den Decken und auf dem Boden warfen gespenstische Schatten. Und rund um die Höhle, sowohl an der rechten, als auch an der linken Wand entlang, erstreckte sich ein schmaler Weg, der mit zum Teil steilen Passagen nicht besonders vertrauenswürdig aussah. An manchen Stellen sank er fast bis auf die Ebene des Sees ab, an anderen Stellen wiederum schien er mit der Decke zu verschmelzen.

Über allem lag dieses sonderbare Dröhnen, dessen Quelle sich unter Georg befand und das von den Wänden der Höhle um ein vielfaches verstärkt zurückgeworfen wurde. Er trat vorsichtig an den Rand des Felsens heran, legte sich schließlich auf den Bauch und spähte in den Abgrund. Ein Wasserfall schoss nur knapp unter ihm aus der Felswand in den See. Das schäumende Wasser schien zu strahlen. Fasziniert blieb Georg auf dem Bauch liegen und beobachtete das Schauspiel. Dann ließ er seinen Blick wieder durch den gewaltigen Raum schweifen. Dies war ein Heiligtum.

Jetzt erst entdeckte er eine majestätische Säule etwa in der Mitte des Sees. Sie reichte durchgehend von der Decke bis auf den Grund des Sees. Ganz oben und unten auf dem Grund hatte sie einen enormen Umfang, verjüngte sich jedoch zur Mitte hin. Kleinere Stalagmiten und Stalagtiten umgaben sie. Und unablässig tropfte das Wasser von der Säule herab, sodass sie grünlich-weiß glänzte.

Georg war eine Weile wie gebannt von diesem Anblick. Dann erhob er sich, überlegte einen Moment, entschied sich für den Weg auf der rechten Seite, weil hier die Spuren auf dem abgewetzten Kalkstein ausgeprägter waren. Staunend blieb er alle paar Meter stehen. Vorsichtig kletterte er über Steine, wich hervorstechenden Felsspitzen aus, zog sich an Überhängen hoch und sprang von kleinen Plateaus auf die darunter liegenden Felsen. Als er sich nach ein paar Minuten umschaute, konnte er die Öffnung, aus der das Wasser in den See stürzte, sehen. Der Schlund war hell erleuchtet und schien nicht besonders groß zu sein. Keinesfalls mehr als einen Meter hoch und zwei Meter breit. Und doch waren die Wassermassen, die aus ihm hervorschossen, gewaltig. Sie ergossen sich dröhnend und grünlich strahlend in den See, wo sich die Wellen leuchtend am Ufer brachen.

Langsam bewegte er sich an den Wänden entlang, kam an einer Stelle hinunter bis an den Wasserspiegel, wo er sich hinkniete und die Oberfläche berührte. Das Wasser war erstaunlich warm. Die Umrisse seiner Hand begannen sofort zu glühen und als er ein wenig Wasser schöpfte, leuchtete es in seiner Hand. Langsam führte er die Flüssigkeit an die Nase. Es war vollkommen geruchlos. Er sah in das Wasser hinab und erschrak: Seine eigenen Augen starrten ihm entsetzt entgegen.

Er hörte eine Stimme. Sie war leise, wurde von den Wänden wieder und wieder zurückgeworfen, sodass es Georg zunächst sehr schwerfiel, den Worten zu folgen. War das Kisuaheli? Lhukonzo? Englisch? Französisch? Langsam gewöhnte er sich an die Vervielfachung der Worte und stellte erstaunt fest, dass sie auf Deutsch mit ihm sprach. Außerdem kam ihm die Stimme bekannt vor. Er hatte sie schon einmal gehört. Und sie lockte ihn, weiter zu gehen. Schritt für Schritt ging Georg voran.

Die Stimme lockte ihn zur Mitte des Raums. Ein schmaler Grat führte quer über das Wasser bis zu der gewaltigen Tropfsteinsäule in der Mitte des Sees. Auch hier waren Spuren zu erkennen, hier mussten Füße über viele Jahre die Spitzen der Kalkablagerungen abgescheuert haben. Georg sah sich furchtsam um. Dann balancierte er vorsichtig bis zu der Säule, um die, wie ein Kranz, eine Art Balkon herumführte.

Als er dort ankam, bemerkte er überrascht, dass sie innen hohl war. Mit fast zehn Metern Durchmesser war sie um einiges größer, als er zu Anfang geglaubt hatte. Auf der Rückseite, die er jetzt in Augenschein nahm, befand sich ein Eingang, durch den er aufrecht in das Innere der Säule hineintreten konnte. Vorsichtig steckte er den Kopf durch die Öffnung, sah aber zunächst gar nichts. Drinnen war es stockfinster. Er schaltete die Stirnlampe an und erschrak bis ins Mark. Eine hässliche Fratze starrte ihm direkt in die Augen. Georg war so weit zurück gesprungen, dass er am Rand der Säule fast ausgerutscht und ins zehn Meter tiefer liegende Wasser gestürzt wäre. Im letzten Moment konnte er sich an einem der Tropfsteine festhalten.

Alle Geräusche um ihn herum schienen zu verstummen. Im Inneren der Säule bewegte sich nichts. Also leuchtete Georg mit der Lampe vorsichtig noch einmal hinein. Wieder tauchte die Fratze vor ihm auf, aber diesmal erkannte er sie als eine täuschend echte Malerei an der Decke des Hohlraums. Schritt für Schritt trat er näher heran, ging endgültig hinein und untersuchte den Raum, in dem er sich nun befand.

In der Mitte erhob sich eine Art Altar, auf dem kleine Gefäße nebeneinander standen. In ihnen fand Georg Asche. Daneben lagen Steine unterschiedlicher Größe und vielen Farbschattierungen neben kleinen Gorillas aus geschnitztem Holz. Vorsichtig nahm er einen von ihnen in die Hand. Er kannte diese Figuren nur zu gut. Sie waren also tatsächlich mehr als einfache Souvenirs. Als er sie hier, auf diesem Altar in der Tiefe des Ruwenzori fand, bestätigte sich seine Vermutung: Sie waren Heiligtümer oder Talismane. Er legte die Figur vorsichtig zurück, griff dann unter sein Hemd und zog das Band, das er seit Jahren nicht mehr abgelegt hatte, hervor. An ihm baumelte ein kleiner Gorilla, der denen auf dem Altar zum Verwechseln ähnlich sah. Im Schein der Lampe betrachtete Georg die Figur eine Weile.

»Der Zeitpunkt ist gekommen, um Abschied von dir zu nehmen«, flüsterte er. Er führte die Figur zum Mund, küsste sie und legte sie dann zu den anderen auf den Tisch.

»Genau das habe ich nicht geschafft«, erscholl in diesem Moment eine Stimme hinter ihm.

Georg wirbelte herum. Hinter ihm stand eine Gestalt im Schatten. Sie war menschengroß und kam mit langsamen Schritten auf ihn zu. Georg konnte das Gesicht allmählich besser erkennen. Stefan, sein verschwundener Kollege.

Aber es war nicht der wirkliche Stefan, er wirkte wie ein Geist seiner selbst. Er war leicht durchscheinend, trug die traditionelle, längst in Vergessenheit geratene Kleidung der Bayira um die Hüften und sprach mit verwaschener Stimme. Aus seinen Augenhöhlen leuchtete es orange.

»Ich habe die Figur nicht zurückbringen können. Dabei hätte ich es so gerne getan.« Stefan stand nun nur noch einen Meter von Georg entfernt. »Weißt du, welche Bedeutung diese Figuren für die Bayira haben?« Er lächelte.

»Nein, ich weiß es nicht genau ...«

»Sie sind ihnen heilig. Jeder Clan der Bayira hat ein Totem, das durch ein Tier der Berge repräsentiert wird.«

»Das weiß ich. Leoparden oder Hunde kenne ich, aber ich habe noch nie von einer Gruppe gehört, die Berggorillas als Totem haben.«

»Das liegt daran, weil du mir nie zugehört hast. Du hast dich immer nur für dich und deine Arbeit interessiert. Über den Tellerrand hast du nie hinausgeschaut. Das hättest du tun sollen.«

»Es gibt tatsächlich einen Clan, der ein Gorilla-Totem hat?«

»Der Clan der Abathatha hat sich den Berggorilla gewählt.«

»Von dem Clan habe ich noch nie etwas gehört.«

»Weil sie vor vielen Jahren ihre Existenz negiert haben. Sie sind einfach von den Landkarten verschwunden.«

»Aber sie leben noch?«

»Sie sind ins Herz des Ruwenzori gezogen, vor vielen Jahren. Sie leben dort mit den Balindi zusammen. Eine Symbiose, wie es sie andernorts nicht mehr gibt.«

»Wo ist dieser Ort? Und wer sind die Balindi?«

»Jetzt, da du den Talisman in ihr Heiligtum zurückgebracht hast, wirst du den Weg allein finden.«

Stefan wandte sich um und verließ das Innere der Säule. Georg blieb verblüfft stehen, sah ihm nach und eilte dann hinterher. Doch als er aus der Säule trat, war er wieder allein in der riesigen Höhle.

Was war das gewesen? Hatte er gerade tatsächlich den Geist seines ehemaligen Kollegen gesehen? Georg rieb sich die Augen. Er drückte die Zeigefinger auf die Schläfen und versuchte sich von den Bildern zu befreien. Er hatte ihn gesehen. Aber das war unmöglich.

Außerdem: Was sollte das bedeuten? Er werde den Weg allein finden ... Er war doch gar nicht auf der Suche nach diesem Volk. Er war zufällig auf diese Halle und den Altar gestoßen. Oder war das kein Zufall? Hatte ihn irgendjemand in diese Gegend, in dieses Höhlensystem, zu dieser Säule gelockt, damit er seinen Talisman, den er seit 40 Jahren immer bei sich trug, an dieser Stelle zurückließ? Er wollte das nicht glauben. Aber wie dem auch sei – er musste eine Entscheidung treffen: Weitergehen ins Ungewisse, oder zurückgehen, ohne zu erfahren, wohin die Spuren führten?

Georg ging weiter. Eine Weile musste er sich noch auf dem Weg an der Wand entlang quälen, über große Felsen steigen und steile Anstiege hochkraxeln, doch schließlich gelangte er zu dem Ende der Höhle, das dem Wasserfall direkt gegenüber lag. Georg blickte zurück. Die zentrale Säule ragte hoch aus dem leuchtenden See, und der Wasserfall schoss dahinter wie ein Geysir aus der Felswand hervor. Das Schauspiel war faszinierend.

Der Forscher ging weiter auf dem immer schmaler werdenden Weg entlang, bis er nach ein paar Minuten an eine Stelle kam, die überspült wurde. Auf einer Breite von fast fünf Metern floss das Wasser beinahe gemächlich in einen Gang, der sich in den Berg bohrte. Georg hatte den Überlauf des Sees gefunden. Und er beschloss, ihm zu folgen. Wenn das Wasser hier in der Tiefe des Berges verschwand, dann musste es auch irgendwo wieder herauskommen. Er war sich sicher, dass die Gorillas ebenfalls dem Wasser gefolgt waren.

Das Ufer am Rande des Baches war glitschig. Georg folgte langsam seinem Verlauf. Ein paar Mal hatte er das Gefühl, er werde verfolgt. Er blieb stehen und rief leise nach Stefan, aber er bekam keine Antwort. Das Leuchten nahm nach und nach ab, der Bach floss ruhiger und Georg spürte jetzt die Anstrengungen des Tages. Immer häufiger trat er unsicher auf, rutschte beinahe aus oder stolperte über die Tropfsteine. Erschöpfung machte sich in ihm breit, aber er wollte nicht stehen bleiben. Er hätte sich ohnehin nicht stärken können – die Träger hatten die gesamte Verpflegung in ihren Rucksäcken gehabt.

Also marschierte er weiter am Bach entlang, taumelte dann und wann gegen die Felswände und nahm nicht wahr, wie ein leichter Dunst aus dem Bachbett aufstieg. Erst als er von der Feuchtigkeit vollkommen umgeben war, registrierte er den Nebel. In diesem Moment stolperte er über einen Stein am Boden und stürzte ins Wasser. Bevor er sich wieder ans Ufer retten konnte, verschluckte er sich. Sein Organismus reagierte panisch, und er verlor die Orientierung, stieß immer wieder mit Armen, Beinen und dem Kopf an Felsen und Vorsprünge und bemerkte Gestalten, die ihn vom Ufer aus anstarrten. Kurz bevor er das Bewusstsein verlor, sah er ein helles Licht. Er ahnte, was das zu bedeuten hatte, und schrie laut auf. Er wollte nicht sterben.

44

Auf dem Pass, 18. Juni

Jens war um keinen Tag gealtert. Und er sah ebenso fröhlich aus wie damals, als er wie verrückt auf der viel zu dünnen Eisdecke herumgesprungen war. Die Wärme. Wieder spürte Tom eine Wärme, die von innen kam, aus dem Rumpf. Aus der Tiefe seiner Seele. Nun verstand er, was diese Wärme bedeutete: Es war Liebe. Die tief empfundene Liebe zu seinem kleinen Bruder, dessen Tod er vor vielen Jahren verschuldet hatte. Eine Liebe, die er über zwanzig Jahre lang aus Scham verleugnet hatte. Jens hatte sie ihm zurückgebracht und sie würde ihm Zeit seines Lebens erhalten bleiben. Jeden Tag, jede Minute, jede Sekunde. Tom lächelte.

Plötzlich ging die Wärme verloren. Sein Körper fühlte sich an, als würde er von tausend feinen Nadeln malträtiert. Die Haut brannte wie Feuer und er spürte seinen linken Arm nicht mehr. Die Umgebung begann sich ganz langsam zu drehen.

»Tom?« Eine Stimme rief nach ihm.

Er öffnete seine Lider einen kleinen Spalt breit, und sofort schoss Helligkeit schmerzend in seinen Kopf. Er schloss die Augen wieder.

Andrea und Peter schleppten ihn den Berg hinunter. Immer noch. Die Schmerzen waren unerträglich. Die Lähmung im linken Arm machte ihm Angst. Er bekam keine Luft.

»Tom.«

Vermutlich waren auch Peter und Andrea am Ende; sie stemmten sich dagegen. Tom hörte wie von ferne, dass sie sich gegenseitig immer wieder anspornten. Ansporen mussten.

»Tom!«

Als Tom die Augen öffnete, blendete ihn der Schnee so sehr, dass er meinte, zu erblinden. Ein grauer Schatten zog vor ihm vorbei. Zwei orange Augen sahen ihn direkt an. Dann verschwand die Erscheinung wieder. Tom versuchte, die Umgebung um sich wahrzunehmen. Nun zogen zwei Schatten immer engere Kreise um ihn, beide blickten ihm mit ihren glühenden Augen entgegen.

»Tom?« Die Stimme drang nur langsam zu ihm durch. Eine Frauenstimme. Vor ihm schwebte ein verschwommenes Gesicht.

»Tom?«, sagte die Stimme wieder. »Kannst du mich hören?«

Was sollte er antworten?

»Ja, vad är det?«, fragte er.

»Tom? Geht es dir gut?«

»Det gör ont i armen och i handen.« Irgendetwas kam ihm komisch vor.

»Tom? Was sagst du? Ich kann dich nicht verstehen.«

»Jag kommer inte ihåg hur jag svarar på tyska. Hjälp mig!«

»Peter, was ist das? Ich verstehe kein Wort von dem, was er sagt.«

»Ich habe gehört, dass manche in einer anderen Sprache sprechen, wenn sie höhenkrank sind. Das klingt skandinavisch ... ich habe mal eine Gruppe aus Schweden geführt.«

Sie hatten sich in den Schnee gesetzt. Tom spürte nun auch sein linkes Bein nicht mehr. Er hob vorsichtig den Kopf und bemerkte sie sofort wieder. Mindestens fünf Schatten waren es jetzt, die ihn umkreisten. Bemerkten die anderen das denn nicht?

»Det finns egendomliga skuggar omkring oss.« Er versuchte sich aufzurichten, doch sein linker Arm machte die Bewegung nicht mit, sodass er mit dem Gesicht im Schnee landete. »Bergets andar finns omkring oss.« Andrea half ihm, sich aus dem Schnee wieder aufzurappeln.

»Lass uns weitergehen – je tiefer wir kommen, desto besser wird es ihm gehen.« Peters Stimme.

Arme schoben sich unter seine Achseln, hievten ihn hoch und schleiften ihn weiter. Das linke Bein versagte vollkommen den Dienst. Die Betäubung arbeitete sich allmählich von dort in den Rumpf vor.

Die weiße Fläche wurde von einzelnen Felsen unterbrochen, die eine Orientierung leichter machten. Tom gelang es immer öfter, die Augen für ein paar Sekunden offen zu halten. Eine schmerzhafte Beklemmung machte sich in seiner Brust breit. Er spürte, dass er sterben könnte. Sie wollten ihm das Leben nehmen. Unwiederbringlich. Sie hatten es auf ihn abgesehen. Ein ganzes Rudel lauerte nun schon auf ihn. Zottelige Haare wuchsen ihnen aus allen Körperteilen. Und ihre Augen waren ununterbrochen auf ihn gerichtet. Ihn wollten sie haben. Die Geister. Die Schatten. Er trug die Schuld an Jens' Tod.

Toms Magen verkrampfte sich. Wieder einmal stieg Übelkeit in ihm hoch. Bittere Galle schwappte in seinen Mund. Er erbrach sich.

Einmal, zweimal, dann röchelte er, rang krächzend nach Luft. Er wollte sterben.

»Låt mig vara. Jag orkar inte längre.« Er schüttelte die Arme von Peter und Andrea ab, wollte sie wegstoßen, aber er griff ins Leere, stürzte wieder in den Schnee. »Lämna mig här. Gå tillbaka. Snabbt!« Zwei menschliche Augenpaare sahen ihn hilflos an. Peter griff nach Toms Arm, aber der rollte sich schlaff zur Seite. »Ser du inte faran? Andarna är omkring oss. Väsen kommer att döda oss. Ser ni inte det?«

Die Schatten zogen sich zu einem immer engeren Kreis um ihn zusammen. Tom hörte ihren geifernden Atem. Eiskalt fuhr es ihm durch die Glieder. Sie wollten ihn holen. Er richtete seinen Kopf auf, um der Gefahr in die Augen zu sehen. Sie waren nicht mehr weit entfernt. Immer wieder schwankten sie, der Boden bewegte sich. Hinter den Geistern stand eine Gestalt. Aufrecht. Jung. Hell. Wie damals. Jens blickte über die Schatten hinweg zu ihm hinüber. Was wollte sein Bruder von ihm? Die verschneite Umgebung verschwamm.

Lachend liefen Tom und Jens durch die erstarrte Landschaft, bis sie an den Fluss kamen, dessen Oberfläche vollkommen mit Eis bedeckt war. Ihre Beine trugen sie immer schneller am Ufer entlang, über die vereiste Brücke, auf der sie schlitterten und rutschten, bis auf die andere Seite des Flusses. Das Dorf hatten sie weit hinter sich gelassen; sie stapften über die steifen Furchen des Ackers, kletterten den Abhang zum zugefrorenen Wasser hinunter, stampften auf die Eisfläche, die sich als dicke Schicht vor ihnen ausbreitete. Tom wagte sich ein paar Schritte hinaus, prüfte bei jedem Schritt, ob das Eis fest genug war. Jens rief ihm zu, er solle zurückkommen, Mutter habe das verboten. Tom lachte nur. Er trampelte auf der glasklaren Fläche herum, begann zu hüpfen und zu jubeln. »Komm!«, rief er. »Komm, das ist meterdick.« Er wandte sich um, begann in seinen Schuhen eiszulaufen, rutschte, johlte und rief immer wieder. Doch Jens kam nicht nach. »Sie hat's verboten.« Der kleine Angsthase. Ja, das war er. Tom rannte zu ihm, zog an seinem Arm, lachend, lockend. Und schließlich machte Jens die ersten vorsichtigen Schritte auf das Eis. Es hielt. Natürlich hielt es, seit Wochen war es bitterkalt. So kalt, dass noch nicht einmal Schnee gefallen war. Jens wurde immer mutiger, rannte, schlidderte, rutschte, begann ebenfalls zu johlen und zu schreien. Sie drehten ihre Runden wie ein Paar beim Eiskunstlauf. Eine Kür! Drehungen, Sprünge. Dann eine Pirouette. Gemeinsam sprangen sie so hoch sie konnten.

Knirschend gab das Eis nach, und augenblicklich schlug das Wasser über Toms Kopf zusammen und nahm ihm den Atem. Direkt vor ihm erschien das Gesicht von Jens, panisch, die Augen weit aufgerissen, der Mund öffnete sich, eine Hand griff nach Tom, das Gesicht verzog sich zu einer Fratze, dann verschwand es aus seinem Sichtfeld.

»Jens!«, murmelte Tom.

»Was passiert mit ihm?« Andreas Stimme war sehr weit entfernt.

»Die Berggeister. Sie holen ihn.« Peter.

»Das ist doch völliger Wahnsinn. Er ist höhenkrank.« Andrea.

»Die Höhenkrankheit ist im Moment sein geringstes Problem, glaub mir.«

»Wie müssen irgendetwas tun. Hol ihn da raus!«

»Tom! Kannst du mich hören? Du musst atmen. Das wird sie vertreiben. Sie wollen dich holen, aber das darfst du nicht zulassen.«

»Oh mein Gott! Stirbt er?«

»Nein, er hat Kraft. Er muss sie nur nutzen.«

»Aber er atmet nicht mehr ...«

»Tom! Du musst die Luft tief in dich einsaugen. Das ist das Einzige, was hilft.« Jemand schüttelte ihn. Tom öffnete die Augen ein winziges bisschen. Schnee, Gesichter, Fratzen. Schmerzen durchzuckten ihn. Er versuchte zu atmen, aber er schaffte es nicht.

Wieder zog sich alles um ihn zusammen. Die Schatten waren kurz vor ihm angelangt. Die glühenden Augen schienen sich in ihn hineinzubohren. Hinter ihnen stand noch immer Jens und schaute ihn besorgt an.

»Atme!« Die Stimme drang von irgendwo zu ihm durch. War es Jens gewesen? »Tom! Du musst atmen! Jetzt!« Jens' Lippen bewegten sich nicht. Aber sein Gesicht verzog sich vor Schmerzen. Tom wollte ihm helfen, auf ihn zugehen, aber seine Beine gehorchten nicht.

Die Fratzen kamen immer näher auf ihn zu, einer der Münder öffnete sich, sodass Tom spitze Zähne sah. Der Geruch nach verdorbenem Fleisch drang in seine Nase. Wieder stieg Übelkeit auf, schwappte in seinen Mund. Er schmeckte bittere Magensäure. Erneut erbrach sich Tom.

»Atme! Verdammt noch mal!« Peters Stimme. Er bekam einen Schlag ins Gesicht. Reflexartig sog er die kalte Luft ein. Die Fratzen sprangen zurück. Der Sauerstoff drang in seine Lungen ein, löste sich sofort in seinem Blut auf. Der zweite Atemzug.

Die Fratzen wichen weiter zurück, sie krümmten sich vor Schmerzen. Der dritte Atemzug. Er wollte leben. Jens lächelte ihm zu.

Der vierte Atemzug – und alles um ihn herum wurde schwarz.

»Wir müssen so schnell wie möglich weiter.« Peters Hände griffen nach ihm, Tom wurde wieder aufgerichtet. Beißender Geruch trat ihm in die Nase. Schweiß. Kotze. Sorgen. Angst. Er öffnete die Augen. Die Schatten waren an den Rand seines Sichtfelds zurückgewichen. Sie zogen die Lefzen hoch, drängten sich zusammen, kamen nicht näher an ihn heran.

»Hat er es überstanden?«, fragte Andrea atemlos.

»Vorerst ja. Aber sie werden es wieder versuchen.«

»Du glaubst wirklich an diese Geister, nicht wahr?«

»Andrea. Die Geister sind hier. Die ganze Zeit. Und sie sind unheimlich wütend. Dieser Berg ist heilig. Seit Ewigkeiten schon.«

Tom konnte den Kopf wieder heben. Er blickte sich um und bemerkte die Gesichter von Andrea und Peter neben sich.

»Tom!«, rief Andrea besorgt.

»Du musst es erzählen, mein Freund«, sagte Peter. Sie hielten erschöpft inne. »Was hast du gesehen?«

Tom schüttelte den Kopf. Peters Gesicht erschien ganz dicht vor dem seinen.

»Tom! Wenn du es in dir lässt, dann werden sie dich wieder angreifen.«

»Ich kann nicht!«, flüsterte Tom.

»Das ist mir scheißegal. Ich habe dich nicht über den halben Gletscher geschleppt, um dich dann doch noch zu verlieren. Also: Was hast du gesehen?«

»Jens.«

»Wer ist Jens?«, fragte Andrea.

»Mein Bruder.«

»Was ist mit ihm?«, fragte sie.

»Er ist tot. Ich bin schuld.«

»Mein Gott. Wie ...«

»Ich weiß es nicht.«

Andrea klang verzweifelt. »Wie kannst du das nicht wissen, wenn du doch schuld daran sein sollst?«

»Ich weiß doch gar nicht, was passiert ist ... aber ich fühle mich schuldig. Es ist so unbestimmt. Und trotzdem so gewiss. «

Tom ließ sich erschöpft zurücksinken.

Peter setzte sich vor ihn und nahm Toms Gesicht in seine Hände.

»Versuch dich zu erinnern. An das, was du gesehen hast.«

Tom schloss die Augen. Für einen Sekundenbruchteil sah er etwas. Wasser. Einen Fluss. Eis. Panische Angst stieg in ihm auf. Dann begann sich die Welt zu drehen. Er öffnete die Augen wieder, schüttelte den Kopf.

Peter erhob sich. »Früher hatte mein Volk eine Medizin, die die Erinnerung wieder zurückholen konnte, aber das Rezept ist vor langer Zeit verloren gegangen.« Er zog Tom zu sich hoch, der sein linkes Bein nun wieder spürte. »Wir gehen weiter. Sofort.« Der linke Arm war noch immer taub, aber er konnte zumindest humpeln.

Sie kamen nur sehr langsam voran. Die Schneedecke wurde allmählich dünner und die Luft war nicht mehr so schneidend kalt. Mit jedem Meter, den sie weiter nach unten kamen, wuchs in Tom die Hoffnung auf Rettung.

»Wo sind wir?«, wollte er von Peter wissen.

»Wir sind am Ruheort der Berggeister. Am völlig falschen Platz. Das kann tödlich sein.«

»Bin ich deinen Geistern begegnet?«, fragte Tom schwach. »Dann laufen wir in die falsche Richtung.«

»Uns bleibt keine andere Wahl. Irgendwo hinter uns sind die Rebellen.«

Tom blickte sich instinktiv um. Aus den Augenwinkeln sah er zwei Köpfe, die in einiger Entfernung hinter einer Schneewehe hervorragten.

»Peter, da hinten ist jemand.« Er hielt Peter am Arm fest und wies in die Richtung, wo er die Köpfe gesehen hatte.

Aber Peter lächelte nur steif, ohne den Kopf zu wenden.

»Ich weiß.«

»Du sagst das, als hättest du sie schon vorher gesehen.«

»Die beiden laufen uns schon seit Stunden nach.«

»Sind das Rebellen?«, wollte Andrea ängstlich wissen.

»Ich weiß nicht, wer das ist. Aber in dieser Gegend kann niemand ungestraft etwas Böses tun. Und das scheinen die beiden Kerle zu wissen, denn sonst hätten sie uns längst eingeholt.«

Sie arbeiteten sich weiter den Berg hinunter. Vor ihnen türmte sich ein schmaler Grat auf, um den sie weiträumig herumgingen. Als sie sein

Ende erreichten und nach Süden abbogen, blieben sie verblüfft stehen. Vor ihnen öffnete sich ein großes Tal, das über und über bewachsen war. Etwas unterhalb von ihnen zeigten sich die ersten kälteresistenten Pflanzen, die nach unten hin immer üppiger wurden, bis die Landschaft weiter hinten und kaum noch erkennbar in dichten Regenwald überging. In allen Schattierungen von Grün wucherten Büsche und Bäume durcheinander. Ein Kreis aus den zackigen Gipfeln schneebedeckter Berge umgab das Tal. Über allem lag eine Schicht aus Hochnebel, den sie gerade hinter sich gelassen hatten. Und in der Mitte des Tals schimmerte ein See im fahlen Licht des endenden Tages.

45

Osthänge des Ruwenzori, 18. Juni

Einen Tag lang hatte Birgit bei dem angeschossenen Träger in der Hütte des provisorischen Lagers gewacht. Einen Tag lang hatte sie das Unmögliche gehofft. Einen Tag lang hatte sie Chaga die Stirn getrocknet, hatte immer wieder versucht, eine möglichst trockene Stelle des schmutzigen T-Shirts auf die Wunde zu legen, während der junge Mann an den Schussverletzungen im Bauch quälende Schmerzen litt.

Einen unendlichen Tag lang hatte sie gebetet und gehofft, dass es in diesem verfluchten Gebirge so etwas wie einen gerechten Gott gab, der den Träger ins Leben zurückkehren ließ. Doch am Mittag des zweiten Tages war er mit schmerzverzerrtem Gesicht gestorben. Nun saß sie neben dem Leichnam des Uganders, der zum Sterben noch viel zu jung gewesen war. Wut stieg in ihr auf. Er hätte nicht sterben dürfen, er hätte vor allem *ihr* nicht unter den Händen wegsterben dürfen!

Was nützte es ihr hier oben im Dreck, dass sie ausgebildete Oberärztin war? Nichts, genauso wenig wie ihr ganzer wohl durchdachter Plan für ein besseres Leben. Der Traum geplatzt. Gescheitert. Versagt.

Birgit erhob sich kraftlos von dem Krankenlager. Sie wischte sich den Schmutz von den Händen und legte das blutverschmierte T-Shirt über das Gesicht des Mannes. Dann wandte sie sich Rukundo, dem letzten erwachsenen Soldaten, zu, der schweigend auf einem Stein ein paar Meter entfernt saß. Er blickte auf, als Birgit vor ihn trat.

»Er ist tot«, sagte sie zu ihm. »Ihr müsst ihn irgendwo begraben, sonst werden wir alle krank.«

Rukundo nickte. Dann rief er Ndabarinzi und Mugabo, die beiden Kindersoldaten, zu sich, die mit verängstigten Gesichtern am anderen Ende des Platzes unter der Plane saßen.

»Nein«, meinte Birgit schroff. »Nicht die Kinder. Der eine ist doch verletzt.«

Einen kurzen Moment lang befürchtete sie, Rukundo würde sie für ihren Protest bestrafen, sie zumindest schlagen, aber der Mann sah sie nur müde an.

»Du und die Männer«, sie wies auf Steve, Kai und Martin, »ihr solltet das erledigen.«

Dann drehte sie sich ohne einen weiteren Kommentar um und ging zu ihren Leidensgenossen. Auch ihnen teilte sie den Tod des letzten Trägers mit.

Martin vergrub das Gesicht in den Händen, Steve und Kai schauten lethargisch zu Boden. Keiner hatte in den letzten eineinhalb Tagen viel gesagt, sie hatten sich auf das Nötigste beschränkt. Nicht einmal Pläne für eine Flucht hatten sie geschmiedet.

Steve stand schließlich auf, trank einen Schluck trüben Wassers aus einer Plastikflasche und ging zu Chagas Leichnam hinüber. Kai und Martin folgten ihm kurz darauf und gemeinsam begannen sie am Rande des Lagers mit Holzbrettern eine Grube auszuheben. Sie arbeiteten schweigend. Als sie fertig waren, kam Steve zu Birgit zurück. Er sah sie erwartungsvoll an.

»Was ist los?«

»Ich weiß nicht, von welchem Stamm er ist«, sagte Steve. »Also kenne ich die Beerdigungsriten seines Volkes auch nicht.«

»Ist das so wichtig?«

»Ja, wir sind hier im Herzen des Ruwenzori. Mit den Geistern sollten wir es uns nicht verderben!«

Birgit war müde. Viel zu müde, um sich mit solchen Problemen auseinanderzusetzen. Sie sehnte sich nach ein wenig Ruhe.

»Dann begrabt ihn doch nach den Riten deines Volkes.«

»Ich bin Christ. Meine Familie hat die Religion unserer Ahnen vor vielen Generationen hinter sich gelassen. Aber in Ordnung«, fuhr er fort, als Birgit nicht auf ihn einging, »wenn du das so entscheidest ... Du bist hier der Chef.«

Erstaunt sah Birgit ihn an. »Wenn hier jemand das Sagen hat, dann ja wohl der Kerl da drüben.«

Sie wies mit der Hand auf Rukundo.

»Er gehört zu den Leuten, die uns entführt haben. Er hat Chaga erschossen. Soll er doch entscheiden.«

»Der Mann ist ein Mörder. Die Götter werden seine Entscheidungen nicht akzeptieren. Sie werden ihn töten.«

Für Sekunden stierte Birgit ohne Reaktion ins Nichts.

Dann murmelte sie: »Begrabt ihn nach christlichem Ritus. Besser als nichts.«

Sie lehnte sich an einen großen Stein. Die Erschöpfung steckte ihr in allen Gliedern. Sie wusste nicht viel von diesen Bergen, sie hatte bislang auch nicht an übernatürliche Wesen geglaubt. Aber als Chaga vom Teufel gesprochen hatte, der ihm im Wald begegnet war, und kurz danach Blitz und Donner über sie hinweggefegt waren, da hatte sie verstanden, dass der Ruwenzori anders war als jeder Ort, den sie bislang gesehen hatte. Hier waren die Geister. Und sie hatten Macht. Macht über die Natur und über die Menschen. Rukundo hatten sie aus der Bahn geworfen, als er einen Unschuldigen getötet hatte. In wenigen Sekunden. Einfach so.

Schließlich bemerkte sie, wie Steve und Martin den Körper des Getöteten vorsichtig in die Grube legten und mit Erde bedeckten. Ameisen liefen in einer langen Reihe über Birgits Stiefel. Ihr Blick folgte ihnen und sie sah, dass ihre Straße genau auf das Grab zuführte.

Steve saß erschöpft neben Martin, der seinen Arm um ihn gelegt hatte. Kai hockte nicht weit von Birgit entfernt, Tränen rannen über sein Gesicht. Er schien in Gedanken bei Kathrin zu sein, von der sie seit ihrem Verschwinden nichts mehr gehört oder gesehen hatten. Ndabarinzi und Mugabo hatten sich wieder unter ihre Plane zurückgezogen. Birgit musste sich unbedingt weiter um Mugabos Wunde kümmern. Der Streifschuss war nun zwei Tage her, aber die Gefahr, dass die Wunde sich entzündete, war noch immer groß.

Das hier muss das Ende der Welt sein, schoss es Birgit durch den Kopf. Es gibt wohl keinen Ort, an dem man hoffnungsloser und weiter weg sein könnte von *allem*. Jetzt war ihr plötzlich klar: Sie war genarrt worden. Verarscht nach Strich und Faden. Paul hatte nie auch nur vorgehabt, die Entführung bis zum Ende mitzumachen. Er hatte es selbst auf Andrea abgesehen, und zwar nur auf sie. Paul würde Andrea töten, wenn er sie fand. Birgit war sich plötzlich sicher. Sie hatte sich die ganze Zeit gefragt, weshalb er sie wie eine normale Geisel behandelte und ohne richtige Bewachung einfach zurückließ. Nun wusste sie, dass sie die ganze Zeit überhaupt keine Rolle für ihn gespielt hatte. Ganz im Gegenteil, sie war einfach nur im Weg gewesen. Birgit hatte große Hoffnungen in Paul gesetzt und war enttäuscht worden. Die Wut über Chagas Tod vermischte sich mit einem unsäglichen Hass auf diesen Mann, der sie so zum Narren gehalten hatte. Wieder einmal hatte man sie betrogen. Dabei hatte sie diese ganze Aktion gerade unternommen, um genau das ein für alle Mal zu beenden – sie wollte nicht mehr der

Spielball anderer sein, nicht mehr von dem guten Willen der anderen abhängen und immer wieder enttäuscht werden wie damals von Andrea. Hätte Andrea sie nicht vor vielen Jahren hängen lassen, als sie ihre Hilfe gebraucht hätte, wäre Birgits Leben anders verlaufen. Sie hätte ihren Job in der Krankenstation aufgeben können. Sie würde längst auf eigenen Füßen stehen und eine eigene Praxis leiten. Ihr damaliger Freund Rainer wäre bei ihr geblieben. Sie hätte endlich Kontinuität und eine Heimat gefunden. Aber Andrea war sich zu fein gewesen, um zu helfen. Sie war keinen Deut besser als dieser Paul, dem auch nur der eigene Erfolg wichtig war und der dafür über Leichen ging. Nicht mit mir, das macht ihr nicht mit mir!, dröhnte es wütend in Birgits Kopf. Es war längst überfällig, dass sie die Dinge wieder in die Hand nahm. Jetzt war die Zeit gekommen. Und niemand würde sie mehr aufhalten.

Sie schaute zu Rukundo. Er war das erste Hindernis, das sie aus dem Weg schaffen musste. Er saß mit hängendem Kopf auf einem Baumstumpf und bekam offenbar nicht richtig mit, was um ihn herum geschah. Die Kalaschnikow lag neben ihm auf dem Boden, in seiner Hose steckte ein Messer.

Birgit trat auf Rukundo zu. Sie musterte ihn von oben herab, als sie vor ihm stand. Dann sprach sie ihn leise an.

»Paul hat alles mitgenommen, was er braucht«, sagte sie. »Er wird nicht zurückkommen. Wir sind nicht wichtig für ihn. Und du auch nicht. Jetzt muss du dich entscheiden, wie du zu uns stehst.«

Der Mann hob langsam den Kopf. Seine Augen waren trüb.

»Hilf uns«, sprach Birgit weiter, »dann werde ich mich später dafür erkenntlich zeigen.« Bei diesen Worten strich sie sich mit einer lasziven Geste die schmutzige Bluse über ihrem Busen straff.

Für einen Moment glänzten Rukundos Augen. Er stand wie ferngesteuert auf. Sein Gesicht war Birgits nun sehr nah. Sie roch den fauligen Atem, den Schweiß und die Hormone, die in ihm aufwallten. Rukundo legte seine widerliche Pranke auf Birgits Oberarm. Normalerweise hätte sie wohl geschrien. Aber bestimmt nicht jetzt.

Er grinste lüstern und ließ die Hand unverzüglich auf ihre Brust wandern. Birgit lächelte.

Im nächsten Moment riss Rukundo die Augen auf, sein Körper verkrampfte sich, dann brach sein Blick im Schmerz. Sein Arm löste sich von ihr, er wich ein paar Zentimeter zurück, hustete. Blut quoll aus seinen Mundwinkeln. Birgit zog das Messer aus seiner Brust. Das

Metall der Klinge blitzte grell auf. Birgit ließ die Waffe fallen und trat von dem röchelnden Soldaten weg, während sie ihn ruhig und ohne Unterbrechung im Auge behielt.

Rukundo sackte auf die Knie. Aus dem Röcheln wurde ein ersticktes Gurgeln. Blut lief ihm aus dem Mund. Birgit trat entschlossen ein paar Schritte zurück. Mit einem kehligen letzten Stöhnen kippte der Mann nach vorne und blieb im Dreck liegen.

»Was hast du getan?«, rief Martin fassungslos, als er auf sie zulief.

Birgit musterte ihn kalt.

»Das war nötig«, antwortete sie. Ihr Körper spannte sich.

Nzanzu und Steve kamen zu ihnen gerannt. Sie drehten Rukundo um. Seine Augen flackerten. Birgit hatte das Herz getroffen. Er hatte keine Chance.

»Wir gehen!«, verkündete sie.

Sie wandte sich entschlossen um, nahm eine am Boden liegende Wasserflasche auf und steckte sie in einen schmutzigen Rucksack, den sie unter der Plane fand.

»Wo willst du denn hin?«, fragte Martin entsetzt, während er ihr hinterherlief. »Und warum hast du das getan?«

»Ich werde Andrea, Tom und Hans suchen«, sagte Birgit knapp.

Steve murmelte: »Wir sollten den da begraben.« Er zeigte auf Rukundo.

»So viel Zeit haben wir nicht.« Birgit wandte sich entschieden an Nzanzu. »Du kennst dich hier aus. Wirst du mir helfen, die anderen zu finden?«

Wortlos nickte der alte Mann.

»Ihr nicht«, wandte sie sich an Martin und Kai. »Ihr geht ins Tal runter. Bringt euch in Sicherheit. Steve und die zwei Kinder werden euch helfen.«

Keiner der Angesprochenen widersprach. Und keiner richtete auch nur noch ein Wort an Birgit, deren kalte Wut, gepaart mit eiserner Entschlossenheit, sie wie ein Furcht einflößender Wall umgab.

Der kleine Tross machte sich am späten Nachmittag auf den Weg. Birgit sah ihnen nach, bis sie aus ihrem Blickfeld verschwanden. Dann stieß sie ihren Wanderstab resolut in den sumpfigen Boden, drehte sich um und ging mit Nzanzu in die entgegensetzte Richtung.

46

Auf dem Pass, 18. Juni

Die Lawine hatte alles mit sich gerissen, was ihr im Weg gewesen war. Nur zwei Europäer und ein Afrikaner waren verschont geblieben. Hitimana hatte sie sofort entdeckt, als er sich von dem Schreck erholt und aus den Schneemassen befreit hatte. Und ihm wurde unmittelbar klar, dass er sich an sie halten musste, wenn er diesen Bergen entkommen wollte. Mugiraneza war genauso unverletzt wie er selbst, nur vollkommen erschöpft. Dennoch trieb er ihn an, sofort aufzubrechen.

»Wohin sollen wir denn jetzt gehen?«, gab Mugiraneza mutlos zurück.

»Wir folgen den Weißen.«

Sie sahen den Berg hinauf. Zwei Fliehende waren schon wieder auf den Beinen. Der dritte lag noch immer im Schnee, er schien verletzt zu sein. Hitimana beobachtete, wie die beiden nun dem Dritten aufhalfen und den Hang in Richtung der Passhöhe hinaufstapften.

»Wir müssen los, sonst verlieren wir sie«, drängelte Hitimana.

Mugiraneza rappelte sich auf. Dann gingen sie los und folgten ihnen so unauffällig es ging. Hitimana wusste nicht, wie sie reagieren würden, wenn sie die Verfolgung bemerkten. Aber es blieb ihnen keine andere Wahl. Hin und wieder blieb er stehen, horchte ängstlich, ob sie selbst vielleicht auch verfolgt würden. Dann eilten sie weiter.

»Hast du nicht gesagt, diese Berge dürften wir nicht betreten?«, fragte Mugiraneza, während er sich durch den Schnee kämpfte. »Und jetzt gehen wir doch noch weiter rauf.«

»Wir können nur diese Richtung nehmen. Die Geister werden das verstehen.«

»Sie werden uns bestrafen.«

»Ich habe vor den Geistern keine Angst. Die Geister sind gerecht. Ich fürchte mich vor Paul.«

»Was ist da drüben?«

»Ich weiß es nicht. Wenn es stimmt, was unsere Eltern und Großeltern erzählt haben, dann werden wir das Gebirge nie wieder verlassen.

Wenn es nicht stimmt, dann wird dort nur ein neues Tal oder ein noch höherer Berg sein.«

»Ich bin so müde. Können wir nicht eine Pause machen?« Mugiraneza schien beim Laufen im Schnee immer kleiner zu werden.

»Wir dürfen die Gruppe nicht aus den Augen verlieren! Der eine ist ein Guide, der kennt sich hier vielleicht aus und kann uns sagen, wie wir nach Hause kommen.«

Frierend marschierten sie der kleinen Gruppe hinterher. Sie stolperten durch hohen Schnee, die Gummistiefel waren innen vollkommen nass und ihre Erschöpfung nahm ihnen immer wieder den Mut. Aber sie stapften weiter, hielten sich an den Händen, überquerten schließlich den Pass. Hitimana wusste nicht, wie lange sie schon gelaufen waren, als er wieder den Gesang seiner Schwester hörte. Sie sang, um ihnen Mut zu machen. Sie führte sie über diesen kalten Berg, der ihre einzige Chance in die Freiheit war. Als Mugiraneza wieder einmal die Kraft ausging, biss Hitimana die Zähne zusammen, nahm den Jüngeren auf die Schulter und marschierte mit der zusätzlichen Last weiter. Den Pass hatten sie hinter sich gelassen, sodass es zumindest wieder leicht bergab ging. Aber jeder Muskel schmerzte. So spüre ich wenigstens, dass ich noch lebe, mahnte Hitimana sich selbst zum Durchhalten.

Die Gruppe vor ihnen kam nur langsam voran, sodass Hitimana kaum Schwierigkeiten hatte, ihnen zu folgen. Der Guide hatte die beiden Jungen längst bemerkt, das wusste Hitimana. Aber er hatte das Tempo daraufhin nicht beschleunigt, sondern eher gedrosselt. Hitimana hatte den Eindruck, dass er ihnen die Gelegenheit geben wollte, näher an sie heranzukommen. Sie alle wussten, dass sie viel eher überleben würden, wenn sie als größere Gruppe unterwegs waren. Daher gab Hitimana es nach einer Weile auf, sich vor den Blicken der anderen zu verbergen.

Mugiraneza schöpfte ein wenig Kraft und nahm den Kampf gegen den Berg wieder auf eigenen Füßen auf. Erleichtert streckte Hitimana den schmerzenden Rücken durch. Vor ihnen lag nun ein weites Tal, über dem eine dichte Nebeldecke hing. Was erwartete sie dort unten? Schlimmer als bisher konnte es nicht werden.

47

Im Tal, am Morgen des 19. Juni

Die Nacht war so schnell über sie hereingebrochen, wie der Schneesturm geendet hatte. Peter hatte eine kleine geschützte Höhle unterhalb der Schneegrenze entdeckt, in der sie sich ausruhen konnten. Aus einem Bach, der neben dem Eingang zu ihrem Unterschlupf den Hang hinabfloss, konnten sie Wasser schöpfen und ihren Durst löschen. Tom fiel bald in einen flachen, unruhigen Schlaf, aus dem er mehrfach aufschreckte, weil ihm in kurzen Traumbildern immer wieder sein Bruder begegnete. Erst gegen Morgen wurde sein Schlaf friedlicher, sodass auch Andrea etwas Ruhe fand. Peter hingegen machte kein Auge zu. Er ahnte, wo sie angelangt waren.

Die Sonne ging auf, als sich Tom schwerfällig von seinem dürftigen Lager erhob. In einem lang gestreckten Talkessel vor ihm waberte der Nebel. Felsen umgaben ihn, dorniges Gestrüpp wucherte dazwischen. Nur an einigen geschützten Stellen lag noch der eine oder andere Flecken Schnee. Dieser Eindruck war alles andere als einladend, sodass sich Tom schon wieder in die Trockenheit der Höhle zurückziehen wollte, als er in den Nebelschwaden mehrere Gestalten zwischen spärlichem Bewuchs bemerkte.

Er konnte nicht genau erkennen, was da saß, und er wusste auch nicht, ob diese Gestalten real waren oder Halluzinationen entsprangen. Er konnte noch nicht einmal die genaue Entfernung abschätzen, da der Nebel immer wieder die Sicht versperrte. Vier, fünf, vielleicht mehr dieser reglos im Dunst hockenden Gestalten zählte er, bevor er sich langsam wieder in die Höhle zurückzog. Ihn schauderte.

»Du hast sie also auch gesehen?«, fragte Peter.

Tom erschrak. Peter saß ihm gegenüber an der anderen Höhlenwand und sah ihn an.

»Was ist das da draußen?«, entgegnete Tom.

»Tja, wenn ich das so genau wüsste.« Peter wirkte ernsthaft und ratlos. »Ich kenne mich mit der Kultur meiner Ahnen nicht gut aus. Aber es gibt da ein paar alte Geschichten, die mir meine Großmutter oft erzählt hat.«

Tom machte eine ebenso zögernde wie auffordernde Handbewegung und schwieg.

»Von Berggeistern, den Mondbergen, von verborgenen Schätzen und Tälern, von den Ahnen. Über gute und böse Geister gibt es unzählige Legenden. Heute kann niemand mehr genau sagen, welche dieser Geschichten schon vor Jahrhunderten erzählt wurden und welche die Erzähler in ihrer blühenden Fantasie erst viel später dazuerfunden haben. Vor langer Zeit, lange bevor die Weißen nach Afrika kamen und uns das Land, die Traditionen und die Ehre nahmen, in einer Zeit, als die Menschen hier noch Respekt vor den Geistern hatten, da sollen diese unmittelbar unter den Menschen gelebt haben. Sie mussten sich nicht verstecken, sie brauchten keinen Platz, an den sie sich zurückzogen, weil sie ungestört bei uns Lebenden wohnen konnten. Sie lebten in Harmonie mit den Menschen, waren für sie da, so wie die Menschen für die Geister lebten. Die Trennung zwischen der Welt der Menschen und der Welt der Geister war fließend. Es gab keine Angst vor dem Tod, weil ja alle ständig erlebten, wie die Ahnen unter uns blieben.

Doch diese Tage sind vorbei. Heute werden die Geister der Mondberge verleugnet, sie werden verdrängt und durch neue Götzen ersetzt. Mobiltelefone und schicke Klamotten sind den meisten Menschen in Uganda heute wichtiger als ihre Traditionen. Deshalb haben sich die Geister angeblich an einen Platz zurückgezogen, an dem sie ihren Frieden haben: in den Ruwenzori, in das größte und unzugänglichste Bergmassiv Afrikas. Aus diesem Grund ist es den Menschen verboten, das *Herz des Ruwenzori* zu betreten. Wer es dennoch tut, wer den Frevel begeht, die Geister *hier* zu stören, der wird dafür schwer gestraft. Es gibt nur einen Ausweg: die bedingungslose Akzeptanz der Geister und ihrer Welt. Wer diesen Hort der Geister betritt, muss für immer bei ihnen bleiben. So erzählen es die alten Geschichten.«

Tom hatte Peters Worten fasziniert gelauscht. Jeder Silbe hatte er seine volle Aufmerksamkeit geschenkt, wie er erst jetzt an seiner anhaltenden Versunkenheit bemerkte. Eine Gänsehaut überzog seinen gesamten Körper.

»Was hat das mit uns und denen dort draußen zu tun?«

»Du weißt sehr gut, was ich damit sagen will.«

Peter sah ihn ernsthaft und durchdringend an.

»Wir sind im Herzen des Ruwenzori. Wir sind an dem Ort angelangt, von dem alle Energie ausgeht.«

Andrea war inzwischen erwacht, hatte den Gesprächsfaden aufgenommen und erinnerte sich sofort an Peters frühere Mahnungen.

»Heißt das ...«, warf sie ängstlich ein, »... dass wir diesen Ort nie wieder verlassen können?«

»Ich weiß nicht, ob die alten Geschichten stimmen oder nicht«, gab Peter zurück. »Niemand hat jemals davon berichtet, diesen Ort betreten zu haben. Entweder ist noch niemand hier gewesen oder keiner ist je zurückgekehrt.«

»Und wer ist das da draußen deiner Meinung nach?«, wollte Tom wissen.

»Ich kann auch nur Vermutungen anstellen. Aber es könnten die Berggeister sein, die uns in Empfang nehmen.«

»Gut«, sagte Tom und erhob sich mit einer seltsam entschlossenen Ergebenheit. »Dann sollten wir sie wohl nicht warten lassen. Wir haben ja nichts mehr zu verlieren.« Er wollte nach draußen gehen, aber ein Schwindelgefühl zwang ihn sogleich auf den Boden zurück. Andrea war sofort bei ihm und verhinderte, dass er mit dem Kopf auf einem Felsen aufschlug.

»Du solltest das vielleicht etwas langsamer angehen.«

»Au Mann!«, grummelte Tom. Ihm war tatsächlich kurz schwarz vor Augen geworden.

Peter band sein spärliches Gepäck langsam zusammen. »Dann lasst uns vorsichtig nach draußen gehen und nachsehen, was uns erwartet.«

Tom nickte, auch wenn ihm jeder Knochen wehtat und auf der Haut das Gefühl von tausend Nadelstichen zurückgekehrt war. Sein Puls war weiterhin sehr hoch und die Tatsache, dass er weder Hunger oder Appetit noch Durst hatte, stimmte ihn nachdenklich. Zugleich fühlte er sich leicht, so als hätte er eine große Last abgeworfen und alles, was bislang wichtig gewesen war, hinter sich gelassen.

Andrea betrachtete die beiden Männer. Sie hätte so gern mit Peter über ihren Vater gesprochen. Aber dies war nicht die Zeit dafür. Sie strich ihre Hose glatt, fuhr sich einmal unsicher durch das Haar. Sie scheute davor zurück, die Höhle zu verlassen. Schließlich atmete sie tief durch, schloss kurz die Augen und richtete dann den Blick gespannt auf den Ausgang der Höhle, durch den soeben Tom und Peter, der ihn stützte, traten.

Andrea folgte ihnen. Die Gestalten hockten in einem weiten Halbkreis um den Eingang der Höhle. Ihre Augen hatten sie auf die erschöpften Menschen gerichtet, die vor ihnen auftauchten. Obwohl sie sie ganz offensichtlich bemerkt hatten, regten sie sich nicht, gaben keinen Laut von sich, sondern blieben in ihrer gespenstisch wirkenden Haltung sitzen. Sie sahen die Menschen mit ihren kleinen Augen an. Ihre Köpfe ruhten auf massigen, schwarz behaarten Körpern. Sie stützten sich auf langen Armen ab, hatten die Beine angewinkelt und strahlten eine unendliche Ruhe aus.

Berggorillas. Sie wirkten auf Tom anders als die, die er ein Jahr zuvor gesehen hatte. Sie hatten keine Scheu vor den Menschen, sie schienen sie regelrecht zu erwarten. Ratlos, ebenso unsicher wie neugierig, musterte er die etwa acht bis zehn großen Tiere.

In diesem Moment bewegten sich zwei der Gestalten. Sie hatten seitlich neben dem Eingang der Höhle gesessen, sodass sie vor den Blicken der Heraustretenden zunächst verborgen gewesen waren. Sie erhoben sich, richteten sich hoch auf, viel zierlicher als die anderen, setzten langsam einen Fuß vor den anderen und gingen auf Tom, Peter und Andrea zu. Einer der beiden hob zaghaft die Hand zum Gruß.

»Hitimana! Mugiraneza!«, rief Andrea. Sie hatte die Jungen erkannt und eilte ihnen entgegen. »Ihr wart das also gestern hinter uns.« Als sie die Jungen erreichte, zuckte sie erschrocken zurück. »Seid ihr allein?«

Hitimana nickte.

»Wo sind die anderen? Paul? Innocent? Die anderen Rebellen?«

»Ich weiß es nicht«, antwortete der Junge. »Nach der Lawine habe ich sie nicht mehr gesehen.«

»Ihr habt vermutlich nichts zu essen dabei, nicht wahr?«, fragte Andrea Hitimana. Der schüttelte den Kopf.

»Was machen wir nun?«, fragte Tom, der die Augen nicht von den mächtigen Tieren abwenden konnte.

»Wir werden zusammen in das Tal runtersteigen und sehen, was uns dort erwartet«, antwortete Peter.

»Erwartet werden wir doch schon«, flüsterte Tom. Die Berggorillas saßen weiterhin regungslos um sie herum und beobachteten sie.

»Wisst ihr, was die hier tun?«, fragte Andrea Hitimana. »Kennt ihr euch aus mit Berggorillas?«

Hitimana sah erst die Tiere, danach Andrea lange an, bevor er den Mund zu einer Antwort öffnete.

»Die Balindi schützen das Tal vor Eindringlingen«, sagte er.

»Die Balindi?«, fragte Tom. Hitimana guckte ihn verständnislos an.

»Dann werden sie uns nicht passieren lassen?«, sprach Tom weiter.

»Wenn sie euch nicht durchlassen wollten, dann wärt ihr gar nicht hier.«

»Was würden wir denn sonst tun?«

»Gar nichts. Nie wieder.«

Nach diesen Worten löste sich Hitimana aus der Gruppe, nahm Andrea an die Hand und zog sie mit sich auf einen der Berggorillas zu. Andrea sträubte sich zunächst, blickte sich furchtsam nach Peter und Tom um, aber Peter nickte ihr auffordernd zu.

Andrea folgte einem dreizehnjährigen Jungen, der sie ein paar Tage zuvor noch mit einer Waffe bedroht hatte, auf ein ausgewachsenes Berggorillamännchen zu, dass sitzend nur wenig kleiner war als sie stehend. Vor dem Silberrücken blieben die beiden Hand in Hand stehen.

»Das ist Ruhondeza«, sagte Hitimana. Dabei zeigte er ernst auf das riesige Tier vor sich.

»Woher weißt du das?«, hauchte Andrea.

Hitimana wandte ihr den Kopf zu, betrachtete sie einen Moment mit einem Gesichtsausdruck, der völliges Unverständnis über diese Frage ausdrückte. Als Andrea jedoch ihre Frage nicht wiederholte, zuckte Hitimana mit den Schultern und nannte Andrea die Namen aller Berggorillas um sie herum.

»Was passiert hier gerade?«, fragte Tom Peter flüsternd.

»Ich kann es dir nicht sagen«, antwortete der Guide leise. »Das sind keine normalen Gorillas.«

»Sondern?« Tom sah die großen Tiere vor sich ehrfurchtsvoll an.

»Ich meine: keine wilden Tiere, wie du sie vielleicht kennst.«

Tom schaute verzweifelt fragend zu Peter hinüber.

»Diese Berggorillas sind anders als alle Tiere, die ich bisher gesehen habe«, fuhr Peter fort. »Wir sind hier mitten im Ruwenzori. An diesen Ort kommen niemals Touristen. Hier gibt es keine Menschen, es sei denn, sie jagen. Daher müssten die Tiere eigentlich längst vor uns geflohen sein. Wir hätten sie noch nicht einmal sehen dürfen.«

»Was bedeutet das?«

»Ich weiß es nicht. Mir ist das unheimlich.«

Nach und nach erhoben sich nun die Berggorillas und marschierten auf allen vieren über den bewaldeten Hang hinab. Die Menschen folgten ihnen in kurzem Abstand.

Die Luft wurde klarer. Über ihnen lag immer noch eine dichte Wolkenschicht, aber unter ihnen breitete sich ein wunderschönes Tal aus. Tom verschlug es für einen Moment den Atem. Er hatte es gefunden – das geheimnisvolle Tal, von dem ihm die Alte erzählt hatte. Er hatte den Glauben daran schon fast verloren, zeitweise war ihm dieses Ziel sogar abhanden gekommen. Aber jetzt lag das Tal tatsächlich vor ihm. Ausgerechnet jetzt. In Begleitung der ungewöhnlichen Tiere.

48

Bayira, einen Tag vor dem Fest

Als Kambere am Morgen Wasser holte, dachte er an den blassen Jungen, den er am Abend zuvor gesehen hatte. Konnte er tatsächlich besser mit den Geistern kommunizieren als die anderen? Mbusa schien es wichtig, dass er selbst an diese Gabe glaubte. In den letzten Jahren hatte Kambere die Geister seiner Ahnen immer wieder gesehen und er hatte auch seiner Mutter davon erzählt. Jetzt erinnerte er sich, dass seine Mutter ihn anfangs jedes Mal gemahnt hatte, nicht mit anderen darüber zu sprechen. Sie hatte behauptet, die Tradition verbiete das. Und da seine Freunde niemals von solchen Begegnungen berichteten, war Kambere einfach davon ausgegangen, dass sie sich genauso an die Tradition hielten. Dass sie die Geister gar nicht sehen konnten, weil sie noch nicht gelernt hatten, Verbindung zu ihnen aufzunehmen – auf diese Möglichkeit war er nicht gekommen.

Kambere suchte nach Mbusa, um ihm von der Begegnung zu erzählen. Er berichtete seinem Lehrer von dem weißen Jungen, der mitgeteilt hatte, dass jemand in Not sei. Schweigend lauschte Mbusa seinen Worten, wiegte den Kopf hin und her, als sei er unsicher, ob er dem Jungen Glauben schenken sollte.

»Kambere, ich habe dir gestern etwas über die bösen Geister erzählt.«

Kambere nickte.

»Manchmal ist es sehr schwer, die guten von den bösen Geistern zu unterscheiden, denn sie schlüpfen ab und zu in eine andere Gestalt. Dies zu erkennen, bedarf einiger Übung.«

»Dann meinst du also, der Junge, der gestern bei mir war, war ein böser Geist?«

»Das kannst du nicht wissen.«

»Woran kann ich es denn erkennen?«

»Dein Großvater zum Beispiel – bei ihm kannst du sicher sein, dass er niemals zulassen wird, dass ein böser Geist in seiner Gestalt vor dir erscheint. Aber den Jungen von gestern kanntest du nicht. Daher musst du sehr vorsichtig sein.«

Kambere war verwirrt, denn der Geist des Jungen hatte sehr überzeugend auf ihn gewirkt. Und noch immer glaubte er fest daran, dass dieser ihn wirklich um Hilfe gebeten hatte.

»Und wenn nun wirklich jemand Hilfe braucht ...«

»Die Balindi werden sich darum kümmern, vertrau auf sie.«

Kambere senkte den Kopf und Mbusa wandte sich ab. Er durfte die Entscheidungen des Älteren nicht anzweifeln. Zumindest so lange nicht, bis er beschnitten war. Dann war er ein Mann und konnte allein entscheiden, was er tat. Und vielleicht hatte Mbusa ja auch recht. Mit einem bösen Geist wollte Kambere sich auf keinen Fall einlassen.

Kambere eilte Mbusa hinterher.

»Wie lange werden wir hier in diesem Lager bleiben?«, fragte er seinen Lehrer.

»Nur noch heute. Gegen Mittag werden wir wieder absteigen.«

»Erzähl mir bitte mehr von der Welt auf der anderen Seite der Berge.«

»Meinst du nicht, du wirst das noch früh genug erfahren?«

»Kann schon sein. Aber was macht diesen Moment schlechter als einen anderen?«

Mbusa sah seinen Schützling erstaunt an. Dann lachte er.

»Damit hast du natürlich vollkommen Recht.« Er setzte sich auf einen Baumstamm, der ihnen als Bank diente und begann, die vor ihm liegenden Maniok-Wurzeln zu Kassava zu stampfen.

»Was möchtest du also wissen?«

»Wie kam es genau, dass unsere Vorfahren in die Berge gezogen sind?«

»Die Regierung von Uganda wollte die Kontrolle über die vielen Stämme und Clans in ihrem Land behalten. Daher haben sie einigen Stämmen erlaubt, ihre Könige wieder einzusetzen. Aber den Bayira haben sie das nicht zugebilligt. Das Königreich der Tooro übernahm die Herrschaft über unsere Clans. Aber der König von Tooro war nicht eigenständig. Dafür, dass er wieder in sein Amt hineinkam, musste er sich der Regierung unterordnen. Und zwar mehr als wir für richtig hielten. Das war zu viel für unser stolzes Volk. Deshalb haben die Bayira begonnen, gegen den König der Tooro und gegen die Regierung in Kampala zu kämpfen.«

»Die Ruwenzururu-Bewegung?«

Mbusa nickte. »Diese Bewegung hat sich aufgeteilt. Die einen wollten den bewaffneten Kampf gegen die militärische Unterdrückung weiterführen, die anderen strebten lediglich ein ruhiges Leben unter eigener Verantwortung an.«

»Unsere Vorfahren haben gekämpft?«

»Nein, unser Clan hat nie einen Krieg geführt.«

»Wie kommt das?«

»Du weißt, dass wir ein Totem haben, nicht wahr?«

»Ja, die Balindi.«

»Genau. Jeder Clan hat ein anderes Totem. Die Abathangi den Hund, die Ababinga den Pavian und die Abahambu die Halbmondtaube. Die Totems sind so gewählt, dass sie zur Lebensweise des Clans passen. Und zugleich erinnern die Totems daran, das Leben auch in Zukunft in der Tradition des Clans zu leben. Die Balindi sind friedlich. Sie würden niemals ein anderes Tier angreifen, es sei denn, sie werden selber angegriffen. Ein Leopard aber zum Beispiel muss andere Tiere angreifen, muss sie töten, denn er lebt von ihrem Fleisch. Und so kommt es, dass fast alle Clans seit jeher mit einem anderen auf Kriegsfuß stehen. Das ist bei uns anders: Wir sind immer gut mit allen ausgekommen. Wir sind wie die Balindi. Wir haben nie einen Krieg geführt, wenn Gefahr auf uns zukam: Wir haben einen Ort aufgesucht, an dem wir nicht mit der Gefahr konfrontiert waren.«

»Ist das nicht feige?«

»Das ist sogar sehr weise. Denn so verlieren die anderen schnell das Interesse daran, uns anzugreifen.«

»Dann haben sich unsere Vorfahren also in die Berge zurückgezogen, als es gefährlich wurde?«

»Viele Clans sind damals in den Ruwenzori gezogen, haben kleine Dörfer errichtet und unabhängig gelebt. Doch die meisten von ihnen haben es nicht lange ausgehalten oder wurden wieder vertrieben, manche sogar getötet. Noch heute kämpfen viele Männer und Frauen unseres Volkes im Norden des Landes gegen die Regierung. Nur die Familien unseres Clans haben sich diesen Auseinandersetzungen niemals angeschlossen. Wir, die Abathatha, kämpfen niemals. Unsere Großväter sind damals immer tiefer in die Berge vorgedrungen, bis sie dieses Tal fanden. Seitdem leben wir hier in Frieden mit der Natur.«

»Aber jetzt stimmt etwas nicht mehr?«

»Die Zeichen für Gefahr haben zugenommen. Und wir können das Tal nicht verlassen, denn tiefer als jetzt können wir nicht in die Berge vordringen.«

»Das bedeutet also, dass wir irgendwann einmal zurückkehren – nach draußen?«

»Die Alten glauben nicht daran. Diejenigen, die die Welt dort draußen noch erlebt haben, haben Scheußliches berichtet. Wir würden dort zugrunde gehen. Die Menschen kämpfen jeden Tag. Sie haben den Glauben an ihre Ahnen verloren, sie stehlen und betrügen, sie töten andere Menschen und sie kämpfen ununterbrochen ums Überleben.«

»Aber auch hier im Tal sind Menschen getötet worden.«

Mbusa machte eine Pause und strich sich über den Bart.

»Ich habe dir schon erzählt, dass dir mein Bruder sehr ähnlich war. Er hat viel zu viele Fragen gestellt. Er ist offiziell an einer entzündeten Wunde gestorben. Das kommt hin und wieder vor. Aber wir haben auch gute Heilmittel, die das Schlimmste vermeiden können. Bei ihm haben sie nicht gewirkt. Und ich hatte in den Tagen, als er auf dem Krankenlager lag, den Eindruck, dass er eigentlich an etwas anderem starb als an der Wunde. Lange habe ich geglaubt, die Geister hätten ihn dafür gestraft, dass er das Tal verlassen wollte. Doch dann habe ich irgendwann verstanden, dass die Geister nicht schuld an seinem Tod waren.«

»Wer war denn dann schuld?«

»Ich weiß es nicht genau.«

»Und was ist mit dem Weißen Mann? Du glaubst, dass auch er getötet wurde, nicht wahr?«

»Ich bin davon überzeugt.«

»Also wurden hier im Tal zwei Menschen getötet. Und niemand hat Fragen gestellt. Warum nicht? Wovor hatten alle Angst?«

»Ich vermute, dass alle befürchteten, vom gleichen Schicksal ereilt zu werden wie mein Bruder und der Weiße Mann.«

»Aber wenn ich nun ausgewählt wurde, um den Clan zu bewahren, dann kann das ja auch bedeuten, dass ich das Tal verlassen muss.«

»Das müssen die Alten entscheiden.«

»Und wenn ich alleine darüber entscheiden möchte, was ich tue?«

»Muthahwa, unser Schamane, hat ein Wort mitzureden, wenn du gehen willst. Und er wird auf jeden Fall an den Traditionen festhalten.«

»Dann werde ich eben darauf vertrauen, dass die Geister mir den richtigen Weg zeigen.«

»Sei weise, Kambere, in allem, was du tust. Und denke immer daran, dass die Balindi unseren Schutz brauchen. Sie können ohne uns nicht überleben. Wenn Fremde in dieses Tal kommen, dann wird das tödlich für die Balindi sein.«

»Wieso?«

»Sie werden in der Welt dort draußen gejagt und getötet.«

»Aber sie tun doch niemandem etwas.«

»Vielleicht ist es die große Ähnlichkeit mit uns, die es für die Menschen so schwierig macht, die Balindi zu achten. So wie es den Weißen schwerfällt, die ihnen ähnlichen Afrikaner zu respektieren. Als sie nach Afrika kamen, haben sie innerhalb weniger Jahre die Jahrtausende alten Kulturen unserer Völker fast vollkommen vernichtet. Sie setzen diese Vernichtung fort und werden auch vor dem Ruwenzori nicht Halt machen.«

»Dann müssen wir sie aufhalten,« sagte Kambere entschlossen.

»Mein Junge«, Mbusa sah ihn ernst an, »pass auf dich auf. Ich möchte nicht noch einen Menschen verlieren, den ich sehr mag.«

»Ich verspreche es dir.«

»Und: zu keinem deiner Freunde ein Wort über das, was wir besprochen haben. Einverstanden?«

»Geht klar.«

Mbusa erhob sich von seinem Baumstamm, schleppte den Topf mit dem Kassava zur Feuerstelle, um das Essen für den Tag zuzubereiten.

Kambere beobachtete ihn eine Weile, dann folgte er ihm und sie arbeiteten schweigend zusammen. Er dachte viel darüber nach, was Mbusa ihm erzählt hatte. Er verstand, dass er sich vor Muthahwa, dem Schamanen, in Acht nehmen musste.

So war er ganz in Gedanken versunken, als Baluku aufgeregt auf den Platz des Lagers gerannt kam. Er war mit den anderen Jungen etwas oberhalb im Wald gewesen. Während des Gespräches mit Mbusa hatte Kambere immer wieder die Melodien der selbst gebauten Flöten gehört, die der Wind zu ihnen herübergetragen hatte.

»Da sind Menschen«, rief Baluku ihnen zu. »Oben auf dem Berg. Sie kommen zu uns herab.«

Und schon drehte er sich wieder um und rannte den Berg hinauf. Kambere suchte die Berghänge ab und bald hatte er die kleine Gruppe ausgemacht, die im Gänsemarsch ganz langsam den Hang hinab ging. Sie wurden von den Balindi begleitet.

»Dann ist es jetzt so weit«, sagte Mbusa.

»Was meinst du?«, fragte Kambere verwundert.

»Sie kommen. Das ist die Herausforderung für unseren Clan. Werden wir sie aufnehmen? Werden wir ihnen helfen, wenn sie Hilfe benötigen? Werden wir sie eines Tages wieder gehen lassen, wenn sie gehen wollen?«

»Gehen wir ihnen entgegen?«

»Nein, ruf die anderen zusammen. Wir werden sofort ins Dorf zurückkehren.«

»Ohne die Fremden zu begrüßen?«

»Die Alten müssen entscheiden, wie wir mit ihnen umgehen.«

Kambere starrte seinen Lehrer an. Er öffnete den Mund, um seinen Protest zu äußern, aber Mbusa schüttelte den Kopf und wandte sich ab. Enttäuscht blieb Kambere an der Kochstelle stehen, blickte zu den Fremden hinauf, denen er so gerne begegnet wäre.

In diesem Moment hörte er seinen Großvater. *Lass dir nie vorschreiben, was du zu tun hast. Dein Herz wird dich leiten! Du selbst übernimmst die Verantwortung für das, was du tust.*

49

Im Tal, am Vormittag des 19. Juni

Sie gingen hintereinander langsam den Berg hinunter. Andrea zuerst, dann Peter, schließlich folgte Tom. Die Berggorillas liefen rechts und links von ihnen. Ein sonderbarer Zug zweier Spezies. Das Sonderbarste: Andrea fühlte sich zum ersten Mal seit Tagen sicher. Als sie Peter dicht hinter sich bemerkte, wandte sie sich zu ihm um und lächelte. Er sah sie nachdenklich an. Als sie den Blick von ihm zu Tom weiterwandern ließ, bemerkte sie, wie erschöpft er wirkte. Er bräuchte sicher eine Rast. Als hätten sie Andreas Gedanken gelesen, verlangsamten die großen Tiere das Tempo. Andrea blieb prüfend stehen, und auch die Tiere hielten an. Dankbar sanken die drei auf den Boden.

»Wieso hat Tom mich gestern deinen Bruder genannt?«, fragte Peter unvermittelt.

»Weil du mein Halbbruder bist«, murmelte Andrea.

»Wie kommst du darauf?«

»Mein Vater hat vor vielen Jahren in Uganda gelebt. Deine Mutter war seine Freundin.«

Peters Gesichtszüge verfinsterten sich. »Das soll ich glauben?«

»Ich habe vier Monate gebraucht, bis ich dich gefunden hatte. Die deutsche Botschaft in Kampala hat die Dokumente bestätigt. Es gibt keinen Zweifel.«

Peter blickte auf seine ineinandergelegten Hände. »Mein Vater ist tot. Ich habe ihn niemals kennen gelernt. Aber ich weiß, dass er tot ist.«

»Aber, du bist doch Peter Bosco, oder?« Andreas Stimme zitterte.

»Ich bin sicher, dass viele Menschen in Uganda so heißen.«

»Und du lebst in Kasese ...«

»Kasese ist eine große Stadt.«

»Ich habe mich doch genau erkundigt«, beharrte Andrea.

»Warum bist du hier?«

Peter schaute von seinen Händen hoch.

»Warum kommt dein Vater nicht selbst?« Er sah sie nun direkt an, und Andrea erkannte wieder die Augen ihres Vaters. »Das ist doch absurd.« Er stand auf, half Tom, dem es schon deutlich besser ging als am Tag zuvor, auf die Beine und marschierte weiter.

»Mein Vater kann nicht nach Uganda reisen.« Andrea folgte den beiden Männern in kurzem Abstand.

»Warum nicht?« Peter wandte sich kurz um. »Ist er tot? Dann erwartest du hoffentlich kein Mitleid …«

»Nein, er lebt. Und er ist gesund.«

Peter blieb stehen und wartete, bis Andrea an seiner Seite war. »Ihm ist es also peinlich, dass er einen Sohn mit einer Schwarzen hat?«

»Nein.« Andrea zögerte einen Moment. Dann atmete sie tief durch und fuhr fort: »Ich kann dir das jetzt nicht erklären. Das ist zu kompliziert.«

Peter sah die Frau, die darauf bestand, seine Halbschwester zu sein, skeptisch an. Dann nickte er ruppig und beendete damit das Thema. Er ließ Tom und die unschlüssige Andrea an sich vorbeigehen.

Die Berggorillas geleiteten sie einen schmalen, kaum ausgetretenen Pfad den Hang hinab. Nahezu mit jedem Schritt veränderte sich die Landschaft. Die Felsen und kargen Flächen machten immer öfter dichtem Bewuchs Platz. Die beiden Kinder liefen an der Spitze der Gruppe. Sie schienen den Berggorillas bedingungslos zu vertrauen.

Tom schaute ihnen wehmütig hinterher. Könnte er doch nur mit der gleichen selbstverständlichen Sicherheit denken und fühlen wie sie. Doch die Angst vor der Ungewissheit, was sie im Tal erwartete, hielt ihn fest umklammert.

Er musste an seinen Vater denken. Sie hatten in den letzten Monaten viel Zeit miteinander verbracht. Der Krebs zwang ihn mittlerweile, den größten Teil des Tages im Bett oder in dem großen Lehnstuhl auf der Terrasse zu verbringen. Wie oft hatte Tom bei ihm am Bett gesessen, mit ihm gesprochen und seine Hand gehalten. Sein Vater war immer wieder eingeschlafen, ruhig, durch das Morphium wie in Watte gepackt. Tom war bei ihm geblieben, hatte sich manchmal auf der Bettseite seiner Mutter hingelegt, war selbst eingedöst. Er sah das eingefallene Gesicht seines Vaters vor sich, die faltige Hand, die in der seinen lag.

Und dann waren da die Nächte, in denen Tom wach wurde, weil sein Vater im Erdgeschoss seine Runden drehte. Er ging dann immer nach unten, setzte sich in den alten Lehnstuhl und leistete ihm Gesellschaft. Die Schmerzen ließen seinen Vater nicht mehr zur Ruhe kommen. Der Krebs breitete sich im ganzen Körper aus. Nun half auch das Morphium oft nicht mehr. In einer dieser Nächte war sein Vater neben ihm vor Schmerzen zusammengebrochen. Er hatte geweint, ohne zu klagen, nur wegen des Schmerzes. Und vor Angst. Der Vater wollte nicht sterben. Er wollte leben. Tom hatte selbst schon oft geweint, bis dahin immer heimlich. Aus Sorge, seinen Vater zusätzlich zu belasten. In dieser einen Nacht hatte er mit seinem Vater zusammen den Tränen freien Lauf gelassen. Die Gemeinsamkeit, die dabei den Raum erfüllte, führte ihm vor Augen, dass die Rücksicht, die sie bisher voreinander genommen hatten, vor allem eines verhindert hatte: echte Nähe.

Damals hatte er sie gespürt, die Liebe. Ja, er liebte seinen Vater. Bei dem Gedanken daran, dass er Schmerzen leiden musste, dass er sich quälte, dass er starb, spürte Tom einen tiefen Stich ins Herz. Tom hatte nie an Gott geglaubt, er hatte nie bewusst an irgendetwas geglaubt. Nun aber, hier im Ruwenzori, wusste er, dass er zumindest an die Liebe glaubte. Und er sehnte er sich danach, mehr zu glauben. Hier war er zum ersten Mal mit einer Welt konfrontiert, in der es etwas Größeres gab als das, was ein Mensch sich vorstellen kann. Tom wollte sich dem verbunden fühlen.

An einer lichten Stelle machten sie noch einmal Halt, um die Hänge um sie herum zu betrachten. Andrea setzte sich auf einen Baumstumpf und sah in das Tal hinab. Tom blieb einen Meter hinter ihr stehen und kämpfte mit den Tränen. Die Sehnsucht nach seinem Vater, der Wunsch nach Frieden in seinem Herzen und das schier unstillbare Verlangen nach tief empfundener Liebe überwältigten ihn. Er sehnte sich nach einer Partnerin wie schon sehr lange nicht mehr. Er wollte sein Leben nicht mehr allein leben, er wollte es wieder mit jemandem teilen.

Er hatte diese Empfindungen viele Jahre erfolgreich mit Arbeit überdeckt, hatte sich denen zugeordnet, die nicht für eine Beziehung geschaffen sind. Immer wenn er mit einer Frau zusammen gewesen war, hatte er den Eindruck gehabt, ihr auf eine subtile Weise nicht zu genügen. Wenn er ganz ehrlich war, hatte er sich dabei jedes Mal verloren.

Er hatte sich in eine Aktivität nach der anderen geflüchtet, ohne zu merken, wie orientierungslos er dabei durch die Welt geirrt war. Er hatte nirgends eine Möglichkeit gefunden, sich festzuhalten. Menschen waren ihm entglitten. Auch einige Freunde hatten sich von ihm abgewandt, weil er unstet war, weil er immer wieder alles über den Haufen warf, was er zuvor aufgebaut hatte. Beziehungen, Freunde,

Wohnungen. Immer wieder war er umgezogen, weil er gehofft hatte, in einer neuen Umgebung das zu finden, was er suchte. Dass er die entscheidende Veränderung endlich schaffen könnte. Alles war fehlgeschlagen.

Tom spürte, dass jetzt, hier im Ruwenzori, etwas mit ihm geschah, das ihn für den Rest seines Lebens prägen sollte. Er war zurückgeworfen auf seine grundlegenden Bedürfnisse nach Wärme, Schutz, Essen und Trinken. Und einer Beziehung. Diese Erfahrung rüttelte an seinen Grundfesten. Und sie warf banale Fragen auf. Was trieb ihn zu diesem gehetzten Leben, das er die letzten Jahre geführt hatte? Wohin wollte er eigentlich?

Dieses Gefühl, niemals zu genügen – beruflich und privat –, wer oder was hatte es ihm aufgebürdet? Irgendwann in seinem Leben musste es eine Situation gegeben haben, die ihn nachhaltig aus der Bahn geworfen hatte. Er dachte unweigerlich an seinen Bruder. Viel wusste er nicht mehr von ihm, alles lag zu lange zurück. Das wenige, das er wusste, kannte er nur aus kurzen Erzählungen seiner Eltern und Großeltern.

Tom wurde in diesem Moment klar: Es hatte ihn im Grunde immer danach verlangt, sich ganz zu fühlen. In einer Beziehung, in einer Profession, durch einen Erfolg. Das war ihm in dem Glauben, den Ansprüchen seiner Umwelt nicht gerecht werden zu können, immer nur halb geglückt. Er hatte sich immer nur halb gefühlt. So, als hätte man ihn geteilt und die eine Hälfte irgendwo verschwinden lassen. Niemals zuvor hatte er diesen Gedanken mit Jens in Verbindung gebracht. Er hatte nie mit jemandem über seinen Bruder gesprochen. Niemand in der Familie hatte das getan. Seine Mutter hatte jedes Gespräch über Jens abgeblockt, sein Vater wurde sofort schwermütig, wenn der Name genannt wurde. Nur sein Großvater hatte ihm ein wenig erzählt.

Vielleicht fiel es ihm auch deshalb so schwer, den Geist seines Bruders zu akzeptieren. War das nicht alles völlig durchgeknallt? Vor einer Woche noch hätte er jeden für verrückt erklärt, der ihm etwas von Geistern erzählt hätte. Doch als er jetzt langsam hinter Andrea in dieses verborgene Tal hinunterging, musste er wohl akzeptieren, dass es eine Welt um ihn herum gab, von deren Existenz er bislang nichts gewusst hatte. Und er sah ein, dass er viel zu lange weggelaufen war, dass er sich seiner Vergangenheit stellen musste. Er wollte herausfinden, was damals in jenem Winter in Schweden wirklich geschehen war. Gleichzeitig bekam er Angst. Er spürte eine sehr schwere Schuld auf seinen

Schultern lasten, die ihn zu erdrücken drohte. Er befürchtete, sich eingestehen zu müssen, dass er den Tod seines Bruders verschuldet hatte.

Wieder durchströmte ihn das tiefe Gefühl der Liebe, das er zuletzt bei seinem Vater erlebt hatte. Er hatte seinen Bruder geliebt. Wie sehr, das hatte er jahrelang verdrängt. Jetzt war er Jens wieder begegnet. In diesem Gebirge. Ausgerechnet in dem Tal, das er so sehnsüchtig gesucht hatte. So sehnsüchtig, wie er sich jetzt danach sehnte, glauben zu können. Und hier hatte er auch Andrea getroffen, die er sonst niemals kennen gelernt hätte. All die vielen erzwungenen Veränderungen, die er in den letzten Jahren unternommen hatte, hatten ihn nicht in eine solche Erfülltheit des Herzens führen können. Hier im Ruwenzori war Tom an den Punkt der Entscheidung gekommen: Er wollte sich seinem Leben stellen. Er wollte endlich Verantwortung übernehmen.

Trotz der Fülle an Gedanken, die Tom durch den Kopf gingen, fühlte er sich mit jedem Schritt, den sie weiter bergab gingen, leichter. Der Schwindel und die Kopfschmerzen ließen nach. Bei der nächsten Pause betrachtete Andrea ihn und legte die Stirn in Sorgenfalten. Tom musste lachen, zum ersten Mal seit Tagen. Sie war die Frau, die er genauer kennen lernen wollte.

»Warum guckst du mich so skeptisch an?«, wollte er schließlich wissen.

»Gucke ich skeptisch?«, erwiderte Andrea.

»Irgendwie schon. Also, spuck's aus, was willst du wissen?«

»Erinnerst du dich, was gestern auf dem Pass passiert ist?«

»Nur sehr verschwommen. Warum?«

»Das war alles ziemlich skurril, weißt du ...«

»Nein.«

»Unsere Flucht, der Sturm, die Lawine ... Und dann der lange Weg durch die eisige Kälte dort oben. Weißt du nichts mehr davon?«

»Hmmm ... Schemenhaft sind da irgendwelche Gesichter ...«

»Du hast komisch gesprochen.«

»Habe ich dir etwa unflätige Angebote gemacht?« Tom zwinkerte ihr verwegen zu.

Andrea blieb ernst. »Du hast in einer fremden Sprache gesprochen. Dänisch vielleicht ...«

»Das muss Schwedisch gewesen sein.«

»Wieso sprichst du Schwedisch?«

»Ich bin als Kind mit meinen Eltern oft in Schweden gewesen, da habe ich eine Menge aufgeschnappt. Und jetzt erinnere ich mich auch wieder. Ich habe eine Weile nur noch auf Schwedisch denken können.« Tom dachte nach. »Aber ich habe keine Ahnung mehr, was ich gestern gesagt habe.«

»Das kann ich dir auch nicht sagen. Ich habe kein Wort verstanden.«

Der Dunst verzog sich endgültig. Das Tal lag offen vor ihnen. Sie mussten immer noch oberhalb von 3.500 Metern sein, aber die Pflanzen, die um sie herum wuchsen, passten nicht zu diesen Höhen. Als sie weiter abstiegen, kam ihnen ein ungewöhnlich warmer Luftzug entgegen. Luft, die Tom in seine Lunge mit tiefen Zügen einsog und die ihm Sauerstoff in ausreichenden Mengen lieferte. Zum ersten Mal seit Tagen fror er nicht mehr.

»Peter«, sagte er, »was ist das?«

Peter nickte. »Ich habe noch keine Ahnung, ob das ein gutes oder ein schlechtes Zeichen ist.«

»Was meinst du damit?«

»Ich habe kein gutes Gefühl. Da unten wartet irgendetwas auf uns. Und wir laufen wie auf dem Präsentierteller hier den Berg runter.«

»Dann lass uns umdrehen.«

Peter blieb stehen und sah Tom in die Augen.

»Du hast es nicht verstanden, oder?«

Tom zog fragend die Stirn kraus.

»Dafür ist es zu spät. Du glaubst doch nicht, die Geister lassen uns einfach so wieder raus. Wir folgen einem großen Plan.«

Die beiden Männer musterten sich eine Weile. Dann mischte sich Andrea ein.

»Von welchem Plan sprichst du?«

»Von diesem Tal geht Energie aus. Hier ist der Anfang und das Ende.«

»Was um alles in der Welt redest du da?« Andrea hob wütend die Hände. »Ich verstehe nichts von dem, was du sagst.«

Jetzt wandte sich Peter zu ihr um und blickte sie mit funkelnden Augen an. »Da sind wir ja schon zwei.«

»Was meinst du?«

»Du verstehst mich nicht, ich verstehe dich nicht. Wir kommen aus so unterschiedlichen Welten – es wird niemals eine Verbindung zwischen uns geben.«

Andrea ließ erstaunt die Arme sinken.

»Du kommst hier hin, buchst eine Tour mit mir, wanderst die Berge hoch, spielst mir die große Unwissende vor. Als Krönung eröffnest du mir plötzlich, dass dein Vater auch mein Vater sein soll.« Seine Augen waren kalt geworden, als er sie fixierte. »Wolltest du mich erst einmal genau überprüfen, ob ich für deine Familie in Europa angemessen bin? Wann wolltest du mir das sagen? Hättest du mir nichts erzählt, wenn ich anders gewesen wäre, als du mich haben wolltest?«

Andrea sah ihren Halbbruder mit offenem Mund an. Dann brachte sie stotternd ein paar Worte vor: »Nein ... ich wollte ... Wie soll ich das sagen? ... Ich wollte warten ... Ich hätte es dir gerne anders ... Ach Scheiße!«

Sie schleuderte den Wanderstock, den sie in der Hand hielt, mit Schwung in das nächste Gebüsch. Die Berggorillas schauten dem Holz unaufgregt nach.

»Peter«, sagte sie dann, »ich hatte keine Vorstellung von dir. Ich wollte dich einfach kennen lernen. Und ich weiß jetzt, dass es nicht fair war, dich zu beobachten.«

Peter sah sie eine Weile schweigend an, dann nickte er langsam. »Okay. Jetzt gehen wir weiter. Wir werden noch Zeit haben, von deiner Familie zu reden.«

»Von unserer Familie meinst du ...«

»Nein.«

»Vater wusste nicht, dass du noch lebst. Er hat geglaubt, du und deine Mutter seien von Idi Amins Leuten getötet worden.«

»Was weißt du denn schon von Idi Amin?« Peter war wieder stehen geblieben.

»Was ich von ihm weiß? Dass er ein brutaler Diktator war. Und dass er viele unschuldige Menschen getötet hat.«

»Das habe ich mir gedacht. Aber das ist die europäische Sicht auf die Dinge. Hier sehen wir die Dinge manchmal ein bisschen anders.« Er stapfte weiter.

»Wie siehst du sie denn?«, fragte Andrea.

»Wir haben nicht viel von Amin mitbekommen. Ich weiß zu wenig über ihn ...« Peter knetete seine Hände.

»Aber wenn dein Vater vermutet, meine Mutter sei von Amin getötet worden, dann hat er dir sicher auch gesagt, wie er auf diese Idee gekommen ist, oder?«

»Das hat er nicht.«
»Und du hast ihn auch nicht danach gefragt.«
Andrea schwieg.
Peter wandte sich zu Andrea um und legte seine Hand schwer auf ihre Schulter.
»Wenn ein Mensch auf Befehl Idi Amins getötet wurde, dann muss er ein enges Verhältnis zu ihm gehabt haben. Meine Mutter hatte mit Amin nichts zu tun. Die Verbindung zu ihm kann also nur über deinen Vater gewesen sein.«
Peter beobachtete Andrea nun genau.
»Weißt du, was dein Vater mit Idi Amin zu tun hatte?«
Andrea schüttelte den Kopf.
Peter nahm seine Hand hoch und lachte laut auf. »Dann hättest du ihn fragen sollen.«
»Darüber habe ich mir nie Gedanken gemacht ...« Andrea blickte sich hilflos um. Doch dann fing sie sich wieder. »Du bist wütend, weil ich dich getäuscht habe. Aber was unterscheidet dich dann von mir?«
»Was willst du damit sagen?«
»Du hast uns in die Falle gelockt. Ohne dich hätten uns die Rebellen niemals gefunden. Und ist das nicht viel schlimmer als das, was ich getan habe?«
»Ich weiß nicht, was schlimmer ist. Aber ich habe es getan, um meinem Sohn eine gute Ausbildung zu ermöglichen. Und es ist doch auffällig, dass die Rebellen mich angesprochen haben, direkt nachdem du dich zum Trekking angemeldet hatte. Das kann kein Zufall sein.«
»Ich habe mich gleichzeitig mit Birgit angemeldet. Wer sagt denn, dass es den Rebellen nicht um Birgit ging?«
»Ich sage das. Denn sie haben dich nach der Flucht verfolgt, nicht Birgit.«
»Was weißt du von Birgit?«
»Nichts weiß ich. Aber ich habe Augen im Kopf. Und Birgit hat auffällig oft versucht, mit Paul zu sprechen. So, als ob sie ihn kennen würde. Sie wollte irgendwas von ihm. Was war das?«
»Ich habe keine Ahnung.«
»Und wer ist nun dein mysteriöser Vater?«
»Er ist auch dein Vater.« Andrea atmete tief durch. »Fällt dir eigentlich auf, dass du genau das machst, was du mir vorhältst?«, sagte sie nun. Peter stutzte neugierig.

»Die ganze Zeit betonst du, dass wir Europäer uns von euch und vom natürlichen Lauf der Dinge abgrenzen. Und dass wir deshalb nicht mehr sehen können, was für euch anscheinend sonnenklar ist: der große Plan, das Tal von dem alles ausgeht, wie du so überzeugt verkündest. Wenn dem aber so ist, dann frage ich mich, warum du bei uns beiden nur das Trennende siehst, ja geradezu suchst. Gerade bei uns beiden, die wir doch auf eine ganz einfache Art miteinander verbunden sind.«

Peter brauchte eine Weile, um Andreas Worte zu verdauen. »Nun gut«, sagte er endlich, »wer ist denn *unser* Vater?«

Andrea setzte zu einer Antwort an, als Gesang zu ihnen heraufklang. Er kam aus dem Tal, schien an den Hängen emporzusteigen und sie zu begrüßen. Menschliche Stimmen. Die Flüchtlinge blieben stehen. Erst waren nur Frauenstimmen zu hören, die in mehreren Melodien miteinander spielten. Trommeln setzten ein. Und dann woben sich in die Frauenstimmen die Gesänge von Männern ein. Tom lief ein Schauer den Rücken herunter. Er hatte in seinem Leben noch nie etwas so Geheimnisvolles und zugleich Harmonisches gehört. Die Stimmen schwollen an, das gesamte Tal schien mit Musik erfüllt zu sein und doch konnten sie keinen einzigen Menschen entdecken. Die Berggorillas waren weitergelaufen. Hitimana und Mugiraneza hatten ebenfalls lauschend innegehalten. Doch jetzt lief Mugiraneza weiter. Schneller als zuvor, leichtfüßig. Alle Schwere schien von ihm abgefallen zu sein. Hitimana eilte ihm nach, erreichte ihn und hielt ihn zurück.

»Könnt ihr verstehen, was sie singen?«, fragte Tom die beiden Jungen, als er bei ihnen ankam.

»Sie bereiten ein Fest vor.« sagte Mugiraneza. »Sie singen von den Jungen, die erwachsen werden. Sie rufen die Geister zur Unterstützung an. Und sie erinnern an die alten Traditionen.« Der Junge wirkte beseelt. »Lasst uns weitergehen.«

Er entwand sich Hitimanas Griff und lief den Berggorillas nach, dem Grund des Tals zu, wie angezogen von den berauschenden Klängen der Musik.

Zögernd folgten ihm die anderen. Tom konnte die Berggorillas nicht mehr sehen. Sie waren zwischen Bäumen und Büschen verschwunden. Sie überwanden eine kleine Hügelkuppe, schlugen sich durch Gestrüpp und gelangten auf eine Lichtung. Als sie sie langsam überquerten, hatte Tom das Gefühl, beobachtet zu werden. Er ließ den Blick schweifen. Als er den gegenüberliegenden Rand der Lichtung genauer betrachtete, entdeckte er sie. Drei tiefschwarze Menschen. Zwei Frauen und ein Mann. Nur mit einem Lendenschurz aus Stoff bekleidet. Sie standen vollkommen regungslos und ohne Deckung zwischen den Bäumen und sahen zu ihnen herüber. Tom hielt Andrea und Peter auf, zeigte auf die drei. Jetzt bemerkte er auch die langen Speere, an deren Enden scharf geschliffene Spitzen aus Metall in der Helligkeit glänzten. Der Gesang brach ab, und Stille kehrte ein. Jetzt bewegten sich die drei am Waldrand und kamen langsam auf die kleine Gruppe zu.

50

Im Tal, am Mittag des 19. Juni

Tom hielt den Atem an, als die drei Schwarzen auf sie zukamen. Er wusste so gut wie nichts über die Völker hier oben in den Bergen, wenn er auch einiges über ihre Geschichte gelesen hatten. Die Literatur hatte nur wenig über die Menschen im Ruwenzori offenbart, denn hier lebte heute eigentlich niemand mehr, seit der Nationalpark immer weiter ausgedehnt worden war. Die Wahrscheinlichkeit, dass sich eine Gruppe Menschen dem Einfluss der Nationalparkbehörden entzogen hatte, schien ihm unvorstellbar klein. Und doch kamen jetzt zwei Frauen und ein Mann auf sie zu, mit langen Speeren in den Händen, die Mienen versteinert, ohne jede Regung.

»Macht keine hastigen Bewegungen und sprecht nicht zu laut«, sagte Peter. »Wir wissen nicht, was sie wollen. Sagt am besten erst mal gar nichts.«

»Die wollen uns einfach begrüßen, mehr nicht«, entgegnete Andrea.

»Ich weiß nicht so recht«, mischte sich Tom ein. »Vielleicht wollen sie uns auch in den Kochtopf werfen.«

Andrea warf ihm einen verächtlichen Blick zu und wollte gerade auf die drei zugehen, als Mugiraneza ungezwungen die Hand zum Gruß erhob und etwas in seiner Sprache sagte. Eine der Frauen antwortete, und zwischen den beiden entspann sich ein Gespräch.

»Das sind Bayira. Sie sprechen Lhukonzo miteinander«, meinte Peter.

»Kannst du jetzt etwas verstehen?«, wollte Andrea wissen.

»Kein Wort«, gab Peter leise zurück. »Ich kenne ihren Dialekt nicht.«

In diesem Moment winkte Mugiraneza ihnen zu. Sie sollten zu ihm herüberkommen. Er und Hitimana standen direkt bei den Bayira und schienen sich gut mit ihnen zu verstehen. Zögernd traten Tom, Peter und Andrea auf die Einheimischen zu. Jetzt fiel Tom die geringe Körpergröße der drei auf, sie reichten ihm gerade einmal bis zur Schulter. Schon die Träger waren sehr klein gewesen, doch bei diesen Leuten war es noch deutlicher. Durch ihre Speere und die geringe Bekleidung sahen sie beinahe wie Wilde aus dem Bilderbuch aus. Umso mehr irritiert war er, als ihn eine der beiden Frauen in bestem Oxford-Englisch ansprach.

»Euer Freund hat uns gesagt, dass ihr auf der Flucht seid. Ihr seid in ein heiliges Tal gelangt und müsst so schnell wie möglich wieder verschwinden. Es ist Fremden nicht erlaubt, sich hier aufzuhalten.«

»Wir hatten nicht vor, euer Tal zu betreten. Bitte verzeiht – aber uns blieb keine andere Wahl«, versuchte Peter eine Erklärung vorzubringen.

»Was auch immer die Gründe für euer Erscheinen sind, hier ist kein Platz für euch.«

»Wir können nicht zurück«, sagte Tom und musste sich räuspern. »Dort oben warten Rebellen auf uns.«

»Das ist nicht unser Problem.« Der Blick der kleinen Frau blieb hart.

»Können wir uns nicht wenigstens einen Moment ausruhen und nach einem anderen Weg suchen?«, fragte Peter.

»Es gibt nur den Weg über den Pass, den ihr gekommen seid.«

»Die Rebellen werden auch hierher kommen. Was werdet ihr dann tun?«, fragte Tom.

»Sie werden nur in dieses Tal kommen, wenn sie euch nicht gefunden haben. Also müsst ihr umkehren, um das zu verhindern.« Tom meinte einen kleinen Funken Unsicherheit in ihren Augen zu erkennen. Er setzte alles auf eine Karte.

»Wenn wir den Rebellen erzählen, dass ihr hier lebt, dann werden sie das Tal sehen wollen. Sie werden herkommen und eure Siedlungen zerstören. Und nicht nur das. Sie werden weit schlimmere Dinge tun – so wie sie es in dem Dorf von Mugiraneza und Hitimana im Kongo getan haben.« Er blickte die Frau herausfordernd an. Als sie nicht sofort reagierte, schob er nach: »Fragt die beiden. Sie werden es euch erzählen.«

Die Bayira fixierte ihn einen Moment lang skeptisch, dann wandte sie sich an Mugiraneza, stellte ihm Fragen, die er zögernd nach und nach beantwortete. Tom sah Tränen in seinen Augen. Als Mugiraneza fertig war, schwiegen die acht Menschen auf der Lichtung. Die einheimische Frau betrachtete den Jungen vor sich mit versteinerter Miene, aus der das Entsetzen über das Gehörte sprach. Dann zog sie sich mit den anderen beiden zur Beratung ein paar Meter zurück. Der Mann und die andere Frau hörten ihr schweigend zu, nickten schließlich mit den Köpfen und kamen schließlich zu ihnen zurück.

»Folgt uns. Wir werden den Dorfrat fragen, wie wir weiter vorgehen sollen.«

Kaum hatte sie das gesagt, drehte sie sich schon um und eilte erstaunlich schnell dem Wald zu, der die Lichtung umgab. Peter, Tom und Andrea sputeten sich, um ihnen zu folgen. Allmählich gewöhnte sich Tom an diese Situation. Seit Tagen war er immer anderen Menschen gefolgt, hatte ihren Befehlen gehorcht und sich darauf verlassen, dass dies die für ihn beste Option war. Und auch jetzt hatte er keine Idee, wie er anders hätte handeln können.

Tom fühlte sich deutlich besser als in den vergangenen Tagen. Obwohl die Kopfschmerzen noch nicht ganz verflogen waren und auch eine latente Übelkeit sein ständiger Begleiter blieb, kehrte seine Energie allmählich zurück. Die angenehme Wärme des Tals durchströmte ihn. In seinen seit Tagen ausgekühlten Körper kam langsam Leben zurück, und als er sich nun etwas ausgiebiger umsah, wurde ihm bewusst, dass es für die Höhe, in der sie immer noch sein mussten, viel zu warm war. Jetzt fiel ihm auch das unterbrochene Gespräch mit Peter wieder ein. Er hatte ihn darin bestätigt, dass die Natur hier ungewöhnlich war. Woher also konnte diese Wärme kommen? Die Sonne schien nicht besonders stark, eine dichte Wolkendecke verhinderte ihr Durchdringen bis auf den Boden. War diese Gegend vulkanischen Ursprungs? Nein, das stimmte nicht. Er meinte sich zu erinnern, dass dieses Gebirge die Folge einer geologischen Besonderheit war, deren Namen er vergessen hatte. Auf jeden Fall befanden sie sich im Gebiet des ostafrikanischen Grabenbruchs, in dem sich zwei Kontinentalplatten langsam voneinander entfernten. Dann war die Nähe zu Magma, auf der alle Erdplatten schwammen, vielleicht nicht so weit, und die Wärme konnte daher stammen?

Tom verwarf alle diese Erwägungen schnell wieder, weil sie ihm viel zu kompliziert und unwahrscheinlich erschienen. Es musste einen einfacheren Grund für die Wärme geben.

»Ich weiß nicht, ob es eine gute Idee war, denen zu drohen«, meinte Peter leise. »In Abgeschiedenheit lebende Clans haben manchmal sehr eigenartige Riten ...«

»Die werden uns schon nicht massakrieren und zu Mittag essen«, entgegnete Tom. »Aber mal ehrlich: Was blieb uns denn anderes übrig?

Außerdem ist das, was ich gesagt habe, gar nicht mal so unwahrscheinlich.«

»Das kann ja sein. Ich befürchte nur, dass wir uns damit weitere Schwierigkeiten einhandeln.«

Tom blickte prüfend zu den vorauseilenden Bayira.

Hitimana und Mugiraneza liefen zwischen ihnen und den drei Einheimischen und schienen verhältnismäßig entspannt zu sein. Tom klammerte sich an die Hoffnung, die die Jungen ausstrahlten.

Das Tal offenbarte hinter jeder Wegbiegung schönere Seiten. Durch die ungewöhnliche Wärme, die feuchte Luft und die unerklärliche Helligkeit, die durch die Wolkendecke drang, waren die Pflanzen hier noch üppiger als in anderen Teilen des Ruwenzori. Bereits in den letzten Tagen waren sie durch mystisch anmutende Landschaften gewandert, doch hier wurde der Eindruck noch überwältigender. Zu den Senezien und Lobelien in den höheren Arealen des Tals gesellten sich Korallenbäume, deren blutrote Blüten hoch in den Himmel wuchsen. Die Stämme waren über und über mit Moos bedeckt, und wie überdimensionale Bärte hingen Flechten von den Ästen herab, die an manchen Stellen bis auf die Erde reichten. Jeder Zentimeter des feuchten Bodens war mit Farnen und Gräsern bedeckt, zwischen denen Orchideen in leuchtenden Farben hervorstachen. Bromelien hatten sich in umgestürzten Baumstämmen eingenistet, und knallgelbe Blüten wucherten an langen Ranken die Felsen und Stämme hinauf.

Zwischen den Pflanzen flogen Nektarvögel hin und her, und trotz der Höhe bevölkerten Schmetterlinge die Luft. Blaue, rote, aber auch unscheinbarere braune Falter schwirrten in immer größeren Schwärmen um sie herum. Tom vergaß für einen Moment alle Sorgen. Erstaunt nahm er zur Kenntnis, dass er sich darüber freute, keinen Fotoapparat dabei zu haben, denn so konnte er sich völlig auf das Schauspiel konzentrieren, das sich um ihn herum abspielte. Als er einmal kurz stehen blieb, um sich einen der Vögel genauer anzusehen, spürte er, wie Andrea neben ihn trat und ihre Haut seinen Unterarm berührte. Sie zog ihren Arm nicht weg. Wärme durchströmte ihn bis in jede Faser seines Körpers. Er wandte sich zu ihr um und sah ihr ins Gesicht. Sie strahlte zum ersten Mal seit Tagen Freude aus. Einen Moment lang, der Tom wie eine Ewigkeit vorkam, schauten sich die beiden an. Tom konnte sich nicht von diesem Anblick lösen. Er liebte diese Frau. Und er würde alles dafür tun, dass sie unversehrt aus diesem Gebirge herauskam. Er wollte diese Frau beschützen und um sich wissen, zu jeder Zeit.

»Was denkst du gerade?«, fragte sie ihn leise.

Tom spürte das Blut in sein Gesicht steigen.

»Ich ...«, stotterte er. »Ich habe gerade gedacht, wie es wohl wäre, wenn wir einfach hier blieben ...«

Sie lächelte. Dann gab sie ihm einen schnellen Kuss auf die Wange, zog ihren Arm weg und eilte den anderen nach.

»Ich vermisse jetzt schon den Geruch von Autoabgasen und den Kohleöfen in Berlin«, rief sie nach hinten.

Er lachte und ging ihr nach. Seine Höhenbeschwerden waren fast vollständig verschwunden.

Der Wald wurde mit jedem Meter, den sie weiter abstiegen, höher, und immer wieder verschwand die Wolkendecke über ihnen, weil sie von einem dichten Blätterdach verdeckt wurde. Noch ein Stück weiter veränderte sich die Umgebung schlagartig. Bananenstauden tauchten auf, Felder wiesen auf menschliche Besiedlung hin und die ersten einzeln stehenden Hütten erinnerten Tom daran, dass hier Menschen lebten. Aber die sauber gefegten kleinen Höfe waren leer, als sie sie überquerten. Hühner liefen herum, hier und da ruhten Ziegen unter den Bäumen. Wieder hatte Tom das Gefühl, beobachtet zu werden. Er sah sich um, aber er konnte außer den Menschen, mit denen er unterwegs war, niemanden entdecken.

Sie marschierten nun über einen deutlich besseren Weg als bisher, kamen an weiteren Feldern vorbei, die verlassen dalagen. Und dann erreichten sie den See. Er schimmerte grünlich-blau und die dahinter liegenden Hänge spiegelten sich in der beinahe glatten Oberfläche. Zahllose Insekten huschten über das Wasser. Seine Ausmaße erschienen riesig und nahmen beinahe den gesamten Talkessel ein. Tom betrachtete die Insel in der Mitte des Sees. An ihrem Ufer standen Menschen, die ihnen entgegenblickten. Ebenso spärlich bekleidet wie ihr Empfangskomitee. Tom konnte ihre Mienen auf die Entfernung nicht erkennen. Aber er spürte die Anspannung, die von diesen Menschen ausging. Er machte sich die erste Begrüßung durch die Bayira-Frau noch einmal bewusst und ihm wurde klar: Sie waren hier alles andere als willkommen.

Am Festlandufer saßen die Balindi auf einer freien Fläche und betrachteten sie neugierig. Was war hier los? Andrea, die vor ihm ging, blieb stehen. Als Tom sie erreichte, griff sie nach seiner Hand.

»Ich habe so eine merkwürdige Stimmung noch nie erlebt«, flüsterte sie.

»Ich auch nicht. Diese Tiere sind anders als alle Gorillas, die ich jemals gesehen habe. Ich habe auch noch nie gelesen, dass sie sich so verhalten.«

»Ich habe davon schon gehört«, sagte Peter nun, der dicht neben ihnen stand. »Aber ich kann es mir trotzdem nicht erklären. Ich sehe, dass dort Tiere sitzen, die normalerweise so scheu sind, dass man sie nur von weitem hört. Ich sehe ein Tal, das ich bisher nur aus den Geschichten meiner Großmutter kannte. Ich sehe Menschen, die hier offenbar in vollkommener Harmonie mit ihrer Umgebung leben. Und ich spüre eine Gefahr, die von all dem für uns ausgeht.«

Beklommen standen die drei eine Weile am Ufer des Sees, musterten die Menschen auf der Insel, ließen die Eindrücke auf sich wirken, so wie es vermutlich auch die Bayira drüben taten.

»Sie fühlen sich von uns bedroht«, murmelte Tom so leise, dass nur Andrea ihn verstand.

»Was sollten wir ihnen denn tun?«

Tom erinnerte sich an seine ursprüngliche Idee, die ihn zum zweiten Mal in dieses Gebirge gelockt hatte. Nun hatte er das Tal gefunden. Er hatte sein Ziel erreicht. Doch um eine Reportage zu machen, würde er noch einmal mit einer neuen Kamera zurückkommen müssen, dachte er, spürte dabei jedoch ein großes Unbehagen.

»Wenn wir davon erzählen, was wir hier gesehen haben, dann werden sich Touristen auf das Tal stürzen«, sagte er. »Und das ist das Ende dieser Harmonie.«

Andrea sah ihn bestürzt an. »Dann dürften sie uns nie wieder gehen lassen ...«

Tom hockte sich an den Uferrand und hielt seine Hand ins Wasser. Er hatte mit eiskaltem Wasser gerechnet, so wie in allen Bächen und Seen hier oben im Gebirge. Aber dieser See war warm. Lauwarm. Er tauchte die Hand erneut unter. Das Wasser war seidig und verlockte geradezu, ein Bad darin zu nehmen. Er wusste, dass das mit Sicherheit der denkbar ungünstigste Zeitpunkt gewesen wäre, sich auszuziehen und in den See zu springen.

Die drei Bayira waren in der Zwischenzeit in ein langes schmales Boot gestiegen, das am Ufer gelegen hatten, und setzten über das Wasser. Sie wurden auf der Insel erwartet und beim Verlassen des Bootes sogleich in eine längere Diskussion verwickelt. Einer der Männer auf der Insel brachte sich besonders vehement in die Auseinandersetzung ein, und Tom schwante nichts Gutes, als er ihn beobachtete.

»Sie scheinen dort drüben einen Schamanen zu haben, der uns nicht allzu wohlgesonnen ist.« Peter sah sorgenvoll aus.

»Wie kommst du darauf, dass es ein Schamane ist?«, wollte Andrea wissen.

»Die Heftigkeit, in der er spricht, das Auftreten, sein gesamter Habitus ... Das kenne ich nur von Schamanen. Die Bayira sind eher ein gelassenes und ruhiges Volk.«

In diesem Moment traten weitere Bayira aus dem dichten Wald hinter ihnen heraus, etwa hundertfünfzig Meter von ihnen entfernt. Zwei Männer mit mehreren Jungen. Die beiden Erwachsenen schauten nur einmal kurz zu Tom und seiner Gruppe herüber, begannen danach jedoch sofort, sich den Menschen auf der Insel bemerkbar zu machen. Sofort sprangen drei Männer in Boote und paddelten mit schnellen Schlägen von der Insel über das Wasser. Die Jungen am Ufer sahen mit einer Mischung aus Neugier und Verunsicherung zu den Europäern herüber. Einer löste sich aus dem Trupp und ging langsam auf sie zu, aber schon nach ein paar Metern war einer der Erwachsenen bei ihm und hielt ihn zurück. Tom und die anderen wurden jetzt Zeugen eines leise begonnenen, dann jedoch immer lauter geführten Streits, an dessen Ende der Junge sich aus dem Griff und dem Willen des Älteren befreien konnte und nun mit sicheren Schritten auf sie zukam.

Drei Meter vor Tom blieb er stehen. Er musterte ihn von oben bis unten, kam aber nicht näher heran. Andrea und Peter waren neben Tom getreten, und gemeinsam standen sie dem Jungen gegenüber. Schließlich war es der Junge, der seine Hand zum Gruß hob.

»Wabuchire. Nyiri Kambere. Yiriwahi? «

Tom hob die Hand ebenfalls und bemerkte, dass ihm der Junge kaum bis zur Brust reichte. Hitimana gesellte sich zu ihnen.

»Er heißt Kambere und er begrüßt uns«, sagte er.

»Hallo Kambere«, sagte er. »Ich bin Tom.« Er stellte auch seine Begleiter vor.

Hitimana übersetzte alles zügig.

»Was wollt ihr in diesem Tal?«, fragte Kambere.

»Wir sind auf der Flucht und brauchen Hilfe«, sagte Tom.

Aus dem Augenwinkel bemerkte er, wie Peter und Andrea etwas nach hinten traten, um ihm deutlich zu machen, dass er das Gespräch führen sollte.

»Weshalb seid ihr in unser Tal gekommen? Ihr dürft nicht hier sein.«

»Du und deine Familie – ihr lebt doch auch hier.«

»Das ist unsere Aufgabe. Wir schützen das Tal.«

»Und ihr lebt mit den Berggorillas zusammen.«

»Mit was?«, fragte Kambere verwundert.

»Na, die Tiere dort drüben.« Tom wies mit der Hand auf die immer noch am Ufer sitzenden Berggorillas. Kambere wandte sich um, blickte in die gewiesene Richtung und begann zu lachen.

»Das sind doch keine Tiere«, sagte er immer noch lachend. »Das sind die Balindi. Sie leben schon seit Ewigkeiten hier. Ohne sie gäbe es das Tal nicht. Und ohne das Tal gibt es die Balindi nicht.«

»Beschützt ihr sie?«

»Nein, sie beschützen uns. Und das Tal.«

Wieder sahen sich die beiden lange an, ohne ein Wort zu sprechen. Der Mann, mit dem Kambere kurz zuvor gestritten hatte, kam nun auf die beiden zu und stellte sich hinter Kambere. Gerade wollte Tom fragen, ob sie Hilfe erwarten könnten, als Kambere in Hitimanas Richtung weitersprach. Dieser fragte kurz zurück, und Kambere nickte auffordernd. Also fuhr der Junge an Tom gewandt fort:

»Kambere sagt, dein Bruder war bei ihm. Er hat ihm mitgeteilt, dass ihr Hilfe braucht.«

Tom fiel die Kinnlade herunter. Woher wusste der Junge von Jens?

Kambere sprach weiter: »Er war gestern bei mir. Was macht er hier? Beschützt er dich?«

»Ich weiß es nicht genau. Ich habe ihn hier zum ersten Mal seit seinem Tod getroffen.«

»Er schien traurig zu sein. Er findet keine Ruhe. Was ist mit ihm geschehen? Und was ist euch passiert?«

Tom schluckte. Sollte er das jetzt erzählen? Wie viel Zeit hatten sie? Ein Kloß setzte sich in seinem Hals fest.

Dann begann er zu berichten. Anfangs kam Hitimana mit dem Übersetzen noch gut mit. Je mehr Tom erzählte, desto schwerer fiel es dem Jungen aber, den Anschluss zu behalten. Kambere legte ihm die Hand auf die Schulter und nickte beruhigend mit dem Kopf – schon gut, sollte das heißen, ich weiß, was er sagt.

Tom schilderte ausführlich, was er in den letzten Tagen erlebt hatte. Er berichtete von dem ersten Zusammentreffen mit Jens auf der anderen Seite des Gebirges. Von dem Nebel, von den immer wiederkehrenden Begegnungen, aber auch von der Höhenkrankheit. Er erzählte von der Entführung und den Rebellen, von der Flucht und der Überquerung des Passes. Dabei betonte er, dass sie nicht wusste, was die Rebellen von ihnen wollten. Die Lawine erwähnte er genauso wie die beängstigenden Wesen mit den orangen Augen, die er am Tag zuvor gesehen hatte. Auch die Überraschung, mit den Balindi konfrontiert zu sein, die sich auf so besondere Weise verhielten, sprach er an. Tom berichtete von den Kindersoldaten in der Rebellenarmee und davon, wie Mugiraneza und Hitimana selbst geflohen und zu ihnen gestoßen waren. Und immer wieder kam er auf die ungewöhnlichen Begegnungen mit seinem Bruder zu sprechen. Peter und Andrea standen neben ihm, während er die Ereignisse zusammenfasste, und sagten kein Wort. Kambere hörte aufmerksam zu, unterbrach ihn nicht. Als Tom fertig war, nickte er kurz, fixierte ihn und fragte erneut:

»Was ist mit deinem Bruder geschehen?«

»Was meinst du?«

»Dein Bruder ist hier, bei dir. Und er begleitet dich nicht nur, weil er dich schützt. Der Geist eines Verstorbenen bleibt immer nur so lange unter uns, bis er sich eines Tages in eine höhere Form wandelt. Aber das hat dein Bruder nicht getan. Was hält ihn davon ab?«

Tom dachte nach. Was wollte dieser Junge von ihm? War an dem, was er sagte, etwas Wahres dran? Also erzählte Tom, was er von seinem Bruder wusste. Dass er als Kind gestorben war, während eines Urlaubs in Schweden. Er war in einem Fluss ertrunken. Kambere nickte erneut, als Tom fertig war, obwohl Hitimana auch diesmal nur einen Bruchteil übersetzt hatte. Allerdings hatte Tom jetzt den Eindruck, dass Kambere haarscharf an ihm vorbeisah, als wäre da noch jemand. Er blickte sich um und entdeckte lediglich Peter, Andrea und die beiden Jungs schräg hinter sich.

»Du trägst eine schwere Last mit dir herum. Was bedrückt dich so?« Kambere hörte nicht auf zu fragen.

Tom dachte intuitiv an seinen Vater. Wie ging es ihm? Er wäre jetzt so gerne bei ihm.

»Dein Vater – er ist krank.«

»Ja, er wird sterben. Und ich weiß nicht, ob ich ihn noch einmal wiedersehen werde.«

Kambere lächelte kurz, dann sagte er: »Du wirst ihn noch einmal sehen, das ist sicher.«

»Woher weißt du das?«, fragte Tom irritiert.

»Dein Bruder hat es mir gesagt.«

Tom schloss die Augen. Was um alles in der Welt geschah hier? Dieser Junge machte ihm Angst und er machte ihn neugierig. Er wusste nicht mehr, was er glauben sollte. Als er die Augen wieder öffnete, unterhielt sich Kambere mit dem Mann, der bei ihm stand. Wieder stritten die beiden leise miteinander. Schließlich schien sich Kambere durchzusetzen.

»Kommt mit uns auf die Insel. Dort könnt ihr ausruhen und etwas essen. Ihr seht aus, als hättet ihr seit Tagen nichts gegessen«, sagte der Junge.

Er wandte sich um und ging auf die Boote zu.

Teil 3

51

Unterhalb des Passes, 19. Juni

Hans fühlte sich, als sei stundenlang auf ihn eingeprügelt worden. Dabei war er tags zuvor nur wenige Minuten in den Schneemassen hin und her geschleudert worden. Am Ende wurde er wie durch ein Wunder nach oben getrieben und atmete schneidend kalte Luft ein. Er lag auf dem Rücken im Schnee, halb darunter begraben. Mit letzter Kraft wuchtete er die kalte Masse von seinen Beinen und arbeitete sich langsam aus dem Schnee heraus. Er lebte.

Hans erhob sich schwerfällig mit schmerzenden Gliedern und sah sich um. Imarika war nicht weit von ihm entfernt, wühlte sich hustend aus dem Schnee, der um ein Haar zu ihrem Grab geworden wäre. Auch dem Träger war nichts Schlimmeres passiert. Gemeinsam setzten sie sich unter einen Felsvorsprung und sprachen lange nicht. Sie wussten nicht, ob die anderen drei in der Nähe waren, ob sie oben geblieben oder ob sie weiter nach unten gerissen worden waren. Wenn dem so war, dann gab es vermutlich keine Hoffnung mehr für sie.

Nun brach ein neuer Tag an, und eng aneinandergekauert warteten Hans und Imarika auf das Morgenrot. Und dieses hielt eine interessante Überraschung bereit: Unterhalb von ihnen arbeiteten sich die Rebellen, die ebenfalls von der Lawine überrascht worden waren, konsequent den Berg hoch.

Sie suchten nach etwas oder jemandem. Vermutlich nach Vermissten aus den eigenen Reihen und sicher auch nach ihnen. Hans und Imarika beobachteten die Bemühungen lange, registrierten, dass die Rebellen immer näher kamen. Sie wussten, dass sie ihnen mit jeder Regung, die sie nunmehr unternahmen, zweifelsohne in die Arme laufen würden. Dennoch traf Hans eine Entscheidung: Wenn sie nicht erfrieren wollten, mussten sie sich bewegen. Sie mussten raus aus ihrem Versteck.

»Ich bin zu schwach, um den Berg wieder nach oben zu steigen«, sagte er zu Imarika. »Geh du nach oben, such dort nach den anderen. Wenn sie überlebt haben, werden sie weitergehen. Hefte dich an ihre Fersen und halte dich an unseren Plan.« Hans machte eine Pause, in der er Imarika musterte. Der nickte nur. Dann fuhr er fort: »Ich gehe nach unten zu den Rebellen, um sie abzulenken.«

Ohne sich zu verabschieden, machte sich der Träger auf den Weg nach oben. Hans blickte ihm nach, verlor ihn aber schon nach wenigen Minuten aus den Augen. Dann erhob er sich und stapfte durch den rutschigen Schnee den Hang hinab. Die Rebellen entdeckten ihn schnell und sahen ihm erwartungsvoll entgegen. Paul stand mit in die Seite gestemmten Armen da. Neben ihm Innocent, Hohn im Blick. Pauls Männer waren erschöpft, die Gruppe deutlich dezimiert, einige seiner Leute hatten leichte Verletzungen. Sie wirkten bei weitem nicht mehr so beängstigend wie noch am Tag zuvor. Fünf Männer waren übrig geblieben – und nur noch zwei Kindersoldaten.

»Na, da hätten wir den Ersten ja schon wieder«, spottete Paul. Dann wurde seine Stimme augenblicklich hart. »Wo sind die anderen?«

»Ich weiß es nicht. Ich habe sie in der Lawine verloren.« Hans ließ sich müde auf den Boden sinken.

»Die Frau auch?«, wollte Innocent wissen.

»Keine Ahnung. Ich habe sie nicht gesehen. Aber ...«

»Wir suchen weiter«, sagte Paul mit harscher Stimme. »Bernard soll nicht glauben, dass wir so schnell aufgeben.« Er bellte seinen Leuten einen Befehl zu. Dann wandte er sich an Hans: »Du hilfst!«

Mit den spärlichen Mitteln, die ihnen zur Verfügung standen, arbeiteten sie sich weiter durch den Schnee, suchten nach Anzeichen für Verschüttete. Hans beteiligte sich halbherzig an der Suche und nutzte die Arbeit in erster Linie, damit ihm warm wurde.

Im Laufe des Tages zogen sie fünf Leichen und zwei Verletzte aus den Schneemassen, und einer der Soldaten schlug vorsichtig vor, die Toten ins Tal zu bringen, damit sie beerdigt werden konnten. Paul lachte lediglich und spuckte ein »Weitersuchen!« aus. Um die beiden Verletzten, die mehrere Knochenbrüche hatten, durften sich nur die Kindersoldaten kümmern, die mit dieser Situation allerdings völlig überfordert waren. Hans bot sich an, ihnen zu helfen, doch Paul stand sofort mit gezogener Pistole neben ihm, lächelte ihm ins Gesicht und machte ihm unmissverständlich klar, dass er gefälligst weiterzugraben habe.

Schließlich, als es schon dunkel wurde, gab Paul den Befehl, die Suche einzustellen. Als sie sich zu einer Art Lager zusammensetzten, geschah etwas, das Hans mit völligem Befremden zur Kenntnis nahm:

Paul holte aus einer der Taschen seiner Hose ein Satellitentelefon und schaltete es an. Die Rebellen hatten also tatsächlich immer noch die Möglichkeit, mit der Welt außerhalb des Ruwenzori Kontakt zu halten.

Paul wählte eine Nummer, wartete und sprach dann eine Weile in das Gerät, lauschte angestrengt und wurde dabei immer stiller. In den Augen des Generals sah Hans die Wut, die sich in ihm zusammenballte. Pauls Worte blieben sachlich – er stimmte seinem Gesprächspartner mehrfach zu –, doch die Hand, die das Satellitentelefon hielt, verkrampfte, bis die Knöchel schneeweiß hervortraten. Schließlich beendete er das Gespräch, und sofort schossen Flüche aus seinem Mund.

»Was glaubt dieser verwöhnte Scheißkerl eigentlich, wer er ist?« Er schleuderte das Satellitentelefon in den Schnee. »Sitzt in seiner warmen Zelle in Deutschland, und wir machen uns hier zum Arsch!«

Pauls Männer zogen furchtsam die Köpfe ein.

»Was hat er gesagt?«, frage Innocent.

»Bernard ist nervös. Wir müssen Andrea wiederfinden. Die deutsche Polizei macht ihm offenbar Druck. Sie fordern ein Lebenszeichen.« Genervt hob er das Telefon wieder auf, stopfte es in eine der tiefen Taschen zurück, die an seiner Hose angenäht waren. »Lebenszeichen – wie stellt der sich das vor? Soll ich ihr, wenn ich sie in die Finger kriege, eine Ausgabe der *New Times* unter die Nase halten und ein Foto machen?«

»Dann müssen wir sie finden«, warf Innocent ein.

Paul lächelte für einen kurzen Moment. Dann sagte er mit Nachdruck: »Wir können die Aktion auch abbrechen und die Situation für uns nutzen. Die Frau ist hier irgendwo verschüttet und wird erst bei der nächsten Schneeschmelze wieder freigegeben ...« Der General blickte seinen Stellvertreter herausfordernd an. »Das siehst du doch sicher auch so.«

Hans beobachtete das Geschehen gespannt, ohne genau zu verstehen, worum es ging. Dann richtete er sich auf, straffte seinen Körper und schüttelte seine Angst und die Erschöpfung von sich ab.

»Ich vermute, dass sie es geschafft hat und oben auf dem Pass ist«, sagte er langsam. »Ich habe sie oberhalb der Lawine gesehen«, fuhr er fort. »Wir sollten dort oben nach ihr suchen.«

Paul wandte sich ruckartig Hans zu. »Scheiße, was willst du denn jetzt noch?«, fragte er.

»Dein Chef hat dir gedroht, oder?«, gab Hans zurück.

»Und wenn mich das nicht kratzt?«

»Du wirkst nicht so, als wäre dir das völlig egal ...«

»Egal ist mir das keineswegs. Nur frage ich mich, was geschieht, wenn die Kleine nicht wieder auftaucht ...«

»Dann macht dein Chef dich fertig.«

»Das kann er gar nicht. Er ist ja weit weg, in deiner beschaulichen Heimat.«

»Er ist in Deutschland?«

»Exakt. Und wenn wir die Kleine nicht finden, dann wird er wohl auch noch eine Weile dort bleiben.« Paul grinste.

»Wieso kommt er nicht her und kümmert sich selbst um die Sache?«

»Weil er im Knast sitzt und eine sehr sehr lange Strafe auf ihn wartet ...«

Auf Hans' Gesicht machte sich ein Lächeln breit. Jetzt verstand er endlich. Er war offenbar mitten in einen Richtungsstreit innerhalb der Rebellen hineingeraten. Das würde er zu nutzen wissen.

»Dann kann Andrea trotzdem wichtig für dich sein«, sagte er trocken. »Offenbar weißt du gar nicht, wer sie ist.«

»Was meinst du damit?«

»Ihr Vater ist ein ziemlich hohes Tier in Deutschland. In der Politik. Man kann ihn ziemlich gut erpressen.«

Paul sah ihn erstaunt an. »Und warum weiß ich nichts davon?«, blaffte er.

»So ist das also, der feine Präsident im Anzug versucht, mich für dumm zu verkaufen!« Dann wandte er sich an Innocent: »Uns hat er nur gesagt, dass sie reich ist. Wir sind hier die Handlanger. Aber das wird ihm noch leid tun.«

»Wer ist dieser Mann, der dir Befehle aus Deutschland gibt?«, erkundigte sich Hans.

»Bernard Kayibanda. Der Präsident der ALR. Aber das wird er nicht mehr lange sein, wenn er von euren Gerichten verurteilt wird. Und das werden wir schon hinkriegen.«

Hans musste schlucken. Das war eine neue Dimension. Ein weiterer Baustein fügte sich in das Gesamtbild ein. Zugleich verbesserte das seine Situation deutlich.

»Ich habe über ihn in der Zeitung gelesen ...«, sagte er. »Ich bin sicher, ich könnte euch helfen.«

»Du?«, bellte Paul und zog seine Augenbrauen hoch.

»Lass hören!«

»Die deutschen Behörden müssen weiterhin glauben, dass die Frau in eurer Gewalt ist. Dafür müssen wir sie mit Informationen füttern, die nur Andrea kennt.«

»Und weiter?«

»Sie kann euch zum Beispiel die Namen der drei besten Freunde ihres Vaters genannt haben.«

Paul sah ihn mit ironischer Herablassung an. »Netter Versuch. Aber woher sollen wir die denn wissen?«

»Das ist ganz einfach: von mir!« Hans lächelte.

»Ach – und du kennst diese Namen?«

»Ich bin einer von ihnen.«

»Willst du mich über den Tisch ziehen?« Er blickte Hans an und zog seine Waffe. »Wenn du versuchst, mich zu betrügen, dann war es das jetzt für dich.« Er drückte Hans die Pistole an die Stirn.

»Stopp!«, rief Innocent und riss Paul zurück. »Lass ihn erst mal ausreden.« Er wandte sich Hans zu und fixierte ihn mit skeptischem Blick. »Andrea wirkte nicht so, als kenne sie dich«, sagte er forschend.

»Die Freundschaft zu ihrem Vater ist sehr alt, und ich habe ihn lange nicht gesehen. Daher kann sie mich nicht kennen.«

»Jetzt mal ganz langsam.« Paul hatte seine Fassung wieder gewonnen und legte nachdenklich die Hände an die Schläfen. »Andrea und du, ihr wart in derselben Wandergruppe. Wusstest du, dass sie diese Tour machen wollte?«

»Deshalb bin ich hier.«

»Und was willst du von ihr?«

»Das geht euch nichts an. Fakt ist, dass wir dasselbe Ziel haben: Andrea wiederfinden.«

Paul sah ihn ratlos an. Dann sagte er nachdenklich: »Meinetwegen. Wir fangen mit den Namen der Freunde an. Aber was ist, wenn die Deutschen weitere Fakten haben wollen, die nur Andrea wissen kann?«

»Ich denke, auch da kann ich euch weiterhelfen.« Hans lächelte erhaben zu dem großen Afrikaner herauf.

»Okay, versuchen wir es.«

Paul holte sein Satellitentelefon wieder aus der Hosentasche und wählte die deutsche Nummer.

52

Im Tal, am Mittag des Tages vor der Feier

Kambere und sein Lehrer gingen auf die am Seeufer wartenden Clan-Mitglieder zu. Drei Boote lagen im seichten Wasser und warteten darauf, die weißen Menschen aufzunehmen, um sie zur Insel hinüberzutransportieren.

»Hast du den toten Bruder des Weißen gesehen?«, fragte Mbusa.

»Er stand hinter ihm, die ganze Zeit«, antwortete Kambere.

»Und was wollte er?«

»Er will ihn beschützen.«

»Du musst dich unterordnen«, meinte Mbusa besorgt. »Kambere, vergiss nicht: Du bist noch nicht beschnitten.«

Kambere blieb stehen, rang einen Moment nach Worten und sagte dann: »Ich habe mich lange auf diesen Tag gefreut. Seit Jahren spreche ich mit Baluku immer wieder darüber, wie es ist, endlich erwachsen zu sein. Aber an diesem heiligen Ort sind zwei Menschen gestorben. Es macht keinen großen Unterschied, ob ich beschnitten bin oder nicht. Dies ist ein friedlicher Ort, aber Fremde werden mit Verachtung empfangen. Das passt für mich nicht zusammen.«

Kambere sah seinem Lehrer herausfordernd in die Augen.

»Dies ist ein heiliger Ort.«

»Diese Menschen dort brauchen unsere Hilfe. Schau sie dir an: Glaubst du, einer von ihnen könnte uns gefährlich werden? Sie sind erschöpft, sie haben Hunger, sie haben Schlimmes erlebt. Nur kaltherzige Menschen weisen andere einfach so ab.«

Kambere wandte sich ab und stapfte wütend auf die Boote zu. Mbusa beeilte sich, seinem Schüler nachzukommen.

»Du widersetzt dich meinen Anweisungen. Wenn du das weiterhin tust, dann werde ich das den Alten melden.«

Als Kambere die Anlegestelle erreicht hatte, wandte er sich Mbusa wieder zu. Zorn sprühte aus seinen Augen.

»Schüler und Lehrer müssen sich vertrauen, bedingungslos. Das hast *du* zu mir gesagt. Aber kann ich dir vertrauen?«

»Wir können die Fremden nicht mit auf die Insel nehmen«, sagte Mbusa leise.

»Wer sagt das?«

»Es ist gegen das Gesetz.«

»Dann müssen wir das Gesetz eben ändern.«

Mbusa strich Kambere sanft über den Unterarm. »Ich verstehe ja, dass du Dinge anders machen willst. Aber lass den anderen auf der Insel Zeit. Immerhin dienen unsere Gesetze dazu, dass uns dieses Tal als unser Schutz erhalten bleibt. Verlang nicht zu viel auf einmal von ihnen!«

Kambere musterte den Älteren, dann nickte er. »Dann bleibe ich mit den Fremden vorerst hier, während du dich darum kümmerst, dass sie etwas zu essen bekommen.«

»Wir schicken die anderen rüber. Sie sollen etwas holen.«

Kathya erklärte sich schnell einverstanden, diese Aufgabe zu übernehmen. Er stieg mit den restlichen Jungen in das Boot und fuhr zur Insel hinüber. Kambere sah ihnen eine Weile nach, dann ging er wieder auf Tom, Hitimana und Mugiraneza zu, die ihm erwartungsvoll entgegenblickten.

»Ihr seid hier nicht willkommen«, sagte Kambere mit leiser Stimme.

»Wir wollen nicht lange bleiben«, erwiderte Tom.

»Rede nicht zu viel, wenn die Alten dich fragen. Und nimm dich vor Muthahwa in acht«, warnte Kambere.

»Wer ist das? Euer Schamane?«

Kambere musterte Tom verwundert. »Muthahwa ist das gewählte Oberhaupt der Gemeinschaft. An seinem Urteil kommt niemand vorbei.«

»Weshalb setzt du dich so für uns ein?«

»Ich kann die Entscheidung unserer Gemeinschaft nicht verstehen.«

Mbusa mischte sich jetzt in das Gespräch ein. Mit einem strengen Blick gab er Kambere zu verstehen, dass er nicht weiterreden solle.

»Kambere sprach von deinem Bruder ...«, sagte Mbusa auf Englisch zu Tom. »Und du hast gesagt, er sei als Kind verunglückt?«

»Ja«, gab Tom zurück. »Er war fünfzehn, als er starb. Du sprichst Englisch?«

Mbusa lächelte verlegen. »Es war mal jemand eine Zeit lang hier. Er hat es mir beigebracht. Wo ist dein Bruder begraben?«

Tom schüttelte verwirrt den Kopf. »Ich muss meine Eltern fragen. Vielleicht in Schweden.«

»Du weißt nicht, wo dein Bruder begraben ist?«, erkundigte sich Mbusa verwundert.

»Nein ...« Tom sah unsicher aus.

»Dann hattest du kein gutes Verhältnis zu ihm?«

»Doch ... aber ich habe so viel aus der Zeit vergessen ...«

»Warst du dabei, als dein Bruder starb?«

Tom dachte nach. Dann nickte er. »Ich war dabei. Aber ich kann mich nicht erinnern. In den letzten Nächten habe ich von ihm geträumt. Ich fühle mich schuldig. Aber ich weiß nicht mehr, was passiert ist.«

»Was hast du denn in deinen Träumen gesehen?«, wollte Mbusa wissen.

»Wir waren auf dem Eis, und er ist eingebrochen. Sonst weiß ich nur das, was meine Eltern erzählt haben.«

Kambere beobachtete den Weißen vor sich genau, während er sprach. Ihn umgab eine eigentümliche Aura von Angst und Unwissenheit. Der Schatten seines Bruders wehte immer wieder um ihn, doch zwischen den beiden schien eine unsichtbare Wand zu sein, die sie daran hinderte, sich wirklich anzunähern.

Eines der Boote kam von der Insel zurück. Es brachte einige Schalen mit Essen, über das sich die Fremden sofort ausgehungert hermachten. Andrea und Peter aßen, bis sie nicht mehr konnten. Tom hielt sich zurück, hörte schon nach ein paar Bissen auf und lehnte sich an einen Baum. Er war blass und hatte die Augen geschlossen.

»Unsere Tradition kennt einige Pflanzen, mit denen man Erinnerungen zurückholen kann«, sagte Mbusa plötzlich. Tom öffnete erstaunt die Augen und sah ihn an.

»Und wie funktioniert das?«, fragte er.

»Ich werde mich erkundigen ...«, antwortete Mbusa.

Tom nickte ihm zum Dank zu, schloss wieder die Augen. Kambere dachte erst, er sei eingeschlafen, aber dann bemerkte er, dass Tom viel zu unruhig war, um zu schlafen. Die Pupillen hinter den geschlossenen Augenlidern rasten ununterbrochen hin und her, die Finger zuckten und Tom bewegte die Lippen, als würde er leise mit jemandem sprechen. Andrea setzte sich neben ihn, legte den Arm um seine Schultern. Er öffnete kurz die Augen, lächelte ihr zu. Dann erhob sich Andrea wieder und kam zu Kambere und Mbusa herüber, die mit Hitimana und Mugiraneza am Ufer des Sees saßen.

»Ihr bereitet eine Feier vor?«, fragte sie die beiden Einheimischen.

»Morgen werden ein paar Jungen aus unserer Gemeinschaft beschnitten«, antwortete Mbusa, bevor Kambere etwas sagen konnte. »Das ist einer der wichtigsten Tage im Leben dieser Jungen.«

»Du auch?«, fragte sie Kambere.

Kambere nickte zur Bestätigung.

»Deine Familie wird sehr stolz auf dich sein.«

»Das weiß ich nicht. Sie werden sich an einiges gewöhnen müssen ...«

»Inwiefern?«

»Ich werde das Tal verlassen.«

Andrea schaute ihn erstaunt an. Mbusa warf seinem Schüler mit einem Kopfschütteln einen vernichtenden Blick zu.

»Ich will wissen, was auf der anderen Seite der Berge ist«, fuhr Kambere ungerührt fort. »Meine Familie lebt seit vielen Jahren hier im Tal, und im Grunde weiß niemand, wie das Leben auf der anderen Seite aussieht. Aber du«, sagte er zu Hitimana, »kannst mir bestimmt viel davon erzählen!«

Der Angesprochene nickte lächelnd. Auf Kamberes Zeichen hin erhoben sich die beiden Jungen, bedeuteten auch Mugiraneza, mitzukommen und verschwanden im Wald.

Andrea blickte den dreien nach, sah dann zu Mbusa hinüber und zuckte lächelnd die Achseln. Dann sprach sie ihm gegenüber aus, was sie Kambere gern noch gesagt hätte: »Der Pass ist verschüttet. Kambere wird es schwer haben, über die Berge zu kommen.«

Mbusa erforschte ihr Gesicht lange, bevor er sprach: »Es gibt eine Höhle, die tief in den Berg führt. Nur unsere Alten dürfen sie betreten, denn in ihr befindet sich ein Heiligtum.« Er machte eine Pause. »Ich weiß jedoch nicht, wie weit die Gänge führen.«

Andrea nickte beinahe unmerklich.

»Was werden seine Eltern sagen, wenn Kambere geht?«

»Seine Eltern sind nicht das größte Problem«, entgegnete Mbusa. »In der Tradition unserer Gemeinschaft ist es verboten, das Tal zu verlassen, wenn man es einmal betreten hat.«

»Bedeutet das, dass ich nie wieder nach Hause komme?«

»Nach unserem Gesetz ist das so.«

»Und wenn wir trotzdem gehen?«

Mbusa schwieg.

Andrea sah ihm eine Weile in die Augen, dann nickte sie.

53

Berlin, 19. Juni

»Wir benötigen ein Lebenszeichen, Herr Kayibanda.« Sven Wiese spürte den Impuls, das Telefonat zu beenden. Sie kamen mit diesem Mann nicht weiter. »Woher sollen wir wissen, dass die Geiseln leben? Wo befinden sich die Geiseln, und in welchem Zustand sind sie?«

Er saß in seinem Arbeitszimmer und telefonierte mit dem angeblichen Präsidenten der ALR. Der Mann hatte sich wieder bei ihm gemeldet.

»Ach, Herr Wiese, Sie sind so ungeduldig«, scherzte Kayibanda. »Dabei haben wir doch so viel Zeit. Und im Grunde sind wir uns doch einig darüber, dass es Ihnen in erster Linie um Andrea von Schellenburg geht, nicht wahr?« Der Mann am anderen Ende der Leitung lachte leise.

»Das sehen Sie vollkommen falsch. Für uns sind selbstverständlich alle Bürger der Bundesrepublik Deutschland gleichwertig.«

Natürlich hatte Kayibanda Recht: Wenn Andrea von Schellenburg etwas zustoßen sollte, dann wäre das mediale Echo erheblich größer, als wenn einem Schreiner aus Erfurt etwas geschah. Allerdings würde Wiese sich hüten, das irgendjemandem zu sagen. Kayibanda lachte wieder.

»Ich verstehe Sie voll und ganz«, sagte er. »Sie *müssen* das sagen. Ich kenne die Verfassung Ihres Landes sehr gut. Genauso, wie ich mich umfassend mit allen legislativen, judikativen und exekutiven Aspekten Ihres Landes befasst habe und recht gut im Bilde bin.«

»Herr Kayibanda, ich wiederhole mich ungern. Ohne ein Lebenszeichen der Geiseln wird es keine weiteren Verhandlungen geben.«

»Fragen Sie Herrn von Schellenburg nach seinen besten Freunden aus Studienzeiten. Sie werden erstaunt sein, ihn die Namen Stefan, Georg und Hans aussprechen zu hören. Das sollte als Lebenszeichen von seiner Tochter reichen.«

Wiese war einen Moment lang baff. Hatte der Ruander diese Namen schon die ganze Zeit gewusst? Und welchen Wert hatte diese Information, wenn sich herausstellen sollte, dass er die Wahrheit sprach?

War der Hans etwa Hans Meyer, dessen Villa sie durchsucht hatten? Wenn dem so war, dann hatten die Namen keinen Wert, solange nicht klar war, welche Rolle er in der Geiselnahme spielte. Sollte er an der Organisation und Durchführung beteiligt gewesen sein, dann wusste er durch seine Recherchen über die von Schellenburgs so viel, dass er vermutlich jede der *Proof-Of-Life*-Fragen mit Leichtigkeit hätte beantworten können. Dabei waren die POL-Fragen ein elementarer Bestandteil seiner Arbeit. Ihm blieb nichts anderes übrig, als darauf weiter aufzubauen, bis sie etwas Besseres in der Hand hielten.

»Ich werde ihn fragen. Allerdings verstehen Sie sicher, dass ich mich damit nicht zufrieden geben kann. Wir wollen auch von den anderen Geiseln wissen, ob sie leben. Also werden sie sie alle nach den Namen der Großmütter mütterlicherseits fragen.«

Und wieder lachte der Mann am Telefon.

»Ach, Ihr Deutschen. Ihr hängt alle sehr an euren Müttern und Großmüttern, nicht wahr?«

Er schien sich köstlich zu amüsieren. Doch dann wurde er plötzlich ernst: »Sie glauben doch nicht etwa, dass das hier alles nur ein Spiel für mich ist, oder? Hören Sie zu – und es ist mir sehr ernst damit: Sie werden noch heute mit dem Generalbundesanwalt über die Möglichkeit sprechen, das Verfahren gegen mich auszusetzen. Sollte das nicht geschehen, dann werden Sie keine Möglichkeit mehr haben, Fragen an unsere Gäste zu stellen. Ist das klar?«

Wiese lief ein kalter Schauer den Rücken hinunter. Er atmete unhörbar durch und antwortete gleichmütig: »Herr Kayibanda, dies war zu keiner Zeit ein Spiel.«

»Gut, dann haben wir uns ja verstanden.« Es klickte in der Leitung, und das Gespräch war beendet.

»Verdammt«, fluchte Wiese. Dann erhob er sich aus seinem Schreibtischstuhl, griff nach dem Sakko und marschierte in den Konferenzraum am Ende des Flures, wo das gesamte Team des Krisenstabs bereits versammelt war. Die anderen sahen ihn erwartungsvoll an, als er sich auf seinen Stuhl setzte.

»Herr von Schellenburg«, setzte Wiese an, »sagen Ihnen die Namen Stefan, Georg und Hans etwas?«

Der höchste Staatsanwalt der Bundesrepublik wurde blass um die Nase. Dann hatte die Information also doch etwas zu bedeuten. Wiese sah den Mann konzentriert an und hatte immer noch keinen blassen

Schimmer, wie der Generalbundesanwalt mit Hans Meyer und mit Idi Amin zusammenzubringen war.

»Herr Kayibanda hat gerade am Telefon behauptet, dies seien die Namen Ihrer besten Freunde. Und diese Information käme von Ihrer Tochter.«

Johannes von Schellenburg öffnete den Mund, doch keine Silbe kam über seine Lippen. Langsam erhob er sich, nahm seinen Mantel von der Rückenlehne des Stuhls und wandte sich der schweren Stahltür zu.

»Bevor sie gehen: Sagen Sie uns doch bitte wenigstens, ob dies der Wahrheit entspricht«, forderte Wiese ihn in scharfem Ton auf. »Das ist dringend nötig, um sicher zu gehen, dass Ihre Tochter lebt.«

Von Schellenburg drehte sich zögerlich um, blickte Wiese an und sagte: »Diese drei Herren waren einmal meine besten Freunde. Das ist lange her. Aber meine Tochter kennt diese Namen nicht.« Die beiden Männer sahen sich schweigend an, dann nickte Wiese und von Schellenburg verließ den Raum.

»Was war das denn?«, flüsterte Anja Paffrath ihrem Chef zu.

»Wir haben jetzt ein paar neue Informationen«, antwortete Wiese ebenso leise. »Erstens kennen wir nun den Namen des vierten Mannes auf dem Foto, das in Afrika entstanden ist. Er heißt Stefan. Zweitens wird hier gerade ein Spiel gespielt, das an uns vorbeigehen soll. Von Schellenburg hat offenbar soeben eine Information erhalten, die wir noch entschlüsseln müssen. Offenbar sind die Namen der Freunde viel mehr als ein Lebensbeweis von Andrea von Schellenburg. Irgendeine Information ist dem Generalbundesanwalt gerade zugespielt worden. Und die hat etwas mit den Namen zu tun. Wir müssen also umgehend herausbekommen, was mit den anderen Männern auf dem Foto ist. Und wir müssen von Schellenburg im Blick behalten.«

»Sie wollen den Generalbundesanwalt observieren lassen?« Die junge Frau sah Wiese fassungslos an.

»Das muss so unauffällig wie möglich über die Bühne gehen.«

»Okay«, sagte Paffrath, während sie aufstand. »Ich klemme mich hinter die Namen und sorge für die Überwachung.«

»Danke.«

Die anderen im Raum hatten das leise Gespräch zwischen den beiden nicht verstanden und sahen Wiese nun fragend an. Der ignorierte ihren Wunsch, sortierte einen Moment lang seine Unterlagen und hob dann den Kopf, um Klaus Huber herauszufordern.

»Herr Huber, wollen wir nicht anfangen?«, fragte er provokant.

»Ich dachte, Sie hätten uns noch etwas mitzuteilen ...«

Hubers Stimme hallte einen kurzen Moment nach, bevor Stille eintrat.

»Was genau möchten Sie wissen?«, fragte Wiese, ohne den Blick von dem Staatssekretär abzuwenden.

»Nun, Sie haben offenbar gerade mit Herrn Kayibanda telefoniert. Was hat er gesagt?«

»Wie Sie schon gehört haben, hat er sich zu einer Information hinreißen lassen. Und der Herr Generalbundesanwalt hat die Namen bestätigt.«

»Aber seine Tochter kennt die Namen nicht. Was kann das bedeuten?«

»Das sagt uns, dass diese Information von Herrn Kayibanda vollkommen wertlos ist.« Wiese griff zu einer Thermoskanne und schenkte sich Kaffee ein.

»Nicht ganz«, beharrte Huber. »Wenn Andrea von Schellenburg die Männer nicht kannte – woher wusste dann Herr Kayibanda ihre Namen?« Der Staatssekretär erhob sich nervös von seinem Stuhl, zog ein Taschentuch aus der Hose und wischte sich den Schweiß von der Stirn.

»Hans Meyer wird sie ihm gesagt haben.«

»Damit hätten wir also ein Lebenszeichen von Meyer. Das ist zumindest ein kleiner Hoffnungsschimmer«, entgegnete Huber, während er gemessenen Schrittes eine Runde um den großen Konferenztisch zog.

»Ich habe ihm gesagt, dass er alle Geiseln nach den Mädchennamen ihrer Mütter fragen soll.«

»Gut. Bis wann können wir mit einer Antwort rechnen?«, erkundigte sich Huber und blieb drohend am gegenüberliegenden Ende des Raumes stehen. »Sie haben ihm sicherlich eine Frist gesetzt, oder?« Er sah Wiese scharf an.

»Dazu hat er sich nicht geäußert«, antwortete der. »Er hat das Gespräch abrupt beendet.«

»Alles in allem können wir also zusammenfassend sagen, dass wir nicht vorankommen.« Huber ging zu seinem Platz zurück und setzte sich genervt auf seinen Stuhl.

In der hinteren Ecke steckten der Mitarbeiter des BND und ein Beamter des Auswärtigen Amts die Köpfe zusammen und blickten auf den Bildschirm eines Laptops, das zwischen den leeren Kaffeebechern, fleckigen Thermoskannen und einem vollen Aschenbecher kaum Platz zu finden schien. Sie diskutierten leise, bis der BND-Kollege die Aufmerksamkeit der anderen Anwesenden auf sich zog.

»Hier ist eine Meldung bei Bild Online«, sagte er mit belegter Stimme. »*Deutsche Reisegruppe in Uganda entführt*. Es werden keine Namen genannt, aber sie vermuten eine politische Verbindung hinter der Entführung.«

Wiese sprang von seinem Stuhl auf und umrundete den Tisch so schnell er konnte. Tatsächlich. Irgendjemand musste geplaudert haben. Sie hatten doch absolute Geheimhaltung vereinbart, und normalerweise war das in einer so brisanten Situation auch selbstverständlich.

»Wer hat den Artikel geschrieben?«, fragte er.

»Sebastian Teichel«, sagte der BND-Mitarbeiter.

»Noch nie gehört«, warf der Beamte des Auswärtigen Amts mürrisch ein.

Wiese kannte den Namen irgendwo her. Wer war der Kerl? Dann fiel es ihm ein: der Journalist vor Hans Meyers Haus. Aber woher hatte er die Information?

»Suchen Sie mir die Telefonnummer des Schreiberlings raus«, sagte Wiese zu dem Beamten des Auswärtigen Amtes. Der schaute ihn irritiert an.

»Ich glaube nicht, dass das in meinen Verantwortungsbereich fällt …«

Wiese stöhnte auf, ging an seinen Platz zurück, klappte den dort liegenden Laptop auf und begann zu suchen. Innerhalb weniger Minuten hatte er Teichels Nummer gefunden und rief ihn sofort an.

»Wer hat Ihnen denn den Bären von der Geiselnahme aufgebunden?«, flötete Wiese ins Telefon, nachdem er sich knapp vorgestellt hatte.

Sebastian Teichel lachte. »Na, wenn Sie mich anrufen, dann nehme ich das als Kompliment für meinen guten Spürsinn. Wie ist denn der Stand der Dinge?«

»Wer hat Sie informiert?«, blaffte Wiese nun mit scharfem Ton. »Und kommen Sie mir nicht mit dem Schutz Ihrer Quellen. Das ist kein Spiel, das hier ist bitterer Ernst.«

»Wie Sie schon vermuten, kann ich Ihnen den Namen nicht preisgeben«, gab Teichel kühl zurück. »Allerdings war der Informant nicht besonders zurückhaltend und hat mir weiteres brisantes Material für heute angekündigt.«

»Sie behindern mit Ihrer Arbeit massiv unsere Ermittlungsarbeit«, zischte Wiese.

»Und ich mache Sie darauf aufmerksam, dass hier Menschenleben auf dem Spiel stehen.«

»Wer sind die Geiseln?«, wollte der Redakteur wissen. »Wenn Sie mir die Namen nennen, dann sage ich Ihnen vielleicht auch einen Namen.«

Wiese überlegte einen kurzen Moment. Dann war sein Entschluss gefallen: »Gut, ich gebe Ihnen die Namen, und Sie sagen mir, wer Sie informiert hat.«

Huber sprang entsetzt von seinem Stuhl auf. Er wedelte wild mit den Armen, um Wiese von seinem Vorhaben abzubringen.

»Das ist ein Deal. Ich höre und schreibe mit.«

Huber ließ sich auf seinen Stuhl fallen und raufte sich die Haare. Wiese gab dem Journalisten die Namen der Geiseln, abgesehen von zweien: Andrea und Hans.

»Sieben Geiseln? Mein Informant sprach von neun. Welche Namen halten Sie zurück?«

»Ich habe Ihnen gesagt, was ich weiß.«

»Und ich glaube Ihnen kein Wort. Dafür kann ich Ihnen den Namen meines Informanten nicht geben. Ich kann Ihnen jedoch eines verraten: Er kommt aus ihren Reihen. Direkt aus dem Krisenstab.«

Wiese blickte entsetzt in die Runde. Vor ihm saßen die Mitglieder eben jenes Gremiums und hielten die Luft an. Sie beobachteten jedes Mienenspiel von ihm, konnten jedoch die Worte des Journalisten am anderen Ende der Leitung nicht hören.

»Also ist es ein Mann?«, fragte Wiese trocken.

»Das sagen Sie. Für mich sind Informanten geschlechtslos ...«

»Wissen Sie eigentlich, in welch prekärer Lage wir uns befinden?«, fauchte Wiese den Journalisten an. »Die Menschen, deren Namen ich Ihnen genannt habe, können sterben, wenn Sie sich weiter so unkooperativ und verantwortungslos verhalten.«

»Ich mache nur meine Arbeit, mehr nicht ...«

»Ach, lecken Sie mich doch am Arsch!«, raunte Wiese in sein Telefon und legte auf.

Als er den Kopf hob, sah er in das irritierte Gesicht seiner Mitarbeiterin Anja Paffrath. Für einen Moment fragte er sich, ob sie der Maulwurf sein konnte. Sofort verwarf er den Gedanken als völlig absurd.

»Ich habe den Namen des vierten Mannes auf dem Foto«, sagte sie.

»Wir haben also Hans Meyer und seinen Bruder Georg Meyer. Dann den Generalbundesanwalt. Und der letzte ist Stefan Luhrmann.«

»Dann sorgen Sie dafür, dass die beiden, dieser Bruder und der Luhrmann, so schnell wie möglich hier auf der Matte stehen.« Er stürzte seinen Kaffee herunter, der mittlerweile nur noch lauwarm war.

»Das ist leider nicht möglich«, sagte seine Mitarbeiterin bestimmt.

»Warum nicht?« Wiese stellte seine Tasse mit Schwung auf den Tisch.

»Georg Meyer ist Wissenschaftler, Biologe. Im Moment ist er in Uganda und erforscht das Leben der Berggorillas an der Grenze zu Ruanda.«

»Scheiße. Und der andere?«

»Der war ebenfalls Biologe. Und auch er war in Uganda. In derselben Forschungsstation«, sagte die Kollegin und machte eine bedeutungsvolle Pause. »Allerdings ist er verschollen und wurde vor drei Jahren für tot erklärt, weil man keine Nachricht mehr von ihm bekommen hat.«

»So ein Dreck«, schimpfte Wiese.

»Die vier sind damals zusammen nach Afrika gegangen. Die beiden Meyers, der Luhrmann und unser Freiherr.« Paffrath legte die Fotografie vor ihm auf den Tisch. »Mehr habe ich bislang nicht herausbekommen können«, fügte sie noch hinzu.

»Gute Arbeit, danke!« Wiese wusste, was er an seiner Referentin hatte. Wie hatte er sie auch nur eine Sekunde verdächtigen können? Die anderen wandten sich wieder ihrer Arbeit zu. Wiese erzählte seiner Kollegin knapp von dem Journalisten, als ihm etwas einfiel.

»Wohin ist denn von Schellenburg gefahren?«, wollte er leise von ihr wissen.

»Der ist auf der Autobahn nach Hamburg.« Paffrath lächelte, wohl, weil sie wusste, dass sie damit den Trumpf ausgespielt hatte.

»Nach Hamburg?« Wiese sprang auf . »Der wird doch nicht etwa auf eigene Faust mit Kayibanda sprechen wollen?«

Huber sah ihn erstaunt an.

»Sieht ganz danach aus ...«

»Dann müssen wir jetzt schleunigst handeln.«

»Könnte er der Informant sein?«, fragte sie gedämpft.

»Nein, welches Interesse sollte er daran haben?« Wiese überlegte. Dann schaute er erstaunt auf. »Kiguli war heute gar nicht da. Wollte er nicht eine Rückmeldung seiner Regierung mitbringen, ob wir auf ihrem Territorium agieren dürfen?« Er blickte nervös in die Runde.

Anja Paffrath zuckte mit den Schultern.

Wiese richtete sich an die Kollegen im Raum: »Wo ist der ugandische Botschafter?«

»Herr Kiguli lässt sich entschuldigen, da er persönlich mit dem Inhaftierten in Hamburg sprechen wollte«, sagte Huber.

Wiese sog hörbar die Luft ein, warf einen Bestätigung suchenden Blick zu seiner Kollegin hinüber und sagte: »Ich bin sicher: Kiguli ist der Informant, der mit dem Redakteur gesprochen hat«, meinte Wiese. »Welches Interesse kann er daran haben, diese Geiselnahme öffentlich zu machen?«

Schweigen breitete sich im Raum aus.

Dann führte Wiese seinen Gedanken weiter: »Er will uns unter Druck setzen und wird weitere Informationen an die Presse herausgeben, wenn wir nicht auf die Forderungen der Geiselnehmer eingehen. Er muss mit denen unter einer Decke stecken.«

Klaus Huber erhob sich umständlich aus seinem Sessel. »Ich muss doch sehr bitten. Herr Kiguli ist der offizielle Vertreter der Republik Uganda. Ich kann nicht zulassen, dass Sie diese Worte so im Raum stehen lassen.«

»Wir sollten sofort die Möglichkeit eines Zugriffs von kongolesischer Seite prüfen.« Wiese ignorierte Huber so gut es ging, als er den Kollegen der Bundespolizei ansprach: »Wie sieht es von der Seite aus?«

»Kinshasa hat grünes Licht gegeben«, sagte der Angesprochene.

»Dann soll die GSG 9 sofort losfliegen.« Ohne weitere Reaktionen abzuwarten verließ Wiese den Raum.

Huber kam ihm wutschnaubend nach. »Was fällt Ihnen ein, mich so zu übergehen?«

Wiese wirbelte herum. »Was schlagen Sie denn vor?«

»Wir sollten Herrn Kayibanda in die Mangel nehmen«, zischte Huber.

»Vergessen Sie es. Aus dem ist nichts rauszukriegen. Der Mann hat vielleicht die Fäden in der Hand, aber wie mir Ihr Minister schon am Telefon sagte: Der deutsche Staat lässt sich nicht erpressen.«

Wiese ließ den verdutzten Mann auf dem Flur stehen, eilte in sein Arbeitszimmer und knallte die schwere Tür hinter sich zu.

Anja Paffrath folgte ihm kurz darauf und setzte sich auf die andere Seite des Schreibtisches auf einen Stuhl. Die beiden sahen sich an; schließlich einigten sie sich mit einem kurzen Nicken darauf, weiterzumachen. Diese belastende Arbeit hinterließ bei allen deutliche Spuren.

»Was hat diese Vierergruppe mit der Geiselnahme zu tun?«, fragte er sich und seine Kollegin ein paar Minuten später.

»Offenbar sind sie im Streit auseinandergegangen«, dachte diese laut nach. »Sonst hätte von Schellenburg doch nicht gesagt, dass die Freundschaft lange her sei. Eine Verbindung zu Kayibanda kann ich im Moment noch nicht erkennen.«

»Ist es vorstellbar, dass Kayibanda gar nicht weiß, welche Information er uns weitergegeben hat?« Wiese sah seine Mitarbeiterin fragend an. »Was wäre, wenn er das Geschehen in Afrika gar nicht mehr im Griff hat?«

»Das würde bestätigen, dass Kayibanda die Information nicht von Andrea bekommen hat, sondern von jemand anderem.«

»Hans Meyer.« Er dachte einen Moment nach. »Was ist damals geschehen?« Er richtete sich auf. »Wann war das überhaupt?«

»Das Foto ist 1970 entstanden.«

»Und mir gegenüber hat von Schellenburg gesagt, dass sich die Wege in den Siebzigern getrennt haben. Was sagt denn seine offizielle Vita dazu?«

Paffrath blätterte durch einen Stapel Papier, bis sie gefunden hatte, was sie suchte.

»Ab Sommer 1971 hat er in Deutschland gearbeitet.«

»Und Idi Amin ist im Januar 1971 an die Macht gekommen. Irgendetwas muss in den Monaten dazwischen geschehen sein.«

»Dann sollten wir dem nachgehen!«, sagte Anja Paffrath und erhob sich, um die Recherchen wieder aufzunehmen.

54

Im Tal, am Nachmittag des Tages vor der Feier

Die Boote kamen zügig von der Insel auf die Neuankömmlinge zu. Im ersten saß der Schamane, das Oberhaupt, von dem Kambere gesprochen hatte. Er fiel durch sein grimmiges Gesicht und die Flüche auf, die er unentwegt ausstieß. Auch er war nur mit einem Lendenschurz bekleidet, trug dazu jedoch eine mit Federn geschmückte Kopfbedeckung, mit der er Tom an einen gerupften Vogel erinnerte. Er sprang sofort an Land, als das Boot auf Grund lief, und schüttelte die Fäuste vor den beiden Weißen. Tom sah, wie Kambere die Szene vom Waldrand aus abschätzig betrachtete und hoffte inständig, dass dem Jungen durch sie keine Probleme entstehen würden.

Der Schamane war alt. Sein Gesicht war runzlig, großflächige Tätowierungen zierten seinen freien Oberkörper. In der rechten Hand hielt er einen Speer, dessen Klinge glänzte. Ein grauer Bart umrankte seinen Mund, aus dem unentwegt Worte auf Lhukonzo herauszischten, und die Augen schleuderten hasserfüllte Blicke auf die Fremden.

Nach einer längeren und hitzigen Diskussion zwischen ihm, den anderen Dorfbewohnern in den Booten und Mbusa teilte dieser Andrea, Tom und Peter schließlich mit, dass man beschlossen habe, sie auf die Insel zu lassen. Der Schamane sei zwar strikt dagegen, aber die meisten anderen hatten sich der Meinung angeschlossen, Flüchtenden müsse geholfen werden. So saßen die drei kurze Zeit später zusammen mit Kambere und Mbusa in einem der Boote und ließen sich über die glatte Wasseroberfläche fahren, in der sich die Wolken spiegelten.

Tom war wie gebannt, als sie die Insel erreichten. Ein schmaler Sandstrand der seicht zum Wasser hin abfiel, erstreckte sich am Ufer. Dahinter befand sich, umschlossen von einem Zaun aus Bambus, um den Schilf geflochten war, das eigentliche Dorf. Durch ein großes Tor gelangten sie hinein: eine Ansiedlung aus mehreren Hütten, die in einem großen Kreis aufgestellt waren. Mbusa erklärte, dass man an der Größe der Hütten ablesen könne, wie viele Ziegen der Bewohner besitze. Um einige größere Hütten scharten sich jeweils mehrere kleinere, in denen jeweils die Frauen und die Kinder eines Mannes lebten. Manche Kinder, ergänzte Kambere, zogen schon mit sechs Jahren in ihre eigene Hütte, die immer nur aus einem Raum bestand.

Tom sah sich um und erahnte, dass diese Sitte offenbar schon lange gepflegt wurde. Ein regelmäßiges Muster aus unterschiedlich großen Hütten erstreckte sich in Varianten und ohne erkennbare Ausnahmen über den bewohnten Teil der Insel. So wirkte es naturverbunden und organisch. Beinahe unschuldig.

Peter bestätigte, dass es diese Strukturen noch vor einigen Jahren in den traditionellen Dörfern seiner Heimat gegeben hatte. Er war jedoch ein wenig verwundert darüber, diese Gleichberechtigung zwischen den Geschlechtern, den Aufbau der Hütten und das althergebrachte Verfahren, einen Stammesführer demokratisch zu wählen, hier im Herzen des Ruwenzori, in der Gegenwart, anzutreffen.

Vor allen Hütten saßen und standen Frauen, Kinder und Männer. Die meisten waren damit beschäftigt, zu kochen oder Dekorationen für die anstehende Feier zu bauen. Tom hatte selten einen Ort erlebt, der so großen Frieden ausstrahlte. Die Fremden wurden gebeten, sich in der Mitte des Dorfplatzes auf ein paar Baumstämmen niederzulassen, was sie gerne taten. Tom war entsetzlich müde. Er hätte viel für ein weiches Bett gegeben, aber im Zweifelsfall war er auch mit einer der Bastmatten zufrieden, die er beim Vorbeigehen in den Hütten erspäht hatte.

Mbusa kam nun mit einem älteren Mann im Schlepptau auf ihn zu. Die beiden setzten sich zu ihm und begannen ein stockendes Gespräch. Nach kurzer Zeit stellte sich heraus, dass der Alte um die Rituale wusste, mit denen vergessene Erinnerungen zurückgebracht werden konnten. Und mit Mbusas Übersetzungshilfe erzählte er von Situationen, in denen er daran beteiligt war, als Freunde und Verwandte diesen Prozess durchlaufen hatten.

»Dieser Geist, den du gesehen hast«, fragte der Mann Tom dann, »war das wirklich dein Bruder? Wie lange ist er jetzt schon tot?«

»Über zwanzig Jahre«, antwortete Tom.

»Warum willst du das wissen?«

»Weil es ungewöhnlich für die Geister der Ahnen ist, dass sie so lange unter uns sind.«

»Kannst du das erklären?«

»Ich kenne nur zwei Gründe dafür: Entweder ist er unschuldig gestorben oder nicht richtig begraben worden.«

»Ich weiß nicht, ob er selber schuld an seinem Tod hatte oder jemand anders.« Tom spürte, wie ein uraltes Gefühl von dumpfer Angst in ihm aufstieg. »Und ich weiß nicht, wo er begraben ist ...«

»Wir werden das herausfinden. Triff uns morgen Abend nach der Beschneidungszeremonie am Seeufer. Wir werden auf die andere Seite fahren und danach bestimmt mehr wissen.«

»Warum kümmert ihr euch darum? Warum kümmert ihr euch um uns?«, wollte Tom wissen.

Der Alte sah ihn eine Weile schweigend an. »Wir spüren die Unruhe der Geister. Wir wussten, dass etwas geschehen wird. Eure Ankunft hat sich angekündigt, und unsere Tradition schreibt uns vor, euch zu helfen.«

Der Alte erhob sich und ging zu seiner Hütte zurück. Tom schaute ihm nachdenklich nach, und plötzlich wurde ihm bewusst, dass er sich auf etwas einließ, was er noch zwei Wochen zuvor entschieden von sich gewiesen hätte.

Von der Stelle aus, an der Tom saß – mitten auf dem zentralen sandigen Platz der kleinen Siedlung – konnte er alle Hütten um ihn herum sehen. Die Bewohner blickten immer wieder zu den Weißen herüber. Die einen freundlich, andere eher skeptisch. Auch einige ängstliche Blicke machte er aus. Die Menschen hier trugen lediglich eine geflochtene Kordel um die Hüften, an der ein Stoffstreifen die Scham bedeckte. Zwischen den Hütten wuchsen Bananenstauden und einzelne Maispflanzen. Ansonsten war das Areal innerhalb der Umzäunung frei von Bewuchs. Dahinter konnte Tom den Wald der Insel erahnen. Das weit geöffnete Tor gab die Sicht frei auf den See, der noch immer vollkommen ruhig war. Am anderen Ufer reichten die Pflanzen bis ans Wasser heran und zogen sich wie ein undurchdringlicher grüner Gürtel durch das gesamte Tal, dessen Ebene allmählich anstieg, bis sie offenbar einen Scheitelpunkt erreichte, an dem sich die Felsen steil nach oben aufrichteten. Bis zu dieser Stelle strahlte die üppige Landschaft pulsierendes Leben aus. Oberhalb zeigte sie sich übergangslos von einer vollkommen anderen Seite: karge Felsen in Grau-Schwarz. Dieses Zusammenspiel der Farben war berauschend schön. Noch etwas weiter oben waren riesige, blendend weiße Schneefelder zu sehen, die dann jedoch in einer dichten Wolkendecke verschwanden. Wie weit die Berge insgesamt hinaufreichten, war nicht zu erkennen. Von dort oben waren sie gekommen.

»Er hat die Bergspitzen nie gesehen«, sagte Hitimana und wies auf Kambere, der herangekommen war.

Tom schrak zusammen. Er hatte die beiden Jungen nicht bemerkt. Kambere setzte sich neben ihn und sah ihn neugierig an.

»Die Wolken verdecken sie. Wie ist es dort?«

»Kalt«, antwortete Tom. »Da oben ist es kalt und verdammt windig. Ich kann dir nicht empfehlen, dort hinzugehen.«

»Nun, das wird sich wohl nicht verhindern lassen.« Kambere lächelte. »Die Geister werden mir schon helfen.« Der Junge wirkte überzeugt.

»Was passiert eigentlich bei der Zeremonie, die ihr morgen feiert?«, wollte Tom wissen.

»Der Himmel öffnet sich und gibt das Licht frei.« Ein Strahlen ging von Kamberes Gesicht aus.

»Was bedeutet das?«

»Die Wolkendecke reißt auf, und der Mond wird sichtbar.«

»Das geschieht wohl nicht so oft hier in dieser Gegend ...«

»Ich habe den Mond noch nie gesehen.«

»Noch nie?«, fragte Tom perplex.

»Gibt es denn da, wo du lebst, keine Wolken?«

»Schon. Aber bei uns kann man den Himmel, die Sonne und den Mond sehr oft sehen.«

»Das möchte ich auch einmal erleben.« Kambere erhob sich. Er schaute Tom von oben an, nickte kurz und ging dann auf eine der Hütten zu.

Andrea lag erschöpft auf einer Bastmatte nur wenige Meter von Tom entfernt. Langsam stand er auf und trat neben sie. Sie öffnete die Augen, als sie ihn bemerkte und lächelte.

»Ich habe versucht zu schlafen, aber es geht nicht.« Sie richtete sich auf. »Hier verändert sich etwas. Irgendeine Anspannung zieht durch das Tal. So, als ob bald ein Gewitter niedergeht.«

Tom setzte sich zu ihr, strich ihr über den Kopf.

»Ich spüre das auch«, sagte er. »Aber ich glaube nicht, dass es ein Gewitter ist. Hier braut sich etwas anderes zusammen. Unruhe, ein Konflikt. Liegt es an dem Fest, das sie morgen feiern? Bringen wir die Unruhe mit? Oder sind es die Geister, die dieses Tal in ihrer Macht haben? Ich habe das sehr unangenehme Gefühl, dass bald etwas geschieht ...«

»Im Moment können wir aber nichts tun. Wir müssen wohl darauf vertrauen, dass sich alles zum Guten wendet.« Andrea sah Tom von der Seite an. Er erwiderte ihren Blick.

Peter trat auf die beiden zu und setzte sich neben sie.

»Mir ist das hier alles nicht geheuer«, sagte er leise. »Hier liegt irgendetwas in der Luft, und es kommt näher. Ich spüre das genau.«

»An was denkst du?«

»Die Geister. Sie sind unruhig. Sie stellen sich auf eine Kraftprobe ein. Und ich befürchte, wir sind ein Teil dieser Probe.« Peter hatte eine steile Falte zwischen den Augen. »Wir müssen hier verschwinden, so schnell es geht.«

»Glaubst du nicht mehr daran, dass Hilfe von außen kommen müsste?«, wollte Andrea wissen.

»Woher soll denn irgendjemand wissen, dass wir hier sind?«, fragte Peter zurück.

»Du hast doch selbst gesagt, dass einer der Träger ins Tal gelaufen sein könnte! Außerdem hat Hans es doch vielleicht auch geschafft, der Lawine zu entkommen ...«

»Von Hans solltest keine Hilfe erwarten.«

»Wieso nicht?«

»Weil mit ihm irgendetwas nicht stimmt. Er hat sich so eigenartig benommen, und ich glaube, dass es kein Zufall ist, dass er in der Gruppe mitgelaufen ist.«

»Wie kommst du darauf?« Andrea war sichtlich irritiert.

»Er hat sich einen Tag nach dir und Birgit angemeldet. Und er hat angerufen, um sich explizit zu erkundigen, ob du in der gleichen Gruppe bist wie er.«

Andreas Augen weiteten sich. »Glaubst du etwa, er hat etwas mit der Entführung zu tun?«

»Erinnerst du dich an seine Reaktion, als du diesen Talisman in dem Flugzeugwrack gefunden hast?« Peter musterte Tom. Der nickte, während er den halben Holzgorilla aus der Tasche zog. »Er kannte diese Figur. Und die ist nicht so häufig, wie er behauptet hat.«

Mbusa trat zu ihnen und sein Blick fiel auf die halbe Holzfigur in Toms Hand. Er stockte. »Woher hast du die?«, fragte er und kam näher heran.

Tom wandte sich zu ihm um. »Die habe ich oben auf dem Berg gefunden.«

Mbusa griff sich an die Brust, nahm den Lederbeutel ab und fischte etwas daraus hervor. Er reichte Tom den Gegenstand. Es war die andere Hälfte des Holzgorillas von Stefan. Tom hielt die beiden Teilstücke aneinander. Sie passten perfekt zusammen.

55

Im Tal, am Abend des Tages vor der Feier

Als Georg die Augen öffnete, wusste er nicht, wo er war. Einen Moment lang glaubte er, noch immer zu träumen, wartete darauf, aufzuwachen, aber nichts veränderte sich. Er lag im seichten Wasser eines Sees, an einem lang gezogenen Strand. Seine letzte Erinnerung war, dass er in das warme Wasser des kleinen unterirdischen Flusses gefallen war, wo plötzlich ein helles Licht auf ihn zugekommen war. Was danach geschehen war, versank in Dunkelheit.

Er hob den Kopf an und zuckte sofort unter stechenden Schmerzen zurück. Seine Hand, die er tastend an die Stirn führte, färbte sich rot. Georg erinnerte sich an Stöße, die er unter Wasser abbekommen hatte. Er blickte sich suchend um. Wie war er in diesen See gelangt? Das Rauschen brachte ihn auf eine Idee: Ein Wasserfall sprudelte etwa zehn Meter über ihm aus der Felswand in den See. Dort musste er aus dem Berg hinausgespült worden und hinabgestürzt sein.

Der Forscher schaute an sich herunter. Seine Kleidung war schmutzig, an mehreren Stellen eingerissen und völlig durchnässt. Zumindest war es hier nicht so kalt wie auf der anderen Seite der Berge. Er versuchte zu schätzen, wie spät es war, aber er fand keine hinreichenden Anhaltspunkte. Wie lange war er bewusstlos gewesen? Minuten, Stunden – oder Tage?

Trotz Schmerzen richtete sich Georg auf. Der See war groß. Auf seiner Uferseite erstreckte sich ein schmaler, beinahe weißer Sandstrand. Weiter entfernt wuchsen an Mangroven erinnernde Pflanzen. Eine grüne Wand aus Bäumen breitete sich dahinter aus, so weit er sehen konnte. Auf der anderen Seeseite reichte der Bewuchs bis ans Wasser heran, war auch dort noch in Ufernähe ein undurchdringlicher Urwald, hinter dem sich die typischen grau-schwarzen Felsen des Ruwenzori erhoben. Der Himmel war bedeckt. Und das erstaunlichste war: Die Luft war angenehm warm.

Noch immer haftete Georgs Blick an den Wolken, als etwas geschah, das ihm den Atem stocken ließ. Für einen kurzen Moment rissen die

Wolken auf und gaben zwei Bergspitzen oberhalb des Wasserfalls frei. Sofort erinnerte sich Georg an die uralten Beschreibungen der Nilquellen von Herodot und Ptolemäus. Herodot hatte diese Quelle im fünften Jahrhundert vor Christus an einem See zwischen zwei Berggipfeln verortet. Das, was Georg für eine Sekunde gesehen hatte, entsprach genau dieser Beschreibung. Ptolemäus hatte vermutet, dass die Quelle des Nils in den von ihm *montes lunae* genannten Bergen lag. Nach dessen Karte aus dem zweiten nachchristlichen Jahrhundert wurde der Ruwenzori ja noch heute als *Mondberge* bezeichnet. Der Forscher wagte den Gedanken kaum zu Ende zu denken – hatte er die Quelle des Nils gefunden?

Georg versuchte, sich zu orientieren, aber da sich die Wolken wieder zusammenzogen, konnte er noch nicht einmal die Himmelsrichtungen ausmachen. In der Hoffnung, irgendeinen Anhaltspunkt zu finden, blickte er suchend in den Urwald, der nur ein paar Meter von ihm entfernt begann, und erschrak. Dort saß ein riesiger Berggorilla. Der Silberrücken hockte zwischen den Bäumen, nur sechs Meter vor Georg entfernt, von einem dichten Schwarm Fliegen umgeben und beobachtete ihn genau.

Harald und Stefan hatten also doch Recht gehabt. Georg konnte keine andere Erklärung mehr vorbringen – hier saß der eindeutige Beweis direkt vor ihm. Im Ruwenzori lebten Berggorillas. Zumindest dieser eine. Da Georg die Tiere im Bwindi-Nationalpark genau kannte, war ihm sofort klar, dass es sich nicht um ein Mitglied aus einer seiner Gruppen handelte. Diesen hier hatte er noch nie gesehen. Und nicht nur das: Der Silberrücken hatte ungewöhnlich kurze Haare, und sein Fell war nicht so dicht, wie Georg es von den Berggorillas rund um seine Forschungsstation kannte. Die Ähnlichkeit zu den Berggorillas im Süden Ugandas und in Ruanda war offensichtlich, zugleich unterschied er sich von jenen Tieren. Georg war sich von einer Sekunde auf die andere sicher, eine neue Unterart entdeckt zu haben: den Ruwenzori-Berggorilla.

Doch was nützte ihm das jetzt? Er war in das Revier des imposanten Tieres eingedrungen, und die Tatsache, dass der Silberrücken nicht längst vor ihm weggelaufen war, ließ nur den Schluss zu, dass er der Bedrohung ins Auge sehen und sich bald über Georg hermachen würde. Georg fröstelte. Ausgerechnet er, der so vertraut mit den Tieren war, sollte einem von ihnen ausgeliefert sein?

Georg hatte reflexartig zu Boden gesehen, um dem Blick des Tieres nicht zu begegnen. Aber das verschaffte ihm höchstens ein paar Minuten.

Noch immer verhielt der Gorilla sich friedlich, und Georg wurde unsicher. Was ging hier vor sich? Nach einer Weile hob Georg vorsichtig den Kopf – der Silberrücken saß unverändert da und rührte sich nicht. Er hätte ihn längst anfallen können. Aber nichts dergleichen geschah.

Die Augen des Gorillas waren strahlend orange. Georg hatte schon in viele Berggorilla-Gesichter gesehen, aber noch nie in solch ein Feuer. Die Augenfarbe der ihm bekannten Tiere war eher hellbraun. Höchstens mit einem leichten Stich ins Orange. Die leuchtende Intensität dieser Augen vor ihm hob sich von dem Ausdruck aller anderen auf eine Weise ab, die er nicht einmal theoretisch für möglich gehalten hätte.

Da das Tier sich weiterhin nicht regte, sah Georg sich wieder um. Dabei bemerkte er, dass das, was er zunächst als gegenüberliegendes Ufer angesehen hatte, eine Insel war, die mitten im See vor ihm ruhte. Dort schienen Menschen zu leben. Er konnte Felder und Hütten erkennen, ein paar Boote schaukelten im Wasser.

Georg wandte sich wieder dem Gorilla zu. Stefan hatte ihm einmal erzählt, dass Bewohner am Fuße des Ruwenzori von einem mysteriösen Tal berichtet hatten. Jede genaue Nachfrage war allerdings von den Bayira mit Schweigen beantwortet worden, und Stefan war darüber beinahe wahnsinnig geworden. Stefan hatte in seine Berichte so viele religiöse und fantastische Elemente eingestreut, dass ihm niemand geglaubt hatte. Georg hatte ihn sogar ausgelacht. Hatte er ihm Unrecht getan? Aber wo war die Grenze? Stefan hatte sie damals weit überschritten, war tief in die Kultur und die Mystik der Bayira eingestiegen. Und er hatte sich darin verirrt, bis er beinahe mit der Realität nichts mehr anfangen konnte. Aber das hier *war* real.

In diesem Moment registrierte Georg zwei Männer, die im Schatten des Waldes standen. Sie hielten lange Speere in den Händen und waren mit traditionellen Lendenschurzen bekleidet. Ihre Gesichter waren mit weißer Farbe bemalt, sodass sie fast etwas Geisterhaftes ausstrahlten. Der Berggorilla erhob sich aus seiner Ruheposition, um sich in den Wald zurückzuziehen. Die beiden Männer kamen auf Georg zu. Sie sahen nicht besonders freundlich aus, und Georg überlegte fieberhaft, was er tun konnte, um sie von seiner Friedfertigkeit zu überzeugen. Er hatte Angst.

»Wer bist du?«, fragte ihn einer der beiden in schlechtem Englisch.

»Georg, ich heiße Georg. Und ich suche meinen Bruder«, antwortete er verdattert.

»Dann kennst du die anderen Weißen?«, fragte der Mann weiter.

»Wo sind sie?« Georgs Puls stieg. »Vielleicht ist mein Bruder dabei. Wie viele sind es?«

»Ein Mann und eine Frau.«

»Wie sieht der Mann aus?«, wollte Georg nun wissen und trat dabei einen Schritt auf die beiden zu. Diese richteten sofort ihre Speere auf ihn, sodass Georg unwillkürlich zurückwich.

»Er ist weiß«, antwortete der Mann. »Los, gehen wir.«

Er winkte mit seinem Speer und ging voran. Georg folgte ihm und der zweite Mann, der weiterhin mit dem Speer auf ihn zielte, ging hinter ihm.

Sie liefen am Ufer des Sees entlang, von dem Georg mit jedem Schritt faszinierter war. Wärme stieg von der Oberfläche auf. Auch schon das Wasser in der Höhle war warm gewesen. Irgendwo in diesem Berg musste es eine warme Quelle geben. Die Folge war ein Klima, das für diese Höhen ungewöhnlich war. Normalerweise dürften die Pflanzen hier bei weitem nicht so üppig sein. Georg hätte karge Felsen erwartet, doch die Wärme förderte eine opulente Pflanzenwelt. Sie befanden sich in einem Regenwald, der normalerweise nur bis dreitausend Meter vorherrschte. Aber hier mussten sie fast viertausend Meter hoch sein.

Mit einem der schmalen Boote setzten sie zur Insel über, an deren Ufer sie bereits von einem grimmigen alten Mann erwartet wurden. Er stellte dieselben Fragen, die schon die beiden Krieger ausgesprochen hatten, und da er mit den Antworten offenbar nicht zufrieden war, rief er ein paar scharfe Befehle, die Georg nicht verstand, und zog sich schimpfend zurück. Georg wurde in eine Hütte am Rande der kleinen kreisförmigen Siedlung gestoßen und ließ sich dort zu Boden sinken.

Draußen erklangen Stimmen. Georg hochte auf. Das war nicht nur Lhukonzo, er hörte auch Englisch – und Deutsch! Was war das hier für ein Dorf? In der Öffnung der Hütte erschienen Menschen. Weiße. Ein Mann und eine Frau. Ihnen folgte ein Schwarzer. Sie wurden zu ihm in das Halbdunkel gebracht und gezwungen, sich hinzusetzen. Georg betrachtete die drei erstaunt.

Die Frau erschrak, als sie ihn bemerkte. Auch der weiße Mann und der Afrikaner zuckten zurück. Sechs Augen starrten Georg an.

»Wer sind Sie?«, fragte die Frau stotternd. »Was machen Sie hier? Werden wir Ihretwegen hier eingesperrt?«

»Woher kommen Sie?«, gab Georg zurück.

Die Gefangenen saßen im Halbdunkel voreinander, musterten sich gegenseitig.

»Was um alles in der Welt tun Sie hier?«, fragte Andrea weiter, ohne auf Georgs Frage zu antworten.

»Ich suche meinen Bruder.« Er kannte das Gesicht der Frau irgendwoher. »Wo sind wir hier, und was wollen die von uns?«

»Sie suchen Ihren Bruder? Mitten im Ruwenzori?«, mischte sich nun Tom ein.

»Ja, mein Bruder ist hier oben irgendwo entführt worden. Hans. Hans Meyer. Kennen Sie ihn?«

»Was haben Sie denen da draußen getan?«, wollte jetzt Andrea wissen. »Bis Sie gekommen sind, war hier alles einigermaßen in Ordnung. Aber kaum sind Sie da, drehen die völlig durch.«

»Ich habe keine Ahnung«, sagte Georg, ohne den Blick von ihr abzuwenden.

»Wie sind Sie überhaupt in dieses Tal gekommen?«, fragte Peter nun. »Waren Sie oben auf dem Pass?«

»Ich bin durch den Berg gegangen. Es gibt ein Höhlensystem, das hier im Tal endet«, antwortete Georg, während er versuchte, seine Gedanken zu sortieren.

Andrea wandte sich zu Peter um. »Das wäre doch eine Möglichkeit, oder?«

Peter nickte zögernd. »Ja, vielleicht. Aber die Gefahr, dass wir uns darin verirren, ist ziemlich groß ...«, wandte er dann ein.

»Wo ist der Eingang zu der Höhle?«, fragte Andrea.

»Ich denke, der ist beim Wasserfall.«

»Sie *denken*? Sie müssen doch wissen, wie Sie hier reingekommen sind«, schnauzte sie aggressiv.

»Ich muss bewusstlos gewesen sein. Bevor ich das genauer untersuchen konnte, waren da plötzlich diese Typen mit ihren Speeren. Und der Berggorilla ...«

»Dann müssen wir versuchen, den Eingang zu finden«, sagte Andrea und stand auf. »Wir müssen einen Weg aus diesem Tal heraus finden.« Doch Tom hielt sie zurück.

»Langsam, sachte. Die lassen uns jetzt nicht so einfach gehen. Mit Einbruch der Dunkelheit haben wir bessere Chancen.« Andrea setzte sich frustriert wieder auf den Boden.

»Hans ist also Ihr Bruder?«, fragte Tom schließlich.

»Ihr kennt ihn?«, brachte Georg erfreut hervor.

»Er war in unserer Reisegruppe.«

Dann erzählte Tom ihm, was vorgefallen war. Als er mit seinem Bericht fertig war, wollte Georg sofort mehr über den Berggorilla wissen, den er gesehen hatte.

»Interessierst du dich mehr für die Gorillas als für deinen Bruder?«, fragte Andrea wütend.

»Nein, natürlich nicht ... oder doch ... vielleicht ... Wie viele habt ihr gesehen?«

»Ich weiß es nicht genau«, sagte Tom. »Zehn, vielleicht zwölf ...«

»Und die leben hier im Tal?«

»Es sieht ganz so aus.«

»Das ist erstaunlich ...«, sagte Georg nachdenklich.

»Was ist daran so erstaunlich?«, wollte Andrea wissen.

»Zur Zeit gibt es ungefähr 800 Berggorillas. Sie leben weiter im Süden, im Grenzgebiet Uganda, Ruanda, Kongo. Ich arbeite dort als Primatenforscher. Wir verfolgen gerade die Theorie, dass die Berggorillas im Gebiet der Virunga-Vulkane eine andere Unterart darstellen als die im Bwindi-Nationalpark. Sie gehören zwar beide zu den östlichen Gorillas, sind also eng verwandt, aber es gab offenbar lange keinen genetischen Austausch zwischen den Virunga-Berggorillas und den Bwindi-Berggorillas.«

»Und zu welcher Gruppe gehören die Tiere hier im Tal?«, fragte Andrea.

»Das ist ja das Verwunderliche: Ich habe nie daran geglaubt, dass es hier überhaupt Berggorillas gibt. Und jetzt habe ich einen gesehen, der auch noch auffällig andere Merkmale hat als die beiden anderen Unterarten. Das kann bedeuten, dass es eine dritte Unterart gibt. Die Ruwenzori-Berggorillas. Das wäre eine Sensation!«

»Wie nett. Hilft uns das jetzt weiter?« Tom war offenbar genervt.

»Ich weiß es noch nicht. Die Gorillas sind anders als die, mit denen ich bislang zu tun hatte.«

»Was meinst du damit?«, fragte Andrea.

»Sie scheinen uns genetisch noch näher zu sein als die anderen Arten. Das Verhalten lässt darauf schließen.«

Bevor er weitersprechen konnte, erschien Mbusa am Eingang der Hütte.

»Ihr müsst hier weg«, sagte er leise, während er sich ständig umsah, ob ihn die anderen Dorfbewohner beobachteten. »Muthahwa ist sehr wütend, und er plant mit den Alten des Dorfes irgendetwas.«

»Du kennst doch die Höhle?«, fragte Tom. »Irgendwo beim Wasserfall muss der Eingang sein.«

Mbusa starrte ihn entsetzt an. »Niemand darf die Höhle betreten. Sie sind heilig.«

»Das Tal ist auch heilig«, warf Andrea ein. »Was macht es für einen Unterschied, ob wir noch ein Heiligtum betreten ...«

»In die Höhle gehen nur die Alten. Niemand sonst darf dort hinein.«

»Aber ich bin doch auch dort gewesen«, sagte Georg.

»Das solltest du Muthahwa lieber nicht sagen.«

»Wer ist dieser Muthahwa denn?« fragte Georg etwas verächtlich.

»Er ist so eine Art Schamane oder Medizinmann, nenn ihn wie du willst«, antwortete Andrea. »Er ist auf jeden Fall nicht besonders gut auf uns zu sprechen.«

Mbusa fügte hinzu: »Er glaubt nicht, dass ihr zufällig gleichzeitig hier angekommen seid. Er meint, ihr hättet euch abgesprochen, um unsere Kultur zu zerstören. Deshalb seid ihr auch so kurz vor dem Beschneidungsfest gekommen. Sagt er.« Der Gesichtsausdruck des jungen Mannes war ernst.

»Aber das ist doch völliger Unsinn. Sag ihm das.«

»Das hat Kambere schon getan ...«

»Und?«, fragte Andrea besorgt.

»Muthahwa ist schrecklich wütend geworden. Er hat Kambere angeschrien. Aber Kambere hat ihm nicht zugehört. Er hat gesagt, dass eine neue Generation kommt. Dass die alten Gesetze neu gemacht werden müssen.«

»Und das hat Muthahwa nicht gefallen, nehme ich an«, folgerte Andrea.

»Er wollte Kambere von der Zeremonie ausschließen.«

»Was bedeutet das für den Jungen?«

»Ein unbeschnittener Mann ist in unserer Gesellschaft nichts. Er ist wertlos. Er wird niemals eine Frau finden.«

Betretenes Schweigen trat ein.

»Ich habe eine Bitte an euch«, sagte Mbusa nun sehr leise und kam näher auf Andrea zu. Dann flüsterte er: »Wenn Kambere das Tal verlassen muss: Kümmert euch um ihn. Er ist noch so jung.«

Im nächsten Moment verschwand Mbusa durch die Öffnung der Hütte.

56

Im Tal, am Abend des Tages vor der Feier

»Mit diesem Schamanen ist nicht zu spaßen«, sagte Peter. »Wir müssen hier weg. Wenn die erstmal mit ihrer Zeremonie beginnen, dann ist es zu spät.«

»Meinst du nicht, gerade dann könnten wir leichter entkommen? Dann sind doch alle beschäftigt«, wandte Andrea ein.

»Soweit ich weiß, nehmen solche Stämme zu diesen Anlässen allerhand Drogen und trinken ihr selbst gebrautes Bier. Wir können nicht vorhersehen, wie sie sich dann uns gegenüber verhalten.« Peter sah sehr besorgt aus.

»Das ist doch lächerlich«, meinte Andrea. »Die werden doch nicht plötzlich gewalttätig.«

»Du kennst diese Traditionen nicht. Sie klingen für euch Europäer ja vielleicht archaisch, aber im Grunde sind es streng reglementierte Riten, an denen keine Kritik erlaubt ist. Und die Strafen können schrecklich sein.«

»Und das ist also das von uns so bewunderte, so ursprünglich gebliebene Afrika«, wetterte Andrea. »Das ist ja reaktionärer und starrer als die deutsche Bürokratie.«

»Nein Andrea,« entgegnete Peter scharf, »nicht reaktionär. Sondern konservativ. Im wahrsten Sinne des Wortes: erhaltend. Die Regeln sollen sicherstellen, dass ihre Welt, ihre Traditionen auch morgen noch existieren. Was würdest du tun, wenn man deine Art zu leben bedroht?«

»Dann sollten wir etwas unternehmen, damit wir hier rauskommen.« Tom erhob sich und war mit einem großen Schritt am Hütteneingang. Er schob die beiden überraschten Bayira, die davor Wache hielten, zur Seite und ging auf die größte Hütte zu, in die er den Schamanen hatte hineingehen sehen. Die Leute auf dem Dorfplatz begannen zu schreien und zu gestikulieren, als er den Platz überquerte. Vor der Hütte blieb Tom stehen. Die Dorfbewohner bildeten in einigem Abstand einen Halbkreis hinter ihm.

Muthahwa kam heraus und musterte Tom fragend. Er stützte sich auf einen langen Speer, die Augen funkelten, und Tom konnte das Misstrauen darin erkennen.

»Was willst du, Mzungu?«, sagte er todernst. Sein Englisch klang lange nicht benutzt und er formulierte die Worte mit offenem Abscheu. *Mzungu.* Tom erinnerte sich, dass ihn schon die Kinder beim Aufbruch zur Wanderung so genannt hatten: Fremder, Weißer.

»Wir werden das Tal wieder verlassen«, sagte Tom. »Und ich hoffe, dass ihr uns gehen lasst.«

Der Mann schüttelte widerwillig den Kopf. »Ihr seid hier gegen das Gesetz eingedrungen. Ihr habt die Ruhe der Geister gestört. Also werdet ihr so lange bleiben, bis die Geister euch erlauben, wieder zu gehen.«

»Wer entscheidet das? Die Geister – oder du?« Tom sah den deutlich kleineren Mann durchdringend an. Doch der blieb ungerührt.

»Wir leben hier mit den Geistern zusammen und respektieren ihre Macht.« Der Mann machte Anstalten, sich wieder umzudrehen.

Tom schlug einen versöhnlichen Tonfall an:

»Ihr habt uns aufgenommen, als wir in Not waren, ihr habt uns zu essen gegeben und uns auf die Insel gebracht. Wir sind euch zu großem Dank verpflichtet. Nun aber möchten wir euch nicht weiter zur Last fallen.«

»Wer die Geister missachtet, wird sterben«, grollte der Schamane, als er sich Tom wieder zuwandte. »So will es das Gesetz.«

»Aber wir wollen euch doch gar nichts tun.« Tom streckte die Arme mit offenen Handflächen nach vorne aus.

»Du weißt genau, welches die Gefahr ist. Und ich weiß genau, was du vorhast.«

Tom sah den Mann verständnislos an. Der musterte ihn eine Weile, ließ dann den Blick über die Dorfgemeinschaft schweifen, die im Halbkreis um die beiden Männer herum stand.

Der Schamane presste die Lippen aufeinander. »Du bist Bilderfänger. Du willst Bilder von dem Tal machen. Wir werden nie mehr Frieden finden.«

Tom zuckte zusammen. Dann fügte er leise hinzu: »Ich habe gar keinen Fotoapparat mehr.«

»Du wirst zurückkehren. Und du wirst anderen von uns erzählen.«

Tom hob hilflos die Hände. »Ja, ich wollte dieses Tal fotografieren.

Aber das werde ich nun nicht mehr tun.« Mit dünner Stimme und der mulmigen Ahnung, dass nicht viel in seiner Macht stand, fügte er hinzu: »Wir möchten nach Hause gehen, sonst nichts. Wir versprechen, niemandem etwas zu sagen.«

»Wir werden sehen, wie sich die Geister entscheiden.« Die Stimme Muthahwas machte klar, dass er keine Widerrede mehr duldete. »So oder so – ihr habt euch den Rückweg selbst versperrt. Erst wenn der Schnee geschmolzen ist, wird der Weg über den Pass wieder passierbar sein.«

»Was ist mit der Höhle?«, fragte Tom und ihm wurde im selben Moment klar, dass er diese Frage lieber nicht hätte stellen sollen. Muthahwas Miene gefror. Er starrte Tom ausdruckslos an.

»Wer hat dir von der Höhle berichtet?«

Tom suchte verzweifelt nach Worten. Hatte Mbusa nicht gesagt, dass gerade gegenüber Muthahwa niemand über die Höhle sprechen sollte?

»Ich habe davon gehört ...«, stammelte er.

»*Gehört* ... Von wem?« Muthahwa hatte einen energischen Schritt nach vorne getan und stand nun nur noch wenige Zentimeter von Tom entfernt. »Sprich!«

Der Zorn in seinen Augen entsetzte Tom.

»Ich weiß nicht ...«

»Niemand spricht einfach so über die Höhle. Keiner aus meinem Clan tut dies. Ich werde es herausbekommen.«

Muthahwa blieb so dicht vor Tom stehen, dass dieser den Atem des Mannes in seinem Gesicht spüren konnte. Dann wandte der Schamane sich zur Seite, gab einen knappen Befehl auf Lhukonzo und zog sich in seine Hütte zurück.

»Ihr dürft euch frei auf der Insel bewegen«, sagte eine Stimme neben Tom.

Dieser sah Mbusa verständnislos an. »Wieso das?«

»Er hat es befohlen. Also komm, wir sagen es den anderen.« Mbusa ging auf die Hütte zu, in der die Gefangenen warteten. Tom eilte ihm nach.

Andrea stand erleichtert auf und kündigte an, sich endlich waschen zu wollen. Sie trat vor die Hütte, hielt kurz inne und ging dann quer über den Platz auf die Anlegestelle der Boote zu. Sie fühlte, wie alle Augen auf sie gerichtete waren.

Tom setzte sich vor die Hütte, aus der nun auch Peter und Georg heraustraten, die leise murmelnd weggingen. Tom vergrub den Kopf in seinen Händen und seufzte. Aus den Augenwinkeln bemerkte er eine Bewegung. Er wandte den Kopf zur Seite und sah Nebel aufsteigen. Wie aus dem Nichts kroch er – ausgehend vom See – stetig auf ihn zu. Eine Gänsehaut breitete sich auf Toms gesamtem Körper aus. Der Nebel erreichte ihn und umgab ihn innerhalb weniger Momente so dicht, dass er kaum noch etwas erkennen konnte. Stimmen wisperten ihm unverständliche Worte zu. Nun verdunkelte sich auch noch der Himmel. Gestalten huschten hin und her. Sie tuschelten miteinander, stoben hoch in die Luft und verschwanden dann so schnell wie sie gekommen waren. Die Stille kehrte zurück, und zügig löste sich auch der Nebel wieder auf. Die Dämmerung jedoch war geblieben. Tom erschauderte.

Er erhob sich angespannt und ging zum Wasser hinüber. Kleine Feuer wurden vor die Türen der Hütten getragen und tauchten den gesamten Platz in ein warm flackerndes Licht. Tom erreichte den See noch immer voll innerer Unruhe und beschloss, ein paar Schritte am Strand entlang zu gehen.

Schon nach wenigen Minuten hatte er die Geräusche des Dorfes hinter sich gelassen und allmählich ließ die Anspannung nach. Er war allein. Tom hob den Kopf. Keine Sterne. Die Wolkendecke war zu dicht. Was hatte Kambere gesagt? Er hatte noch nie den Mond gesehen? Tom setzte sich in den Sand und blickte auf das Wasser hinaus, das in der Dunkelheit leicht schimmerte.

»Tom?«, sprach ihn eine Stimme von hinten an. Er wandte sich um. Andrea stand dort. Ihre Bluse war nass und lag eng an ihrem Körper. Wasser tropfte aus den langen Haaren auf ihre Schultern herab.

Sie setzte sich neben ihn und legte eine Hand auf seinen Unterarm. »Ist alles in Ordnung mit dir?«

Im Wasser war eine Bewegung. Dann leuchtete es plötzlich auf. Toms Herz raste. Was war das? Wie grünlicher Schaum wirbelte es an einer Stelle im Wasser herum.

Andrea lachte leise.

»Ein Fisch, mehr nicht«, sagte sie. »Das Wasser leuchtet, wenn es in Bewegung ist. Als ich vorhin darin gebadet habe, hat alles um mich herum geleuchtet.« Sie streifte ihre Schuhe von den Füßen und vergrub die Zehen in dem feinen Sand. Immer wieder sprangen nun Fische aus dem Wasser und brachten die Oberfläche zum Leuchten.

»Ist das nicht traumhaft schön?«, flüsterte sie. »Weißt du, was das ist?«

»Meeresleuchten. Ich habe das schon mal in der Karibik gesehen.«

»Aber das hier ist doch kein Meer.«

Tom wandte ihr das Gesicht zu. Entfernt hinter ihr nahm er die Feuer des Dorfes wahr. Andrea sah lächelnd geradeaus über das Wasser und strich sich eine blonde Strähne aus dem Gesicht, die sofort wieder an ihren Platz zurückfiel.

Aus dem Dorf erklang gedämpfte Musik. Trommeln gaben einen Rhythmus vor, ein Xylophon modulierte um die Schläge herum, Schellen und Saiteninstrumente fügten sich in den Klang. Die Stimmen der Frauen erhoben sich, erst gemeinsam einer Melodie folgend, dann mehr und mehr jede eine eigene Geschichte erzählend. Die Männer stimmten ein. Jodelnde Laute erklangen und gaben der Musik ein mystisches Widerhallen.

Tom strich behutsam die Haarsträhne aus Andreas Gesicht. Bevor er seine Finger zurückzog, ließ er sie einen Moment auf Andreas Wange ruhen. Sie ergriff seine Hand und legte sich seitlich auf den warmen Sand nieder. Dann rollte sie sich auf den Rücken und schaute in den wolkenverhangenen Nachthimmel.

Ein Schauer durchlief Toms Körper, als er ihrer Hand folgte und neben ihr auf den Boden sank. Er wandte dabei den Blick nicht von Andreas Gesicht, deren Ruhe sich langsam auf ihn übertrug.

Andrea hatte die Augen geschlossen und einen Moment lang befürchtete Tom, sie sei eingeschlafen. Doch dann huschte ein Lächeln über ihre Lippen. Sie zog seine Hand näher zu sich und ließ sie dann los. Tom verharrte einen Moment in der Luft. Dann ließ er seine Finger über Andreas Schlüsselbein gleiten, das über dem Ausschnitt der Bluse hervorlugte. Andrea zuckte einmal kurz zusammen, als Tom ihre Haut berührte, aber die Augen blieben geschlossen. Er folgte dem Verlauf des linken Schlüsselbeins bis zur Mitte ihres Brustkorbs, dann ließ er seine Finger wieder zurückwandern. Ihre Härchen richteten sich auf. Behutsam öffnete Tom den ersten Knopf.

Ganz langsam wandte Andrea ihm das Gesicht zu. Tom löste die beiden nächsten Knöpfe. Andrea sah ihm in die Augen, als seine Hand unter den Stoff glitt.

Der Geruch des Feuers wehte zu ihnen herüber. Die Musik im Hintergrund schwoll an. Die Stimmen betäubten ihre Sinne. Schnelle Trommelschläge und die berauschende Melodie des Xylophons pulsierten in ihren Muskeln. Ein Windhauch zog über die nackte Haut der umschlungenen Körper hinweg. Nach einer Weile nahm der Rhythmus der Trommeln die Liebenden tief in sich auf.

Als die Melodien längst verklungen waren, lagen sie noch immer eng beieinander auf dem weichen Sand und blickten in den Himmel.

»Warum heißen diese verdammten Berge denn nun Mondberge, wo man doch den Mond noch nicht einmal sehen kann?«, fragte Andrea leise.

»Weil sie von einem Herrn Mond entdeckt wurden. Das ist doch ganz einfach«, gab Tom zurück und schmunzelte.

»Spinner«, Andrea kniff ihn in den Oberarm. »Lass uns ins Wasser gehen. Es ist traumhaft. Außerdem stinkst du erbärmlich.« Sie lachte leise, als sie aufstand und ihn zum Wasser zog.

Tom sträubte sich. Das Wasser war dunkel und wirkte tief.

Andrea musterte ihn verwundert. »Was ist? Hast du Angst?«

»Ich mag keine Seen.«

»Ich komme mit dir. Am Rand ist es sehr flach. Vertrau mir.«

Er betrachtete ihre schlanke Silhouette und folgte ihr zögernd. Langsam tasteten sie sich in das Wasser vor. Sofort umspielte das Leuchten ihre Füße. Andrea führte ihn immer weiter, bis sie bis zum Bauch im Wasser standen. Es war eine Wohltat. Tom fühlte, wie all seine verklebten Poren zu neuem Leben erwachten, wie alle Strapazen, alle Mühe von ihm abfiel. Um ihn herum leuchtete das Wasser grünlich, sobald er sich bewegte. Er wagte sich Zentimeter für Zentimeter weiter vor. Andrea umschlang ihn von hinten und ihre Hände halfen mit, den Dreck der letzten Tage von seinem Körper zu waschen. Schließlich formte sie mit den Händen eine Schale und goss Tom das Wasser auch über den Kopf.

»Wusstest du, dass alles Wasser, das an den Hängen des Ruwenzori herabfließt, sich letztendlich im Nil vereint?«, fragte er und wischte sich die Tropfen aus dem Gesicht. Er lächelte. »Hier in Afrika scheint alles miteinander verbunden zu sein. Nichts steht für sich allein.«

Tom hatte sich lange nicht mehr so wohl gefühlt. Dass es zugleich auch das vorerst letzte Mal sein sollte, ahnte er nicht.

57

Hamburg-Fuhlsbüttel, 19. Juni

Bernard Kayibanda musste unweigerlich lächeln. Er hatte gewusst, dass es so kommen würde. Aber er hatte nicht damit gerechnet, dass sich Johannes Nikolaus Peter Freiherr von Schellenburg so schnell bei ihm melden würde. Er knöpfte sein gebügeltes weißes Hemd zu. Er begutachtete seine Frisur und beseitigte einen winzigen Fleck auf dem feinen Leder seines rechten Schuhs. Ja, jetzt passte alles perfekt zu dem Auftritt, den er für diesen Besuch geplant hatte. Er verließ seine Zelle und trat in den langen Zellentrakt des Hamburger Gefängnisses Santa Fu.

Im letzten Raum des Besuchstraktes saß der deutsche Generalbundesanwalt und wartete. Kayibanda verlangsamte seinen ohnehin schon gemäßigten Schritt. Er wollte ihn noch etwas zappeln lassen. Der mächtige Mann wirkte nervös. Sein linkes Bein wippte ununterbrochen, seine Gesichtshaut war gerötet, den Blick hatte er ins Leere gerichtet und die Ringe unter den Augen ließen auf einige schlaflose Nächte schließen. Der Hahn war bereit zur Schlachtung.

»Herr von Schellenburg, wie schön dass Sie mich hier in meiner gemütlichen Behausung besuchen kommen«, flötete Kayibanda und bot ihm die Hand zum Gruß.

Von Schellenburg blickte auf, und Kayibanda erschrak. Die Augen des Mannes waren stechend und kalt. Er ignorierte Kayibandas Hand und erhob sich von seinem Platz. Dem Afrikaner wurde schlagartig klar, dass er diesen Mann unterschätzt hatte. Er würde also nicht umhinkommen, heute schon seinen letzten Trumpf auszuspielen.

»Ich kann nicht behaupten, dass es mir eine Freude ist, Sie zu treffen, und ich hätte gut darauf verzichten können. Aber die Umstände zwingen mich dazu.« Von Schellenburg überragte ihn um fast zwanzig Zentimeter.

Ohne eine Reaktion abzuwarten, fuhr von Schellenburg fort: »Ich kann mir denken, was Sie fordern, um meine Tochter wohlbehalten nach Deutschland zurückzubringen. Aber ich möchte es doch gerne noch einmal aus Ihrem Mund hören.«

Die beiden Männer setzten sich an den kleinen Tisch.

»Nun gut, dann kommen wir gleich zur Sache«, antwortete Kayibanda. »Ich könnte mich für Sie einsetzen und in die Wege leiten, dass Ihre Tochter wohlbehalten aus Uganda ausreisen kann. Dafür müssten Sie mir allerdings einen kleinen Gefallen erweisen.«

»Sie ist also noch in Uganda?«

Kayibanda lachte. »Geben Sie sich keine Mühe. Ich hätte genauso Zaire oder Ruanda sagen können. Oder wäre Ihnen der Südsudan lieber?«

Da war es. Ein nervöses Flackern in den Augen des höchsten deutschen Staatsanwalts. Auf dem Level musste Kayibanda ihn halten.

»Afrika hat so viele Staaten, in denen sich Menschen hervorragend verstecken lassen«, fuhr er fort. »Und glauben Sie mir: Ich habe Kontakte in jeden einzelnen davon. Bis in die höchsten Kreise.« Er lächelte.

»Was fordern Sie also von mir?«

»Forderung – dieses Wort klingt so hart. Es ist eher eine Bitte.« Kayibanda machte eine Pause, damit der Zynismus seine volle Kraft entfalten konnte. Dann ließ er die Katze aus dem Sack. »Lassen Sie mich ein paar Dinge ausführen und Sie werden sehen, dass ich sehr gut über Ihre Gesetze informiert bin. Unterbrechen Sie mich, sollte ich mich wider Erwarten in einem Detail irren.« Kayibanda erforschte das Gesicht seines Gegenübers genau, bevor er fortfuhr. »Der Prozess gegen mich hat noch nicht begonnen. Ihre Bundesanwälte stellen zurzeit die Unterlagen für die Anklage zusammen. Sie haben dazu schon sechs Monate Zeit gehabt und wenn sie mich noch länger hierbehalten möchten, müssten sie nun einen neuen Antrag stellen und gute Gründe dafür nennen. Für Sie als Generalbundesanwalt bedeutet es einen einzigen Anruf, das abzuwenden. Sie müssen Ihre Entscheidung noch nicht einmal begründen. Sie haben es in der Hand, ob ich morgen die Mauern dieses romantischen Backsteinbaus von außen betrachten kann. Daher bitte ich Sie um diesen einen Anruf. Wollen Sie den für mich tätigen?«

»Was geschieht, wenn ich es nicht mache?«

»Dann bleibt alles beim Alten und alle in dem Land, wo sie sich gerade aufhalten – Sie, ich und Ihre Tochter Andrea.«

Der Name ließ von Schellenburg zusammenzucken.

»Welchen Beweis haben Sie dafür, dass meine Tochter noch am Leben ist?«

»Hat Ihnen Herr Wiese nicht die Namen Ihrer Freunde genannt?«

»Verkaufen Sie mich nicht für blöd. Hans Meyer hat Ihnen die Namen gegeben. Meine Tochter kennt diese Menschen gar nicht und hat nie etwas von ihnen gehört!«

Kayibanda überdeckte den Moment der Konsternierung sofort mit einem jovialen Lächeln.

»Da haben Sie natürlich Recht. Dann sollen Sie einen anderen Beweis haben. Was darf es sein? Soll ich Ihnen eines von Andreas Ohren oder einen Finger zukommen lassen? Bei größeren Körperteilen ist der Transport etwas komplizierter, und es könnte länger dauern.«

Von Schellenburg wurde blass. Er beeilte sich, darauf hinzuweisen, dass ein solcher Beweis nicht nötig sei. »Aber irgendein Lebenszeichen müssen Sie mir geben. Sie müssen das verstehen – ich riskiere meinen Job und mein Ansehen.«

»Gut, ich werde mich darum kümmern, Ihnen ein Lebenszeichen zukommen zu lassen. Dennoch sollten Sie sich im Klaren darüber sein, dass ich es bin, der über Ihr Ansehen entscheidet – so oder so. Es wäre ein Leichtes für mich, ein paar Dinge über Sie auszuplaudern, die sie unverzüglich ins Abseits manövrieren würden. Andrea wäre dabei reine Nebensache.«

»Was meinen Sie damit?«

»Ich habe mich etwas umgehört. Und das Ergebnis meiner Recherchen ist zumindest interessant.«

»Was wollen Sie denn herausgefunden haben?«

»Ich weiß, wo Sie in den ersten Monaten des Jahres 1971 waren und was Sie in der Zeit getan haben. Ihre Familie muss wirklich sehr einflussreich sein, denn Sie haben es geschafft, Ihren Namen überall zu tilgen, wo er auftauchen könnte. Aber Sie haben vergessen, die Menschen mundtot zu machen. Zufällig kenne ich einen davon, und wir haben einen kleinen Plausch gehalten. Schade für Sie.«

Johannes von Schellenburg starrte Bernard Kayibanda entsetzt an. Sein Hirn scannte die Namen aller Menschen ab, die von seiner Vergangenheit wissen und irgendwie mit dem Ugander in Kontakt stehen konnten. Schweißtropfen rannen seine Stirn hinab.

»Kiguli«, murmelte er schließlich und zückte sein Stofftaschentuch. »Ich wusste doch, dass ich sein Gesicht kenne ...« Er sah Kayibanda wieder an, beinahe Hilfe suchend.

»Er hat mir *alles* erzählt.«

Von Schellenburgs Schultern hingen nun so tief, dass es für einen Moment schien, als gleite er vom Stuhl herab. Dann zog er sich mit einem harten Lachen wieder hoch.

»Sie bluffen. Das alles ist eine fixe Idee, mehr nicht. Und damit wollen Sie mich in die Ecke drängen? Da müssen Sie sich schon etwas Besseres einfallen lassen.« Er stand auf und griff nach seinem Mantel, der über der Stuhllehne hing. »Wissen Sie was? Ich glaube, dass Sie gar nichts von meiner Tochter wissen. Und jetzt wollen Sie das mit allen Mitteln irgendwie für sich ausnutzen. Aber Sie können mir nicht drohen. Wenn Sie überhaupt in der Lage dazu sind, besorgen Sie mir ein Lebenszeichen von meiner Tochter.« Er zog den Mantel an. »Dann können wir weiterreden.« Er streckte die Hand nach der Türklinke aus.

»Sie waren juristischer Berater Idi Amins.« Wie eine Harpune hakten sich die Worte in von Schellenburg fest und zogen ihn zurück in den Raum. Sein Gesicht war aschfahl. »Sie haben die Gräueltaten des Diktators gedeckt. Dann haben Sie irgendwann das Ausmaß durchschaut und wollten aussteigen. Aber da war es schon zu spät. Also mussten Sie Hals über Kopf aus Uganda fliehen. In Deutschland angekommen, wurden Sie von Ihrer Familie wieder aufgenommen und sind vollständig rehabilitiert worden. In keiner Ihrer Biografien wird die schöne Zeit als Jurist Idi Amins erwähnt. Und das hat auch einen guten Grund. Sie würden nämlich sofort all Ihrer Ämter enthoben, wenn das ans Licht käme.«

Der Generalbundesanwalt wandte sich ganz langsam um. Er starrte den aufrecht sitzenden Mann an dem kleinen Tisch fassungslos an und schluckte schwer.

»Nichts von dem, was Sie sagen, können Sie beweisen. Nichts.«

»Noch nicht, da stimme ich Ihnen zu. Aber ich bin sicher, dass sich die Presse mit Genuss auf das Thema stürzen wird.«

Von Schellenburg nickte Kayibanda zu, hauchte ein »Ich habe verstanden« an die Wand neben der Tür des kargen Besucherzimmers, drückte die Klinke und verließ den Raum im Besuchertrakt der Justizvollzugsanstalt Fuhlsbüttel.

58

Im Tal, am Tag der Feier

Die Alten saßen schon den ganzen Morgen zusammen und stritten sich. Was sollte mit den Fremden geschehen? Und wie sollten sie mit dem aufsässigen Jungen im eigenen Dorf umgehen? Sie waren es nicht gewohnt, Wiederworte von einem Kind zu hören.

Mbusa und Kambere durften an der Diskussion nicht teilnehmen. Das Gesetz sah vor, dass nur wenige dem Rat angehörten, der sich in Krisensituationen traf. *Dann müssen wir das Gesetz ändern*, hatte Kambere mit lauter Stimme gesagt und damit peinliche Bestürzung hervorgerufen. Aber so war Kambere nun einmal: Er sprach die Dinge aus, obwohl er jung war. Viel zu jung, um so laut zu sprechen, meinten die Alten. Selbst Mbusa mahnte ihn immer wieder, den Mund zu halten. Doch Kambere, der sonst gerne auf seinen älteren Freund hörte, wollte nicht länger den Kopf einziehen.

Als aber die Dorfältesten schließlich doch die Hand hoben und Kambere und Mbusa zu sich riefen, wurden dem Jungen für einen kurzen Moment die Knie weich. Langsam, um seine Anspannung zu verbergen, näherte er sich mit seinem Lehrer dem Kreis der Männer und Frauen, die sich am Rande des großen Platzes versammelt hatten, um über die Geschicke ihres Dorfes zu entscheiden. Kambere und Mbusa setzten sich auf die eine Seite, im Rücken die Wand der Umzäunung.

»Kambere«, sagte Mbusas Vater, als etwas Ruhe eingekehrt war, »wir haben dich rufen lassen, weil uns eine schwere Entscheidung bevorsteht, die dein Schicksal betrifft.« Er betrachtete den Jungen aufmerksam.

Kambere nickte. Er ahnte, was ihm bevorstand.

»Wir haben lange darüber gesprochen, was wir mit dir machen sollen. Einige aus unserem Kreis sind der Meinung, dass du gegen wichtige Grundsätze unserer Gemeinschaft verstoßen hast.«

»Gegen welche denn?«, wollte Kambere wissen und spürte, wie der Trotz wieder die Oberhand über seine Scheu gewann. »Zunächst einmal gegen den, Ältere nicht zu unterbrechen und ihnen nicht zu widersprechen. Und du hast den Weißen von der Höhle erzählt.«

»Ich habe ihnen nichts von einer Höhle erzählt«, antwortete Kambere. »Und ich sage nur, was ich denke und für richtig halte.«

»Du bist noch zu jung, um zu urteilen. Durch die Beschneidung wirst du als vollständiges Mitglied in die Gemeinschaft aufgenommen. Dann darfst du dich an Gesprächen beteiligen.«

»Damals, als ihr eure Dörfer verlassen habt, um hier oben in den Bergen zu leben, damals habt ihr euch auch gegen die Gesetze eurer Eltern und Großeltern gewandt. Ihr habt euer Land verlassen und eure eigenen Gesetze geschaffen, an die wir uns jetzt alle zu halten haben.«

»Kambere, damals konnten wir nicht anders handeln. Es gab keine Alternative für uns. Deshalb sind wir in die Berge geflohen.«

»Aber da draußen verändert sich die Welt! Und ihr verbietet uns einfach, an dem Leben dort teilzunehmen.«

»Moment, Junge, pass auf, was du sagst! Die Geister sind es, die das verbieten. Nicht wir. Die Geister haben uns hier in dieses Tal geführt und uns die Aufgabe zugewiesen, diesen Ort zu beschützen. Dafür beschützen sie uns.

Wir kennen das Ansinnen der Geister sehr genau und leben im Einklang mit ihnen.«

»Und dazu gehört auch, dass ihr diejenigen tötet, die sich von euch abwenden?«

»Das reicht!« Mbusas Vater hob erbost die Hand. »Schweig!«

Kambere zuckte zurück, nickte dann kurz und wollte aufstehen. Mbusa hielt ihn zurück.

»Was wird mit Kambere geschehen?«, fragte er.

»Er wird das Tal verlassen!«

»Ihr verstoßt mich?«, fragte Kambere erstaunt.

»Nein. Wir geben dir den Auftrag, fortzugehen. Du sollst draußen etwas lernen, was uns dauerhaften Schutz bringen kann.«

Kambere sah fassungslos in die Runde. Er sollte tatsächlich das Tal verlassen? Im Auftrag der Ältesten? Das war nicht das, was er sich vorgestellt hatte. Er wollte auf eigene Faust gehen.

»Und das habt ihr einstimmig beschlossen?«

»Nein, wir haben darüber diskutiert und diesen Beschluss gefasst. Einstimmig war er nicht.«

Kambere schaute sich im Kreis der Alten um ihn herum um. Er kannte die Frauen und Männer alle seit seiner frühesten Kindheit. Die Gesichter waren ihm vertraut, und die meisten mochte er gern, denn sie waren eine Familie, von der er immer geglaubt hatte, dass sie durch nichts auseinander gerissen werden konnte. Als sein Blick an Muthahwa hängen blieb, der ihn mit grimmigem Gesicht ansah, wusste er, wer gegen den Beschluss gestimmt hatte. Der Schamane erhob nun seine Stimme.

»Ja, ich habe dagegen gestimmt. Ich halte nichts davon, einen von uns fortzuschicken, damit er draußen etwas für uns tut. Die Geister haben unser Leben immer gelenkt und werden es weiterhin tun. Wenn sie wollten, dass du gehst, dann hätten sie uns ein Zeichen gegeben.«

Kambere blickte zu den Bergen hinauf. Die Wolken waren dunkler als gewohnt. War das nicht Zeichen genug?

»Wird Kambere an der Zeremonie teilnehmen?«, mischte sich Mbusa erneut ein.

Muthahwa musterte Mbusa dunkel und antwortete dann mit rauer Stimme: »Kambere wird beschnitten, doch danach wird er das Tal verlassen, um die Traditionen des Clans zu sichern.«

Dann wandte er sich wieder Kambere zu. »Du wirst niemandem erzählen, woher du kommst.«

»Was ist mit den Weißen?«, wandte Mbusa ein.

»Sie werden das Dorf nicht verlassen.« Muthahwas Stimme war hart.

»Was soll dann mit ihnen geschehen?«

»Darüber werden wir nach der Zeremonie entscheiden.« Eine Stille trat ein, in der nur der Wind, der ununterbrochen von den Bergen hinabwehte, zu hören war. »Und du wirst dich um den neuen Jungen kümmern. Mugiraneza übernimmt Kamberes Platz in der Dorfgemeinschaft.«

Verwundert sah Mbusa den Schamanen an. »Wir nehmen den Jungen auf? Das hat es noch nie gegeben ...«

»Wir haben ja auch noch nie jemanden aus der Dorfgemeinschaft entlassen.«

»Warum lasst ihr die Weißen nicht einfach mit Kambere gehen?«

»Unser Volk ist von den Europäern immer wieder betrogen und belogen worden. Wie können wir diesen Menschen nun glauben, dass sie draußen nichts von uns erzählen?«

»Wir könnten ihnen einfach vertrauen.«

Muthahwa schwieg drohend.

»Gut, ich werde mich um Mugiraneza kümmern«, sagte Mbusa.

Mbusa und Kambere wurden vom Rat der Alten entlassen und gingen schweigend über den Platz. Sie verließen die Umzäunung und traten an den See, über dem sich der Wind wieder beruhigt hatte.

»Du musst sehr vorsichtig sein, Kambere. Muthahwa wird nicht einfach so hinnehmen, dass seine Stimme nicht gehört wurde.«

»Du meinst, er wird mich daran hindern, das Dorf zu verlassen?«, fragte Kambere und ein dumpfes Gefühl machte sich in seinem Magen breit.

Bevor Mbusa antworten konnte, bemerkten sie, wie Hitimana mit angespannter Miene auf sie zukam. Als er die beiden erreicht hatte, platzte er sofort mit den Fragen heraus.

»Die Alten sitzen nun schon seit Stunden zusammen. Was planen die? Und warum haben sie Mugiraneza jetzt zu sich gerufen und mich nicht?«

Kambere nahm ihn am Arm und zog ihn hinter sich her zu seiner Hütte. Er begann, seine wenigen Habseligkeiten zusammenzusuchen. Hitimana stand mit ratloser Miene neben ihm.

»Was ist denn los?«

»Wir sollten das Tal so schnell wie möglich verlassen. Sie werden euch nicht freiwillig gehen lassen und bald ist es zu spät«, antwortete Kambere, während er seine Sachen in ein Tuch wickelte. Er blickte auf und sah seinen neuen Freund forschend an.

» *Wir*?« Hitimanas Stimme drückte Verwunderung aus.

»Ich werde mit dir gehen, denn der Rat hat beschlossen, mich aus dem Tal fortzuschicken.«

»Aber was ist mit Mugiraneza?«, fragte Hitimana ängstlich.

»Dein Freund wird meinen Platz hier einnehmen. Er wird in die Gemeinschaft der Abathatha aufgenommen«, sagte Kambere sanft. »Heute Abend ist die Beschneidung.«

Fassungslos starrte Hitimana Kambere an und Tränen traten in seine Augen. »Er ist mein Freund. Ich kann doch nicht ohne ihn gehen. Er kann nicht einfach allein hierbleiben.«

»Mach dir keine Sorgen, Hitimana. Dein Freund ist nicht allein. Hier hat er eine neue Familie gefunden. Das hier wird sein Zuhause sein.« Kambere nahm seinen Beutel auf. »Aber du kannst nicht länger hierbleiben. Und ich auch nicht. Also müssen wir beide jetzt zusammenhalten! Allein wird das keiner von uns schaffen. Aber wenn wir uns gemeinsam auf den Weg machen, kommen wir hier raus.« Er sah ihm in die Augen. »Willst du das mit mir versuchen?«

Hitimana schluckte schwer und nickte langsam. »Also tauscht ihr beiden die Plätze. Mugiraneza geht in deine Familie, und du kommst zu mir und bist ab jetzt mein Freund?«, fragte er unsicher.

Zur Bestätigung legte Kambere Hitimana die Hand auf die Schulter. Dann schob er ihn sanft nach draußen. »Komm. Wir sollten keine Zeit verlieren. Wir müssen weg«, sagte er.

Kambere und Hitimana traten aus der Hütte und gingen zu Mbusa. In diesem Moment kamen Tom und Andrea auf sie zu. In ihren Gesichtern spiegelte sich eine Zufriedenheit, die nicht zu der Gefahr, in der sie sich befanden, passte.

»Ihr seht aufgeregt aus«, fragte Tom. »Was ist passiert?«

Mbusa erzählte in knappen Worten, was geschehen war. Tom hörte fassungslos zu, während Andrea blass wurde. Mbusa nickte Tom noch einmal zu, dann eilte er den Weg zum Dorf zurück.

Die anderen blieben am Ufer stehen. Tom legte den Arm um Andreas Taille und zog sie ganz nah zu sich heran. In diesem Moment bemerkten sie ein Geräusch, das vom Himmel zu kommen schien und allmählich näher kam. Ein Flugzeug. Es flog über die Berge, war jedoch wegen der dichten Wolken nicht zu sehen.

»Sie suchen uns«, flüsterte Andrea hoffnungsvoll.

»Dann lass uns hoffen, dass sie nicht zu spät kommen«, entgegnete Tom.

59

Am Fuß des Gletschers, am Morgen des 20. Juni

Die Rebellen um Paul und Innocent hatten die Nacht genutzt, um wieder ein wenig zu Kräften zu kommen. Der neue Tag präsentierte sich mit strahlendem Sonnenschein, der die verschneite Landschaft in ein grelles Weiß tauchte. Hans hatte große Schwierigkeiten, etwas zu erkennen, und er war sich der Gefahr bewusst, schneeblind zu werden. Doch die Sonnenbrille hatte er irgendwann, vermutlich bei der Entführung, verloren. Und die anderen waren nicht besser dran als er. Lediglich Paul hatte eine dieser verspiegelten amerikanischen Pilotenbrillen auf der Nase.

Sie marschierten in einer langen Reihe hintereinander durch den tiefen Schnee. Da die Anstrengung für den zuvorderst Gehenden am größten war, wechselten sie sich in dieser Position ab. Trotzdem kamen sie nur sehr langsam voran, und Pauls Laune wurde mit jeder Stunde, die sie für den Aufstieg brauchten, schlechter. Die Verletzten hatten sie zusammen mit den Kindersoldaten in einem provisorischen Camp zurückgelassen, und Hans war sicher, dass er keinen von ihnen noch einmal lebend zu Gesicht bekommen würde. Paul waren Menschenleben offenbar vollkommen egal. Ihm ging es nur um den persönlichen Sieg.

Erneut telefonierte Paul mit seinem Chef in Deutschland. Sie stritten sich, so viel konnte Hans verstehen, aber der Inhalt des Streits erschloss sich ihm nicht. Schließlich beendete Paul das Gespräch, kam auf Hans zu und sagte ihm, dass die Deutschen weitere Informationen forderten, um ein Lebenszeichen der Geiseln zu bekommen.

»Was wollen sie denn wissen?«, erkundigte sich Hans.

»Sie wollen von allen Teilnehmern die Namen der Großmütter mütterlicherseits.«

»Dann geben wir ihnen doch so viele Informationen, wie wir haben. Andreas Oma hieß Therese von Trutzheim, meine Großmutter hieß Gertrud Heymer. Aber mehr weiß ich auch nicht.« Hans bemühte sich, die Namen ruhig auszusprechen, aber er spürte, wie ihm das Herz bis in den Hals schlug.

»Wenn wir nicht alle Namen haben, dann werden sie uns auch nicht glauben, dass wir noch alle Geiseln in unserer Gewalt haben.«

»Dann gib ihnen nur die Namen von Andreas Großmutter. Von mir werden sie mittlerweile wissen, dass ich mit dem Generalbundesanwalt befreundet war. Daher ist es besser, wenn sie von mir denken, ich sei wie die anderen verschollen. Hauptsache ist doch, dass es ein Lebenszeichen von Andrea gibt. Da beißt sich die Katze in den Sack.«

»Gut, wir werden es versuchen.«

Paul wählte eine Telefonnummer und gab den Namen durch. Dann stapften sie weiter den Berg hoch. Gegen Mittag erreichten sie die oberen Areale des Berges; hier waren sie dem Pass schon ziemlich nahe. Unter den fünf Soldaten entstand immer größere Unruhe, je weiter sie nach oben kamen.

Aber wie beim Aufstieg zwei Tage zuvor wurde das Wetter mit jedem Meter, den sie dem Pass näher kamen, immer schlechter. Nebel schob sich in ihren Weg, was sich als Wohltat für die geblendeten Augen herausstellte. Es wurde schlagartig eiskalt, und nach einer Weile setzte Schneetreiben ein. Hans konnte innerhalb weniger Minuten kaum noch etwas sehen, und trotz der großen Anstrengung, die ihn der Aufstieg kostete, war er bald vollkommen durchgefroren.

Nach einigen Minuten war Hans kaum noch in der Lage, einen Schritt vor den anderen zu setzen. Hinter ihm stapfte Paul durch den Schnee, der ihnen mittlerweile bis zu den Knien reichte, hatte seine kleine Pistole immer im Griff und scheuchte die Gruppe unnachgiebig weiter. Schließlich wurde der Wind zu einem ausgewachsenen Sturm, der ein Weitergehen unmöglich machte.

In diesem Moment kamen sie. Wie riesige Schatten zogen plötzlich Gestalten über ihre Köpfe hinweg. Hans erstarrte. Er versuchte, sie genauer zu fixieren, aber es gelang ihm nicht. Das Einzige, was er neben den sich permanent verändernden Formen durch das Schneetreiben erkennen konnte, waren orange leuchtende Augen, die ihn anzustarren schienen. Die Gestalten waren schwarz behaart. Doch jedes Mal, wenn er sie genauer ansehen wollte, waren sie schon wieder verschwunden. Er roch ihre Ausdünstungen und den nach Fäulnis stinkenden Atem. Die Temperatur fiel noch einmal deutlich, und der Schnee wurde zu Hagel, der ihm direkt ins Gesicht schlug. Der erste Mann in der Kette wurde von einer der Gestalten in den Schnee gedrückt, der zweite mehrere Meter zu Seite geschleudert. Was war das?

Der Hagel peitschte nun waagerecht durch die Luft. Immer wieder stürzten die Schatten auf die kleine Gruppe Menschen herab, die sich mit erhobenen Armen zu schützen versuchten. Das Grollen des Sturms übertönte jeden anderen Laut. Hans versuchte verzweifelt, sich auf den Beinen zu halten, bis ein Schatten so nah an ihn herankam, dass auch er den Halt verlor und rückwärts in den tiefen Schnee fiel. Jeder Muskel seiner Körpers schmerzte. Er spürte seine Hände und Füße nicht mehr. Am liebsten wäre er hier einfach liegen geblieben. Doch dann riss ihn jemand aus dem eisigen Grab heraus. Innocent blickte ihm in die Augen.

»Du musst dich bewegen«, schrie er ihm zu. »Niemals stehen bleiben. Sonst stirbst du.«

Hans richtete sich mühsam wieder auf. Paul unternahm noch ein paar Versuche, seine Leute mit äußerster Gewalt voran zu treiben, aber niemand hatte mehr die Kraft, sich durch den tiefen Schnee zu arbeiten. Sie mussten aufgeben.

Paul wütete. Er schrie seine Männer an, er prügelte auf einen von ihnen ein, zückte seine Waffe und richtete sie in blindem Zorn auf ihn, bis Innocent energisch dazwischen ging und ihm die Waffe gerade noch rechtzeitig aus der Hand schlug.

»Was mischt du dich in meine Angelegenheiten ein«, fuhr Paul ihn an. »Wir werden den Pass jetzt überqueren. Wer zu schwach ist, krepiert!« Er tastete die Umgebung auf der Suche nach seiner Pistole ab, und es dauerte eine Weile, bis er sie um Schnee wiederfand.

»Wenn hier jemand nach oben geht, dann bist nur noch du das allein«, schrie Innocent über das Heulen des Windes hinweg. »Wir anderen gehen wieder runter. Hier weiterzugehen ist Irrsinn. Die Geister der Mondberge erheben sich gegen uns.«

Die beiden Männer standen voreinander, blickten sich Gift sprühend in die Augen und trugen eine wortlose Schlacht aus, bis sich Paul schließlich wütend umwandte und den Hang wieder hinabstapfte. Er murmelte zornige Worte, die vom Wind fortgetragen wurden. Keiner der Anwesenden verstand, was er sagte. Aber allen war klar, dass sie seine Wut spätestens bei der Ankunft im Camp noch zu spüren bekommen würden.

Sie schleppten sich also wieder nach unten. Selbst durch die bereits vom Hinweg festgetrampelte Schneise im Schnee kostete das übermenschliche Kräfte. Der Wind zerrte weiter an Hans' viel zu dünner

Kleidung, der Hagel fühlte sich an wie kleine Geschosse, die ihn ununterbrochen in den Rücken trafen. Er sehnte sich nach einem warmen Kamin und einem Sofa davor, von dem er nie wieder aufstehen würde.

Noch ein paar Mal meinte Hans Schatten über sich zu sehen. Sie wirbelten durch das Unwetter, stürzten hin und wieder auf die Fliehenden herab, schienen sie mit ihren glühenden Augen zu beobachten und verschwanden nach einer Weile völlig.

Vollkommen erschlagen, taub vom Geheul des Sturms, blind vom allgegenwärtigen Schnee und ohne Gefühl in Armen und Beinen erreichten sie nach Stunden das provisorische Camp, wo sie sich sofort in die wenigen Decken hüllten und nah aneinander unter den Schutz einer Plane setzten. Die Kindersoldaten waren fort, vermutlich geflohen. Einer der beiden Verletzten war tot. Sein Körper war schon vollkommen steif gefroren. Der andere atmete noch hin und wieder, gab aber keine Antwort mehr, als er von einem der zurückkehrenden Männer angesprochen wurde. Seine Finger waren bereits gefroren. Welch ein grausamer Tod, dachte Hans.

Paul war noch immer wütend, als er nach einer Weile auf Innocent zuging. Die beiden Männer schrien sich an, und einen Moment lang glaubte Hans, sie würden sich gegenseitig umbringen. Er selbst saß weiterhin mit den anderen Männern unter einer der Decken und wagte nicht, sich von diesem Ort relativer Wärme wegzubewegen. Schließlich schienen sich Innocent und Paul irgendwie geeinigt zu haben und teilten den anderen ihren Entschluss mit.

»Wir gehen runter«, sagte Innocent.

Die Männer rechts und links von Hans erhoben sich umgehend und räumten die wenigen Ausrüstungsgegenstände zusammen, die sie aus der Lawine gerettet hatten.

»Wann?«, wollte Hans müde wissen. »Jetzt sofort?«

»Das ist unsere einzige Chance, wenn wir überleben wollen.«

Schon gingen die ersten Soldaten durch den hier deutlich niedrigeren Schnee den Hang hinab. Hans spielte kurz mit dem Gedanken, sie ziehen zu lassen und zu bleiben, doch dann wurde ihm bewusst, dass er das nicht überleben würde. Er rappelte sich auf und trabte langsam hinter der Gruppe her.

60

Im Tal, am Abend der Feier

Der Gesang setzte allmählich ein und war so leise, dass Tom ihn zuerst nicht wahrnahm. Er saß mit Andrea wieder am Seeufer und ließ seinen Blick fasziniert über die grüne Landschaft auf der anderen Seeseite streifen. Andrea lehnte sich an ihn, sein Arm lag um ihre Schultern.

Erstaunt registrierte Tom, dass er vollkommen ruhig war. Zum ersten Mal seit Jahren spürte er kein Gefühl des Getriebenseins, des Ungenügens, das an ihm nagte. Und das nach all den Strapazen der letzten Tage und im Angesicht einer Zukunft, die mehr als ungewiss war. Trotzdem wünschte Tom nichts sehnlicher, als dass alles so blieb – mit Andrea, der traumhaften Umgebung, den leisen Melodien.

Auch Andrea hatte die Musik bemerkt und hob den Kopf. Im Dorf waren die Einwohner mit den Vorbereitungen für die Feier am Abend beschäftigt. Sie sangen bei der Arbeit, ein paar Männer trugen Instrumente auf den Platz, auf denen sie nach und nach zu spielen begannen. Zunächst war keine Melodie zu erkennen, Stimmen liefen durcheinander, passten nicht recht zusammen. Dann fanden sie einen gemeinsamen Weg, schwollen an, nur um sich kurz darauf wieder voneinander zu entfernen. Die unterschiedlichen Stimmen spielten miteinander.

»Tom«, flüsterte Andrea, »was sollen wir nun machen?«

»Wir müssen einen Weg finden, das Tal zu verlassen.«

»Wir könnten wie Georg durch die Höhle gehen.«

»Das werden wir auf jeden Fall versuchen!«

Die Dämmerung stand unmittelbar bevor. Georg eilte aus dem Dorf auf die beiden zu, gefolgt von Peter und Mbusa. Peter schien beim Laufen kaum den Boden zu berühren, und Mbusa sah sich immer wieder nervös nach hinten um.

»Wenn es dunkel ist, beginnen sie mit der Zeremonie«, rief Georg ihnen schon von weitem zu. Als er bei ihnen angekommen war, fügte er leiser hinzu: »Weiße dürfen daran nicht teilnehmen. Kein Fremder darf dabei sein. Verdammt, wenn wir dann noch da sind, war's das mit uns!«

Auch Peter und Mbusa waren jetzt bei ihnen angekommen.

»Die Höhle«, warf Tom ein. »Wo ist der Eingang?«

»Du darfst nicht durch die Höhle gehen,« fauchte Mbusa so scharf, wie man es von ihm noch nie gehört hatte.

»Warum nicht?«, fragte Tom erstaunt.

»Die Geister werden euch aufhalten. Und dich besonders, weil du die Sache mit deinem Bruder nicht geklärt hast.«

»Ich habe ihn hier im Tal aber nicht mehr gesehen.«

»In der Höhle leben mächtige Geister. Viel mächtigere als hier im Tal. Wer in ihr Reich eindringt, darf keine Last auf dem Herzen haben. Ansonsten werden die Geister dich töten.«

»Das ist doch vollkommener Unsinn«, meinte Georg. »Ich habe dort keine schrecklichen Geister gesehen.«

Langsam wandte sich Mbusa zu ihm um.

»Bist du sicher?«

Erstaunt blickte Georg den Mann neben sich an.

»Ich hatte eine Erscheinung, das ist richtig. Aber die war nicht real.«

»Glaub mir, Georg, alles, was du dort gesehen hast, war echt.« Mbusa dachte nach. »Es ist erstaunlich, dass du überhaupt durchgekommen bist. Normalerweise lassen sich die Geister dort nur durch Opfergaben besänftigen ...«

»Ich habe etwas zurückgelassen ...«

»Was meinst du damit?«

»Eine kleine Figur. Ganz tief in dem Berg ist eine Art Opfertisch. Dort lagen viele kleine Gorilla-Figuren. Und so eine hatte ich auch. Ich habe sie dort gelassen.«

»Dann wird das der Grund gewesen sein, warum dich die Geister in Frieden gelassen haben«, meinte Mbusa.

Tom sah Andrea an, die ihm ebenfalls den Blick zugewandt hatte. Er konnte die Frage in ihren Augen lesen und nickte. Sie griff in ihre Hosentasche und beförderte den kleinen Holzgorilla zutage. Georg entfuhr ein leiser Aufschrei. Er nahm Andrea die Figur aus der Hand, drehte und wendete sie, bevor er wieder zu ihr hochschaute.

»Woher hast du den? Der gehört Hans.« Seine Stimme klang belegt.

»Ich habe ihn gefunden. Woher willst du wissen, dass es seiner ist?«

Georg drehte die Figur um und zeigte auf winzige geschnitzte Zeichen. »Siehst du das hier? Wir hatten alle eine solche Figur, und jede hatte individuelle Zeichen auf dem Rücken.«

»Wer sind denn alle?«, fragte Tom nun.

»Hans, Stefan, ich – und Johannes.«

Mbusa fischte seine halbe Figur aus dem Lederbeutel und reichte sie Georg. Der erschrak.

»Das ist die Figur von Stefan. Woher hast du die?«, wollte er wissen.

»Stefan hat hier gelebt. Diese Holzgorillas sind die Talismane unseres Clans.«

»Er hat hier bei euch gelebt? Wann?«

»Es ist etwa fünf Jahre her, dass wir ihn gefunden haben ...«

»Ihr habt ihn gefunden? Wo?«

»Oben auf dem Berg. Er war mit einem Flugzeug verunglückt. Die anderen waren alle tot. Nur er hat gelebt. Daher haben wir ihn ins Tal geholt und gesund gepflegt.«

»Und wo ist er jetzt?«

»Das weiß keiner genau. Nach einem Jahr hat er beschlossen, das Tal wieder zu verlassen.«

»Das bedeutet, er ist über den Pass gegangen?«

»Nein, das glaube ich nicht. Ihm muss irgendetwas zugestoßen sein. Er hat sich in der ersten Zeit nur für die Balindi interessiert. Er ist ihnen gefolgt, wohin sie auch gegangen sind, er hat alles in seinem Kopf festgehalten, denn er hatte kein Papier, um es aufzuschreiben. Eigentlich wollte er hier bleiben, bei uns. Er wurde von fast allen akzeptiert und war ein Teil der Gemeinschaft. Aber dann hat er immer öfter davon gesprochen, dass er noch eine Aufgabe erfüllen muss.«

»Hat er dir gesagt, was er damit meinte?«, fragte Tom.

»Er hat nur Andeutungen gemacht. Es ging wohl darum, einen ehemaligen Freund wiederzutreffen. In den ersten Wochen beherrschte noch Rache seine Gefühle. Aber im Laufe der Zeit wurde das eher zu einem Gedanken der Gerechtigkeit. Ein Mensch, den er mit dieser Holzfigur verband, muss schlimme Dinge getan haben, für die er ihn zur Rechenschaft ziehen wollte. Und er war sicher, dass dieser Mann auch für den Absturz des Flugzeuges verantwortlich war.«

»Johannes«, flüsterte Georg.

»Wer ist dieser Johannes ...«, fragte Andrea mit angehaltenem Atem.

Georg atmete tief durch.

»Wir waren vier Freunde. Das ist sehr lange her. Mein Bruder und Stefan gehörten dazu. Und Johannes. Genauer gesagt: Johannes Nikolaus Peter Freiherr von Schellenburg.« Er sah Andrea an und nickte leicht mit dem Kopf. »Ja, ich weiß, dass du seine Tochter bist. Und das, was du jetzt hören wirst, ist bestimmt nicht leicht zu verdauen, aber ich denke, der Moment der Wahrheit ist gekommen.« Er holte noch einmal tief Luft, dann fuhr er fort:

»Wir kannten uns noch aus der Schulzeit, hatten gemeinsam mit dem Studium begonnen und waren auch gleichzeitig fertig. Stefan und ich haben Biologie studiert. Also haben wir beschlossen, uns zur Belohnung ein Abenteuer zu schenken. Wir haben den Globus gedreht und irgendwo draufgetippt. Das Los fiel auf Uganda. Wir wussten nichts von dem Land, hatten keine Ahnung, wie wir dorthin kommen sollten oder was wir hier tun wollten. Aber eines war klar: Wir wollten dieses Land bereisen. Drei Wochen später waren wir alle vier in Kampala. Von dort sind wir einfach herumgereist. Immer der Nase nach.

Durch Zufall sind Stefan und ich dann über die Forschungsarbeiten von Dian Fossey gestolpert, die ja gar nicht weit entfernt, in Ruanda, gearbeitet hatte. Wir haben eine neue Forschungsstation in Ruhija aufgebaut, haben begonnen, bei europäischen Einrichtungen Werbung zu machen, um Gelder zum Schutz der Berggorillas aufzutreiben. Das war ein langer und sehr anstrengender Job. Hans war der Erste, den das Heimweh gepackt hat. Er ist nach Deutschland zurückgegangen. Johannes hingegen hat bei irgendeinem wichtigen Anlass in der deutschen Botschaft einen Mann kennen gelernt, den er danach einige Zeit begleitet hat. Er kannte ja durch seine Eltern Gott und die Welt und wurde zu solchen Partys eingeladen. Auf dieser Feier lief er also einem Generalmajor der ugandischen Armee über den Weg, mit dem er sich lange über die deutsche und die ugandische Rechtsprechung unterhalten hat. So hat er es zumindest danach immer gerne erzählt. Dieser Generalmajor war Idi Amin.«

Andrea sog hörbar die Luft ein und wurde blass. Tom stellten sich die Haare auf den Armen auf, als er sich die Situation vorstellte.

»Die beiden haben sich so gut verstanden, dass sie von dem Zeitpunkt an regelmäßig Kontakt zueinander hatten. Johannes hat ihn unterstützt. Er ist mit ihm quer durch das Land gereist und war auch in dieser Gegend, in Kilembe. Idi Amin hatte zu dem Zeitpunkt schon begonnen, alte Kulturen und Strukturen zu zerstören. Dazu gehörte auch – und das habe ich erst viel später gehört – die Entweihung ihrer Kultgegenstände. Die kleinen Gorillafiguren, die wir hier in den Händen halten, gefielen Johannes besonders gut. Also hat er sie von Amin bekommen. Gegen den Protest des Clans, für den sie heilig waren. Vier Stück hatte Johannes, drei hat er verschenkt. Einer ging per Post nach Deutschland zu Hans, zwei hat er Stefan und mir persönlich überreicht. Als Erinnerung an unsere Freundschaft.«

Andrea blickte bestürzt in die Runde. »Warum ist er dann aus Uganda weggegangen?«, wollte sie wissen.

»Genau weiß ich das nicht, denn ich habe ihn nie wieder persönlich getroffen. Aber es muss wohl Unstimmigkeiten zwischen ihm und Amin gegeben haben. Dass Amin in solchen Fällen nicht lang fackelte, hat Johannes vermutlich gewusst. Er hat es irgendwie geschafft, das Land heimlich zu verlassen.«

»Hatte mein Vater eine Freundin, als er das Land verließ?«, fragte Andrea heiser.

»Ja, ich glaube sie hieß Nakirya.«

Jetzt war es Peter, der leise aufstöhnte.

»Und sie hatten einen gemeinsamen Sohn«, setzte Georg hinzu.

»Scheiße«, murmelte Peter. Als Andrea ihm die Hand auf den Arm legte, schob er sie brüsk von sich.

»Was ist mit den beiden geschehen?«, fragte sie Georg.

»Das weiß ich nicht«, antwortete der. »Im Frühjahr 1971 war die Lage in diesem Land chaotisch. Viele Familien wurden auseinandergerissen. Unzählige Menschen wurden schon in den ersten Wochen hingerichtet. Zum Teil aus völlig nichtigen Gründen. Das halbe Land war auf der Flucht.«

»Und mein Vater ist nach Deutschland zurückgekehrt.«

»Ja, er ist zurückgekehrt und hat alles, was hier geschehen ist, hinter sich gelassen.«

»Was hatte Stefan denn dann vor, wenn Mbusa sagt, er wollte jemanden zur Rechenschaft ziehen?«, fragte Tom, obwohl er schon ahnte, was es war.

»Er hat oft davon gesprochen, irgendwann einmal die Wahrheit auf den Tisch zu legen. Er hat Johannes wohl auch zwei oder dreimal geschrieben, aber niemals eine Antwort bekommen«, meinte Georg.

»Wenn er aber in Ruhija gelebt hat, wie ist er dann hier in die Berge gelangt?«, fragte Tom weiter.

»Er wollte nachweisen, dass es im Ruwenzori Berggorillas gibt«, antwortete Georg nachdenklich. »Ich vermute, dass er das Flugzeug gechartert hat, um die Gegend aus der Luft zu sehen.«

»Das Flugzeug war eine Maschine der UN«, sagte Peter. »Es sollte Hilfsgüter in den Kongo bringen. Dann ist es aber dort oben abgestürzt.«

»Ich habe Einschusslöcher gesehen, als wir daran vorbeigegangen sind«, sagte Tom leise, der in diesem Moment einen Zusammenhang erkannte. »Das Flugzeug ist also tatsächlich abgeschossen worden.« Er guckte Andrea an. »Und ich befürchte, es ist abgeschossen worden, weil Stefan, der deinem Vater gedroht hatte, darin saß.«

Fassungslos sah Andrea ihn an.

»Mein Vater hat den Befehl zum Abschuss dieses Flugzeugs gegeben?«

»*Unser* Vater«, sagte Peter tonlos und leitete damit ein beklommenes Schweigen ein.

Schließlich unterbrach Tom die Stille: »Wenn diese Figur Hans gehört hat, dann war er es auch, der sie in der Nacht vor Andreas Zimmer in Nyakalengija verloren hat. Was hat er dort getan?«

»Kein Ahnung«, gab Georg zurück.

»Das ist doch noch nicht alles«, sagte Andrea. »Georg, du verheimlichst uns doch noch etwas.«

»Das ist alles, was ich weiß.« Georg wirkte plötzlich sehr verschlossen.

»Ich hatte schon lange den Eindruck, dass wir Hans nicht trauen können«, warf Peter ein.

»Er hat sich komisch verhalten. Irgendwie sonderbar.«

»So ein Quatsch«, hob Georg energisch an. »Mein Bruder ist sicherlich schrullig, aber das ist auch alles. Er ist nicht gefährlich.«

Die Musik und die Gesänge aus dem Dorf klangen lauter zu den Diskutierenden herüber, als sei es eine Mahnung, kein unnötiges Wort mehr zu verlieren und alles daranzusetzen, schnell zu fliehen. Die Dunkelheit war mittlerweile über sie hereingebrochen.

»Was muss ich also tun, damit ich unbeschadet durch die Höhle komme?«, fragte Tom Mbusa.

»Du musst dich erinnern. Das ist erst mal alles.«

»Erinnern?«

»Daran, was mit deinem Bruder wirklich geschehen ist.«

»Aber wie denn? Ich habe dir doch schon gesagt ...«

»Die Pflanzen, die die Erinnerung zurückbringen können. Ich weiß jetzt, welche das sind und wie wir das tun können.«

»Dann lass uns nicht lange warten.«

»Sobald die Zeremonie begonnen hat, werden wir mit einem Boot über den See fahren und die Prozedur drüben im Wald durchführen.«

»Warum nicht jetzt und hier?«

»Weil niemand aus dem Dorf etwas davon mitbekommen darf. Warte hier am Ufer auf mich, ich werde kommen, sobald alle beschäftigt sind.«

Mit vorsichtigen Schritten schlich Mbusa in Richtung Dorf davon und tauchte bald in das Licht der Lagerfeuer auf dem Platz ein.

61

Berlin, 20. Juni

Die erste Rückmeldung aus Uganda war ernüchternd: Die GSG 9 hatte das Gebiet, das grundsätzlich für die Geiselnahme infrage kam, weiträumig überflogen und mit Wärmebildkameras abgesucht: negativ. Verwunderlich sei das leider nicht in einem so großen Gebiet, sagte der leitende Beamte am Telefon. Als einziger Anhaltspunkt war der Ort der Geiselnahme bekannt. Wenn sie davon ausgingen, dass die Geiselnehmer in Richtung Kongo unterwegs waren und dass man sich in dieser Gegend etwa acht bis zehn Kilometer am Tag fortbewegen konnte, dann kam ein Gebiet von nahezu 1.000 Quadratkilometern infrage. Die Suche über diesen Weg war langwierig.

Sven Wiese spielte nachdenklich mit einem Kugelschreiber. Selbstverständlich kannten sie die Handynummer Kayibandas und selbstverständlich hatten sie längst seine Verbindungen zu dem Satellitentelefon der Geiselnehmer identifiziert. Jetzt warteten sie auf die Rückmeldung des Netzbetreibers Thuraya, der die Gespräche vermittelte und mithilfe der Satellitendaten den Standort der Geiselnehmer angeben konnte. Doch die Firma mit Sitz in Abu Dhabi hatte offenbar Schwierigkeiten mit einem ihrer drei Satelliten. Ausgerechnet jetzt. Aber selbst mit einer Antwort aus den Vereinigten Arabischen Emiraten blieb es schwierig, denn die Entführer waren sicher so schlau und hatten ihr GPS längst abgeschaltet. Damit war eine Ortung nur ungenau, auf etwa zwei bis vier Kilometer möglich.

»Das wäre immerhin besser als nichts«, murmelte Wiese, ließ den Kugelschreiber fallen, schälte sich aus seinem Schreibtischstuhl und ging hinüber in den Konferenzsaal.

Die Stimmung beim Treffen des Krisenstabs an diesem Tag war angespannt. Wiese war überzeugt, dass Kiguli der Maulwurf in ihrem Team war, und er brannte darauf, ihm zu begegnen. Doch der ließ die Runde wieder warten. Also nahm Wiese erst einmal von Schellenburg ins Visier.

»Herr von Schellenburg, Sie sind bei Bernard Kayibanda gewesen«, sprach er den Generalbundesanwalt an, der sich mit der gewohnten

Schwerfälligkeit auf seinen Platz im Krisenstab gesetzt hatte, dem er eigentlich gar nicht angehörte. »Worüber haben Sie mit ihm gesprochen?«

»Woher wissen Sie, dass ich ihn getroffen habe?«, konterte der genervt.

»Das tut hier nichts zur Sache. Relevant ist, dass Sie bei ihm waren und das Gespräch gesucht haben, ohne uns davon etwas mitzuteilen.«

»Ich glaube nicht, dass ich Ihnen eine Antwort schuldig bin.«

»Gut, dann werde ich jetzt einfach mal alles auf den Tisch packen, was ich weiß.«

Wiese zog sich einen Stapel Papiere heran, die er genüsslich eines nach dem anderen mit suchenden Augen überflog. Er wusste genau, welch brisante Informationen sich darin befanden, aber er wollte von Schellenburg ein wenig zappeln lassen.

»Sie sind in Uganda gewesen«, sagte er ohne den Blick von den Papieren zu lösen. Als er keine Antwort bekam, sah er den Mann auf der anderen Seite des Tisches mit kühlem Blick an. »Können Sie dem zustimmen?«

»Ja, ich war dort, aber das ist lange her.« Von Schellenburg verschränkte die Arme, für Wiese ein eindeutiges Zeichen, dass er ihn in die Defensive gedrängt hatte. »Welche Rolle spielt das?«

»Genauer gesagt waren Sie von Januar 1970 bis April 1971 in dem ostafrikanischen Staat. Richtig?«

Anja Paffrath verkniff sich ein Grinsen. Sie hatte ganze Arbeit geleistet, indem sie kurzerhand zum Haus der Familie von Schellenburg gefahren war und dort die völlig aufgelöste Frau des Generalbundesanwalts getroffen hatte, Julia von Schellenburg, geborene von Trutzheim. Es war ein Leichtes gewesen, der armen Frau unter dem Siegel der Verschwiegenheit ein paar relevante Informationen aus der Nase zu ziehen, denn offenbar befand sie sich in einem offenen Krieg mit ihrem Mann.

»Ich weiß wirklich nicht, was das nun mit diesem Krisenstab zu tun hat.«

»Was haben Sie in dieser Zeit in Uganda getan?«

»Was man eben als junger Mensch so tut, wenn man das Studium hinter sich hat und in die Welt hinausgeht.«

»Das müssen Sie mir erklären. Was tut man denn als junger Mensch so?«

»Mein Gott, lassen Sie mich doch mit diesen alten Geschichten in Ruhe. Anstatt in meiner Vergangenheit herumzuwühlen, sollten Sie lieber etwas dafür tun, meine Tochter wieder nach Deutschland zu bringen.«

Von Schellenburg hatte sich mit der Masse seines Körpers von seinem Stuhl hochgestemmt und stand Wiese nun drohend gegenüber. Der fuhr unbeeindruckt mit seinen Fragen fort.

»Ich kann Ihrem Erinnerungsvermögen auf die Sprünge helfen: Sie waren mit drei Freunden dort. Mit Stefan Luhrman und mit den beiden Brüdern Georg und Hans Meyer. Ihre Freunde, von denen Ihre Tochter angeblich nichts weiß.«

Von Schellenburg schnaubte, nahm seinen Mantel und durchschritt zügig den Raum.

»Zufälligerweise ist nun genau dieser Hans Meyer in derselben Reisegruppe wie Ihre Tochter. Oder ist das gar kein Zufall?« Wiese hatte sich auch erhoben und trat von Schellenburg in den Weg. »Kann es sein, dass sich Ihre Wege trennten, weil Sie, Johannes Nikolaus Peter Freiherr von Schellenburg, sich mit einem Mann einließen, der sich Idi Amin nannte? Und weil Ihre Freunde diese Freundschaft nicht billigten?«

Schweigen breitete sich in dem Raum aus. Die beiden Männer standen sich Auge in Auge gegenüber. Alle anderen am Tisch hielten den Atem an. Entsetzten machte sich in einigen Gesichtern breit. Nur die Lüfter der Laptops auf dem Tisch waren zu hören. Klaus Huber stand mit blassen Gesichtszügen langsam von seinem Stuhl auf.

»Warum ist Ihre Tochter nach Uganda gefahren?« fragte Wiese weiter. »Gibt es dort ein Kapitel in Ihrer Familiengeschichte, das Sie noch beenden wollten?«

Von Schellenburg trat einen Schritt zur Seite, um an Wiese vorbeizukommen, doch der zog sofort nach. Hinter dem Generalbundesanwalt sah Wiese die fassungslosen Gesichter der Teamkollegen.

»Sie haben sich in den letzten Monaten über die deutsche Botschaft unter Berufung auf eine Ermittlung hier in Deutschland nach einem ugandischen Mann erkundigt. Peter Bosco. Geboren am 23. Dezember 1970. Es gab aber gar keine Ermittlungen in diesem Zusammenhang. Was wollten Sie von diesem Mann?«

»Lassen Sie mich sofort durch«, fauchte von Schellenburg und schob Wiese beiseite. »Andernfalls werde ich mich persönlich darum kümmern, dass dies Ihr letzter Tag in Ihrer jetzigen Position ist.«

Wiese trat süffisant lächelnd einen Schritt zurück. Von Schellenburg eilte auf die Tür zu.

»Sie haben mit Idi Amin zusammengearbeitet und diese Tatsache später einfach vertuscht. Und Sie haben einen Sohn in Uganda, den Sie bei der Flucht vor dem diktatorischen Regime zurückgelassen haben.«

Der Generalbundesanwalt zog die Hand von der Türklinge zurück, zupfte das Einstecktuch aus der Brusttasche seines Anzugs und wischte sich die Stirn ab.

»Sie haben sich nie wieder um ihn gekümmert, bis Ihre Tochter dahintergekommen ist, dass sie einen Halbbruder hat. Und da Sie nicht selber nach Uganda fliegen konnten, haben Sie Andrea geschickt, damit die Ihren Sohn Peter kennen lernt. So ist die Lage.«

In einer Bewegung von äußerster Langsamkeit drehte sich Johannes von Schellenburg an der Tür um und starrte Wiese an.

»Und selbst wenn es so wäre, dann wüsste ich nicht, was das mit der Entführung meiner Tochter zu tun haben sollte ... Guten Tag.«

Die Tür fiel endgültig hinter ihm ins Schloss. Wiese wandte sich gelassen wieder seinen Kollegen zu, die stumm zu ihm aufblickten. Anja Paffrath lächelte, als Wiese ihr zunickte. Leises Gemurmel erfüllte den Raum.

»Das ist ein starkes Stück, Herr Kollege«, sagte Klaus Huber anerkennend und setzte sich wieder. »Wir werden die Verbindungen des Herrn von Schellenburg nach Uganda genau unter die Lupe nehmen. Und das wird Konsequenzen haben.« Dann zog er die Stirn kraus und fügte hinzu: »Mir ist allerdings eines noch nicht ganz klar – und da muss ich dem Herrn Generalbundesanwalt Recht geben: Was hat das alles mit der Entführung zu tun?«

»Darüber sind wir uns selbst noch nicht im Klaren. Fakt ist erst einmal, dass Herr von Schellenburg uns elementare Informationen vorenthalten hat. Und wir wissen nun, warum seine Tochter nach Uganda geflogen ist. Außerdem gehe ich davon aus, dass die Anwesenheit von Hans Meyer in derselben Reisegruppe etwas mit dem zu tun hat, was sich damals in der Freundesgruppe abgespielt hat. Warum haben diese Männer sich so zerstritten, dass sie bis heute geradezu allergisch aufeinander reagieren? Und was hat Hans Meyer bewogen, jahrelang den von Schellenburgs nachzuspionieren? Sein Keller war voll von Fotos und Material zu der Familie.«

Huber schien seine ganze behäbige Überheblichkeit verloren zu haben. Aufrecht wie ein Schuljunge saß er nun da.

»Was vermuten Sie, sind die Gründe für dieses Verhalten? Wollte Hans Meyer die Familie von Schellenburg erpressen? Hat er etwas mit den Geiselnehmern zu tun? Hat er die Geiselnahme eventuell sogar organisiert?«, fragte er.

Wiese wiegte den Kopf hin und her. »Das ist – glaube ich – zu einfach gedacht. Sie haben die Fotos von Meyers Haus gesehen. Er ist selbst sehr betucht. Es ergibt keinen Sinn, dass er jemanden aus der Familie von Schellenburg entführt, um Geld zu erpressen. Vor allem hätte er das viel einfacher haben können. Nein, ich glaube, dass da etwas viel Elementareres dahinter steckt.«

»Und was könnte das sein?«

»Neid, Missgunst, Rache – das sind die Kategorien, in denen ich gerade denke.«

»Also gibt es keine Verbindung zu den Entführern?«

»Ich denke, dass es eine solche zumindest nicht originär gegeben hat. Aufgrund des fingierten Lebenszeichens von Andrea von Schellenburg glaube ich, dass sich die Situation in Uganda verschärft hat; die Fronten müssen sich verschoben haben. Ich gehe davon aus, dass Hans Meyer mittlerweile irgendwie mit den Geiselnehmern gemeinsame Sache macht und von Schellenburg mit den Namen der ehemaligen Freunde einen ganz persönlichen Hinweis gegeben hat. So weiß unser Generalbundesanwalt nun, dass dort unten in Ostafrika nicht nur eine Gruppe von kaltblütigen Entführern sitzt, sondern auch ein persönlicher Erzfeind von ihm, der seine eigenen Ziele hat. Rache scheint mir dabei ein starkes Motiv zu sein. Das hat zur Folge, dass unser Verhandlungspartner unberechenbar ist.«

»Welche Konsequenzen hat das für uns?«

»Das bedeutet für uns hier, dass wir es nicht nur mit einem Gegner zu tun haben, sondern mit einer vielköpfigen Schlange, die sich gerade in alle Richtungen windet.«

In diesem Moment öffnete sich die Tür, und Okut Kiguli trat in den Raum, murmelte eine Begrüßung und setzte sich wie selbstverständlich an seinen Platz. Er sah unschuldig in die Runde, bis er auf Wieses Blick traf. Der reagierte sofort.

»Herr Kiguli, wie schön, Sie wieder in unserer Mitte zu haben. Was sagt Ihre Regierung zu einem Eingreifen der GSG 9 auf ugandischem Territorium?«

Der Botschafter kramte in seinen Unterlagen.

»Meine Regierung schlägt vor, ein eigenes Team zur Rettung der Geiseln einzusetzen.«

»Vielen Dank, Herr Kiguli«, sagte Wiese. »Wir haben in der Zwischenzeit ein Abkommen mit der Regierung der Demokratischen Republik Kongo getroffen und agieren von dort aus.«

Er blickte einen Moment sinnierend zur Decke des Raums, als gäbe es dort etwas anderes zu sehen als rohen Sichtbeton. Dann sagte er leise: »Ach, und eben habe ich mit Sebastian Teichel gesprochen. Er wird von nun an alle Informationen direkt von uns bekommen, Sie brauchen sich also nicht mehr die Mühe zu machen, ihn zu kontaktieren.«

Die Reaktion kam prompt. Der Botschafter sprang auf und schlug mit der flachen Hand auf den Tisch. »Was erlauben Sie sich! Sie unterstellen mir, dass ich mit der Presse gesprochen habe? Das ist eine Unverfrorenheit. Das wird Konsequenzen haben!«

»Nanu«, rief Sven aus. »Dann wissen Sie also, wer Sebastian Teichel ist? Das interessiert mich sehr – woher kennen Sie ihn?«

»Selbstverständlich kenne ich die wichtigen Journalisten in der deutschen Bundeshauptstadt ...«

»Sie sollten sich genauer erkundigen, mit wem Sie verhandeln. Teichel ist eine kleine Nummer, arbeitet freiberuflich für ein Schmierblatt. Er ist weit davon entfernt, ein wichtiger Journalist zu sein. Durch Zufall ist er an diese Geschichte geraten, und sein Verhalten entspricht in keiner Weise dem eines professionellen Journalisten. Und welches Ziel verfolgen Sie, indem Sie Informationen aus diesem Kreis, die streng vertraulich sind, herausgeben?«

»Ich denke, dass ich Ihnen darüber keine Rechenschaft schuldig bin«, antwortete der Botschafter kühl. »Es ist Ihr gutes Recht, mit Kinshasa zusammenzuarbeiten und nicht mit meiner Regierung. Wenn Sie keinen Wert darauf legen, dass ich weiter an diesen Sitzungen teilnehme, dann werde ich meine kostbare Zeit auch nicht länger opfern. Ich habe viele andere wichtige Dinge zu tun.« Kiguli stand auf.

Wiese ließ den Blick über seine Papiere gleiten. Was war denn nur mit ihm los? Heute legte er sich offenbar mit jedem an. Aber es war doch auch schlicht und einfach zum Kotzen, dass diese Leute ihr eigenes Ding drehen und ihn dann auch noch für dumm verkaufen wollten! Er atmete tief durch und dachte angestrengt nach. Irgendetwas passte nicht zusammen bei Kiguli. Was hatte er in den letzten Tagen gesagt oder getan, das nicht in das Bild eines braven Botschafters aus einem afrikanischen Staat gehörte?

Da fiel es ihm wie Schuppen von den Augen. Dieser Mann hatte immer einen Bogen um den Begriff *Kongo* gemacht. Er hatte das Land mit seiner alten Bezeichnung *Zaire* benannt. Fieberhaft suchte Wiese nun die Verbindung. Die Demokratische Republik Kongo war Anfang der 1970er Jahre von dem damaligen Diktator Mobutu in Zaire umbenannt worden, weil der meinte, das sei ein afrikanischerer Name als Kongo. Das war absurd, denn der Name war ebenso wenig ursprünglich wie der andere. In den Kongo waren damals die Hutu-Milizen nach dem Genozid in Ruanda geflohen. Und nun hatten sie es mit einem ruandischen Hutu-Rebellenführer zu tun, der in Deutschland wegen Verbrechen gegen die Menschlichkeit angeklagt war. Offenbar unterstützte dieser Okut Kiguli also die Ziele der ruandischen Rebellen. Und damit war er in diesem Krisenstab vollkommen falsch.

Klaus Huber blickte wartend zu Wiese hinüber. Die Spannung im Raum war mit jedem Atemzug zu spüren. Der Botschafter stand noch immer mit zusammengepressten Lippen hinter seinem Stuhl und schien auf eine Entschuldigung zu warten.

»Wo waren Sie eigentlich im Frühjahr 1971?«, fragte Wiese.

»Das weiß ich nicht mehr«, antwortete Kiguli perplex. Dann ging ein Ruck durch seinen Körper. Er griff nach seiner Tasche und marschierte durch den Raum.

»Wie bitte?« Wiese war erstaunt. Wollte der Mann ihn zum Narren halten? »Sie wissen nicht, wo Sie bei der Machtergreifung Idi Amins waren?«

»Vermutlich in Kampala«, sagte Kiguli barsch, als er an Wiese vorbeikam.

»Haben Sie mit Idi Amin zusammengearbeitet? Kennen Sie Johannes von Schellenburg noch aus dieser Zeit?«

Wiese hörte, wie Klaus Huber neben ihm laut die Luft einsog.

»Ja«, kam die knappe Antwort, bevor der Afrikaner den Raum verließ.

»Dann haben Sie auch die Information an Herrn Kayibanda weitergegeben, dass der Generalbundesanwalt ein dunkles Kapitel in seiner Karriere hat?«, rief Wiese ihm nach, bekam jedoch keine Antwort mehr.

»Herr Wiese, was soll das werden?«

Klaus Huber malte sich vermutlich gerade die Konsequenzen aus, die das Wortgefecht mit dem Botschafter nach sich ziehen würde.

»Herr Okut Kiguli hat offenbar unter der Herrschaft Idi Amins bereits für den Staat Uganda gearbeitet. Damals hat er von Schellenburg kennen gelernt und ihn hier in Deutschland wiedererkannt. Indem er diese Information an Bernard Kayibanda weitergegeben hat, hat er ihn vermutlich erst auf die Idee der Geiselnahme gebracht und diese maßgeblich mit ausgelöst. Ich finde es unerträglich, genau diesen Mann nun in unserem Krisenstab sitzen zu sehen. Das ist kontraproduktiv.«

»Aber alles, was Sie sagen, fußt lediglich auf Vermutungen«, ereiferte sich Huber unbestimmt.

»Wir werden dem später nachgehen, und ich möchte wetten, dass ich mit meinen Vermutungen Recht habe.« Wiese warf dem Staatssekretär einen tadelnden Blick zu.

»Haben Sie darüber hinaus irgendeine Information, die uns jetzt weiterhilft?«, fragte Huber leise.

»Durch Herrn Kayibanda haben wir genau einen Namen von den Großmüttern der Geiseln bekommen. Den von Andrea von Schellenburgs Oma. Fakt ist, dass wir von den anderen keine Namen haben. Also können wir davon ausgehen, dass die anderen sich nicht mehr in der Gewalt der Entführer befinden.«

»Wo sind sie dann?«

Niemand beantwortete die Frage.

Anja Paffrath, die sich in ihr Arbeitszimmer zurückgezogen hatte, erschien nun mit blassem Gesicht in der Tür. Sie trat auf Wiese zu und flüsterte ihm etwas ins Ohr.

»Scheiße«, fluchte der.

»Was ist passiert?«, wollte Klaus Huber wissen.

»Gerade ist uns ein internes Papier zugespielt worden. Der Prozess gegen Bernard Kayibanda kommt nicht zustande.«

62

Im Tal, am Abend der Feier

Dunkelheit umfing das verborgene Tal. Ein paar Feuer spendeten am Ufer der Insel ein wenig Licht. Kambere saß mit Hitimana in der Nähe der schmalen Boote, die sanft im Wasser schaukelten. Hitimana berichtete in stockenden Worten von seiner Zeit als Soldat bei den Rebellen, und immer wieder kam er auf seine Familie zu sprechen, auf seine Schwester, die er so brutal hatte sterben sehen, er erzählte von seinem Bruder und der vagen Hoffnung, ihn eines Tages lebend wiederzusehen. Kambere war erschüttert von dem, was er hörte. Und als er Hitimana dann von seiner eigenen Familie erzählte, spürte er dessen große Sehnsucht nach Geborgenheit und Zusammenhalt.

Kambere fischte aus dem kleinen Lederbeutel, den er von Mbusa bekommen hatte und immer um den Hals trug, zwei Kaffeebohnen heraus, dann zückte er sein Messer. Er legte beides zwischen sich und Hitimana auf ein Stück Baumrinde und sah seinen neuen Freund an. Der blickte auf die Bohnen, dann auf Kambere und nickte. Kambere prüfte die Schärfe des Messers und ritzte sich dann einen winzigen Schnitt unterhalb des Bauchnabels in die Haut. In das heraustretende Blut tauchte er eine der beiden Kaffeebohnen. Hitimana tat dasselbe bei sich. Dann tauschten sie die Bohnen aus, betrachteten sich einen Moment schweigend und schluckten sie herunter.

»Wenn du mich eines Tages belügst«, sagte Kambere leise, »dann wird das Blut, das du geschluckt hast, deinen Magen anschwellen lassen, bis du daran stirbst. Wenn ich mit einer schweren Krankheit zu dir komme, dann wirst du mich nicht fortschicken. Wenn ich nackt zu dir komme, dann wirst du mir Kleidung geben. Wenn ich hungrig zu dir komme, werde ich niemals mit leerem Magen wieder gehen. Weder wir, noch unsere Kinder oder unsere Clans werden uns jemals gegenseitig Schlechtes antun.«

Hitimana wiederholte Kamberes Worte mit fester Stimme. Nun waren sie aneinander gebunden. Wohin auch immer sie gehen sollten. Was ihnen auch immer geschah. Die Blutsbrüderschaft durfte nichts und niemand trennen. In Ergriffenheit und Ehrfurcht standen beide auf, um langsam ins Dorf zurückzugehen.

Erste Stimmen ertönten, mehr und mehr Feuer wurden entfacht und immer wieder hoben sich die Blicke der Menschen zum Himmel. Kambere war sich nicht sicher, wie er seine Rolle bei all dem einschätzen sollte, aber auch er war sehr gespannt.

Die gesamte Dorfgemeinschaft war zusammengekommen. Am Rande des Platzes wurde das große Xylophon gespielt, immer lauter fielen die Stimmen ein. Und dann geschah es. Die Wolkendecke riss auf und gab die kreisrunde Scheibe des Vollmonds frei. Strahlend warf dieser sein Licht in das Tal und erhellte alles mit einem zauberhaften, unwirklichen Schein. Kambere stand mit offenem Mund mitten auf dem Platz und starrte nach oben.

»Hast du den Mond wirklich noch nie gesehen?«, fragte Hitimana.

»Er ist wunderschön.« Kambere war ernsthaft ergriffen.

»Ich kann mir gar nicht vorstellen, dass man den Mond hier sonst nie sieht«, sagte sein Freund.

»Aber du weißt doch, wie man den Ruwenzori auch noch nennt, oder?«

»Mondberge!«

»Genau. So nennt man den Ruwenzori schon seit Tausenden von Jahren. Aber niemand außerhalb dieses Tals weiß mehr, warum. Dabei ist es so einfach: Der Name stammt von hier, denn nur wenn der Vollmond die Wolken vertreibt, sieht man die Spitzen dieser Berge. Das ist etwas Besonderes. Die Menschen haben diese Erklärung vergessen. Und jetzt suchen sie verzweifelt nach einem Grund für den Namen und finden ihn nicht.« Kambere lächelte bei der Vorstellung.

Auf dem Platz bildeten die Inselbewohner einen weiten Kreis, in dessen Mitte er nun seinen Freund Baluku treten sah. Der bemerkte Kambere, sprach mit Mbusa, der neben ihm stand, und lief dann geradewegs auf den Jungen zu.

»Ich verstehe das zwar nicht richtig, aber Mbusa schickt mich«, sagte Baluku. »Ich soll dir mitteilen, dass dir das Gleiche geschehen soll wie deinem Bruder Thembo. Deshalb sollst du dich verstecken.« Er musterte Kambere ratlos. »Was bedeutet das?«

Kambere fror. Muthahwa schmiedete also Pläne gegen ihn, und Mbusa versuchte ihn zu schützen. Er musste etwas unternehmen. Sofort. Er legte Baluku seine rechte Hand auf die Schulter.

»Kannst du ein Geheimnis wahren?«

Baluku nickte.

»Ich werde nicht an der Zeremonie teilnehmen. Ich gehe fort. Sehr bald.«

Baluku legte seinem Freund die rechte Hand auf die linke Schulter, und sie hielten ihre Köpfe aneinander.

»Ich komme zurück. Das verspreche ich dir«, sagte Kambere leise. »Geh jetzt. Wir werden uns wiedersehen.«

Baluku löste sich verstört aus der freundschaftlichen Umarmung, nickte Hitimana zu und rannte zurück.

»Wir sehen uns in einer anderen Zeit«, flüsterte Kambere seinem Freund nach.

»Was hast du gesagt?«, fragte Hitimana.

»Nichts, es ist nichts«, antwortete Kambere. In dem Moment, als Baluku ihm die Hand auf die Schulter legte, war ihm klar geworden, dass etwas geschehen würde. Noch in dieser Nacht.

»Was hat Baluku dir erzählt?«, fragte Hitimana. »Ich habe das nicht verstanden.«

»Mbusa hat mich gewarnt. Jemand ist hinter mir her – wie damals hinter Mbusas Bruder, als dieser das Tal verlassen wollte. Es ist Muthahwa. Der Schamane wartet offenbar nur auf eine Gelegenheit, mich zu töten.«

»Und was willst du jetzt tun?«

»Wir müssen so schnell wie möglich gehen.«

Ein eigentümlicher Wind kam auf. Erst war er kaum spürbar, doch dann kroch er an Kamberes Beinen hoch, erreichte seine Hüfte, den Rumpf, die Arme und Schultern, zuletzt den Kopf. Kambere blickte an sich herab. Ein Schauer lief ihm eiskalt den Rücken hinunter. Gänsehaut bildete sich auf dem gesamten Körper. Über dem Gesang der Dorfbewohner lag ein leises Heulen, ganz schwach zu hören. Er wandte sich vorsichtig um. Nebel stieg vom See auf. Nebel, der ganz dicht am Boden blieb. Der Wind schien darüber hinwegzustreichen, denn der Nebel bewegte sich langsamer als der Luftzug. Die Instrumente spielten immer lauter, die einzelnen Stimmen des Gesanges wetteiferten mit ihnen um die schönere Melodie. Trommeln setzten ein. Sie schienen sich nach Kamberes Herzschlag zu richten.

Dann sah er sie. Am gegenüberliegenden Ufer saßen die Balindi. Sie waren vollzählig erschienen. Wie ehrwürdige Skulpturen verharrten sie regungslos. Nur ihre Augen leuchteten zu ihm herüber. Kambere hatte den Eindruck, dass sie ihm etwas mitteilen wollten. Aber er verstand sie nicht.

Aus dem Dorf erschollen Jubelschreie. Baluku hatte die Beschneidung hinter sich gebracht. Nun trat Mugiraneza, der Junge, der Kambere in der Dorfgemeinschaft ersetzen würde, in die Mitte der Menge. Er stand mit einem Holzstab quer über die Schultern gelegt auf dem Platz. Sein Gesicht war eigentümlich abwesend in den Himmel gerichtet, genau auf den Mond. Es war mit Kassava weiß eingestrichen, auch der freie Oberkörper hatte Spuren des weißen Breis abbekommen. Muthahwa stand vor ihm, hatte seine Hand, in der ein Messer lag, hoch in die Luft gereckt. Dann senkte er den Arm. Die Schreie wurden lauter. Mugiraneza verzog nicht einmal für einen Sekundenbruchteil die Miene. Das blutige Messer stach wieder in den Himmel. Kambere spürte die Klinge in seiner Haut, an jede Stelle seines Körpers strahlte der Schmerz aus. So wie Mugiraneza in diesem Moment in die Gemeinschaft der Abathatha aufgenommen wurde, so wurde Kambere von ihr getrennt. Plötzlich erschien es ihm, als sei die Entfernung zwischen ihm und den Feierlichkeiten mit einem Schlag zu einer unüberwindlichen Distanz angewachsen.

Wie betäubt und als beträfe ihn das alles gar nicht mehr, nahm Kambere wahr, wie sich eine Gestalt aus der Menge der begeistert Feiernden entfernte. Sie eilte zum Seeufer und traf dort mit einer anderen Gestalt zusammen. Gemeinsam bestiegen sie eines der Boote und schwebten durch den dichten Nebel auf der Wasseroberfläche dem anderen Ufer zu.

Dann bemerkte Kambere hinter sich eine kleine Gruppe Menschen, die sich vorsichtig näher an das Geschehen auf dem Dorfplatz heranwagte. Andrea, Georg und Peter. Mit fasziniertem Blick beobachteten sie, was auch für Kambere vollkommen neu war. Die Inselbewohner feierten, sie johlten und sangen. Die Musik und die Gesänge steigerten sich immer wieder, nur um im nächsten Moment leiser zu werden, beinahe zu verstummen. Doch gleich danach wurden sie wieder lauter. Die Stimmen nahmen Melodien auf, die Kambere noch nie zuvor gehört hatte.

Er wollte die Fremden zurückhalten – sie sollten sich der Feier lieber nicht nähern, aber es war zu spät. Muthahwa hatte sie bereits entdeckt. In der rechten Hand hielt er nun einen langen Speer, den er zornig gegen die Weißen in der Luft schwenkte. Er rief etwas, was ein langes Johlen der Menge zur Folge hatte. Kambere konnte mehrere ihm gut bekannte Gesichter ausmachen. Einige waren vor Zorn verzerrt. Er verstand nicht, was Muthahwa sagte, aber er erkannte am Tonfall seiner Stimme, dass er die Leute aufhetzte. Kambere rannte los, auf die Fremden zu. Sie mussten fort, sofort. Das Heulen, das von weit her zu kommen schien, wurde lauter, wuchs zu einer bedrohlichen Geräuschkulisse an.

In den nächsten Sekunden veränderte sich die Situation dramatisch. Muthahwa hielt inne, richtete die Augen zum Himmel. Und dann bemerkte Kambere es auch: Der Mond verschwand. Eine zweite kreisrunde dunkle Scheibe schob sich vor ihn. Fassungslos starrte Kambere nach oben. Der Gesang erstarb, alle Instrumente verstummten. Totenstille senkte sich über das Tal. Kambere hörte das Blut in seinen Ohren rauschen. Sein Herz schlug so schnell, als wäre er die Berge hochgerannt. Dann setzte das eigentümliche Heulen wieder ein. Diesmal war es für alle deutlich zu hören. Die Fremden wichen langsam zurück, während die Menschen auf dem Platz wie erstarrt schienen. Kambere wandte sich vorsichtig um und sah zu den Balindi herüber. Sie wanderten aufgeregt am Ufer hin und her und lockten ihn. Er spürte, wie sie danach verlangten, dass er die Insel verließ. Unverzüglich.

Kambere machte einen vorsichtigen Schritt nach vorne, dann noch einen, Hitimana hinter sich herziehend. Schließlich lief er wie von einer unsichtbaren Macht getrieben auf die Weißen zu.

»Kommt«, rief er Andrea zu. »Wir müssen hier weg. Sofort.« Er zerrte sie mit sich in Richtung Ufer.

Muthahwa rannte los. Ihm folgten einige der Männer. Es gab für Kambere, Andrea und die anderen nur einen Weg. Sie mussten auf die andere Seite des Sees. Drei Boote lagen am seichten Strand. Kambere schob sie alle ins Wasser, drängte Andrea, in eines davon einzusteigen. Georg und Peter waren direkt hinter ihm, Hitimana ebenfalls. Sie sprangen als Nächste in das Boot. Kambere befahl ihnen, die anderen beiden Boote an den vorne befestigten Tauen mit sich zu ziehen. Mit schnellen Paddelschlägen brachten Hitimana und er die Flüchtenden vom Ufer weg. Als Muthahwa als Erster der Verfolger das Wasser erreichte, stürzte er sich sofort in die vom Nebel bedeckten Fluten, doch es war zu spät. Die Boote waren schon zu weit entfernt.

»Tom ...«, flüsterte Andrea entsetzt.

»Wo ist er?«, fragte Kambere.

»Er ist fortgegangen. Mit Mbusa. In den Wald«.

Das also waren die beiden Gestalten gewesen, die Kambere gesehen hatte. Mbusa wollte die Erinnerungszeremonie mit Tom durchführen. Aber wohin waren sie gegangen? Eilig suchte Kambere das Ufer und den Wald ab. Aber es wurde immer dunkler und ein Blick zum Himmel zeigte ihm, dass der Mond nun schon fast zur Hälfte verdeckt war. Nur die leuchtenden Augen der Balindi konnte er auf der anderen Seite noch ausmachen. Sie huschten aufgeregt hin und her. Nun nahm der Nebel zu, stieg plötzlich hoch und hüllte sie innerhalb von wenigen Minuten vollkommen ein. Gleichzeitig nahm das Heulen ab. Stille. Nur das Geräusch der eilig ins Wasser stoßenden Paddel war noch zu hören.

»Wir können nicht ohne Tom gehen«, sagte Andrea. »Nicht nach allem, was geschehen ist.«

»Aber wir dürfen auch nicht warten«, entgegnete Kambere. »Sie werden uns folgen. Das wäre unser sicherer Tod.«

»Bitte, wir müssen ihn suchen.« In Andreas Stimme schwang Panik mit.

»Dafür haben wir keine Zeit.«

Sie erreichten das Ufer, wo die Balindi schon auf sie warteten. Sie waren so aufgeregt wie Kambere sie noch niemals erlebt hatte. Er trat auf Ruhondeza zu. Der Silberrücken sah ihn mit seinen freundlichen Augen sorgenvoll an. Und dann trabte er los.

»Kommt. Er wird uns den Weg zeigen.« Kambere zerrte an Andrea, die mit panischen Blicken die in fast völlige Finsternis getauchte Landschaft absuchte.

»Tom!«, rief sie. Niemand antwortete.

Georg und Peter schafften es schließlich, Andrea zum Mitkommen zu bewegen. Sie eilten dem Silberrücken nach. Rechts und links wurden sie von den anderen Balindi wie von einer Eskorte begleitet. Kambere erinnerte sich, dass sie ihn schon einmal vor den Geistern der Mondberge beschützt hatten. Und wieder, wie bei dem Aufstieg mit Mbusa und den anderen Jungen, hörte er Stimmen im Nebel wispern. Sie waren da, um sie herum, auf allen Seiten. Kambere spürte, dass ein Kampf entbrannt war. Ein Kampf der Geister. Ein Kampf um ihn und die Fremden. Sie mussten schneller laufen.

»Kommt, wir haben nicht mehr viel Zeit!«

Sie eilten am Ufer des Sees entlang. Der Nebel nahm ihnen die Orientierung. Sie stolperten über Wurzeln und schrammten sich die Beine an scharfen Steinen auf. Aber sie hielten nicht an. Kambere ahnte, dass es kein Zurück mehr gab. Er wusste nicht, wohin ihn die Balindi führten. Er vertraute ihnen grenzenlos.

Hinter sich hörte er die anderen. Hitimana rannte fast neben ihm. Hin und wieder hörte er Andrea atemlos Toms Namen rufen. Aber sie durften jetzt nicht an ihn denken. Mbusa war bei ihm. Er würde ihm helfen.

Nach einer Weile hörte Kambere Wasser rauschen. Der Wasserfall. Jetzt wusste er wieder, wo sie waren. Hatte Georg nicht gesagt, er sei durch eine Höhle in das Tal gekommen, die bei dem Wasserfall begann?

Und tatsächlich wurde das Rauschen immer lauter. Bis zum letzten Moment konnte Kambere die herabstürzenden Fluten nicht sehen. Ruhondeza stoppte erst am Ufer des Sees. Er sah Kambere mit seinen großen, orange leuchtenden Augen an, dann begann er einen kurzen Aufstieg. Auf einem schmalen Pfad kleterte er eng an der Felswand entlang, bis auf die Höhe an der das Wasser aus dem Felsen schoß. Er verschwand in einem verdeckten Spalt. Und Kambere folgte ihm. Als er sich zum letzten Mal zu seinem Tal umwandte, sah er die vom letzten Schimmer des Mondlichts beschienene Insel. Tränen traten in seine Augen. Das war der Abschied von allem, was er kannte.

63

Im Tal, während der Feier

Tom hatte sich von den anderen entfernt, als sich die Feier im Dorf seinem Höhepunkt näherte, und wartete wie verabredet am Ufer. Mbusa bewegte sich lautlos durch die Dunkelheit und stand plötzlich vor ihm. Er nickte Tom nur kurz zu, dann eilte er schon weiter zu einem der Boote, sprang hinein und stieß es ab, als auch Tom eingestiegen war. Sie paddelten mit schnellen Schlägen zum anderen Ufer, versteckten dort das Boot zwischen den Büschen und gingen zu Fuß weiter. Niemand schien sie bemerkt zu haben. Nur die Balindi saßen beinahe regungslos am Wasser und beobachteten sie aufmerksam.

Schweigend stapften sie durch das dichte Gebüsch einen Hang hinauf, bis sie zu einer kleinen Lichtung kamen, die an einer Seite von Felsen begrenzt war. Der Himmel war wolkenlos, während der Mond über ihnen die Umgebung zu einer gespenstisch wirkenden Szenerie erhellte. Auf dem See lag der Nebel so dicht, dass das Wasser nicht zu erkennen war. Im ganzen Tal waren die fröhlich feiernden Menschen der Insel zu hören. Alles schien aus einer anderen Welt zu entspringen, und zum ersten Mal konnte Tom die sich schwarz gegen den Himmel abzeichnenden Berge erkennen, deren schneebedeckte Spitzen hell im Mondlicht erstrahlten.

Sie setzten sich unter einem Felsüberhang auf einen umgestürzten Baumstamm, und Mbusa holte mit langsamen Bewegungen einige Kräuter aus einem Stoffbeutel, breitete sie auf einem flachen Stein aus und entzündete ein kleines Feuer. Tom wurde bewusst, wie unheimlich die Situation auf ihn wirkte.

Gerade wollte er Mbusa fragen, was genau er vorhatte, als er eine Bewegung am Rande der Lichtung wahrnahm. Zwei Balindi kamen langsam zwischen den Bäumen hervor, sahen zu ihnen herüber und ließen sich im hohen Gras nieder. Tom war fasziniert. Die Tiere waren majestätisch und wirkten zugleich unendlich beruhigend auf ihn. Er atmete tief durch und entspannte seine müden Muskeln. Er schloss für einen Moment die Augen, um dieses Gefühl ganz in sich aufzusaugen.

Er spürte Jens' Anwesenheit, bevor er ihn sehen konnte. Tom wusste, dass sein Bruder da war. Er öffnete die Augen, um sich umzusehen. Außer Mbusa und den beiden Gorillas konnte er nichts erkennen. Nach einer Weile bemerkte er feinen Nebel, der aus dem Wald zu ihnen herüber strich. Der anfängliche Hauch wurde allmählich immer dichter. An einer Stelle des Waldes sammelte er sich, bis er sich schließlich zu einer vage erkennbaren Gestalt verfestigte. Da war er. Jens blickte traurig zu Tom hinüber.

»Mbusa«, sagte Tom. »Mein Bruder ist da.«

»Er ist immer da.«

»Woher weißt du das?«

»Kambere hat es mir gesagt. Der Junge nimmt viel mehr wahr, als ihm lieb ist. Er hat gesehen, dass dein Bruder immer in deiner Nähe ist.«

»Ist das ein gutes Zeichen?«

»Er ist schon viel zu lange in seinem jetzigen Zustand. Er will sich wandeln, um an dem Kreislauf des ewigen Lebens teilzuhaben.«

»Wird er dann verschwinden?«

»Er wird weiterhin für dich da sein, jedoch wird er in anderer Gestalt durch die Welt gehen. Aber noch ist er nicht soweit.«

»Jens kann nicht loslassen?«

»Ihm muss etwas widerfahren sein, dass heute noch seine Wandlung verhindert.«

»Kann ich ihm helfen?«

»Ja, das wirst du tun.« Mbusa sah Tom streng an »Du musst dich erinnern. Nur dann kannst du ihn verstehen.«

Mbusa hatte auf dem Feuer eine Art Tee gekocht, den er Tom nun anbot. Auch er selbst nahm einen kleinen Schluck davon.

»Trink das. Es wird dir helfen, dich zu entspannen. Danach wirst du die Dämpfe der Amaryllis einatmen. Ich habe unsere Kräuterkundigen im Dorf ausgefragt. Die Dämpfe der getrockneten Blüten der Amaryllis können die Vergangenheit zurückbringen.«

Tom trank den würzig schmeckenden Tee und spürte die Entspannung in jeder Faser seines Körpers. Zugleich wurde er von einer inneren Zufriedenheit durchdrungen, die seine Angst vertrieb und ihn neugierig auf das machte, was ihm bevorstand.

Mbusa nahm eine Hand voll von den Blüten, die vor ihnen auf dem Stein lagen, zerrieb sie zwischen den Händen und streute sie langsam in das Feuer. Sofort stieg Tom ein erst beißender, dann aromatisch werdender Duft in die Nase.

Als der Rauch sich verzogen hatte, blieb ein Gefühl der Betäubung zurück, das Tom wegdämmern ließ. Obwohl er die Augen weiterhin offen hielt, schoben sich bald Bilder in sein Sichtfeld, die nichts mit dem Ort zu tun hatten, an dem er sich gerade befand. Eindrücke von Situationen, die er nur wenige Stunden zuvor erlebt hatte, wurden abgelöst von solchen aus den ersten Tagen der Wanderung. Er saß mit seinen Eltern zusammen, erinnerte sich an den Moment, als sein Vater ihm zum ersten Mal von seiner Krankheit erzählte, an die Trennung von seiner letzten Freundin. Er hatte lange nicht mehr an diese Situationen gedacht, hatte sie weggeschoben, weil sie ihm unangenehm waren. Immer weiter reiste Tom in seiner Vergangenheit zurück.

Und dann war da mit einem Mal Schnee. Der Winter in Schweden. Tom war sechzehn Jahre alt. Sein Vater redete auf ihn ein. Ununterbrochen.

»Woher hast du bloß diese abstrusen Ideen?«, hörte Tom seinen Vater fragen. Er fühlte sich so klein, so elend und völlig missverstanden.

»Was ist so abstrus daran, Umweltaktivist bei Greenpeace zu werden?«, fragte er.

»Umweltaktivist. Hirngespinste! Du bist alt genug, um zu wissen, wie naiv das ist, was du da sagst.«

»Das ist aber nun mal das, was ich tun möchte ...«

»Komm auf den Teppich. Triff endlich eine realistische Berufswahl. So wie dein Bruder. Obwohl Jens jünger ist als du, ist er viel erwachsener. Er hat sich entschieden. Er weiß, was er tun will. Und seine Entscheidung hat Hand und Fuß. Damit wird er eines Tages viel Geld verdienen.«

Tom lachte zynisch. »Jens will Fotograf werden. Wie soll er damit Geld verdienen?«

»Alle großen und berühmten Fotografen haben einmal klein angefangen. Und sieh dir doch an, wie gut er jetzt schon fotografiert. Du hingegen fängst mit tausend Dingen an, hältst aber nichts davon bis zum Ende durch. Du hast angefangen, Schwedisch zu lernen, hast aber nach einem Jahr wieder aufgehört. So geht das bei dir schon immer. Du musst endlich lernen, beständig zu sein.«

Tom sah sich selber, wie er wütend durch den viel zu warmen Raum der Holzhütte rannte, seine Jacke vom Haken rupfte, die Tür aufriss, draußen von der eisigen Kälte empfangen wurde und in den Schnee hinausstürmte. Er wollte diese Diskussionen mit seinem Vater nicht mehr führen.

Tom hörte durch die geschlossene Tür den Streit der Eltern. Er fühlte sich schuldig daran, denn sie stritten über ihn. Ob es richtig gewesen war, ihn mit in den Urlaub zu nehmen, oder ob er Weihnachten zuhause bei den Großeltern hätte verbringen sollen. Sein Vater hielt nichts davon, ihn zu zwingen, aber die Mutter hatte noch einmal als ganze Familie Weihnachten feiern wollen. Ein letztes Mal, bevor Tom zu alt dafür wurde.

Tom stapfte durch den verharschten Schnee auf die Straße zu. Hinter sich hörte er Rufe. Jens rannte ihm nach. Gemeinsam liefen sie die vereiste Schotterstraße entlang, immer weiter durch den Wald, bis sie zu der Holzbrücke kamen, die sich über einen zugefrorenen Fluss spannte. Tom schlitterte den Abhang hinunter, rutschte aus und überschlug sich dabei fast. Dann war er unten. Er tastete sich langsam auf das Eis vor. Der Fluss war in der Zeit der klirrenden Kälte auf der gesamten Breite zugefroren. Zehn Meter waren das sicher. Danach hatte es geschneit, aber auf der Eisfläche lag kein Schnee. Der Wind hatte ihn weggetrieben. Tom konnte das Wasser unten hindurchströmen sehen. Er drehte sich um und entdeckte seinen Bruder oben auf der Brücke.

Er lockte ihn. Er prahlte. Er nannte Jens einen Angsthasen. Ein Muttersöhnchen, das sich nichts traut. Jens zögerte eine Weile, kaute auf der Unterlippe, sprang schließlich den steilen Abhang hinab. Auf das Eis. Zunächst war er noch vorsichtig, doch dann ließ er die Hemmungen hinter sich, wurde regelrecht übermütig, tollte über das Eis und lief immer weiter in die Mitte des Flusses. Tom beklatschte ihn, rannte ihm nach. Um ihn zu ärgern nahm er ihm den Fotoapparat weg, den Jens immer bei sich hatte, und machte verwackelte Fotos von seinem Bruder. Wie zwei junge Hunde tobten sie über die glatte Fläche. Tom verschoss den ganzen Film.

Als das Eis brach, war Tom nur zwei Meter von seinem Bruder entfernt. Zwei Meter, die über Leben und Tod entschieden. Ein zähes Knirschen, ein Knacken in der Kälte. Jens verlor das Gleichgewicht, taumelte, rutschte ab, fiel in das eiskalte Wasser. Auch Tom brach durch das Eis, versank erst mit einem Bein, dann auch mit dem anderen. Er spürte den Sog des Flusses. Das Wasser schlug kurz über seinem Kopf zusammen. Die Kälte lähmte seinen Körper. Im letzten Moment erwischte er mit klammen Fingern die messerscharfen Kanten des Eises, zog sich daran hoch, obwohl das höllisch schmerzte, kämpfte sich durch das immer wieder einbrechende Eis in Richtung Ufer. Dann sah er sich panisch um.

Er entdeckte Jens, seine Hände, seinen Kopf, seine Augen. Er schien zu schreien, doch Tom hörte keinen Ton aus dem Mund seines Bruders. Die Eisschollen, die Toms Rettungsweg markierten, wurden von der Strömung des Flusses unter die Eisfläche geschoben. Dahinter strampelte Jens um sein Leben. Tom sprang auf, rannte ein paar Meter am Ufer entlang, bog wieder auf das Eis ab, schob sich vorsichtig tastend auf Jens zu. Erst verschwand der blonde Schopf seines Bruders, dann eine Hand, danach die andere. Jens wurde unter das Eis gezogen. Der gewaltigen Kraft der Strömung hatte sein Bruder nichts entgegenzusetzen.

Das Eis war sonderbar klar. Tom konnte beinahe wie durch Glas das Wasser des Flusses sehen. Der Anblick war wunderschön und bestialisch zugleich. Denn unter dem Eis sah er Jens. Mit dem Gesicht nach oben trieb er unter der Eisfläche auf Tom zu, war unter ihm, bewegte den Mund, aus dem Luftblasen quollen, wurde weitergetragen. Tom schrie. Er folgte seinem Bruder, der immer weiter den Fluss hinabtrieb. Er versuchte verzweifelt, das Eis zu durchbrechen. Doch was eine Minute vorher von allein geschehen war, gelang ihm an dieser Stelle nicht mehr.

Die nasse, schwere Kleidung zog Jens nach unten. Die Strömung nahm zu. Er trieb schneller weiter. Tom begann zu laufen. Er wünschte sich, selbst erneut einzubrechen, bei seinem Bruder zu sein, ihn rauszuholen aus der eisigen Hölle. Er rutschte, schlitterte, fiel, raffte sich wieder auf. Eine niedrige Brücke versperrte ihm den Weg. Er musste an der Böschung hinaufklettern, rannte auf die andere Seite, glitt auf der spiegelglatten Brücke einmal, zweimal aus, rutschte das Ufer auf der anderen Seite der Brücke wieder hinunter. Er rannte und rannte. Doch er fand ihn nicht mehr. Jens war weg. Tom schrie, doch kein Ton verließ seinen Mund.

Später – er wusste nicht, wie viel Zeit vergangen war – saß er an der Böschung des Flusses. Ein Mann stand neben ihm, sprach ihn an, zog ihn hoch, verfrachtete ihn in ein Auto, drehte die Heizung bis zum Anschlag auf, raste über die weiße Straße, sprach ununterbrochen mit ihm. Sie kamen zu einem Haus, das aussah wie die meisten Häuser der

Gegend. Aus Holz gebaut, gelb verschalt, weiße Umrandungen. Zwei Scheunen daneben, rot mit weißen Kanten. Die Tür öffnete sich, der Mann zerrte an ihm, zog ihn, trug ihn fast zum Haus.

Ein Sofa. Eine Frau. Sie zogen ihm die nassen Kleider vom Leib, wickelten ihn in Decken, flößten ihm heißen Tee ein. Der Mann telefonierte. Die Frau redete ohne Unterlass mit ihm. Sobald er die Augen schloss, sich in die Dunkelheit retten wollte, rüttelten sie ihn, hielten ihn wach, taten alles, damit er nicht wegdämmerte. Tom spürte nichts. Gar nichts. Er wusste, dass er die Schuld trug. Er hatte seinen Bruder in den Tod getrieben. Er hatte Jens so lange geärgert, bis er auf das Eis gesprungen war. Mit seinen steif gefrorenen Händen umklammerte er den Fotoapparat seines Bruders. Er gab ihn nicht wieder her.

Später kamen andere Menschen. Ein Arzt. Er untersuchte Tom, stellte ihm viele Fragen. Doch Tom verstand ihn nicht, reagierte nicht, sagte nichts. Er war leer. Nicht sein Körper war erfroren, sein Herz war zu Eis geworden. Es schlug, es pumpte Blut in alle Körperteile. Aber Tom spürte nichts.

Seine Eltern waren plötzlich da. Seine Mutter weinte. Sie streichelte ihn, flüsterte ihm seinen Kosenamen zu, fragte nach Jens. Sein Vater wirkte alt. Er stand verbittert schweigend neben dem Sofa und sagte keinen Ton. Tom hörte ihn, in seinem Kopf. Deutlich und klar. *Du hast versagt.* Seine Blicke durchbohrten ihn. *Was hast du mit Jens gemacht?*

Irgendwann kam die Polizei. Der junge Polizist schüttelte den Kopf. *Nein, wir haben ihn nicht gefunden. Die Strömung* ... Er fragte Tom immer wieder, woran er sich erinnerte. Was war mit Jens geschehen? Tom wollte nichts erzählen, doch der Polizist blieb unerbittlich, ließ nicht locker. Also erzählte Tom, dass Jens zuerst auf dem Eis war. Dass Jens ihn, Tom, herausgefordert hatte. Weil er ein Angsthase sei. Tom sagte, er sei seinem Bruder gefolgt. Er sagte, Jens sei eingebrochen und er habe versucht, ihn zu retten.

Sie glaubten ihm. Alle. Nur sein Vater nicht. Das sah Tom ihm an. In jeder Sekunde in all den folgenden Jahren. Bis heute.

Sie warteten. Einen Tag, zwei Tage. Eine Woche. Dann fuhren sie zurück nach Deutschland. Um weiter zu warten. Eine Woche, zwei Wochen. Die Monate zogen sich zäh in die Länge. Doch die Nachricht kam nicht. Sie kam nicht mit den ersten Sonnentagen. Sie kam nicht zu Ostern. Sie kam nicht im Sommer. Toms Vater rief jede Woche in Schweden an. Die Antwort war immer dieselbe: *Nein, wir haben den*

Körper nicht gefunden, aber wir suchen weiter. Den Film aus dem Fotoapparat hatte Tom nie entwickelt.

Tom erschrak, als Mbusa ihn an der Schulter fasste. Er hatte die Augen die ganze Zeit über offen gehabt, hatte wahrgenommen, wie Jens' Gestalt immer näher auf ihn zugegangen war. Jetzt war er nur noch zwei Meter von Tom entfernt.

»Tom?«, sagte Mbusa vorsichtig. »Geht es dir gut?«

Langsam wandte Tom ihm den Kopf zu. Er nickte andeutungsweise.

»Trink das hier.«

Mbusa hielt ihm eine dampfende Schale hin. Eine Mischung unbekannter Kräuteraromen stieg Tom in die Nase. Schon der Geruch ließ seine Lebensgeister zurückkehren. Er trank den heißen Tee in kleinen Schlucken und spürte sofort, wie die Betäubung in seinem Kopf nach und nach verschwand. In seinen Händen hielt er einen Gegenstand. Es war die Linse des alten Fotoapparates von Jens, das Einzige, das nach all den Jahren noch übrig war. Er hatte die Linse am Rand durchbohrt und trug sie mit einem Lederband um den Hals. Niemals legte er es ab. Nun war das Band zerrissen.

»Was ist passiert?«, fragte er Mbusa.

»Du warst eine Weile ganz weit fort. Aber deine Augen standen offen.«

»Nur eine Weile?«, fragte Tom verwundert. »Mir kommt es vor, als seien es Stunden gewesen.«

Tom berichtete in stockenden Worten, was er gesehen und gefühlt hatte. Mbusa hörte ihm aufmerksam zu. Und auch die Gestalt von Jens schien jedes Wort in sich aufzusaugen.

»Ich habe meine Version der Geschichte so oft erzählt, bis ich sie selber geglaubt habe. Aber ich habe gelogen. Zwanzig Jahre lang«, brachte Tom mühsam hervor.

»Du hast nicht gelogen. Du hast die Erinnerung verloren und wusstest es nicht besser.«

»Wenn ich ihn nicht geärgert hätte, dann wäre er nicht auf das Eis gegangen. Dann würde er heute noch leben.«

Mbusa legte Tom eine Hand schwer auf die Schulter.

»Du bist nicht schuld am Tod deines Bruders. Das war ein Unfall. Du hättest dich nicht hinter einer Lüge verstecken müssen. Zwanzig Jahre lang hast du geglaubt, schuldig zu sein, und hast deshalb das Erlebte tief in dir vergraben. Du hast befürchtet, die Wahrheit nicht ertragen zu können. Aber jetzt kennst du sie und kannst dich mit ihr auseinandersetzen.«

»Wenn ich meinen Eltern sage, was wirklich passiert ist ... was wird dann geschehen?«

»Das kann dir niemand beantworten.«

»Sie haben mir immer wieder gesagt, dass ich die Verantwortung für ihn trage. Er war doch jünger als ich.«

»Wie viel?«

»Dreizehn Monate.«

»Dann wart ihr im Grunde gleich alt. Dein Bruder konnte für sich selbst die Verantwortung übernehmen.«

»Aber ich habe die Verantwortung ja gern auf mich genommen, weil ich mich ihm dann überlegen gefühlt habe.« Tom stand auf, raufte sich die Haare. Dann fiel sein Blick auf die Lichtung. Die Balindi saßen noch immer am Rand. Aber die Gestalt von Jens war verschwunden, und das Licht hatte sich verändert. Er sah zum Himmel und stutzte: Der Vollmond wanderte in den Schatten der Erde.

»Was ist das?«, fragte Mbusa irritiert.

»Eine Mondfinsternis«, antwortete Tom und erklärte ihm den Vorgang. Mbusas Gesicht legte sich in sorgenvolle Falten.

»Ich weiß nicht, wie die Leute aus meinem Clan darauf reagieren.« Er sah einen Moment lang nachdenklich aus. »Lass uns zu Ende bringen, was wir angefangen haben.« Er wandte sich Tom wieder zu. »Dein Bruder wurde nie begraben?«

»Man hat seine Leiche nicht gefunden. Sie ist unter das Eis gezogen worden und vermutlich bis in die Ostsee getrieben.«

»Dein Bruder muss ein rituelles Begräbnis bekommen, dann kann er seine Gestalt wechseln. Erst danach wird er Ruhe finden.« Mbusa schaute Tom an. Dann bemerkte er die Linse in dessen Hand. »Was ist das?«, fragte er.

Tom erklärte es ihm. »Den Film habe ich zuhause in einer Schublade. Ich habe ihn nie entwickelt. Ich habe mich nicht getraut.«

Mbusa streckte die Hand nach der Linse aus. Tom gab sie ihm zögernd. Mbusa drehte und wendete sie hin und her, blickte hindurch und prüfte die stumpfen Kanten mit dem Daumen.

»Wenn man von der einen Seite hindurchsieht, dann wirkt die Welt größer, von der anderen Seite aus betrachtet wirkt sie kleiner. Die Welt sieht immer anders aus, je nachdem, von welcher Seite aus du sie betrachtest. Diese Linse hier ist allerdings so zerkratzt, dass die Welt auf der anderen Seite nicht mehr klar erkennbar ist.«

Tom sah seinen Freund mit offenem Mund an, dann nahm er die Linse wieder an sich. Mbusa hatte Recht: Die Linse war blind. Die Welt dahinter war nur noch schemenhaft erkennbar. Tom schüttelte erstaunt den Kopf. Dieser Gegenstand war für ihn jahrelang nur ein Talisman gewesen, eine Erinnerung an seinen Bruder. Und jetzt stellte er fest, dass sie so viel mehr war.

Mbusa ging in die Mitte der Lichtung. Dort hob er mit Hilfe seines Speers eine flache Mulde aus. Dabei murmelte er Worte, die Tom nicht verstand. Nach einer Weile stand Mbusa auf, streckte die Hand nach der Linse aus, die Tom ihm gab, und zückte ein scharfes Messer.

»Ich werde dir jetzt in die Hand ritzen und der Erde dein Blut übergeben. Danach wirst du diese Linse, die einmal deinem Bruder gehört hat, hier an dieser Stelle begraben. Wir werden das Ritual einer Beerdigung vollziehen.«

Tom nickte. Dann hielt er Mbusa seine Hand hin. Er betrachtete den Himmel. Der Mond war fast vollständig im Schatten der Erde verschwunden. Er spürte die kalte Klinge auf seiner Haut, den Schmerz, als das Metall die Haut durchschnitt, die Wärme seines eigenen Blutes, das in die Mulde tropfte. Genau in diesem Moment fegte ein eisiger Wind über die Lichtung. Tom zuckte zusammen.

»Bleib ruhig«, sagte Mbusa schnell.

Die Temperatur sank merklich ab. Tom fror. Doch Mbusa hörte nicht auf. Während er ununterbrochen in sanftem Tonfall Worte sprach, die Tom fremd waren, legte er die blinde Linse in die Mulde. Als das Glas die blutgetränkte Erde berührte, zog Nebel in dicken Schwaden aus dem Wald heran und über ihnen ertönte ein Heulen, das Tom das Blut in den Adern gefrieren ließ. Die Balindi hatten sich in den Schutz der Bäume zurückgezogen, blieben aber in der Nähe. Tom spürte die Anwesenheit seines Bruders, ohne ihn zu sehen. Die Baumwipfel wurden von Wind gepeitscht, während der Nebel immer undurchdringlicher wurde.

»Kathelhuli und Kithasamba, zwei unserer höchsten Geister sind hier«, flüsterte Mbusa fast unhörbar.

»Ihre Namen dürfen niemals laut ausgesprochen werden. Sie kämpfen um die Seele deines Bruders. Lass uns hoffen, dass Kithasamba gewinnt.«

Tom sah eine Gestalt auf sich zurasen und duckte sich im letzten Moment weg. Was auch immer das gewesen war, es flößte ihm bittere Furcht ein. Auch Mbusa zog den Kopf ein. Die beiden verharrten gebeugt und häuften so lange Erde in die ausgehobene Mulde und über die darin liegende Linse, bis ein kleiner Grabhügel entstanden war. Mbusa suchte die Umgebung nach runden Steinen ab, die er um den kleinen Hügel legte.

Und mit einem Mal erstarb das Heulen, der Wind ließ nach und der Nebel löste sich auf. Die Umgebung war stockfinster. Am Himmel waren nur die Sterne zu sehen. Dann bemerkte Tom, wie der rote Mond ganz langsam wieder aus dem Erdschatten herauswanderte.

Er spürte noch immer Jens in seiner Nähe. Aber zum ersten Mal war es ein durchweg angenehmes Gefühl. Er war da und er wachte über ihn. Aus tiefster Seele wurde Tom in diesem Moment von dem Gefühl der Liebe durchdrungen. Von einer Liebe, die sich nicht auf einen bestimmten Menschen beschränkte, sondern allumfassend war. Tom saß auf dem feuchtem Boden, mitten in Ostafrika, umgeben von einer traumhaften Landschaft, die vor ihm nur sehr wenige Menschen zu Gesicht bekommen hatten. Unten im Tal wartete eine Frau auf ihn, die in den letzten Tagen mit jeder Minute an Bedeutung gewonnen hatte.

Langsam stand Tom auf. Der Erdschatten gab immer mehr von der Mondsichel preis.

64

Außerhalb des Tals, 20. Juni

Der Marsch durch den tiefen Schnee erschöpfte Hans bis ans Ende seiner Kräfte. Aber die Rebellen waren zu keiner Pause bereit. Sie stapften immer weiter, rastlos, atemlos, nur das eine Ziel vor Augen: die gnadenlose Kälte hinter sich zu lassen. Also stolperte und rutschte Hans hinter den Afrikanern her, die seine einzige Chance darstellten, jemals wieder lebend aus diesem Gebirge herauszukommen.

Das Unwetter, das sie an der Überquerung des Passes gehindert hatte, war nur noch eine böse Erinnerung. Die Nacht brach herein, der Wind ließ nach, der Schneefall kam allmählich zum Erliegen. Stumme Dunkelheit umfing sie. Hans konnte das Weiß des Schnees nur noch erahnen. Ständig lief er Gefahr, den vor ihm gehenden Innocent aus dem Blick zu verlieren. Hans fror erbärmlich, seine Kleidung war durchnässt, unter den Füßen hatte er große Blasen, die bei jedem Schritt schmerzten.

Dann riss die Wolkendecke auf. Der Mond hing als kreisrunde Scheibe über ihnen und tauchte die Umgebung sofort in ein helles Licht. Die Männer vor Hans blieben stehen, starrten fasziniert auf den Himmelskörper und die unwirkliche Landschaft, die sie umgab. Der Schnee reflektierte das Licht des Mondes, an den schattigen Stellen staute sich Ungewissheit. Vor ihnen lagen sanft abfallende Hügel. Als Hans an ihnen entlang hinunterblickte, entdeckte er die ersten schneefreien Areale. Dorthin mussten sie gelangen, dann hatten sie das Schlimmste hinter sich.

Sie marschierten weiter und erreichten bald die Schneegrenze, an der sie trotz des Mondlichts wieder in Dunkelheit eintauchten, da sie den reflektierenden Schnee hinter sich ließen. Die Männer gingen still weiter, auf jeden Schritt bedacht, sich vortastend und trotz der Erschöpfung hoch konzentriert.

Plötzlich stoppte Innocent und unterhielt sich leise mit Paul. Als Hans sich näherte, legte Innocent den Finger auf die Lippen und bedeutete ihm, still zu sein. Dann wies er in die Dunkelheit vor ihnen.

Erst konnte Hans nichts erkennen außer den dunklen Schatten, die die Felsen und die wenigen Pflanzen im fahlen Mondlicht warfen. Dann sah er ein kleines flackerndes Licht am gegenüberliegenden Hang, von ihnen nur durch eine Schlucht getrennt. Zwei Gestalten saßen an dem Feuer direkt neben einem Fluss, der laut gurgelnd ins Tal rauschte. Als Paul ihm das Fernglas gab, starrte Hans hindurch, bis ihm die Augen schmerzten. Er kannte die beiden: Es waren Birgit und Nzanzu, der ältere Guide. Sie unterhielten sich erkennbar, doch die Nacht schluckte jedes Geräusch. Was taten die beiden hier?

»Die schnappen wir uns«, meinte Paul mit einem hämischen Grinsen. »Die hat wohl gedacht, sie könnte mir entwischen.« Er wollte gerade losgehen, als Hans ihn zurückhielt.

»Warte noch einen Moment«, sagte er. »Birgit sucht doch sicherlich ihre Freundin Andrea. Und der Guide kennt sich hier bestimmt besser aus als ihr. Die beiden können uns vielleicht auf einem anderen Weg über den Berg führen.«

Paul schwieg. Sein Gesicht war von Schatten bedeckt, sodass Hans die Miene des Rebellenführers nicht erkennen konnte. Schließlich nickte er.

»Du hast Recht. Wir warten. Morgen früh bei Sonnenaufgang greifen wir zu.«

Die Rebellen errichteten aus ein paar herumliegenden größeren Ästen und löchrigen Planen einen niedrigen Unterschlupf, der sie vor dem kalten Wind und dem eventuell einsetzenden Regen schützten sollte. Sie drängten sich dicht aneinander, teilten sich die wenigen Decken so gut es ging. Gerade hatte Hans seine Augen für eine Weile geschlossen, als einer der Soldaten mit einem panischen Schrei aufsprang und zum Himmel zeigte.

Der Mond tauchte orangefarben in den Erdschatten ein und bot ein faszinierendes Schauspiel. Noch nie hatte Hans eine so schöne Mondfinsternis gesehen. Doch die Soldaten waren alles andere als begeistert; sie riefen wild durcheinander und murmelten immer wieder die Namen der Geister der Mondberge. Paul versuchte aufgebracht, seine Leute zur Ruhe zu bringen, doch sie hörten nicht auf ihn. Das Ereignis schien sie bis in jede Sehne ihres Körpers zu erschüttern. Immer mehr verschwand der Mond im Schatten der Erde, immer angespannter wurde die Stimmung der Rebellen. Selbst als Paul seine Waffe zog und ihnen eindeutig zu verstehen gab, dass mit ihm nicht zu spaßen war, reagierten die Männer nicht auf ihn. Paul packte der Zorn. Er hob die Pistole, richtete sie auf den ihm am nächsten stehenden Mann und drückte ab. Der Schuss peitschte durch das Tal. Augenblicklich trat Stille ein Der getroffene Soldat stürzte zu Boden, zuckte noch ein paar Mal, dann lag er still. Blut sickerte aus einem klaffenden Loch an seiner Schläfe. Paul steckte die Waffe zurück in das Halfter.

Innocent sah ihn lange an, bevor er sprach.

»Denkst du nicht, dass wir noch ein paar Leute brauchen, wenn wir unser Ziel erreichen wollen?«

Wutschnaubend trat Paul einen Schritt auf Innocent zu.

»Schon wieder mischst du dich in Dinge ein, die dich nichts angehen«, fuhr er ihn an. »Ich weiß genau, was ich tue.« Er starrte seinen Untergebenen an.

Er zog die Pistole wieder aus dem Halfter und zielte auf Innocents Kopf. Der Mann bewegte sich nicht, zeigte keinerlei Angst, sondern betrachtete Paul lediglich mit einer Mischung aus Ernst und Trauer. Hans bewegte sich Zentimeter für Zentimeter zurück. Er war sich sicher, dass Paul ein weiteres Mal abdrücken würde.

»Wenn du deine Ziele erreichen willst,« sagte Innocent ruhig, »musst du mit der ARL erfolgreich sein. Wenn du deine eigenen Soldaten einen nach dem anderen erschießt, wirst du in Bernards Gunst nicht steigen.«

»Bernard wird in nächster Zeit nicht hierher zurückkehren. Dafür werde ich sorgen. Wenn die andere weiße Frau tot ist, hat er keine Möglichkeit mehr, sich freizukaufen. Also müssen wir sie finden und töten. Dabei kann ich keine hysterischen Männer gebrauchen, die glauben, eine Mondfinsternis sei eine Strafe der Geister!« Paul richtete die Pistole neu aus.

»Irgendwann werden sie wieder auftauchen. Sie müssen ja irgendwann aus den Bergen raus. Wir brauchen nur auf sie zu warten und schlagen dann zu. Aber auch dafür brauchen wir noch ein paar Männer.« Innocent verzog keine Miene.

»Auf welcher Seite stehst du eigentlich? Auf Bernards oder auf meiner?« Noch immer zielte die Pistole auf Innocents Kopf.

»Ich stehe auf deiner Seite«, antwortete Innocent. Mit einem Blick auf die Waffe fuhr er fort: »Auch wenn du mich nicht bedrohst.«

»Und das soll ich dir glauben?«

»Es wird dir nichts anderes übrig bleiben.«

Paul verharrte eine Weile regungslos. Schließlich ließ er die Waffe sinken und drehte sich um. Dabei streifte sein Blick Hans, der weit hinter ihn zurückgetreten war. Nur das Weiße seiner Augen war in der Dunkelheit zu sehen. Hans fröstelte.

Kurze Zeit später lag Hans wie erstarrt unter der Decke neben Innocent, nur wenig von Paul entfernt, und rechnete nach, wie groß seine Überlebenschance in diesem Gebirge war. Das Ergebnis war ernüchternd.

65

Tief im Inneren der Berge, kurz nach der Feier

Kambere wartete am Eingang der Höhle, bis Andrea, Peter und Georg in der Finsternis verschwunden waren. Dann folgte er ihnen. Das Wasser des Flusses rauschte laut an ihnen vorbei, kurz bevor es sich in den See des Tals ergoss. Georg hielt seine Stirnlampe in der Hand, in deren Strahl die Ausmaße des Höhlenraums deutlich wurden. Lang gestreckt, kaum höher als zwei Meter, in der Mitte das schäumende Wasser, glitschige Felsen am Rand. Für die Fliehenden gab es nur einen möglichen Weg: durch das Wasser, gegen die Strömung.

Kambere wusste, dass er jetzt noch nicht mit den Fremden gehen konnte. Er hatte noch eine letzte Aufgabe zu erfüllen.

»Hier ist der Anfang dessen, was an anderer Stelle endet. Ihr müsst sehr vorsichtig sein, denn diese Höhle ist heilig«, sagte er und fasste Hitimana am Arm.

»Ich warte hier auf Tom.«

»Dann bleibe ich bei dir«, schoss es aus dem Mund des anderen Jungen. Er würde nicht noch einmal einen Freund zurücklassen.

Kambere widersprach nicht. Er ahnte, dass sie diese Aufgabe zusammen bestehen mussten. Auch wenn das ihren Tod bedeuten konnte.

Georg untersuchte den Flusslauf, so weit das Licht seiner Lampe reichte. Andrea blickte in die entgegengesetzte Richtung und suchte den Eingang der Höhle immer wieder mit den Augen ab, die dabei nervös hin und her sprangen. Auch Peter wirkte unruhig.

»Tom. Warum ist er noch nicht da?«, rief Andrea verzweifelt über das Rauschen des Wassers hinweg.

»Wir können nicht auf ihn warten«, sagte Peter. »Das ist zu gefährlich.«

»Wir kommen mit ihm nach, sobald er da ist«, rief Hitimana zurück. »Ihr müsst losgehen!«

Kambere erkannte in Andreas Augen die Angst, die sie um Tom hatte. »Wenn die Gefahr zu groß wird, dann lass alles los, was dich bedrückt«, sagte er zu ihr. Was auch immer die beiden verband, sie würde nicht so ohne Weiteres in die Tiefe des Berges verschwinden, ohne sicher zu sein, dass Tom ihr folgte.

»Mbusa wird sich um ihn kümmern, und die Balindi werden ihn zu uns bringen. Dann folgen wir euch.«

Peter zog Andrea energisch von den beiden Jungen fort. Georg stand bereits im knietiefen Wasser. Die drei marschierten hintereinander in die Ungewissheit der dunklen Höhle, tief in den Berg hinein, in das Innere des Ruwenzori.

Kambere und Hitimana konnten den Lichtschein noch eine Weile sehen, dann wurde er blasser, verschwand schließlich ganz, und mit ihm erstarb jedes Geräusch von den Fliehenden. Nur das Rauschen des Wassers blieb.

Als die beiden Jungen zurück ins Freie traten, um sich dicht an der Felswand hinter ein paar Büschen versteckt auf die Erde zu setzen, sah Kambere einen Schatten, der in dem schmalen Durchgang zur Höhle verschwand. Doch schon im nächsten Moment wurde er unsicher, ob er sich nicht getäuscht hatte.

Andrea, Peter und Georg kämpften sich durch das Wasser, das sie kontinuierlich zurückdrängte. Die Strömung brachte sie immer wieder aus dem Gleichgewicht. Die Höhlendecke senkte sich an einer Stelle so tief hinab, dass sie fast untertauchen mussten und nur noch den Kopf oberhalb des Wasserspiegels halten konnten. Nicht nur einmal schluckte Andrea Wasser. Zu ihrer Verblüffung schmeckte es belebend und frisch.

Dann weitete sich der Raum, und die Decke verlief wieder höher. Sie bemerkten einen Pfad, der sich entlang des Stroms durch die Höhle schlängelte. Sofort verließen sie das Wasser, stiegen über die rutschigen Steine, wrangen ihre Kleidung notdürftig aus und eilten schließlich auf dem Weg weiter. Als einzige Lichtquelle diente ihnen Georgs Stirnlampe. Hin und wieder leuchtete das Wasser grünlich auf. Als Andrea einmal stehen blieb, um kurz auszuruhen, trat Peter ganz dicht hinter sie. Andrea sah die Angst in seinem Gesicht.

»Was ist los?«

»Ich spüre, dass dort in der Tiefe des Berges etwas ist, was unsere Augen nicht sehen sollen.«

Georg leuchtete mit der Lampe die schroffen Wände der Höhle ab. Überall glitzerte Wasser, es rauschte und gurgelte um sie herum. Der Strahl der Lampe glitt über Andrea, dann über Peter.

»In der Höhle ist ein Heiligtum«, sagte Georg. »Ich habe es gesehen.«

Im Schein der Taschenlampe erschien für einen Sekundenbruchteil ein schwarzes Gesicht weit hinter Peter. Andrea erschrak. Der Lichtstrahl wanderte weiter.

»Leuchte bitte noch einmal da hinten hin«, bat sie Georg mit leiser Stimme.

Er richtete den Strahl an ihnen vorbei auf den Weg, den sie gekommen waren. Felsen, Wasser, Glitzern. Dunkelheit.

»Ich dachte, ich hätte etwas gesehen.«

Peter wirbelte herum. »Was soll da gewesen sein?«

»Ich habe mich wohl getäuscht«, antwortete Andrea. »Lasst uns weitergehen, ich finde es hier ziemlich unheimlich.«

»Die Geister sind hier«, sagte Peter mit brüchiger Stimme, die mit jedem Wort, das er sprach, leiser wurde. »Wir haben hier nichts verloren, erst recht nicht, wenn da drinnen wirklich ein Heiligtum ist.«

»Wir können aber nur in diese eine Richtung gehen.« Georgs Stimme klang ruhig. »Wer weiß, was im Tal gerade geschieht. Und je länger wir hier warten, desto wahrscheinlicher ist es, von den Kerlen aus dem Dorf eingeholt zu werden.«

»Glaubst du, sie verfolgen uns? Es gilt doch auch für sie, dass man nicht ungestraft in die Höhle gehen darf«, wollte Andrea wissen und spürte sofort, dass ihr Einwand alles andere als beruhigend war.

Georg drehte sich wieder um und ging langsam weiter. Andrea und Peter folgten ihm schweigend. Die räumliche Beschaffenheit der Höhle veränderte sich permanent. Während sie manchmal gigantische Ausmaße annahm, war sie an anderen Stellen ganz schmal. Immer häufiger mussten sie über Felsen klettern, die ihnen den Weg versperrten. Viele Geräusche erfüllten den engen Raum um sie herum, wurden von den Wänden zurückgeworfen, sodass die Unterscheidung fremder Geräusche von dem Echo ihrer eigenen unmöglich war. Stetig tropfte Wasser von der Decke herab, neben ihnen gurgelte und rauschte der Fluss. Ihre Schritte auf den Felsen und im Wasser ließen durch die Vervielfachung der Geräusche zuweilen auf eine ganze Armada von Wanderern schließen. Und dann waren da Laute, für die sie keine Erklärung hatten. Ein Heulen und Pfeifen, als fahre Wind durch das alte Gebälk eines halbverfallenen Hauses. Doch um sie herum regte sich nichts. Die Luft stand still.

Die Angst schnürte Andrea beinahe den Atem ab. Doch sie erinnerte sich an Kamberes Worte. Sie musste loslassen, was sie bedrückte.

»Was weißt du über unseren Vater?«, fragte sie Peter mit zittriger Stimme.

Der schwieg eine Weile. Dann begann er langsam zu erzählen.

»Er war erst ein paar Wochen in Uganda. So hat es mir meine Großmutter erzählt. Meine Mutter hat ihn auf einem Fest kennen gelernt und sich sofort in ihn verliebt. Sie war glücklich mit ihm.« Peters Stimme verhallte in der Tiefe des Berges. »Meine Großmutter hat sie gewarnt, sich nicht mit einem Europäer einzulassen. Zu viele ugandische Frauen sind von weißen Männern wieder verlassen worden, spätestens, wenn sie schwanger waren. Doch meine Mutter wollte nicht auf sie hören. Als sie mit mir schwanger war, ist er geblieben. Auch nach meiner Geburt. Aber dann hat er uns plötzlich von einem Tag auf den anderen verlassen.«

»Was hat deine Mutter damals getan?«.

»Sie hat in Kampala gelebt, doch als der Mann fort war, ist sie mit mir zu meiner Großmutter nach Kasese gegangen. Dort hat sie es nicht lange ausgehalten. Der Schmerz war zu groß. Ein Herz, das voller Liebe ist, ist verletzlich. Es öffnet sich der Welt und lässt gleichzeitig auch die Wirklichkeit eintreten, die es mit einem Handstreich vernichten kann. Niemand hatte ihr damals den Schmerz nehmen können. Meine Mutter hatte keine Krankheit, auch keine äußerliche Verletzung. Sie ist an gebrochenem Herzen gestorben. Ich kann bis heute nicht verstehen, wie ein Mann in der Lage sein kann, der Frau an seiner Seite eine solche Verletzung zuzufügen.«

Ein Kloß setzte sich in Andreas Hals fest; das Schlucken fiel ihr schwer, während sie weiterhin unverwandt auf den Boden sah, um einen Fuß vor den anderen zu setzen, weiter und weiter in das Zentrum dieses Berges hinein, in dem die Ungewissheit lauerte.

»Das tut mir sehr leid«, sagte sie schließlich. »Das habe ich nicht gewusst.«

»Niemand weiß das. So wie niemand nachvollziehen kann, wie es sich anfühlt, wenn der eigene Vater den Tod der Mutter verursacht. Jahrelang habe ich gegrübelt, was nur geschehen sein kann, aber ich habe es nicht verstanden. Ich bin bei meiner Tante aufgewachsen, und sie war für mich wie eine liebende Mutter. Sie hat meinem Vater auch geschrieben, aber sie hat nie eine Antwort erhalten.«

»Ich habe ihre Briefe gelesen. Alle.«

»Dann hat er sie also bekommen«, sagte Peter hinter ihr mit verbitterter Stimme.

»Nein, er hat sie nicht bekommen. Meine Großmutter hat sie abgefangen und vor ihm versteckt. Erst letztes Jahr im Dezember habe ich sie zufällig unter einem Holzbrett in einem alten Schrank meiner Großeltern entdeckt. Sie waren verschlossen. Allesamt.«

»Warum hat sie das getan?«

Andrea zögerte mit der Antwort, doch dann rang sie sich zur Wahrheit durch: »Meine Oma hat die Beziehung unseres Vaters zu deiner Mutter immer verurteilt. Sie wollte, dass er in Deutschland ein neues Leben mit einer weißen Frau beginnt.«

Peter schwieg. Andrea spürte in sich eine wachsende Unruhe. Die Umgebung wirkte beklemmend auf sie. Der Weg wurde etwas breiter. Andrea war dankbar, dass Peter sogleich zu ihr aufschloss, sodass sie nebeneinander gehen konnten.

»Er hat alles versucht, um herauszubekommen, wo ihr seid«, fuhr sie schließlich fort. »Aber die Situation in Uganda muss damals sehr unübersichtlich gewesen sein.«

»Er ist also nach Deutschland zurückgekehrt? Warum so plötzlich?«

»Er hat mir nur erzählt, dass sich die politische Situation hier schlagartig verändert hat, dass er sofort gehen musste, ohne irgendeinem Menschen etwas davon zu sagen. Er wollte dich und deine Mutter nachholen, aber das hat nicht mehr funktioniert. Seine Nachforschungen haben ergeben, dass Idi Amin alles vernichtet hatte, was meinem Vater am Herzen lag.«

»Hast du deinen Vater gefragt, was er getan hat? Warum Idi Amin so mit ihm umgegangen ist?« Peters Stimme klang bitter.

»Ich habe keine Antwort darauf bekommen. Ich bin sicher, dass er mehr weiß, als er mir erzählt hat.«

»Dann will ich dir die Antwort geben, so wie meine Tante mir die Geschichte erzählt hat.« Er atmete tief durch, dann fuhr er fort: »Dein Vater, unser Vater, hat mit Idi Amin zusammengearbeitet. Meine Eltern haben in einer riesigen Villa gelebt. Sie haben allen nur denkbaren Luxus gehabt. Und unser Vater hat an den Gräueltaten des Diktators teilgehabt oder zumindest davon gewusst. Bis zu dem Tag, an dem er in Ungnade fiel. Ich weiß nicht genau, was geschehen ist, aber meine Mutter bekam überraschend Besuch von einer Freundin, die ihr riet, sich sofort und heimlich in einen Bus nach Kasese zu setzen. Mit mir. Ohne Gepäck, ohne Papiere, nur mit dem Allernötigsten in den Händen. Das hat sie getan. Sonst wäre ich vermutlich heute nicht hier. Denn Idi Amin ließ alle abschlachten, die sich gegen ihn stellten. Er machte keinen Unterschied zwischen Männern und Frauen, zwischen Erwachsenen und Kindern. Wer in seinem Ansehen sank, war verloren. Und meine Mutter wusste nicht, ob sie meinen Vater schon erschossen hatten oder ob er noch lebte. Erst später hat sie erfahren, dass er geflohen war.«

Das Heulen und Pfeifen, das direkt aus den Felsen zu kommen schien, nahm zu. Sie berührte Peter kurz mit ihrem linken Arm, um sich zu versichern, dass er noch bei ihr war. Dann meinte Andrea, hinter sich Schritte zu hören. Kurz hatte sie den Eindruck, jemand stehe rechts neben ihr. In ihrem Nacken spürte sie einen warmen Luftzug. Wie Atem. Sie schüttelte sich, um dieses unheimliche Gefühl loszuwerden, doch es blieb.

»Mein Vater kann kein Berater eines Diktators gewesen sein. Sonst wäre er doch bei uns niemals auf den Posten gekommen, den er heute hat.«

»Bisher hast du genau daraus ein Geheimnis gemacht, ...«

»Er ist der deutsche Generalbundesanwalt. Wenn er auf Reisen geht, ist das ein riesiger Staatsakt, denn einer seiner Vorgänger ist in den 70er Jahren von Terroristen erschossen worden.« Immer wieder horchte Andrea auf die ungewohnten Geräusche um sie herum.

»Jetzt verstehe ich allmählich...«, raunte Peter. »Dann galt diese Entführung dir.«

»Bisher habe ich niemandem davon erzählt.«

»Nicht einmal Tom?«

»Nicht einmal Tom.«

»Und was ist mit Birgit?«, fragte Peter. »Ihr habt euch ja schon vorher gekannt. Aber sie scheint keine besonders gute Freundin von dir zu sein, oder? Ihr habt euch in den ersten Tagen der Tour oft gestritten.«

Andrea zuckte mit den Schultern.

»Birgit ist manchmal etwas schwierig. Wir haben eine ganze Weile nichts miteinander zu tun gehabt. In der letzten Zeit war es wieder etwas besser.«

»Ich habe lange gedacht, es ginge um sie.«

»Wie kommst du darauf?« Andrea sah sich hin und wieder unsicher um.

»Die Leute, die nach den Listen für die nächsten Trekkingtouren gefragt haben, haben nach Birgits Namen geforscht.«

»Das verstehe ich nicht. Wieso Birgit? Was hat sie denn damit zu tun?«

»Ich bin sicher, das werden wir noch herausbekommen.«

Die Wände rückten bis auf einen schmalen Durchgang zusammen, das Wasser schoss an ihnen vorbei, eine lange Schräge hinab. Sie mussten sich mit den Händen an den scharfen Kanten der Felsen festhalten, damit sie nicht abrutschten und mit der Strömung fortgerissen wurden. Peter kletterte als Erster hinauf und zog Andrea dann hoch. Kurz darauf meinte sie hinter sich wieder etwas Lebendiges zu spüren; eine Gänsehaut überzog sofort ihren gesamten Körper. Sie konnte sich nicht umdrehen, sonst hätte sie den Halt verloren. Allmählich stieg Panik in ihr auf. Sie wollte hier raus. Andrea hatte das Bedürfnis zu schreien. Der Drang breitete sich immer tiefer in ihr aus, bis in ihren Magen, in den Bauch, in den Unterleib. Ihr gesamter Körper sehnte sich nach einem Schrei. Aber sie hatte keine Kraft dazu. Sie musste sich weiter an diesen glitschigen Felsen hochziehen, riss sich dabei die Finger auf, spürte die Erschöpfung und die Schmerzen in jeder Faser ihres Körpers.

Als sie das letzte Stück an Peters Hand erklommen hatte, wurde der Weg etwas weiter, höher. Das Licht der Stirnlampe reichte wieder, um schemenhafte Strukturen zu erkennen. Andrea fühlte sich endlich wieder etwas besser. Sie sah sich kurz um. Und blickte in zwei aufgerissene Augen. Andrea stockte der Atem, dann brach der Schrei aus ihr heraus. Und nicht nur aus ihr. Zwei Frauenstimmen gellten durch das Höhlensystem, das den Schall sofort hundertfach zurückwarf. Andrea stolperte, rutschte weg, stürzte zu Boden. Sie schrie noch immer. Das Licht der Lampe schwenkte herum, tastete sie zitternd ab, schnellte weiter nach oben und blieb an der kanarienvogelgelben Jacke von Kathrin hängen.

Das Echo der Schreie verstummte, Stille breitete sich aus, selbst die Geräusche aus der Felswand schienen in den Hintergrund zu treten. Nur das Wasser sprudelte weiter gurgelnd an ihnen vorbei. Der Lichtstrahl war auf Kathrins Gesicht gerichtet. Sechs Augen sahen sie fassungslos an. Georg war der Erste, der sich fing.

»Wer ist das?«, fragte er leise.

»Kathrin«, antwortete Andrea, noch immer auf der Erde liegend. »Woher kommst du?«

Kathrin sah Andrea an, blickte auf Georg, wandte sich zu Peter um, dann taumelte sie. Peter hielt sie fest, bevor sie stürzen konnte. Er setzte sie auf dem feuchten Boden ab, und sie begann zu weinen.

»Kathrin?«, Andrea robbte zu ihr hinüber. Sie berührte sie am Arm, als wolle sie sich versichern, dass die Frau keine Einbildung war. »Wo bist du gewesen?«

Eine ganze Weile schluchzte Kathrin, versuchte Worte zu formulieren, doch sie brachte nur unverständliches Gestammel heraus. Sie klammerte sich an Andrea fest. Nach und nach beruhigte sie sich wieder.

»Wo sind wir?«, fragte sie. »Es ist so dunkel. Mir ist kalt.« Tatsächlich zitterte sie am ganzen Leib. »Wo ist Kai?«

»Kathrin!«, murmelte Andrea fassungslos. »Wo bist du gewesen?«

»Im Wald.«

»Was meinst du damit?«, fragte Peter.

»Ich habe geschlafen. Glaube ich.« Kathrin sah sich suchend um. »Kai?«, flüsterte sie.

»Wie kommst du hier herein?«, wollte Andrea wissen.

»Warum ist es so dunkel?«, fragte Kathrin leise. »Wo sind die Soldaten?«

Kathrin konnte sich an nichts erinnern. So viel Andrea sie auch fragte, sie konnte nicht darauf antworten.

Sie gingen schließlich zu viert weiter. Verfolgt von einem Schatten, der ihnen seit der ersten Minute in diesem Höhlenlabyrinth auf den Fersen war.

66

Im Tal, in der Nacht nach der Feier

Mbusa und Tom gingen den Weg zurück, den sie zwei Stunden zuvor zu der Lichtung hinaufgestiegen waren. Der Mond strahlte wieder voll über dem Tal, das sich in seiner ganzen Schönheit präsentierte. Die Mondfinsternis war vorbei. Die Berghänge lagen dunkel im Schatten, die Insel jedoch schien unter ihnen in einem See aus Silber zu ruhen. Zwischen den Bäumen konnte Tom den Weg fast nicht erkennen, aber kaum trat er aus ihrem Schatten, blendete ihn das ungewöhnlich helle Licht des Mondes beinahe.

Auf der Insel brannten mehrere Feuer, um die sich die Dorfbewohner gruppiert hatten. Auf den ersten Blick machte die Situation einen ruhigen Eindruck auf Tom, doch dann bemerkte er die Anspannung, die in der Luft lag.

»Dort unten geschieht etwas«, flüsterte Mbusa Tom von hinten zu.

»Aber was?«

»Mir ist das nicht geheuer. Lass uns einen Moment hier abwarten, was passiert.«

Sie blieben auf einer kleinen Anhöhe stehen, um die Insel und ihre Bewohner zu beobachten. Eine Weile geschah nichts, bis eine Gruppe Männer am Seeufer erschien. Sie waren offenbar sehr aufgeregt, liefen auf ihre Boote zu, sprangen hinein und paddelten zur Insel hinüber. Tom erkannte Muthahwa unter ihnen. Seine Freunde konnte er nicht entdecken.

Wo war Andrea?

Ein mulmiges Gefühl breitete sich in seinem Bauch aus. Tom spürte eine Schweißperle an seiner Schläfe herabrinnen.

»Lass uns weitergehen«, forderte er Mbusa auf und setzte sich in Bewegung.

»Nein, warte noch. Da ist irgendetwas passiert.«

Da rannte Tom schon den glitschigen Hang hinunter.

»Ich muss wissen, was da vor sich geht«, rief er über die Schulter und ignorierte alle Rufe des Einheimischen, der ihm nachlief. Tom hatte plötzlich schreckliche Angst um Andrea. Sie waren sich doch gerade erst so nahe gekommen. Ihr durfte nichts zustoßen.

Am Ufer erwarteten sie die Balindi. Sie stoben aufgeregt durcheinander, klopften sich auf die Brust, kreischten, so als wären sie angegriffen worden. Tom blieb erstaunt stehen.

Als Mbusa ihn erreichte, wollte er Tom in den Schutz der Bäume zurückziehen, aber Muthahwa hatte sie bereits von der Insel aus bemerkt. Er gab den Befehl, mit zwei Booten überzusetzen. Er selber übernahm dabei die Führung, indem er sich in das größere der beiden Boote begab, sich an die Spitze stellte und stolz ans Ufer bringen ließ.

»Wo sind meine Freunde?«, rief Tom ihm entgegen. »Wo ist Andrea?«, schrie er, als der Schamane bei ihm ankam.

»Die Geister haben sie zu sich genommen«, sagte Muthahwa mit tonloser Stimme. »Sie sind zur Quelle aufgebrochen und werden dort vernichtet.«

Tom hörte fassungslos zu. Er wandte sich an Mbusa.

»Was bedeutet das?«

»Ich habe keine Ahnung«, entgegnete der.

»Die Fremden haben den Frevel begangen, die Zeremonie zu beobachten.«

»Wo sind sie?«, fragte Tom.

»Sie sind in den Berg gegangen. In den Tiefen des Heiligtums, an der Quelle allen Lebens, werden die Geister ihren Tribut fordern.«

»Mbusa, wovon spricht dieser Mann ...?«

»Du weißt doch von der Höhle. Einer Erzählung nach führt sie irgendwo im Berg zu einer heiligen Stätte, einer Art Quelle, zu der nur Eingeweihte vordringen dürfen«, antwortete Mbusa.

»Wo ist das?«, fragte Tom ihn.

»Selbst wenn ich es wüsste – ich glaube nicht, dass es eine gute Idee wäre, jetzt dort hinzugehen.«

Muthahwa nickte Mbusa zu zum Zeichen, dass er ihm auf die Insel folgen solle. Doch Mbusa blieb stehen, trotzig, auf eine Erklärung wartend.

»Worauf wartest du?«, fragte ihn der Alte auf Lukhonzo. »Du bist verschwunden, hast das Ende der Zeremonie verpasst. Nun musst du dich um deine Schützlinge kümmern. Sie warten auf dich.«

»Erklär mir erst, was geschehen ist.«

Muthahwa, der schon auf dem Weg zurück zu den Booten war, wandte sich wieder zu ihm um.

»Was erwartest du von mir? Ich kann dir nicht sagen, was die Geister entschieden haben. Sie haben ihren eigenen Willen.«

»Wo ist Kambere?«

»Er ist mit ihnen gegangen. In den Berg.«

»Ist er auf die gleiche Weise fortgegangen wie Stefan, der Weiße?«

Muthahwa lachte grollend. Seine Augen blieben dabei auf Mbusa gerichtet.

»Ich habe nicht die Macht über Leben und Tod. Das ist die Angelegenheit der Geister. Sie spenden Leben und nehmen es auch wieder. Kein Mensch darf sich anmaßen, diese Aufgabe selber in die Hand zu nehmen.«

»Glaubst du wirklich an das, was du da sagst?«

Muthahwa trat bedrohlich einen Schritt näher an Mbusa heran. Tom, der dem Gespräch nicht folgen konnte, wich ein Stück zurück.

»Als ihr damals in die Berge gezogen seid, da hattet ihr noch Ideen«, zischte Mbusa Muthahwa an. »Ihr wolltet ein neuer, ein offener Clan sein. Doch heute seid ihr nur noch ein Schatten eurer selbst. Wo ist die Freiheit, für die ihr euch eingesetzt habt? Wo ist die Flucht vor Unterdrückung? Ich sehe dich vor mir stehen und ich erblicke einen engstirnigen alten Mann, der nicht mehr weiß, wofür er einst gekämpft hat. Gerade haben wir die Zeremonie abgehalten. Das Ritual der Erneuerung unseres Clans. Jetzt langsam ahne ich, warum du den Termin so lange herausgezögert hast. Du wolltest gar keine Erneuerung. Aber das widerspricht unseren Traditionen! Jetzt ist der Zeitpunkt gekommen, an dem du deine Rolle als Vorsteher des Clans abgeben musst.«

»Du willst mich loswerden? Gut, dann versuch es.« Muthahwas Augen schossen zornige Blicke auf Mbusa ab.

»Selbst wenn wir so bleiben wollen, wie wir sind, müssen wir uns ändern. Denn alles ist mit allem verbunden. Wie das Wasser, dass von den Bergen in die Flüsse fließt. Wir sind hier unter uns, aber dennoch berühren die Veränderungen der ganzen Welt auch unser Tal.«

Muthahwa wandte sich den anderen Männern zu.

»Nehmt ihn mit. Die Geister werden über ihn urteilen.«

Aber die Männer regten sich nicht. Sie blickten Mbusa an, einige zustimmend, andere zögerlich.

»Na los, ergreift ihn!«, forderte sie Muthahwa erneut auf.

Der Schamane sah die Männer mit feurigen Augen an. Einer von ihnen, Kamberes Vater, löste sich langsam aus der Gruppe, ging an Muthahwa vorbei. Er blieb vor Mbusa stehen, legte ihm die rechte Hand auf die linke Schulter, nickte ihm zu und stellte sich dann neben ihn.

Muthahwa war ihm mit den Blicken gefolgt und stieß nun einen gemurmelten Fluch aus. Hinter ihm bewegten sich zwei weitere Männer. Der Schamane stellte sich ihnen in den Weg, versuchte sie zurückzuhalten, doch die beiden ignorierten ihn, traten ebenfalls auf Mbusa zu, bezeugten ihm ihre Ehre und bezogen dann Stellung hinter ihm.

Wutentbrannt erhob der Schamane die Faust gegen die Männer, seine Augen schienen zu glühen.

»Ihr erhebt euch gegen mich? Ich bin es doch, der euch seit Jahren führt, den ihr seit Jahren um Rat fragt. Wer sich gegen mich stellt, wird im Dorf nicht mehr willkommen sein!«

Es folgte eine Flut an wütenden Verwünschungen, in denen Mbusas Versuch, den Alten zu beruhigen, ungehört blieb. Der Schamane hatte sich in Rage geredet, und Speichelfäden liefen an seinem Kinn herab.

»Wir alle werden sterben, wenn wir die Geister erzürnen«, wetterte er. Sie werden euch bestrafen!«

Muthahwas Stimme hatte einen verzweifelten Ton angenommen. Sie klang beinahe brüchig. Die Männer sahen ihn mitleidig an.

»Wir sollten darüber beraten, wer als neuer Anführer infrage kommt«, sagte Mbusa zu seinen Freunden.

»Über dich sprechen die Frauen und Männer des Clans schon seit Langem«, sagte Kamberes Vater. »Die Menschen wollen dich. Du sorgst dich um ihre Herzen. Kein anderer kommt infrage.«

Die letzten vier Männer, die bislang noch hinter dem Schamanen gestanden hatten, stellten sich nun ebenfalls zu ihrem neuen Anführer, der sie ohne die Miene zu verziehen willkommen hieß.

Muthahwa stützte sich auf seinen Speer. Er sah plötzlich unendlich alt aus. »Wir werden alle sterben« murmelt er, dann wandte er sich erschöpft um und ging auf das Ufer zu.

»Dann kann die Erneuerung ihren Gang nehmen«, sagte Mbusa bedächtig und nickte. »Bringt ihn auf die Insel, lasst ihn von seinen Frauen pflegen, gebt ihm Gutes zu essen und zu trinken. Er hat uns lange verantwortungsvoll geführt.«

Zwei Männer geleiteten Muthahwa zu dem großen Boot und halfen ihm hinein.

»Ich werde mit unserem Freund bis ans Ende des Tals gehen«, sagte Mbusa zu seinen Leuten. »Bei Sonnenaufgang bin ich zurück.« Dann wandte er sich an Tom: »Ich denke, jetzt ist der Zeitpunkt gekommen, nach dem Eingang der Höhle zu suchen.«

Muthahwa saß mit gebeugtem Haupt auf der Bank des Bootes, als die Männer ablegten. Tom folgte Mbusa am See entlang. Der Nebel hatte sich wieder verzogen, das Wasser lag vollkommen ruhig im hellen Mondlicht. Sie gelangten nach einer Weile an das Ende des Sees, wo sich der Wasserfall in das Tal ergoss. Um sie herum hörte Tom es unentwegt rascheln. Er wusste, dass ihnen die Balindi folgten, und hin und wieder sah er sie durch das Unterholz trotten. Tom spürte, wie wohl vertraut ihm ihre Anwesenheit war.

Kambere und Hitimana erhoben sich, als Tom und Mbusa auf sie zukamen. Keiner sagte ein Wort. Mbusa nahm Abschied von Hitimana und Kambere. Einen Moment lang standen sich Tom und Mbusa gegenüber. Sie betrachteten sich, legten sich die Hände auf die Schultern und hielten ihre Köpfe aneinander. Tom hatte einen Freund gefunden, der ihn auch in großer Entfernung begleiten würde. Dann tauchten drei Gestalten in die Dunkelheit der Höhle ein.

67

Außerhalb des Tals, 21. Juni

Birgit hatte sich neben Nzanzu zwischen den Büschen versteckt und beobachtete das Geschehen im Lager der Rebellen. Seit sie ihren eigenen Lagerplatz am Flussufer verlassen hatten, waren sie einen großen Bogen bergauf gegangen und blickten nun auf die Rebellen in etwa zweihundert Metern Entfernung hinab. Zwischen Felsen und Bäumen hatten sich die beiden einen Platz gesucht, von dem aus sie gut beobachten konnten, ohne selbst entdeckt zu werden. Das hofften sie zumindest.

Birgit spürte Nzanzus Nähe und musste unweigerlich lächeln. Jetzt war sie also mitten in Afrika, in eine spektakuläre Geschichte verwickelt und sie arbeitete mit einem Afrikaner zusammen. Sie sah zur Seite, bemerkte seinen anerkennenden Blick wegen ihres Mutes, den Rebellen so nahe zu kommen, und nickte ihm freundlich zu.

Von ihrem Versteck aus versperrten ihnen Büsche und Bäume teilweise die Sicht auf die Rebellen. Deshalb war es schwer zu sagen, wie viele von ihnen dort unten versammelt waren. Außerdem konnten sie über die Entfernung nicht verstehen, worüber gesprochen wurde. Aber sie registrierten sehr genau, dass Paul und Innocent das alte Lager von Birgit und Nzanzu auf der anderen Seite der Schlucht entdeckt hatten und aufgeregt diskutierten. Dann machte Birgit eine Entdeckung: Hans war bei ihnen. Und er schien sich relativ frei bewegen zu können.

»Wir gehen näher ran«, befahl sie flüsternd und begann sofort, sich Schritt für Schritt den Berg hinabzutasten. Der Guide folgte ihr langsam und lautlos.

Offenbar war in der Nacht zuvor einer der Rebellen getötet worden; durch den Schuss, den sie während der Mondfinsternis gehört hatten. Nun wurde er von seinen Kameraden zwischen Büschen versteckt. Hans sprach aufgeregt mit den beiden Anführern der Rebellen, die sich über das, was er sagte, uneins zu sein schienen. Birgit versuchte die Gesichtszüge der Diskutierenden zu deuten und einen Eindruck zu gewinnen, worüber die drei dort unten stritten.

Doch ehe sie Näheres herausfinden konnte, flammte der Streit zwischen Paul und Innocent heftig auf. Sie brüllten sich an, beschimpften sich wüst. Die Stimmen wurden so laut, dass Nzanzu sie deutlicher verstehen konnte. Er berichtete Birgit, dass sich die beiden über die Führung ihrer Truppe stritten. Hans trat ein Stück weit von den Streitenden zurück.

Schließlich zog Innocent eine Waffe und richtete sie auf Paul. Birgit stockte der Atem.

»Was tut der da?«, flüsterte sie aufgeregt.

»Er droht, ihn zu erschießen, wenn er ihm nicht die Führung überlässt.«

Die Soldaten wichen erschrocken zurück, als Innocent näher auf Paul zutrat. Weiterhin schrien sich die beiden mit lauten Stimmen an. Dann dröhnte der Schuss. Er wurde von den Hängen rundherum vielfach zurückgeworfen. Paul sackte zusammen. Die anderen Rebellen sahen Innocent erschrocken an, wichen noch weiter zurück. Der neue Anführer trat auf seinen am Boden liegenden Vorgänger zu, beugte sich kurz zu ihm herab, bevor er den Befehl zum Abmarsch gab. Paul schleppten sie in das nächste Gebüsch.

Die Rebellen verließen ihr Lager schnell und ungeordnet, ohne sich noch einmal nach dem Toten umzusehen. Birgit spürte einen Stich im Magen. Der Mann dort unten hatte ihr übel mitgespielt, hatte sie behandelt, als sei sie irgendeine unbedeutende Europäerin, die ihm in die Hände gefallen war. Und jetzt sollte er einfach so tot sein? So einfach? Das war nicht gerecht.

Als die Rebellen aus Birgits Blickfeld verschwanden, forderte sie Nzanzu sofort zum Aufbruch auf. Sie wollte nachsehen, ob die Rebellen etwas Brauchbares zurückgelassen hatten. Aber Nzanzu schüttelte den Kopf.

»Wir sollten warten. Ich traue denen nicht.«

»Wir gehen nur bis zum Lager. Nicht weiter. Vorsichtig. Jetzt komm.«

Birgit erhob sich bestimmt, kletterte den rutschigen Abhang herunter. Dabei bemühte sie sich, möglichst wenige Geräusche zu verursachen. Nzanzu folgte ihr widerstrebend.

Nach zehn Minuten erreichten sie das Lager. Als Erstes entdeckte Birgit den erschossenen Soldaten. Sie schlug vorsichtig die Büsche zur Seite, unter denen er fast vollständig verborgen war. Seine Augen blickten ausdruckslos in den Himmel, in die Unendlichkeit. Sie beugte sich zu ihm herab. Das Loch in seiner Stirn war mit getrocknetem Blut verklebt. Er war vermutlich sofort tot gewesen. Sie tastete seine Kleidung ab, fand aber nichts, was sie hätte mitnehmen können. Also richtete sie sich wieder auf und schlich an Nzanzu vorbei, der den Boden untersuchte. Birgit ging auf den zwischen zwei großen Lobelien liegenden Körper von Paul zu. Ganz langsam trat sie an ihn heran.

Die Beine ragten aus dem Gebüsch hervor, in das seine Soldaten ihn notdürftig gezerrt hatten. Das rechte Hosenbein seiner Tarnhose war hochgerutscht, sodass Birgit die schmutzigen Socken und ein wenig schwarze Haut sehen konnte. Eine kleine Spinne kletterte an seinem verschlammten Stiefel hinauf. Birgit ließ den Blick weiter am Körper des Mannes hinauf wandern. Die schmuddelige Hose, das grün-braune Tarnhemd mit der beigen Weste darüber. Das Gesicht, in dem sich dicke Bartstoppeln durch die grobporige Haut bohrten. Die Narbe. Die breite Nase und darüber die offenen Augen, die auf sie gerichtet waren. Birgit erschauerte. Paul sah sie direkt an.

Dann blinzelte er, richtete seine Pistole auf sie und grinste sie von unten breit an. Birgit machte vor Schreck einen Satz zurück und erstarrte. Paul lachte laut auf, als er flink auf seine Beine sprang.

»Hast du etwa geglaubt, du könntest mich verarschen?«, spuckte er Birgit ins Gesicht. Er blickte an ihr vorbei zu Nzanzu: »Und du kannst jetzt auch aufhören, in unserem Müll zu wühlen. Wir haben alles aufgegessen, was wir dabei hatten.«

Birgit taumelte, starrte den Rebellenführer fassungslos an, wurde von Nzanzu aufgefangen und sanft auf den Boden gesetzt. Sie sah Paul weiterhin an, öffnete den Mund, als wollte sie etwas sagen, brachte jedoch keinen Ton hervor. Dann senkte sie den Kopf, und Tränen rannen ihr ungehindert über die Wangen.

Hans, Innocent und die anderen Soldaten waren bald zurück. Hämisch grinsend standen die Männer um Birgit und Nzanzu herum und erfuhren, wo Steve, Martin und der Rest der Gruppe sich befand. Schließlich befahl Paul, die beiden gut zu bewachen, und zog sich zu einer Besprechung mit seinem Vertreter zurück.

Birgit ließ den Kopf hängen. Sie durfte nicht mit Nzanzu sprechen, die Waffe im Arm des Soldaten vor ihr unterband jeden Versuch sofort. Noch einmal begann Birgit zu weinen, diesmal jedoch aus Wut auf sich selber.

Etwas später kam Paul wieder auf sie zu und baute sich vor ihr auf.

»Weshalb bist du uns gefolgt?«, wollte er wissen. »Warum bist du nicht mit den anderen aus den Bergen abgestiegen?«

Birgit hob den Kopf und sah Paul eine lange Zeit schweigend an. »Ich weiß nicht, warum ich dich nicht sofort erschießen sollte«, sagte Paul kühl. »Du bist nichts weiter als eine falsche Schlange. Du verrätst deine eigenen Leute und denkst nur an deine eigenen Ziele. Mich kannst du nicht mehr täuschen.« Er spuckte vor ihr aus.

»Da unterscheiden wir uns ja nicht so sehr«, zischte Birgit zurück. »Außerdem brauchst du mich noch«, fuhr sie fort. »Wenn es anders wäre, hättest du mich längst erschossen.«

»Wer sagt dir, dass es mir nicht einfach Spaß macht, dich ein wenig leiden zu sehen?«, gab Paul mit dröhnender Stimme zurück.

»Du lässt Menschen nicht leiden«, sagte Birgit leise. »Du tötest sie.«

»Vielleicht benutze ich dich nur, um dich sofort aus dem Weg zu räumen, wenn ich dich nicht mehr brauche.«

»Vielleicht. Aber davor habe ich keine Angst.«

»Das gefällt mir.« Er lächelte. »Du bist mutiger als viele meiner Soldaten.«

»Kein Wunder, ich bin ja auch erheblich älter als die meisten deiner Soldaten«, warf Birgit ihm wütend vor. Doch der Mann ließ sich nicht aus dem Konzept bringen.

Innocent mischte sich in die Auseinandersetzung ein: »Wenn ihr euch schon so einig seid, dann solltet ihr zusammenarbeiten.«

»Wir wollen beide dasselbe«, sagte Birgit. »Du willst Andrea erwischen, und ich will das auch. Also sollten wir gemeinsam auf die Jagd gehen.«

Paul dachte einen Moment nach. Dann flötete er milde: »Was schlägst du also vor? Wie sollen wir an deine Freundin Andrea herankommen?«

In dem ausführlichen Gespräch, das folgte, versuchte Birgit zu verstehen, wo genau sie sich gerade befanden, Paul fragte sie nach Andreas Denkweise aus. Doch sie drehten sich im Kreis, hatten keine zündende Idee, wie sie vorgehen sollten. Birgit blickte den Rebellenführer verächtlich von der Seite an, während der sich aus feuchtem Tabak eine Zigarette drehte und dabei von den Ereignissen am verschneiten Pass erzählte.

Der entscheidende Hinweis kam letztlich aus völlig unerwarteter Richtung: Hans machte sie darauf aufmerksam, dass Nzanzu offenbar mehr über das Tal wusste, als er zugab. Der alte Guide verfolgte Pauls Bericht mit so großer Angst, dass ihm die Ahnung davon, was sich auf der anderen Seite des Passes verbarg, ins Gesicht geschrieben stand.

Paul musste ihn nicht lange unter Druck setzen. Die Drohung, seiner Familie einen Besuch abzustatten, ließ ihn bald ungehemmt reden.

Nzanzu wusste von dem Tal. Schon sein Vater hatte mit den Angehörigen eines unbekannten Clans Handel getrieben. Die Menschen aus dem Tal hatten Nzanzus Familie Felle geliefert, dafür hatten sie ihnen Salz und andere Dinge gebracht, die weit oben in den Bergen nicht zu bekommen waren. Gesehen hatte er die Menschen nie, denn sie kamen im Nebel der Berge und verschwanden sofort lautlos, wenn sie seine Anwesenheit bemerkten. Den Ort der Übergabe jedoch kannte er sehr genau. Oberhalb der alten Bigata-Hütte in der Nähe der Kachope-Seen befand sich ein versteckter Höhleneingang, in dem er immer die Felle gefunden und das Salz abgelegt hatte. Er vermutete, dass sich die Höhle weiter in den Berg hineinzog, denn er hatte außerhalb davon nie jemanden gesehen.

Kurz bevor sie aufbrachen, holte Paul sein Satellitentelefon hervor und schaltete es an. Er blickte auf das Display, bis das Gerät den Satelliten gefunden hatte. Ein Piepsen kündigte den Eingang einer Nachricht an. Paul öffnete sie und starrte gebannt auf die Schrift. Seine Augen wurden groß. Er blickte auf Birgit, danach zu Innocent hinüber. Schließlich wanderte sein Blick zurück auf das Display, als könne er nicht glauben, was er gerade las.

»Was ist passiert?«, fragte Innocent irritiert.

»Die Situation hat sich komplett geändert«, stammelte Paul.

Er zögerte kurz, dann reichte er seinem Vertreter das Telefon. Der las ebenfalls die Nachricht und brach danach in schallendes Gelächter aus.

»Bernard hat die Deutschen um den Finger gewickelt ...«

»Wir müssen sofort los!«, blaffte Paul ihn an.

Über ihren Köpfen zog ein kleines Flugzeug langsame Runden. Die Gruppe duckte sich augenblicklich zwischen die Büsche. Das Flugzeug verschwand hinter einem Bergkamm, und die Ruhe des Ruwenzori kehrte wieder ein.

68

In der Tiefe des Berges, 21. Juni

Andrea und Kathrin marschierten hintereinander durch das Berginnere, immer weiter dem Fluss folgend. Georg lief mit der Stirnlampe voran, Peter bildete den Schluss.

Andrea war noch immer von der plötzlichen Begegnung mit der lange vermissten Kathrin verstört. Auch Peter hatte eine Weile gebraucht, bis er ihre Rückkehr realisiert hatte. Am meisten irritierte sie alle, dass sich Kathrin nach ihren eigenen Beteuerungen überhaupt nicht daran erinnern konnte, was mit ihr geschehen und wie sie in die Höhle gekommen war. Sie war immerhin sieben Tage verschwunden gewesen. Sie hatte in dieser Zeit gegessen und getrunken, sie musste irgendwo Schutz vor dem Regen, der Kälte und dem Wind gefunden haben.

Ein Geräusch ließ Peter aufhorchen. Ihnen folgte jemand. Oder etwas. Vorsichtig drehte er sich um und sah in die Richtung, aus der sie gekommen waren. Völlige Dunkelheit. Er streckte die Hand nach links aus, ertastete die Felswand, rechts musste das Wasser sein, von dort kam das Rauschen. Seine Hand verschwand in der Finsternis, als er den Arm in diese Richtung bewegte. Er zog ihn zurück und streckte ihn dann langsam gerade vor sich aus. Die Hand berührte etwas, wo nichts sein durfte. Peter zuckte zurück, sog den Atem vor Schreck tief ein. Das konnte nicht sein. Zitternd versuchte er es erneut, bekam diesmal jedoch nichts in die Finger.

»Peter, warum kommst du nicht?«, rief Andrea ihm leise zu.

Die anderen waren stehen geblieben. Peter schaute sich zu ihnen um. Er konnte nur noch ihre Umrisse im Schein der Stirnlampe erkennen. Die Batterien wurden immer schwächer.

»Nichts«, antwortete er und versuchte, sich nichts anmerken zu lassen. »Gehen wir weiter. Je früher wir diese Höhle hinter uns lassen, desto besser.«

Die anderen setzten sich wieder in Bewegung. Peter zögerte noch einen kurzen Moment, versuchte sich an das Gefühl in seinen Fingern zu erinnern. Haut. Er hatte jemandem ins Gesicht gefasst. Eiskalt lief ihm ein Schauer über den Rücken, als er sich bewusst wurde, dass da ein Mensch gewesen war. Und er war vermutlich noch immer da, ganz nah. Peter strengte noch einmal seine Augen an, aber hinter ihm lag nur tiefe Schwärze. Eilig folgte er den anderen.

Kathrins Auftauchen gab ihm immer wieder zu denken. Der Träger, der gleich am ersten Tag abgehauen war, kam ihm in den Sinn. Und natürlich Michael, der genauso plötzlich wie Kathrin aus dem Lager verschwunden war. Drei Leute aus seiner Gruppe waren in den ersten Tagen der Tour einfach verschollen. Eine war nun wieder aufgetaucht. Was war mit den anderen geschehen?

So schnell er konnte, schloss Peter zu Kathrin auf, deren gelbe Jacke noch schwach zu erkennen war. Die Geräusche um sie herum wurden lauter. Tief unter den Felsen brodelte etwas. Auf Peter wirkte es, als wäre dort ein riesiges Tier gefangen, das permanent versuchte, aus seinem Gefängnis auszubrechen. Kalter Schweiß benetzte seine Stirn. Er spürte hinter sich verhaltenen Atem. Das Heulen aus der Felswand nahm zu. Die Geister waren erzürnt. Diese Gänge gehörten ihnen, Menschen durften hier nicht sein.

Als Peter nach vorne sah, erblickte er ein grünliches Leuchten, das aus einem Spalt im Felsen zu strahlen schien. Das Licht war ungleichmäßig, es flackerte, nahm zu und schwächte sich wieder ab. Irgendetwas, irgendwer erwartete sie dort.

Georg verlangsamte seine Schritte, bis er schließlich stehen blieb. Er leuchtete mit seiner Lampe nach hinten, erfasste erst Andrea mit dem Lichtstrahl, dann Kathrin und endlich auch Peter.

»Vor uns liegt die große Höhle, von der ich erzählt habe«, sagte er und Ehrfurcht erfüllte seine Stimme.

Peter hingegen packte das nackte Grauen. Die Weißen hatten offenbar immer noch nicht verstanden, wie die Welt hier funktionierte. In Afrika, unter dem mächtigsten Gebirge des Kontinents, galten andere Gesetze als in Europa. Peter wusste das. Ihm war auch bewusst, dass jeder, der hier nach alten Regeln, nach vertrauten Erfahrungsmustern vorgehen wollte, zwangsläufig scheitern musste.

Sie waren noch etwa fünfzig Meter von dem Durchgang entfernt, als etwas an Peter vorbeihuschte. Er spürte einen leichten Luftzug und eine kurze Berührung an seinem rechten Arm. Dann erst sah er einen Schatten. Ein Mensch. Oder zumindest etwas von der Form eines Menschen. Der Schatten überholte auch Kathrin, die jedoch stoisch weiterging.

Der Schatten erreichte Andrea, packte sie am Arm, riss sie seitlich mit sich fort. Andreas Schrei war kurz und gellend. Georg wirbelte herum. Dann wurde es totenstill.

»Andrea?«, rief Georg und seine Stimme war längst nicht so laut wie er wollte. Er bekam keine Antwort.

Peter eilte an Kathrin vorbei und erreichte die Stelle, an der Andrea zuletzt gewesen war. Georg stand noch immer ein Stück weiter vorne.

»Komm zurück«, rief Peter ihm zu. »Ich brauche Licht.«

Georg sprang ihm sofort zu Hilfe. Die Lampe flackerte. Schon befürchtete Peter, dass sie gerade jetzt erlöschen würde, aber das Licht leuchtete wieder konstant, als Georg bei ihm ankam. Der Strahl wanderte suchend an der Felswand entlang, bis er an einem schmalen Spalt hängenblieb.

»Da!« Peter riss Georg die Lampe vom Kopf, um in den Spalt zu leuchten. Ein Gang. Auf dem Boden lag das Tuch, mit dem sich Andrea zuletzt die Haare zusammengebunden hatte. Peter zwängte sich durch den Spalt, folgte dem Gang, der leicht hinauf führte, schürfte sich die Haut an scharfen Felsen auf, stieß sich schmerzhaft den Kopf, prallte mit dem Arm gegen einen spitzen Vorsprung, aber schließlich erreichte er eine größere Halle. Kampfgeräusche. Wutentbranntes Stöhnen. Tritte. Schläge.

»Andrea?«, rief Peter in die Dunkelheit.

»Peter!«, hörte er Andrea atemlos antworten.

Am Ende des Raumes fing der schwache Lichtstrahl Andrea und eine weitere Gestalt ein. In etwa zwanzig Metern Entfernung. Als Peter auf sie zueilte, bemerkte er rechts neben sich mit Grausen einen tiefen Abgrund. Der Boden war nicht zu erahnen. Andrea rang mit einem Mann, nur einen Meter von der Kante entfernt. Peter erreichte die beiden, erwischte den Kopf des Mannes und versuchte, ihn von Andrea wegzuziehen. Der stieß Andrea zu Boden, auf den nahen Abgrund zu. Peter zerrte den Mann von ihr weg. Andrea blieb still liegen.

Im schwachen Licht sah Peter für einen Sekundenbruchteil das Gesicht des Mannes. In diesem Moment schlug dieser tobend auf ihn ein. Die Lampe behinderte Peter, aber er wollte sie auf keinen Fall verlieren. Also schlug er mit ihr zu.

Der Mann schrie vor Schmerz auf. Die Lampe erlosch sofort. Peter wusste nicht, wo er den anderen getroffen hatte, aber er spürte, wie der Mann taumelte, ausrutschte und dann plötzlich nach unten wegsackte.

Der Mann griff nach Peter, bekam ihn nicht zu fassen. Ein lang gezogener Schrei entfernte sich rasend schnell in die Tiefe des Berges. Im nächsten Moment schlug ein Körper tief unter ihnen dumpf auf die Felsen auf. Danach trat Stille ein.

»Andrea?«, flüsterte Peter.

»Ich bin hier.« Ihre Stimme klang erschöpft.

»Ich komme jetzt zu dir.«

»Wo ist er?«

»Hast du den Abgrund nicht gesehen?«

»Wer war das?«

»Bleib wo du bist. Beweg dich nicht von der Stelle, hörst du?«

Peter tastete sich Schritt für Schritt in die Richtung, aus der Andreas Stimme zu ihm drang.

»Du darfst dich nicht bewegen. Da ist eine Abbruchkante, irgendwo direkt neben dir.«

»Was ist mit der Lampe?«

Peter tastete mit der linken Hand das Gehäuse ab. Das Glas war zersplittert. Er robbte weiter vorwärts. Mit der vorderen Hand berührte er etwas Weiches.

»Bist du okay?«, fragte er.

»Ist die Lampe kaputt?«

Er half Andrea vorsichtig auf die Beine. Sie drehten sich um. Wenn er sich richtig erinnerte, dann befand sich der Abgrund nun schräg links vor ihm. Der Gang, durch den sie in diesen Höhlenraum gelangt waren, musste dann rechts vor ihnen sein.

»Kannst du gehen?«

Andrea humpelte.

»Hast du den Kerl erkannt?«, fragte sie.

»Imarika. Der Träger von Hans.«

»Mein Gott. Ich dachte, der sei tot.«

»Streck deinen Arm aus, taste nach vorne beim Gehen. Ich habe keine Ahnung, wie weit wir von der Felswand entfernt sind. Und setz die Füße vorsichtig auf, ich weiß nicht, wo genau der Abgrund ist.«

Sie kamen unendlich langsam voran. Doch schließlich stießen sie auf eine Wand. Jetzt mussten sie nur noch den Ausgang finden.

»Hallo? Georg?«, rief Peter halblaut. »Kannst du mich hören?«

»Ja, ich bin hier.«

Georgs Stimme war viel näher, als Peter gedacht hatte.

»Was ist passiert?«

»Bist du an dem Eingang? Andrea ist bei mir.«

»Ich kann nichts sehen. Folgt meiner Stimme, dann kommt ihr hier raus.«

Wenige Sekunden später hatten sie den Gang gefunden und zwängten sich durch den steilen Weg. Einen Moment lang befürchtete Peter, sie hätten den falschen Weg eingeschlagen. Er konnte sich nicht erinnern, bei der Verfolgung Imarikas so steil hinaufgestiegen zu sein. Aber nach einer Weile hörte er vor ihnen den unterirdischen Fluss rauschen. Die Luft wurde wärmer, das Wasser lauter und dann erschien das grünliche Licht wieder am Ende des Hauptganges.

»Wo ist Kathrin?«, fragte Peter in die Dunkelheit.

Schweigen. Sie mussten aus diesem Tunnel raus. Ohne Lampe war es so dunkel, dass sie Kathrin nicht bemerkt hätten, auch wenn sie direkt neben ihnen auf dem Boden gelegen hätte.

»Kathrin?«, raunte Peter fragend in die Dunkelheit. »Kathrin?« Lauter. »Kathrin?«

Keine Antwort. Nur das dumpfe Grollen.

»Wo ist die denn jetzt schon wieder?«, fragte er ermattet.

»Vielleicht ist sie zurückgegangen?« Auch in Andreas Stimme schwang Erschöpfung mit.

»Oder gestürzt.«

»Wir gehen erst mal in die große Höhle«, entschied Georg. »Da ist mehr Licht.«

Vorsichtig tasteten sie sich Meter für Meter vorwärts. Nach einer Weile, die ihnen wie Stunden erschien, erreichten sie endlich den Durchgang. Natürlich hatte Georg Recht, dachte Peter, da war mehr Licht. Aber es war auch das endgültige und unverzeihliche Eindringen in das Allerheiligste der Geister der Mondberge. Eine Stimme in Peters Kopf warnte ihn ununterbrochen davor, weiterzugehen. Sie hämmerte ihm die Warnung regelrecht ein.

Aber sie hatten keine Wahl, so sehr sich auch alles in Peter sträubte. Er dachte an die Gebete, die seine Großmutter ihm beigebracht hatte, um die Geister milde zu stimmen. Er suchte nach den alten Worten, leierte sie flüsternd herunter, in der Hoffnung, die Geister zu beruhigen.

Als er schließlich durch die Öffnung trat, verschlug der riesige Raum Peter sofort den Atem. Er hatte schon einige Heiligtümer ugandischer

Völker gesehen, doch keines war mit diesem vergleichbar. Sie standen am Rand eines grünlich leuchtenden Sees. Die Decke der Höhle wölbte sich hoch über ihnen auf, bis in dreißig, vierzig Meter Höhe. Peter entdeckte in der Mitte des Sees die riesige Tropfsteinsäule aus Georgs Bericht. Majestätisch erhob sie sich aus dem Wasser. Sie reichte von einer kleinen Unterbrechung abgesehen bis an die Decke. Rechts und links der Säule wölbten sich natürliche Brücken aus Felsgestein hinüber zu dem Weg, der sich an beiden Seiten der Höhle an der Felswand entlang wand. Auf der gegenüberliegenden Seite stürzte Wasser aus dem Felsen in den See und brachte Bewegung in die Fluten. Die Säule im Zentrum musste der Schrein sein, denn von ihr strahlte eine elementare Energie aus, die Peter wie ein starker Magnet anzog.

Andrea stand mit offenem Mund neben dem Fluss, der sich an dieser Stelle aus dem riesigen See in das verzweigte Höhlensystem hinter ihnen ergoss. Georg war so fasziniert wie bei seinem ersten Betreten der Höhle vor einigen Tagen. Das grünliche Leuchten ging in Wellen von dem Wasserfall aus, verstärkte sich manchmal, dann wieder erlosch es fast vollkommen.

»Was ist das?«, fragte Andrea.

»Auf jeden Fall etwas sehr Heiliges. Ich vermute, dass die Oberhäupter des Clans der Abathatha diesen Ort bei besonderen Anlässen aufsuchen, um ihren Geistern und Ahnen Opfer zu bringen«, sagte Peter ehrfurchtsvoll.

Ein Luftzug wirbelte an ihm vorbei. Er konnte nichts entdecken, doch Peter ahnte, was geschah. Die Geister waren hier. Sie waren immer hier, und wer sich an diesem Ort einen Fehler erlaubte, hatte keine Chance, die Höhle lebend wieder zu verlassen. Schatten krochen an den Felswänden hinauf, Stimmen mischten sich wispernd in das gurgelnde Geräusch des Wassers zu ihren Füßen. Panik breitete sich in Peter aus.

»Wir dürfen hier nicht bleiben«, sagte er leise. »Lasst uns sofort weitergehen.«

Er wandte sich nach links, um den leuchtenden See auf dem schmalen Pfad, der sich an der Felswand zwischen den Felsen entlangschlängelte, zu umrunden. Andrea hielt ihn zurück.

»Was ist mit Kathrin?«

»Wir dürfen uns hier nicht lange aufhalten«, entgegnete er eindringlich. »Die wütende Energie der Geister nimmt stetig zu. Sie wollen ein Opfer.«

»Wir haben sie schon einmal im Stich gelassen«, erwiderte Andrea, und ihre Stimme bebte vor Angst und Zorn zugleich. »Ein zweites Mal lasse ich das nicht zu. Oder glaubst du etwa, dass ein Geist sie geholt hat? Dieser Kathelhuli?«

Aus der Tiefe des Sees erklang ein drohendes Grollen, archaisch und unergründlich. Das Wasser erstrahlte heller als zuvor. Der Boden vibrierte, als ginge ein Erdbeben durch den Fels. Die Schatten an den Wänden huschten unruhig durcheinander. Andrea glitt beinahe aus, griff mit einer Hand nach einem Felsvorsprung. Peter hielt ihre andere Hand fest.

»Du darfst die Namen der Geister nicht laut aussprechen«, raunte er ihr zu.

Das Grollen nahm an Intensität zu, einige der riesigen Stalagtiten an der Decke schwangen bedrohlich hin und her. Dann hörten sie einen Schrei. Gellend und lang gestreckt.

»Kathrin!« Andrea erstarrte.

»Was geschieht hier?«

Peter suchte den Raum nach irgendeinem Zeichen ab. Im Zentrum der Höhle, auf der zehn Meter aus dem See herausragenden mächtigen Tropfsteinsäule, in deren Innerem sich das Heiligtum der Abathatha befand, entdeckte er, was er suchte. Auf dem nackten Felsen konnten sie einen Frauenkörper erkennen.

»Sie ist dort oben«, sagte Peter entsetzt.

»PETER! Was passiert hier?«, wiederholte Andrea.

Die wispernden Stimmen übertönten jetzt das Grollen. Unsichtbare Wesen huschten tuschelnd um Peter herum.

»Ich weiß es nicht«, raunte er entsetzt. »Diese Geister schlüpfen jedes Mal in eine andere Gestalt. Sie spielen mit den größten Ängsten ihrer Beobachter. Wir haben keine Chance.« Er atmete tief durch. »Als du hier warst«, sagte er zu Georg, der sich ebenfalls kaum auf den Beinen halten konnte, »was genau hast du getan? Dich haben sie wieder gehen lassen, was hast du gemacht?«

»Ich bin nur durch die Höhle gelaufen«, sagte der mit zitternder Stimme.

»Du hast die Geister irgendwie beruhigt. Erinnere dich!«

Peter spürte, dass ihnen die Zeit fortlief.

»Die Figur!«, rief Georg über das Grollen hinweg. »Ich habe die Figur hier gelassen!«

Andrea sah Georg mit vor Angst geweiteten Augen an. Dann griff sie in eine ihrer Hosentaschen und zog die Gorillafigur hervor, die einmal Hans gehört hatte. Das Grollen verstummte augenblicklich.

Peter betrachtete erst die Figur, dann wandte er den Blick wieder auf das Zentrum der Höhle.

»Wir tun jetzt genau dasselbe, was du getan hast. Zeig es uns«, mahnte Peter Georg und wies Andrea an, ihm mit der Figur zu folgen.

Das Beben wurde schwächer, der Boden bot wieder genug Halt, um den Pfad am Rande des Sees einzuschlagen. Georg ging vorweg, Andrea folgte ihm, Peter lief am Schluss. Immer wieder sah er sich nach Verfolgern um. Er hatte den Eindruck, dass die Stimmen hinter ihm ihn verspotteten, dass sie sich darauf freuten, ein Opfer gebracht zu bekommen.

Sie erreichten den schmalen, hoch über dem Wasser aufragenden Übergang aus grauem Felsen, der zu der Säule in der Mitte des Sees hinüberführte. Georg betrat die Brücke als Erster, Andrea zögerte einen Moment, doch dann setzte sie entschlossen einen Schritt vor den anderen. In der fest geschlossenen Hand hielt sie noch immer die Gorillafigur. Peter schauderte, als er auf das Wasser tief unter sich hinunter sah, ging jedoch ohne innezuhalten weiter.

Sie erreichten die Tropfsteinsäule. Kathrin war verschwunden. Sie mussten halb um die Säule herumgehen, bis sie in das Innere hineinsehen konnten. Ein Raum öffnete sich vor ihnen, etwa fünf Meter tief, acht Meter hoch. Dort stand ein steinerner Altar, grob aus dem Felsen gehauen, übersät mit Figuren und Opfergefäßen.

»Hier habe ich meine Figur hingelegt«, sagte Georg und wies auf einen der Holzgorillas hin, an den ein feines Lederband geknotet war.

Ehrfürchtig trat Peter vor den Altar. Er erinnerte sich an die Worte, die ihm seine Großmutter für die heiligen Orte der alten Völker beigebracht hatte – wobei sie sich bestimmt nichts ausgemalt hatte, was dieser Aura hier gleichkam. Andrea legte den Holzgorilla zwischen die anderen Figuren. Ein leises Stöhnen ließ Peter zusammenschrecken. Er wandte sich um und sah Kathrin im Schatten neben dem Eingang liegen. Sie kam gerade zu Bewusstsein. Peter sprang auf sie zu, hockte sich vor sie, nahm ihren Kopf in seine Hände.

»Kathrin? Kannst du mich hören?«

Mit verschleierten Augen sah Kathrin ihn an, sie lächelte.

»Da seid ihr ja wieder«, sagte sie nur. Dann verdrehte sie die Augen, und ihr Kopf sackte zur Seite.

Auf der Erde neben Kathrin lag der bleiche Schädel eines Menschen. Dunkle Augenhöhlen blickten Peter düster entgegen.

»Geht es ihr gut?«, fragte Andrea.

»Sie lebt«, antwortete eine dumpfe Stimme vom Eingang der Säule.

Peter hob den Kopf und blickte in die nur noch schwach orange leuchtenden Augen einer Gestalt, deren Umrisse sich im Durchgang abzeichneten. Sie wirkte wie ein Mensch und war doch keiner. Der gesamte Körper war mit einer schwarzen Haarschicht bedeckt, und ein unangenehmer Geruch nach Moder und Fäulnis ging von ihr aus.

»Sie lebt, und ihr könnt sie mitnehmen«, grollte die Stimme. »Verlasst diesen Ort und kehrt nie wieder zurück.« Das Wesen verschwand so schnell, wie es erschienen war.

Rasch schob Peter seine Arme unter Kathrins Schultern und Beine, hob sie hoch und verließ mit ihr im Arm das Heiligtum. Schweigend folgten ihm Andrea und Georg. Sie überquerten die Brücke in umgekehrter Richtung, bogen an ihrem Ende nach rechts ab, um den Weg zum anderen Ende der großen Höhle fortzusetzen.

Der Zufluss des Sees kam näher. Die Wassermassen stürzten mit lautem Getöse aus einem Schacht in den darunter liegenden See. Georg hielt erstaunt inne.

»Mein Gott«, sagte er. »Das habe ich beim ersten Mal gar nicht begriffen.«

»Was ist denn los?«, fragte Andrea erschöpft.

»Das hier ist die Quelle.«

»Was bitte?«

»Dies ist die Nil-Quelle des Ptolemäus!« Mit verklärten Augen betrachtete Georg den See vor ihnen. »Ptolemäus hat vor fast zweitausend Jahren die Quelle des Nils in einem Gebirge in Ostafrika verortet, wo sie zwischen zwei Bergen entspringen soll. Seitdem haben jahrhundertelang Forscher, Wissenschaftler und Abenteurer nach dem Ort gesucht, den er beschrieben hatte. Bisher hat ihn niemand gefunden.« Er machte eine ehrfürchtige Pause. »Der Wasserfall im Tal gleicht genau der Beschreibung von Ptolemäus. Jetzt verstehe ich auch, was Kambere gemeint hat, als er uns sagte, die Höhle und das Wasser, das ihr entspringt, sei die Quelle allen Lebens.« Georg sah seine Mitstreiter begeistert an, die seine Aufregung allerdings mit befremdeten Blicken quittierten. »Das ist eine Sensation! Und die Bayira haben diesen Ort vermutlich immer schon gekannt.«

Kathrin erwachte, sah sich verwirrt um. Während die anderen ihr die Zeit gaben, sich zu orientieren und auf die Beine zu kommen, betrachtete Georg fasziniert seine Entdeckung. Als Kathrin wieder allein gehen konnte, marschierten sie weiter. Immer an der Wand entlang, hinauf steigend, bis sie eine Plattform erreichten, von der Georg sagte, dass dort der Ausgang aus der Höhle sei.

Sie fanden auch den Spalt, durch den sich Georg ein paar Tage zuvor gezwängt hatte. Aber hier lauerte ein neues Problem. Bei der Untersuchung der Stirnlampe stellte sich heraus, dass nicht nur das Glas, sondern auch die Birne kaputt war. Die Lampe war völlig unbrauchbar. Ratlos setzten sie sich auf das Plateau.

Sie überlegten, wie sie an Licht kommen sollten, spekulierten darüber, woher Imarika so plötzlich aufgetaucht war und was er gewollt hatte, als der Boden erneut zu beben begann. Wieder hörten sie das bedrohliche Grollen aus der Tiefe heraufsteigen. Und dann trat die Kreatur mit den leuchtenden Augen aus dem Schatten eines Felsens wieder auf sie zu.

»Ihr seid nicht allein gekommen. Bald werden sie hier sein.«

Andrea sprang entsetzt auf. Die Gestalt verschwand spurlos.

»Wer kann das sein?«, fragte sie ängstlich.

»Muthahwa«, murmelte Peter. »Wir müssen hier raus. So schnell wie möglich.«

»Aber wir können da drin nichts sehen«, wandte Georg ein. »Das ist völliger Wahnsinn. Ich war doch schon dort. Ohne Licht werden wir uns in den Gängen des Berges verlaufen. Dann sind wir endgültig verloren.«

»Wir sollten es wenigstens versuchen«, meinte Andrea. »Das ist immer noch besser, als hier auf diesen Schamanen zu warten, der uns auf dem Altar dort unten opfert.«

Der Boden bebte noch immer. Stärker als zuvor leuchtete das Wasser des Sees grünlich auf. Das dumpfe Grollen, das immer bedrohlicher aus den Felsen zu ihnen herausdrang, ließ den vier Menschen keine Wahl mehr.

69

In der Tiefe des Berges, 21. Juni

Tom ließ das Tal ohne Zögern hinter sich und trat in die Dunkelheit der Höhle ein, an deren Eingang Hitimana und Kambere gewartet hatten. Sie hatten ihm bestätigt, was Muthahwa bereits angedeutet hatte: Andrea, Peter und Georg waren hier hineingegangen. Er musste ihnen sofort folgen.

Kambere reichte ihm eine Pechfackel. Hitimana hielt einen Stapel davon in der Hand. Tom blickte in das schwarze Loch vor sich. Ohne Licht war man dort drin verloren. Er entzündete seine Fackel und nickte den Jungen zu. Sie gingen los.

»Wann sind die anderen hier gewesen?«, wollte Tom wissen, als sie sich in der Höhle zu orientieren versuchten.

»Der Mond war gerade verschwunden«, antwortete ihm Hitimana.

»Wer war dabei?«, fragte Tom weiter.

Sie folgten dem Fluss.

»Die Frau, der ältere weiße Mann und Peter«, sagte der Junge zögerlich und setzte hinzu: »Wir haben dich gerufen, aber du warst verschwunden.« Sie marschierten jetzt hintereinander am Rand des Wassers entlang, mussten immer wieder über Steine hinwegsteigen und durch flache Wasserstellen waten.

»Ich war mit Mbusa im Wald.« Tom keuchte. Er war von der Auseinandersetzung mit seiner Vergangenheit noch immer mitgenommen, und der Marsch war anstrengend. »Am anderen Ende des Tals.«

»Dann hast du die Lichtung der Erkenntnis betreten?«, fragte Kambere mit skeptischem Blick.

»Ich wusste nicht, dass sie so heißt,« sagte dieser. Er dachte einen Moment lang an die Erlebnisse, dann schüttelte er sich und fragte: »Weshalb sind die anderen so plötzlich aufgebrochen?«

»Sie wurden bei der Zeremonie entdeckt«, antwortete Hitimana.

»Und euer Schamane hat gesagt, die Geister werden sie für die Störung bestrafen, richtig?« Tom blieb kurz stehen und fixierte die Jungen hinter sich.

»Unsere Geister sind mächtig, das solltest du mittlerweile wissen. Sie strafen und belohnen nach ihren eigenen Regeln.« Kambere unterbrach sich, bevor er leise hinzufügte: »Ja, sie werden sie bestrafen.«

Verzweiflung stieg in Tom auf. Sie mussten etwas tun, sie mussten schneller vorankommen. Er wollte Andrea unbedingt zur Seite stehen.

Tom rannte beinahe durch die dunklen Gänge. Als sie wieder einmal an einer Gabelung standen und rätselten, welches der richtige Weg war, weil das Wasser aus beiden Gängen herausströmte, bemerkte Tom einen schmalen Spalt auf seiner rechten Seite. Irgendetwas daran zog ihn an. Er zwängte sich mit der Fackel zwischen die Felsen und stieß auf einen kleinen Höhlenraum.

»Was ist das?«, fragte Kambere, der ihm gefolgt war, und wies in den Schatten.

Tom hob die Fackel hoch, um zu sehen, was der Junge entdeckt hatte. Erschrocken wich er zurück. Auf dem Boden lag ein menschliches Skelett. Er atmete einmal tief durch, dann untersuchte er die Knochen.

»Die Leiche muss schon lange hier liegen«, sagte er. »Die Knochen sind vollkommen blank.«

»Das ist keiner aus unserem Dorf«, entgegnete Kambere.

»Woher weißt du das?«

»Die Kleidung.« Der Junge beugte sich vor. »Oh mein Gott!«, rief er erstaunt aus. »Das ist Stefan. Der Weiße, der bei uns gelebt hat. Ich erkenne sein Hemd und die Hose. Und die Uhr. Ich habe bei ihm zum ersten Mal so etwas gesehen.«

»Dann stimmt es, was Mbusa vermutet hat: Sie haben ihn getötet«, murmelte Tom.

»Das glaube ich nicht. Wir von unserem Volk beerdigen selbst unsere schlimmsten Feinde, denn wir wissen genau, dass die Ahnen zurückkommen und Rache nehmen, wenn wir das nicht tun.«

»Kann es nicht eine Ausnahme sein?«

»Er trägt seine Uhr noch am Arm. Alle Männer im Dorf wollten sie damals unbedingt haben. Er hat hohe Angebote dafür bekommen, aber er hat sie alle abgelehnt. Wenn ihn jemand aus dem Dorf getötet hätte, wäre die Uhr jetzt fort.«

Schweigend betrachteten sie die verblichenen Knochen. Jäh durchfuhr Tom die Hoffnung, dass er es schaffen würde, anstatt zu enden wie Stefan.

»Haben ihn die Geister dafür bestraft, dass er den Berg betreten hat?«

»Das ist möglich.«

»Warum strafen sie uns dann nicht?«

»Vielleicht tun sie das noch ...«

Tom nahm ein Halstuch, das neben dem Gerippe lag, betrachtete es nachdenklich und legte es dann über den bleichen Schädel.

»Wir können ihn nicht begraben«, sagte er. Eine Weile sprach niemand. Dann forderte Tom die beiden Jungen auf: »Lasst uns weitergehen.«

Sie folgten dem Flusslauf weiter durch den Berg. Hin und wieder vernahm Tom ein dumpfes Grollen tief aus den Felsen. Mehrmals meinte er, Jens vor sich zu sehen. Doch wenn er genauer hinsah, war der vermeintliche Schatten sofort wieder verschwunden.

Das Geräusch schwoll an, je weiter sie in den Berg eindrangen Tom erinnerte sich an die beängstigenden Wesen, denen er im Fieberwahn auf dem Gletscher begegnet war. Die orangefarbenen Augen hatten sich tief in sein Bewusstsein eingegraben. Der Gedanke an Andrea trieb ihn nur noch schneller ins Berginnere.

Die drei entzündeten mittlerweile die dritte Fackel, die das Atmen zwar schwer machte, weil der beißende Qualm ihnen ins Gesicht wehte, die zugleich aber die einzige Möglichkeit war, den sich immer wieder verzweigenden Gängen des unendlich scheinenden Höhlensystems eine sinnvolle Richtung abzuringen.

Trotz der zusätzlichen Beschwerden hasteten sie durch die langen dunklen Gänge, die keine Ende zu nehmen schienen – bis sie unversehens die riesige Höhle, das Heiligtum und den See erreichten.

Als Tom so plötzlich mit der überwältigenden Majestät des in grünes Licht getauchten Gewölbes konfrontiert war, glaubte er zunächst an eine Sinnestäuschung, an einen Wahn. Er fühlte sich unweigerlich an einen Besuch in Paris erinnert, an den Moment, als er Notre Dame zum ersten Mal betrat. Der Anblick der Abertausenden Stalagmiten in dieser gigantischen, turmhohen Höhle verschlug ihm für einen Moment den Atem. Sein Gesicht war erhellt vom Widerschein des Grün, das den ganzen Raum erfüllte. Georg hatte untertrieben. Das war keine unterirdische Kirche, das war eine Kathedrale, von der Natur erschaffen. Ein Heiligtum.

Dann versuchte er, die Realität des Anblicks zu ermessen, und seine Augen sprangen hin und her. Sie suchten fieberhaft nach Andrea. Keine Spur von ihr.

»Vielleicht haben sie einen anderen Weg genommen«, murmelte Tom und rieb sich die Schläfen.

Plötzlich bebte der Boden, ein dumpfes Geheul stieg aus dem See auf. Tom hatte Mühe, sich auf den Beinen zu halten, und auch die beiden Jungen mussten sich an den Felswänden festhalten.

In diesem Moment sah er sie. Andrea stand am anderen Ende der Höhle auf einem Plateau, unter dem ein Wasserfall grünlich schäumend in den See stürzte. Aus dem Wasser zwischen ihnen erhob sich ein unheimliches Wesen aus dem See, das Tom mit orange glühenden Augen ansah. Es richtete sich vor Tom auf, drohte ihn zu vernichten.

Mehrere Dinge geschahen auf einmal, als Andrea vor dem Eintritt in den Durchgang vom Plateau aus noch einen letzten Blick in die gigantische Höhle warf. Als Erstes entdeckte sie Tom am gegenüberliegenden Ufer des Sees, der mit Kambere und Hitimana die Kathedrale betrat. Andrea versuchte Toms Blick zu erfassen, trat einen Schritt nach vorne, stoppte jedoch sofort wieder, als sie ein Lachen hörte, das ihr die Haare zu Berge stehen ließ.

Paul stand plötzlich nahe bei ihr. Zusammen mit Hans. Beide grinsten breit.

»Na, Püppchen, so treffen wir uns wieder«, sagte der General mit schmieriger Stimme. Er hielt seine Pistole auf Andrea gerichtet.

»Wie kommt ihr denn hierher?«, fragte Andrea entsetzt. Sie sah Paul fassungslos an. »Ich hatte gehofft, dich nie wiederzusehen.« Sie betrachtete ihn abschätzig, behielt seine Waffe dabei im Blick.

»Da hast du dich wohl zu früh gefreut.« Er lachte.

»Was ist mit dir?«, fragte sie Hans. »Hast du die Seiten gewechselt?« Sie funkelte ihn wütend an.

»Ich habe immer auf der Seite der Gerechtigkeit gestanden, meine Liebe«, antwortete der.

»Was willst du von mir?«

Nun war es Hans, der lachte. Sein Gesicht verzog sich dabei zu einer Fratze, die Andrea angewidert zurückweichen ließ.

»Ich will lediglich das beenden, was vor vielen Jahren begonnen hat.« Er schnappte nach Andrea.

»Nicht«, rief Paul. »Wir brauchen sie noch.«

»Irrtum. Du brauchst sie noch.«

Paul richtete seine Waffe auf Hans.

»Lass das«, fauchte Hans ihn an. »Du wirst es nicht verhindern können.«

Tom versuchte zu verstehen, was hier geschah. Schockiert starrte er die Gestalt an, die sich direkt vor ihm befand. Der Kopf allein war drei Meter groß. Er wollte zu Andrea laufen. Dann sah er Hans. Woher kam der? Und was machte er da zusammen mit diesem Paul? Die Entfernung war zu groß, um Details zu erkennen, und der ohrenbetäubende Krach, der aus den Felsen und dem See kam, übertönte jedes gesprochene Wort.

»Wir müssen zurück«, riefen Hitimana und Kambere ihm durch das Getöse zu.

»Die anderen haben es geschafft. Also werden wir es ebenfalls schaffen.«

Der Boden wankte immer mehr unter seinen Füßen. Tom überlegte fieberhaft, was Georg ihnen von seiner Durchquerung der Höhle erzählt hatte. Auch er hatte einen Geist gesehen, und er hatte ihn besänftigt.

»Wir werden getötet, so wie Muthahwa es angekündigt hat«, klagte Kambere halblaut.

Er zog Tom am Arm zurück in die Richtung, aus der sie gekommen waren. Inzwischen spitzte sich die Situation am anderen Ende des Höhlensees offenbar zu. Tom rann der Schweiß in dicken Tropfen die pochenden Schläfen hinab.

»Hat Muthahwa nicht auch gesagt, dass in dieser Höhle die Gerechtigkeit siegt?«

In diesem Moment fiel Tom die Lösung ein: die Holzgorillas. Tom durchwühlte die Taschen seiner Trekkinghose. Zwei von ihnen hatten ein Loch. Hoffentlich hatte er die Figuren nicht verloren. Er fischte schließlich aus der tiefsten Tasche an seinem linken Hosenbein erst die eine, dann auch die andere Hälfte von Stefans zerbrochenem Gorilla. Intuitiv reckte er die Faust mit den beiden Teilen der Gestalt entgegen.

»Was habe ich dir getan?«, fragte Andrea mit bebender Stimme.

Wieder lachte Hans.

»Du hast mir nichts getan. Aber dein Vater hat einen elementaren Fehler begangen.«

»Was hat mein Vater damit zu tun?«

»Ich werde es dir erzählen, damit du weiß, warum du stirbst.«

Andrea trat einen Schritt auf Hans zu, doch der gab ihr sofort mit einer kurzen Bewegung zu verstehen, dass sie am Rand des Plateaus stehen bleiben sollte.

»Er hat mir das Teuerste genommen, was ich in meinem Leben hatte. Nun nehme ich ihm auch das Teuerste, was er hat. Seine Tochter. Das findest du doch sicher auch gerecht, oder?«

Andreas Herz schlug ihr bis zum Hals, während ihre Knie butterweich wurden. Nicht wegsacken, schrie sie innerlich, der Abgrund ist zu nah.

Die Gestalt wich zur Seeoberfläche zurück, als Tom ihr die Gorillafigur entgegenstreckte, blieb aber über dem Wasser schweben. Das Beben ebbte ab, und der Krach ließ nach. Kambere und Hitimana sahen Tom erstaunt an.

»Wie hast du das gemacht?«

»Wo ist jetzt dieser Altar oder wie ihr das nennt?«

Kambere wies in die Mitte des Sees.

»Irgendwo bei dieser Säule, glaube ich«.

»Dann lasst uns losgehen.«

Tom blickte auf die andere Seite des Sees hinüber zu Andrea, entschied sich dann für den Weg am rechten Ufer entlang. Zu dritt kletterten sie über Felsen, rutschten steile Abhänge hinunter, nachdem sie die Höhe gerade erst erklommen hatten.

Sie erreichten endlich die Mitte der Höhle, von der sich auch auf dieser Seite eine schmale Brücke zu der Säule hinüberstreckte. Tom rannte weiter, blieb dann jedoch abrupt stehen. Auf dieser Seite des Übergangs fehlte ein Stück. Zwei Meter war die Lücke etwa breit. Und darunter lag in zehn Metern Tiefe das grünlich schimmernde Wasser des Sees. Ein Blick nach unten reichte ihm, um die Erinnerungen an seinen Traum, an Jens' Tod und die Erfahrungen mit Mbusa wachzurufen.

Er zitterte. Und er wusste, dass es diesmal kein Zurück gab. Er blickte nach rechts zu der Plattform, auf der Andrea stand. Sie war noch weiter an den Rand zurückgewichen, war offenbar mitten in einem Wortgefecht mit Hans. Noch immer konnte Tom nicht hören, worum es ging, aber die Körperhaltung von Hans sagte ihm, dass mit ihm nicht zu spaßen war.

Tom sah auf das Ende der klaffenden Lücke vor sich. Er steckte die zerbrochene Figur in die Hosentasche, trat er ein paar Schritte zurück, zählte in Gedanken bis drei und nahm Anlauf. Hitimana schrie auf.

Andrea hörte hinter sich einen Schrei. Sie wandte sich zu schnell um, glitt mit einem Fuß auf dem glitschigen Felsen aus, versuchte Halt zu finden, griff mit den Händen jedoch in die Luft. Sie rutschte ab. Über ihr erscholl das zynische Lachen von Hans.

Toms Fuß knickte weg, als er aufkam. Der Schmerz fuhr durch seinen Knöchel, als er sich auf dem glatten Felsen aufzurichten versuchte. Der Sprung war geglückt. Tom verharrte einen kurzen Moment vor der mächtigen Säule in der Seemitte. Die Kräfte der Geisterwelt beruhigten sich, doch die Stille schien Tom fast noch bedrohlicher als das Grollen zuvor. Er tastete die Säule ab, umrundete sie auf der Suche nach dem Eingang. Ein schneller Blick zu Andrea jagte ihm jähe Panik ein. Sie war nicht mehr dort, wo er sie zuletzt gesehen hatte. Sie hielt sich an einem Felsvorsprung unterhalb des Plateaus fest und drohte abzustürzen.

Tom fand den Eingang und humpelte eilig hinein. Vor ihm stand der steinerne Altar, übersät mit Gorillafiguren unterschiedlicher Größe. Er fischte die beiden Hälften seiner Figur aus der Tasche, fügte sie zusammen und legte sie zwischen die anderen. Als er sich umwandte, fuhr ihm der Schreck in alle Glieder.

Die unheimliche Gestalt mit leuchtend orangen Augen stand direkt vor ihm.

Andrea hörte Hans' Lachen und ahnte, dass sie keine Chance mehr hatte. Verzweifelt suchte sie immer wieder nach einem besseren Halt, doch sobald sie nach einem anderen Felsvorsprung griff, war Hans' Fuß schon da. Er schob ihre Finger zur Seite, machte sich einen Spaß daraus, ihr jede Hoffnung zu nehmen.

Peter und Georg konnten ihr nicht helfen, Paul hielt sie mit seiner Pistole in Schach und versuchte zugleich, Hans zurückzuhalten. Andrea spürte die Kraft in ihren Händen schwinden. Wieder erschien Hans' Stiefel neben ihren Fingern. Diesmal ließ sie sich nicht wegschieben. Mit letzter Kraft griff sie nach oben, bekam den Fuß zu fassen und verlor im selben Moment endgültig den Halt. Sie stürzte in die Tiefe, Hans' Knöchel fest in ihrer Hand.

Tom hörte Andreas Schrei. Aber er konnte den Blick nicht von den glühenden Augen vor ihm am Eingang der Säule abwenden. Sie fixierten ihn tief und trugen ihn dabei mit sich fort in die Vergangenheit. Die Augen schienen gleichsam Toms Erinnerungen in sich aufzusaugen. Noch einmal sah er Jens vor sich, fortgespült von der eisigen Macht des winterlichen Flusses. Er wusste jetzt, dass er die Verantwortung für Jens' Tod nicht übernehmen musste. Dann sah er die weiße Schneefläche der schwedischen Landschaft von damals, die sich still und friedlich bis zum Horizont erstreckte. Die Last war weg.

Als die weiße Helligkeit sich langsam wieder von Toms Blick zurückzog und die Gegenwart einkehrte, war die Gestalt mit den orangefarbenen Augen verschwunden. Die kathedralenartige Höhle erschien wieder vor ihm. Und mit ihr kam die Angst um Andrea zurück. Tom blickte zu dem Plateau hoch. Andrea war verschwunden. Hans ebenfalls. Drei Männer standen am Abgrund und blickten erschrocken hinab in das brodelnde Wasser. Tom folgte ihrem Blick, doch er konnte erst nichts erkennen, denn dort, wo der Wasserfall in die Fläche des Sees eindrang, wallte grün flackernder Schaum auf.

Als er die zwei miteinander kämpfenden Körper im Wasser sah, packte ihn das pure Entsetzen. Andrea und Hans waren ineinander verkeilt, ließen nicht voneinander ab. Beide schienen schon jetzt erschöpft und ohne Hoffnung auf Rettung, wenn ihnen nicht jemand von außen zur Hilfe kam. Tom spürte seine Angst. Er spürte aber auch, das etwas anderes, noch Größeres in seinem Inneren die Führung übernommen hatte.

Die klaffende Lücke in der Brücke nahm er kaum wahr, hatte sie übersprungen, bevor er sich Gedanken darüber machen konnte, wie viel Anlauf er brauchte. Er ließ Hitimana und Kambere auf der anderen Seite entgeistert zurück, überwand die im Weg liegenden Gesteinsbrocken, ohne seine eigene Erschöpfung zu spüren.

Dann stand er oberhalb von Andrea und Hans auf dem schmalen Weg, der zum Ende der Höhle führte. Noch immer rangen die beiden miteinander. Viele Meter unter ihm. Andrea versuchte, sich ans Ufer zu retten, doch Hans zerrte sie jedes Mal zurück. Tom sah, wie Hans Andreas Kopf unter Wasser drückte. Dann sprang er.

Das Wasser verschluckte Tom ohne Widerstand. Wärme durchströmte ihn. Er kämpfte sich an die Oberfläche, musste sich orientieren. Alles um ihn herum glühte grünlich. Er entdeckte Hans, aber Andrea konnte er nicht sehen. Mit kräftigen Zügen schwamm Tom auf den Mann zu, erwischte ihn am Bein und zog ihn zu sich heran. Sofort schlug Hans auf ihn ein, versuchte, ihn unter die Wasseroberfläche zu drücken. Die Erinnerungen explodierten in Toms Gehirn. Aber diesmal lähmten sie ihn nicht, sondern setzten eine ungeahnte Energie in ihm frei. Er schluckte Wasser, seine Augen nahmen die Umgebung nur verschwommen wahr. Dennoch gelang es ihm, den schwächer werdenden Hans von sich wegzuschieben, ihn von hinten zu packen. Toms Hände griffen nach den Haaren, sie zerrten daran, bekamen den Kopf zu fassen und drückten ihn reflexartig nach unten.

Hans' heftige Abwehrversuche wurden schnell schwächer und versiegten bald in letzten Zuckungen seiner Muskeln. Dann war der Körper in Toms Händen still. Er ließ den Kopf des Mannes los und drehte sich suchend im Wasser hin und her. Hans trieb sofort von ihm fort, mit dem Gesicht unter der Wasseroberfläche.

Als Tom Andrea entdeckte, rührte sie sich nicht. Sie lag regungslos auf dem Rücken im Wasser. Verzweiflung durchflutete ihn. Er griff nach ihrem Arm, versuchte ihr in die Augen zu sehen, aber die waren geschlossen. Friedlich sah sie aus. Aber sie sollte nicht friedlich sein. Sie sollte leben! Er zerrte Andrea hinter sich her zum Rand des Sees, bis an die steil vor ihm aufragende Felswand heran.

Kambere und Hitimana waren schon dort. Die Jungen griffen nach Andreas Armen, zogen sie aus dem Wasser, hievten sie mit verzerrten Gesichtszügen an den Felsen hoch, wo sie ihnen von Georg und Peter abgenommen wurde. Tom hatte nicht mehr die Kraft, sich allein an den scharfen Felsen hochzuziehen. Wieder waren die beiden Jungen zur Stelle und retteten auch ihn aus dem flackernden See.

70

Am Osthang des Gebirges, 21. Juni

Martin hörte den Hubschrauber als Erster. Er sah hoffnungsvoll zum Himmel hinauf, konnte aber nichts entdecken. Kai saß auf einem Stein, war seit Tagen in einer besorgniserregend apathischen Verfassung, seit seine Freundin Kathrin spurlos verschwunden war. Ndabarinzi und Mugabo, die beiden Kindersoldaten, die nur zu gerne die Gewehre niedergelegt hatten, hockten zusammen auf einem riesigen Felsen, der aus der Landschaft ragte. Sie hatten das Geräusch ebenfalls gehört und suchten erwartungsvoll den bewölkten Himmel ab. Steve war vor einer halben Stunde zwischen den Bäumen verschwunden, um nach etwas Essbarem zu suchen.

Das Leben, das Martin noch vor 14 Tagen geführt hatte, erschien ihm nun unendlich weit weg. Michael hatte ihn kurz nach Weihnachten überredet, mitzukommen, damit er mal aus seinem Trott rauskam, wie er es nannte. Martin hatte sich leer und ausgebrannt gefühlt. Bis zu dem Tag, an dem sie in Nyakalengija eingetroffen waren und er Steve begegnet war.

Dann war Michael plötzlich in den Nebel des Ruwenzori eingetaucht und nicht mehr zurückgekehrt. Er war in jener Nacht, kurz nach der Entführung, aufgestanden, aus dem Lager hinausgelaufen und einfach im Nebel verschwunden. Die chaotischen Umstände, die sich daran anschlossen, die Flucht von Andrea und Tom, der Aufbruch der Rebellen, die verfahrene Situation der Zurückbleibenden, der elende Tod des angeschossenen Trägers, der Mord an dem letzten Soldaten und der eigene Aufbruch mit Steve und den beiden Kindersoldaten – all das bewegte sich noch immer vor seinem inneren Auge, als wäre es eben erst geschehen. Dabei waren sie nun schon seit drei Tagen auf dem Weg zurück. Steve führte sie allmählich aus dem Gebirge hinaus, weg von den Gefahren, weg von den schrecklichen Dingen, die sie erlebt hatten.

Steve hatte ihn von Anfang an fasziniert, doch Martins erste Reaktion war Rückzug gewesen. Steves Blicke, die kleinen, fast zufälligen Berührungen, die Regelmäßigkeit, in der der Gruide an seiner Seite war, hatten Martin gut getan. Er hatte von Steve viel über Uganda erfahren, über die Menschen, die Kultur und über Steves Wünsche und Träume. Eine Frau hatte dabei nie eine Rolle gespielt. Sie waren sich allmählich näher gekommen.

Steve kehrte mit einer Hand voll Beeren zurück, als ein blauer Hubschrauber majestätisch zwischen den Felswänden erschien und sofort Kurs auf die kleine Gruppe nahm.

Neugierig und mit einem Lächeln auf den Lippen erhob sich Martin. Die Seitentür des Helikopters war weit aufgezogen, drei vermummte Köpfe wurden sichtbar, die Mündungen von Maschinenpistolen zogen seine Aufmerksamkeit auf sich. Dann überschlugen sich die Ereignisse.

Seile fielen von beiden Seiten des Hubschraubers herab, schwarz gekleidete Gestalten glitten sofort an ihnen herunter, innerhalb von Sekunden waren die beiden Jungen und Steve von sechs Männern umringt, die sie auf Deutsch mit lauten Stimmen anschrien. Als Steve abwehrend die Hände hob, wurde er von zwei Männern zu Boden gerissen. Sie verdrehten seine Arme auf dem Rücken, während sie ihn ununterbrochen weiter anbrüllten.

Die Jungen waren vollkommen paralysiert von dem Geschehen, wurden jedoch mit der gleichen Brutalität wie Steve zu Boden geworfen und fixiert. Ndabarinzi weinte stumm vor sich hin, während Mugabo mit purem Entsetzen in den Augen zu Martin hinüber sah. Dann erst konnte Martin sich aus seiner Schreckensstarre lösen. Er lief unter dem weiterhin in zwanzig Metern Höhe schwebenden Helikopter auf die Vermummten zu.

»Hört auf damit!«, rief er so laut er konnte.

Aber er kam nicht weit, denn einer der Männer war sofort bei ihm, warf auch ihn zu Boden.

»Wo sind die anderen?«, schrie der vermummte Mann auf deutsch durch den Lärm der Rotoren.

»Nicht hier«, stammelte Martin.

»Wo sind sie?«, brüllte die Stimme.

»Ich weiß es nicht«, antwortete Martin.

»Wann hast du sie zuletzt gesehen?«

»Das ist drei Tage her – glaube ich.«

»Sichern!«, schallte eine andere Stimme über die Fläche des Tals.

»Alles sauber!«, hörte Martin wieder den Mann über sich schreien.

Mit der Maschinenpistole im Anschlag gab der ihm zu verstehen, dass er sich erheben könne. Martin sprang auf, wollte auf Steve und die Jungen zulaufen, doch der Mann hielt ihn sofort und unsanft davon ab.

»Lasst sie gehen«, keuchte Martin.

»Das sind unsere Träger. Keine Rebellen.«

Verwundert sah ihn der Mann an.

»Wo sind denn dann die Rebellen?«, wollte er wissen, jetzt schon etwas leiser.

»Verdammte Scheiße, ich weiß es nicht!« Martin verlor die Geduld. »Lass mich los und sag deinen bescheuerten Kollegen, dass sie unsere Träger nicht erschießen sollen!«

Der Mann ließ von Martin ab, der sofort auf seine Freunde zuging, diesmal vorsichtiger und langsamer. Noch immer lagen die drei im Schlamm zwischen den großen Grasbüscheln des Sumpfes. Über jedem von ihnen kniete jeweils ein Maskierter, die Waffe direkt auf den Kopf des unter ihm Liegenden gerichtet.

Sie sahen Martin entgegen. Noch immer dröhnten die Rotoren des Helikopters über ihren Köpfen. Martin schilderte den Männern in groben Zusammenhängen die Situation, um die Freilassung seiner Freunde zu erreichen. Als sie sich aufrichten durften, kümmerte er sich sofort um Mugabo und Ndabarinzi, die von dem plötzlichen Angriff vollkommen verstört waren.

Kai hatte die ganze Situation stumm beobachtet.

Die Beamten der Antiterroreinheit zogen sich die Wollmasken von den Gesichtern, nachdem sie kontrolliert hatten, dass die Umgebung sicher war. Der Helikopter mit der Aufschrift *Bundespolizei* landete etwa fünfzig Meter von ihnen entfernt, dann flaute der ohrenbetäubende Lärm endlich ab.

Aufmerksam hörte der Leiter der GSG-9-Einsatzgruppe zu, als Martin ihm berichtete, was in den letzten Tagen geschehen war. In seinen Augen war die Frustration deutlich zu sehen. Dann ging der Mann auf den allmählich im Schlamm einsinkenden Hubschrauber zu, holte ein Satellitentelefon aus der Kabine und führte ein sehr kurzes Gespräch.

71

In der Tiefe des Berges, 21. Juni

Erschöpft und völlig außer Atem hockte Tom auf dem felsigen Ufer unterhalb des Wasserfalls. Hitimana und Kambere, die ihm aus dem Wasser geholfen hatten, saßen links und rechts von ihm. Hitimana hatte den Kopf tief in die Hände gestützt, Kambere wandte die Augen nicht von seinem Freund ab. Toms Blick suchte nach Andrea. Sie lag drei Meter neben ihm ausgestreckt auf dem Boden. Peter beugte sich gerade über sie, und Georg beobachtete die beiden mit bestürztem Gesichtsausdruck, während Paul mit seiner Pistole im Anschlag ein paar Meter entfernt stand.

Jetzt erst wurde Tom in vollem Ausmaß bewusst, was er gerade getan hatte. Er war aus zehn Metern Höhe in einen See gesprungen, dessen Tiefe er nicht ansatzweise ergründen konnte. Wäre er auf einen Felsen geprallt, hätte er sterben können. Selbst wenn er sich nur schwer verletzt hätte, wäre er sicher ertrunken. Er hatte Andrea aus dem Wasser gezogen und vermutlich einen Menschen getötet. Ruckartig streckte er den Rücken durch und suchte die Wasseroberfläche nach einem Lebenszeichen von Hans ab. Nichts.

Er sah zur Seite, wo Peter und Georg weiterhin versuchten, Andrea wieder ins Leben zurückzuholen. Paul beobachtete sie besorgt.

»Seht zu, dass sie durchkommt, sonst werde ich euch auch gleich noch erschießen«, knurrte er Peter und Georg zu.

»Anstatt uns zu drohen, könntest du dir lieber überlegen, wie wir hier am schnellsten wieder rauskommen«, gab Peter patzig zurück.

Paul trat einen Schritt nach hinten, wandte sich dann mit angespanntem Gesichtsausdruck von Peter ab.

Schweigend betrachtete Tom den Rebellen.

»Das Herz schlägt nicht mehr«, murmelte Georg.

In diesem Moment sprang Tom auf und war mit einem Satz bei Andrea. Er legte ihr die Hände aufs Gesicht und sah sie verzweifelt an. Auch er tastete nach dem Herzschlag, vergeblich. Aus seiner Erinnerung suchte er die Handgriffe zusammen, die er einmal gelernt hatte.

Er drückte auf ihren Brustkorb, begann das Herz zu massieren. Wie oft musste er das wiederholen? Zehn Mal? Dreißig Mal? Er legte seinen Mund auf ihren, drückte Luft in ihre Lungen. Dann setzte er die Massage fort. In Toms Hirn pulsierte nur der eine Gedanke. Sie durfte ihn nicht verlassen. Nicht nach all dem, was geschehen war.

»Andrea«, flüsterte er. »Komm zurück. Ich flehe dich an.«

Tränen tropften auf ihre Brust, während Tom weitermachte. Peter hockte mit ängstlichem Blick neben ihnen. Georg wich langsam an die Felswand zurück und blickte auf den See, in dem sein Bruder vor ein paar Minuten ertrunken war. Entsetzen und Trauer zeichnete sich in seinem Gesicht ab. Etwas entfernt fluchte Paul immer wieder halblaut.

»Was ist jetzt?«, fragte er dann. »Ist sie tot?«

Tom warf ihm einen vernichtenden Blick zu.

»Halt's Maul.«

Er spürte den Lauf der Pistole an seiner Schläfe. Noch immer keine Reaktion von Andrea.

»Werd nicht frech, Freundchen«, schrie Paul.

»Erschieß mich doch«, murmelte Tom. Er sah verzweifelt auf Andrea herab.

Georg kam mit schnellem Schritt zu ihm und schrie ihn an:

»Es hat keinen Zweck mehr ... Hör auf ... Sie ist tot!«

Peter starrte ihn entsetzt an, dann zerrte er Tom zur Seite und setzte die Herzmassage vehement fort.

Andrea erbrach einen Schwall Wasser, hustete, röchelte. Ihr Herz hatte es geschafft.

»Andrea! Kannst du mich hören?« Tom beugte sich über sie.

Sie öffnete die Augen einen Millimeter weit. Tom war ihrem Gesicht ganz nah. Die Andeutung eines Lächelns. Wieder schoss Wasser aus ihrem Mund. Tom nahm ihr Gesicht in seine Hände, gab ihr einen Kuss auf die Wange.

»Wo ist Hans?«, fragte Andrea mühsam. Sie schloss die Augen wieder.

»Er ist fort«, antwortete Tom, während er ihr liebevoll mit der Hand die Haare aus dem Gesicht strich. »Er wird dir nie wieder etwas antun.«

Erneut sah sie Tom an, diesmal bekam sie die Augen schon weiter auf.

»Ist er tot?«

»Ja. Und du lebst.« Tom hatte Tränen in den Augen. Seine Hand fuhr ihr sanft über die Wange. »Ich ...«, flüsterte er, »ich liebe dich.«

Andrea sah ihn mit plötzlich ganz klaren Augen an.

»Du weißt nicht, worauf du dich einlässt«, murmelte sie mit einem winzigen Lächeln auf den Lippen.

»Ich glaube doch. Wir müssen nur noch den da«, er sah kurz zu Paul hinüber, »irgendwie hinter uns bringen.«

»Was ist jetzt?«, grollte Paul. »Kommt die jetzt wieder auf die Beine, oder muss ich mich selber darum kümmern?«

Andreas Blick verdüsterte sich. »Er ist also keine Einbildung?«, flüsterte sie.

»Leider nicht«, gab Tom zurück.

Paul trat an die beiden heran. Als Andrea ihn über sich sah, schloss sie die Augen wieder für einen Moment, doch bevor Paul etwas tun konnte, winkelte sie die Beine an und hievte ihren Oberkörper langsam hoch. Tom wollte ihr helfen, aber sie schob seinen Arm energisch fort. Noch einmal hustete sie röchelnd.

»Wir können so nicht losgehen«, sagte Peter. »Das schafft sie nicht.«

»Wenn sie das nicht schafft, dann tragt ihr sie eben«, antwortete Paul militärisch. »Oder wollt ihr etwa für immer hier bleiben?«

»Gib ihr zehn Minuten, damit sie zu sich kommen kann«, bat Peter.

»Fünf. Keine Sekunde mehr!«

Lässig lehnte sich der Rebellenführer an die Felswand und spielte mit seiner Pistole. Hitimana hatte sich sofort hinter Kambere verkrochen, nachdem Tom aufgesprungen war. Er durfte nicht von Paul erkannt werden. Mit einem abtrünnigen Mitglied seiner Armee würde der sicher nicht zimperlich umgehen. Zum Glück war es relativ dunkel, und die Gesichtszüge von Hitimanas schwarzem Antlitz waren nur schemenhaft zu erkennen.

Andrea benötigte exakt fünf Minuten, um sich von den schlimmsten Strapazen etwas zu erholen. Sie wankte, als sie kurz darauf den Weg am Rande des Sees hinaufgingen und die große Höhle im Gänsemarsch verließen. Peter ging mit einer Fackel voran, gefolgt von Kathrin, den beiden Jungen, Andrea, die von Tom gestützt wurde, und Georg. Tom war einen Moment irritiert, auch Kathrin wiederzusehen, hatte jedoch keine Gelegenheit, zu fragen, woher sie kam. Am Ende der Gruppe marschierte Paul mit seiner Pistole im Anschlag. Seine Drohungen, beim kleinsten Fehltritt zu schießen, untermauerte er glaubhaft, indem er einen Schuss an die Decke des Gewölbes abgab. Tom glaubte zu spüren, wie sein Trommelfell riss.

Ein Wunsch keimte in ihm auf, als er einen letzten Blick in die gewaltige Höhle warf: Er wollte das Herz des Ruwenzori erhalten. Wenn er hier rauskam, dann wollte er sich dafür einsetzen, dass die Mondberge so blieben, wie sie waren. Dass er das Tal mit einer Fotoreportage der Außenwelt preisgeben könnte, um seine eigene Karriere zu befördern, erschien ihm immer mehr wie ein unverzeihlicher Verrat an der Seele des Ruwenzori.

Der Marsch durch die Gänge des unterirdischen Labyrinths war mühsam, und Andrea war mehrfach kurz davor, zusammenzubrechen. Aber Tom half ihr bei jedem Schritt und ermunterte sie immer wieder weiterzugehen. Stockend und mit vielen Unterbrechungen berichtete Andrea ihm von der Auseinandersetzung mit Hans.

»Es ging ihm gar nicht um mich. Er wollte sich an meinem Vater rächen.« Tom ließ ihr Zeit, die richtigen Worte zusammenzusuchen.

»Er war mit meinem Vater befreundet«, fuhr Andrea mit brüchiger Stimme fort. »Sie sind früher wohl zusammen durch dick und dünn gegangen, waren gemeinsam hier in Uganda, bis Hans eines Tages nach Deutschland zurückgegangen ist. Auch als mein Vater mit Idi Amin kooperierte, hat Hans weiter zu ihm gehalten. Doch dann kam auch mein Vater wieder nach Deutschland. Er ist, wie immer, weich gefallen. Meine Großeltern hatten Geld ohne Ende, also konnte er spielend noch einmal neu anfangen. Hans hat ihm anscheinend dabei geholfen, über seine Freundin, die Mutter von Peter, hinwegzukommen, hat ihn gestützt und mit ihm zusammen Zukunftspläne geschmiedet. So wie sie das immer getan haben. Aber dann hat mein Vater Hans' Freundin kennen gelernt. Von dem Tag an war ihre Freundschaft zerstört.«

Andrea schwieg eine Weile, bevor sie müde weitersprach.

»Hans behauptet, er und seine Freundin seien füreinander geschaffen gewesen. Wenn er mit Julia gemeinsam auf einer Party auftauchte, so hat er erzählt, dann war es, als ginge die Sonne auf. Sie haben sich geliebt. Aber Julias Eltern mochten Hans nicht. Sie hatten einen Mann von adligem Geblüt für sie vorgesehen. Und als der in Person meines Vaters vor ihnen auftauchte, war die Welt für sie wieder in Ordnung. Sie mochten meinen Vater, das weiß ich. Und der sah in ihr die perfekte Gelegenheit für einen Neuanfang. Julia musste seinem Antrag zustimmen, sonst wäre sie von ihren Eltern enterbt worden.«

Andrea schluckte schwer, bevor sie Hans' letzte Worte wiederholte:

»,Er hat mir das Teuerste genommen, was ich jemals in meinem

Leben hatte. Nun nehme ich ihm das Teuerste, was er hat. Seine Tochter', hat er gesagt. Das sei nur gerecht.«

Tom schwieg lange.

»Dann hat er die ganze Zeit ein falsches Spiel gespielt«, sagte er schließlich. »Warum habe ich das bloß nicht bemerkt?«

»Keiner von uns hat das gesehen. Er hat sich so gut verstellt – wir hatten keine Chance«, entgegnete Andrea milde.

Sie brauchten länger für das letzte Stück, als sie gedacht hatten. Paul genehmigte ihnen nur wenige kurze Pausen, achtete dabei jedoch wieder genauer darauf, dass sie nicht zu viel miteinander sprachen. Niemand widersetzte sich. Paul war angeschlagen, das spürten alle, und sie wollten den unberechenbaren Mann nicht herausfordern, bevor sie diesen Berg hinter sich gelassen hatten.

Es war tiefschwarze Nacht, als sie aus dem Dunkel der Höhle in die Finsternis des Regenwaldes hinaustraten. Entkräftet ließen sich alle auf den weichen Waldboden sinken. Der Mond schien beinahe friedlich auf sie herab. Doch in den Schatten, in die sein Licht nicht drang, lauerten tückische Unwägbarkeiten.

Vor ihnen war ein provisorisches Lager aufgebaut, in dem ein paar erschöpfte Rebellen kampierten. Paul schritt sofort auf diese zu und rief Befehle. In der Nähe rauschte ein gewaltiger Fluss durch ein Tal, den sie nur hören, jedoch nicht sehen konnten. Die anderen setzten sich zu Tom und Andrea. Instinktiv rückten sie eng zusammen.

Plötzlich stand Birgit neben ihnen.

»Andrea!«, rief sie halblaut. »Mein Gott, ich habe gedacht, ich sehe dich nie wieder.«

Sie setzte sich dicht neben ihre Freundin und legte ihr den Arm um die Schultern. Andrea sah sie dankbar an, schmiegte den Kopf an ihre Schulter und schluchzte auf. Die Tränen kamen so unvermittelt, dass Andrea sie nicht zurückhalten konnte.

»Was ist passiert?«, wollte Birgit wissen.

Tom berichtete ihr in knappen Worten, was seit der Flucht geschehen war, ohne näher auf das Tal einzugehen. Birgit lauschte seinen Worten aufmerksam, während sie Andrea immer wieder über den Rücken streichelte. Als Tom geendet hatte und von Birgit wissen wollte, was ihr widerfahren war, war Andrea eingeschlafen. Birgit legte den Finger auf die Lippen, versprach Tom, ihm im Laufe des Tages davon zu erzählen.

Unter knallrotem Himmel ging im Osten die Sonne auf.

72

Berlin, 22. Juni

Sven Wiese schlug wütend auf die Tischplatte, als er von dem misslungenen Zugriff der GSG 9 erfuhr.

»Diese Deppen«, murmelte er so leise, dass nur Anja Paffrath ihn hörte.

Er stand von seinem Stuhl auf, wandte sich kurz von den Kollegen ab, kratzte sich nachdenklich am Kopf und drehte eine Runde um den Tisch, wobei ihm die anderen mit den Augen folgten. Die GSG 9 war mit der besten Ausrüstung nach Uganda geschickt worden. Der Botschafter war eingeknickt, und die ugandische Regierung hatte dem Einsatz in letzter Minute zugestimmt. Und was tat die Antiterroreinheit dort? Sie verwechselten ein paar einheimische Träger mit einer Rebellengruppe.

Die Nacht war weit fortgeschritten, Tage waren schon vergangen, ohne dass sie vernünftige Ergebnisse vorweisen konnten. Wiese blieb schließlich an der Kopfseite des Raums stehen und fixierte den Generalbundesanwalt, der sich ihm genau gegenüber befand. Dann ging er zum Angriff über.

»Herr von Schellenburg, welche Absprachen haben Sie mit Bernard Kayibanda getroffen?«, fragte er ruhig, ohne den Blick abzuwenden.

»Das ist eine Unverschämtheit!«, blaffte von Schellenburg ihn an. »Es gibt keine Absprachen zwischen Herrn Kayibanda und mir.«

»Sie haben das Verfahren gegen ihn aussetzen lassen. Ich frage mich, warum die Presse davon noch nichts mitbekommen hat. Das wäre wohl nicht in Ihrem Sinne.«

Die Köpfe aller Anwesenden drehten sich von Schellenburg zu, der sich nun wütend erhob.

»Ich habe gestern bereits mit dem Bundesaußenminister gesprochen«, sagt er. »Er ist überaus unzufrieden mit der Arbeit dieses Krisenstabs. Er wird Sie demnächst zu einem persönlichen Gespräch zu sich zitieren.«

Wiese ließ die Worte an sich abprallen und führte seinen Gedankengang weiter.

»Ich vermute, dass Sie die Bundesanwaltschaft angewiesen haben, keine Nachrichten nach außen zu geben, bis die Geiselnahme beendet ist. Dann allerdings wird Kayibanda Deutschland längst verlassen haben.«

Die beiden Männer sahen sich über den langen Tisch hinweg an.

»Sie wissen genauso gut wie ich, dass uns die Presse zu diesem Zeitpunkt eher im Weg steht«, blaffte von Schellenburg.

»Hat Kayibanda Ihnen ein Lebenszeichen Ihrer Tochter zukommen lassen?«

»Ich habe keinerlei Verhandlungen mit Herrn Kayibanda geführt. Wenn ich mich auf einen Deal mit diesem Mann einlassen würde, wäre ich auf meinem Posten nicht mehr tragbar.«

Wiese ließ diese Worte einen Moment lang im Raum nachhallen. Wie Recht der Mann hatte. Er bezweifelte jedoch, dass er sich dessen bewusst war.

»Vielleicht ist Ihnen das ja egal. Schließlich geht es hier um mehr, um sehr viel mehr, als um Ihren Posten. Womöglich geht es bei der Geiselnahme gar nicht darum, die Bundesrepublik zu erpressen? Stehen Sie selber eventuell mehr im Zentrum dieses Verbrechens, als Sie uns glauben lassen wollen?«

»Sie sind ja nicht ganz bei Trost!«, ereiferte sich von Schellenburg. Er hatte rote Flecken im Gesicht. Mit seinem Taschentuch wischte er sich den Schweiß von der Stirn. »Machen Sie Ihre Arbeit, anstatt sich weiter auf solche absurden Gedankenspiele einzulassen.«

»Und doch ist es höchst interessant, dass Sie genau im Moment der Entführung Ihrer Tochter das Ende der Untersuchungen gegen ihn forcieren.«

Von Schellenburg schlug mit der flachen Hand auf den Tisch.

»Wir haben keine Handhabe gegen ihn, das wissen Sie ganz genau«, schimpfte er. »Wir haben alle rechtlichen Mittel ausgeschöpft. Und die Fristen kennen Sie.«

Wiese blickte den Generalbundesanwalt kühl an. Der Mann war verdammt schlau. Er sagte nichts, was ihm später zur Last gelegt werden konnte. Und doch wussten alle im Raum, dass Wiese Recht hatte. Ein schneller Blick in die Runde bestätigte diese Vermutung. Er atmete erneut tief durch, bevor er sich wieder an von Schellenburg wandte.

»Dann kehrt Herr Kayibanda nun also in sein Einfamilienhaus in Pinneberg zurück und wird das bürgerliche Leben weiterführen, das er bisher so friedlich und ungestört gelebt hat.«

»Ich bin über die weiteren Pläne von Herrn Kayibanda nicht informiert«, zischte der Generalbundesanwalt ihm zu.

»Darf er Deutschland verlassen oder hat er die Auflage bekommen, an seinem Wohnort zu bleiben?«, fragte Wiese ungeniert weiter.

»Das müssen Sie den zuständigen Bundesanwalt fragen.«

»Das habe ich bereits getan. Er wurde angewiesen, Herrn Kayibanda ohne Auflagen aus der Haft zu entlassen.«

Die Stille im Raum war beängstigend. Das Summen der Computer, ein Drehstuhl quietschte leise, ein Mobiltelefon brummte kurz.

»Davon weiß ich nichts«, sagte von Schellenburg.

»Gut, dann können wir den Affentanz hier sein lassen. Herr Kayibanda ist ja nun nicht mehr das größte Problem Ihrer Tochter.«

Wiese ging zu seinem Platz zurück und stützte sich mit den Armen auf den Tisch. Von Schellenburg sah ihn verständnislos an, blickte von einem Kollegen zum anderen, bis sein Blick zu Wiese zurückkehrte. Er war blass geworden.

»Was wollen Sie damit sagen?«, fragte er tonlos.

»Nun, in der Reisegruppe befinden sich zwei Teilnehmer, die ein persönliches Interesse an Ihrer Tochter Andrea haben.« Wiese ließ auch diese Worte sacken, während er von Schellenburg weiter ansah. Der Generalbundesanwalt sank schwer auf seinen Stuhl. »Da ist zum einen Hans Meyer, der aus einem mir noch nicht bekannten Grund hinter Ihrer Familie her ist.«

Von Schellenburg öffnete den Mund; seine Hautfarbe war noch blasser geworden, sodass die hektischen roten Flecken umso deutlicher hervorstachen. Er brachte keinen Ton heraus.

»Und dann ist da auch noch diese Birgit Brandt ...«, fuhr Wiese fort.

»Frau Brandt ist eine Freundin meiner Tochter ...«, warf von Schellenburg gehetzt ein.

»... und sie ist zugleich die Ärztin von Herrn Kayibanda.« Wiese machte eine bedeutungsvolle Pause. »Und seine Geliebte«, vervollständigte Wiese die Aussage.

Der Generalbundesanwalt starrte Wiese entsetzt an. Wiese konnte ihm ansehen, dass ein ganzes Gedankengebäude in Trümmer zerfiel. Keiner im Raum sagte etwas. Alle warteten gespannt auf die weiteren Ausführungen Wieses.

»Ich kann noch nicht einschätzen, wie diese Information zu bewerten ist. Ihnen sollte damit allerdings zumindest klar sein, dass Ihre Tochter nicht so einfach in das nächste Flugzeug nach Europa entlassen wird, nur weil Sie einen der Erpresser zufrieden gestellt haben.«

Von Schellenburg erhob sich wieder von seinem Stuhl, fischte nervös sein Taschentuch aus der Hose, ging ein paar Schritte auf die Tür zu, schien den Raum verlassen zu wollen. Doch dann wandte er sich wieder Wiese zu.

»Dann tun Sie doch endlich etwas«, sagte er mit leiser Stimme, beinahe flehend.

»Sie sollten sich eines klar vor Augen führen, Herr von Schellenburg: Wenn Kayibanda erst einmal deutschen Boden verlassen hat, dann ist ihm das Leben Ihrer Tochter Andrea keinen Pfifferling mehr wert « Er sah den schrumpfenden Hünen an der Tür kühl an. »Die Entführung durch die Rebellen schützte sie auch bis zu einem gewissen Grad vor den Interessen von Hans Meyer und Birgit Brandt, welcher Art die auch immer sein mögen. Oder wer vor Ort sonst noch seine Hände im Spiel haben mag. Dieser Schutz fällt nun flach. Sie wissen, was das bedeutet, und Sie sind sich sicherlich auch im Klaren darüber, wer die Verantwortung für diese Entwicklung trägt.«

Leichenblass starrte von Schellenburg den Leiter des Krisenreaktionszentrums an, ließ seine Hände fahrig die Luft zerschneiden, bevor er sich wieder umdrehte, um zu seinem Stuhl zurückzukehren.

»Warum tun Sie dann nichts dafür, dass meine Tochter aus dieser Lage befreit wird?«, hauchte der korpulente Mann, als er sich wieder gesetzt hatte.

Mit zu schmalen Schlitzen verengten Augen sah Wiese ihn an.

»Wir arbeiten hier Tag und Nacht genau an diesem Ziel: Ihre Tochter und die anderen Geiseln unversehrt aus ihrer misslichen Situation zu befreien. Allerdings wird unsere Arbeit zur Zeit massiv von Ihren Interventionen torpediert.«

Energisch drückte sich Wiese von der Tischplatte ab. Er schüttelte ärgerlich den Kopf, packte seine wichtigsten Unterlagen zusammen und schickte sich an, den Raum zu verlassen. Seine Mitarbeiterin Anja Paffrath folgte ihm. Als Wiese sich an der Tür noch einmal umsah, blickte er in eine Runde betroffener Krisenstabsmitglieder. Und in die Augen eines verzweifelten Vaters.

73

Außerhalb des Tals, am Morgen des 22. Juni

Das Lager der Rebellen am Ausgang der Höhle war schmutzig, schlammig und kalt. Die Geiseln saßen unter Bäumen, hinter ihnen die Berge, die das verborgene Tal von der Außenwelt abgrenzten. Vor ihnen lagerten die wenigen Soldaten, die übrig geblieben waren. Paul war gerade zu ihnen gegangen, sein Stellvertreter Innocent machte sich etwas abseits an dem Eingang zur Höhle zu schaffen, aus der sie in der Nacht gekommen waren.

Tom ging auf Hitimana und Kambere zu, die noch immer verängstigt und völlig erschöpft aussahen. Er setzte sich neben die beiden Jungen auf den Boden, um ihnen Mut zuzusprechen.

»Wo kommt die Frau her?«, wollte Hitimana leise von Tom wissen. Er nickte zu Birgit hinüber. »Sie ist gefährlich …«

Erstaunt sah Tom ihn an. »Nein, keine Sorge, Birgit ist mit Andrea befreundet. Sie kümmert sich nur um sie.«

»Aber sie hat das doch alles organisiert«, flüsterte der Junge, während er sich nervös umsah, ob die Soldaten, die nur ein paar Meter entfernt saßen, ihnen zuhörten.

»Was meinst du damit?«, fragte Tom.

»Sie hat es Paul gesagt. Gleich nach der Entführung.« Hitimana blickte Tom ängstlich an. »Sie hat gesagt, dass sie die Verlobte von unserem Präsidenten ist.«

»Von diesem Bernard?« Toms Stirn legte sich in Falten, als er an diesen Schattenpräsidenten dachte, der eine Armee von Söldnern im tiefsten Afrika angeblich von Deutschland aus befehligte, hier aber nie in Erscheinung trat. »Nein, das ist vermutlich nur irgendeine Art Finte von Birgit gegenüber Paul. Sie ist einfach nur eine Freundin …«

Tom stockte. Wie heißes Öl fuhr ihm die Erkenntnis durch die Glieder. Birgit hatte sich merkwürdig verhalten. Sie hatte immer wieder mit Paul geredet, als hätten ihre Gespräche bereits eine persönliche Basis, als würden sie sich kennen. Vielleicht hatte sie sich gar nicht für ihre Freilassung eingesetzt? Was, wenn Tom sie völlig falsch eingeschätzt hatte? Er starrte entsetzt zu Andrea und Birgit hinüber, die einträchtig zusammensaßen.

»Was genau hat Birgit gesagt?«, fragte er Hitimana mit trockener Kehle.

»Ich habe nicht alles richtig verstanden. Aber sie hat von Paul verlangt, dass sie besser behandelt wird als die anderen. Weil sie die Frau seines Chefs ist.«

»Und wie hat Paul reagiert?«

»Er hat gelacht. Wenn der Präsident wieder da ist, will er dich gar nicht mehr, hat er gesagt. Sie sei Bernard völlig egal.«

Tom erinnerte sich, wie Birgit nach einer Auseinandersetzung mit Paul niedergeschlagen zu ihnen zurückgekommen war. Obwohl alles zusammenzupassen schien, fand Tom die Idee noch immer äußerst gewagt. Selbst die kaltblütigsten Menschen warfen ihre Freunde einem solchen Rebellen nicht zum Fraß vor.

»Vielleicht hast du sie falsch verstanden? Manchmal sagen Erwachsene Dinge, die sie nicht so meinen.«

»Ich weiß, was ich gehört habe«, beharrte Hitimana und sah dabei plötzlich sehr erwachsen aus. »Und ich sage dir: Die Frau ist gefährlich.«

Tom überlegte fieberhaft, wie er vorgehen konnte, um Birgit die Wahrheit zu entlocken. So bemerkte er zu spät die klobigen Stiefel des Generals vor sich im Dreck, sah erst im letzten Moment, wie Paul seine kleine glänzende Pistole aus dem schmierigen Halfter zog. Er spürte das Zittern des geflohenen Kindersoldaten Hitimana neben sich, blickte dem kaltblütigen Afrikaner über sich in die Augen und sah darin die Lust an der Qual.

Paul zog den Hahn seiner Waffe noch nicht durch. Eine Weile ergötzte er sich an der Angst seines ehemaligen Untergebenen. Dem Jungen trat der Schweiß auf die Stirn und er griff nach Kamberes Hand, der auf der anderen Seite neben ihm saß. Pauls Gesicht verzog sich zu einem breiten Grinsen, als er die Mündung der Waffe langsam zu dem fremden Jungen hinüberwandern ließ.

Hitimana suchte auch mit der anderen Hand Halt. Die kleine raue Handfläche legte sich langsam auf Toms Arm. Dieser spürte die Angst des Jungen fast, als wäre es die eigene. Das Zittern durchströmte ihn wie immer stärker werdender elektrischer Strom. Neben ihm saß ein Kind, das alles verloren hatte, was es brauchte. Die Eltern, die Geschwister,

Heimat, Liebe. Und jetzt sollte Hitimana auch noch sein eigenes Leben verlieren?

Entschlossen drückte sich Tom in die Höhe. Er überragte den General der ALR um zehn Zentimeter. Das war ihm vorher nie aufgefallen. Mitleidig blickte er auf den Mann hinab, der sich nun ihm zuwandte, ohne die Position der Waffe zu verändern. Tom hatte keine Angst mehr.

Er sah Paul in die Augen, unverwandt, ohne zu blinzeln, streckte die Hand aus, legte sie auf Pauls Arm und drückte diesen langsam und konsequent nach unten. Dabei ließ sein Blick nicht von den Augen des Generals ab, in denen er die Häme und Kaltblütigkeit erkannte, die einen Menschen unberechenbar macht.

In diesem Moment bemerkte Tom die Männer. Im Schatten der üppigen Pflanzenwelt näherten sie sich. Geduckt. In Tarnanzügen. Vermummt und mit gezückten Maschinenpistolen. Es war vorbei. Paul hatte nichts mehr zu melden.

Toms Bewegung der Augen war kaum wahrnehmbar. Ein winziger Blick zur Seite, ein kurzes Aufflackern, eine Spiegelung in den Pupillen. Seine Augen lachten, während er noch immer keine Miene verzog. Er beobachtete Paul gespannt. Der glaubte weiterhin, die Macht in den Händen zu halten, der Mittelpunkt der Welt zu sein. In dieser Position bemerkt man nicht, wenn sich alles plötzlich in eine andere Richtung dreht. Und das war genau jetzt der Fall.

Paul ließ widerstandslos zu, dass Tom seinen Arm hinunterdrückte, denn er registrierte sehr wohl, dass etwas geschah. Er hatte es in Toms Augen gesehen. Wenn er jetzt schoss, wäre er in derselben Sekunde tot. Wer oder was auch immer hinter ihm war, würde nicht einen Sekundenbruchteil zögern.

Ganz langsam senkte sich Pauls Arm und steckte die Pistole zurück in das Halfter. Dann geschah das Unglaubliche: Paul reichte Hitimana die Hand, und der Junge blickte erstaunt zu ihm empor, griff tatsächlich zu, irritiert über diese plötzliche Geste. Pauls Hand schloss sich um seine. Hitimana zuckte zusammen, versuchte seine Hand zurückzuziehen, aber der General ließ ihn nicht mehr los. Seine Hand war zu einer eisernen Klaue geworden, die sich niemals wieder öffnen wollte.

Tom blickte wie gelähmt auf das Geschehen neben sich, ohne Idee, was er tun sollte. Panisch sah er sich um, erfasste Andrea, die ihn erschrocken anstarrte, daneben Birgit, bemerkte Innocent, der sich in die

Dunkelheit der Höhle zurückzog. Georg, der sich an einem nahen Bach unbekümmert das Hemd über den Kopf zog, um sich darin zu waschen. Nzanzu saß mit Peter etwas abseits. Kathrin blickte mit düsterer Miene auf den Boden.

Ohne den Blickkontakt zu Tom abzubrechen, zog Paul den Jungen eng an sich heran, legte ihm von hinten einen Arm um die Brust, hob ihn hoch und entfernte sich mit langsamen Schritten, bis er neben Andrea stand. Immer noch den Blick auf Tom gerichtet, hielt er bereits wieder den Lauf der Pistole an Hitimanas Schläfe. Er trat Andrea in die Seite, sodass sie aus ihrer Erstarrung erwachte.

»Steh auf, Miststück«, zischte er ihr zu.

Taumelnd kam sie auf die Beine. Blitzschnell ließ Paul den Jungen los, ergriff Andrea, wirbelte herum, richtete seine Pistole auf ihren Kopf und hielt sich Andrea als Schutzschild vor den eigenen Körper. Dann ging er langsam Schritt für Schritt rückwärts und zerrte Andrea mit.

»Sofort hinlegen!«, dröhnte die Stimme des deutschen Einsatzleiters durch die Bäume. »Alle!«

Ein Schuss löste sich aus Pauls Waffe. Tom warf sich auf den Boden, riss dabei Kambere, der ihm am nächsten stand, mit und hielt ihn fest in seinen Armen. Weitere Schüsse fielen.

»Stopp!«, brüllte Tom. »Aufhören!«

Innocent war verschwunden. Paul taumelte mit einem verzerrten Grinsen im Gesicht und mit Andrea vor sich immer weiter auf den Höhleneingang zu. Tom wollte aufstehen, wurde jedoch sofort von der harschen Stimme des Polizisten daran gehindert.

»Unten bleiben!«

Die vermummten Polizisten strömten aus dem Wald auf die Lichtung. Keiner der Rebellen leistete Widerstand. Mit hoch erhobenen Armen warteten sie darauf gefesselt zu werden.

Drei der Männer rannten auf Paul und Andrea zu, die in diesem Moment in das Dunkel der Höhle eintauchten. Schüsse peitschten aus der Dunkelheit heraus und zwangen die Vermummten, sich auf den Boden zu werfen.

Diesen Moment nutzte Tom. Er sprang auf, ignorierte die Warnungen, rannte an den drei Polizisten vorbei und folgte Andrea und Paul in die Finsternis.

Tom konnte nichts sehen. Aber er konnte Andrea hören. Sie wehrte sich, strampelte und schrie. Tom taumelte vorwärts, eine Hand schützend vor dem Kopf, die andere tastend ausgestreckt. Allmählich gewöhnten sich seine Augen an die Dunkelheit, sodass er zumindest Umrisse erkennen konnte. Tom war schneller als Paul, der im Gegensatz zu ihm eine Frau unter Kontrolle halten musste, die sich nach Leibeskräften wehrte.

Tom spürte die Angst in der Luft und roch die Panik zweier Menschen. Und er baute darauf, dass Andreas Geschrei seine Schritte übertönte.

In diesem Moment bemerkte er Schritte hinter sich. Die Polizisten waren ihm gefolgt und nur wenige Meter entfernt. Eine Taschenlampe blitzte kurz auf und zeigte ihm die Silhouetten von Andrea und Paul. Dann war es wieder dunkel. Doch der kurze Lichtblitz hatte gereicht, damit sich Tom orientieren konnte. Er sprang nach vorne und schlug zu. Er traf Paul mit der Faust direkt ins Gesicht.

Paul taumelte und lockerte seinen Griff um Andrea für einen Moment. Andrea riss sich los, bekam Pauls Pistole in die Hände, griff instinktiv danach und drückte ab. Im Licht der Taschenlampen sackte Paul zusammen. Die Vermummten stürzten auf sie zu.

Es war vorbei.

Tom nahm Andrea in den Arm, entwand ihren Händen die Pistole und übergab sie den Polizisten. Es war endlich vorbei. Er stützte Andrea, und sie kehrten im Schein der Polizeitaschenlampen langsam zum Ausgang der Höhle zurück.

Als die beiden ins Licht hinaustraten, machte sich Erleichterung in ihm breit. Und Erschöpfung.

Nun durfte etwas Neues beginnen. Es war endlich *sein* Leben, das ausgerechnet hier, an dieser unwirtlichen Stelle im Herzen Afrikas seinen Anfang nahm. Sein neues Leben, dass er mit Andrea an seiner Seite beginnen wollte.

74

Auf dem Weg nach Entebbe, 22. Juni

Nach ihrer Befreiung durch die GSG 9 marschierten sie eine Stunde durch einen Bambuswald, bis sie den wartenden Hubschrauber auf einer Ebene erreichten. Jetzt waren sie endlich auf dem Weg hinaus aus dieser kalten, grünen Hölle. Langsam stieg der Helikopter höher. Der schlammige Boden, die Grasbüschel und die kleinen Wasserläufe im Sumpf, die grauen Felsen, die vielen abgestorbenen Bäume – das Tal entfernte sich mit jeden Atemzug weiter von ihnen. Und mit ihnen die übrig gebliebenen Rebellen, die gefesselt auf das ugandische Militär warteten. Tom sah fasziniert aus dem kleinen Fenster. Dort unten hatte er die letzten 14 Tage verbracht. Tage, die vollkommen anders waren, als er sie sich vorgestellt hatte. Und die sein Leben umgekrempelt hatten, so viel war sicher. Dann eine jähe Erkenntnis. Tom war mit einem Mal klar, dass er die ganze Zeit über vergeblich versucht hatte, das Leben seines Bruders zu Ende zu führen. Im Grunde seines Herzens hatte er niemals Fotograf werden wollen. Wenn er auch noch nicht wusste, welchen Weg er einschlagen würde. Neben ihm saß Andrea mit geschlossenen Augen. Noch immer hatte sie Blutspritzer im Gesicht. Ihr ohnehin völlig verschmutztes T-Shirt war über und über mit Pauls Blut besudelt.

Je höher sie stiegen, desto weiter konnte Tom über den Ruwenzori blicken. Schmale Täler erstreckten sich weit in die Hügelketten hinein. Erst aus der Luft wurden die Ausmaße des Gebirges nach und nach sichtbar. In der Ferne lagen die Spitzen der höchsten Berge, die Zwillings-Gipfel des Mount Stanley, der gigantische Mount Baker, im Hintergrund der Mount Speke. Die Sonne stand fast senkrecht über der Kulisse, und es war einer der wenigen Tage im Jahr, an denen beinahe keine Wolken über den Mondbergen hingen. Nur hinter einer nahe liegenden Bergkette im Südwesten, die einen engen Talkessel umschloss, hatte sich eine dichte Wolkendecke niedergelassen.

Tom musste lächeln. Er wusste jetzt, was sich darunter verbarg. Aber außer ihm und seinen Freunden würde kein Mensch je erfahren, welche Geheimnisse der Ruwenzori wirklich in seinem Herzen barg.

Er ließ den Blick über Menschen die in der engen Kabine des Hubschraubers schweifen. Drei der Elitepolizisten saßen dort, die Schutzanzüge hatten sie abgenommen und unter den Wollmasken waren menschliche Gesichter zum Vorschein gekommen, noch von der schwarzen Farbe verschmiert, die sie zur Tarnung aufgetragen hatten. Ein Sanitäter untersuchte die Geretteten einen nach dem anderen. Er lächelte Tom zu und nickte kurz, wie um ihm noch einmal zu signalisieren: Ihr habt es geschafft.

Peter saß mit weit von sich gestreckten Beinen auf dem Boden, den Blick ins Leere gerichtet. Seine Gesichtszüge zeugten von den enormen Anstrengungen, die ihm die letzten Tage abverlangt hatten. Hin und wieder huschte ein Lächeln über seine Lippen. Er freute sich auf seine Familie, hatte er gesagt, als sie in den Helikopter gestiegen waren. Vorher jedoch brachte er noch seinen Job zu Ende und begleitete die Europäer zurück in die Hauptstadt. Dann wollte er seinem Sohn endlich erzählen, dass der eine deutsche Tante hatte. Kein Mensch sollte jemals erfahren, wie Peter genau in die Geschehnisse der letzten Tage verwickelt war. Im Gegensatz zu Peter war Nzanzu im Ruwenzori zurückgeblieben. Birgit hatte verhindert, dass ihn das ugandische Militär mitnahm.

Am gegenüberliegenden Fenster knieten Hitimana und Kambere eng nebeneinander und sahen mit vor Staunen weit geöffneten Mündern auf die Berge hinab. Vor allem Kambere war von dem Hubschrauber und den Autos, die er unter sich entdeckte, vollkommen fasziniert. Er hatte solche Dinge noch nie in seinem Leben gesehen. Tom hoffte, dass Hitimana endlich wieder ein normales Kind sein konnte. Die Suche nach seinem kleinen Bruder war noch lange nicht vorbei. Es würde eine Weile dauern, bis er mit den tiefen Verletzungen seiner Seele umgehen und sich an ein geregeltes Leben gewöhnen konnte, aber Peter hatte versprochen, ihn und auch Kambere erst einmal bei sich zu Hause aufzunehmen. Für ihren Lebensunterhalt hatten Tom und Andrea ihm Geld angeboten, doch Peter hatte stolz abgelehnt.

Birgit verschwand beinahe völlig unter der großen Decke des Roten Kreuzes, die sie sich umgeschlagen hatte. Mit hängenden Schultern pendelte ihr Oberkörper unter den Bewegungen des Hubschraubers hin und her. Tom erinnerte sich an das Gespräch, das Hitimana belauscht hatte. Falls Birgit wirklich die ganze Zeit ein falsches Spiel gespielt haben sollte, dann dürften ihr die Erlebnisse der letzten Tage dies nun wohl endgültig ausgetrieben haben. Wie sie da kauerte – allenfalls noch ein Häufchen Elend, von dem nicht die geringste Gefährlichkeit ausging.

Georg blickte ebenfalls aus dem Fenster, doch seine Augen huschten aufgeregt hin und her, als suche er die zügig unter ihnen dahinjagenden Wälder noch nach Berggorillas ab. Er hatte seinen Bruder in diesen Bergen zurückgelassen. Tom war sich bewusst, wie schwer das für Georg sein musste. Und der Forscher hatte versprochen, die Entdeckung der neuen Unterart von Berggorillas im Ruwenzori wissenschaftlich so lange nicht auszubeuten, bis eines der Tiere erstmalig außerhalb des Tals gesichtet würde. Kurz vor dem Start des Helikopters hatte Georg ihm gesagt, dass er die Tiere ab dann allerdings *gorilla berengei luhrmanii* nennen würde – im Andenken an Stefan Luhrmann, seinen Kollegen, dem er so lange keinen Glauben geschenkt und den er für verrückt erklärt hatte.

Neben Georg saß Kathrin in einem der etwas unbequemen Sitze, sorgfältig angeschnallt, mit ausdruckslosem Gesicht, das nicht verriet, ob sie über die Rettung froh war oder nicht. Tom hatte noch einmal versucht, zu verstehen, was sie in den Tagen zwischen ihrem plötzlichen Verschwinden und dem genauso überraschenden Auftauchen in der Höhle erlebt hatte. Aber sie konnte oder wollte sich nicht erinnern.

Andrea hatte die Augen noch immer geschlossen, als sie die ersten Dörfer in großer Höhe überflogen. Tom blickte sie liebevoll an, strich ihr die Haare aus dem Gesicht und griff nach ihrer Hand. Sie war kalt und zitterte leicht. Er drückte sie fester und spürte kurz darauf ihren Händedruck. Nie wieder wollte er diese Frau loslassen.

»Was werden wir tun, wenn wir hier raus sind?«, fragte sie ihn über den Lärm der Rotorblätter hinweg. Einen Moment lang sah Tom sie nachdenklich an. »Wir werden sehen ...«, antwortete er und gab ihr einen Kuss auf die Wange.

»Wir könnten eine Weile zusammen verschwinden, irgendwo untertauchen, nur wir beide ...« Sie lehnte sich an seine Schulter. »Was meinst du?«

»Glaubst du nicht, wir haben beide noch einige Dinge zu klären, bevor wir zusammen wegfahren?« Er drückte ihre Hand mit der seinen. »Wir haben viel durchgemacht in den letzten Tagen. Und ich möchte nichts überstürzen.«

Nachdenklich blickte Andrea aus dem gegenüberliegenden Fenster in den afrikanischen Himmel. »Vermutlich hast du Recht.«

Sie wandte sich ihm zu und küsste ihn.

Einer der Polizisten kam mit einem Headset auf die beiden zu.

»Ihr Vater ...«, sagte er zu Andrea und reichte ihr den Kopfhörer.

Andrea setzte ihn auf, sprach kurz durch das Mikrofon mit ihrem Vater, reichte alles dann an Tom weiter. Am anderen Ende der Verbindung war nun Sven Wiese, der Leiter des Krisenreaktionszentrums in Berlin. Tom bedankte sich für die Rettung, lauschte dann eine Weile auf die Worte des Staatsbeamten.

»Nein, ich bestimme selbst, was ich als Nächstes tue«, sagte er mit scharfem Ton in das Mikrofon.

»Herr Hartmann, sie müssen verstehen, dass wir alles dafür getan haben, Sie aus der misslichen Lage zu befreien«, sagte Wiese leicht gereizt. »Wir haben ganz klare Vorschriften, wie das weitere Vorgehen ist. Sie fliegen jetzt nach Entebbe, haben dort die Gelegenheit, sich in einer guten Unterkunft zu waschen und etwas zu erholen. Dann reisen Sie mit dem nächsten Flugzeug nach Deutschland.«

»Aber ich ...«, warf Tom ein. »Es gibt diesbezüglich keinen Verhandlungsspielraum. Ob es ihnen passt oder nicht, dieser Teil Ihrer Reise läuft nach unseren Regeln ab. Und eigentlich sollte das auch in Ihrem Sinne sein. Unseren bewährten Methoden haben Sie es schließlich zu verdanken, dass es nicht mehr die Rebellen sind, die über Ihr Leben verfügen – oder über Ihren Tod. Sollten Sie sich meiner Anweisung widersetzen, werden wir Ihnen die Kosten für den Einsatz in Rechnung stellen müssen. Haben Sie mich verstanden?« Tom wollte erneut protestieren, sah aber ein, dass es sinnlos war. Nachdem er kleinlaut zugestimmt hatte, wurde die Verbindung unterbrochen.

Tom lehnte den Kopf an die Wand des Helikopters. Unvermittelt musste er über seinen Protest gegenüber Wiese milde lächeln, wie über den zufälligen Rückfall in eine ehemalige, längst ablegte Marotte: Er war mit dem Ziel nach Uganda aufgebrochen, seine Reputation als Fotograf zu erhöhen, endlich Anerkennung zu finden. Und was hatte er erreicht? Er war mit seiner Vergangenheit konfrontiert worden, war von einer schweren Last befreit worden und hatte eine Frau kennen gelernt, die er von Herzen liebte wie nie jemanden zuvor.

Nach anderthalb Stunden Flug erstrahlte die blaue Fläche des Viktoria-Sees unter ihnen. Die Ausläufer Entebbes erstreckten sich am Ufer des Sees. Die Stadt am Rande Kampalas erschien vor Toms Augen, und er zweifelte, dass er sich schon einmal so sehr darauf gefreut hatte, einen Flughafen zu sehen.

75

Entebbe, am Nachmittag des 22. Juni

Der Hubschrauber der Bundespolizei setzte hart auf dem Asphalt im militärischen Bereich des internationalen Flughafens Entebbe auf. Tom sah sehnsüchtig durch die Scheiben der Kabine in den aufgewirbelten Staub hinaus. Als Erstes wollte er duschen. Den Dreck der letzten Tage aus allen Poren seiner Haut waschen. Und dann wünschte er sich ein Bett, in dem er endlich ausschlafen und Erholung finden konnte.

Ein ganzer Pulk Pressevertreter erwartete sie bereits, als sie das niedrige Abfertigungsgebäude durchquerten, um zu einem bereitgestellten Bus auf dem Vorplatz des Flughafens zu gelangen, der sie in die Lodge bringen sollte.

Die Beamten des deutschen Antiterrorteams und das ugandische Militär schirmten die kleine Gruppe ab so gut es ging, aber sie konnten nicht verhindern, dass die Fotografen gestochen scharfe Fotos schossen, vor allem von Andrea. Tom war von der Distanzlosigkeit der eingeflogenen Vertreter der deutschen Boulevardpresse entsetzt. Andrea hingegen schien deren Verhalten bereits zu kennen, hielt sich lediglich einen Arm vor das Gesicht und eilte wortlos an den Journalisten vorbei. Tom ekelte sich vor seinen Fotografen-Kollegen. Als Jugendlicher hatte er bei Greenpeace arbeiten wollen, jetzt als Erwachsener kam ihm diese Idee wieder in den Sinn. Den Ruwenzori und seine Natur vor der Vernichtung durch den Menschen zu bewahren, das war ein Gedanke, dem er nachgehen wollte.

Sie wurden von den Beamten der Bundespolizei begleitet, ugandisches Militär eskortierte den Bus bis zur Lodge, in der sie sich ausruhen sollten. Psychologen erwarteten sie im Bus, aber auch zwei Angehörige der ugandischen Regierung. Einer der beiden setzte sich Tom gegenüber in die Bank auf der anderen Seite des Gangs, fragte ihn vorsichtig nach den Ereignissen der vergangenen Tage aus. Tom berichtete mit leiser Stimme. Andrea saß vor ihm, starrte aus dem Fenster. Als der Regierungsbeamte den genauen Ort der Entführung wissen wollte, zog Tom seine zerknitterte Karte aus seiner Tasche. Er nahm den roten

Stift, der ihm angeboten wurde, und zeichnete die Route der Wandergruppe ein. Er dachte einen Moment lang nach und markierte dann die Strecke, die die Rebellen vermutlich von der anderen Seite genommen hatten, um die Grenze vom Kongo nach Uganda zu überqueren. Kurz hinter dem Scott-Elliott-Pass vermerkte er ein dickes Kreuz. Der Ugander nahm die Zeichnung an sich, nickte kurz und steckte sie dann ein.

Als sie die Lodge erreichten, wurden sie stürmisch von Kai begrüßt, der mit den anderen schon im Empfangsbereich gewartet hatte. Er lief freudig auf Kathrin zu, als er sie entdeckte, küsste sie und rief ihren Namen. Doch sie sah ihn nur glasig an, sprach kein Wort. Unbeholfen nahm Kai sie ihn den Arm, doch sie erwiderte seine Umarmung nicht.

»Kathrin, Liebes, was ist nur passiert?«

Kathrin sah durch ihn hindurch, löste sich dann aus der Umarmung und ging in die Lodge hinein.

Kai sah ihr machtlos nach.

Auch Martin und Steve warteten in der Lodge auf ihre Leidensgenossen. Sie waren mit Kai am Tag zuvor über die holprigen Straßen nach Entebbe gekommen. Martin sah sich suchend um.

»Ist Michael nicht bei euch?«, fragte er Tom.

»Wir haben ihn nicht gesehen.«

»Wieso ist Kathrin wieder da, aber Michael nicht?«

Tom konnte ihm darauf keine Antwort geben. Betreten sahen sich die beiden an. Tom senkte den Kopf. Er war gerettet. Andrea und die meisten anderen auch. Doch Michael war, genauso wie Manfred und Hans, im Gebirge zurückgeblieben.

Als Birgit durch die Tür trat, orientierte sie sich kurz und ging dann geradewegs auf die Küche zu. Sie lieh sich bei einem unbedarften Küchenjungen ein Steakmesser aus. Die Ugander begegneten den Weißen, die so Schlimmes in ihrem Land durchgemacht hatten, sehr freundlich. Nun steckte das Messer unter ihrer langärmligen Bluse, die sie neben einigen anderen Kleidungsstücken auf dem Bett ihres Zimmers gefunden hatte.

Leise betrat sie Andreas Zimmer, hörte die Dusche rauschen und wartete. Sie selbst hatte sich nur kurz abgeduscht, Andrea hingegen schien geradezu ein Ritual daraus zu machen, sich den Dreck und die Erinnerungen vom Körper zu spülen. Als das Wasser schließlich versiegte, erhob sich Birgit. Es war Zeit zu gehen.

Sie nahm die Kleider, die auf Andreas Bett lagen in die Hand, öffnete die Badezimmertür und trat in den von Wasserdampf vernebelten Raum.

Andrea erschrak, als Birgit unvermittelt vor ihr stand.

»Was machst du hier?«, wollte sie wissen.

»Entschuldige, dass ich dich störe«, sagte Birgit ruhig. »Aber ich muss dir dringend etwas zeigen.«

»Was denn?« Andrea hielt sich das Handtuch schützend vor den Körper, nahm die Kleidungsstücke von Birgit entgegen.

»Das wirst du dann sehen.«

Die Freundin wandte sich um.

»Zieh dich an, ich warte draußen auf dich.«

Birgit verließ das Badezimmer, durchquerte den Schlafraum und spähte durch die zugezogenen Gardinen in den Innenhof. Niemand war zu sehen. Das konnte innerhalb weniger Minuten anders sein. Sobald die anderen ebenfalls die Duschen abgestellt hatten, wäre es zu spät.

Andrea kam angezogen auf sie zu.

»Was ist denn los?«

»Komm mit, ich zeige es dir.«

Birgit öffnete die mit kleinen Glasscheiben besetzte Tür zur Veranda, blickte noch einmal suchend hinaus, dann nahm sie Andrea an der Hand und ging mit eiligen Schritten über den Hof, an der Rezeption vorbei, über den Parkplatz auf das große geschlossene Eisentor zu, vor dem ein bewaffneter Wachmann freundlich salutierte. Er schob das Tor für die beiden Frauen weit auf und ließ sie hindurchgehen.

Tom trat in das kleine Badezimmer und zog sich die verdreckten Klamotten aus. Sein Blick verharrte einen Moment auf den Armaturen der Dusche, bevor er sie erst auf heiß, kurz darauf bis zum Anschlag auf kalt drehte. Das eisige Wasser ließ ihn erschauern. Schlagartig fiel ihm die Warnung Hitimanas wieder ein. Hatte der Junge sich verhört? Oder ging doch noch Gefahr von Birgit aus? Er stellte das Wasser ab und trocknete sich nachdenklich ab. Unruhe keimte in ihm auf. Auf dem Bett lag frische Kleidung, die er sich eilig anzog. Als er an das große Fenster seines Zimmers trat, sah er gerade noch, wie Birgit und Andrea die Lodge verließen. Sofort schlüpfte er in seine Schuhe und folgte ihnen. Vor dem Tor entdeckte er sie wieder. Sie fuhren mit einem Taxi davon. Das nächste Taxi war seins.

Birgit nannte dem Taxifahrer auf Swahili eine Adresse. Der wandte sich erstaunt um, fragte sie etwas, worauf sie ihn anlächelte.

»Wann hast du denn Swahili gelernt?«, fragte Andrea erstaunt. »Und was hast du vor?« Birgit drehte Andrea kurz den Kopf zu, ein zynisches Lächeln breitete sich in ihrem Gesicht aus. Die Straße war in diesem Teil Entebbes relativ eben, doch der Fahrstil des Taxifahrers schien die Insassen darüber hinwegtäuschen zu wollen.

»Meine Liebe, was denkst du eigentlich von mir?«, säuselte Birgit. »Wenn du meinst, ich lasse mich so schnell von meinem Plan abbringen, dann hast du dich getäuscht.«

Sie zog langsam das scharfe Messer aus dem Ärmel der Bluse, legte es mit festem Griff auf ihren Oberschenkel. Andrea hielt die Luft an. Dann wurde sie blass.

»Du hast das alles geplant, nicht wahr? Deshalb warst du von Anfang an Feuer und Flamme für die Reise. Du hast mich überredet, sofort zu fahren, anstatt noch ein halbes Jahr zu warten. Habe ich Recht?«

»Du bist schlauer, als ich gedacht habe«, sagte Birgit sarkastisch und blickte dabei starr nach vorne.

»Birgit, warum tust du das? Ich verstehe das nicht«, flüsterte Andrea. Sie versuchte, Birgit an der Schulter zu berühren, doch die wehrte die Freundin umgehend ab und umfasste den Griff ihres Messers fester. Andrea zog ihre Hand zurück.

Der Taxifahrer rief etwas, woraufhin Birgit sich ruckartig umsah. Andrea folgte ihrem Blick. In der dünnen Staubwolke hinter ihnen fuhr ein zweites Taxi, auf dessen Beifahrersitz Tom saß und wild gestikulierend auf den Fahrer einredete.

Birgit lächelte und blickte Andrea kurz mitleidig an.

Dann beugte sie sich zu ihrem Fahrer vor, drückte ihm einen Hundert-Dollar-Schein in die Hand, woraufhin der kurz nickte und das Gaspedal durchtrat. Der Wagen machte einen Satz nach vorne, Andrea wurde in den Sitz gedrückt und das Taxi hinter ihnen wurde schnell kleiner.

»Birgit, um Himmel willen!«, stieß Andrea aus. »Was ist in dich gefahren? Was hast du mit mir vor?« Panisch blickte sie zwischen ihrer ehemals besten Freundin, dem mit Begeisterung über die Straßen jagenden Taxifahrer und dem sie verfolgenden Taxi hin und her.

»Immer geht es dir nur um dich. Du fragst nie nach anderen. Was denkst du, was *ich* vom Leben erwarte?« In Birgits Stimme lag eine Spur Wahnsinn, die Andrea Angst machte.

»Okay, ich hab verstanden«, schrie sie. »Also: Was erwartest du vom Leben?«

Andreas Hände krampften sich um die Kopfstütze des Beifahrersitzes vor ihr, während die Landschaft an ihnen vorbeiraste. Die Häuser wurden seltener, Büsche und das in dieser Region allgegenwärtige Elefantengras beherrschte nach und nach die Umgebung.

»Bernard hat versprochen, mich zu heiraten, wenn ich ihm helfe, nach Afrika zurückzukehren«, sagte Birgit voller Überzeugung.

Fassungslos blickte Andrea ihre Freundin an.

»Das ist nicht dein Ernst, oder?«

Birgit antwortete nicht, sondern lächelte in sich hinein. Sie warf dem Fahrer erneut ein paar Worte zu, der knapp nickte und kurz darauf den Wagen in einer scharfen Rechtskurve von der Hauptstraße abbiegen ließ. Die ungeteerte Schotterstraße, der sie nun folgten, bestand vor allem aus Schlaglöchern. Zahlreiche Menschen waren auf ihr unterwegs, sodass der Fahrer ununterbrochen auf die Hupe drückte. Erschrocken sprangen die Frauen und Männer in die Gräben rechts und links und schimpften in der dichten Staubwolke hinter dem Taxi her.

Andrea musste sich tief in den Sitz drücken, um nicht bei jedem zweiten Schlagloch an die Decke geschleudert zu werden. Sie presste hervor: »Manfred ist tot, Hans ist tot, wie viele der Träger umgekommen sind, weiß ich nicht. Von Michael haben wir kein Lebenszeichen.« Sie richtete sich etwas auf, um Birgit anzusehen. »Kapierst du das eigentlich? Du gehst über Leichen.«

»Manche müssen sich ihr Glück eben hart erarbeiten.« Birgit funkelte Andrea an. »Du hast ja immer alles von Papi in den Arsch geschoben bekommen.«

»Bist du immer noch sauer, weil ich dir damals das Geld für die Praxis nicht gegeben habe?«

Birgit lachte laut auf.

»Immer, wenn ich dich um Unterstützung gebeten habe, hast du mich hängenlassen«, stieß sie hervor.

»Du ziehst diese ganze Aktion hier durch, weil ich dir damals kein Geld geliehen habe? Du bist doch völlig durchgeknallt.«

Andreas Stimme war lauter geworden. Sie packte den Türgriff, versuchte die Tür bei voller Fahrt zu öffnen, doch genau in diesem Moment absolvierte der Fahrer eine scharfe Rechtskurve, die Andrea von der rechten Seite des Autos gegen Birgit schleuderte. Diese zückte ihr Messer und gab ihrer Freundin unmissverständlich zu verstehen, dass sie das nicht noch einmal versuchen sollte.

»Ich werde mir hier ein neues Leben aufbauen«, sagte Birgit, die einen Blick aus der Heckscheibe warf. Toms Taxi holte allmählich auf. »Dein Vater wird dafür sorgen, dass Bernard auf freien Fuß gesetzt wird und nach Uganda kommen kann.«

»Sag mal Birgit, siehst du nicht, was der mit dir macht?«

»Bernard liebt mich.«

»Dann sag mir doch bitte einmal, warum die Rebellen davon nichts wissen? Wenn Bernard es ihnen gesagt hätte, hätten sie doch dafür gesorgt, dass es dir zumindest besser geht als uns.«

»Paul hat versucht, Bernard zu entmachten. Er hat ihn hintergangen. Ich habe die Gespräche gehört.«

Andrea atmete tief durch. »Dieser Bernard benutzt dich, er braucht dich nur, um aus Deutschland rauszukommen. Danach bist du ihm egal. In dem Moment, als du ugandischen Boden betreten hattest, warst du nutzlos für ihn.«

»Das ist nicht wahr«, antwortete Birgit wütend.

»Bernard ist verheiratet. Im Kongo hat er zwei Frauen. Die Soldaten haben darüber gesprochen. Du warst nur sein Mittel zum Zweck.«

»Er hat sich von seinen Frauen getrennt,« fauchte Birgit lauter.

»Bernard *ist* längst auf freiem Fuß!«, schrie Andrea.

»Das ist nicht wahr!«, brüllte Birgit zurück.

»Ich habe kurz mit meinem Vater telefoniert. Bernard ist frei. Aber er hat keinen Kontakt zu dir aufgenommen, richtig?«

»Er hatte bestimmt noch keine Zeit dazu ...«, antwortete Birgit etwas leiser.

»Du fällst immer wieder auf die gleiche Masche rein, Birgit!«, blaffte Andrea in unverminderter Lautstärke. »Wie war das noch mit deinem Rainer, der mit dir zusammen die Praxis aufmachen wollte? Er hat dich geliebt, hast du gesagt. Er wollte dich heiraten und ein ganz neues Leben mit dir anfangen. Wie lange ist er bei dir geblieben, als klar war, dass ich dir kein Geld gebe?«

Birgit hatte Tränen in den Augen. Sie verstärkte den Griff um das Messer auf ihrem Oberschenkel. Ihre Knöchel wurden weiß, und die Hand begann leicht zu zittern.

»Ich sage es dir, um dir auf die Sprünge zu helfen.«, fuhr Andrea unerbittlich fort. »Eine lächerliche Woche ist Rainer geblieben. Dann war er auf und davon, und du hast nie wieder etwas von ihm gehört.«

Birgit blickte nun starr geradeaus. Ihr Atem ging hart und tief

»Du fällst immer wieder auf Kerle rein, die dich nur benutzen«, redete Andrea weiter. »Du lässt dich ausnutzen. Du hängst dich an andere ran und wunderst dich, dass du fallen gelassen wirst? Dann ändere etwas an deinem Verhalten! Sonst wirst du das Gleiche immer wieder erleben.«

Birgit schrie laut auf. Sie riss das Messer hoch, stieß es auf Andrea herab. Der Taxifahrer sah in den Rückspiegel, erschrak und bremste gleichzeitig. Birgit verfehlte ihre Sitznachbarin, und das Messer grub sich tief in den Sitz des Taxis. Das Fahrzeug schleuderte zur Seite und bohrte sich in einen Sandhügel. Andrea riss die Tür auf und sprang sofort nach draußen.

Toms Taxi tauchte in die riesige Staubwolke ein, die das ausbrechende Fahrzeug vor ihm verursachte. Auch sein Fahrer bremste sofort, und das Auto schlitterte quer über die Straße, bevor es kurz hinter dem ersten Taxi zum Stehen kam. Aus dem Staub kam Andrea auf Toms Taxi zugelaufen. Tom sprang aus dem Wagen, eilte Andrea entgegen und nahm sie in den Arm. Einen Moment lang hielten sich die beiden fest. Dann löste Tom vorsichtig die Umarmung und sah Andrea forschend ins Gesicht.

»Was ist passiert?«

Birgit öffnete die Tür auf der linken Seite des Taxis. Benommen entstieg sie dem Auto, dessen Fahrer nun schreiend und gestikulierend hinter ihr stand. Sie beobachtete Andrea und Tom, die mitten auf der Straße standen. Lange stand sie dort, sah den beiden zu, wie sie sich leise unterhielten. Sie sah Tom, der immer wieder Andreas Kopf in die Hände nahm und sie küsste, der nach ihren Händen griff, wie um sich zu vergewissern, dass sie noch da war und lebte.

Birgit betrachtete das Messer in ihrer Hand, drehte es hin und her, schleuderte es schließlich in den Graben. Dann wandte sie sich um. Sie ging einfach die Straße weiter entlang, ignorierte die Rufe des Taxifahrers und der umstehenden Schaulustigen. Sie sah nicht nach rechts und links, blickte nicht mehr zurück.

Andrea hob den Kopf von Toms Schulter und sah, wie Birgit mit schweren Schritten davontrottete. Sie straffte den Rücken, ließ Tom stehen und folgte ihrer Freundin eilig. Als sie sie erreichte, legte sie ihr die Hand auf die Schulter. Birgit blieb stehen, sah Andrea mit traurigen Augen an.

»Niemand hat mitbekommen, was geschehen ist«, sagte Andrea leise. »Der Taxifahrer bekommt Geld, dann wird er kein Wort sagen. Morgen fliegen wir nach Deutschland zurück, fangen noch einmal ganz von vorne an.«

Birgit hatte Tränen in den Augen. Dann schüttelte sie jedoch langsam den Kopf.

»Nach Deutschland komme ich nicht mit. Ich habe das Gefühl, dass ich in dieses Land gehöre.«

Schweigend blickten sich die beiden an.

»Fahren wir zurück zur Lodge?«, fragte Andrea.

76

Flughafen Entebbe, 23. Juni

Die Begegnung am Gate war sehr kurz. Ein sympathisch aussehender Afrikaner fixierte Andrea einen Moment lang durch die Glasscheibe, die die ankommenden von den wartenden Fluggästen trennte, als er das Flugzeug verließ. Andrea saß neben Tom, Kai und Kathrin auf der anderen Seite der Scheibe auf einem der Hartschalensessel im stickigen Abfertigungsgebäude des internationalen Flughafens Entebbe, einem Drehkreuzes im ostafrikanischen Flugverkehr. Andrea war erschöpft von den Strapazen der letzten vierzehn Tage. Und sie freute sich darauf, endlich wieder nach Hause zu kommen. Sie hob intuitiv den Kopf, als sie den Blick des Afrikaners spürte. Dieser blieb in seinem maßgeschneiderten Anzug kurz stehen, stockte und legte ein breites Lächeln auf sein Gesicht. Er nickte ihr flüchtig zu, wandte sich um und folgte dem Strom der Passagiere.

Andrea grüßte verwundert zurück.

»Wer war das?«, fragte Tom, dessen Blick ihr gefolgt war. »Kanntest du den Mann?«

»Nein«, antwortete Andrea. »Ich habe ihn noch nie gesehen. Aber er hat mich so freundlich gegrüßt.«

Martin saß allein am Ende der Sitzreihe, blickte mit trübem Blick in die Weite des Flughafens und griff dann wahllos nach einer der ausliegenden Zeitschriften. Die Beamten der GSG 9 hatten seine Befürchtung bestätigt: Von Michael gab es kein Lebenszeichen. Niemand hatte ihn gesehen, keiner wusste, wo er sich befand. Vielleicht lebte er noch, vielleicht war er längst tot. Vielleicht war er aber auch in die Welt der Geister aufgestiegen. Dann würde man ihn vermutlich niemals finden.

Steve hatte auf die Schnelle kein Visum für Deutschland erhalten. Aber er hatte versprochen, so bald wie möglich nachzukommen. Geld für den Flug hatte Martin ihm gegeben. Martin wusste nicht, wie sich ihre Beziehung entwickeln würde, doch sein Herz riet ihm, es mit Steve zu versuchen.

Kathrin war weiterhin sehr schweigsam. Die Frau, die in den ersten Tagen mehr gesprochen hatte als die gesamte Reisegruppe zusammen, war auf bisher unerklärliche Weise verändert. Ihre Erinnerungen an die Tage, die sie nicht mit der Gruppe verbracht hatte, waren ausgelöscht, so als hätte jemand einen Magneten an die Festplatte eines Computers gehalten. Kai bemühte sich rührend um seine Freundin, drang jedoch nur selten wirklich zu ihr durch.

Der Flug wurde aufgerufen.

Andrea nahm ihren Platz am Fenster ein. Tom saß neben ihr, hielt während des Starts ihre Hand. Als die Flughöhe erreicht war, nahm sie die *Süddeutsche* in die Hand, die sie am Flughafen gekauft und gedankenlos eingesteckt hatte, überflog die Titelseite und stutzte.

Generalbundesanwalt des Amtes enthoben

Von Schellenburg wird Amtsmissbrauch vorgeworfen

Berlin – Generalbundesanwalt Johannes von Schellenburg wurde gestern mit sofortiger Wirkung aus seinem Amt abberufen. Ihm wird vorgeworfen, seine Funktion als oberster Bundesanwalt im Prozess gegen den mutmaßlichen Führer der ruandischen Rebellenorganisation ALR und Kriegsverbrecher Bernard Kayibanda missbraucht zu haben.

Wie erst jetzt bekannt wurde, ist die Tochter des Generalbundesanwalts, Andrea von Schellenburg, vor rund einer Woche von Rebellen der ALR während einer Trekkingtour an der ugandisch-kongolesischen Grenze entführt worden. Johannes von Schellenburg soll verfügt haben, die Untersuchungen gegen Kayibanda umgehend zu beenden und ihn aus der Untersuchungshaft zu entlassen, um die Freiheit seiner Tochter zu erkaufen.

(Fortsetzung Seite 2)

Andrea zitterte, als sie mit klammen Fingern die Seite umblätterte. Zwei Fotos sprangen ihr sofort ins Auge. Auf dem einen war ihr Vater abgebildet, freundlich lächelnd, familiär und sympathisch, so wie ihn die Presse in den letzten Jahren gerne gezeigt hatte. Neben seinem Gesicht prangte das Foto Bernard Kayibandas, freundlich lächelnd.

Sie ließ die Zeitung entsetzt sinken.

»Was ist los, Schatz?«, fragte Tom.

Wortlos reichte sie ihm das Blatt hinüber, lehnte ihren Kopf an seine Schultern und schloss die Augen.

An dieser Stelle möchte ich „Danke“ sagen. Etwas mehr als 4 ereignisreiche Jahre sind von der ersten Idee bis zur Veröffentlichung dieses Thrillers vergangen. Damals saß ich ganz allein in der Kitandara-Hütte im Ruwenzori. Es war eiskalt, neblig und stockdunkel. Die einzige kleine Kerze brannte viel zu schnell herunter und ich stellte mir vor, was alles passieren könnte – so nah an der Grenze zum Kongo – in dieser nahezu außerirdisch anmutenden Welt. Es hat mich nicht mehr losgelassen ...

Vielen Dank an alle, die mir seitdem – mehr oder weniger freiwillig – immer wieder zugehört haben!

Mein Dank gilt aber vor allem Ihnen, den Leserinnen und Lesern. Ich freue mich sehr, dass Sie dieses Buch gekauft haben und hoffe, es hat Ihnen gut gefallen. Falls ja – empfehlen Sie es weiter, sprechen Sie darüber – das wäre die schönste Bestätigung für uns.

Mein herzlichster Dank geht an ...

... Anja, Tim und Jenny, meinen drei Liebsten, für Ihre Geduld und Unterstützung.

... Michael Matschuck, meinem Freund und Geschäftspartner, der die gesamte Buchproduktion begleitet und zu einem guten Teil erst ermöglicht hat.

... Helmut Büttner und allen anderen Reisebegleitern auf meinen Touren in Uganda.

... Thirza Albert für das leidenschaftliche Lektorat und Reinhard Fey für das abschließende Korrektorat.

... die Testleser: Gerd Engel, Detlef Neufang, Werner Bollmann, Otmar Soukup, Anja und Tim Klotz.

... Michael Hildebrand, für die kreative Unterstützung beim Layout – und für das „Rücken freihalten“ im Büro.

... Karola Brockmann, für den konstruktiven Rat als Buchhändlerin.

... Stephan Martin Meyer, für die tatkräftige Unterstützung und dafür, dass er sich auf dieses Abenteuer mit mir eingelassen hat.

Andreas Klotz, im Oktober 2012

Ich danke. Vielen. Meinen Freunden, Kollegen und Verwandten, die mich in den vergangenen zwei Jahren begleitet haben, ohne die Geduld zu verlieren, und mich bei der Umsetzung des Romans unterstützt haben.

Im Speziellen danke ich
- Thirza Albert für die hochprofessionelle Begleitung durch den Sturm der Textarbeit, die vielen konstruktiven Vorschläge und das jederzeit offene Ohr.
- Jochen, the Master of Coaching. Ohne ihn hätte ich meine Arbeit nicht annähernd so gut gemeistert.
- Ela, der besten besten Freundin, die mich regelmäßig mit gutem Wein und noch besserem Essen versorgt hat, und sich vor allem immer wieder meine Sorgen und Zweifel angehört hat.
- Claudia, der kritischen Kollegin, die von der ersten Stunde an das Projekt begleitet, mir hervorragende Ratschläge aus Lektoratssicht gegeben und nie die Zuversicht an meine Kräfte verloren hat.
- Lioba, der besten Mutter, die viele schlechte Stimmungen ertragen musste und mir zur Seite stand, wenn die nächste Mietzahlung mal wieder auf Sand gebaut war.
- Karin, die schon vor Jahren beim Lesen meiner ersten Schreibversuche an mich geglaubt und mich danach konsequent auf meinem Weg unterstützt hat.
- Oma Mia, die trotz jugendlicher 94 Jahre jedes Detail der Recherchereise und des Romans erfahren wollte und mich seit Jahren mit ihrer unverbesserlichen Neugier auf das Leben antreibt.
- Andreas, der trotz vieler Veränderungen am Plot, an den Figuren und am Stil den Mut nicht verloren hat.
- Johanna, die sich um die schwedischen Textpassagen gekümmert hat.
- Sophie und Lotta für die immer wieder angespornte Leichtigkeit, ohne die kreatives Arbeiten nicht möglich ist.

Stephan Martin Meyer, im Oktober 2012

Besuchen Sie auch unsere Webseite zu diesem Buch:

www.mondberge.de

Sie finden dort zum Beispiel ...

... Informationen zur Entstehung dieses Thrillers
... eine Galerie faszinierender Bilder aus dem Ruwenzori-Gebirge
... Fakten und Hintergründe über Uganda, Ruanda und die Demokratische Republik Kongo, über den Ruwenzori und Berggorillas, über Rebellen und Kindersoldaten und vieles mehr ...

Schauen Sie nach ob und wann eine Lesung in Ihrer Nähe stattfindet.

Sie können dort auch selbst eine Rezension verfassen oder direkten Kontakt zu den beiden Autoren aufnehmen.